Zum Buch:

So hat Christina sich ihre erste Begegnung mit dem berühmten Künstler Ben Brungsdahl nicht vorgestellt: Aggressiv wirft er sie aus seinem Atelier. Mit jemand so Arrogantem muss sie sich nun wirklich nicht abgeben. Doch dann steht Ben wenige Tage später mit dem jungen Rüden Boss vor Christinas Hundeschule. Die beiden sehen so herzzerreißend hilflos miteinander aus, dass Christinas Entschlossenheit, ihn abblitzen zu lassen, bröckelt. Mit jeder Trainingsstunde verstehen die drei sich besser. Doch Christina weiß: In drei Monaten wird Ben wieder zurückkehren in sein Jetset-Leben zwischen Partys und Ausstellungen in aller Welt, während sie hier in Lichterhaven bleibt ...

»Ein zauberhafter Roman mit liebenswerten Figuren und einer wunderbaren Wohlfühlatmosphäre.«

Leserstimme

Zur Autorin:

Seit Petra Schier 2003 ihr Fernstudium in Geschichte und Literatur abschloss, arbeitet sie als freie Autorin und Lektorin. Neben ihren zauberhaften Weihnachts- und Sommerromanen schreibt sie auch historische Romane. Sie lebt heute mit ihrem Mann und einem Deutschen Schäferhund in einem kleinen Ort in der Eifel.

Lieferbare Titel:

Kleines Hundeherz sucht großes Glück
Körbchen mit Meerblick
Kleiner Streuner – große Liebe

Petra Schier

Vier Pfoten am Strand

Roman

MIRA® TASCHENBUCH
Band 26118

1. Auflage: April 2018
Originalausgabe
Copyright © 2018 by MIRA Taschenbuch
in der HarperCollins Germany GmbH, Hamburg

Umschlaggestaltung: büropecher, Köln
Umschlagabbildung: Eriklam / iStock, Nadya Eugene / shutterstock
Redaktion: Christiane Branscheid
Satz: GGP Media GmbH, Pößneck
Printed in Germany
Dieses Buch wurde auf FSC®-zertifiziertem Papier gedruckt.
ISBN 978-3-95649-793-3

www.mira-taschenbuch.de

Werden Sie Fan von MIRA Taschenbuch auf Facebook!

1. Kapitel

Also eins vorweg, damit das gleich klar ist: Nur weil du mich aus diesem Dreckloch befreit hast, in dem ich seit meiner Geburt zu hausen gezwungen war, bedeutet das noch lange nicht, dass wir jetzt dicke Freunde oder so was sind. Ich habe nämlich keine Freunde, weder dicke noch überhaupt welche. Ich käme auch glänzend ohne dich zurecht, jawohl. Lass mich nur mal aus dieser blöden Gitterbox raus, dann beweise ich es dir. Ich bin jetzt seit anderthalb Jahren auf der Welt und damit erwachsen. Das bedeutet, ich weiß, wo es langgeht.

Das Einzige, was ich dir zugutehalte, ist, dass du mich nicht wie meine Geschwister in diesem mindestens genauso grässlichen Tierheim gelassen hast. Dieser Lärm und lauter fremde Hunde und Katzen und Viecher, die ich noch nie im Leben gesehen habe. Viel zu laut ist es da, und es riecht komisch und überhaupt. Tierheim geht gar nicht. Also das war wenigstens eine kluge Idee.

Dass du mich jetzt aber schon seit Stunden in diesem riesigen Gefährt herumkutschierst, das ich nicht mal erkunden kann, weil ich aus der Box nicht rauskomme, zieht allerdings wieder enorm viele Beliebtheitspunkte ab. Mir ist nämlich schlecht. Ich bin, ehe du aufgetaucht bist, noch nie in einem Auto mitgefahren – und ganz ehrlich: Es gefällt mir kein bisschen. Weil du mich damit nämlich zuerst zum Tierarzt gebracht hast. Nicht dass ich da jemals zuvor gewesen wäre, aber das tut hier nichts zur Sache. Tierärzte stehen ganz weit unten auf meiner Beliebtheitsskala. Auch wenn ich zugeben muss, dass die Frau, zu der du mich geschleppt hast, ganz freundlich war. Fiona hieß sie, das weiß ich noch. Aber freundlich oder nicht, sie hat mir in die Schnauze geguckt und in die Ohren! Und dann auch noch Fieber gemessen und mich überall abgetastet. Und mit überall meine ich ÜBERALL. Ich meine: Hallo? Geht's noch? Es gibt nun mal Stellen, die gehen niemanden etwas an. Da bin ich empfindlich. Das hat sie dann gemerkt, als ich geknurrt habe. Leider hat sie sich nicht beeindrucken lassen, und das war ziemlich mutig. Mutige Menschen beeindrucken mich, das gebe ich zu, deshalb habe ich nicht geschnappt.

Tu ich sowieso nicht gerne – und wenn, dann nur mein altes Herrchen, weil der Typ echt ätzend war. Hat mich und meine Geschwister immer getreten und uns eins mit so einer kleinen Reitpeitsche übergezogen, wenn wir nicht gleich gemacht haben, was er wollte. Oder – und Leute, das ist das Fieseste überhaupt! – mit so einem gemeinen kleinen Elektrodings, das er an unseren Halsbändern befestigt hatte.

Scharfmachen wollte er uns damit, was auch immer das bedeuten soll. Er fand's cool, wenn wir geknurrt und die Zähne gefletscht oder sogar geschnappt haben. Und wenn wir's nicht gemacht haben, hat er uns kein Futter gegeben. Und manchmal auch kein Wasser. Einmal wäre ich fast verdurstet.

Dann kamen irgendwelche Leute, die haben mich und meine Geschwister angeschaut – und auch die anderen Tiere im Haus und auf dem Hof. Da gab es nämlich auch noch Schafe und Ziegen und ein Pferd. Die haben sie irgendwann weggebracht und nur wir Hunde sind übrig geblieben. Das hat Herrchen nicht gefallen, also hat er uns immer öfter mit der Peitsche oder diesem ekelhaften Elektrodings drangsaliert und mich sogar einmal mitten im Winter eine ganze Nacht draußen im Zwinger gelassen, obwohl es so kalt war, dass sogar das Wasser im Napf gefroren ist und ich irgendwann meine Pfoten und meine

Schnauze nicht mehr spüren konnte. »Hart machen« hat Herrchen das genannt. Ich müsste ein harter Kerl werden. Als wenn ich das nicht schon von Natur aus wäre! American Bulldogs sind nämlich hart im Nehmen, jawohl. Na ja, vielleicht habe ich manchmal doch ein bisschen zu laut gejammert, wenn ich es nicht mehr ausgehalten habe. Und traurig war ich auch oft. Genau wie meine Geschwister.

Und dann kamst eines Tages du und hast noch ein paar anderen Leuten Bescheid gesagt und uns da rausgeholt. Meine Geschwister sind zwar leider alle im Tierheim gelandet, aber gut, immer noch besser als dort, wo wir herkommen.

Ich weiß zwar nicht, warum du diese Leute geschickt oder woher du überhaupt von uns gewusst hast, aber ich gebe zu, dass das der beste Tag meines Lebens war. Nur wie gesagt, das bedeutet noch lange nicht, dass ich dich als neues Herrchen akzeptiere. Im Leben nicht! Ich will überhaupt kein neues Herrchen. Schon gar keins, das nett zu mir ist. War mein altes Herrchen nämlich auch manchmal – und dann dachte ich, er mag mich, und dann hat er mir wieder eins drübergegeben. So was mache ich nicht noch mal mit, das kannst du vergessen, und gehorchen tu ich auch nicht. Wenn überhaupt, dann bin ich der Chef, das erkennt man schon an meinem Namen. Der lautet nämlich Boss, und damit ist eigentlich auch schon alles gesagt. Ich bestimme, wo es langgeht, und im Moment will ich, dass du sofort anhältst, sonst kotze ich dir nämlich diese dämliche Gitterbox voll.

2. Kapitel

Mit gerunzelter Stirn warf Ben einen kurzen Blick über die Schulter, konzentrierte sich jedoch gleich wieder aufs Fahren. Warum er sich ausgerechnet das Pfingstwochenende für seine Reise ausgesucht hatte, wollte ihm nicht mehr so ganz einleuchten. Der Verkehr auf der Autobahn war mörderisch, und obwohl ihm sein neuer dunkelbrauner BMW X5 jeden nur erdenklichen Komfort bot, war er nach der langen Fahrtstrecke, die mit unzähligen kleineren und größeren Staus gespickt gewesen war, inzwischen redlich erschöpft. Hinzu kam seit ein paar Minuten das ungehaltene Knurren und Brummeln des Hundes, den er in einer massiven Hundetransportbox als Passagier im Kofferraum dabeihatte. Fast klang es, als ob Boss sich beschweren wollte. Ob er mal pinkeln musste? Sie hatten vor zwei Stunden die letzte Pause gemacht, und Ben hatte die größte Mühe gehabt, den bereits fast fünfzig Kilo schweren und eigensinnigen Boss wieder zurück in die Box zu verfrachten. Noch mal wollte er sich und dem Hund diesen Stress nur ungern antun, vor allen Dingen, weil es bis zu ihrem Zielort gar nicht mehr weit war.

»Was ist denn los, Boss?« Er kam sich seltsam vor, den Hund anzusprechen, denn der konnte schließlich nicht antworten. Vorsorglich drehte er die Rockmusik, die ihn auf langen Fahrten meist bei Laune hielt, so leise, dass er die Geräusche aus dem Kofferraum besser hören konnte. »Wir sind bald da. Vielleicht noch eine Viertelstunde oder höchstens zwanzig Minuten.«

Na toll, bis dahin bin ich garantiert mein Frühstück wieder losgeworden. Aber bitte, war ja deine Idee, weiß der Himmel, wohin zu fahren. Ich hätte das nicht gebraucht.

Angestrengt lauschte Ben auf das brummelige Gemaule, das Boss von sich gab. »Komm schon, du hältst es doch wohl noch die kurze Weile aus, oder? Ich habe keine Lust, das Theater von vorhin noch mal zu wiederholen.«

Ich ehrlich gesagt auch nicht. Aber mir ist echt übel, und ich bin so was von genervt, das glaubt mir keiner.

Mit einem ungutem Gefühl nahm Ben die nächste Ausfahrt, an der sein Ziel, der kleine Touristenort Lichterhaven, bereits ausgeschildert war. Dort hatte er sich ein Ferienhaus gemietet und in der Nähe des Hafens, gleich neben einer Werft, ein leer stehendes Lagerhaus. Hoffentlich hatte das Transportunternehmen, das er beauftragt hatte, seine Arbeitsutensilien und die Werkstoffe bereits geliefert. Melanie Messner, seine Vermieterin, hatte ihm versprochen, sich darum zu kümmern, dass alle seine Sachen seinen Anordnungen gemäß abgeladen und eingelagert wurden.

Etwas mehr als drei Monate lang wollte er in Lichterhaven wohnen und arbeiten. Er hoffte, dass der Ortswechsel ihm einen Inspirationsschub gab und er endlich wieder einmal absolute Ruhe finden würde, die ihm in seiner Wohnung in Köln zuletzt eindeutig gefehlt hatte. Hauptgrund dafür waren die ständigen Partys und Empfänge gewesen, auf die sein Manager ihn geschleppt hatte. Seine neue Skulpturenausstellung, die noch immer durch Europa tourte, hatte Ben bereits im Winter und Frühjahr ständig auf Trab gehalten. Er hätte eigentlich nicht zu jeder einzelnen Galerie reisen müssen, ein paar ausgewählte Orte hätten auch gereicht. Jochen, sein Manager, hatte aber gemeint, es würde nicht schaden, sich häufiger öffentlichkeitswirksam zu zeigen und auch mal die kleineren Galerien mit seiner Anwesenheit zu beehren. Irgendwann hatte es Ben dann gereicht, und er war nach Hause zurückgekehrt. Ein paar Wochen Arbeit, bis die Partys angefangen hatten. Irgendwann war es ihm zu bunt geworden, und er hatte Jochen klipp und klar gesagt, dass er seine Ruhe wollte. Wie nämlich sollte er die nächsten Begeisterungsstürme mit seinen Werken hervorrufen, wenn er nicht mehr dazu kam, selbige überhaupt zu erschaffen?

Kurzerhand hatte er eine Arbeitsklausur ausgerufen und sich auf die Suche nach einem passenden Rückzugsort gemacht. Da es ihn schon immer an die See gezogen hatte, war seine Wahl schließlich auf Lichterhaven gefallen, jene wunderschöne kleine Stadt direkt an der Küste, die er vor Jahren schon einmal besucht hatte, um sich einen kleinen Kunsthandwerksladen anzusehen. Die damalige Inhaberin, eine alte Dame namens Sybilla, hatte ihm sofort gefallen. Sie war über seine Internetseite an ihn herangetreten und hatte ihm ihre Bewunderung für seine Skulpturen ausgedrückt, und da er solche kleinen Kunsthandlungen liebte und Sybilla ihm sehr sympathisch gewesen war, hatte er mit ihr einen Vertrag abgeschlossen. Zweimal im Jahr erhielt der Laden seither ausgewählte Stücke zu einem absoluten Vorzugspreis, sodass sie zu für Normalsterbliche erschwinglichen Preisen weiterverkauft werden konnten.

Natürlich käme er nie auf den Gedanken, sich zu beschweren, dass seine Werke in den Galerien Londons, Roms, Mailands, Berlins und zuletzt sogar in New York, Chicago und Los Angeles für mörderische fünf- bis sechsstellige Geldbeträge an Sammler abgegeben wurden. Nur dadurch konnte er sich sein Leben einrichten, wie es ihm gefiel. Trotzdem sah er nicht ein, warum Menschen mit durchschnittlichem Einkommen nicht auch die Gelegenheit erhalten sollten, sich einer seiner Skulpturen oder an einem seiner Bilder erfreuen zu können.

Inzwischen war Sybilla seit zwei Jahren verstorben, doch die kleine Kunsthandlung gab es noch immer. Sybillas Großnichte hatte sie übernommen, eine geschäftstüchtige Frau Anfang dreißig, die zwar ursprünglich aus einer ganz anderen Branche kam, jedoch offensichtlich große Freude daran hatte, das Geschäft ihrer Tante zu führen. Sie hatte die Internetseite des Ladens und den Auftritt in den sozialen Netzwerken modernisiert, bot neben den Exponaten im Laden auch regelmäßig kleine Ausstellungen und Lesungen mit regionalen und überregionalen Künstlern an und hatte auf ihn einen ausgesprochen engagierten Eindruck gemacht. Auf einer Jubiläumsfeier der Firma seines Vaters vor einigen Jahren waren sie einander sogar schon einmal kurz begegnet, als sie noch Chefeinkäuferin im renommierten Möbelhaus Brungsdahl gewesen war. Ihre damalige Stellung sprach eindeutig für ihre kaufmännischen Fähigkeiten. Sein älterer Bruder Peter, der das Geschäft mittlerweile führte, hatte sich ausgesprochen positiv über Melanie Brenner, so hatte sie damals noch geheißen, geäußert. Offenbar hatte ihr Umzug an die Küste ein nur schwer zu füllendes Loch im Personalstab des Möbelhauses hinterlassen.

»Wir haben es gleich geschafft, Boss.« Erneut warf Ben einen kurzen Blick über die Schulter. Der Hund knurrte leise vor sich hin. Mittlerweile hörte es sich allerdings nicht mehr böse oder verärgert, sondern eher kläglich an. »Sag mal, geht es dir nicht gut?«

Endlich hast du es kapiert.

»Das Autofahren ist dir doch bis eben gut bekommen.«

Na und, jetzt aber nicht mehr.

Besorgt trommelte Ben mit den Fingern aufs Lenkrad, entschied sich dann aber, das Risiko einer reisekranken Amerikanischen Bulldogge in Kauf zu nehmen. »Halt durch, Boss!«

Du hast leicht reden. Dir steigt ja nicht die Dose Kaninchen mit Kartoffeln ständig den Schlund hoch.

»Verdammt, hast du da eben gewinselt?«

Nein.

»Ich beeile mich ja schon.

Ich winsele nie. Ich bin schließlich ein harter ... Oh Mist, mir ist wirklich übel. Vielleicht hab ich doch ein ganz kleines bisschen gewinselt ... Nein, diese Blöße gebe ich mir nicht!

Endlich hatte Ben den Ort erreicht. Obwohl der Himmel bedeckt war und eine für die Küste typische kräftige Brise die Büsche und Bäume an den Straßenrändern plusterte und schüttelte, fühlte sich Ben sofort willkommen. In Kübeln, Balkonkästen und Vorgärten blühten bereits üppig bunte Blumen, Häuser und Grundstücke wirkten sehr gepflegt, und auch an den Straßenrändern, auf Verkehrsinseln, öffentlichen Plätzen und einfach überall, wo das Auge hinblickte, gab es Blumenrabatten und viel Grün. Auf einem Spielplatz sah er eine muschelförmige Schaukel, weitere maritime Details fanden sich an beinahe jeder Hausecke, ob es der Bootsanker über dem Eingang einer Kneipe war, die an einer langen Schnur aufgereihten Seesterne im Schaufenster der Postfiliale oder der restaurierte Kutter aus dem achtzehnten Jahrhundert mitten auf dem Marktplatz.

Ebenfalls an mehreren Stellen begegnete ihm eine witzige Comicfigur, auf deren blau-weiß gestreiftem Halstuch *Watti Wattwurm* stand, offenbar das Maskottchen des Touristenstädtchens.

Da Boss in seiner Box immer lauter zu rumoren begann, achtete Ben nicht weiter auf die pittoreske Umgebung, sondern konzentrierte sich auf das, was sein Navi an Anweisungen von sich gab.

Der Kastanienweg befand sich am nordöstlichen Stadtrand. Bens neues Domizil war das letzte Haus auf der linken Seite, und er musste unwillkürlich lächeln, als er sein Auto die lang gezogene Kurve entlangsteuerte. Es war genauso, wie er es sich vorgestellt hatte. Selbstverständlich hatte er Fotos im Internet gesehen, aber in natura betrachtet war die Gegend sogar noch charmanter, als das Werbematerial suggeriert hatte. Die nächsten Nachbarn waren ungefähr hundert Meter entfernt – ein Bauernhof, auf dem es laut seiner Vermieterin auch einen Hofladen gab, in dem man frische Eier, Milch, Käse und Fleisch kaufen konnte.

Seine Unterkunft für die kommenden Monate war ein reetgedecktes kleines Fachwerkhaus, in dessen von einem etwa hüfthohen Holzzaun umgebenen Vorgarten Azaleen und Pfingstrosen blühten. Auch die ersten Margeriten streckten bereits ihre weißen Köpfe in Richtung des Himmels, und in ein paar Wochen würden die Hortensien zu blühen beginnen.

»Da wären wir.« Zufrieden stellte Ben den Motor ab und betrachtete das Haus, sprang dann aber erschrocken aus dem Wagen, als er ein verräterisches Würgen aus dem Kofferraum vernahm. »Oh nein, Mist, nicht in meinem neuen Auto!«

Ich hab dich ja lange genug gewarnt. Bah, ist mir übel. Raus damit!

Ben riss den Kofferraum auf und öffnete mit fliegenden Händen den Verschluss der Gitterbox. Gerade als er Boss am Halsband fasste, um ihn aus dem engen Gefängnis zu befreien, erbrach sich der Hund in einem heftigen Schwall über die Decke in der Box.

»Oh, wunderbar. Boss, musste das sein? Komm, raus mit dir aus dem Auto!«

Kann nicht behaupten, dass es mir leidtut. Ich hab mich deutlich bemerkbar gemacht. Kann ich was dafür, dass du nichts kapiert hast?

Boss sprang mit einem Satz auf die Straße und schüttelte sich. Dabei verteilten sich Speichel und kleine Reste von Erbrochenem über Bens Hose und die Stoßstange.

Fluchend sprang Ben ein Stück zur Seite, ließ aber glücklicherweise das Halsband des Hundes nicht los. Boss hatte nämlich umgehend die Nase in die Luft gereckt und strebte der Wiese auf der anderen Straßenseite zu, auf der ein paar Pferde grasten.

»Halt, stopp! Du bleibst schön hier.« Rasch griff Ben nach der Leine, die er neben der Box abgelegt hatte, und befestigte sie an dem robusten Geschirr. Insgeheim beglückwünschte er sich zum wiederholten Mal zu der Entscheidung, es dem Hund für die lange Reise nicht abzunehmen. Andernfalls wäre Boss ihm sicherlich schon während einer der drei Pausen ausgebüxt. Und auch hier am Ziel hatte er alle Mühe, den Freiheitsdrang des kräftigen Vierbeiners unter Kontrolle zu halten.

Wo sind wir denn hier? Hm, erst mal schnüffeln und den Zaun da markieren.

»Nun zieh doch nicht so, Boss!« Ben verdrehte die Augen und folgte dem Hund bis zum Zaun, der die Pferdeweide umgab.

Dann beeil dich halt ein bisschen. Hier riecht es total interessant. An dieser Stelle scheinen viele Hunde vorbeizukommen. Denen muss ich erst mal zeigen, dass ich auch hier war.

Während Ben den Hund ausgiebig schnuppern ließ, sah er sich noch einmal zufrieden um. *Idyllisch* war der erste und beste Ausdruck, der ihm für die Umgebung in den Sinn kam. Genau das, was er nach dem vergangenen stressigen halben Jahr brauchte. In etwa zweihundert Metern Entfernung erhob sich der Deich, der die Sicht auf die Nordsee versperrte. Beinahe hätte er sich spontan zu einem ersten Erkundungsgang aufgemacht, wenn nicht in diesem Moment hinter ihm jemand eine Fahrradklingel betätigt hätte. Überrascht drehte er sich um und sah eine Frau um die vierzig mit schickem blondem Kurzhaarschnitt winkend auf sich zuradeln.

»Guten Tag, da sind Sie ja schon. Sie sind doch Herr Brungsdahl, nicht wahr?« Die Frau bremste vor ihm ab und streckte ihm lächelnd ihre rechte Hand entgegen. »Ich bin Elke Dennersen, Ihre Nachbarin. Sagen Sie ruhig Elke zu mir, das tun alle.« Vage deutete sie die Straße hinab, auf der sie hergekommen war. »Mein Mann und ich bewirtschaften den Hof da drüben. Melanie hat mich gebeten, nach Ihnen Ausschau zu halten und Ihnen die Schlüssel fürs Haus zu geben. Sie kann leider gerade nicht aus dem Laden weg, weil ihre Kollegin Deana zum Arzt musste. Zum Glück habe ich einen Ersatzschlüssel, den ich Ihnen leihen kann. Das richtige Schlüsselbund bringen Melanie oder ihr Mann Alex Ihnen dann später vorbei.« Während sie Bens Hand kurz, aber energisch schüttelte, kramte sie in ihrer Hosentasche und beförderte einen Hausschlüssel mit einem orangefarbenen Anhänger zutage. »Hier, bitte sehr.« Neugierig beäugte sie Boss. »Und du bist also die vierbeinige Begleitung, ja? Was für ein hübscher Kerl!«

Na, so was! Vielen Dank für das Kompliment. Boss hielt für einen Moment im Schnüffeln inne und kam näher. *Du scheinst ja eine ganz nette Person zu sein und guten Geschmack zu besitzen. Und du riechst nach Leckerchen und anderen Hunden.*

»He, Boss, hör auf damit. Nicht so stürmisch!«

»Ach was, keine Sorge, er wirft mich schon nicht um. Wir haben selbst zwei Hunde, allerdings nicht ganz so große.« Elke hielt Boss vorsichtig ihre Hand hin, damit er daran schnuppern konnte. »Was ist das denn für eine Rasse?«

»Ein American Bulldog.« Ben schob den Schlüssel in seine Hosentasche. »Er heißt Boss, und ich fürchte, der Name ist Programm.«

Elke lachte. »Ja, man sieht es. Er ist ganz schön kräftig.«

»Wir kennen uns noch nicht sehr lange und haben noch keinen wirklich guten Draht zueinander.« Als Boss versuchte, erneut der Weide zuzustreben, nahm Ben die Leine kürzer. »Sitz, Boss!«

Nö.

»Komm schon, sei nicht so stur, und setz dich hin.«

Will ich aber nicht. Und was machst du jetzt?

Ben seufzte. »Ich schätze, auf dem Ohr ist er taub.«

Elke musterte den Hund eingehend. »Er ist noch jung, oder? Er kann das alles noch lernen.«

Will ich aber nicht.

»Waren Sie schon mal mit ihm in einer Hundeschule?«

Ben nahm die Leine noch ein wenig fester in die Hand. »Nein, dazu sind wir noch nicht gekommen.«

»Ich kann Ihnen die Hundeschule von Christina Messner empfehlen. Die ist gar nicht so weit von hier, dahin können Sie sogar zu Fuß laufen. Sie vollbringt wahre Wunder mit den Vierbeinern, sage ich Ihnen. Eine Freundin von mir hat sich vor einem Jahr so einen Straßenhund aus Rumänien geholt, Sie wissen schon, so einen zerrupften Mischling. Der hat Tag und Nacht nur gebellt und gejault, und man konnte ihn nicht eine Sekunde allein lassen, weil er alles kurz und klein gerissen hat. Lilly heißt die Kleine, nur halb so groß wie Ihr Boss hier, aber komplett durch den Wind, sage ich Ihnen. Rena ist mit ihr also zu Christina gegangen, weil sie nicht mit dem Tier klarkam und schon fürchtete, sie müsse sie ins Tierheim zurückbringen. Die drei haben dann Einzeltrainings gemacht und später auch in der Gruppe. Rena geht mit Lilly auch heute noch einmal die Woche hin, aber nur, um zu spielen und ein bisschen Agility zu machen. Die Hündin ist inzwischen nicht mehr wiederzuerkennen. So was von lieb und ruhig und brav. Ein bisschen Probleme macht sie noch, wenn sie längere Zeit allein ist, aber das kriegen sie auch noch in den Griff. Also wenn Sie es mal versuchen möchten: Christinas Hundeschule im Sandburgweg.

Sie sind ja, wie Melanie mir erzählte, drei Monate hier, da würde sich das schon lohnen. Gehen Sie einfach die Straße zurück in Richtung Ort, dann rechts und immer weiter geradeaus. An der dritten Kreuzung links und dann gleich wieder rechts in den Sandburgweg. Das Gelände ist nicht zu übersehen.« Sie lachte wieder. »Und zu überhören auch nicht, wenn gerade mal wieder Hundespielstunde angesagt ist.«

Spielstunde? Was ist das denn? Klingt ja interessant. Oder … nein, eigentlich doch nicht. Ich hab nämlich keine Lust, in so eine Hundeschule zu gehen, was auch immer das sein mag. Jedenfalls nicht, wenn man davon lieb und nett und brav und lauter so blödes Zeug wird.

»Nanu, hast du gerade gemosert?« Amüsiert blickte Elke auf Boss hinab. »Du bist wohl nicht sehr gesellig, was? Obwohl es dir bei Christina bestimmt gefallen würde.«

Ganz sicher nicht.

»Aber entschuldigen Sie, ich quatsche und quatsche, und Sie wollen sich bestimmt nach der langen Fahrt ausruhen. Soll ich Ihnen noch beim Hereintragen Ihres Gepäcks helfen? Sie haben das Auto ja hoch voll, wie ich sehe. Im Haus herumführen könnte ich Sie auch gerne, das habe ich schon öfter für Feriengäste gemacht.«

»Das ist zwar sehr nett von Ihnen, aber nicht nötig.« Ben hob abwehrend die freie Hand und musste prompt aufpassen, dass Boss ihn nicht aus dem Gleichgewicht brachte. »Wir schaffen das schon, oder? Boss?«

Hm? Was? Mir doch egal. Habe hier schon wieder einen neuen Geruch entdeckt, der wahnsinnig interessant ist.

»Also gut, dann wünsche ich Ihnen einen schönen Aufenthalt in Lichterhaven, Herr Brungsdahl. Wenn Sie frische Eier, Milch, Wurst oder Käse brauchen, kommen Sie einfach in unserem Hofladen vorbei. Honig und Marmelade habe ich auch da, alles aus eigener Produktion.« Ehe sie wieder auf ihr Rad stieg, fiel ihr Blick auf den offenen Kofferraum und das Malheur in der Transportbox.

»Oje, ist dem armen Boss auf den letzten Metern noch schlecht geworden? Das sollten Sie rasch auswaschen. Im Haus gibt es eine Waschmaschine und einen Trockner. Gegen den Geruch im Auto kann ich Ihnen etwas zum Sprühen empfehlen. Keine Sorge, nichts mit Chemie, sondern hundert Prozent biologisch. Eine Mikroorganismenlösung mit Wasser verdünnt. Damit können Sie auch den Hund einsprühen, wenn er sich mal in irgendwas gewälzt hat, oder Ihre Schuhe oder den Biomüll. Wir benutzen das Zeug einfach überall im Haus und im Stall. Ich bringe Ihnen später eine Sprühflasche vorbei.« Sie schob ihr Rad zur Straßenmitte. »Und nicht vergessen, Christinas Hundeschule. Sie werden es bestimmt nicht bereuen. Mit so einem kräftigen Kerl muss man schon umgehen lernen!«

Fröhlich winkend fuhr Elke Dennersen von dannen, und Ben blickte stirnrunzelnd auf Boss hinab. »Wow, die Frau kann ganz schön viel reden. Aber das mit der Hundeschule ist vielleicht gar keine so schlechte Idee.«

Oh doch, und wie schlecht! Vergiss es, ich mach da nicht mit. Boss schüttelte sich heftig. *Gib mir lieber mal was zu mampfen. Nachdem ich das Essen von heute Morgen ja jetzt erfolgreich wieder losgeworden bin, hab ich Hunger.*

3. Kapitel

Mit einem zufriedenen Seufzen ließ Christina sich auf die kleine Couch in ihrem Büro fallen und streckte ihre Beine, die in von Farbklecksern übersäten Bluejeans steckten, weit von sich. Sie schraubte die Flasche Cola light auf und leerte sie in einem Zug bis fast zur Hälfte. Dann sah sie grinsend zu ihrer fast fünf Jahre jüngeren Schwester Luisa hoch, die im Türrahmen lehnte und sogar noch mit farbverschmierter Kleidung und einem dicken hellgelben Fleck auf der Wange absolut reizend aussah. Ihre schulterlangen blonden Locken hatte sie zu einem kurzen Zopf zurückgebunden, aus dem sich jedoch inzwischen unzählige winzige Strähnchen gelöst hatten, die die sanften Züge ihres herzförmigen Gesichts umschmeichelten. »Warum sehe ich eigentlich nach einem langen Arbeitstag aus wie ausgespuckt und du wie der frische Frühlingsmorgen?«

Luisa kicherte. »Frisch? Du hast wohl noch nicht an mir gerochen. Ich komme mir vor, als hätte ich tagelang in einem Farbeimer gewohnt.« Sie zupfte an ihrem ehemals roten Shirt, dessen ursprüngliche Farbe nur noch als Untergrund für ein buntes Durcheinander an Klecksen diente. »Außerdem klebe ich und bin vollkommen verschwitzt. Dagegen siehst du doch nun wirklich nicht so schlimm aus.«

Skeptisch blickte Christina an sich hinab. Auch ihr Shirt, vormals weiß, hatte unter der Malaktion böse gelitten. »Du willst nur nett ein. Ich sehe bestimmt aus wie ein Landstreicher, den man in einen Farbtopf geschmissen hat.«

»Einigen wir uns darauf, dass wir beide nicht mehr ganz

taufrisch sind.« Luisa nahm sich eine Flasche Limo aus dem kleinen Kühlschrank neben dem Schreibtisch und öffnete sie. »Aber wenigstens sind wir jetzt mit den Praxisräumen fertig. Dr. Weisenau will sich morgen früh alles ansehen kommen, und am Donnerstag werden schon die ersten Möbel und Geräte geliefert.«

Christina erhob sich rasch und umarmte ihre Schwester. »Ich bin so was von stolz auf dich! Dass du das Veterinärstudium in so einer Rekordzeit geschafft hast, ist einfach toll. Und dann noch deine Doktorarbeit …«

»Die mir garantiert die ersten grauen Haare einbringen wird, falls ich sie jemals fertig bekommen sollte.«

Christina trat wieder einen Schritt zurück und schüttelte vehement den Kopf. »So fleißig, wie du bist, wirst du sie fertigstellen, noch bevor wir alle das Wort ›Dissertation‹ aussprechen können.«

»Dein Wort in Gottes Gehörgang.« Luisa lächelte versonnen. »Ich bin wirklich ein Glückspilz, oder? Ich meine, ich hätte möglicherweise noch jahrelang in Hannover in der Tierklinik als Assistenzärztin arbeiten müssen, bis ich genügend Kapital für eine eigene Praxis zusammengespart hätte.«

Christina prostete ihr mit der Colaflasche zu. »Und dann kommt unser alter Dr. Weisenau daher und macht dir ein Angebot, dass du nicht ausschlagen kannst. Er ist wirklich ein Goldschatz.«

»Das ist er. Ich hätte ihn knutschen können, als er mir angeboten hat, seine Praxis hierher zu verlegen, damit ich bei ihm einsteigen und sie später mal übernehmen kann, wenn er sich zur Ruhe setzt. Was hoffentlich noch ewig nicht der Fall sein wird. Ich komme mir total unwissend vor. Er hat so viel Erfahrung, und ich bin die totale Anfängerin.«

»Na, so würde ich das aber nicht nennen, Schwesterchen.

Immerhin hast du schon in der zweiten Klasse diesen Raben mit dem verletzten Flügel gesund gepflegt, weißt du noch? Und als unser alter Brutus diesen üblen Husten bekommen hat, hast du ihn betüddelt und gepflegt, bis er gesünder war als je zuvor.«

»Stimmt, da war ich dreizehn.« Luisa schmunzelte. »Der gute alte Brutus. So einen Kater findet man nicht noch mal. Obwohl ich das über jedes Tier sage, das wir je hatten.«

»Ist ja auch so. Sie sind oder waren alle einzigartig.« Das Lächeln auf Christinas Lippen erstarb, als sie unwillkürlich an Polly dachte, die wunderbare Collie-Dame, die sie mit zehn Jahren als Welpen geschenkt bekommen hatte und die sie erst vor knapp drei Jahren im stolzen Alter von siebzehn hatte gehen lassen müssen. Polly war ihr Ein und Alles, ihre beste Freundin gewesen. »Die Unzertrennlichen« hatten ihre Eltern das Gespann aus Mädchen und Hündin stets genannt. Pollys Tod hatte eine schmerzhafte Lücke in ihrem Leben hinterlassen. Obwohl sie tagtäglich mit vielen wunderbaren Vierbeinern zu tun hatte und sich auch gerne um die beiden Golden Retriever ihrer Eltern kümmerte, ebenso wie um die hübsche Labradordame Schoki, die ihrem Bruder Alex und dessen Frau Melanie gehörte, konnte sie sich noch immer nicht vorstellen, sich selbst wieder einen vierbeinigen Partner zuzulegen. Es war einfach noch zu früh.

»Entschuldige, ich wollte dir nicht die Laune verderben.« Die einfühlsame Luisa hatte den Stimmungsumschwung sofort bemerkt und legte ihr rasch eine Hand auf den Arm. »Alles okay?«

»Klar doch, schon gut.« Christina schob die traurigen Erinnerungen beiseite und lächelte erneut. »Dr. Weisenau kommt also schon morgen hierher? Dann sollten wir vielleicht noch ein wenig Ordnung schaffen, was meinst du?« Vielsagend wies sie mit dem Kinn auf die leeren Farbeimer im Flur. In der zukünftigen Praxis auf der Rückseite des Gebäudes, in dem sich neben Christinas Büro auch noch die Schulungsräume ihrer Hundeschule befanden, würden sie weitere Eimer, Tuben, Pinsel, Farbrollen, Tapetenreste und jede Menge Zeitungspapier und Plastikplanen erwarten. »Damit ist unsere Pause wohl um.«

»Du hast recht, auf in den Kampf.« Luisa hakte sich bei ihr unter. »Danke, dass du mir über die Feiertage dabei geholfen hast. Du und Alex und Mel und Mama und Papa ... Ihr wart einfach toll.«

»Schon in Ordnung. Das machen wir doch gern für unser Nesthäkchen.« Grinsend wich sie dem spielerischen Seitenhieb ihrer Schwester aus. »Wie es aussieht, bin ich als Einzige übrig geblieben.«

»Mama und Papa wollen nachher noch mal rüberkommen, aber Alex musste in die Kanzlei und Mel in den Laden ...«

»Weiß ich doch.« Als sie die Praxisräume erreichten, sah Christina sich seufzend um. »Wo fangen wir bloß an?«

»Immer am Anfang, Kindchen, immer am Anfang«, ahmte Luisa Stimme und Tonfall ihres Großvaters nach, woraufhin beide Frauen kicherten.

»Na dann mal los – und keine Müdigkeit vortäuschen«, fiel Christina im gleichen Tonfall ein.

Gemeinsam machten sie sich daran, die Überreste der Tapezier- und Maleraktion zu beseitigen.

»Sag mal, war eigentlich dieser Herr Brungsdahl inzwischen noch mal hier?«, fragte Luisa, während sie die Pinsel und Farbrollen einsammelte. »Du warst ja leider nicht da, als er mit seinem Hund am Samstag hier vorbeikam. Elke Dennersen hat ihn wohl geschickt, weil er Schwierigkeiten mit seinem Hund hat. Ich hatte ganz vergessen, es dir zu erzählen.« Sie kicherte. »Probleme hatte er übrigens wirklich. Ich habe selten ein Hund-Herrchen-Gespann gesehen, das so unharmonisch miteinander umging. Er hat einen noch ziemlich jungen American Bulldog namens Boss. Und da ist der Name absolut Programm, sage ich dir. Ich hätte mich vor Lachen wegschmeißen können, aber das hab ich natürlich nicht gemacht. Das wäre doch ziemlich unhöflich gewesen, und ich will dir ja keinen potenziellen Kunden verprellen.«

»Brungsdahl?« Christina, die gerade Zeitungspapier aufklaubte, richtete sich überrascht auf. »Der Möbelfabrikant aus Köln, bei dem Mel früher angestellt war? Ist der mit seiner Familie auf Urlaub hier?«

»Nein, nicht der.« Luisa stellte die Pinsel in ein altes Marmeladenglas, in das sie zuvor Terpentin gefüllt hatte. »Der Künstler, Ben Brungsdahl. Mel hat doch erzählt, dass er Sybillas Haus für drei Monate oder so gemietet hat.«

»Ben Brungsdahl ist in Lichterhaven?« Christina ließ das Papier einfach wieder fallen. »Nein, das hat sie nicht erzählt. Mir zumindest nicht, die treulose Tomate. Mensch, so was muss ich doch wissen! Ich bin schließlich sein größter Fan. Na ja, wenn auch nicht der finanzstärkste. Ich kann mir seine Skulpturen höchstens im Traum leisten. Mal abgesehen von den Schlittenhunden aus Stein, die ich damals bei Sybilla entdeckt habe. Aber selbst die haben ein halbes Monatseinkommen verschlungen. Egal, der Typ ist hier? Ich muss ihn unbedingt kennenlernen. Wie ist er denn so?«

Luisa hob die Schultern. »Unverschämt gut aussehend. Wie ein Filmstar.«

»Das weiß ich. Sein Foto war ja schon oft genug in der Zeitung abgedruckt.«

»Also wenn du mich fragst, sieht er in natura noch besser aus. Ein bisschen verwegen und wahnsinnig gut gebaut. Der macht bestimmt viel Sport. Oder vielleicht kommt es auch davon, dass er die ganze Zeit seine schweren Materialien hin und her tragen muss, mit denen er immer arbeitet, was weiß ich. Aber er ist auch unheimlich nett und sympathisch.«

»Ich hätte ihn eher als eingebildet und arrogant eingeschätzt – so berühmt, wie er ist.«

»Bist du vielleicht ein Snob!« Luisa schüttelte milde tadelnd den Kopf. »Sybilla hat doch damals, als er sie besucht hat, auch schon erzählt, wie begeistert sie von ihm war. Schade, dass sie nicht mehr hier ist. Sie hätte sich bestimmt gefreut, ihn noch einmal zu treffen. Ich fand ihn jedenfalls richtig nett und sehr charmant. Bloß mit seinem Hund kommt er so überhaupt nicht klar. Die beiden liegen anscheinend im Dauerclinch. Er sagte, dass er Boss von einem Typ übernommen hat, der seine Tiere richtig übel behandelt hat.«

»Na, das macht ihn auf jeden Fall schon mal sympathisch.« Christina wiegte den Kopf leicht hin und her. »Aber solche Hunde sind meistens große Problemfälle. Ist er bissig?«

»Wer, Ben Brungsdahl?« Luisa lachte, als Christina die Augen verdrehte. »Boss? Nein, ich glaube nicht. Nur total stur und wahrscheinlich auch verängstigt und ohne jedes Vertrauen in die Menschen. Kann man ja auch verstehen, wenn er wirklich aus so einer fürchterlichen Haltung stammt. Er ist vielleicht so anderthalb, also mitten in der Pubertät, das macht es auch nicht unbedingt einfacher. Die beiden tragen einen ständigen Kampf um die Oberhand aus, den Boss offenbar in neun von zehn Fällen gewinnt. Das ist zumindest mein unmaßgeblicher Eindruck nach etwa zehn Minuten mit den beiden.«

»Und Brungsdahl wollte also zu mir?« Christina sammelte erneut das Papier vom Boden auf.

»Ja, wie gesagt, Elke hat ihn wohl geschickt. Vielleicht hat er jetzt einfach die Feiertage abgewartet und kommt heute Abend oder morgen noch mal vorbei. Obwohl ich ihm gesagt habe, dass wir auch über Pfingsten hier sein werden.«

»Was macht er denn überhaupt hier mit dem Hund? Urlaub?«

»Drei Monate lang?« Luisa schüttelte den Kopf. »Bestimmt nicht. Mel hat gesagt, dass er unten in der Nähe des Hafens die alte Lagerhalle von Verhoigen gemietet hat. Anscheinend will er dort arbeiten. Hat sie dir wirklich nichts erzählt? Bestimmt nur, weil du letzte Woche dauernd auf Fortbildung warst.«

»Ja, kann sein.« Christina stopfte das Papier in einen großen Karton.

»Garantiert kommt er dieser Tage noch mal vorbei. Nötig hätte er es jedenfalls und Boss ebenfalls, und ich glaube, das weiß der Mann auch.«

Christina trug den vollen Karton bis vor die Tür. »Einsicht ist jedenfalls der erste Schritt in Richtung Besserung.«

***

Den Pfingstsonntag hatte Ben hauptsächlich damit verbracht, sich in seinem Domizil einzurichten, ein wenig zu twittern und seine Social-Media-Accounts zu pflegen. Danach war er so lange mit Boss den Deich entlanggewandert, bis der Hund endlich müde gewesen war und sich auf seinem Schlafkissen zusammengerollt hatte.

Der Stil, in dem das Ferienhaus eingerichtet war, entsprach zwar nicht ganz dem, was er sich für sein Eigenheim ausgesucht hätte, aber es gefiel ihm ausgesprochen gut. Dunkle Kirschholzmöbel vor cremefarbenen und hellgelben Tapeten, einige hübsche Landschaftsmalereien, hauptsächlich Aquarelle, an den Wänden und eine noch recht neue cremeweiße Landhausküche. Außerdem gab es im Erdgeschoss ein Abstellräumchen und ein winziges Gästebad. Im Obergeschoss lagen zwei Schlafzimmer und ein geräumigeres Bad. Bezogen war sowohl das französische Bett im Zimmer zum Garten als auch das etwa einen Meter sechzig breite Doppelbett aus dunklem Kirschholz im Raum zur Straße hin. Da er sich gerne ausbreitete, entschied er sich für das breitere Bett, auch wenn der Blick aus dem anderen Zimmer auf den gut gepflegten Garten der bessere war. Hinter dem Haus gab es nicht nur eine kleine, säuberlich gemähte Grünfläche, sondern auch von Lavendelstauden begrenzte Blumen-, Kräuter- und Gemüsebeete sowie einen Schuppen, der von weiß blühendem Knöterich überwuchert war. Am Zaun entlang wuchsen dichte Hundsrosenbüsche, die Wege waren dick mit Rindenmulch bedeckt und die Beerensträucher und Obstbäume offensichtlich im Herbst sorgsam zurückgeschnitten worden. Hier kümmerte sich jemand mit viel Liebe um die Details.

Trotz des Feiertags hatte Ben der Lagerhalle am Montag einen Besuch abgestattet. Er fand sein Werkzeug sowie den größten Teil der Werkstoffe so vor, wie er gehofft hatte. Zwei Lieferungen Sand- und Speckstein waren noch nicht eingetroffen, doch Melanie Messner hatte ihm eine Notiz hinterlassen, in der sie ihm mitteilte, dass der Lieferant angerufen und die Zustellung für den kommenden Mittwoch in Aussicht gestellt hatte. Alles in allem war er also äußerst zufrieden mit der Situation.

Jetzt, am Dienstagmorgen, stand er wie schon am ersten Tag im Garten und ließ die Eindrücke auf sich wirken. In einer Ecke wurde das üppige Kräuterbeet von einem ausladenden Flieder beschattet, dessen zartlila Blüten den Blick wie magisch auf sich zogen.

In Bens Kopf formte sich bereits die Idee für eine Skulptur. Nicht aus Stein diesmal, sondern vielleicht Eisen oder Stahl. Es war noch zu früh, um den endgültigen Werkstoff festzulegen. Erst einmal musste eine Form in seinem Kopf Gestalt annehmen.

Er spürte jedoch, dass er für den Moment genügend Reize gesammelt hatte und sein Kopf voll genug war, also beschloss er, sich erst einmal um wichtige Dinge des Alltags zu kümmern. Vor einer Stunde war er bereits in Dennersens Hofladen gewesen und hatte sich mit Milch, Käse, Joghurt und Wurst eingedeckt. Doch er würde noch weitere Lebensmittel und Haushaltsgegenstände benötigen, deshalb kam er um eine Fahrt zum Supermarkt in dem kleinen Gewerbegebiet am Südrand von Lichterhaven wohl nicht herum. Auf dem bunten Stadtplan, den Melanie Messner ihm am Samstagabend zusammen mit dem Schlüsselbund und einem Stapel Prospekte überreicht hatte, konnte er erkennen, dass die Stadt neben Supermärkten und Discountern so gut wie alle wichtigen Bereiche des Lebens zu versorgen wusste. Dass es auch einen großen Baumarkt gab, kam ihm sehr entgegen, denn erfahrungsgemäß würde er hin und wieder rasch ein zu Bruch gegangenes Werkzeug ersetzen müssen. Zwar deckte er sich normalerweise über einen spezialisierten Künstlerbedarf ein, doch dieser lieferte bestenfalls über Nacht. Wenn ihn ein Meißel, Bohrer oder sonst ein lebenswichtiges Werkzeug im Stich ließ, brauchte er meist sofort Ersatz.

Boss lag im Wohnzimmer auf seinem Schlafkissen und schnarchte, rappelte sich aber prompt auf, als Ben hereinkam und die Terrassentür verschloss.

Nanu? Was hast du den jetzt vor? Du ziehst die gute Lederjacke an? Gehst du aus? Doch wohl nicht ohne mich, oder?

»Boss, ich muss schnell ein paar Sachen einkaufen. Dich kann ich dabei nicht gebrauchen, also musst du wohl oder übel ein Weilchen hier allein bleiben.« Skeptisch sah Ben auf den Hund hinab, der seinen Blick argwöhnisch erwiderte. »Du wirst dich gut benehmen, bis ich wieder hier bin, verstanden?«

Ich soll hier allein bleiben? Wie langweilig! Und mich benehmen? Mal sehen ... Keine Ahnung, ob ich das schaffe. Wirst ja sehen, was passiert, wenn du mich zurücklässt. Boss legte den Kopf schräg und brummelte ungehalten vor sich hin. Dann kehrte er auf sein Kissen zurück und drehte Ben beleidigt den Rücken zu.

Ergeben seufzend holte Ben sein Handy, Geldbörse und Schlüssel aus der Küche, wo er alles neben seinem benutzten Frühstücksgeschirr abgelegt hatte, und verließ das Haus. Auf dem Weg Richtung Stadtmitte beschloss er spontan, kurz in *Sybillas Schatztruhe,* der kleinen Kunsthandlung, vorbeizuschauen. Also parkte er seinen Wagen auf einem Parkplatz nahe der Innenstadt und machte sich auf den Weg die Lichterhavener Hauptstraße hinab. Hier gab es alles, was einen frischen quirligen Touristenort ausmachte: Restaurants und Cafés, Bekleidungs- und Souvenirläden und jede Menge maritimes Flair.

Eine Gruppe junger Leute scharte sich gerade um den Eingang eines türkischen Imbisses namens *Alibaba,* vor einem Floristikgeschäft saßen zwei Straßenmusiker mit Gitarre und Violine und intonierten eine Interpretation von Beethovens *Für Elise.* Obwohl noch Nebensaison war, trieben sich sowohl auf der Hauptstraße als auch in den Nebengassen schon eine Menge Touristen herum. Das sonnige Wetter lud geradezu zu einem Schaufensterbummel ein, doch Ben kümmerte sich eher wenig um Andenkengeschäfte oder Boutiquen. Er nahm vielmehr das Gesamtbild in sich auf. Als er das untere Drittel der Hauptstraße erreichte, erblickte er rechter Hand eine Eisdiele mit dem verlockenden Namen *Eisträume,* vor deren Verkaufsfenster sich eine lange Schlange geduldiger Kunden gebildet hatte. An den kleinen Tischen draußen saßen bereits einige Personen und löffelten hingebungsvoll ihr Eis, und anscheinend herrschte auch im Inneren des Eiscafés reger Betrieb. Schräg gegenüber befand sich *Sybillas Schatztruhe* in einem in fröhlichem Hellgelb gestrichenen Gebäude mit Glastür und zwei großen Schaufenstern.

Ben blieb vor dem linken Fenster stehen und betrachtete die Auslagen: aus Muscheln gefertigte Ketten, wundersam geformte und schimmernde gläserne Ringe einer jungen Künstlerin namens Jana Weißmüller. Er erkannte ihre Arbeit sofort, denn er hatte seiner Mutter einen solchen Ring zum vergangenen Weihnachtsfest geschenkt und sich dabei eingehend mit den Werken dieser Künstlerin befasst. Sie lebte und arbeitete in einer kleinen Stadt im Rheinland, nicht weit von Köln entfernt. Ihr Atelier war ein Geheimtipp und eine wahre Fundgrube an ausgefallenem Schmuck, Skulpturen und allem, was sich sonst noch aus Glas fertigen ließ.

Als er den Kopf hob, sah Ben im Inneren des Ladens Vitrinen mit weiterem Schmuck sowie verschiedene Möbelstücke, Truhen, Bilder an den Wänden und Regale voller Vasen, Schalen und Plastiken. Die Kunsthandlung war ebenfalls gut besucht, deshalb hob er nur kurz die Hand und winkte Melanie Messner zu, als sie von dem altmodischen Verkaufstresen aus zu ihm herüberblickte. Seinen Besuch würde er auf eine weniger rührige Uhrzeit verlegen, beschloss er.

Stattdessen ging er weiter auf den von hier aus nur noch einen Steinwurf entfernten Hafen zu, in dem im Augenblick nur zwei Fischkutter vertäut waren. Da gerade Flut war und das Wasser sich auf seinem Höchststand befand, waren sowohl Fischer als auch Touristenboote draußen auf der offenen See unterwegs. Es roch intensiv nach Fisch und salziger Meerluft. Am hinteren Ende des Hafens erblickte er einen Foodtruck, in dem Fisch- und Krabbenbrötchen verkauft wurden, und daneben eine Bude, deren Aufschrift verriet, dass man dort frische Crêpes und Waffeln erwerben konnte.

Hier am Hafen gab es aber auch noch weitere Restaurants

und ein Café und Bistro mit dem schönen Namen *Möwennest*, an das er sich noch von seinem ersten Besuch in Lichterhaven erinnern konnte. Dorthin hatte Sybilla ihn einmal eingeladen, und er hatte zugeben müssen, dass es dort die besten Matjesheringe gab, die er je gegessen hatte. Das Schild am Eingang verriet, dass der Inhaber gewechselt hatte, dem Namen nach war wohl die Geschäftsführung vom Vater auf den Sohn übergegangen. Das ließ hoffen, dass sich an der Qualität der Küche nichts geändert hatte.

Liebend gerne hätte er nun auch noch einen Blick über den nahe gelegenen Deich geworfen, an dem alle hundert Meter Treppenstufen emporführten und Gäste wie Einheimische dazu einluden, sich der Nordsee noch ein Stück weiter zu nähern. Doch wenn er Boss nicht zu lange allein lassen wollte, musste er wohl oder übel jetzt umkehren und sich auf den Weg zum Supermarkt machen. Später würde er noch genügend Zeit haben, die Umgebung zu erkunden – hoffentlich mit einem Vierbeiner im Schlepptau, der nicht ganz so brummig war wie heute Vormittag. In manchen Momenten fragte er sich, was ihn wohl geritten haben mochte, als er Boss so mir nichts, dir nichts adoptiert hatte. Klar, der Hund hatte ihm leidgetan und schien trotz der üblen Behandlung durch seinen Vorbesitzer nicht bösartig geworden zu sein. Doch Boss' Sturheit und vollkommener Unwille, ihm auch nur ansatzweise entgegenzukommen, waren extrem anstrengend. Elke Dennersen hatte recht, er brauchte die Hilfe eines guten Hundetrainers, wenn er mit Boss auf Dauer auskommen wollte. Leider war die Inhaberin der Hundeschule am vergangenen Samstag nicht da gewesen, und die hübsche Blondine, die sich ihm als Luisa Messner und Schwester der Chefin vorgestellt hatte, hatte ihm leider nicht weiterhelfen können. Aber in den nächsten Tagen würde er auf jeden Fall noch einmal beim Trainingsplatz vorbeigehen und sich über die Kurse, die Christina Messner für Hundebesitzer anbot, näher informieren. Die Broschüre, die Luisa ihm mitgegeben hatte, las sich schon mal vielversprechend. Vielleicht würden Boss und er mit professionellem Coaching doch noch so etwas Ähnliches wie ein Team werden. Das würde ihn zwar Zeit kosten, die er eigentlich in seine Arbeit stecken wollte, aber er war sich seiner Verantwortung für den Hund bewusst, also würde er wohl in den sauren Apfel beißen und sich helfen lassen müssen.

Bis sich in dieser Hinsicht erste Erfolge abzeichneten, würde er allerdings versuchen müssen, Boss zumindest durch Bestechung freundlich zu stimmen. Deshalb stand ganz oben auf seiner Einkaufsliste ein ganzes Arsenal von Hundeleckerli, Spielzeug – dazu würde er einen Abstecher in die Zoohandlung machen müssen – und eine Leber- und eine Fleischwurst, falls alle anderen Maßnahmen versagten.

※※※

So ein Mist, Ben hat wirklich ernst gemacht und mich hier allein gelassen. Und was jetzt? Soll ich vor Langeweile umkommen? Ich weiß ja noch nicht mal genau, wo wir hier sind. Wir sind zwar schon ein paarmal herumgelaufen, und in der Nähe gibt es einen tollen Wald, der mir gut gefällt, mit einem Teich, in dem ich zu gerne mal schwimmen würde, aber dahin komme ich ja jetzt nicht. Ebenso wenig wie an das riesige salzige Wasser. Du liebe Zeit, so viel Wasser auf einem Haufen habe ich überhaupt noch nie gesehen. Dass es ekelhaft salzig schmeckt, hätte Ben mir aber ruhig sagen können, bevor ich es probiert habe. Igitt!

Das Seltsamste aber ist, dass dieses viele Wasser manchmal da ist und manchmal nicht. Ja, wirklich, es geht immer wieder weg und kommt dann wieder. Ben hat das Ebbe und Flut genannt.

Bei Ebbe sind wir einmal ein Stück aufs Watt hinausgelaufen. Das ist gar nicht mal so übel, eine Mischung aus Matsch und nassem Sand. Allerdings riecht es teilweise etwas streng. Und manchmal sieht man so kleine Viecher, die Ben Krebse genannt hat. Die waren witzig, scheinen aber gemeine Zangen zu haben, die aussehen, als könnten sie einer Pfote oder Hundenase gefährlich werden. Also halte ich mich von ihnen lieber fern.

Tja, so ein Gang übers Watt wäre jetzt angesagt, aber nein, ich muss hier rumhocken und ... was? Aufpassen? Bin ich vielleicht ein Wachhund? Na gut, grundsätzlich schon, aber andererseits ... Was genau soll ich denn hier bewachen? Mich selbst oder was? Mein Hundekissen? Bens Sachen jedenfalls nicht, der ist zwar momentan mein Dosenöffner, aber auf gar keinen Fall mein Herrchen. Ein solches will ich nämlich nicht mehr. Ein Mal hat mir gereicht. Die Menschen können mich nämlich alle mal gepflegt am Abend besuchen. Jawohl. Hab jedenfalls noch keinen getroffen, der es wert gewesen wäre, ihn zu bewachen. Oder seine Sachen. Oder überhaupt. Das kann er ruhig selber machen.

Also langsam könnte Ben wirklich mal zurückkommen. So allein hier in einem fremden Haus, das mag ich nicht. ÜBERHAUPT NICHT. Ist das klar? Ja, genau, ich belle. Laut und deutlich. Kann ja wohl nicht sein, dass man hier rumsitzt und die Wände anstarren muss. Oder den Garten. Wenn ich wenigstens in den Garten könnte! Da ist zwar ein Zaun ringsum, über den ich ganz sicher nicht springen werde, weil er viel zu hoch ist, aber vielleicht könnte man sich ja unten drunter durchbuddeln. Oder wenigstens an der frischen Luft sein. Aber nein, der blöde Herr lässt mich hier versauern, während er weiß der Himmel was für Abenteuer erlebt.

Hier ist es so still; wenn ich belle, höre ich mich wenigstens selbst. Nicht dass mir die Stille Angst machen würde. Ein Boss hat keine Angst, niemals! Das wäre ja lächerlich. Bescheuert. Nee, ganz ehrlich nicht. Ich bin bloß sauer.

Aber was, wenn ich vorhin ein bisschen zu dick aufgetragen habe mit meiner Beleidigt-Nummer? Hm, also das wäre dann schon ungünstig. Nicht, dass Ben jetzt gar nicht mehr zurückkommt. Also ... das wird er ja wohl nicht machen, oder? ODER? HALLO? Hört mich jemand? Ich will hier nicht allein zurückbleiben und verhungern oder so. Das geht gar nicht. HALLO! Ich kann noch lauter BELLEN, wenn es sein muss.

Nicht dass mich jemand falsch versteht. Ich habe wirklich keine Angst. Deshalb jaule ich auch nicht. Nein, gar nicht. Okay, ein bisschen, aber nur, um dem Gebell Nachdruck zu verleihen. Ich bin nämlich total WÜTEND, echt. Ben kann doch nicht einfach verschwinden und mich hierlassen und ...

Mist, mich hört keiner. Was mache ich denn jetzt? Noch mehr heulen? Nein, das ist viel zu peinlich. Ich heule und jaule nie. Schon gar nicht wegen eines Menschen.

Gut, ich könnte Ben noch eine Chance geben. Vielleicht kommt er ja doch noch zurück. In dem Fall soll er aber gleich wissen, dass er so was mit mir zukünftig nicht mehr machen kann. Wie zeige ich ihm das am besten? Soll ich einen seiner Schuhe fressen? Nein, das letzte Mal lag mir das Leder doch ein bisschen schwer im Magen. Und ziemlich geschimpft hat er auch. Darauf kann ich verzichten. Schmeckt ja auch überhaupt nicht, so ein Schuh. Eine Wurst wäre mir lieber oder so ein Kauknochen, wie er mir neulich mal einen gegeben hat. Nicht dass ich ihm dafür dankbar wäre, aber irgendwas muss ich ja fressen, nicht wahr?

Lasst mal sehen ... Hier im Gästebad hängt so eine Papierrolle. Ha, genau, die ribbele ich jetzt mal ab und schleppe sie ins Wohnzimmer. Damit kann man bestimmt das Hundekissen schön auspolstern. Oder nein, dafür verwende ich lieber die Sofakissen. Oder ich lege mich gleich aufs Sofa, das ist noch besser. Warum sollte nur Ben da oben liegen dürfen? Und wehe, er kommt nicht mehr zurück. Dann werde ich aber so was von unleidlich! Wirklich. Total! Und überhaupt nicht, weil ich mir Sorgen mache, sondern aus Prinzip.

Hm ... also aus dem Klopapier mache ich jetzt ... ja was? Lauter kleine Fetzen? Ja, genau, dann habe ich wenigstens was zu tun.

***

Wie häufig an der Küste schlug das Wetter innerhalb einer knappen halben Stunde um. Ein böiger Wind kam auf und trieb von der See her dunkelgraue Wolkentürme heran. Die Sonne hatte dagegen keine Chance, und schon bald war es so finster, als sei bereits der Abend angebrochen.

Ben konstatierte es lediglich mit einem Achselzucken. Er hielt mit seinem X5 vor dem Gartentor und öffnete den Kofferraum, um seine Einkäufe auszuladen. Aus dem Haus vernahm er dunkles aufgeregtes Gebell, das sich nicht gerade freudig, dafür aber umso wütender anhörte. Die inzwischen schon typische Art von Boss, ihn zu begrüßen.

Ehe er sich jedoch den Tüten und Kartons in seinem Auto widmen konnte, fiel sein Blick auf den Deich und die bedrohlich wirkende Wolkenwand, die sich darüber erhob. Ohne weiter nachzudenken, sprintete er die zweihundert Meter, erklomm die Stufen zum Scheitel des Deichs, auf dem sich ein asphaltierter Weg für Spaziergänger und Radfahrer befand. Hier oben blies der Wind so stark, dass Ben für einen Moment ins Schwanken geriet. Doch nachdem er sein Gleichgewicht wiedergefunden hatte, starrte er fasziniert auf das Farbenspiel am Himmel über der Nordsee. Das Wasser rollte unruhig und in schmutzigen Grautönen ans Ufer, während die Wolken sich in klareren, jedoch kaum weniger finsteren Schattierungen darüber türmten, brodelten und quirlten.

In Bens Kopf entstanden Formen, Figuren, Bilder, die sich auf wundersame Weise mit der Erinnerung an den zart und fröhlich blühenden Flieder im Garten des Ferienhauses verknüpften, verwoben, verbanden. Fast eine Viertelstunde stand er vollkommen reglos, den Blick auf den Horizont gerichtet, dann machte er unvermittelt kehrt und rannte den Weg zu seinem Auto zurück. Die ersten großen Regentropfen trafen ihn und wurden rasch zu einem ausgewachsenen Regenguss, doch es kümmerte ihn nicht. Er wollte schon Boss holen und erneut losfahren, doch die noch immer wartenden Lebensmittel erinnerten ihn an lästige Haushaltspflichten. Fluchend griff er sich so viele Tüten wie möglich, schloss ungelenk die Haustür auf und trug alles in die Küche. Boss bellte vorwurfsvoll, doch Ben beachtete den Hund gar nicht. So rasch es ging, brachte er seine Einkäufe ins Trockene, verstaute zumindest die gefrorenen und gekühlten Lebensmittel in Eis- und Kühlschrank und ließ alles andere einfach kunterbunt liegen.

»Boss? Komm her, wir müssen uns beeilen.«

Beeilen? Warum das denn? Erst lässt du mich hier mutterseelenallein, und jetzt soll ich auf einmal springen, nur weil du pfeifst? Na gut, aber nur, weil ich mal pinkeln muss. Wohin geht es denn?

Ein wenig fahrig, weil ihn die Ungeduld gepackt hatte, legte Ben dem Hund das Geschirr an und befestigte die Leine daran. Dabei fiel sein Blick kurz ins Wohnzimmer. »Scheiße, was ist das denn?« Erst jetzt bemerkte er die Spur aus Toilettenpapierfetzen auf dem Flurboden. »Du spinnst wohl, Boss! Was soll das denn, hier so ein Chaos anzurichten? Wir sind hier nicht in … Ach, was soll's!« Ohne weiter auf die Unordnung zu achten, zog er an der Leine. »Komm, wir müssen los. Ich will arbeiten.«

Arbeiten? Halt, nun warte doch mal, bis ich mit Pinkeln fertig bin! Boss hob an einem Margeritenbusch neben dem Gartentor das Bein.

»Mach schon, ich sehe es genau vor mir!«

Was siehst du vor dir? Ich glaube, du bist es, der hier spinnt. Hier ist gar nichts außer blödem Regen zu sehen. Ich mag keinen Regen. Wird man nur nass von.

»Hopp, ins Auto. Nein, stell dich jetzt nicht an, Boss, wir fahren doch nur bis zum Lagerhaus. Das ist nicht weit.«

Mist, wieder in die Box? Na gut. Wenigstens stinkt es hier nicht mehr nach Kotze. Das Zeug, das diese Elke gebracht und das Ben hier reingesprüht hat, hilft anscheinend echt gut. Entgegen allen Gerüchten mögen Hunde nämlich keinen Kotzegestank. Also ich jedenfalls nicht, das steht fest. Ja, schon gut, ich bin ja schon drin, du brauchst nicht so zu drängeln. Boss brummelte ungehalten und legte sich in der Box zurecht.

Ben verschloss die Tür, klappte den Kofferraumdeckel zu und saß im nächsten Moment schon wieder auf dem Fahrersitz. Die Vision stand ihm so deutlich vor Augen, dass er an sich halten musste, um nicht auf dem Weg zum Lagerhaus sämtliche Verkehrsgebote zu missachten.

4. Kapitel

»Hallo Mel, schau mal, was ich euch mitgebracht habe.« Christina hob die Papiertüte mit den eingewickelten Krabbenbrötchen hoch, als sie *Sybillas Schatztruhe* betrat. »Mittagessen!«

»Oh, du bist ja ein Schatz!« An Melanies Stelle kam Deana Holthusen hinter dem alten, auf Hochglanz polierten Verkaufstresen hervor und umarmte Christina herzlich. Die Fünfzigjährige küsste sie fröhlich auf die Wange und schnappte sich dann die Tüte, um einen Blick hineinzuwerfen. Dabei strich sie eine Strähne ihres kurzen dunkelroten Haars aus der Stirn und verdrehte genießerisch die Augen. »Genau, was wir jetzt brauchen, Mel. Krabbenbrötchen und … Hmmm, wie lecker, Kais Matjessalat.«

»Klingt himmlisch.« Mel hob den Blick von einer Rechnung, die sie gerade eingehend studiert hatte. »Brinkmann hat schon wieder den Rabatt falsch berechnet.«

»Dreh ihm bitte erst nach dem Essen einen Strick daraus, Mel.« Lächelnd kehrte Deana hinter den Tresen zurück und blickte Melanie über die Schulter. »So viel Zeit muss sein. Vor allem, wenn Christina uns derart verwöhnt. Wie kommen wir überhaupt zu der Ehre?«

Christina zuckte die Achseln. »Ehrlich gesagt hat Kai mir das Essen aufgenötigt. Er sagte irgendwas von einem Bild, das ihr ihm besorgt habt, für die *Seemöwe*, glaube ich, und dass er euch dafür bis in alle Ewigkeit dankbar sei.«

»Das Möwenbild.« Mel strich ihr schulterlanges honigblondes Haar hinters Ohr. »Kai hat es im Internet entdeckt, aber laut der Seite der Künstlerin war es schon verkauft. Wir haben nachgeforscht und es ihm besorgt. Viel zu teuer, wenn du mich fragst, aber es passt einfach perfekt in sein Nobelrestaurant. Wenn wir jetzt dafür immer leckeres Essen aus dem *Möwennest* bekommen, hat sich der Aufwand ja gelohnt.«

Noch während sie sprach, ertönte ein lang gezogenes Freudengeheul aus dem Obergeschoss, dann hörten sie Pfotentapser auf der Treppe, und im nächsten Augenblick schoss ein schokoladenbrauner Wirbelwind auf Christina zu und warf sie beinahe um.

Lachend wehrte sie die Hündin ab, die sich vor Freude beinahe umbrachte. »Ist ja schon gut, Schoki. Man könnte meinen, wir hätten uns seit Jahren nicht gesehen. Ja, ja, ich freue mich auch. Aber pass ein bisschen mit meinen Klamotten auf. Die sind fast neu und frisch gewaschen.« Während Christina sprach, machte sie die erforderlichen Handzeichen, damit Schoki auch wirklich wusste, was sie eigentlich von ihr wollte.

Nur widerwillig beruhigte sich die Hündin etwas und setzte sich. Mit erwartungsvollem Blick studierte sie nun die Tüte, die Deana auf dem Tresen abgestellt hatte. Dabei sah es aus, als würde ihre Nase immer länger.

»Nichts da, das ist unser Mittagessen.« Lachend zog Mel die Tüte ein wenig vom Tresenrand weg. Neugierig musterte sie ihre Schwägerin. »Sag mal, hast du gleich ein Date? Du siehst ja richtig chic aus.«

»Zu chic?« Besorgt sah Christina an sich hinab. Sie trug eine schmal geschnittene Stoffhose in Dunkelblau und dazu eine auf Figur geschnittene kurzärmlige weiße Bluse mit modischen Rüschen an der Knopfleiste.

»Kommt drauf an, wofür.« Deana betrachtete sie wohlwollend. »Ich finde, die Sachen stehen dir ganz ausgezeichnet. Man ist sie nur nicht an dir gewohnt, zumindest nicht an einem normalen Werktag.«

»Ich wusste, es ist zu viel.« Christina seufzte und schüttelte ihre langen hellbraunen Locken, die sie ausnahmsweise nicht zu einem praktischen Zopf gebunden, sondern nur an den Schläfen mit Klämmerchen zurückgenommen hatte. »Aber was soll's! Lieber overdressed als underdressed.«

»Was hast du denn vor?« Melanie wickelte eines der Krabbenbrötchen aus und biss hinein.

»Nichts Großartiges. Ich dachte nur, ich schaue mal bei Ben Brungsdahl rein.« Christina fixierte Melanie. »Bei *dem* Ben Brungsdahl, von dem du mir nicht erzählt hast, dass er die nächsten drei Monate hier in Lichterhaven sein wird. In Sybillas Haus!«

Melanie hob überrascht die Augenbrauen. »Entschuldige, das muss mir entfallen sein. Du warst doch letzte Woche auf diesem Lehrgang, und irgendwie hab ich das dann ganz vergessen. Er hat ziemlich kurzfristig gebucht und Glück gehabt, dass ich für diesen Sommer noch keine Gäste aufgenommen hatte. Zu ihm willst du also? Warum? Willst du ihn verführen?«

»So ein Quatsch!« Lachend winkte Christina ab. »Nein, er war am Samstag bei der Hundeschule, weil er anscheinend mit seinem Hund nicht klarkommt.«

»Ja, davon habe ich auch schon gehört«, mischte Deana sich ein und nahm sich das zweite Brötchen aus der Tüte. »Ich habe am Montag Elke Dennersen auf der Straße getroffen, und sie hat mir erzählt, dass der Hund ziemlich eigensinnig zu sein scheint. Und kräftig. Eine Amerikanische Bulldogge.«

»Stimmt, kräftig ist Boss«, bestätigte Melanie. »Der wird schon so seine fünfzig Kilo auf die Waage bringen. Und stur wie ein Esel. Hat auf kein einziges Kommando gehört und dauernd so ausgesehen, als wäre er tödlich beleidigt. Herr Brungsdahl hat es erstaunlich gelassen hingenommen. Ich weiß nicht, ob ich mit so einem Tier zurechtkäme. Schoki ist da so ganz anders.« Lächelnd streichelte sie der Hündin über den Kopf, die inzwischen um den Tresen herumgegangen war und sich auf die Füße ihres Frauchens gesetzt hatte.

»Könnte ein interessanter Job werden.« Christina schob die Hände in die Hosentaschen. »Er war seither nicht mehr in der Hundeschule, deshalb dachte ich, ich gehe mal bei ihm vorbei und stelle mich vor.«

»Also doch eine Verführung, nur nicht erotischer Natur, sondern hinsichtlich einer Zusammenarbeit mit dir?« Melanie schmunzelte. »Hast du schon gehört, dass er verboten gut aussieht? Hast du dich deshalb so in Schale geworfen?«

»Wie er aussieht, weiß jeder, der schon mal eine Zeitschrift gelesen hat«, befand Deana.

»Na ja.« Verlegen hob Christina die Schultern. »Ich will keinen Eindruck schinden oder so. Aber ihr wisst, dass ich Fan seiner Kunstwerke bin. Wenn ich den Meister jetzt höchstpersönlich kennenlernen darf, will ich wenigstens einigermaßen präsentabel aussehen. Der erste Eindruck zählt schließlich. In Jeans und Arbeitsweste wird er mich später noch oft genug zu sehen bekommen. Jedenfalls wenn er tatsächlich einen Kurs bei mir belegt.«

»Ich glaube schon, dass er das tun wird.« Melanie wischte sich mit einer Serviette über die Lippen. »Er kam mir sehr bemüht vor, was Boss angeht, aber wahrscheinlich hat er null Ahnung von Hunden. Er hat Boss adoptiert, weil er ihm leidtat, und steht jetzt da wie der sprichwörtliche Ochs vorm Berg.«

»Und wie ist er sonst so? Luisa hat in einer Tour geschwärmt, wie nett er sei.«

»Das ist er wirklich«, bestätigte Melanie. »Ich meine, ich

hatte ja schon ab und zu mit ihm Kontakt, aber meistens nur per E-Mail oder Telefon, da fand ich schon immer, dass er eine angenehme Art hat. Persönlich ist er sogar richtig charmant. Es wundert mich, dass ihn sich noch keine Frau geschnappt hat. Solche Exemplare, wo das Gesamtpaket stimmt, findet man schließlich nicht so oft.« Sie lächelte versonnen, und Deana stieß sie schmunzelnd an.

»Du musst dich gerade beschweren! Mit Alex hast du doch wohl den absoluten Glücksgriff getan.«

»Ich beschwere mich doch gar nicht. Würde mir im Traum nicht einfallen. Ich meine ja nur. Ben Brungsdahl ist reich, gebildet, Künstler, sieht gut aus *und* ist charmant. Die Frauen müssten sich eigentlich um ihn schlagen. Aber man hört kaum etwas über sein Privatleben, das scheint er weitgehend unter Verschluss zu halten. Verheiratet ist er jedenfalls nicht, und ich glaube, eine Freundin hat er auch nicht, sonst wäre er doch nicht für drei Monate allein hierhergekommen.«

»Vielleicht hat er ein paar Leichen im Keller.« Christina grinste. »So wie ihr ihn nämlich beschreibt, ist er fast schon zu perfekt. Da schwimmt garantiert irgendwo ein Haar in der Suppe.«

»Vielleicht ist er auch nur wählerisch«, wandte Deana ein. »Ich für meinen Teil fand ihn damals schon nett, als er Sybilla besucht hat.«

Melanie nickte. »Ich bin sicher, ihr werdet euch gut verstehen. Er machte auf mich den Eindruck eines sehr weltoffenen Mannes, der gerne dazulernt. Und was Boss angeht, ist, fürchte ich, dieses Lernen dringend nötig. Aber da er von sich aus bei deiner Hundeschule vorbeigeschaut hat, nehme ich an, dass ihm dieser Umstand bewusst ist. Du kannst dich also bestimmt auf einen einsichtigen Schüler freuen. Richte ihm einen schönen Gruß von mir aus, wenn du bei ihm vorbeischaust.«

»Von mir bitte auch.« Deana nahm die beiden Schüsseln mit dem Matjessalat aus der Tüte und reichte eine davon Melanie. »Wir werden uns in der Zwischenzeit der Völlerei widmen.«

»Dann mache ich mich mal auf den Weg zu Sybillas Haus.« Christina wandte sich zur Tür.

»Nein, warte, so weit brauchst du gar nicht zu laufen«, hielt Melanie sie auf. »Ich habe sein Auto vorhin drüben am Lagerhaus gesehen. Wahrscheinlich richtet er sich gerade in seiner neuen Werkstatt ein. Du hättest mal die Mengen an Stein, Eisen, Plastik und was weiß ich nicht alles sehen sollen, die dort letzte Woche angeliefert worden sind. Ich bin gespannt, was er daraus machen wird.«

»Okay, dann bis später mal. Tschüss Schoki.« Christina kraulte die Hündin, die ihr bis zur Tür gefolgt war, kurz hinter den Ohren und verließ den Laden.

Das Lagerhaus, das Ben Brungsdahl gemietet hatte, lag zwischen den Hafenanlagen und einer alten baufälligen Werft, die schon seit über zehn Jahren nicht mehr genutzt wurde. Als ihr Blick auf das Werftgelände fiel, runzelte sie überrascht die Stirn, weil vor dem Gebäude, das einmal die Büros und Planungsräume beherbergt hatte, zwei silberne SUVs parkten. Die Eingangstür stand offen, und in einer der Werkstatthallen sah sie zwei Männer herumlaufen, die Zollstöcke in Händen hielten. Einer von ihnen machte mit seinem Smartphone eifrig Fotos. Erkennen konnte sie die Männer auf die Entfernung nicht, aber sie fragte sich sofort, was wohl dort vor sich gehen mochte. Ob jemand das Werftgelände gekauft hatte? Sie erinnerte sich noch daran, wie geschäftig es dort früher zugegangen war. Dann aber hatte Carl Verhoigen, ein reicher Unternehmer, der aus Lichterhaven stammte, den Eigentümer, der aus irgendwelchen Gründen in Zahlungsnot geraten war, unter Druck gesetzt und die Werft schließlich übernommen. Die Gerüchte besagten, dass es sich dabei um einen Kleinkrieg zwischen zwei ehemals guten Freunden gehandelt hatte, der jäh endete, als der unterlegene frühere Werftbesitzer an einem Herzinfarkt starb. Seitdem tat sich auf dem Gelände nichts mehr. Selbst der letzte bereits zur Hälfte fertiggestellte Fischkutter stand noch wie ein trauriges Mahnmal in der hintersten Werkstatthalle und rostete vor sich hin. Verhoigen weigerte sich standhaft, die Werft zu verkaufen – zumindest bisher. Vielleicht hatte er jetzt seine Meinung endlich geändert. Der Lichterhavener Stadtrat, so wusste Christina, denn ihr Vater war Ratsmitglied, versuchte schon seit vielen Jahren, den Unternehmer zur Einsicht zu bewegen, denn die Werft war inzwischen zu einer der letzten unansehnlichen Stellen in dem ansonsten liebevoll herausgeputzten Touristenort verfallen.

Christina beschloss, ihren Vater bei nächster Gelegenheit zu fragen, ob er etwas über einen Wechsel der Besitzverhältnisse der Werft wusste, und steuerte nun zielstrebig auf die zweiflüglige Eingangstür an der linken Seite des Lagerhauses zu. Dieses Gebäude gehörte ebenfalls Carl Verhoigen. Zuletzt hatte es als Unterstand für die Fahrzeuge eines Großbauern gedient, der nun am Stadtrand neue Hallen für seinen Fuhrpark gebaut hatte. Vermutlich war ihm der Weg durch die Stadt mit den großen Traktoren und dem Mähdrescher zu umständlich geworden, ganz abgesehen davon, dass sich die umliegenden Geschäftsleute über den Schmutz beschwert hatten, den Landmaschinen nun einmal verursachten. Vielleicht wusste ja sogar Ben Brungsdahl etwas über die Werft, weil er mit Verhoigen darüber gesprochen hatte. Immerhin lag die Lagerhalle fast in direkter Nachbarschaft zur Werft.

Als sie den Eingang erreichte, schallte ihr aus dem Inneren des Gebäudes Metallicas *The Unforgiven* entgegen, unterlegt mit einem metallischen Hämmern, das sich gleich darauf mit dem Kreischen eines Winkelschleifers abwechselte. Offenbar hatte der Künstler bereits mit einem neuen Projekt begonnen.

Zögernd hob Christina die Hand und klopfte an die Stahltür, doch natürlich konnte Ben Brungsdahl das bei dem Lärm nicht hören. Versuchsweise betätigte sie die Türklinke, stellte fest, dass er nicht abgeschlossen hatte, und trat beherzt ein. Sie wollte ihn keinesfalls stören, aber eine Mischung aus Neugier und Geschäftssinn trieb sie an.

Zunächst einmal sah sie sich einem riesigen Stapel Holzkisten und Kartons gegenüber, von denen einige aufgerissen waren. Als sie sie umrundete, entdeckte sie die von Melanie erwähnten Steine verschiedenster Größen und Färbungen, von höchstens handtellergroß bis mannshoch, weiß, grau, bläulich schimmernd und sogar schwarz. Weiter hinten konnte sie eine weiß-grüne Marmorplatte erkennen und am hinteren Ende der Halle einen Berg Eisenrohre, -platten und Kugeln. Daneben etwas, was wie ein riesiges aufgerolltes Metallnetz aussah, und noch einige weitere Werkstoffe, die sie auf den ersten Blick keinem ihr bekannten Material zuordnen konnte. An der rechten Wand entlang waren Werkbänke aufgestellt, über denen Stahlplatten mit Haken für Werkzeuge sowie Regalbretter angebracht waren. Hier war noch nichts eingeräumt, vermutlich befanden sich die Utensilien, die für das Ordnungssystem vorgesehen waren, alle noch in den Kisten und Kartons.

Das alles erfasste Christina mit nur wenigen Blicken, doch angezogen wurde ihre Aufmerksamkeit von dem Mann, der mitten in der Halle stand und gerade mit einer Eisensäge ein rostig aussehendes Rohr in zwei Hälften teilte. Neben ihm auf dem Boden lagen bereits mehrere dünne Rohre und eckige sowie ovale Eisenplatten von unterschiedlicher Größe.

The Unforgiven wechselte zu *Nothing Else Matters*. Der Künstler war wohl ein Metallica-Fan.

Er stand mit dem Rücken zu ihr, deshalb konnte Christina ihn nur von hinten sehen, doch was sie erkennen konnte, war durchaus präsentabel. Sein Haar war blond und reichte ihm bis knapp an den Hemdkragen. Es wirkte leicht verwuschelt, so als wäre er mehrfach mit der Hand hindurchgefahren. Seine Beine steckten in gut sitzenden Bluejeans, die ein sehr ansehnliches Hinterteil sowie kräftige Beine betonten. Die Ärmel des graublau gestreiften Flanellhemdes hatte er bis zu den Ellenbogen hochgerempelt. Darüber trug er, wie sie überrascht feststellte, eine schwere Lederschürze, durch deren Träger seine breiten Schultern deutlich hervorgehoben wurden.

Für einen langen Moment starrte Christina nur fasziniert zu ihm hinüber, dann bemerkte sie den Hund, der, ebenfalls mit dem Rücken zu ihr, ein Stück von Brungsdahls Arbeitsplatz entfernt auf einer braunen Decke lag und zu schlafen schien. Sie hätte den Kopf über die Verantwortungslosigkeit geschüttelt, den Hund solchem Lärm auszusetzen, doch Boss trug einen speziellen Gehörschutz für Hunde auf den Ohren, sodass ihm weder die Musik noch das Kreischen von Säge oder Winkelschleifer etwas ausmachten.

Anerkennend nickte Christina vor sich hin und beschloss, auf sich aufmerksam zu machen. »Herr Brungsdahl?« Entschlossen trat sie auf ihn zu. »Entschuldigen Sie, dass ich hier so einfach hereinplatze, aber Sie waren am vergangenen Samstag in meiner Hundeschule, und da dachte ich …«

»Wie?« Die Säge ging aus, und er fuhr zu ihr herum. »Was soll das? Was haben Sie hier zu suchen? Raus hier!«

Erschrocken machte Christina einen Schritt zurück, als der sichtlich erboste Mann auf sie zukam. Er besaß ein markantes Gesicht mit hohen Wangenknochen und energischem Kinn, das durch den sehr kurz gestutzten Oberlippen- und Kinnbart noch betont wurde. Er war trotz der nicht sehr ansehnlichen

Schutzbrille, die er auf der Nase trug, wirklich noch attraktiver als auf den Fotos, die sie in den einschlägigen Zeitschriften gesehen hatte. Luisa hatte recht gehabt. Doch im Moment wirkte er auch ziemlich Furcht einflößend mit seiner zornig verzerrten Miene. Außerdem war er einen guten halben Kopf größer als Christina, sodass sie gezwungen war, den Kopf zu heben, um ihm ins Gesicht zu sehen.

Im selben Moment, als er sich zu ihr umgedreht hatte, erhob sich auch der Hund und bellte dunkel in ihre Richtung.

Was ist los? Wer ist das?

Instinktiv hob sie beschwichtigend die Hände. »Entschuldigen Sie, ich wollte Sie nicht erschrecken oder …«

»Machen Sie, dass Sie hier rauskommen!« Seine zornig erhobene Stimme wurde noch lauter. »Sie haben hier nichts zu suchen. Verschwinden Sie auf der Stelle!«

Boss kam langsam näher und bellte erneut.

Keine Ahnung, warum du hier nicht erwünscht bist, aber du hast mich geweckt, also bin ich sauer. Auch wenn du eigentlich ganz nett aussiehst. Hau ab.

Vollkommen perplex wich Christina noch einen Schritt zurück. »Tut mir leid, ich wollte nur …«

»Es interessiert mich einen Scheißdreck, was Sie wollten. Machen Sie sich vom Acker, verdammt noch mal. Sehen Sie nicht, dass ich hier arbeite?«

Ja, genau, er arbeitet. Halt, Moment, habe ich da gerade Ben verteidigt? Ach, was soll's!. Hier geht es ums Prinzip. Ich will meine Ruhe.

»Doch, natürlich sehe ich das. Ich dachte nur …«

»Denken Sie gefälligst woanders. Raus!«

Genau. Wau.

Trotz der leicht getönten Schutzbrille konnte sie die wütend blitzenden blauen Augen des Mannes erkennen, und sie beschloss, dass es sicherer war, der Aufforderung umgehend Folge zu leisten. Wortlos machte sie kehrt und verließ die Lagerhalle wieder. Noch bevor sie die Tür hinter sich geschlossen hatte, kreischte die Säge erneut los.

»Na, danke sehr.« Missmutig starrte sie auf das schlichte, grau verputzte Gebäude, hinter dessen Mauern sich der wohl unfreundlichste und unverschämteste Mann aufhielt, dem sie je begegnet war. Das sollte der ach so nette und charmante Ben Brungsdahl sein? Verärgert wandte sie sich ab und entfernte sich von der Tür. »Weißt du was? Du kannst mich mal. Auf einen wie dich kann ich ausgezeichnet verzichten.«

»Autsch, das tut weh. So hatte ich mir den Empfang in Lichterhaven nicht gerade ausgemalt.« Die dunkle, amüsiert klingende Männerstimme riss sie unvermittelt aus ihren Gedanken und ließ sie abrupt den Kopf heben.

Für einen Moment blickte sie den schwarzhaarigen Mann mit dem kantigen Kinn, den strahlend blauen Augen und dem Dreitagebart irritiert an, dann wäre ihr beinahe die Kinnlade heruntergeklappt. »Lars?« Sie kniff die Augen zusammen. »Lars Verhoigen? Bist du das?«

»Und ich hatte gedacht, dass ich mich nicht so sehr verändert hätte. Optisch meine ich. Hallo Christina. Lange nicht gesehen.« Er grinste breit.

»Was ... in aller Welt tust du hier?« Sie merkte, dass sie ihn anstarrte, war aber zu verblüfft, um den Blick woandershin zu richten. »Ich dachte, du lebst jetzt in England ... oder so.«

»Oder so.« Er lachte. »England, Spanien, kurz auch mal Italien, Brasilien, dann ein Trip durch Russland und zuletzt zwei Jahre USA. Irgendwann habe ich mir gedacht, dass es zu Hause doch am schönsten sein könnte.«

»Zu Hause?«

Er hob die Schultern. »Ich bin hier aufgewachsen, genau wie du. Wie würdest du Lichterhaven sonst nennen? Hier hat sich viel verändert, das muss ich schon sagen. Allein das Meerwasserwellenbad dahinten.« Vage deutete er auf den Hafen, hinter dem sich das blau-weiß gestrichene Gebäude des noch recht neuen Schwimmbades mit seinen weitläufigen Außenanlagen erhob. »Da waren vorher nur eine Grünfläche und der alte Spielplatz. Und die vielen Blumen und all das überall. Man könnte fast meinen, Lichterhaven ist zu einer Märchenstadt geworden. Kein Wunder, dass der Tourismus hier boomt. Sogar *Watti Wattwurm* haben sie modernisiert. Ich weiß noch, wie Alex und ich mal die alte Figur auf dem Marktplatz geklaut und dem alten Feddersen aufs Scheunendach gestellt haben.«

Wider Willen musste Christina schmunzeln. »Das hat euch ganz schönen Ärger eingebracht.«

»War nicht das erste Mal.« Er lächelte. »Und auch nicht das letzte. Aber dass du mich so unfreundlich begrüßt, habe ich nun auch wieder nicht verdient. Ich war schließlich immer nett zu dir.«

»Immer?« Sie hob spöttisch die Augenbrauen.

»Na ja, manchmal.«

»Wenn du und Alex mich und meine Freundinnen nicht gerade gehänselt habt.«

»Ach was, das war ganz früher und ist längst verjährt! Später sind wir doch gut miteinander ausgekommen.«

»Na ja.«

Er legte den Kopf schräg. »Wer hat dich denn eben so geärgert?«

Christina seufzte. »Nicht du, aber bilde dir bloß nichts darauf ein. Wie ich dich kenne, kann sich das ganz schnell ändern. Nein, dieser blöde idiotische Ben Brungsdahl. Alle Welt behauptet, er sei so unglaublich nett und freundlich. Also davon habe ich nun wirklich nichts bemerkt. Brüllt mich an, als hätte er den Verstand verloren ... Ach, was soll's!« Sie zuckte mit den Achseln. »Ist schon wieder vergessen. Mit solchen Leuten gibt man sich einfach nicht ab, dann ist es gut.«

»Da hast du wahrscheinlich recht.«

Neugierig musterte sie ihn. »Was treibst du denn nun wirklich hier? Bist du auf Besuch bei deinem Vater?«

»Wohl kaum.« Lars' Miene verfinsterte sich. »Das ist etwas, worauf ich gut verzichten kann. Obwohl mir ein Mindestmaß an Kontakt wohl nicht erspart bleiben wird, wenn ich ihm die Werft aus dem Kreuz leiern will.«

»Die Werft?«

Er nickte. »Ich möchte sie gern wiedereröffnen, um dort Jachten zu bauen.«

»Jachten?« Sie runzelte die Stirn. »Du baust Boote?«

»Wie mein Großvater damals, ja. Modernere natürlich – und nur auf Bestellung. Das habe ich zumindest vor. Ich habe in mehreren europäischen Werften gelernt und in den vergangenen beiden Jahren an der Chesapeake Bay in der Nähe von Annapolis bei einem großen Jachtbauer gearbeitet. Jetzt möchte ich gerne meinen eigenen Bootsbau betreiben, und welcher Ort würde sich dafür wohl besser eignen als Lichterhaven?«

»Tja, also ...« Christina brauchte einen Moment, um das Gehörte zu verarbeiten. »Ich bin überrascht.«

»Kann ich mir vorstellen. Der nichtsnutzige Lars Verhoigen will ein derart gewagtes Projekt verwirklichen. Dabei hat er früher nicht mal sein eigenes Leben auf die Reihe gekriegt, von der Schule ganz zu schweigen. Das ist es doch, was du gerade gedacht hast, oder?«

Christina schüttelte den Kopf. »Nein, das ist es, was viele andere vermutlich denken werden. Und mit gutem Grund, das wirst du wohl zugeben müssen. Ich staune nur, dass es dich tatsächlich hierher zurückzieht. Ich dachte, dass allein schon die Nähe zu deinem Vater einen solchen Schritt ausschließen würde.«

»Ein Haar in der Suppe gibt es immer. Aber Vater sitzt nun mal auf der Besitzurkunde dieser Werft, und ehe ich mich krummlege, um irgendwo einen Kredit zu beantragen, den man mir vielleicht gibt, der mich aber auf Jahrzehnte in Schulden stürzen wird, beiße ich lieber in den sauren Apfel und putze ein paar Klinken bei meinem alten Herrn.«

»Wie sich die Zeiten ändern!«

Er lächelte. »Und die Menschen.«

Sie musterte ihn skeptisch. »Wer's glaubt!«

»Du wirst schon sehen.« Er deutete auf einen Mann, der langsam auf sie zukam. »Das ist mein Architekt. Er berät mich dahin gehend, was an der alten Bausubstanz alles gemacht werden muss.«

»Falls dein Vater dir die Werft gibt.«

»Das wird er. Also ...« Er lächelte wieder. »Wir sehen uns.«

»Vielleicht, ja.« Sie lächelte verhalten zurück. »Viel Glück bei deinem Vater.«

Lars nickte ihr noch einmal zu, hob die Hand zum Gruß und ging dann rasch davon.

Christina sah ihm mit gemischten Gefühlen nach. Als er außer Hörweite war, zog sie ihr Handy aus der Hosentasche und wählte die Nummer ihres Bruders.

»Hi Chris, was gibt's denn?« Alexanders Stimme klang aufgeräumt wie immer. Im Hintergrund war ein leises Tastaturklappern zu vernehmen, also saß er offenbar in seiner Anwalts- und Notarskanzlei.

»Hast du davon gewusst?«

»Wovon gewusst?«

Christina beobachtete, wie die beiden Männer im Bürohaus der Werft verschwanden. »Von Lars.«
»Lars wer?«
»Verhoigen.«
Es entstand eine kurze Stille. »Was ist mit ihm?«
Sie kräuselte besorgt die Lippen. »Er ist wieder hier.«

5. Kapitel

Am Vormittag des übernächsten Tages war Christina gerade mit einer Junghunde-Spielgruppe beschäftigt, als der SUV ihres Bruders neben dem Hundeplatz hielt. Alex stieg aus und ließ die beiden Golden Retriever ihrer Eltern, Benni und Zora, aus dem Kofferraum.

Christina überließ die fünf Männer und Frauen samt ihren Vierbeinern sich selbst und wischte sich die schmutzigen Hände an ihren ehemals blauen Jeans ab, die inzwischen eher als tarnfarben durchgingen. Gegen den Nieselregen, der sich seit dem frühen Morgen in regelmäßigen Abständen mit heftigen Schauern abwechselte, hatte sie sich eine Baseballkappe aufgesetzt und ihre zu einem Zopf gebundenen Haare durch den Riemen am Hinterkopf gezogen. Ihr blaues Shirt und die warme graue, von Flecken und Pfotenabdrücken übersäte Steppweste fühlte sich etwas klamm an, doch das störte sie nicht weiter, denn wenigstens die Temperaturen waren heute frühlingshaft warm.

Ihr Bruder war am Zaun stehen geblieben und sah ihr grinsend entgegen. »Na, Chris, bist du mal wieder in deinem Element?«

»Wenn mein Element Schlammpfützen sind, dann ja.« Sie beugte sich zu den beiden fröhlich wedelnden und umhertänzelnden Retrievern hinab und streichelte sie. »Hallo, ihr zwei Hübschen!«

»Bei dem Wetter kannst du dem Schlamm wohl nur schwerlich ausweichen.« Anerkennend sah er sich auf dem Gelände um. Rund um das Büro- und Seminargebäude, das bald auch die neue Tierarztpraxis beherbergen würde, hatte Christina mehrere Wiesen und Trainingsplätze abgezäunt. Auf einem davon war ein großer Hindernis- und Geschicklichkeits-Parcours aufgebaut. Zwei junge Frauen, eine mit einem Dalmatiner, die andere mit einem Schäferhund, übten dort unter Rufen und viel Gelächter. Noch lustiger ging es allerdings auf der Spielwiese zu. »Sieht aus, als wärst du schwer beschäftigt. Ich habe dir die zwei Rabauken mitgebracht, weil Mama und Papa einkaufen fahren wollten. Papa nannte es einen größeren Raubzug, also sind sie eine Weile unterwegs. Ich hoffe, die zwei stören dich nicht. Ich würde sie ja mit in die Kanzlei nehmen, muss aber zu einer wichtigen Gerichtsvorbesprechung.«

»Nein, schon gut. Die zwei dürfen hier gleich mitspielen.« Christina ließ die beiden Hunde auf die Wiese zu den anderen und rief ihren Schülern eine kurze Erklärung zu. Benni und Zora begrüßten und beschnüffelten sogleich alle Anwesenden ausgiebig. Als Christina sicher war, dass es keine Probleme geben würde, folgte sie dem Blick ihres Bruders, der noch immer über das Gelände schweifte. »Allmählich muss ich mir überlegen, zusätzlich zu den Aushilfen jemanden fest für das regelmäßige Training einzustellen. Mario und Carmen kommen ja nur stundenweise, und die Gruppenkurse für die nächsten fünf oder sechs Monate sind fast ausgebucht. Vor allem die Ferienkurse.«

»Hast du nicht neulich gesagt, dass du demnächst auch wieder so ein Begleithundeseminar anbietest?«

»Ja, für Menschen mit ADHS. Zwei Anmeldungen habe ich schon, eine kann ich noch dazunehmen, aber dann fällt für mich bis auf Weiteres jeder Urlaub und jede Freizeit aus.« Sie seufzte. »Und jede Weiterbildung.«

»In dem Fall würde ich dir auch dazu raten, jemanden einzustellen, Chris. Dein Elan in allen Ehren, aber verausgaben solltest du dich nicht.«

Nachdenklich zog sie die Unterlippe zwischen die Zähne. »Ich werde mal bei meiner früheren Ausbilderin nachfragen. Möglicherweise weiß sie jemanden, der eine Stelle sucht. Viel zahlen kann ich zwar noch nicht, aber ... vielleicht finde ich ja jemanden frisch von der Schule, der noch Erfahrungen sammeln will und noch keine Familie durchbringen muss. So habe ich damals schließlich auch angefangen.«

»Na ja, eine Familie hast du dir aber bis heute noch nicht zugelegt.« Alex musterte sie verschmitzt. »Das könnte vielleicht etwas damit zu tun haben, dass du dich wie ein Chamäleon kleidest.«

»Wie ein was?« Verblüfft blickte sie an sich hinab.

Er lachte. »Du passt dich optisch so sehr deiner Umgebung an, dass man dich fast nicht mehr wahrnimmt. Solltest du vielleicht mal überdenken.«

»Wozu?« Grinsend zupfte sie an ihrer schmutzigen Weste. »So dringend ist mein Bedürfnis nach einem Mann oder gar einer Familie nicht. Außerdem sind mir die meisten Männer auf Dauer nur im Weg. Sie stellen Forderungen ...«

»Ach ja, welche denn?«

Christina hob die Schultern. »Na ja, dass ich zum Beispiel dauernd hübsch aussehe, Zeit mit ihnen verbringe.« Auf seinen spöttischen Blick hin winkte sie ab. »Du weißt schon, zu viel Zeit. Dauernd und auch, wenn ich eigentlich gerade mit den Hunden und meinen Schülern beschäftigt sein müsste. Diese Hundeschule ist mein Ding, Alex, das weißt du genau. Davon habe ich schon als kleines Mädchen geträumt, und ich werde sie nicht aufgeben, nur weil irgend so ein Typ meint, er sei der Nabel der Welt und müsse für mich wichtiger sein als mein Lebenstraum.«

Alex hob überrascht die Augenbrauen. »Übertreibst du jetzt nicht ein bisschen?«

»Nein.« Halb genervt, halb resigniert seufzte sie. »Ich kann einfach keinen Mann gebrauchen, der nicht akzeptieren will, dass es außer ihm noch was anderes auf der Welt gibt. Bisher sind mir leider nicht allzu viele Exemplare begegnet, die das nicht wollen und die mir noch dazu gefallen hätten. Die meisten werden irgendwann eifersüchtig, und dann stellen sie einen vor die Wahl ...« Mit einem energischen Kopfschütteln winkte sie ab. »Das ist mir zu anstrengend, Alex. Wenn mir einer gefällt, so für zwischendurch, okay. Ich bin ja schließlich keine Nonne. Aber alles andere ist nicht mein Ding.«

»Bis dir mal der Richtige begegnet.«

Christina lachte. »Der muss wahrscheinlich erst gebacken werden, also habe ich noch eine gute Weile Zeit, mir mein Leben so einzurichten, wie es mir gefällt. Ob du es glaubst oder nicht, Brüderlein fein, das kann eine Frau auch ausgezeichnet allein! Wir brauchen euch Männer nämlich nicht, um glücklich zu sein.«

»Wenn du es sagst.« Auf seinen Lippen erschien wieder das schalkhafte Grinsen. »Zum Glück sind einige von uns, mich eingeschlossen, clever genug, um euch eines Besseren belehren zu können. Das ist zwar nicht immer ganz einfach, lohnt sich aber dafür umso mehr.«

»Für wen?«

»Im besten Fall für beide Seiten. Sieh zum Beispiel Mel und mich an. Sie hat auch geglaubt, nein, sogar ziemlich zäh darauf beharrt, dass sie unbedingt allein bleiben muss, um glücklich zu sein. Wenn ich nicht gewesen wäre, wäre sie in ihrem Unglück versauert.«

»Eingebildet bist du wohl gar nicht.« Christina kicherte. »Aber ausnahmsweise gebe ich dir recht. Bei Mel war das aber auch etwas ganz anderes. Sie war so schüchtern und einsam, als sie hierherkam. Beides kannst du wohl von mir nicht behaupten. Außerdem sage ich ja gar nicht, dass ich unbedingt allein sein muss, um glücklich zu sein. Ich habe lediglich die Erfahrung gemacht, dass es für mich so besser funktioniert, weil ich mich nicht gern gängeln oder einengen lasse. Die Männer, mit denen ich bisher zusammen war, haben aber genau diesen Zustand immer ziemlich schnell mit Bravour herbeigeführt. Also verzichte ich vorläufig auf weitere Versuche. Thema erledigt.«

»Wie du meinst.« Er blinzelte ihr zu. »Mir liegt nichts ferner, als dich irgendeinem Kerl in die Arme zu treiben. Immerhin bist du meine kleine Schwester, und ich müsste sowieso erst mal jeden, der sich dir mit ernsten Absichten nähern will, gründlich auf Herz und Nieren prüfen.«

»Du hast sie wohl nicht alle!« Lachend tippte sich Christina an die Stirn. »Halt dich bloß aus meinem Privatleben heraus. Darin hast du ebenso wenig zu suchen wie ich in deinem.« Sie wurde ernst. »Oder konzentriere dich lieber auf Luisa, das könnte sinnvoller sein.«

»Auf unser Nesthäkchen?« Auch Alex wurde ernst. »Du meinst wegen Lars?« Nachdenklich rieb er sich übers Kinn. »Ich habe mich umgehört. Papa weiß nichts von einer Änderung der Eigentumsverhältnisse bei der Werft. Verhoigen hat also bisher nichts dergleichen in die Wege geleitet.«

»Vielleicht hat Lars noch gar nicht mit seinem Vater gesprochen. Er klang jedenfalls nicht so, als wären die Gespräche mit seinem Vater seine Lieblingsbeschäftigung für den Feierabend.«

»Wundert dich das?« Alex' Miene verfinsterte sich. »Der alte Verhoigen ist ein Scheißkerl.«

»Ich weiß.«

»Er hat seine Frau behandelt wie Dreck und dann auch noch versucht, ihr den Sohn wegzunehmen. Mich wundert, dass Lars überhaupt noch mal zurückgekommen ist.«

»Nach allem, was er hier in Lichterhaven auf dem Kerbholz hat, finde ich es sogar ziemlich mutig von ihm, zurückkehren zu wollen. Ich meine, die Leute haben ja nicht gerade freundliche Erinnerungen an ihn.« Um ihre Mundwinkel zuckte es. »An euch beide.«

Alex reagierte nicht auf das angedeutete Lächeln. »Mit dem Unterschied, dass meine Familie einen wesentlich besseren Ruf hat als seine und ich nie mit dem Gesetz in Konflikt geraten bin. Ich habe früh genug die Kurve gekriegt, sodass mir die paar Jugendsünden nicht weiter nachgetragen werden.« Er hielt kurz inne. »Wenn er sich wirklich geändert und etwas aus sich gemacht hat, könnte ihm das vielleicht auch noch gelingen. Die Lichterhavener sind zwar dafür bekannt, dass sie fest zusammenhalten, wenn sich jemand gegen sie richtet, aber als besonders nachtragend habe ich sie nie empfunden.«

»Wenn es nur um Lars' Ruf ginge, würde ich dir voll und ganz zustimmen.« Christina warf einen Blick über die Schulter und winkte einer jungen Frau zu, die gerade mit ihrem klatschnassen Mischlingshund ein Zerrspiel mit einem Seil veranstaltete. »Rita, denk daran, zwischendurch immer mal wieder Gehorsam zu fordern. Lass Pepe nicht zu übermütig werden.« Sie drehte sich wieder zu Alex um. »Aber hier geht es nicht nur um Lars, sondern ...«

»Sondern um Luisa.« Alex richtete seinen Blick in eine unbestimmte Ferne. »Vielleicht überlegt er es sich noch einmal anders.«

»Und wenn nicht?« Christina versuchte, ihre Besorgnis hinunterzuschlucken. »Sie weiß nicht, dass wir wissen, was damals passiert ist, oder?«

»Wenn du es ihr nicht erzählt hast, dann nicht.«

Sie schüttelte den Kopf. »Es war schon schlimm genug, zusehen zu müssen, wie sie sich gequält hat. Niemals hätte ich ihr sagen können, dass wir alles mitbekommen haben.« Ihre Miene verhärtete sich. »Du hättest den Arsch einen Kopf kürzer machen sollen.«

»Lars war mein bester Freund. An dem Status hat sich im Grunde bis heute nichts geändert, auch wenn er fortgegangen ist und sich nicht mehr bei mir gemeldet hat.«

»Dann erst recht!«

Alex funkelte sie verärgert an. »Glaubst du nicht, dass ich ihn gewarnt habe? Ich habe ihm gesagt, dass er tun und lassen kann, was und mit wem er will, aber von meinen beiden kleinen Schwestern sollte er die Finger lassen. Ja, auch von dir, schau mich nicht so empört an.«

»Er hat nie ...« Sie schüttelte energisch den Kopf. »*Ich* hätte nie ... Wir waren Freunde oder so was Ähnliches, aber ich glaube nicht, dass er jemals versucht hätte, bei mir zu landen. Ich war wohl nicht sein Typ ... und umgekehrt.«

»Luisa hätte es auch nicht sein dürfen. Sie war erst siebzehn!«

»Achtzehn, es war ihr achtzehnter Geburtstag.«

»Macht es das etwa besser? Lars war fast dreißig. Da setze ich genügend Verstand voraus, die Finger von einem unschuldigen Mädchen zu lassen. Ich habe ihm gedroht, ihm bei lebendigem Leib die Haut abzuziehen, wenn er dir oder Luisa zu nahe kommt.«

»Aber es hat nichts genützt. Sie war in ihn verliebt.« Christina seufzte. »Es ist ja nicht so, als ob ich es nicht verstehen könnte. Er sah gut aus, hatte diesen Badboy-Charme, dem schon viel zu viele vor ihr erlegen sind. Aber du hast recht, er hätte klüger sein müssen.« Sie ballte die Hände unbewusst zu Fäusten. »Wenn er sich nicht kurz darauf aus dem Staub gemacht hätte, wäre ich dazwischengegangen.«

Alex lachte trocken. »Damit hättest du alles noch schlimmer gemacht. Nein, es war schon besser so, wie es gekommen ist.

Auch wenn ich heute noch nicht übel Lust hätte, ihm eine oder zwei zu scheuern, weil er Luisa das Herz gebrochen hat. Zum Glück ist sie längst darüber hinweg.«

»Ja, zum Glück.« Wieder sog Christina die Unterlippe zwischen die Zähne. »Trotzdem macht es mir Sorgen, dass er hierher zurückkehren will. Luisa ist sehr sensibel. Wenn sie davon erfährt ...«

»Das werden wir wohl kaum verhindern können.«

»Ja, aber wenn es so weit ist, will ich sichergehen, dass nicht alte Wunden aufgerissen werden.« Kämpferisch hob Christina den Kopf. »Diesmal werden wir dafür sorgen, dass sie absolut sicher vor ihm ist.«

»Wenn sie ihn heute überhaupt noch haben wollte, was ich bezweifle.« Alex lächelte grimmig. »Oder umgekehrt. Man kann über Lars Verhoigen einiges sagen, aber nicht, dass er sich jemals lange mit einer Frau aufgehalten hätte. Vermutlich hat er die Sache längst vergessen.«

»Besser wäre es«, knurrte Christina.

»Ja. Auch wenn ich meine kleine Schwester nicht gern als Kerbe in seinem Bettpfosten betrachten möchte, hast du recht. Trotzdem werden wir auf sie achtgeben.«

»Das werden wir.« Christina schlug in die Hand ein, die ihr Bruder ihr hinhielt. »Aber sie darf es nicht merken, sonst erfährt sie doch noch ... Das möchte ich nicht. Sie hat ihr Leben so toll im Griff – mit dem abgeschlossenen Studium und der Praxiseröffnung und allem. Das soll sie unbeschwert genießen, weil sie es sich hart verdient hat.«

Verständnisinnig nickten die Geschwister einander zu, dann wandte Alex sich zum Gehen. »Ich werde mich weiter umhören. Aber Chris, selbst wenn er wirklich die Werft übernimmt und damit nach Lichterhaven zurückkehrt, können wir ihm keine Steine in den Weg legen.«

»Das hatte ich gar nicht vor.«

»Ich meine ja nur.« Er grinste schief. »Lars ist nach wie vor mein Freund, und wenn er meine Hilfe oder Unterstützung braucht, stehe ich ihm zur Seite.«

»Das sollst du ja auch.« Sie hob die Schultern. »Aber wenn es sich ergibt, darfst du ihm gerne ein blaues Auge verpassen. Oder nein, vielleicht mache ich das lieber selbst.«

»Und wie willst du das begründen?«

»Da fällt mir schon was ein. Irgendeinen Anlass, sauer auf ihn zu sein, hat er früher schon immer geliefert. Ich kann mir nicht vorstellen, dass er sich so grundlegend geändert hat.«

»Na gut, wie du meinst. Ich soll dir übrigens von Mama ausrichten, dass sie uns am Samstagnachmittag alle zu sehen wünscht. Du weißt schon, wegen der Planung für ihren sechzigsten Geburtstag.«

»Was hat sie sich denn jetzt schon wieder ausgedacht? Wir haben ihr doch ausdrücklich gesagt, dass sie keinen Finger krummzumachen braucht.«

Alex schmunzelte. »Du kennst sie doch. Selbst wenn sie keinen Finger rührt, läuft ihr Kopf auf Hochtouren. Ich glaube, diesmal geht es um die Einladungen.«

»Ich werde keine Origami-Entchen falten oder so was!« Christina tat entsetzt, konnte sich das Lachen jedoch nicht verkneifen. »Na gut, wenn sie das will, werde ich es vermutlich doch tun. Aber nur unter Protest!«

»Ich werde es ihr ausrichten.« Alex hob noch einmal zum Abschied die Hand und ging zu seinem Wagen zurück. Christina wandte sich erneut ihrer Hundespielgruppe zu, in der sich heute alle Teilnehmer für Zerrspiele mit Seilen oder speziellen Gummitauen entschieden hatten. Zwischendurch bestand sie immer wieder darauf, dass die Zweibeiner das Spiel unterbrachen, um ihre vierbeinigen Freunde zur Ordnung zu rufen.

Nach einer knappen halben Stunde trommelte sie ihre Schüler schließlich zusammen, sodass die Hunde sich noch ein wenig miteinander beschäftigen konnten. Sie behielt die Tiere stets im Auge und erklärte den Besitzern dabei, worauf diese achten mussten, wenn ihre Vierbeiner unter Aufsicht miteinander balgten.

Nachdem die Spielstunde beendet war, blieb Christina noch mit Zora und Benni auf der Wiese. Sie hatte etwas Zeit bis zum nächsten Kurs, da sich dieser aber speziell an Halter mit Hunden in Zwergengröße richtete, würde sie die Retriever dann ins Haus bringen müssen. Die beiden schienen jedoch noch lange nicht ausgepowert zu sein, deshalb holte sie sich einen alten Fußball aus dem Schuppen, der ihre Trainingsutensilien beherbergte, und warf ihn im hohen Bogen auf die Wiese. Zora schoss mit lautem Gebell darauf zu, Benni sauste dicht hinter ihr her.

Christina kehrte in das abgezäunte Areal zurück und rief nach den Hunden, die sich mittlerweile um den Ball kabbelten. Benni schnappte ihn sich und raste auf Christina zu, während Zora einen Bogen schlug und sich ihr von hinten näherte. Christina kannte die beiden gut genug, um zu wissen, was sie erwartete. Benni kam schlitternd vor ihr zum Stehen, sprang an ihr hoch und versuchte, ihr den Ball in die Arme zu drücken. Zora rempelte sie von hinten an und bemühte sich, Benni den Ball wieder abzujagen. Christina war jedoch schneller als die Hunde, schnappte sich den Ball und rannte damit los. Die beiden Retriever sausten fröhlich bellend und mit fliegenden Ohren hinter ihr her.

Dummerweise rutschte Christina auf einer schlammigen Stelle aus. Zwar ruderte sie noch mit den Armen, um das Gleichgewicht zu halten, doch Zora und Benni schafften es nicht, ihr rechtzeitig auszuweichen, und stießen mit ihr zusammen. Christina wurde von den Füßen gerissen und landete unsanft auf ihrem Hinterteil, die übermütigen Hunde über sich. Benni versuchte ihr den Ball abzujagen, während Zora ihr eifrig übers Gesicht leckte.

Kichernd schob sie die Hündin zur Seite und wischte sich mit dem Handrücken über die feuchte Wange. »Schluss, ihr beiden.« Auf ihr Kommando, das sie mit einer energischen Handbewegung unterstrich, wichen beide Hunde zwei Schritte zurück und setzten sich brav hin. »Ihr seid mir vielleicht ein verrücktes Pärchen.« Umständlich rappelte sie sich auf und fasste sich prüfend an ihren nassen Hosenboden. »Igitt. Jetzt kann ich mich doch noch umziehen, ihr zwei Scheusale.« Sie kicherte noch immer und strich beiden Tieren über den Rücken. Benni und Zora blickten hechelnd zu ihr auf, und es sah so aus, als lächelten sie. »Ja, ja, lacht mich nur aus.« Grinsend warf sie den Ball erneut, und die beiden flitzten hinterher.

Bei der Wurfbewegung fiel ihr Blick auf einen hochgewachsenen blonden Mann, der, eine Amerikanische Bulldogge an der Leine, an den Zaun der Spielwiese getreten war und ihr nun zuwinkte. Christina runzelte die Stirn, als sie ihn erkannte, und ging auf ihn zu.

»Guten Morgen. Sind Sie Christina Messner? Mein Name ist Ben Brungsdahl, und ich würde gerne ...«

»Sich entschuldigen?« Dicht vor dem Zaun blieb Christina stehen und verschränkte die Arme vor der Brust. Kurz kam ihr in den Sinn, dass sie, wenn sie ein, zwei Schritte weiter weg stehen geblieben wäre, den Kopf nicht so weit hätte heben müssen, um dem gut aussehenden Bildhauer ins Gesicht sehen zu können.

»Bitte was?« Irritiert hielt er inne.

Abschätzend musterte sie ihn. »Ich dachte, Sie wollten sich für Ihr unmögliches Benehmen vorgestern bei mir entschuldigen.«

»Mein was?« Er schien vollkommen verdutzt zu sein. »Da muss ein Irrtum ... Ich kann mich nicht daran erinnern, dass wir uns schon einmal begegnet sind, Frau Messner.«

»Ach nein?« Aus den Runzeln auf ihrer Stirn wurden tiefe Furchen. »Dann erinnern Sie sich also nicht daran, mich angebrüllt und rausgeworfen zu haben?«

»Rausgeworfen?« Seine verständnislose Miene zeigte, dass er ihr nicht folgen konnte.

»Aus Ihrem Lagerhaus. Oder Atelier – oder wie Sie es auch nennen wollen. Ich hatte Sie nur höflich angesprochen, und Sie sind mir beinahe an die Gurgel gegangen.«

Nun runzelte auch Brungsdahl die Stirn, dann weiteten sich seine Augen. »Das waren Sie?« Er musterte sie eingehend. »Sie müssen schon entschuldigen ...«

»Muss ich das?«

Ihr schnippischer Einwand ließ ihn erneut innehalten.

Sag mal, was wird das hier eigentlich? Mir ist langweilig, und ich will nicht hier sein. Das ist bestimmt diese blöde Hundeschule, und darauf habe ich überhaupt keine Lust.

Brungsdahl fasste die Leine kürzer, als der große Hund sich abzuwenden versuchte. »Es tut mir wirklich leid, Frau Messner. Sie haben mich da auf einem ganz ungünstigen Fuß erwischt.«

Christina schnaubte. »Offensichtlich.«

»Ich hatte gerade kurz zuvor eine Vision ...«

»Ah.« Skeptisch kräuselte sie die Lippen.

»Nein, wirklich.« Das Lächeln, das auf seinen Lippen erschien, war derart entwaffnend, dass es ihr geradezu einen Stich versetzte. »Ich hatte ein Bild vor meinem inneren Auge und ... Wenn ich mich in diesem Zustand befinde, bin ich zu allem fähig, nur nicht zu einem höflichen Gespräch. Es tut mir leid, wenn ich Sie angefahren haben sollte.«

»Haben Sie.«

Sein Lächeln vertiefte sich noch etwas. »Wenn ich jetzt sagen würde, das sei nicht meine Absicht gewesen, würde ich lügen. Zu dem Zeitpunkt war es das ganz sicher, denn eine Störung kann ich in diesem Stadium meiner Arbeit überhaupt nicht vertragen. Das konnten Sie natürlich nicht wissen, deshalb wiederhole ich meine Entschuldigung und hoffe sehr, dass Sie mir deshalb nicht dauerhaft böse sind.« Er blickte etwas ungehalten auf den Hund, der noch immer versuchte, in eine andere Richtung zu streben. »Sitz, Boss. Du siehst doch, dass ich hier beschäftigt bin.«

Und du siehst doch, dass mich das überhaupt nicht interessiert.

»Ich fürchte, das interessiert Ihren Hund nicht.« Aufmerksam blickte Christina nun zwischen Hund und Herrchen hin und her.

Oh, endlich mal jemand, der es begriffen hat. Sag mal, bist du nicht die Frau, die neulich in der großen Halle war? Die, die Ben verjagt hat? Kann ich jetzt mal so gar nicht verstehen. Du siehst doch ganz nett aus und riechst auch nicht schlecht. Ein bisschen nach Schlamm.

Irritiert folgte Brungsdahl ihrem Blick. »Was meinen Sie?«

»Ihr Hund interessiert sich nicht für das, was Sie zu ihm sagen.« Über seinen verlegenen Gesichtsausdruck musste sie nun ebenfalls lächeln. »Wie lange haben Sie Boss schon?«

»Erst seit ein paar Wochen.« Brungsdahl atmete sichtlich auf, wohl weil sie ihm nicht mehr böse war.

Christina schwankte zwar noch, ob es angebracht war, ihm so rasch zu verzeihen, doch andererseits fand sie die Aussicht verlockend, den bekannten Künstler und seinen sichtlich eigensinnigen Hund näher kennenzulernen. »Man hat mir erzählt, dass Sie ihn aus einer üblen Haltung gerettet haben.«

»Das wissen Sie schon?« Leicht indigniert musterte er sie.

Christina zuckte mit den Achseln. »Etwas, woran Sie sich gewöhnen müssen, wenn Sie längere Zeit in Lichterhaven wohnen möchten. Hier bleibt nichts lange ein Geheimnis, es sei denn, alle Bewohner wollen es. Die Buschtrommeln funktionieren hier ausgezeichnet.«

»Aha.« Es war nicht auszumachen, ob ihn dieser Umstand störte oder nicht. »Mein Atelier liegt am Kölner Stadtrand, und nicht weit von dort gibt es ein Gehöft, in dem ein junger Mann jede Menge Tiere gehalten hat, allerdings unter den übelsten Bedingungen. Ich hatte vor etwa einem halben Jahr schon mal das Veterinäramt hingeschickt, weil mir die Tiere leidtaten. Die meisten wurden ihm daraufhin weggenommen, nur die Hunde nicht. Ein ganzer Wurf American Bulldogs. Woher er sie hatte, weiß ich nicht. Ich habe eine Weile mitangesehen, wie er die Hunde behandelt hat, und konnte es schließlich nicht mehr ertragen. Anscheinend hat er versucht, sie scharfzumachen, mit Elektroschockern und Tritten und wer weiß was noch für Methoden.«

»Oh mein Gott.« Christina starrte entsetzt auf Boss. »Solche Leute gehören eingesperrt!«

»Ganz meine Meinung. Einmal, aber das ist schon ein paar Monate her, und es war noch winterlich kalt, hat er den hier«, er deutete auf Boss, »eine ganze Nacht lang in eisiger Kälte draußen in einen Zwinger gesperrt. Das Heulen und Jaulen des armen Tiers hat mich verrückt gemacht und von der Arbeit abgehalten.«

Ich habe nicht gejault! Ich jaule nie. Oder, na ja, vielleicht damals schon, aber nur, weil es so entsetzlich kalt war. Wie ärgerlich, dass er das mitbekommen hat. Hoffentlich hält er mich jetzt nicht für verweichlicht.

»Also haben Sie den Halter erneut angezeigt?« Eine Welle von Sympathie schwappte über Christina hinweg.

»Als ich es nicht mehr mit ansehen konnte, ja. Weiß der Himmel, weshalb sich sonst niemand beschwert hat. Glücklicherweise wurden ihm die Hunde dann endlich weggenommen, und ein Haltungsverbot wurde ausgesprochen. Die vier Tiere wurden ins Tierheim gebracht.«

»Und Sie haben Boss spontan adoptiert, weil er Ihnen leidtat«, schlussfolgerte Christina. »Das ist einerseits löblich, andererseits auch unvernünftig. Haben Sie vorher schon mal einen Hund gehalten?«

»Nein, nie.« Sein Lächeln bekam etwas Verlegenes. »Ich muss zugeben, dass ich kaum Ahnung von Hunden habe. Von Amerikanischen Bulldoggen erst recht nicht, und ich fürchte, das rächt sich jetzt bereits. Egal, was ich auch sage oder tue, Boss macht das Gegenteil oder ignoriert mich.«

Klar ignoriere ich dich. Du bist ja auch nicht mein Herrchen. Ich will keins mehr, und das war's. Klar kannst du mir weiter Futter und Wasser und einen Platz zum Schlafen geben, das ist schon okay. Aber deshalb muss ich noch lange nicht nach deiner Pfeife tanzen.

»Sie müssen erst einmal eine Bindung zu ihm aufbauen.«

Nein, muss er gar nicht. Ich halte nämlich von Bindungen überhaupt nichts.

Überrascht, weil Boss ein ungehaltenes Brummen von sich gegeben hatte, ging Christina vor ihm in die Hocke und blickte ihn durch die Maschen des Zaunes hindurch aufmerksam an. »Hast du dich da gerade beschwert, Boss?«

Ja, habe ich. Bindung, wenn ich so was schon höre! Boss drehte sichtlich beleidigt den Kopf zur Seite.

Schmunzelnd erhob Christina sich wieder. »Da haben Sie aber eine harte Nuss ergattert, Herr Brungsdahl.«

»Wem sagen Sie das!« Seufzend hob er die Schultern, dann lächelte er wieder entwaffnend. »Was meinen Sie, wollen Sie sich unseres Problems annehmen?«

Nachdenklich blickte sie erneut von ihm zu Boss und wieder zurück. »Eigentlich hatte ich vor, Sie rundheraus zum Teufel zu schicken, nachdem Sie mich vorgestern so unhöflich rausgeworfen haben.«

Auf seiner Miene zeichnete sich erneut ehrliche Zerknirschung ab. »Ich wünschte, ich könnte Ihnen versprechen, dass das nicht wieder geschehen wird. Das kann ich aber nur, wenn Sie mich nie wieder bei einer Vision stören.«

Überrascht legte sie den Kopf schräg. »Warum sollte ich das wohl tun? Es war nur reiner Zufall, dass ich bei Ihnen aufgetaucht bin. Von mir aus halte ich mich gerne zukünftig weit von Ihrem Arbeitsplatz fern, wenn Ihnen so viel daran liegt.«

»Tut es.« Er wurde ernst. »Allerdings sollte ich Sie vorwarnen, dass mich solche Visionen durchaus auch anderswo überkommen können.«

»Soso, also passt auf Sie das Klischee des exzentrischen Künstlers?«

»Ob es ein Klischee ist, weiß ich nicht, aber … ja, in dieser Hinsicht schon. Wenn ich ein Kunstwerk vor meinem inneren Auge sehe, wenn ich es in mir drin spüre, ist für nichts anderes mehr Platz. Leider habe ich die Angewohnheit, in solchen Situationen auf die Menschen loszugehen, weil ich dann niemanden um mich herum ertragen kann.«

Sie hob skeptisch die Augenbrauen. »Niemanden?« Ihr Blick wanderte zu Boss.

Brungsdahl nickte, schüttelte aber gleich darauf den Kopf. »Boss hat seltsamerweise keine störende Wirkung auf mich.«

»Sie würden ihn also nicht versehentlich verhungern lassen, wenn Sie sich in so einem Arbeitsrausch befinden – oder wie Sie es auch nennen möchten?«

Das will ich doch sehr hoffen!

»Nein, selbstverständlich nicht. Zwischendurch muss ich ja auch selbst essen und trinken.«

»Und schlafen.«

Er lachte leise. »Das dann eher weniger, aber das ist Boss, glaube ich, ziemlich egal.«

Ist es auch, solange du mich schlafen lässt und mir diese komischen Dinger auf die Ohren setzt, damit es mir nicht zu laut wird.

Er streckte Christina die rechte Hand hin. »Also nehmen Sie sich unseres Falls an?«

Nein, bitte nicht! Boss nahm die Geste zum Anlass, einen Satz zur Seite zu machen, und brachte ihn damit leicht ins Straucheln.

Christina verkniff sich ein Lachen und schlug ein.

6. Kapitel

Nachdem sie für den späteren Nachmittag einen ersten Termin ausgemacht hatten und Ben Brungsdahl mit Boss weiter Richtung Strand gegangen war, pfiff Christina Benni und Zora zu sich, die noch immer mit dem Ball spielten, und scheuchte sie in den kleinen Schmutzraum im hinteren Teil des Hauses. Sie trocknete die Hunde gründlich ab. Danach schlüpfte sie selbst in das kleine Badezimmer, in dem sie immer etwas frische Kleidung deponiert hatte. Zwar bewohnte sie im Obergeschoss eine kleine Zweizimmerwohnung, doch während der Arbeit zog sie sich immer hier unten um.

Als ihr Blick in den Spiegel über dem Waschbecken fiel, hielt sie erschrocken inne. Von ihrer rechten Wange zog sich ein brauner Schmutzstreifen bis hinunter zu ihrem Kinn. »Sch… iet!« Verärgert rieb sie mit den Fingerspitzen darüber. Unwillkürlich stieg ihr das Blut in den Kopf und ließ ihre Wangen erröten. »Na toll«, grollte sie vor sich hin und schälte sich aus den nassen verschlammten Kleidern. »Das mit dem guten ersten Eindruck hat ja fantastisch funktioniert.«

Was sich Ben Brungsdahl wohl gedacht hatte, als sie so vor ihm stand? Man musste ihm vielleicht zugutehalten, dass er nicht einmal eine Miene verzogen und auch keinen Kommentar abgegeben hatte. Dennoch war ihr ihr Aussehen nun ein wenig peinlich. Normalerweise gab sie nicht viel darauf, aber hier handelte es sich immerhin um einen international bekannten Künstler. Einen gut aussehenden Künstler. Lieber Himmel, er sah wirklich aus wie ein Filmstar und besaß genau die Mischung aus Charme und leicht rauen Kanten, die ihr unter anderen Umständen durchaus auf den Magen hätte schlagen können.

Das kam jedoch nicht infrage, denn er war ab sofort ihr Schüler, und außerdem befand er sich so weit außerhalb ihrer eigenen Liga, dass es sich schlicht verbot, ihn derart attraktiv und anziehend zu finden.

Ursprünglich hatte sie tatsächlich vorgehabt, ihm die kalte Schulter zu zeigen, doch sie hatte nicht damit gerechnet, dass er so zerknirscht sein würde. Seine Erklärung, dass er in einer heißen Schaffensphase gewesen war, leuchtete ihr ein, wäre aber allein trotzdem keine Entschuldigung gewesen. Sie wäre trotzdem noch verärgert gewesen. Aber dann hatte er sie angelächelt. Für dieses Lächeln müsste er eigentlich einen Waffenschein besitzen. Damit hatte er sie vollkommen aus der Bahn geworfen. Jetzt begriff sie zumindest, warum alle Welt ihn als so liebenswürdig und charmant bezeichnete.

Im krassen Gegensatz zum Herrchen stand allerdings der Hund. Boss hatte auf sie einen mehr als eigensinnigen und fast schon beleidigten Eindruck gemacht. Er war noch jung, das sah man sofort, und befand sich wohl gerade in der Pubertät. Das würde die Arbeit mit ihm sicherlich nicht ganz einfach machen, doch die Herausforderung reizte sie.

Während sie rasch unter die Dusche sprang, rief sie sich alles in Erinnerung, was sie schon einmal über Amerikanische Bulldoggen gelesen hatte. Mit einer gearbeitet hatte sie bisher noch nie. Sie wusste, dass diese Tiere gemeinhin gefährlicher aussahen, als sie waren, doch wenn der Vorbesitzer versucht hatte, Boss mittels Elektroschocker und was auch immer noch für fragwürdigen Methoden scharfzumachen, war zunächst einmal Vorsicht geboten.

Sie nahm an, dass Boss seinem Herrchen die kalte Schulter zeigte, weil Brungsdahl nicht die geringste Ahnung von Hunden hatte – oder davon, wie man ihre Aufmerksamkeit erregte und nutzte. Vermutlich besaß der Hund auch kaum oder gar kein Vertrauen in Menschen. Zunächst einmal musste sie also dafür sorgen, dass Vierbeiner und Zweibeiner eine Beziehung zueinander aufbauten. Das würde mehr Zeit in Anspruch nehmen, als sie zunächst angenommen hatte. Zeit, die sie eigentlich nicht hatte.

Während sie sich abtrocknete und in saubere Jeans und ein wattiertes Arbeitshemd schlüpfte, beschloss sie, den Plan, ihre ehemalige Ausbilderin anzurufen, sofort in die Tat umzusetzen. Der neue Schüler würde ja nicht nur Zeit kosten, sondern auch ihr Einkommen steigern. Brungsdahl hatte nicht einmal mit der Wimper gezuckt, als sie ihm die Preise für Einzeltrainings aufgezählt hatte. Die regulären Kurse waren gut besucht; sie würde also den Schritt wagen und einen zusätzlichen Trainer in Vollzeit einstellen.

※※※

»Boss, komm hierher!«

Nee, geht grad nicht. Bin beschäftigt.

Beherzt stieß Ben einen Pfiff aus, der Boss jedoch lediglich veranlasste, ein wenig mit den Ohren zu zucken. »Komm, Boss, zu mir! Hierher!« Verzweifelt blickte er zu dem Hund hinüber, der sich taub stellte und eingehend an einem Büschel Gras am Rand der großen Trainingswiese schnüffelte. Ben war nur froh, dass das Areal von einem hohen Zaun abgegrenzt wurde, andernfalls hätte Boss sich vermutlich längst davongemacht. Mit gequältem Blick drehte er sich zu Christina um. »Was mache ich falsch?«

»Alles, fürchte ich.« Christina hatte ihre beiden neuen Schüler für den Anfang zusammen auf die Wiese geschickt, um ihre

Interaktion zu beobachten. Nach fünf Minuten hatte Ben gesehen, wie sie den Kopf schüttelte, weitere zehn Minuten später musste sie sich sichtlich das Lachen verkneifen. Nur Bens verzagter Gesichtsausdruck hielt sie offenbar zurück, ihrer Belustigung Ausdruck zu verleihen.

»Aber falls es Sie tröstet, es ist nicht allein Ihre Schuld.« Anscheinend entschlossen, dem Drama ein Ende zu setzen, öffnete sie das Tor und betrat die Wiese. Sie beobachtete Boss ganz genau. Der Hund hatte ihr Näherkommen zwar bemerkt, schien jedoch entschlossen, auch sie zu ignorieren.

Unvermittelt trillerte sie in einem ungewöhnlich hohen kindhaften Tonfall. »Booohoooss! Guck mal hiiierheeer!« Gleichzeitig ging sie in die Hocke und unterstrich ihre Rufe mit ausholenden Armbewegungen.

Ben starrte sie in einer Mischung aus Verblüffung und Entsetzen an, doch sie konzentrierte sich einzig auf den Hund.

Bei den ungewöhnlichen Lauten hielt Boss inne und hob den Kopf. *Was ist denn jetzt los? Spinnt die?*

»Booohooos, guck mal hier! Oh, ist das aber spaaannend und interessaaaaant!« Die Stimme immer noch stark verstellt, tat Christina so, als wühle sie mit einer Hand in einem Grasbüschel vor ihren Füßen. Mit der anderen fischte sie ein winziges Leckerchen aus ihrer Westentasche. »Oooh, guck doch mal, Boss!«

Was ist denn da so toll? Ich sehe gar nichts. Also gut, muss ja echt spannend sein. Ich geh mal nachsehen.

Langsam und mit misstrauischem Blick und aufgerichteten Ohren trabte Boss auf Christina zu. Ben hielt den Atem an.

»Jaaa, komm her, Boss, hierher.« Noch einmal wühlte sie im Gras, und tatsächlich blieb Boss direkt vor ihr stehen und senkte seine Nase suchend ins Gras. Rasch schob sie die Hand mit dem Leckerchen unter seine Schnauze. »Feeeiiin. Suuuper.

Bist du ein toller Hund.« Überschwänglich lobte sie Boss und tätschelte seinen Hals.

Huch, so was Nettes hat auch schon lange niemand mehr zu mir gesagt. Hm, was ist denn das? Was zu essen? Bisschen klein, aber ... ja, lecker. Okay, hat sich wenigstens gelohnt, hier rüberzulaufen. Und was jetzt? Hast du noch mehr von diesen kleinen Hundekuchen? Da in der Jacke?

Überrascht stützte Christina sich auf dem Boden ab, als Boss noch näher kam und versuchte, mit der Nase in ihre Tasche zu gelangen. »He, he, nichts da. Eins reicht.«

Von wegen! Boss gab nicht auf und schaffte es, seine Nase in die Westentasche zu bohren.

Christina fiel auf die Knie und schob ihn mit erstaunlicher Kraft zurück. Dabei lachte sie allerdings herzlich. Augenblicke später war sie wieder auf den Beinen.

Wie jetzt, das soll alles gewesen sein? Enttäuscht trollte Boss sich wieder.

»Oh, Booohooos! Komm her. Guck mal, hier hab ich noch was für dich!« Sie hielt ein weiteres Leckerchen hoch, sodass der Hund es sehen konnte. Prompt machte er kehrt und pflanzte sich vor ihr auf. Sie gab ihm den Hundekuchen und lobte ihn erneut in den höchsten Tönen. Dabei drehte sie den Kopf leicht in Bens Richtung. »Und jetzt Sie.«

Erschrocken riss er die Augen auf. »Was, ich?«

Also wenn es das jetzt gewesen ist ... Boss machte sich erneut auf den Weg zum Zaun, wo er zuvor schon geschnüffelt hatte.

»Na, rufen Sie ihn. So wie ich eben.«

»Ist das Ihr Ernst?« Verunsichert blickte er zwischen Boss und der Hundetrainerin hin und her.

»Sonst würde ich es wohl kaum verlangen. Erregen Sie seine Aufmerksamkeit.«

»Ich fürchte, in solche Höhen wie Sie komme ich mit meiner Stimme nicht.«

Sie schmunzelte. »Müssen Sie auch nicht. Aber verstellen Sie die Stimme ein bisschen. Tun Sie aufgeregt. Boss muss glauben, dass es nichts Spannenderes gibt als Sie, damit er bereit ist, zu Ihnen zu kommen. Machen Sie sich ruhig ein bisschen zum Affen.«

Noch immer zögerte er. »Ich glaube nicht, dass ich das kann.«

»Wollen Sie eine Beziehung zu Ihrem Hund aufbauen oder nicht?« Sie hatte die Hände in die Seiten gestemmt und blickte ihn herausfordernd an. Um ihre Lippen herum zuckte ein winziges Lächeln, als sie ihm einen Hundekuchen in die Hand drückte. »Keine Sorge, außer mir ist niemand hier, der Sie hören oder sehen könnte.«

Unschlüssig beäugte er das runde rötlich braune Leckerli. »Also gut, auf Ihre Verantwortung.« Er räusperte sich umständlich. »Boss!«

Was? Ach so. Nö.

»Booohoos!« Er kam sich unsagbar lächerlich vor, als er seine Stimme verstellte.

»Lauter! Machen Sie's so richtig spannend.«

»Boss, Schau mal hiiier!«

»Gut so.« Christina nickte bekräftigend. »Er guckt zu uns. Jetzt weiter. Und machen Sie sich klein, gehen Sie in die Hocke. Boss kennt Sie nur als alles überragenden Riesen. Wenn Sie plötzlich mit ihm auf Augenhöhe sind, wird er neugierig werden.«

Ben gehorchte. »Booosss, Komm her. Hierher. Guck mal hiiier!«

Hä? Was denn, du jetzt auch? Was ist denn plötzlich los?

Ben atmete auf, als Boss mit neugierig aufgestellten Ohren

auf ihn zugetrabt kam. »Komm her, Boss, ja, hierher. Schau mal, was ich hier ... hey!«

Hm, noch so ein leckerer Hundekuchen. Her damit! Mjam.

Mit einem Satz sprang Boss auf Ben zu und stieß ihn um, sodass er auf seinem Hintern landete. Ohne auf Bens Ächzen zu achten, stieg der schwere Hund über ihn hinweg und suchte schnüffelnd nach der Hand mit dem Leckerchen.

»Los, loben Sie ihn – so begeistert, wie Sie nur können!«

»Was?« Vollkommen verdattert blickte Ben zu ihr hoch. »Er hat mich umgeworfen!«

Sie schüttelte den Kopf und ging selbst neben ihm in die Hocke, um Boss zu streicheln. »Feiner, Hund. Braver Boss. Das hast du suuuper gemacht. Los, geben Sie ihm schon die Belohnung.«

Wieder gehorchte Ben, und Boss schlang den Hundekuchen mit einem triumphierenden Laut hinunter.

»Sie müssen ihn viel schneller loben, damit er Ihre Freude über sein Gehorchen auch mit seinem Handeln in Verbindung bringt. Auch wenn er Sie umschmeißt. An der Feinmotorik können wir später immer noch arbeiten. Wichtig ist, dass er auf Sie gehört hat.«

»Okay.« Umständlich rappelte Ben sich auf und betrachtete leicht griesgrämig die schlammigen Flecken auf seinen Jeans. »Sie müssen es ja wissen.«

»Allerdings.« Christina hatte wieder die Hände in die Seiten gestemmt. »Nun kommen Sie schon, Sie sind doch wohl nicht aus Zucker, oder? Für die paar Flecken gibt es eine Erfindung, die sich Waschmaschine nennt.«

Widerwillig schmunzelte er. »Zuletzt habe ich im Schlamm gelegen, als ich bei der Bundeswehr war. Ist schon ein Weilchen her.«

»Na, wenn Sie sich damals nicht in Wohlgefallen aufgelöst

haben, wird Ihnen das jetzt ganz sicher auch nicht passieren.« Christina wies auf Boss, der unschlüssig ein paar Schritte zur Seite gegangen war. »Los, versuchen Sie es noch mal. Hier.« Erneut gab sie ihm einen Hundekuchen. »Gehen Sie ein paar Schritte weg, dann rufen Sie ihn zu sich. Machen Sie sich wieder klein.«

»Sie haben wohl Spaß daran, mich im Matsch sitzen zu sehen?«

Sie grinste. »Es hat was, das muss ich zugeben.«

Auch wenn er sich vollkommen idiotisch vorkam, wiederholte er das Prozedere noch einmal, hockte sich aber gleich so hin, dass er diesmal einem möglichen Frontalzusammenstoß besser gewachsen war. »Booooosss, guck mal hier! Hierher. Komm!«

Schon wieder? Hast du noch mehr Leckerchen für mich? Lass mal sehen.

Boss lief zügig auf Ben zu und blieb dicht vor ihm stehen.

»Leckerchen und loben!«, befahl Christina, doch Ben hatte das Prinzip schon begriffen.

»Braver Boss, gut gemacht. Hier.« Er tätschelte den muskulösen Hals des Hundes und gab ihm gleichzeitig die Belohnung.

Mjam. Daran könnte ich mich glatt gewöhnen.

»Gut. Aber seien Sie beim Loben ruhig noch etwas überschwänglicher. Jetzt versuchen wir mal was anderes, damit es nicht langweilig wird.« Christina ging zu einer Kiste, die neben dem Tor am Zaun angebracht war, und entnahm ihr einen etwa zwei Handspannen langen ovalen Gummiball mit jeder Menge Grifflöchern. »Guck mal, Booohoos, was ich hier haaaabe!«

Äh, wie jetzt, keine Leckerchen mehr? Was ist denn das für ein komisches Ding? Was soll ich damit?

Boss trabte auf Christina zu und schnüffelte neugierig an dem Spielzeug, während sie ihn wieder ausgiebig lobte.

»Schau mal, Boss, willst du den haben?«

Wozu denn?

»Guck, damit kann man toll spiiiiielen.« Sie wedelte mit dem Gummiding auffordernd vor der Schnauze des Hundes herum und tänzelte dabei ein bisschen hin und her.

Dabei kam Ben in den Genuss, ihr festes rundes Hinterteil in den eng sitzenden Jeans bewundern zu können. Die vollkommen unpassenden Assoziationen, die dabei ungewollt in ihm aufstiegen, verdrängte er tunlichst rasch wieder.

Spielen? Echt jetzt? Das durfte ich bisher noch nie. Mein altes Herrchen hat nie mit mir gespielt. Nur ich mit meinen Geschwistern und auch nur, bis Herrchen geschimpft und uns geschlagen oder getreten hat. Was spielt man denn mit dem Ding da?

»Hier, fangen Sie, und versuchen Sie es auch mal!«

Etwas überrascht aus seinen Gedanken und der Beobachtung der beiden gerissen, fing Ben das Wurfgeschoss reflexartig auf. Da Boss tatsächlich neugierig geworden war, fiel es ihm nicht schwer, ihn zu sich zu locken. Wieder lobte er den Hund so enthusiastisch, wie er nur konnte, dann richtete er sich auf.

»Das ist ganz schön anstrengend, Frau Messner.«

»Was denn, wir haben doch noch gar nicht richtig angefangen!« Sie grinste breit. »Und nennen Sie mich ruhig Christina.«

»Also gut, Christina. Ich bin Ben.« Er reichte ihr kurz die Hand und nahm zum zweiten Mal an diesem Tag zur Kenntnis, dass sie sehr schöne braune Augen hatte. Rehaugen, in denen ein paar Einsprengsel golden glitzerten, wenn sie lachte. Ihr Händedruck war energisch, und sie sprühte geradezu vor Energie.

»Dann mal los, Ben, keine Müdigkeit vortäuschen. Laufen Sie ein bisschen mit dem Ball, und versuchen Sie, Boss damit zu locken. Manche Hunde stehen beim Training nur auf Leckerchen, andere kann man aber auch mit Spielzeug animieren.«

Was denn für ein Training? Ich will bloß mal dieses Ding haben und gucken, was man damit machen kann. Los, gib schon her!

Ganz entgegen seinem bisherigen Desinteresse hüpfte Boss neben Ben her, als dieser in einem leichten Laufschritt über die Wiese lief und den Spielball immer gerade außerhalb der Reichweite des Hundes hielt. Dabei lockte und lobte er immer abwechselnd, so wie Christina es von ihm forderte.

Nach einer Weile wurde er etwas langsamer, und prompt nutzte Boss das für sich aus.

Ha, bist du etwa müde? Ich noch lange nicht. Ich krieg das komische Teil jetzt. Wau!

Unvermittelt machte Boss einen Satz vor Bens Füße, wirbelte herum und sprang ihn mit Wucht an.

Ben wollte zwar noch ausweichen, schaffte es aber nicht mehr, geriet ins Straucheln, rutschte auf einem nassen Grasbüschel aus und fand sich im nächsten Moment auf dem Boden wieder. Der Spielball war ihm bei dem verzweifelten Versuch, sich doch noch zu fangen, aus der Hand gerutscht und unter seinem Schulterblatt gelandet.

Boss stieß ein aufforderndes Bellen aus und tänzelte neben ihm hin und her.

Na was denn? Steh auf, ich will dieses Spieldingsda haben. Meine Güte, bist du lahm.

Als Ben sich nicht schnell genug aufrappeln konnte, setzte Boss seine Vorderpfoten auf Bens Brustkorb ab und bohrte seine Schnauze in dessen Halsbeuge.

»He, was machst du denn da!« Ben kam sich vor wie ein Käfer, der auf dem Rücken gelandet war. Keuchend musste er es zulassen, dass der Hund mit seinem ganzen Gewicht über ihm stand.

Ich will doch bloß das Dingsda. Nun steh schon auf, und gib her. Ha, ich hab's gleich. Ich hab's gleich! Schnauf. Wuff.

Schnaubend und prustend wühlte Boss seine Nase gegen Bens Hals und versuchte, unter dessen Schulter zu gelangen.

»Schon gut, schon gut, ich dreh mich ja schon.« Ächzend versuchte Ben, sich zur Seite zu drehen, damit die kalte, nasse und kitzelnde Hundeschnauze nicht mehr länger seinen Hals malträtierte. Von irgendwoher vernahm er ein Kichern.

Ha, jawoll, jetzt hab ich's. Wurde auch Zeit. Wiff!

Mit einem hellen triumphierenden Bellen schnappte Boss sich den Spielball und trampelte erneut achtlos über Ben hinweg.

»Fein, Boss, gut gemacht. Feiner Hund. Gaaanz toll! Komm, zeig mal, was du da hast. Suuuper. Fein, lass mal sehen.« Mit vor Lachen erstickter Stimme ging Christina vor Boss in die Hocke und lobte ihn ausführlich.«Gibst du mir das Spielzeug?«

Nein, ganz sicher nicht. Das ist jetzt meins. Boss schüttelte heftig den Kopf und schleuderte den Ball dabei hin und her, sodass ein paar Speichelfetzen herumflogen. Dann trabte er einige Schritte davon, ließ den Ball direkt neben Ben auf den Boden fallen und schnüffelte ausgiebig daran.

Ben runzelte die Stirn und versuchte, nach dem Spielzeug zu greifen, doch Boss sah seine Bewegung kommen, schnappte den Ball erneut und tänzelte damit gerade so weit zur Seite, dass er außerhalb von Bens Reichweite war.

Nee, nee, du auch nicht. Das Ding ist jetzt erst mal meins, bis ich rausgefunden habe, wofür es gut ist.

Christina bog sich inzwischen regelrecht vor Lachen. Fahrig wischte sie sich ein paar Tränchen aus den Augenwinkeln. »Das war geradezu filmreif, Ben. Sie haben noch nie mit Boss gespielt, oder?«

»Nicht«, er richtete sich auf, »wirklich.«

»Für den Anfang war das schon mal gar nicht so übel.« Kichernd trat sie neben ihn und reichte ihm die Hand. »Kommen Sie, stehen Sie auf, ehe Sie sich verkühlen.«

Er ergriff ihre Hand, und sie zog ihn mit einem kraftvollen Ruck auf die Füße.

***

Nach einer knappen Dreiviertelstunde beendete Christina das Training. Sie war insgeheim überrascht, dass dieser Mann, den sie auf Zeitschriftenfotos so oft in Smoking oder dunklem Anzug auf Partys und bei Ausstellungen seiner Werke gesehen hatte, so relativ klaglos mit seinem Hund über die nasse und teilweise matschige Wiese getobt war. Nun ja, getobt war vielleicht übertrieben, sah man einmal von der im wahrsten Sinne des Wortes umwerfenden Aktion durch Boss ab, weil dieser unbedingt an den Spielball hatte gelangen wollen. Nachdem Ben die erste Verlegenheit überwunden hatte, war er mit zunehmendem Eifer ihren Ansagen und Ratschlägen gefolgt.

Wenn es einzig an ihm läge, dann wäre ihre Arbeit mit dem Mann-Hund-Duo möglicherweise schneller als gedacht erledigt. Sie hatte jedoch schon bald bemerkt, wie zurückhaltend und skeptisch, bisweilen sogar argwöhnisch Boss auf so manche Ansprache oder Kommandos reagierte. Er hatte Angst vor Bestrafung, wenn er es auch mit durchaus bemerkenswerter schauspielerischer Leistung überspielte. Zugleich schien er entschlossen, seine Grenzen auf Biegen und Brechen auszureizen. Fast schien es ihr, als warte der Hund nur darauf, von seinem neuen Herrn dafür gemaßregelt zu werden, um seiner Furcht davor Bestätigung zu verleihen.

»Möchten Sie zum Aufwärmen noch einen Tee oder Kaffee trinken?« Christina deutete einladend auf das Seminargebäude.

»Für Boss habe ich auch einen Napf Wasser und ein Handtuch zum Abtrocknen.«

Abtrocknen? Wozu? Ist doch bloß Matsch. Aber was zu trinken wäre nicht übel.

»Ich möchte Sie nicht unnötig aufhalten. Haben Sie nicht erwähnt, dass Sie viel zu tun haben?«

Christina winkte ab. »Heute Abend habe ich noch einen Seniorenkurs, aber bis dahin ist noch ein bisschen Luft. Kommen Sie, Sie haben sich ein warmes Getränk redlich verdient.« Ohne auf seine Reaktion zu warten, ging sie voraus.

Ben folgte ihr, nachdem er Boss die Leine am Halsband befestigt hatte. Das Geschirr hatten sie wegen des vielen Drecks zur Seite gelegt.

Nachdem Christina Ben den Schmutzraum gezeigt und ihm dabei zugesehen hatte, wie er der wieder einmal tödlich beleidigten Bulldogge mit einem großen Handtuch das Fell trocken rieb, führte sie ihn in den kleinen Vorraum vor ihrem Büro, der auch als Anmeldung und Aufenthaltsraum diente. Es gab eine kleine Rezeption, an der jedoch nur stundenweise eine Aushilfe saß, und eine graue Ledersitzecke.

»Nehmen Sie doch Platz. Tee oder Kaffee?«

Wasser. Wau!

Christina lachte. »Ja, ja, du kriegst auch etwas.«

»Kaffee, wenn es keine Umstände macht.«

»Macht es nicht. Bin gleich wieder da.« Sie betrat die winzige, ganz neu in hellem Birkenholz eingerichtete Kaffeeküche, setzte Teewasser auf und die Kaffeemaschine in Gang. Hinter sich hörte sie Boss' Pfotentapser. »Na, du? Hast du Durst?«

Und wie!

Sie entnahm einem der Hängeschränke einen Trinknapf aus Steingut, füllte ihn mit Wasser und stellte ihn Boss vor die Füße. »Hier.«

Ah, endlich. Das tut gut!

Der Hund versenkte seine Nase in dem kühlen Nass und trank geräuschvoll.

Als Christina wenig später mit einem Tablett zur Sitzecke zurückkehrte, hielt sie kurz irritiert inne, weil Ben verschwunden war. Dann sah sie ihn jedoch durch die offen stehende Tür in ihrem Büro stehen. Rasch stellte sie das Tablett ab und folgte ihm.

Als er ihre Schritte hinter sich vernahm, dreht er sich lächelnd um. In der Hand hielt er die etwa handspannenlange Skulptur stilisierter Schlittenhunde aus schwarz-grau glänzendem Stein, die sie vor einigen Jahren in *Sybillas Schatztruhe* entdeckt hatte. »Hier ist sie also gelandet.« Er strich mit den Fingerspitzen über die glatte Oberfläche. »Sie haben gar nicht erwähnt, dass Sie meine Arbeit mögen.«

»Wie könnte man sie nicht mögen?« Christina trat näher und betrachtete beinahe andächtig das kleine Kunstwerk auf seinem Handteller.

»Nun, ich würde sagen, das ist immer Geschmackssache. Manche Kritiker werfen mir vor, ich sei zu divergent, zu wenig geradlinig. Meine Werke folgen keinem Prinzip oder einer bestimmten Richtung. Weder in Form und Ausdruck noch im Werkstoff.«

»Ich finde gerade das so spannend.« Sie zögerte. »Im Moment arbeiten Sie mit Eisen, nicht wahr?«

»Unter anderem.«

Da seine Miene ernst wurde, hob sie rasch die Hände. »Entschuldigung, es geht mich nichts an. Ich will Sie nicht ausfragen oder so.«

»Nein, schon gut, die stürmische erste Phase ist vorbei. Sie dürfen mich ruhig fragen. Ich sage es Ihnen schon, wenn Sie mir auf den Wecker gehen.«

»Dann bleibe ich wohl lieber auf der Hut.« Als er nun doch wieder lächelte, fügte sie hinzu: »Ich habe diese Skulptur bei Sybilla gesehen und musste sie einfach haben. Sie hat ein halbes Monatseinkommen verschlungen, aber ich hätte sie unmöglich jemand anderem überlassen können.«

»Ja, so ist das mit manchen Kunstwerken.«

Sie schmunzelte. »Zu meinem Glück konnte ich sie mir gerade so leisten. Ansonsten bewundere ich Ihre Werke nur auf Fotos im Internet oder in dem Bildband, der vor drei Jahren erschienen ist.«

Überrascht sah er sie von der Seite an. »Das hört sich fast an, als wären Sie ein Fan.«

»Bin ich auch.« Sie zuckte die Achseln. »Fühlen Sie sich ruhig gebauchpinselt.«

Um seine Mundwinkel zuckte es amüsiert. »Aber Sie waren noch nie in einer Ausstellung? In Hamburg gibt es eine Galerie, die in regelmäßigen Abständen Werke von mir erhält.«

Christina winkte ab. »Wozu sollte ich mir die Skulpturen von Nahem ansehen, wenn ich sie mir doch niemals leisten könnte? So masochistisch bin ich nicht veranlagt.«

Er nickte vor sich hin, ging aber nicht weiter darauf ein. Stattdessen stellte er die Skulptur zurück auf den Schreibtisch und drehte eine Fotografie zu sich herum, die Christina als junges Mädchen zeigte, wie sie am Lichterhavener Strand mit ihrer Collie-Hündin spielte. Es handelte sich um einen Schnappschuss, der beide in einer geradezu tänzerischen Bewegung einfing. Christina hatte beide Arme angehoben – in den Händen hielt sie ein Stück altes Tau – und lachte dabei in die Kamera. Die Hündin tänzelte auf den Hinterbeinen und schien zu versuchen, an das Spielzeug heranzukommen. Schweigend betrachtete er das Bild eine Weile. »Wie alt waren Sie da?«

Christina nahm das Bild vom Schreibtisch und fuhr, wie immer, wenn sie das Foto längere Zeit ansah, sachte mit dem Zeigefinger darüber, so als wolle sie die Hündin streicheln. »Siebzehn.«

»Und das da war Ihre beste Freundin.« So wie Ben es sagte, war es keine Frage, sondern eine Feststellung.

Überrascht hob sie den Kopf. »Ja. Das ist Polly. Ich habe sie als Welpen bekommen, da war ich zehn. Vor drei Jahren ist sie in einer warmen Sommernacht in meinen Armen eingeschlafen und nicht mehr aufgewacht.«

»Dann hatte sie ein langes, glückliches Hundeleben.«

»Ja, das hatte sie.« Christina schluckte und drehte das Foto wieder um.

»Sie vermissen sie noch immer.« Als Christina nicht antwortete, sondern nur zum Fenster hinausblickte, räusperte er sich leise. »Haben Sie deshalb selbst keinen Hund? Ich hatte mich schon gewundert, dass ausgerechnet eine Hundetrainerin keinen Vierbeiner besitzt.«

»Ich kümmere mich oft um die beiden Golden-Retriever meiner Eltern, das reicht mir im Augenblick.«

»Die beiden von heute Vormittag? Schöne Tiere.«

Sie nickte und wandte sich ihm wieder zu, als sie sicher war, dass sie sich im Griff hatte und ihr keine peinlichen Tränen aus den Augen kullern würden. »Ja, das sind sie. Zora und Benni.«

»Zu mehr sind Sie noch nicht bereit.« Wieder war es eine Feststellung, diesmal gefolgt von einem Lächeln. »Sie hatten etwas von Kaffee gesagt.«

Christina atmete auf und nickte. »Ja, steht schon auf dem Tisch.« Sie setzten sich auf die beiden einander gegenüberstehenden Sessel, und Christina nahm den Teebeutel aus ihrer Tasse.

Ben griff nach der Kaffeekanne und goss sich selbst ein. »Erzählen Sie mir, wie man darauf kommt, eine Hundeschule zu eröffnen?«

Christina dachte kurz nach, während sie an ihrem Ingwertee nippte. »Wie kommt man darauf, Skulpturen zu entwerfen?«

Über den Rand seiner Kaffeetasse lächelte er ihr anerkennend zu. »Gut pariert. Ich schätze, es steckte schon immer in mir drin.«

»So war es bei mir auch. Während andere Mädchen mit ihren Barbiepuppen spielten, habe ich mir ausgemalt, wie es wäre, wenn ich ganz viele Hunde hätte und mit ihnen Sachen einübe.«

»Sachen?«

Sie lachte. »Ja, damals dachte ich hauptsächlich an Kunststücke. Alle Hunde in unserer Familie mussten als Versuchskaninchen herhalten und konnten am Ende irgendwelche Tricks. Sogar der faule Mops meiner Tante Tina, der sonst die meiste Zeit auf seinem Kissen lag und schnarchte. Ich habe ihm beigebracht, wie man eine Handtasche öffnet und das Portemonnaie klaut.«

»Oha! Gefährlich.«

»Irgendwie schon. Schlimmer war aber der Spitz von meinem Opa. Der war ein begnadeter Taschendieb. Allerdings hat er nur Papiertaschentücher stibitzt und dann in tausend Fetzen zerfleddert.«

»Das haben Sie ihm beigebracht?« Ben lachte.

»Nein, Opa wollte, dass ich Kiki diese Unart abgewöhne.« Sie schmunzelte bei der Erinnerung. »Einer meiner wenigen Fehlschläge. Kiki war total trainingsresistent. Keine Ahnung, was ihn geritten hat.«

»Vielleicht war er in einem früheren Leben ja Taschendieb.«

Sie kicherte. »Glauben Sie an so was?«

»Warum nicht?«

Sie überlegte kurz. »Ja, warum eigentlich nicht?«

»Ob man nun daran glaubt oder nicht – auf jeden Fall macht es Spaß, darüber zu diskutieren, finde ich.«

Überrascht hielt sie inne. »Sie sind irgendwie ganz anders, als ich Sie mir vorgestellt hatte.«

»Wie hatten Sie sich mich denn vorgestellt?«

Einen Moment lang überlegte sie. »Keine Ahnung. Anders. Weniger ... normal.«

»Sie halten mich für normal?« Seine Augenbrauen wanderten amüsiert in die Höhe. »Ich glaube, das höre ich zum ersten Mal.«

»Es kommt wahrscheinlich darauf an, was man als normal ansieht. Vielleicht habe ich mich auch nur falsch ausgedrückt. Sie wirken viel bodenständiger auf mich, als ich erwartet hatte. Nicht so abgehoben – wie ...« Verlegen hielt sie inne.

»Wie man es bei einem Künstler annehmen könnte?« Er nickte. »Kunstschaffende sind auch nur Menschen.«

»Ja, aber welche mit einer besonderen Gabe.« Verärgert spürte sie, wie ihre Wangen sich erhitzten, und senkte den Kopf ein wenig, damit er nicht sah, dass sie errötete.

»Eine solche Gabe kann manchmal auch eine ziemliche Last sein.«

»Ach ja?« Verblüfft hob sie den Kopf doch wieder und begegnete seinem aufmerksamen Blick. »Warum?«

»Weil sie einen Menschen, so normal er auch sein möchte, dennoch außergewöhnlich macht. In meinem Fall außergewöhnlich ungeduldig und unberechenbar. Zumindest immer dann ...«, er hielt inne.

»Wenn eine Vision Sie ereilt?«, beendete Christina seinen Satz

Er nickte leicht. »Sie durften ja bereits eine Kostprobe meiner eher unangenehmen Seite über sich ergehen lassen, und ich möchte Sie vorwarnen. Wenn es mich überkommt, verliere ich auch jegliches Zeitgefühl. Termine oder Verabredungen sind dann Schall und Rauch für mich. Einmal habe ich sogar die Geburtstagsfeier meines Vaters sausen lassen – oder vielmehr vergessen, weil ich unbedingt eine Skulptur in Sandstein meißeln musste. Er zieht mich heute noch damit auf, und ich bin mir nicht sicher, ob er wirklich nur amüsiert ist oder doch tief drinnen ein bisschen beleidigt und enttäuscht. Es war sein Sechzigster und die Party entsprechend groß.«

»Oh.« Christina knabberte an ihrer Unterlippe.

»Ja.« Lächelnd trank er einen Schluck von seinem Kaffee. »Meine Warnung geht nun dahin, dass Sie mit so etwas bei mir ständig rechnen müssen. Ich werde gerne mit Ihnen einen Trainingsplan absprechen. Ob ich mich daran halte, steht allerdings in den Sternen. Woran hatten Sie dabei eigentlich gedacht?«

»Nach allem, was ich heute gesehen habe?« Sie dachte kurz nach. »Ein Intensivkurs böte sich am ehesten an. Zwei- oder besser dreimal die Woche, wenn Ihnen das passt.«

»Tut es. Dreimal die Woche eine Stunde?«

»Oder auch mal zwei, je nachdem …«

»Okay.« Nach einem weiteren Schluck Kaffee setzte er hinzu: »Wenn ich zu einer der Trainingsstunden oder mehreren nicht auftauchen sollte, geben Sie bitte keine Vermisstenmeldung auf. Es bedeutet höchstwahrscheinlich, dass ich arbeite.«

»Ich werde mich hüten, Sie dabei zu stören, und die Polizei erst einschalten, wenn eindeutiger Verwesungsgeruch aus dem Lagerhaus dringt.«

»Braves Mädchen.« Er grinste breit. »Stellen Sie mir die Stunden dann trotzdem in Rechnung. Nur weil ich in einer akuten Schaffensphase nicht fähig bin, an etwas anderes als mich selbst oder meine Skulptur zu denken oder auch nur ein Telefon zu benutzen, sollen Sie keinen Verdienstausfall haben.«

Christina musterte ihn überrascht und mit einer Spur Skepsis. »Sind Sie sicher, dass Sie sich in so einer ... Phase ausreichend um Boss kümmern können?«

Pah, dafür werde ich schon sorgen. Verhungern lässt er mich jedenfalls nicht, das steht fest!

Ben blickte kurz zu Boss, der sich in einiger Entfernung auf die Fliesen neben der Rezeption gelegt hatte und leise vor sich hin brummelte. »Ich schätze, dafür wird er schon sorgen. Kann sein, dass ich nicht eben glücklich über die Unterbrechung sein werde oder möglicherweise unfreundlich reagiere, aber verhungern lasse ich ihn schon nicht. Und rausgehen werde ich auch regelmäßig mit ihm. Oder fast regelmäßig. Das muss sich erst einspielen, fürchte ich.«

Nanu, du bist mal meiner Ansicht? Das ist ja etwas ganz Neues. Boss' Ohren stellten sich neugierig auf, doch ansonsten tat er wie immer desinteressiert. *Muss reiner Zufall sein, schätze ich. Du und ich, wir sind niemals einer Meinung. Warum auch? Du bist ja schließlich nicht mein Herrchen, sondern mein ... was weiß ich! Dosenöffner, das reicht vollkommen.*

Nachdenklich nippte auch Christina an ihrer Tasse. »Vielleicht sollten Sie über einen Hundesitter nachdenken.«

Was? Wie? Hundesitter? Kommt ja gar nicht infrage! Ich kann mir schon selbst helfen, wenn es sein muss.

Auf das ungehaltene Brummen hin, das Boss ausstieß, lächelte Ben leicht. »Anscheinend findet er die Idee nicht so toll.«

Darauf kannst du wetten. Hundesitter, wenn ich das schon höre!

»Es wäre aber vielleicht besser.« Christina hob die Schultern. »Nun ja, vielleicht warten wir erst einmal ab, wie sich alles entwickelt. Sie sind ja eine ganze Weile hier in Lichterhaven. Bis August oder September werden sich die Dinge zwischen Ihnen beiden bestimmt eingespielt haben.«

»Das hoffe ich sehr.«

Ich nicht. Ist doch alles gut, wie es ist. Na ja, vielleicht nicht gut, aber das war es für mich eh noch nie. Mir reicht es, wenn ich was zu futtern kriege und ein Dach überm Kopf habe. Beides ist vorhanden, also kein Grund, etwas zu ändern.

Christina stellte ihre Tasse zurück auf den Tisch. »Ich möchte Sie noch um etwas bitten. Wenn Sie mit Boss umgehen, dann bitte immer ruhig und beherrscht. Ganz gleich, was er tut oder wie sehr er sich gegen Sie auflehnt – lassen Sie sich nie zu unbedachten Handlungen provozieren.«

»Unbedachten Handlungen?« Ben sah sie erstaunt an.

»Strafen Sie ihn niemals mit etwas anderem als mit Worten. Wenn es sein muss, werden Sie ruhig mal laut, oder knurren Sie.«

»Knurren?« Um seine Mundwinkel zuckte es leicht.

»Tun Sie mit Ihrer Stimme, Mimik und Körperhaltung, was nötig ist, um Boss klarzumachen, dass er etwas falsch gemacht hat oder inakzeptables Verhalten zeigt. Später werde ich Ihnen beiden auch noch entsprechende Handzeichen beibringen. Wenn er sich jedoch gut benimmt und etwas richtig macht, loben Sie ihn. Immer. Strafen Sie ihn unter keinen Umständen körperlich.«

»Ich würde niemals einen Hund schlagen!« Die Belustigung schwand und machte einer empörten Miene Platz. »Was denken Sie denn von mir?«

»Ich kenne Sie nicht gut genug, um mir ein Urteil bilden zu können, Ben. Aber ich habe erlebt, wie Sie auf mich losgegangen sind, als ich Sie gestört habe. Es hätte nicht viel gefehlt, und Sie wären mir ins Gesicht gesprungen.«

»Ich hätte Sie niemals angegriffen.« Entsetzt starrte er sie an.

Sie atmete tief durch. »Das freut mich zu hören. Dennoch gaben Sie durchaus erfolgreich den Anschein. Aber ich rede jetzt gar nicht von mir, sondern von Boss. Er ist ausgesprochen stur und eigensinnig, und solch ein Verhalten kann schon wesentlich ausgeglichenere Menschen dazu verleiten, dass Ihnen mal die Hand ausrutscht. Boss wurde, wie Sie selbst erzählt haben, übel misshandelt und vernachlässigt.«

Mist, musst du mich jetzt daran erinnern? Wenn mir noch mal ein Mensch so kommt, kann er was erleben. Jawohl. Ich würde ... würde ... Aber so was von! Oder weglaufen. Ja, das ist viel besser. Du würdest mich niemals wiedersehen.

Christina blickte kurz zu Boss, dessen leises Brummeln von einem kläglichen Fiepen durchsetzt war.

Was guckst du denn so? Ich habe nicht gejault.

»Er hat Angst.«

Hab ich gar nicht!

Christina seufzte, als Boss erneut beleidigt den Kopf abwandte. Sie hatte das Gefühl, dass der Hund jedes ihrer Worte verstand – und missbilligte. »Er spielt sich gerne auf, das habe ich schon bemerkt, und er testet seine Grenzen aus, wo er nur kann.«

Deshalb habe ich noch lange keine Angst. Ist ja lächerlich!

»Sie dürfen sich nicht provozieren lassen«, fuhr sie fort, »und in die Falle tappen, die er Ihnen damit stellt.«

Bens Blick wanderte zwischen ihr und seinem Hund hin und her. »Sie meinen, er wartet nur darauf, dass ich ihn so schlecht behandele wie sein früherer Halter?«

Christina nickte. »Er wird Ihnen das Leben möglicherweise noch ziemlich schwer machen.«

»Und Sie fragen sich, ob ich mein Temperament im Zaum zu halten imstande bin?« Ben lehnte sich in seinem Sessel zurück und strich sich gedankenvoll über das säuberlich gestutzte Kinnbärtchen. »Ich würde ein Tier niemals verletzten, Christina. Kann sein, dass Boss sich mit meinen Launen auseinanderzusetzen lernen muss, aber das beruht ja offenbar auf Gegenseitigkeit.«

Du kannst mir ja viel versprechen, Ben. Aber ob du es auch halten wirst, wollen wir erst mal sehen. Bisher habe ich noch keinen Menschen getroffen, dem man über den Weg trauen konnte.

»Ich wollte es nur erwähnt haben.«

»Ich habe es zur Kenntnis genommen.« Ben warf einen kurzen Blick auf die Uhr über der Rezeption. »Wahrscheinlich sollte ich mich allmählich wieder auf den Weg machen. Ein paar Stunden will ich heute noch arbeiten.«

»Natürlich. Ich hatte nicht vor, Sie aufzuhalten.« Rasch erhob Christina sich und stellte das benutzte Geschirr aufs Tablett zurück.

»Aufscheuchen wollte ich Sie aber auch nicht.« Er lachte leise und stand ebenfalls auf. »Lassen Sie nur, ich trage das Tablett zurück in die Küche.«

»Sie?« Verblüfft sah sie zu, wie er sich das Tablett schnappte und hinüber zur Kaffeeküche trug.

Ungefragt sortierte er die Tassen auch noch in die kleine Spülmaschine ein. »Ich bin vielleicht Ihr Kunde und Schüler, aber deswegen müssen Sie mich nicht bedienen. Wenn man so lange allein gelebt hat wie ich, lernt man, wie undankbar alles ist, was mit Küchen- oder Hausarbeit zu tun hat.«

»Danke.« Christina nahm ihm das leere Tablett ab und wischte es mit einem feuchten Spültuch ab, bevor sie es an seinen Platz zurückstellte. Zögernd sah sie ihn von der Seite an. »Darf ich Ihnen eine Frage stellen? Wenn Sie zu persönlich ist, müssen Sie sie nicht beantworten.«

Neugierig wandte er sich ihr zu, und sie stellte fest, dass sie in der kleinen Küche viel zu nah beieinanderstanden. Ausweichen konnte sie hier jedoch nicht.

»Fragen Sie.«

»Warum haben Sie sich einen Hund zugelegt? Ich meine, abgesehen davon, dass Sie Boss damit gerettet haben.«

Ben zögerte kurz. »Keine Ahnung. Vielleicht, weil mir die Decke auf den Kopf gefallen ist. Ich bin kein sehr geselliger Mensch, wissen Sie. Nein, wirklich. Was Sie in der Zeitung über mich lesen, ist immer maßlos übertrieben oder geschönt.«

»Dann gehen Sie also nicht gerne zu den Ausstellungen Ihrer Werke oder den ganzen Partys und Wohltätigkeitsveranstaltungen, auf denen man Sie immer sieht?«

Erneut dauerte es einen kurzen Moment, bevor er antwortete. »Ich würde lügen, wenn ich behauptete, die Aufmerksamkeit täte meinem Ego nicht gut. Aber nach der soundsovielten Party oder Wohltätigkeits-Soiree ist der Bedarf einfach gedeckt. Warum glauben Sie, liegt mein Atelier in Köln am Stadtrand, fast schon ländlich? Ich besitze eine Penthouse-Wohnung, weil mir da oben über den Dächern der Stadt niemand auf den Geist gehen kann.«

»Für einen Einzelgänger hätte ich Sie wirklich nicht gehalten.« Diese Information musste Christina erst einmal verarbeiten.

»Das ist vielleicht auch etwas übertrieben ausgedrückt. Ich lebe gerne so, wie es mir gefällt, ohne Kompromisse. Sie haben selbst erlebt, wie ich werden kann, wenn man mich auf dem falschen Fuß erwischt. Man sagt, Tiere seien oftmals die bessere Gesellschaft als andere Menschen, also probiere ich es nun mit einem Hund, nachdem alle Versuche, dauerhafte Beziehungen mit Frauen einzugehen, kläglich gescheitert sind.«

Überrascht über seine Offenheit dachte sie über seine Worte nach. In seinen Augen las sie Entschlossenheit und eine Spur Resignation. »Sie geben allein sich die Schuld am Scheitern dieser Partnerschaften? Ist das nicht vielleicht ein bisschen zu edelmütig? Nach meiner Erfahrung gehören immer zwei Menschen dazu, eine Beziehung zu versaubeuteln.«

Der flapsige Ausdruck brachte ihn zum Schmunzeln, doch sein Blick blieb ernst. »Zum Zeitpunkt der Versaubeutelung tendiere ich regelmäßig dazu, der jeweiligen Partnerin – oder vielmehr Ex-Partnerin – die gesamte Schuld in die Schuhe zu schieben. Aber ehrlicherweise muss ich zugeben, dass es vermutlich wirklich an mir liegt. Ich bin nicht beziehungsfähig. Oder zumindest nicht so, wie es sich die Frauen auf diesem Planeten wünschen und sicherlich auch verdient haben. Nicht, dass ich nicht immer die besten Absichten hätte, aber wie ich vorhin schon sagte: Wenn mich eine Vision packt oder ich mitten in einem Projekt stecke, vergesse ich alles um mich herum. Auch Verabredungen, Jahrestage, Geburtstage oder mich einfach nur zu melden. Meine Kunst stand für mich bisher immer an erster Stelle, und solange sich das nicht ändert – und ich kann mir beim besten Willen nicht vorstellen, wie das geschehen sollte –, werde ich jede Frau, die meinen Weg kreuzt, zwangsläufig früher oder später schwer enttäuschen. Also stehe ich einfach nicht mehr für feste Bindungen zur Verfügung. Seit ich diese Entscheidung getroffen habe, lebe ich freier und zufriedener.«

»Aber auch einsamer, sonst hätten Sie sich nicht entschlossen, Boss zu adoptieren.« Christinas Herz hatte aus unerfindlichen Gründen seine Schlagzahl erhöht. Vielleicht lag es daran, dass seine Worte sie an einem Punkt berührten, der sie selbst schon lange beschäftigte. Nie hätte sie gedacht, dass sie mit dem großen Künstler Ben Brungsdahl so viele Gemeinsamkeiten verbinden würden. Er legte den Kopf ein wenig schräg. »Genau.«

Christina lächelte ihm zu und bemühte sich, nicht in seine viel zu schönen graublauen Augen zu blicken. »Ich verstehe Sie gut. Mir geht es nämlich ähnlich. Wenn ich auch nicht gleich aus der Haut fahre und meine Mitmenschen bösartig anbrülle, wenn mir etwas nicht passt.«

»Gut zu wissen.«

»Ich bin eigentlich sehr friedfertig. Wütend werde ich am ehesten, wenn man einem Hund oder überhaupt einem Tier wehtut. Das vertrage ich nicht.«

»Die Warnung ist vernommen und registriert.« Er blinzelte ihr zu.

Sie lachte. »Gut, denn wenn es sein muss, kann ich durchaus die Krallen ausfahren.«

»Wie kommt es dann, dass Sie sich dennoch mit mir vergleichen?«

Sie wurde wieder ernst. »Weil wir eines gemeinsam haben: eine Leidenschaft. Bei Ihnen ist es Ihre Kunst, bei mir ist es das alles hier.« Sie machte eine ausholende Bewegung. »Meine Hundeschule ist mein Traum. Sie war es schon, als ich noch ein Kind war. Ich stecke jede freie Minute hier hinein. In Kürze wird meine Schwester im hinteren Teil des Gebäudes mit unserem guten alten Dr. Weisenau eine Gemeinschaftspraxis für Tiermedizin aufmachen. Ich würde gerne noch eine Hundepension anschließen, wenn ich jemanden finde, der mich dabei unterstützt. So gesehen ist meine Arbeit mein Leben, so wie Ihre Kunst das Ihre bestimmt. Männer können das oft nicht begreifen – und falls doch, dann nicht genug. Die meisten werden irgendwann eifersüchtig.«

»Auf die Hunde?« Er runzelte fragend die Stirn.

»Auf alles, was mit den Hunden und der Schule zu tun hat. Und ab dem Punkt ist der Schritt zum Eklat nur noch ein winziger.« Sie seufzte. »Deshalb stehe ich ebenfalls nicht mehr für feste Beziehungen zur Verfügung.«

Er grinste. »Das Leben wird so viel unkomplizierter dadurch, nicht wahr?«

Christina atmete hörbar aus. »Und wie!«

»Gut, dass wir das geklärt haben.« Er zog sie so unvermittelt an sich, dass ihr die Luft wegblieb. »Was aber nicht heißen muss, dass man den Augenblick nicht genießen sollte.« Sein Blick wanderte forschend von ihren weit aufgerissenen Augen hinab zu ihren Lippen und wieder zurück. »Vielleicht hätte ich eine weitere meiner ärgerlichen Eigenschaften erwähnen sollen. Ich nehme mir gerne, wonach mir gerade der Sinn steht.«

Ehe sie auch nur dazu kam, sich eine passende Antwort darauf zu überlegen, spürte sie bereits seine Lippen auf ihrem Mund, fest und lockend zugleich. Ein Flattern breitete sich in ihrer Magengrube aus, gepaart mit einem angenehmen Prickeln, das über ihre Arme bis in den Nacken kroch und sich von dort über ihren gesamten Körper ausbreitete. Obwohl es vollkommen irrsinnig war, erwiderte sie den Kuss schon einen Augenblick später, doch da zog er sich auch schon wieder zurück und lächelte sie derart warmherzig an, dass ihr Herz einen Schlag aussetzte.

»Man könnte es auch einen Hang zur Dreistigkeit nennen.«

Sie schluckte und bemühte sich, ihre Stimme gleichmütig klingen zu lassen. »Könnte man, ja.«

»Sie sind in Lichterhaven geboren, nicht wahr, und hier aufgewachsen?«

Der abrupte Themenwechsel brachte sie ein wenig aus dem Konzept. Ihre Lippen prickelten noch immer leicht. »Ja, bin ich. Warum?«

»Weil es Sie als Fremdenführerin qualifiziert. Was halten Sie davon, wenn Sie mir in den nächsten Tagen einmal die Stadt und Umgebung zeigen. Aus dem Blickwinkel der Einheimischen sozusagen?«

»Was ich davon halte?« Ihre grauen Zellen schienen ihren Dienst vorübergehend eingestellt zu haben, denn sie konnte keinen klaren Gedanken fassen. »Ehrlich gesagt ... gar nichts.«

Sein Lächeln blieb bestehen. »Weil ich Sie einfach überrumpelt habe?«

»Weil es unklug wäre.« Sie versuchte, den Frosch in ihrem Hals wegzuräuspern. »Ich gehe nicht nur keine festen Beziehungen ein, sondern fange auch nichts mit Schülern an.«

In seine Augen trat ein schalkhaftes Funkeln. »Davon war ja auch keine Rede. Nur von einer kleinen Stadtführung, zum Beispiel am Samstag. Vielleicht mit einem anschließenden Essen in einem Lokal Ihrer Wahl. Oder der meinen. Ich erinnere mich noch gut an die vorzügliche Küche in der *Seemöwe*. Alles vollkommen unverbindlich, darauf bestehe ich schon aus reinem Selbstschutz.«

»Am Samstag habe ich leider keine Zeit. Vormittags gebe ich Kurse, und danach habe ich einen privaten Termin, der länger dauern könnte.« Sie wusste, dass sie nach Ausflüchten suchte, weil ihr die Aussicht, sich auch außerhalb der Trainingsstunden mit Ben zu treffen, viel besser gefiel, als sie sollte.

»Das ist schade. Aber vielleicht klappt es ja ein andermal.« Ohne auch nur das geringste Anzeichen von Enttäuschung – oder Kapitulation – zu zeigen, ging er an ihr vorbei zurück zur Rezeption. »Darf ich von den Schlittenhunden ein Foto für meine Facebook-Seite und mein Instagram-Profil machen? Ich könnte Ihre Hundeschule bei der Gelegenheit lobend erwähnen. Könnte sich vielleicht als werbewirksam erweisen.«

Schon wieder warf er sie mit dem abrupten Wechsel des Gesprächsthemas aus der Bahn. »Ja, sicher, wenn Sie wollen.«

Er zog sein Handy aus der Hosentasche und ging zielstrebig auf den Schreibtisch in ihrem Büro zu. »Danke. Ich zeige meinen Fans gerne hin und wieder Bilder meiner Werke in ihrem jeweiligen Zuhause. Am besten werde ich das Bild zusätzlich auch noch twittern. Vielleicht ist unter der halben Million Follower ja der eine oder andere, der eine Hundetrainerin sucht.«

»Ein bisschen angeberisch klingt das jetzt aber schon.« Sie nahm die Hundeleine vom Sessel und befestigte sie an Boss' Geschirr. »Außerdem wissen Sie doch noch gar nicht, ob wir wirklich erfolgreich zusammenarbeiten werden. Ist da eine Empfehlung nicht etwas voreilig?«

»Nein, ganz und gar nicht.« Ben machte offenbar mehrere Fotos, denn er war noch immer nicht aus dem Büro zurückgekehrt. »Ich finde, Sie machen Ihre Sache ausgezeichnet. Dass ich mich dumm anstelle, ist ja nicht Ihre Schuld.«

»So dumm nun auch wieder nicht.«

Endlich verließ er das Büro. »Da bin ich ja beruhigt.«

»Zum Gelingen oder Misslingen eines Trainings gehören immer zwei, Hund und Halter.«

»Wie bei einer Beziehung also.«

Sie nickte. »Es ist eine Beziehung. Vielleicht die engste und ehrlichste, die Sie je eingehen werden.«

Was quatscht ihr da eigentlich die ganze Zeit? Mir ist langweilig. Können wir mal irgendwas machen? Oder nach Hause gehen? Da gibt es wenigstens mein Schlafkissen.

Boss hatte sich erhoben und kam brummelnd näher. Ben warf erst dem Hund, dann Christina einen abschätzenden Blick zu. »Jetzt wollen Sie mir Angst einjagen.«

Sie hob die Schultern. »Ich spreche nur aus Erfahrung.« Während er Boss das Geschirr anlegte, trat sie an die Rezeption und warf einen Blick auf den Trainings- und Kursplan. »Bis Montag? Selbe Zeit, selber Ort?«

»Gerne.« Ben richtete sich wieder auf.

»Üben Sie bis dahin alles, was wir heute gemacht haben.«

»Ist das unsere Hausaufgabe?«

»Ganz genau. Und ich werde sie am Montag überprüfen.«

»Aye, aye, Ma'am.« Er salutierte zackig. »Komm, Boss, wir haben noch einen kleinen Fußmarsch vor uns.«

Fußmarsch klingt gut. Mir nach!

Christina unterdrückte ein Glucksen, als Boss voranstürmte und Ben im ersten Moment fast umriss. Zum Glück war der Mann so kräftig, wie er aussah, und hatte die Leine rasch wieder im Griff. Eine besonders elegante Figur machte er dabei allerdings nicht, und Christina sah noch eine Menge Arbeit auf sich zukommen.

Erleichtert, fürs Erste wieder allein zu sein, ging sie hinüber ins Büro und setzte sich an ihren Schreibtisch. Ben Brungsdahl war wirklich ganz anders, als sie ihn sich vorgestellt hatte. Charmant, ja, aber auch viel zu sexy und unberechenbar. Sie widerstand nur mit Mühe dem Drang, mit den Fingerspitzen ihre Lippen zu berühren. Stattdessen griff sie entschlossen nach einem Kugelschreiber, um sich Notizen zu dieser ersten Trainingsstunde zu machen, die sie später in den Computer übertragen würde. Dabei fiel ihr Blick auf ihren aufgeschlagenen Wochenplaner. In der Spalte für Samstag, gleich hinter ihrem Eintrag über das geplante Treffen bei ihrer Mutter wegen der Geburtstagsfeier, hatte Ben etwas hingekritzelt. Eine Handynummer und darunter: *Offenbar haben Sie doch ein freies Zeitfenster. Nutzen Sie die Handynummer nur, wenn Sie absagen möchten. Was Sie nicht tun werden, wetten?*

Christinas Herz machte einen Hüpfer, ihre Wangen erwärmten sich. Einen Moment lang kaute sie auf ihrer Unterlippe, dann schüttelte sie energisch den Kopf. »Von wegen!« Sie griff zu ihrem Handy und tippte Bens Nummer ein. Für einen langen Moment schwebte ihr Finger über der Verbindungstaste, dann verzog sie halb verärgert, halb resigniert die Lippen und legte das Mobiltelefon wieder zur Seite. »Mist.«

7. Kapitel

»Nun sag schon, wie ist er so, der große Künstler?« Kaum hatte Christina sich am Samstagnachmittag in der großen Wohnküche ihrer Eltern eingefunden, als sie auch schon mit Fragen bestürmt wurde. Ihre Mutter Anke, etwas kleiner als Christina, mit schickem blondem Kurzhaarschnitt und dunkelrot gerahmter Brille, die wunderbar mit ihrem herzförmigen Gesicht harmonierte, winkte sie auf den Stuhl neben sich. Sie hatte eine Schüssel mit sehr frühen Erdbeeren auf den Tisch gestellt und schob sie nun in Christinas Richtung. »Hier, probier mal, die gab es heute im Supermarkt. Man glaubt es kaum, aber sie sind aus Deutschland und schon fast so lecker wie meine eigenen. Nur auf die müssen wir noch ein paar Wochen warten.«

Christina nahm sich eine Erdbeere und biss hinein. »Hm, wirklich lecker.«

»Sag ich ja. Nun erzähl schon, wie ist der berühmte Künstler so? Eingebildet? Schwierig?«

»Warum sollte er denn eingebildet und schwierig sein?« Christinas Großmutter Evelyne, die auf der anderen Tischseite saß und einen E-Reader in der Hand hielt, sah ihre Schwiegertochter fragend an. »Nur weil er ein Künstler ist? Von der Sorte habe ich schon so einige kennengelernt, wenn ich früher Sybilla in ihrem Laden besucht habe, aber die meisten waren ganz normale, nette Leute. Nur diese Zimtziege, die die gehäkelten Taschen anfertigt, die hat einen an der Waffel.«

»Mutti!« Halb lachend, halb empört schüttelte Arno Messner, Christinas Vater, den Kopf. »Was hast du denn für Ausdrücke auf Lager?«

»Na, die richtigen, wenn es sein muss.« Evelyne lächelte verschmitzt. »Außerdem muss man mit der Zeit gehen, auch was die Sprache angeht.«

»Und deine Lesegewohnheiten.« Christina beugte sich vor und warf einen Blick auf das Display des E-Readers. »Wie ich sehe, kommst du mit dem Lesegerät gut zurecht.«

»Oh ja, das war ein fantastisches Geburtstagsgeschenk.« Evelyne strahlte. »Endlich kann ich die Schriftgröße verstellen, so wie ich es brauche. Und außerdem störe ich Opa abends nicht mehr, wenn ich noch im Bett lese.«

»Also bitte, seit wann nennst du mich denn Opa?« Norbert Messner, siebenundachtzig, rüstig und ebenso gut aussehend wie sein Sohn und sein Enkel Alex, runzelte empört die Stirn. »Das ist der Untergang jeder Ehe, wenn die Partner einander mit Mama und Papa oder Oma und Opa anreden.«

Evelyne kicherte. »Schon gut, Norbert, tut mir leid. Nach fast sechzig Jahren Ehe wird doch hoffentlich der kleine Versprecher nicht dazu führen, dass du dich von mir scheiden lässt, oder? Außerdem habe ich mit Christina geredet, und deren Opa bist du nun mal, oder etwa nicht?«

»Ich mich scheiden lassen? Wo denkst du denn hin? Woher soll ich denn jetzt noch eine andere Frau nehmen, die es mit all meinen Mucken und Macken aushält?« Norbert griff nach der Hand seiner Frau und drückte sie grinsend.

»Siehst du.« Zufrieden schaltete Evelyne den E-Reader aus und legte ihn auf den Tisch. »Also mecker nicht.«

»Ich meckere nie!«

»Da kommen, glaube ich, Alex und Luisa.« Anke stand auf und trat ans Fenster. »Ja, da sind sie. Dann können wir ja anfangen. Ich habe nämlich eine Idee wegen des Buffets. Und was die Einladungen angeht, finde ich, sollten wir uns nicht zu viel Arbeit machen. Arno hat da schon was gebastelt. Wärst du so gut, mein Lieber, und holst die Ausdrucke aus deinem Büro? Christina, du hast noch immer nicht erzählt, wie Ben Brungsdahl ist. Ich sterbe vor Neugier!«

»Tu das nicht«, brummelte Norbert amüsiert, »sonst fällt deine Geburtstagsfeier ins Wasser.«

»Norbert!« Evelyne stieß ihm den Ellenbogen in die Seite.

»Was denn?« Er tat vollkommen unschuldig. »Außerdem lasst ihr das arme Mädchen ja nicht einmal zu Wort kommen. Wie soll sie denn da etwas erzählen?«

»Ach was, sie will es nur spannend machen.« Anke lachte über sich selbst. »Nein, schon gut, ich halte ja schon den Mund. Bitte, Christina, du hast das Wort.«

Christina schüttelte schmunzelnd den Kopf. »Also ehrlich gesagt habe ich ihn anfangs für einen ziemlichen Kotzbrocken gehalten.«

»Tatsächlich?« Anke machte große Augen.

»Wer ist ein Kotzbrocken?« Luisa betrat die Küche und zog dabei ihre nasse Jacke aus. »Es regnet«, erklärte sie überflüssigerweise.

Hinter ihr betrat auch Alex den Raum und setzte sich schweigend mit an den Tisch.

Christina wartete, bis auch Luisa Platz genommen hatte, bevor sie weitersprach. »Ben Brungsdahl. Alle Welt meinte, er sei so wahnsinnig nett …«

»Ist er doch auch«, warf Luisa überrascht ein.

»Ist er überhaupt nicht, wenn man ihn unwissentlich bei der Arbeit stört.« Mit bildlichen Worten schilderte Christina ihr erstes Zusammentreffen mit Ben und erntete dafür gleichermaßen Kopfschütteln und Gelächter, vor allem, als sie dann noch beschrieb, wie er kurz darauf bei ihr aufgetaucht war und sich nicht einmal mehr an sie erinnert hatte.

»Also doch zumindest exzentrisch«, schloss Anke.

»Könnte man wohl so sagen«, bestätigte Christina. »Aber zu seiner Ehrenrettung muss ich hinzufügen, dass er sich in der ersten Trainingsstunde ausgesprochen angestrengt hat. Es war ihm entsetzlich peinlich, aber er hat es durchgestanden.«

»Lass mich raten, du hast ihn sich zum Affen machen lassen.« Alex lachte. »Ich weiß ja, dass das manchmal nötig ist, wenn man mit dem Hundetraining bei dir beginnt. Aber da hätte ich dann schon gerne mal Mäuschen gespielt.«

»Ich auch.« Luisa zog die Schüssel mit den Erdbeeren zu sich heran und suchte sich eine heraus. »Der Mann ist es doch bestimmt nicht gewohnt, den Hampelmann zu spielen, damit sein Hund auf ihn aufmerksam wird. Auf den Zeitschriftenfotos sieht man ihn ja immer nur ganz nobel im Smoking und so.«

»Er macht sich auch in Jeans und Windjacke ganz gut.« Christina räusperte sich, als die Blicke aller Anwesenden sich auf sie richteten. »Na ja, immerhin ist er alles andere als hässlich. Und inzwischen habe ich meine Meinung auch revidiert, zumindest weitgehend. Anscheinend muss man ihn zwar mit Vorsicht genießen, wenn er gerade eine Vision hatte …«

»Eine was?«, unterbrach Norbert sie verblüfft.

»Vision, Opa.«

»Hört sich für mich an, als hätte er auch – wie hast du dazu gesagt, Evelyne? – einen an der Waffel.«

Christina schmunzelte. »Nein, hat er nicht. Oder vielleicht schon, aber er ist halt Künstler. Er hat es als Vision bezeichnet, wenn er eine Idee für ein neues Kunstwerk hat, die ihn dann nicht mehr loslässt.«

»Klingt ein bisschen schräg«, murmelte der Großvater skeptisch. »Ich hoffe, der Kerl läuft nicht Tag und Nacht mit dem

Kopf in den Wolken herum. Solche Leute sind mir ja suspekt. Da tut mir der arme Hund direkt leid.«

»Muss er aber nicht, Opa.« Christina sah sich bemüßigt, Ben zu verteidigen. »Ben gibt sich schon sehr viel Mühe mit Boss, auch wenn er offensichtlich kaum Ahnung hat, was er da tut.«

»Oha, wir sind schon bei den Vornamen angekommen?« Alex wackelte vielsagend mit den Augenbrauen.

Christina warf ihm einen strafenden Blick zu. »Ist das verboten? Immerhin müssen wir mehrmals die Woche miteinander arbeiten. Da sind Nachnamen und Förmlichkeit eher hinderlich.«

»Was du nicht sagst!«

»Also ich finde das gut.« Luisa biss in die Erdbeere, kaute genüsslich und schlang dann auch noch den Rest der Frucht hinunter. »Dass er sich so viel Mühe gibt und nicht den Promi heraushängen lässt, meine ich. Ich fand ihn gleich auf Anhieb sehr nett. Dass er ein paar Macken hat ... Na ja, wer hat die nicht?«

Christina hüstelte. »Also diese spezielle Macke ist schon ziemlich Furcht einflößend. Ihr solltet euch wirklich hüten, unangemeldet in seinem Atelier aufzutauchen. Ich dachte, er geht mir an die Gurgel.«

»Also neigt er zur Gewalttätigkeit?« Evelyne hob besorgt den Kopf. »Das ist aber gar nicht gut, Chrissi. Da solltest du sehr vorsichtig ...«

»Aber nein, so war es doch nicht gemeint.« Beschwichtigend hob Christina beide Hände. »Er ist nicht gewalttätig. Zumindest glaube ich das nicht. Aber er kann den Eindruck erwecken.«

»Schlimm genug«, konstatierte Norbert. »Sieh dich ja vor, Kindchen.«

»Ich kann mich schon wehren, Opa, keine Sorge.«

»Hoffen wir, dass das nicht notwendig wird«, mischte Alex sich grimmig ein. »Sonst kriegt er es mit mir zu tun.«

Christina seufzte. »Lass jetzt bloß nicht wieder den großen Bruder raushängen. Ich komme schon klar.«

»Trotzdem werde ich ihn tunlichst im Auge behalten.«

»Wirst du nicht, Alex.« Christina funkelte ihn warnend an. »Er ist mein Kunde und Schüler und damit ganz allein mein Problem. Abgesehen davon hat er sich die meiste Zeit ja vollkommen akzeptabel verhalten.«

»Die meiste Zeit?« Luisa musterte sie neugierig und fischte eine zweite Erdbeere aus der Schüssel. »Also nicht ununterbrochen? Jetzt wird es interessant.«

»Wird es überhaupt nicht.« Christina bemühte sich standhaft, nicht an den Kuss zu denken, weil sie fürchtete, dass sie dann erröten würde. »Und wenn ihr so weitermacht, verweigere ich jede Aussage.«

»Entschuldige, Schätzchen.« Anke tätschelte beruhigend die Hand ihrer Tochter. »Ich wollte ja auch nur wissen, wie er sich mit seinem Hund anstellt. Was man so hört, scheint er sich ja einen ziemlich eigensinnigen Vierbeiner zugelegt zu haben.«

»Das hat er allerdings.« Froh, dem dünnen Eis entflohen zu sein, lächelte Christina wieder. »Boss ist schon eine Marke für sich, das kann man nicht anders bezeichnen. Er tut ständig so, als sei er zutiefst beleidigt, wenn Ben etwas von ihm will. Und er gibt vor, so ein richtig abgebrühter Kerl zu sein.«

»Ben oder Boss?« Luisa kicherte.

»Boss!« Christina warf ihr einen strafenden Blick zu. »Er tut, als wäre alles unter seiner Würde und als würde er absolut niemanden brauchen und sich für nichts interessieren. Kann natürlich sein, dass das mit seinem Alter zusammenhängt. Er ist ungefähr anderthalb.«

»Ein Pubertier also, sozusagen.« Anke lachte.

»Im wahrsten Sinne des Wortes«, bestätigte Christina. »Aber ich fürchte auch, dass er einfach zu viele schlechte Erfahrungen gemacht hat. Er vertraut den Menschen nicht. Manche Hunde werden darüber aggressiv, Boss hat sich in sich selbst zurückgezogen. Er weiß nicht mal, wie man richtig spielt und wozu man zum Beispiel einen Ball gebrauchen kann oder so. Ihr hättet die beiden mal sehen sollen, als ich den ovalen Spielball, den mit den Grifflöchern, rausgeholt habe.« Sie grinste breit bei der Erinnerung. »Ein Mann, der keine Ahnung von Hunden hat, und ein Hund, der umgekehrt keine Ahnung von Menschen hat. Zumindest nicht von solchen, die ihm Gutes wollen. Es war ein Bild für die Götter.«

»Also besteht noch Hoffnung, dass die beiden sich zusammenraufen?« Arno nahm sich nun auch eine Erdbeere. »Das wäre ja dem armen Tier zu wünschen, wenn es bislang so schlecht behandelt worden ist.«

»Wir müssen noch abwarten. Es ist viel zu früh, um eine Prognose abzugeben.« Achselzuckend lehnte Christina sich in ihrem Stuhl zurück. »Aber ich hoffe es. Ben gibt sich wirklich Mühe, und Boss ist auch nicht so abgebrüht, wie er tut. Trotzdem liegt da noch eine Menge Arbeit vor mir – oder uns.«

»Du packst das schon.« Wieder tätschelte Anke ihre Hand. »Unsere kleine Hundeflüsterin.«

Christina lachte. »Ich hasse es, wenn ihr mich so nennt.«

»Ist aber doch wahr, Kindchen.« Evelyne nickte ihr zu. »Wenn jemand mit einem solchen Problemhund klarkommt, dann du.«

»Danke für die Vorschusslorbeeren, Oma, aber das können andere Hundetrainer auch.«

»Wir haben aber nur dich hier vor Ort.« Die Großmutter lächelte liebevoll.

Christina räusperte sich. »Nicht mehr lange.«

»Was meinst du damit?« Arno hob den Kopf. »Willst du jemanden einstellen? Ich dachte, du wolltest damit noch ein bisschen warten.«

»Wozu warten?«, wandte Norbert ein. »Das Mädchen ist doch jetzt schon heillos überbucht, wenn ich das richtig sehe. Wie soll sie das denn alles allein schaffen? Auf Dauer, meine ich?«

»Ich habe Brigitte, meine frühere Ausbilderin, angerufen und sie gefragt, ob sie jemanden weiß, der vielleicht bei mir anfangen könnte.« Christina richtete sich wieder auf. »Sie hat mir versprochen, mir die Kontaktdaten einer Familie zuzumailen.«

»Einer ganzen Familie gleich?« Verwundert sah Anke sie an. »Ist das nicht ein bisschen viel für den Anfang?«

»Weiß ich noch nicht. Erst mal muss ich sie kennenlernen. Es ist ein Ehepaar mit zwei Kindern. Die Eltern wollen wohl irgendwo neu Fuß fassen und sind beide ausgebildete Hundetrainer.«

»Übernimm dich aber nicht gleich. Finanziell, meine ich«, mahnte Anke.

»Ja, Mama.« Lächelnd neigte Christina den Kopf. »Vielleicht wollen sie ja auch gar nicht in eine so kleine Stadt wie Lichterhaven ziehen, wer weiß? Warten wir es ab.«

»Ich halte es auch für sehr vernünftig, dass du dir Hilfe suchst«, befand Evelyne. »Du bist ja von früh bis spät an sieben Tagen die Woche im Einsatz. Das kann man mal für eine Weile machen, aber nicht auf Dauer. Jeder Mensch braucht auch mal eine Auszeit. Und wie willst du jemals einen jungen Mann kennenlernen, wenn du nie Zeit hast auszugehen?«

»Oma!« Leicht verzweifelt verdrehte Christina die Augen. »Was ist denn, wenn ich gar keinen jungen Mann kennenlernen will? Du weißt doch selbst, wie das in der Vergangenheit immer ausgegangen ist.«

»Aber du willst doch nicht für immer allein bleiben, oder?«

»Und wenn doch?«

»Dafür bist du doch gar nicht der Typ.« Evelyne schüttelte vehement den Kopf.

»Ich bin aber auch nicht der Typ Frau, der Kompromisse eingeht. Wem nicht passt, wie ich mein Leben führe, der kann mir gestohlen bleiben.« Ihre Stimme war kämpferischer geworden, als sie vorgehabt hatte, doch sie tat nichts, um den Eindruck abzumildern.

»Schon gut, schon gut, immer mit der Ruhe.« Beschwichtigend hob Arno die Hände. »Mir kann es ja nur recht sein, wenn mein Mädchen sich nicht gleich dem nächstbesten Mann an den Hals wirft.«

»Papa!« Christina stöhnte.

»Das ist wieder mal typisch.« Luisa kicherte in sich hinein. »Schön, dass zur Abwechslung du mal die Zielscheibe bist und nicht immer ich, nur weil ich die Jüngste bin.«

»Wer redet denn hier von Zielscheibe?« Empört runzelte Arno die Stirn. »Ich darf mich doch wohl darum sorgen, mit wem meine Mädchen zusammen sind, oder etwa nicht?«

»Dürftest du wohl«, bestätigte Norbert schmunzelnd, »wenn sie denn mit jemandem zusammen wären. Was aber nicht der Fall ist. Die jungen Leute heutzutage lassen sich ja für meinen Geschmack enorm viel Zeit. Vielleicht zu viel. Aber mich fragt ja niemand.«

»Es ist ja auch unser Leben, Opa, nicht deins.« Christina verschränkte ihre Hände auf dem Tisch. »Also dürfen doch wohl auch wir entscheiden, wann wir mit wem zusammen sind – oder auch nicht. Ich habe zurzeit einfach keine Lust auf eine Beziehung. Das wäre mir viel zu anstrengend bei allem, was ich noch vorhabe.«

»Vielleicht könnte dir aber ein Partner auch zur Seite stehen und dich unterstützen«, schlug Evelyne vorsichtig vor.

Christina winkte ab. »So wie die Typen, mit denen ich bisher zusammen war? Da habe ich nicht viel von Unterstützung bemerkt. Nur von Eifersucht, weil ich nicht dauernd gesprungen bin, wenn sie es wollten.« Sie seufzte wieder. »Lass gut sein, Oma, das Thema ist ein wunder Punkt für mich. Ich werde schon nicht vereinsamen. Ein Date hier und da ist ja ganz nett, aber mehr brauche ich nicht.«

»Ja, aber du hast doch nicht mal ein Date«, wandte Alex feixend ein.

Sie warf ihm einen vernichtenden Blick zu. »Woher willst du das denn wissen?«

»Ich kenne meine Schwester, das ist alles.«

Auf Christinas Stirn entstand eine steile Falte. »Dann kennst du sie halt nicht gut genug.«

»Ach was?« Seine Augenbrauen schossen in die Höhe. »Sag bloß, du hast jemanden aufgerissen? Dann mal raus mit der Sprache – wer ist der Glückliche?«

»Das geht dich überhaupt nichts an.«

»Also gibt es wirklich jemanden?« Luisa beugte sich neugierig vor. »Sag schon, wer ist es?«

Christina wand sich und wünschte sich, sie hätte nichts gesagt. »Es ist nichts, wirklich, nur ein zwangloses Treffen, nicht mehr.«

»Moment mal.« Luisa merkte auf und musterte sie eingehend. »Doch wohl nicht mit Ben Brungsdahl, oder?« Als Christina das Gesicht unwillkürlich leicht verzog, lachte ihre Schwester. »Das gibt's doch wohl nicht! Wie hast du den Fisch denn an Land gezogen? Ist ja ein Ding, und dabei hab ich ihn zuerst gesehen.« Sie kicherte, als Christina sie überrascht anstarrte. »Keine Sorge, du darfst ihn behalten. Er ist gar nicht mein Typ, wenn er auch unglaublich gut aussieht und bestimmt die eine oder andere Sünde wert wäre.«

»Von Sünden kann überhaupt keine Rede sein«, wiegelte Christina rasch ab und ärgerte sich, weil sie spürte, wie sie verdächtig rot wurde. »Und an Land gezogen habe ich ihn auch nicht. Er hat mich gefragt, ob ich Lust hätte, ihm den Ort zu zeigen, das ist alles.«

»So hat es bei Mel und mir auch angefangen.« Alex zwinkerte ihr zu. »Sie müsste übrigens gleich hier eintrudeln. Vorhin rief sie mich an und sagte, sie wolle noch zur Apotheke, um Kopfschmerztabletten zu kaufen. Deana hat ja heute die Nachmittagsschicht übernommen, aber wie ich Mel kenne, ist sie trotzdem noch mal kurz im Laden vorbeigegangen. Und das, obwohl sie heute früh schon über Kopfweh geklagt hat.«

»Oje, sie wird doch nicht krank werden?« Besorgt verzog Anke die Lippen. »Hat sie nicht hin und wieder Probleme mit Migräne?«

Alex nickte. »Aber nur sehr selten.«

»Sie hat sich wirklich in das Geschäft hineingefuchst.« Norbert nickte anerkennend. »Ich wusste gleich, dass sie der Typ dafür ist.«

Alex lachte. »Da wusstest du mehr als sie selbst, das steht fest.«

»Ach was, das hat doch ein Blinder mit seinem Krückstock erkennen können! Das Mädchen brauchte ein richtiges Zuhause und die Möglichkeit, Wurzeln zu schlagen, mehr nicht. Sybilla wusste schon, warum sie ihr den Laden vermacht hat. Sie hatte immer den richtigen Riecher, wenn es um so etwas ging.« Der alte Mann lächelte versonnen, wurde dann aber wieder ernst und wandte sich an Christina. »Du willst also mit diesem Künstler ausgehen? Wenn er wirklich so unberechenbar ist, wie du ihn beschrieben hast, solltest du sehr vorsichtig sein.«

»Ich kann schon auf mich aufpassen, Opa. Ich bin schließlich alt genug!«

»Kinder oder Enkel sind niemals alt genug, dass man sich nicht um sie sorgen würde«, philosophierte Evelyne, lächelte aber dabei. »Aber du wirst ihn uns doch bald mal vorstellen, nicht wahr?«

»Oh Mann!« Nun wirklich verzweifelt, blickte Christina zur Decke. »Oma, ich zeige ihm nur Lichterhaven, mehr nicht. Wir sind nicht verlobt oder so!«

»Das hat ja auch niemand behauptet. Aber wenn er dich schon um ein Date bittet, wirst du ihm doch wohl gefallen. Und da du nicht abgelehnt hast, dürfte das Wohlgefallen beiderseitiger Natur sein. Da ist es doch nur normal, dass wir ihn gerne kennenlernen möchten.«

»Normal ist in der Familie Messner überhaupt nichts.« Christina raufte sich die Haare, die sie heute wieder nur mit zwei Klämmerchen aus dem Gesicht genommen hatte.

»Ha, jetzt weiß ich auch, warum du dich so fein gemacht hast.« Luisa grinste breit. »Ich hatte mich schon gewundert, woher diese hübsche Rüschenbluse wohl stammen mag. Fast hätte ich gefragt, ob du sie aus meinem Schrank stibitzt hast.«

»Glaubst du etwa, ich würde dazu extra in deine Wohnung einbrechen?«

Luisa zuckte die Achseln. »Du hast doch einen Schlüssel.«

»Können wir jetzt bitte das Thema wechseln?«

Überraschend kam ihr Vater ihr zu Hilfe. »Aber sicher doch, Schätzchen. Wir sind ja schließlich hier, um den Geburtstag eurer Mutter zu planen.« Er warf jedem seiner Kinder einen eingehenden Blick zu. »Also los, plant!«

Anke gluckste. »Das ist mal eine Ansage. Ich dachte übrigens daran, draußen im Garten zu feiern. Im Juli wird es doch bestimmt warm genug sein. Falls es regnet, können wir uns bei *Zelte Friedrichs* einen Pavillon oder ein kleines Partyzelt leihen. Ich habe Sönke Friedrich neulich auf dem Markt getroffen, und er meinte, das wäre gar kein Problem. Er stellt ja auch immer diese netten kleinen Zelte unten am Hafen auf. Beim Stadtfest zum Beispiel.«

»Eine gute Idee«, befand Arno. »Dann lassen wir uns aber

am besten gleich ein Zelt vormerken, damit auch wirklich eins auf Lager ist. Im Sommer werden ja viele Feste gefeiert.«

»Das kann ich übernehmen.« Alex hob die Hand. »Ich muss sowieso noch bei Friedrichs vorbei, weil sie mich um einen Beratungstermin wegen der baulichen Erweiterung ihrer Lagerstätten gebeten haben. Offenbar wollen sie das Nachbargrundstück kaufen, aber der alte Verhoigen sitzt darauf wie die Glucke auf dem Ei.«

»Ach, da fällt mir etwas ein!« Arno wandte sich seinem Sohn zu. »Du hattest doch gefragt, ob sich bei der alten Werft unten besitzrechtlich etwas tut. Gestern auf der Stadtratssitzung wurde uns tatsächlich ein Besitzerwechsel zur Kenntnis gebracht. Wie es aussieht, hat Carl Verhoigen die Werft mit allen Liegenschaften seinem Sohn überschrieben. Von Lars Verhoigen liegt außerdem ein Antrag auf Baugenehmigung vor. Anscheinend will er die Werft wiederbeleben.«

»Lars Verhoigen ist in Lichterhaven?« Luisas Stimme klang überrascht, jedoch ansonsten vollkommen neutral. Als Christina ihre jüngere Schwester ansah, war auf deren Miene nur milde Verblüffung abzulesen.

Christina und Alex tauschten dennoch einen besorgten Blick.

»Ja.« Arno nickte. »Wie es aussieht, will er sich hier niederlassen. Es heißt, er sei auf der Suche nach einem Baugrundstück, also will er wohl nicht nur die Werft auf Vordermann bringen, sondern sich auch ein Haus bauen.« Er räusperte sich und warf seinem Sohn einen scheelen Seitenblick zu. »Scheint, als wäre er endlich erwachsen geworden. Das hoffe ich zumindest, denn eine Wiederholung eurer jugendlichen Torheiten möchte ich mir an dieser Stelle ausdrücklich verbitten.«

Alex lachte, und auch bei ihm war nur für das geübte Ohr eine leichte Gezwungenheit zu erahnen. »Keine Sorge, wir werden uns schon zu benehmen wissen.«

»Dein Wort in Gottes Gehörgang!« Anke schüttelte halb schmunzelnd, halb besorgt den Kopf. »Lars Verhoigen zurück in Lichterhaven. Das muss ich erst mal verdauen. Ich wäre nie auf den Gedanken gekommen, dass es ihn jemals hierher zurückziehen könnte. Aber wer weiß? Vielleicht ist er ja wirklich erwachsen geworden ... und klüger.«

»Wollten wir nicht über die Geburtstagsparty sprechen?« Christina behielt ihre Schwester sorgfältig im Auge, konnte aber nicht erkennen, ob die Nachricht von Lars' unverhoffter Rückkehr sie in irgendeiner Form beschäftigte.

»Stimmt.« Luisa nahm sich noch eine Erdbeere. »Das ist allemal interessanter als städtische Bauangelegenheiten.« Sie zwinkerte ihrer Mutter fröhlich zu. »Und außerdem tausendmal wichtiger. Sag mal, Mama, hast du dir schon überlegt, ob du einen Partyservice beauftragen willst? Ich hätte da nämlich eine Idee ...«

Wieder wechselten Christina und Alex einen kurzen Blick. Er zuckte unauffällig die Achseln, und sie nickte leicht. Anscheinend hatten sie sich umsonst Sorgen gemacht. Christina hoffte es zumindest sehr.

In diesem Moment flog die Tür auf, und Mel wirbelte herein, in der Hand eine Tüte der Bäckerei Leuthaus. »Hallo zusammen. Entschuldigt bitte, dass ich so spät komme, aber ich war noch in der Apotheke und wollte danach unbedingt ein paar von Leuthausens leckeren Kaffeeteilchen kaufen, und dann haben mich Inge und Theo ewig in ein Gespräch verwickelt. Wenn ihr den allerneuesten Stadtklatsch wissen möchtet, müsst ihr jetzt nur mich fragen. Ich bin vollständig im Bilde.« Sie legte die Tüte auf den Tisch und schälte sich aus ihrer feuchten Jacke. Kaum hatte sie sie über eine Stuhllehne gehängt, als Alex sie auch schon mit Schwung auf seinen Schoß zog.

»Na, Kopfschmerzen besser?«

Sie hob die Schultern. »Chemisch betäubt.«

Sanft zog er ihren Kopf zu sich hinab. »Dann wollen wir doch mal sehen, ob ich der Genesung nicht ein bisschen auf die Sprünge helfen kann.« Er küsste sie, bis Norbert sich hörbar räusperte.

»Nun friss deine Frau nicht gleich auf, und schon gar nicht vor aller Augen! Oder bist du der Meinung, deiner Zunge würden irgendwelche heilenden Fähigkeiten innewohnen?«

Alex grinste. »Wenn du mich so fragst – der Ansicht bin ich durchaus, aber das ist kein Thema für diese Runde.«

Arno hustete empört, Luisa lachte in sich hinein.

Mit hochrotem Kopf versuchte Melanie, auf den freien Stuhl hinüberzurutschen, doch Alex hielt sie beharrlich auf seinem Schoß fest. Schließlich gab sie es auf und wandte sich an Christina: »Ich bin übrigens vorhin Ben Brungsdahl begegnet. Als ich ihm erzählte, dass ich dich gleich treffe, meinte er, er würde dich zwischen vier und halb fünf bei der Hundeschule abholen.« Sie legte den Kopf leicht schräg. »Abholen wozu?«

»Einem Date!« Luisa kicherte.

»Nein!« Mit neuem Interesse musterte Mel ihre Schwägerin.

Christina schlug die Hände vors Gesicht. »Es. Ist. Kein. Date.« Sie betonte jedes Wort überdeutlich. »Nur ein zwangloses Treffen.«

»Sie soll ihm Lichterhaven zeigen«, raunte Alex Mel so laut ins Ohr, dass alle es deutlich hören konnten.

Mel hob die Augenbrauen. »Oha.«

»Sag ich doch.« Alex küsste sie aufs Ohr.

»Deshalb der zweite Versuch mit der hübschen Bluse?« Mel zwinkerte vielsagend.

Christina stöhnte nur.

»Schluss jetzt!« Anke hatte Mühe, sich das Lachen zu verkneifen. »Luisa, du hast etwas von einer Idee hinsichtlich des Partyservices gesagt?«

»Schade, dann eben nicht. Dabei ist Chrissi so entzückend, wenn man sie in Verlegenheit bringt.« Luisa seufzte theatralisch. »Ja, Mama, ich habe mir überlegt, dass wir vielleicht den *Foodsisters* den Auftrag geben könnten.«

»Wem?« Verwundert sah Anke sie an.

»Den *Foodsisters*.« Luisa lachte. »Hast du noch nicht von ihnen gehört? Hannah Pettersson, Ella Jensen und Caroline Maierbach haben kürzlich diesen Partyservice gegründet.«

»Die drei aus deiner alten Schulklasse, die immer wie siamesische Zwillinge zusammengegluckt haben?« Alex schmunzelte. »Und jetzt arbeiten sie miteinander? Dann passt der Name ja.«

»Tut er auch.« Luisa nickte bekräftigend. »Ella ist Bäckerin und Konditorin, Hannah Köchin und Caroline Floristin. Das passt doch perfekt.«

»Sind sie denn gut?« Evelyne beugte sich interessiert vor.

»Ich glaube schon.«

»Du glaubst?« Norbert hüstelte.

»Es hat sich noch niemand über sie beschwert. Und weil sie halt noch ganz neu im Geschäft sind, dachte ich, wir könnten ihnen ein bisschen helfen.«

»Sie kommen gleich auf meine Liste.« Anke nahm einen Schreibblock und einen Kugelschreiber aus einer Schublade unter der Anrichte und notierte sich den Namen. »Hast du eine Telefonnummer?«

Christina atmete auf. Sie hatte schon befürchtet, noch einmal Ziel der Inquisition zu werden. Dabei war das so vollkommen überflüssig. Sie würde Ben ein bisschen in der Stadt herumführen, eine Kleinigkeit mit ihm essen, wenn er darauf bestand, und dann zur Tagesordnung zurückkehren. Keine große Sache. Dumm nur, dass ihr der Kuss nicht mehr aus dem Kopf gehen wollte.

8. Kapitel

Christina hatte nach dem Treffen bei ihren Eltern gerade genügend Zeit, sich in ihrer Wohnung ein wenig frisch zu machen, bevor Ben mit Boss an der Leine gegen Viertel nach vier bei ihr auftauchte. Sie ignorierte die leichte Nervosität, die sich ihrer bemächtigen wollte, und lächelte ihm freundlich, aber nicht zu freundlich zu. »Guten Tag, Ben.«

»Christina.« Er erwiderte ihr Lächeln vollkommen neutral, was sie erleichterte. »Ich hoffe, es stört Sie nicht, dass ich Boss mitgebracht habe. Das letzte Mal, als ich ihn allein gelassen habe, hat er eine Toilettenpapierrolle gelyncht und versucht, mit den Schnipseln das Wohnzimmer neu zu dekorieren.«

Hey, mir war langweilig. Was hätte ich denn sonst tun sollen? Boss legte ein wenig die Ohren an und kniff beleidigt die Augen zusammen.

»Natürlich macht es mir nichts aus.« Sie hockte sich vor Boss und streichelte ihn. »Na, du, hast du dein Herrchen voll im Griff?«

Davon kannst du ausgehen. Aber er ist nicht mein Herrchen, sondern ... Egal. Das Streicheln gefällt mir irgendwie. Fühlt sich gut an.

Christina lachte, als sich Boss unvermittelt gegen sie lehnte und ihr seinen Hals präsentierte, damit sie ihn weiter streichelte. »Verschmust bist du also auch, hab ich es mir doch fast gedacht.«

Verschmust? Äh, nein, überhaupt nicht.

Christina lachte noch mehr, als Boss sich abrupt abwandte

und ein paar Schritte zur Seite ging. »Schon gut, du lässt lieber die coole Socke raushängen, was?«

Ich bin eine coole Socke! Was auch immer das heißen mag. Aber es klingt, als wäre es richtig. Schmusen in der Öffentlichkeit? Oder überhaupt? Geht gar nicht. Obwohl ... so übel hat es sich wirklich nicht angefühlt. Aber ich werde nicht darauf hereinfallen, das kannst du vergessen. Am Ende bist du genauso gemein wie alle anderen Menschen auch, und ich habe das Nachsehen.

»Sie reden mit ihm wie mit einem Menschen.« Ben sah überrascht auf sie hinab. »Sagt man nicht, zu viel reden ist Quatsch, weil damit die Kommandos, die ein Hund lernen soll, verwässert werden oder so?«

Christina erhob sich wieder. »Sie haben Tante Google bemüht.«

»Und die örtliche Buchhandlung«, bestätigte er.

»Das ist löblich, und grundsätzlich haben Sie recht. Wir neigen dazu, Haustiere zu vermenschlichen und zu viel um das, was wir von ihnen wollen, herumzuquatschen. Aber ich habe auch die Erfahrung gemacht, dass Hunde sehr unterschiedliche Persönlichkeiten haben. Manche sind eher die schweigsamen Typen, die nicht viel von sich preisgeben.«

Genau so einer bin ich. Gut beobachtet!

»Und andere tun bloß so und sind in Wahrheit hochsensibel. Sie verstehen so gut wie alles, was wir zu ihnen sagen, und zwar auf einer Ebene, die wir kaum begreifen können.«

Also ich tu nicht bloß so, das steht fest. Sensibel? Pah! Am Ende behauptest du noch, ich würde euch Menschen brauchen.

»Boss gehört, wie ich vermute, genau zu dieser Sorte Hund. Er hat viel mitgemacht, aber er ist nicht bösartig geworden, sondern hat sich vor der Welt verschlossen. Wenn Sie einen Zugang zu seinem Herzen finden wollen, müssen Sie mit ihm kommunizieren, auch mit Worten. Sie haben ja gesehen, dass er gleich reagiert hat.«

Das war reiner Zufall und wird bestimmt nicht mehr passieren. Nicht, wenn du behauptest, ich sei deshalb ein Sensibelchen! Boss grummelte unwillig vor sich hin.

Ben musterte seinen Hund nachdenklich. »Manchmal habe ich das Gefühl, er gibt mir Antwort.«

»Das tut er ja auch. Im Moment scheint es ihm peinlich zu sein, dass wir über ihn reden. Vielleicht auch, dass ich mit meiner Vermutung gar nicht so weit von der Wahrheit entfernt liege.« Christina strich Boss kurz über den Rücken.

Mir ist gar nichts peinlich, dass das mal klar ist. Ihr könnt über mich sagen, was ihr wollt. Es stimmt eh nicht.

Entschlossen reckte Boss die Nase in die entgegengesetzte Richtung. Christina schmunzelte und blinzelte Ben zu. »Sehen Sie?«

»Und was soll ich tun, wenn er dauernd die beleidigte Leberwurst spielt?« Zweifelnd blickte Ben auf den Hund hinab.

»Erinnern Sie sich noch an die Zeit, als Sie ein Teenager waren und alles, was die Erwachsenen zu Ihnen oder über Sie sagten, Ihnen als komplett falsch vorkam oder Ihnen am Hintern vorbeiging?«

Überrascht sah er sie an. Christina grinste. »Boss ist in der Pubertät. Das verschlimmert die Sache noch. Sie dürfen einfach nicht die Geduld verlieren. Manchmal hilft es auch, ihn für eine Weile links liegen zu lassen.«

Gute Idee! Euer Gequatsche über mich nervt nämlich.

»Okay, Sie sind die Expertin.« Ben klang nicht sehr überzeugt.

Christina breitete ein wenig die Arme aus. »Da wir nicht hier sind, um das Training zu vertiefen, dann müsste ich Ihnen nämlich dafür eine Rechnung stellen, sagen Sie mir doch einfach, wo wir mit der Stadtführung beginnen sollen. Ein bisschen was von der Innenstadt haben Sie doch bestimmt schon gesehen, oder?«

»Das habe ich in der Tat. Ich hatte auch eher an etwas anderes gedacht.«

Neugierig und mit leichtem Argwohn erwiderte sie seinen amüsierten Blick. »Und zwar was genau?«

»Ich würde gerne mit einem Ort anfangen, den Sie einem typischen Touristen nicht zeigen würden, weil er nur für Einheimische oder nur für Sie selbst eine Bedeutung hat.«

Verblüfft hielt Christina inne und dachte nach, dann lächelte sie. »Die Piratenbucht.«

»Klingt gefährlich.« Ben neigte den Kopf ein wenig zur Seite. »Und wie ein Touristenmagnet.«

»Nein, ganz und gar nicht. Wir haben die Stelle nur als Kinder so genannt. Ich glaube, historisch gesehen war es tatsächlich mal eine Anlaufstelle für Piraten, aber sie ist nicht gut zugänglich, deshalb macht die Stadt nichts daraus. Wir haben früher immer dort gespielt, Flöße gebaut und uns ausgemalt, alte Wracks mit Schätzen darin zu finden.«

Auf Bens Lippen erschien ein amüsiertes Lächeln. »Klingt, als müsse ich diese Piratenbucht unbedingt einmal sehen. Worauf warten wir noch?«

※※※

Der Weg zur Bucht war weiter, als Ben zunächst angenommen hatte. Er führte über den Deich ganz in der Nähe seines Domizils und sogar noch ein gutes Stück am Lichterhavener Leuchtturm vorbei. Die Flut war gerade dabei, sich zurückzuziehen, und unzählige Möwen segelten in halsbrecherischen Manövern auf der Suche nach einem frühen Abendessen über das allmählich frei werdende Watt hinweg.

Etwa fünfhundert Meter hinter dem Leuchtturm schob sich eine Felsnase bis dicht ans Ufer und durchbrach den Deich. Eine betonierte Treppe führte rechts zu einem Weg auf der Inlandseite. Christina erklärte, dass der Deich gleich hinter dem Felsen weiterging. Sie kletterte behände auf den vom Regen der vergangenen Stunden feuchten Stein bis hinauf zur Spitze und deutete in nordöstliche Richtung, um ihren Worten noch mehr Ausdruck zu verleihen.

Ben verzichtete darauf, ihr zu folgen, denn erstens hatte er ja Boss an der Leine – und zweitens fürchtete er, sich beim Klettern weit weniger geschickt anzustellen als Christina, die sich offensichtlich ausgezeichnet auskannte und sich auch beim Abstieg äußerst geschickt anstellte.

»Kommen Sie, Angsthase!« Sie zwinkerte ihm zu und nahm die Stufen, die zur Seeseite hin auf einen schmalen Grasstrandstreifen führten und von dort aus fast übergangslos ins Watt übergingen. Weiter stadteinwärts wurde der Grasstreifen immer breiter und stieg auch ein wenig an. Die Stadt hatte diesen Umstand genutzt und gepflegte Liegewiesen angelegt, die zum Wasser hin mit Stützmauern versehen waren, an denen wie auf dem Deich alle hundert Meter Stufen hinab bis aufs Watt führten.

Er folgte ihr zusammen mit Boss, der sich aufmerksam umsah und hier und da am Boden schnüffelte. »So weit raus aus der Stadt sind Sie als Kinder gegangen, um zu spielen? Ist das nicht gefährlich?«

»Nur wenn man sich nicht an die Gezeiten hält.« Christinas Schritt war forsch, Ben fragte sich schon, ob ihr die Situation doch unangenehm war und sie vor ihm davonlief, doch da hielt sie kurz an, damit er zu ihr aufschließen konnte. »Man bringt den Kindern hier schon mit der Muttermilch bei, Ebbe und Flut zu achten und gleichzeitig zu fürchten. Als Kinder kannten wir den Gezeitenkalender in- und auswendig, und im Erwachsenenalter haben die meisten Einheimischen es einfach im Gefühl, wann die Flut kommt oder geht.«

Auf Höhe der Felsnase konnten sie nur hintereinander gehen. Dort endete der Grasstreifen, und Ben beglückwünschte sich im Stillen dafür, dass er den richtigen Riecher gehabt hatte, als er sich für die festen Wanderschuhe für den heutigen Ausflug entschieden hatte. Auch Christina trug festes Schuhwerk zu ihren Jeans und der hübschen Bluse. Der Reißverschluss der Windjacke, die sie darüber gezogen hatte, war nur bis zur Hälfte geschlossen, während er den an seinem eigenen Parka bis zum Hals hochgezogen hatte. Ein scharfer Wind, die für die Nordsee berüchtigte steife Brise, zerrte an Haaren und Kleidern, doch Christina schien das kaum etwas auszumachen.

Als er den Felsen umrundet hatte, blieb Ben für einen Moment überrascht stehen. Zwar war von hier aus der Deich wieder zu sehen, doch an ihn schmiegten sich weitere felsige Ausläufer und bildeten kleine Nischen und Schluchten, die einen steinigen Strand umgaben. Sogar so etwas wie eine kleine Höhle konnte er von hier aus erkennen.

»Von oben vom Deich aus sieht man nur ein Stück Sandstreifen und das Watt«, rief Christina ihm zu, die erneut ein Stück vorausgegangen war. »Deshalb verirrt sich kaum jemals jemand hierher. Die Felsen bilden einen Sichtschutzwall. Wir fanden das als Kinder genial, denn hier hat uns niemand gestört. Wir konnten so laut sein, wie wir wollten, und jede Menge Unsinn anstellen.«

»Unsinn?« Langsam schloss er wieder zu ihr auf.

»Heimliche Lagerfeuer, Partys, nackt baden, all so was. Einmal haben wir versucht, ein Schiff zu bauen, aber leider haben wir es nicht dicht bekommen. Ein paar der Planken und der Bug müssten sogar noch in der Höhle liegen. Ziemlich verrottet natürlich, denn bei Sturmflut dringt das Wasser bis in die Höhle hinein.«

»Waren Ihre Eltern nie besorgt, wenn Sie hier gespielt haben?« Eingehend sah er sich in der kleinen Bucht um und nahm immer mehr Details wahr. Kleine Muschelberge an den Felsrändern, die von der Flut dort angehäuft worden waren, niedrige, krüppelige Bäume und Büsche, die sich zwischen den Felsen festklammerten. Von einem etwa beindicken Stamm baumelte ein ausgefranstes Seil herab, an dessen unterem Ende ein alter Traktorreifen befestigt war.

»Sie sind ein Stadtkind gewesen, oder?« Christina steuerte zielstrebig auf den Reifen zu und schwang sich hinein, sodass Ben den Zweck der Anordnung erkennen konnte – es handelte sich um eine einfache Schaukel.

»Ja, bin ich. Überwiegend zumindest. In den Ferien waren wir hin und wieder auf dem Land …« Argwöhnisch beäugte er das uralte Seil. »Haben Sie keine Angst abzustürzen?«

»Nicht wirklich. Und wenn, dann falle ich einen Meter tief auf den Hintern.« Sie grinste breit. »Wollen Sie auch mal?«

»Ich glaube nicht.« Er lächelte ebenfalls und sah sich weiter um. »Sie glauben also, dass hier früher mal Piraten angelegt haben?«

»Wenn, dann haben sie weiter draußen geankert.« Mit einer geübten Bewegung sprang Christina wieder von der Schaukel ab und gesellte sich zu ihm. »Sehen Sie dort hinten den Priel? Das ist einer der tiefsten so nah am Ufer. Vermutlich haben die Piratenschiffe weit dahinter geankert und die Besatzung ist dann mit ihren Beibooten diesen Priel entlanggefahren. Bei Ebbe konnten sie dann zu Fuß übers Watt bis in die Bucht hineingelangen. Bei Flut kommt man auch direkt bis zum Strand. So haben wir es uns jedenfalls als Kinder immer vorgestellt. Natürlich bleiben Priele nicht immer gleich, und damals, als hier in der Gegend noch Piraten aktiv waren, sah der Wattboden vermutlich noch ganz anders aus. Aber Legenden behaupten, dass hier ab und zu Schmuggelgut versteckt wurde. Ob das wirklich stimmt, weiß niemand so genau. Mein Bruder Alex hat als Schüler und später während seines Studiums viel als Fremdenführer gejobbt. Wahrscheinlich könnte er Ihnen etwas mehr darüber erzählen.«

»Und Sie haben also hier Pirat gespielt … unter anderem.«

»Unter anderem.« Sie schmunzelte. »Und ja, natürlich haben unsere Eltern uns immer wieder gewarnt. Wie gesagt, hier lernt man schon von klein auf, der See den nötigen Respekt zu zollen. Wir wussten immer ganz genau, wie lange wir hierbleiben konnten, ohne dass uns von der Flut der Rückweg abgeschnitten wurde. Und selbst, wenn das mal passiert wäre, gibt es immer noch die Möglichkeit, über die Felsen nach oben zu klettern.«

»Sie machen wohl Witze!« Entsetzt blickte er auf das steile scharfzackige Gestein, das die Bucht umgab.

»Es gibt da drüben in einer Nische eine in den Fels gehauene Treppe. Sehen Sie hier.« Christina eilte voraus zu einem kleinen Gesteinsvorsprung, der tatsächlich mit viel Fantasie erkennbare Stufen vor Blicken schützte.

Ben berührte einen der steilen, äußerst schmalen Vorsprünge mit der Hand. Der Stein war kalt, feucht und glitschig. »Da kann doch niemand hinaufklettern!« Er blickte nach oben. »Und die Stufen enden auf halber Höhe.«

»Das sieht nur so aus. Und natürlich kann man. Wir haben es als Kinder alle geübt, nur für den Notfall. Natürlich sind wir auch manchmal ausgerutscht und abgestürzt. Meine Cousine Nina hat sich dabei mal das Handgelenk gebrochen.«

Ben schauderte unwillkürlich und dachte an seine beiden Nichten und seinen Neffen, die garantiert voller Begeisterung wären, wenn sie diesen Abenteuerspielplatz sehen würden. »Ich glaube, ich bin froh, ein Stadtkind gewesen zu sein.«

»Sind Sie überhaupt nicht abenteuerlustig?« Lachend ging Christina an ihm vorbei zurück zum Strand.

»Kommt darauf an, was man als Abenteuer bezeichnet. Ich kann mir nicht vorstellen, wie Ihre Eltern sich gefühlt haben müssen, wenn sie wussten, dass Sie sich hier aufgehalten haben. Ich wäre vor Sorge gestorben.«

»Wären Sie nicht, weil Sie, wenn Sie hier aufgewachsen wären, mit ziemlicher Wahrscheinlichkeit Eltern gehabt hätten, die selbst bereits als Kinder hier gespielt haben. Und Großeltern und so fort.«

Er dachte kurz nach. »Mag sein, aber gerade wenn man weiß, wo die Gefahr lauert, wird man ihr gegenüber doch besonders sensibel, oder?«

Christina lachte. »Oder wir sind hier einfach abgebrühter als ihr Großstadtmenschen.«

Sagt mal, was sollen wir hier eigentlich? Ich finde es sterbenslangweilig. Boss machte sich durch ein leises Schnauben bemerkbar. *Hier herumzustehen und Löcher in die Luft zu gucken finde ich wirklich blöd. Ich dachte, wir gehen spazieren oder so was.*

Ben blickte auf den Hund hinab. »Ich glaube, Boss gefällt es hier nicht.«

Wenigstens das hast du kapiert. Bist ja anscheinend doch lernfähig.

»Ach was, wahrscheinlich ist ihm nur langweilig. Ich würde ja vorschlagen, dass Sie ihn von der Leine lassen, damit er auf eigene Faust ein bisschen herumstromern kann, aber ich fürchte, dazu ist es noch zu früh.«

Ben nickte. »Er würde bestimmt abhauen.«

Und wie ich das würde! Nur mal so, um zu schauen, was es

hier sonst noch so gibt. Bestimmt lauter interessante Orte, an die du mich niemals mitnehmen würdest.

»Kann sein. Er hat noch keine richtige Bindung zu Ihnen aufgebaut.«

Brauche ich auch nicht.

»Aber das kommt schon noch.« Mit einem optimistischen Lächeln tätschelte Christina Boss' Hals.

Ganz sicher nicht!

»Ihr Wort in Gottes Gehörgang.«

»Lassen Sie sich von Boss nicht gängeln. Sie sind der Rudelführer und bestimmen, was wann wo gemacht wird. Ein bisschen Langeweile wird er schon überleben.«

Mist! Rede ihm doch nicht so was ein. Und was soll das überhaupt bedeuten? Rudelführer? Ich habe kein Rudel, und schon gar nicht führt Ben es an. Das wäre ja noch schöner. Boss knurrte unwillig vor sich hin.

Christina schüttelte belustigt den Kopf. »Dieser Hund ist wirklich eine Marke.« Sie ging vor dem Vierbeiner in die Hocke. »Hey, Boss, sag mal, warum du ständig so genervt bist.«

Würde ich ja, wenn ich eure Sprache sprechen könnte.

»Kannst du Ben so wenig leiden?«

Das hab ich nie behauptet. Als Dosenöffner ist er ganz okay und als Spaziergeher und so. Aber mehr brauche ich nicht. Boss schüttelte sich ein wenig.

»Und mich? Magst du mich auch nicht?«

Hey, von nicht mögen war überhaupt keine Rede. Bei dir schon gar nicht. Dazu kenne ich dich nicht gut genug. Du riechst gut und scheinst nett zu sein, also kann ich dich leiden. Muss ich so was etwa irgendwie zeigen? Wie denn? Ich konnte noch nie jemanden gut leiden, also ... ähm, so vielleicht? Boss trat näher an Christina heran und stupste sie so heftig mit dem Kopf an, dass sie hintenüberkippte und auf dem Hinterteil landete.

Huch! Das war so eigentlich nicht geplant. Jetzt bist du vermutlich sauer.

»Ach du liebe Zeit, Boss, was machst du denn?« Erschrocken wollte Ben den Hund an der Leine zurückziehen, doch Christina hob rasch beschwichtigend die Hände. Sie blieb einfach lachend auf dem feuchten Sand sitzen. »Nicht, Ben, schon gut. Boss wollte nur ein bisschen schmusen.«

Was? Wie? Schmusen? Wollte ich überhaupt nicht. Nur irgendwie zeigen, dass ich dich mag. Ich mach wohl alles falsch, aber warum lachst du dann und schimpfst nicht? Versteh einer die Menschen!

»Komm mal her, Boss.« Christina kam auf die Knie und zog Boss vorsichtig am Halsband zu sich heran.

Äh, ja, und was nun? Warum lachst du denn immer noch? Etwa über mich? Das finde ich nicht nett!

»Wolltest du mir etwas mitteilen?« Sie strich dem Hund sanft über die Ohren. Ben sah ihr fasziniert dabei zu, sagte aber kein Wort, um sie nicht zu unterbrechen. Als Boss dicht vor ihr stand, begann sie ihn vorsichtig am Hals zu kraulen. »Du bist ein kleiner Tollpatsch, kann das sein? Bist nur ein bisschen zu forsch gewesen. Aber keine Sorge, ich bin nicht aus Zucker.«

Na ja, wie soll ich auch wissen, dass du so leicht umkippst? Was für ein Glück, dass du nicht böse bist! Böse Menschen vertrage ich so gar nicht. Davon bekomme ich Magendrücken und Albträume. Und was soll ich jetzt machen? Das Kraulen da an meinem Hals, das fühlt sich schön an. Ist mir ein bisschen peinlich, das zuzugeben, aber wäre es zu viel verlangt, wenn du nicht damit aufhörst? So die nächsten ein, zwei Stunden?

Christina lächelte, als Boss erneut gegen ihre Brust stieß und schließlich seinen Kopf unter ihrem Arm vergrub und in ihre Jacke prustete.

Aus einem unerfindlichen Grund hatte Ben bei dem Anblick plötzlich einen Kloß im Hals. Der Ausdruck auf Christinas Gesicht rührte etwas in ihm an, doch er konnte es nicht recht zuordnen. »Das hat er bei mir noch nie gemacht«, murmelte er.

»Haben Sie denn überhaupt schon mal versucht, mit ihm zu schmusen?« Sie streichelte mittlerweile Boss' Rücken. Der Hund drückte sich fest an sie und stand da, als wolle er nie wieder von diesem Fleck weichen.

Das fühlt sich guuuut an. Ooooh, bitte weitermachen! Ja, genau da an der Seite und am Hals und überall. Hoffentlich sieht mich niemand! Aber ich bin auch nur ein Hund und kann diesem Streicheln und Kraulen gerade einfach nicht widerstehen. Hach!

»Ich habe mich gehütet. Immer, wenn ich ihm zu nah gekommen bin, hat er gemeutert, gebrummelt und war beleidigt.«

»Weil er es bisher nicht anders gelernt hat.« Sie winkte ihn näher. »Kommen Sie, versuchen Sie es doch einfach mal.«

»Und wenn er beißt?«

»Mich beißt er doch auch nicht.«

Warum sollte ich beißen? Nein, also das behalte ich mir als allerletzten Notnagel vor. Da muss man mich aber schon arg reizen, bevor ich so was mache. Mein früheres Herrchen wollte immer, dass ich zuschnappe. Sogar auf die Nase gehauen hat er mich manchmal. Ich will das aber nicht. Wozu soll das denn auch gut sein? Wenn mir was nicht passt, kann ich genauso gut knurren oder bestenfalls die Zähne fletschen. Das reicht normalerweise vollkommen aus, um sich Respekt zu verschaffen.

»Sie scheint er zu mögen, mich hingegen eher weniger.« Ben blickte skeptisch auf Boss hinab.

»Wenn Sie ihm keinen Grund gegeben haben, Sie nicht zu mögen, besteht kein Anlass zur Annahme, er hätte etwas gegen Sie. Oder hat er Sie schon mal angegriffen oder so etwas?«

»Nein.«

»Wütend geknurrt?«

»Nur herumgemosert wie eben.«

»Knien Sie sich mal hin, so wie ich, am besten neben mich.«

Ben folgte ihrer Aufforderung. Die Feuchtigkeit aus dem Sand durchdrang umgehend den Stoff seiner Jeans, und er rutschte ein wenig hin und her, weil kleine Steine sich unangenehm in seine Knie bohrten.

»Streicheln Sie Boss nur ganz sachte. Hier am Hals und am Rücken mag er es besonders gerne.«

»Woher wissen Sie das?« Vorsichtig strich er mit der Hand über das glatte kurze Fell.

»Warten Sie ab, dann merken Sie es selbst.«

He, was wird das denn jetzt? Das ist unfair! Haaaaach, genau da. Wie gut ist das denn? Boss trampelte unwillkürlich ein wenig auf der Stelle und schnaufte wieder in Christinas Jacke.

»Und jetzt hier am Hals, sehen Sie, das gefällt ihm.«

Wie gemein, das jetzt einfach so schamlos auszunutzen!

Christina schob Boss mit sanfter Entschiedenheit von sich. »Hier, Boss, lehn dich mal an dein Herrchen, der fällt auch nicht so leicht um wie ich.« Grinsend rückte sie zur Seite, und da Boss sich so schwer gegen sie gelehnt hatte, fiel er Ben praktisch in die Arme.

Waaaah, wo bin ich denn jetzt gelandet? Aber das Streicheln hat nicht aufgehört, das ist schon mal guuut! Auch wenn das jetzt eindeutig Bens Hände sind. Und seine Jacke. Sein Geruch ... So übel ist der gar nicht. War er noch nie, aber das kann ich doch jetzt nicht einfach so zugeben. Ach, was soll's! Kraulen ist toll!

Verblüfft spürte Ben, wie der schwere Körper des Hundes sich gegen ihn drückte, die feuchte Hundenase sich unter seinen Arm grub wie zuvor bei Christina. »Das gibt's ja nicht!«

Da stimme ich dir voll und ganz zu, aber das ist mir gerade total egal.

»Das sollten Sie ruhig mehrmals am Tag tun.«

Jaaaa, bitte! Ähm, also das wäre nicht so übel. Doch, ja, bitte!

»Ich hätte nie gedacht, dass er überhaupt darauf steht.«

»Wer würde das wohl nicht?«

Amüsiert hob er den Kopf und sah, dass Christina bei seinem vieldeutigen Blick errötete.

Sie räusperte sich. »Ich meinte Knuddeln generell. Ich kenne kaum ein Haustier, das nicht gerne mit Herrchen oder Frauchen schmust. Es trägt sehr zum Aufbau einer Bindung bei.«

»Schon klar.« Schmunzelnd strich er seinem Hund weiter über Hals, Schultern und Rücken und spürte, wie Boss regelrecht bebte. Immer wieder schnaubte und prustete der Hund in Bens Jacke hinein, die vermutlich inzwischen vollkommen vollgesabbert war.

Christina machte Anstalten, wieder aus dem nassen Sand aufzustehen, doch Ben hielt sie rasch am Arm zurück. Als sie ihn fragend ansah, umfasste er sanft ihre Hand. »Danke.«

Ihre Finger zuckten fast unmerklich, doch sie zog sie nicht sofort zurück. »Schon gut.« Sie hielt kurz inne. »Vergessen Sie es.«

»Das kann ich nicht. Sie sind ganz offenbar ein Genie, wenn es um Hunde geht.« Federleicht strich er über die weiche Haut auf ihrem Handrücken und spürte dem angenehmen Knistern nach, das sich zwischen ihnen aufbaute.

Christina schüttelte jedoch energisch den Kopf. »Das meinte ich nicht. Vergessen Sie … das andere!«

»Was meinen Sie?« Er tat vollkommen unschuldig und vergaß darüber, Boss weiter zu streicheln.

»Ich werde nicht mit Ihnen ins Bett gehen.«

Er legte den Kopf schräg. »Sind Sie da sicher?«

Die Röte auf ihren Wangen vertiefte sich noch etwas. »Nein. Aber es wäre unprofessionell.«

»Kann sein. Vermischen Sie nie das Geschäftliche mit dem Vergnügen?«

»Nicht, wenn es sich vermeiden lässt.« Nun entzog sie ihm doch ihre Hand und stand auf. Angelegentlich klopfte sie sich den Sand von der Hose.

Lächelnd blickte er zu ihr hoch. »Dann sollte ich wohl einen Weg finden, Sie davon zu überzeugen, dass es sich auf keinen Fall vermeiden lässt.«

»Unterstehen Sie sich!« Sie wich einen Schritt zurück, doch er konnte sehen, dass es um ihre Mundwinkel zuckte.

Aus seinem Lächeln wurde ein siegesgewisses Grinsen. »Einer Herausforderung habe ich mich schon immer gern gestellt.«

Anscheinend hast du beschlossen, dass die Streichelzeit vorbei ist. Schade. Na ja, dann zeige ich dir mal, was ich davon halte. Boss stieß einen grunzähnlichen Laut aus, machte einen Schritt rückwärts und stieß Ben im nächsten Moment mit dem Kopf so heftig und unvermittelt vor die Brust, dass er ins Wanken geriet und hintenüberkippte.

»Hey, was …? Aua, du Trampel!« Ben ruderte noch mit den Armen, aber umsonst.

Christina prustete.

Selbst schuld, wenn du einfach aufhörst, mich zu kraulen. Rücksichtslos stakste Boss über Ben hinweg und setzte sich neben ihn. Die Nase reckte er demonstrativ in die entgegengesetzte Richtung.

Ben lag platt auf dem Rücken und starrte seinen Hund für einen Moment vollkommen verdattert an, bis er das haltlose Kichern vernahm, das Christina schüttelte. Ein Blick in ihr Gesicht – und er konnte sich selbst kaum zurückhalten. Kopfschüttelnd streckte er die Hand aus, in der Hoffnung, sie würde ihm aufhelfen, doch sie reagierte nur mit noch mehr Gelächter und hielt sich den Bauch.

»Sehr witzig.« Umständlich kam er auf die Füße und sah verdrießlich an sich hinab. Hose und Jacke waren nicht nur nass und voller Sand, sondern auch mit Hundesabber und Pfotenabdrücken übersät.

»Und wie!« Japsend wischte Christina sich ein paar Lachtränen von der Wange. »Tut mir leid.«

»So sehen Sie aus!« Seufzend klopfte er seine Jeans so sauber, wie es nur ging. »Damit hat sich das Essen in der *Seemöwe* wohl vorerst erledigt.«

»Mögen Sie Pizza?«

Ben hielt inne. »Wenn sie gut ist.«

»Das kann ich Ihnen garantieren. Kommen Sie, gehen wir zurück, und ich spendiere Ihnen eine Pizza aus Akbays Küche. Es gibt nirgendwo eine bessere.«

»Akbay? Klingt nicht sehr italienisch.«

»Er ist Türke und der Vater des Inhabers des *Alibaba*. Er steht noch immer jeden Tag in der Küche, obwohl er schon auf die siebzig zugeht. Er ist mit einer Italienerin verheiratet, und die hat das Wissen um die perfekte Pizza praktisch als Mitgift in die Ehe gebracht. Wenn Sie aber mehr auf türkische oder griechische Spezialitäten stehen, werden Sie im *Alibaba* auch fündig. Mustafa, der älteste Sohn und Inhaber, kocht göttliche türkische Speisen, und Mutlu, sein jüngerer Bruder, ist durch seine Frau Loukia in die Geheimnisse der griechischen Küche eingeführt worden.«

»Und das alles in einem einzigen Imbisslokal?«

Sie lachte. »Ja klar. Besser geht's nicht.«

»Na, dann mal los.«

Los? Oh, klingt gut. Mir wird nämlich schon wieder langweilig. Hoffentlich kriege ich auch was zu fressen. Ein bisschen

Hunger hätte ich nämlich. Boss sprang auf und wollte lospreschen.

Da Ben gerade nicht achtgegeben hatte, wurde er mit einem Ruck vorangezogen und fluchte unterdrückt.

Christina schnalzte mit der Zunge und folgte ihnen feixend. »Da steht mir noch eine Menge Arbeit bevor.«

Ben seufzte und gab ihr im Stillen recht.

9. Kapitel

Auf dem Weg zurück in die Stadt schwiegen sie beide in kameradschaftlichem Einvernehmen. Christina war froh, auf diese Weise ihre Gedanken ein wenig sortieren zu können. Sie saß ganz gewaltig in der Klemme, das stand fest. Noch war sie sich nicht sicher, welcher ihrer beiden männlichen Begleiter ihr gefährlicher werden konnte, doch fest stand, dass sie beide das Potenzial besaßen, ihr das Herz zu rauben, und das, so stellte sie für sich selbst klar, kam überhaupt nicht infrage.

Weder wollte sie einen neuen Mann in ihrem Leben noch einen Hund. Schon gar nicht, wenn feststand, dass beide nach der begrenzten Zeit, die sie hier geplant hatten, in ihr altes Leben zurückkehrten. Andererseits reizte sie zumindest die Aussicht auf ein kleines Abenteuer mit Ben. Da er von dem Gedanken ebenfalls angetan zu sein schien, stand einem kleinen Flirt eigentlich nichts im Wege. Immerhin hatten sie bereits beide deutlich klargestellt, dass sie für mehr als ein bisschen Spaß nicht zu haben waren. Sie musste nur achtgeben, ihr Herz sorgfältig vor allem, was darüber hinaus in der Luft lag, zu verschließen. In der Vergangenheit hatte sie das auch schon geschafft, allerdings war da nie ein solch unglaublich tollpatschiger Charmeur auf vier Pfoten im Spiel gewesen, der, ohne es zu wissen oder zu wollen, eine Saite in ihr anrührte, die sie lange Zeit in den hintersten Winkel ihres Bewusstseins gesperrt hatte.

Wenn Sie das Abenteuer wollte, musste sie wohl oder übel einen Weg finden, auch Boss auf dem nötigen Abstand zu halten.

Im Gegensatz zu Ben hatte Boss allerdings keine Ahnung von der Wirkung, die er auf sie ausübte. Deshalb war es möglicherweise noch schwieriger als bei Ben selbst, dessen warmherzige, humorvolle Art ihrem Wesen und ihrer Vorstellung davon, wie ein Mann zu sein hatte, schon gefährlich nahe kam.

Als sie den Deichweg auf Höhe des Hafens verließen und die Lichterhavener Hauptstraße hinauf schlenderten, beschloss Christina, dass sie erwachsen und Frau genug war, um die Herausforderung, wie Ben es genannt hatte, anzunehmen. Sie musste sich lediglich immer wieder vor Augen führen, dass die beiden nur drei Monate hier verbringen würden. Das müsste eigentlich ausreichen, um alle ungebetenen Gefühlsanwandlungen zuverlässig zu unterdrücken.

Nachdem sie im *Alibaba* an einem der ruhigen Tische im hinteren Lokalbereich gemütlich Pizza gegessen hatten, bot Christina an, Ben noch ein wenig die Innenstadt zu zeigen. Jetzt am frühen Abend waren die wenigen Touristen, die sich nach Pfingsten noch im Ort aufhielten, fast alle in ihren Hotels verschwunden. Der Himmel war grau und wolkenverhangen, und das Tageslicht versprach heute besonders früh zu weichen.

Der Lichterhavener Stadtrat hatte vor einer Weile die historischen Gebäude innerhalb der alten mittelalterlichen Stadtmauer mit LED-Strahlern ausgestattet, sodass das warmgelbe Licht Straßen und Plätze auch schon am anbrechenden Abend in eine märchenhafte Atmosphäre tauchte.

Ben stimmte ihrem Vorschlag bereitwillig zu, und sie schlenderten erneut ein Stück die Hauptstraße entlang, bogen dann aber in die noch weniger belebten Nebenstraßen ab. Christina kramte sämtliches Wissen, das sie über die Historie ihrer Heimatstadt besaß, zusammen und hielt einen kleinen Vortrag, dem er interessiert lauschte und den er nur hin und wieder mit einer kurzen Frage unterbrach.

Sie hatte mit Absicht denselben Weg genommen, den Alex früher seine Touristengruppen geführt hatte. Erstens konnte sie sich noch an einige der geschichtlichen Daten erinnern, mit denen Alex damals auch immer ganz gerne ein wenig angegeben hatte. Und außerdem gab diese Strecke einen guten Gesamteindruck von Lichterhaven und endete schließlich wieder am Hafen.

Dort angekommen, war sie selbst überrascht, dass es bereits fast halb neun war. Das düstere Wetter trug dazu bei, dass es eigentlich sogar schon noch später wirkte. So lange war sie schon nicht mehr einfach so durch Lichterhaven gestreift, und dummerweise erinnerte sie sich jetzt daran, dass sie noch einen Sonntagsanfängerkurs vorbereiten musste. Ehe sie darauf hinweisen konnte, dass sie allmählich nach Hause musste, räusperte Ben sich leise.

»Sie sind eine hervorragende Fremdenführerin, ganz wie ich es mir gedacht hatte.« Sein Blick war nicht auf sie, sondern auf den Deich gerichtet. Unvermittelt lief er los und winkte ihr nur vage zu.

Irritiert folgte sie ihm und Boss, der in ausholenden Sätzen neben seinem Herrn herlief und die Stufen zum Deich hinaufstieg. »Wohin wollen Sie denn jetzt noch?«

Ben war still auf dem Deichweg stehen geblieben und blickte auf das immer dunkler werdende Watt hinaus. Sehr weit in der Ferne konnte man ein großes Frachtschiff gerade noch so erkennen.

Christina schloss zu ihm auf. »Ein schöner Anblick, nicht wahr? Ich liebe die Aussicht aufs ...«

»Schsch!« Ben hob wie warnend eine Hand, den Blick noch immer in die Ferne gerichtet.

Verunsichert schwieg sie und versuchte herauszufinden, was genau ihn so faszinierte. Was sie anging, so war es das Gesamtbild, der dunkelgraue Himmel, der auf noch dunkleres Wasser in der Ferne stieß, im Vordergrund das abendliche Watt, auf dem hier und da noch ein paar Unverdrossene herumwanderten. Doch was mochte der Künstler in ihm wohl alles wahrnehmen? Da er die Hand noch immer halb erhoben hatte, wagte sie nicht, ihn danach zu fragen, und so standen sie mehrere Minuten einfach nur schweigend nebeneinander.

Der Wind hatte zuvor ein wenig nachgelassen, frischte jedoch nun allmählich wieder auf. Der Wetterbericht hatte bereits am Morgen eine Sturmwarnung herausgegeben, die sich über Nacht wohl noch bewahrheiten würde.

Christina erschrak, als Ben sich abrupt zu ihr umwandte, einen merkwürdig abwesenden Ausdruck im Gesicht. »Ich muss gehen. Danke für alles und ... Wir sehen uns.« Er nahm die Hundeleine kürzer. »Komm Boss, wir haben es eilig.«

Verblüfft sah sie den beiden nach, die hastig die Stufen wieder hinabstiegen. »Bis Montag zum Training?«, rief sie ihnen nach. Eine Antwort erhielt sie nicht, stattdessen konnte sie beobachten, wie Ben und Boss Seite an Seite am Hafen vorbei in Richtung des Lagerhauses sprinteten.

Hin- und hergerissen zwischen Verärgerung und Belustigung, entschied Christina sich nach einem langen Moment, einfach nur erleichtert zu sein. Wer wusste schon, zu was sie sich hätte hinreißen lassen, wenn der Abend noch weitergegangen wäre? Wenn man bedachte, wie kurz sie Ben erst kannte, war es sicher besser, die Dinge langsam angehen zu lassen. Außerdem hatte sie nun ja einen zweiten Vorgeschmack darauf, wie Ben sich verhielt, wenn ihn die Muse küsste. Zumindest vermutete sie, dass er deshalb ihr Zusammensein so schlagartig beendet hatte. Was für eine Vision ihn wohl ereilt haben mochte?

Sie drehte ihr Gesicht wieder dem Wind und dem Watt zu. Der Transportdampfer war bereits ein gutes Stück weiter westlich gezogen, und immer mehr graue Regenwolken türmten sich auf und rollten dem Festland entgegen. Sie wirkten wie riesige Ungetüme. Als Kind hatte sie immer geglaubt, Drachengesichter in den Wolkenformationen entdecken zu können. Fast automatisch suchte sie auch jetzt nach solchen Formen, gab es aber bald auf, als leichter Sprühregen einsetzte.

Sie zog den Reißverschluss ihrer Jacke bis zum Kinn hoch und die Kapuze fest über den Kopf. Obwohl es ihr dumm vorkam, warf sie, bevor sie den Deich verließ, noch einen Blick auf das nicht allzu weit entfernte Lagerhaus. Von hier aus konnte sie erkennen, dass sowohl die Außenbeleuchtung als auch das Oberlicht im Erdgeschoss brannten. Wahrscheinlich war Ben bereits dabei, ein neues Kunstwerk zu ersinnen – oder gar zu erschaffen. Ob er mit dem letzten überhaupt schon fertig war?

Seufzend schüttelte sie über sich selbst den Kopf. Weder ging sie das etwas an noch war es sinnvoll, sich allzu sehr mit Ben Brungsdahl zu befassen. Selbst wenn sie früher oder später mit ihm im Bett landen würde, musste sie sich strikt aus allen anderen Bereichen seines Lebens heraushalten. Umgekehrt würde sie ja schließlich auch das Gleiche von ihm verlangen. Unter diesen Voraussetzungen war sie durchaus bereit, ein kleines erotisches Abenteuer mit ihm zu erleben.

Zufrieden, dies für sich selbst entschieden zu haben, stieg sie nun auch die Stufen zum Hafen hinab. Kaum hatte sie den Scheitelpunkt des Deiches unterschritten, als der Wind gehörig an Kraft verlor. Der Regen wurde allerdings stärker, deshalb verfiel sie in Laufschritt und joggte schließlich den restlichen Weg nach Hause.

Die leichte Anstrengung dämpfte ein wenig die Enttäuschung, dass Ben sie nicht noch einmal geküsst hatte, und als sie anschließend im warmen Wasser in der Badewanne saß und sich auf ihrem Tablet Notizen für den morgigen Anfänger-Welpenkurs machte, verschwand auch allmählich die Erinnerung an Boss, wie er sich hingebungsvoll und voller Vertrauen an sie gedrückt hatte.

***

Christina grinste vor sich hin, während sie am Montagnachmittag ihre Notizen vom Vormittag in die entsprechende Trainingsstundendatei übertrug. Aus dem rückwärtigen Teil des Gebäudes drang Musik aus dem Radio, das Luisa bei der Arbeit laut aufgedreht hatte.

Christinas jüngere Schwester war schon den ganzen Tag damit beschäftigt, Möbelteile auszupacken und zusammenzuschrauben, und hatte sich dabei jegliche Hilfe verbeten. Christina war ihr nicht böse, denn im Gegensatz zu Luisa war sie nur mit den allernötigsten handwerklichen Fähigkeiten ausgestattet. Luisa hingegen schwang Hammer, Akkuschrauber und diverses anderes Werkzeug fast so geschickt wie ein ausgebildeter Tischler oder Zimmermann. Dass sie dabei auch noch die gesamte Bandbreite des Radioprogramms textsicher mitsingen konnte, ließ Christina ein ums andere Mal amüsiert den Kopf schütteln. Sie selbst war schon froh, wenn sie den Refrain von *Go West* der Pet Shop Boys oder von France Gall's *Ella Elle L'a* mitträllern konnte. Luisa mit ihrem fast schon fotografischen Gedächtnis kannte jede einzelne Liedzeile, ganz gleich, welchen Song der vergangenen vierzig Jahre der Moderator auch ausgraben mochte.

Nachdem sie ihre Arbeit abgeschlossen hatte, warf Christina einen kurzen Blick auf die Uhr. Ob Ben pünktlich zum vereinbarten Training erscheinen würde? Dann musste er innerhalb der kommenden fünf Minuten hier erscheinen. Vielleicht war er aber auch noch immer mit seinen Kunstwerken beschäftigt.

Sie hatte nicht vor, enttäuscht zu sein, falls er nicht auftauchte. Es war schließlich nicht so, als hätte sie nichts anderes zu tun.

Um nicht in Versuchung zu geraten, ständig das Ziffernblatt im Auge zu behalten, rief sie ihr E-Mail-Programm auf und lud die neuesten Nachrichten herunter. Dabei stellte sie erfreut fest, dass sie auf ihre gestrige Anfrage bei Ralf und Leah Staller, dem Ehepaar, das Brigitte ihr genannt hatte, eine Antwort erhalten hatte.

Die beiden lebten derzeit mit ihren beiden Kindern im Teenageralter noch in der Nähe von Nürnberg, wollten aber gerne zu einem persönlichen Gespräch nach Lichterhaven kommen, um festzustellen, ob es ihnen hier gefiel und ob sie sich mit Christina verstehen würden.

Sie war ein wenig überrascht, dass die beiden so weit von ihrer bisherigen Heimat nach Arbeit suchten, doch da die von Ralf Staller unterzeichnete E-Mail sehr sympathisch klang, schrieb Christina unverzüglich mit einigen Terminvorschlägen zurück.

Sie hatte gerade auf *Senden* geklickt, als zuerst dunkles Gebell, dann verärgertes Fluchen an ihr Ohr drang. Im nächsten Augenblick kicherte ihre Aushilfe Carmen, die heute an der Rezeption saß. »Chris, das musst du dir ansehen! Nein, ist das witzig!«

Christina stand auf und ging bis zur offen stehenden Bürotür. Von hier aus konnte sie durchs Fenster und die gläserne Eingangstür beobachten, wie Boss Ben mit Macht hinter sich herzog. Die beiden passierten gerade die vordere Trainingswiese; Ben eilte im Laufschritt und mit gestrecktem Arm hinter seinem Hund her, der es offenbar eilig hatte, von hier wegzukommen.

Ein Glucksen unterdrückend, schnappte Christina sich rasch ihre blaue Arbeitsweste. »Da will aber einer so gar nicht hierher.«

»Ist das nicht dein neuer Schüler, dieser Künstler?« Carmen hatte sich von ihrem Sitzplatz erhoben und ging ans Fenster. Die hübsche, leicht mollige Achtzehnjährige zupfte an ihren rotblonden schulterlangen Locken herum. »Der sieht aber gut aus, wow! Und der Hund, einfach klasse. Ich liebe ja Bulldoggen, auch wenn mir die amerikanischen ein bisschen zu groß sind. Da lobe ich mir meine Pixie. Nicht wahr, Süße? Wo bist du?« Beim Klang ihres Namens kam eine kleine schwarze Französische Bulldogge neugierig hinter dem Tresen hervor. Carmen bückte sich sogleich, und Pixie rannte zu ihr. »Genau, du bist viel handlicher.« Sie kicherte. »Und passt vor allem in meine winzige Wohnung. Für so ein großes Ungetüm wie den da draußen müssten wir ja direkt in eine Villa umziehen.«

Christina lachte. »Na, eine Villa wäre wohl etwas übertrieben, aber ein bisschen mehr Platz als deine Pixie braucht Boss schon.«

»Und mehr Futter. So viel könnte ich ja nie und nimmer verdienen, um den durchzufüttern. Jedenfalls nicht, solange ich noch zur Schule gehe. Aber der Mann sieht echt heiß aus, findest du nicht, Chris? Ah, jetzt versucht er, seinen Hund zu überreden, hier rüberzukommen.« Carmen kicherte wieder. »Wie heißt er? Boss? Einen besseren Namen gibt es wohl kaum für diese Fellnase.«

»Nein, anscheinend nicht.« Schmunzelnd verließ Christina das Gebäude und ging auf Ben zu, der in etwa zwanzig Metern Entfernung am Zaun stand, der die erste Wiese umgab. Er versuchte mit Worten und Einsatz seiner Muskelkraft, Boss dazu zu bewegen, die Richtung zu ändern. Boss stellte sich jedoch stur und lehnte sich mit aller Macht in das Geschirr.

Lass mich doch mal. Dahinten riecht es interessant nach anderen Hunden! Ich will jetzt nicht in das Haus.

»Boss. Booohoooss! Komm schon, wir sind schon spät dran.«

Mir doch egal. Ich hab es nicht eilig.

»Verfluchter Dickschädel!«

»Guten Tag, Ben.« Christina blieb einige Schritte vor den beiden stehen.

Oh, Christina, hallo! Dich habe ich ja gar nicht gesehen. Weißt du was? Du bist sogar noch interessanter als die Markierungen der anderen Hunde. Schön, dich zu sehen.

Boss wandte sich so rasch um und stürmte auf Christina zu, dass Ben beinahe das Gleichgewicht verloren hätte. Wieder fluchte er unterdrückt. »Hallo Christina.«

Sie ging in die Hocke und streichelte den freundlich schwanzwedelnden Boss. »Na du, benimmst du dich mal wieder nicht?«

Wie soll ich mich denn benehmen? Ben folgt mir doch, wenn ich sage, wohin es gehen soll. Meistens jedenfalls. Bloß eben wollte er woandershin, aber er hat mir gar nichts zu sagen, also höre ich auch nicht auf ihn. Boss stupste Christina mit der Nase an und setzte sich erwartungsvoll vor sie. *Und was jetzt?*

Schmunzelnd erhob sie sich. »Er hat Sie noch immer nicht als Rudelführer akzeptiert. Haben Sie regelmäßig mit ihm geübt?«

Ben hob die Schultern. »Sicher.« Dann schränkte er ein: »Wenn ich dazu gekommen bin. Ich war ziemlich beschäftigt.«

»Sie hatten wieder eine Vision.«

»Ja. Leider hat sie mich zum denkbar ungünstigsten Zeitpunkt erwischt. Tut mir leid, dass ich Sie so einfach habe stehen lassen. Das ist eigentlich nicht meine Art und außerdem …« In seine Augen trat ein Lächeln.

»Außerdem?« Fragend sah sie ihn an und stieß einen überraschten Laut aus, als er sie unvermittelt an sich heranzog.

»Außerdem das.« Ehe sie sich's versah, hatten sich seine Lippen auf ihre gelegt. Etwas wie ein kleiner Stromschlag durchzuckte sie, und innerhalb eines Lidschlags verwandelten sich ihre Knie in eine watteähnliche Masse. Sie umfasste rasch seine Arme, um nicht zu straucheln. Diesmal erwiderte sie den Kuss sofort und verhinderte damit, dass er sich allzu rasch wieder zurückzog. Sein Mund war warm und fest, sanft forschend, jedoch mit dem unterschwelligen Versprechen nach mehr. Atemlos blickte sie zu ihm auf, als er den Kontakt schließlich doch unterbrach. Er löste sich jedoch nur so weit, dass er sprechen konnte. In seinen Augen glitzerte es vergnügt.

»Das hatte ich eigentlich vor, schon am Samstag zu tun, wenn nicht …«

»Wenn nicht diese Vision dazwischengekommen wäre.« Sie schluckte und bemühte sich, ihren außer Kontrolle geratenen Pulsschlag mit purem Willen wieder zur Räson zu bringen.

»Genau. Aber wie du siehst, ist aufgeschoben noch längst nicht aufgehoben. Darf ich dich heute Abend zum Essen einladen?«

»Nein.«

Er legte den Kopf leicht schräg. »Weil es unprofessionell wäre?«

»Weil ich heute Abend um acht noch einen Schutzhundekurs habe, der bis halb zehn geht.«

Er lächelte. »Und morgen?«

Sie spürte, wie sich ihre Nackenhärchen aufstellten. »Morgen auch.«

Zu ihrer Überraschung reagierte er nicht verärgert, sondern lachte. »Ich sehe schon, unsere Arbeitspläne zu synchronisieren wird nicht ganz einfach. Wann pflegst du denn normalerweise zu essen?«

»Wenn es sich ergibt. Meistens um die Mittagszeit und dann halt abends schnell noch einen Happen aus dem Kühlschrank, wenn der letzte Kurs vorbei ist.«

Er grinste. »Tja, dann muss ich mir etwas einfallen lassen.«

»Musst du nicht. Ich habe doch gleich gesagt, dass ich nur selten Zeit habe und …«

»Und mir geht es ähnlich.« Er beugte sich vor und hauchte ihr noch einen kurzen Kuss auf die Lippen. »Dann nehme ich vorerst mit unseren Trainingsstunden vorlieb, bis mir etwas Besseres einfällt.«

»Etwas Besseres?« Argwöhnisch musterte sie ihn.

»Wart's ab.« Sein Blick wanderte zu Boss, der noch immer erwartungsvoll dasaß und zu Christina aufsah. »Und du, mein Freund, bist eine treulose Tomate.«

Eine was bin ich? Keine Ahnung, was du meinst.

»Schau mich nicht so treudoof an. Die ganze Zeit zerrst du mich durch die Gegend, als wären wir auf der Flucht, und jetzt tust du so brav, als könntest du kein Wässerchen trüben.«

Kann ich ja auch gar nicht. Wie trübt man denn Wasser? Ich meine, außer dass man hineinspringen könnte. Wird es davon trüb? Keine Ahnung.

Christina lachte. »Du gehst es noch immer vollkommen falsch an, Ben. Du musst Boss konsequent sagen und zeigen, was du von ihm willst.«

Kann er ruhig versuchen, interessiert mich aber nicht die Bohne.

»Was glaubst du, was ich die ganze Zeit tue?« Empört stemmte Ben eine Hand in die Seite.

»Du lässt dich noch immer von ihm bestimmen, anstatt umgekehrt.

Jawoll, so finde ich das ja auch richtig gut. Boss wedelte leicht mit der Rute.

»Egal, was ich sage oder tue, er hört nicht hin oder tut genau das Gegenteil von dem, was ich will.« Ben klang verärgert, aber auch leicht verzweifelt.

»Weil du ihn zu wenig lobst.«

»Wie soll ich ihn denn loben, wenn er alles falsch macht?«

»Vielleicht machst ja auch du alles falsch.« Sie feixte, wurde aber gleich wieder ernst. »Nein, wirklich, Ben, du musst jede noch so kleine positive Verhaltensweise loben, und zwar richtig überschwänglich. Wie soll Boss denn sonst erkennen, was er gut macht und was du von ihm erwartest? Lass mich raten, du hast die meiste Zeit mit ihm geschimpft.«

Ben schwieg, verzog aber ein wenig die Lippen.

Christina nickte verständnisvoll. »Er hat dich voll im Griff und ist nicht bereit, auf dich zu hören, weil er genau das kriegt, was er erwartet: deinen Unmut. Am besten fangen wir heute gleich mal mit ein paar Übungen zum Grundgehorsam an. Ich zeige dir, wie du Boss bestechen kannst, damit er nicht mehr ganz so widerborstig reagiert.«

Ha, ich bin überhaupt nicht bestechlich. Da wirst du aber Pech haben. Ich höre nicht auf Ben, und wenn er sich auf den Kopf stellt.

»Warte kurz, ich hole drinnen nur rasch ein paar Sachen. Geht schon mal auf die Wiese, aber nimm ihm diesmal das Geschirr nicht ab. Wir üben mit Leine.«

Rasch lief sie zum Haus zurück. Als sie den Empfangsraum betrat, stürzte Carmen sich sofort auf sie. »Du hast ihn geküsst, Chris! Ich werd nicht mehr.«

Christina schüttelte den Kopf und ging rasch in einen Nebenraum, in dem sie verschiedenes Trainingsspielzeug und kleine Leckerlis aufbewahrte. Sie suchte sich einige Gegenstände heraus. »Nicht ich habe ihn geküsst, sondern er mich.«

»Was macht das für einen Unterschied? Du hast dich jedenfalls nicht gewehrt. Hätte ich auch nicht, bei sooo einem Mann. Wow, ich bin ganz geflasht. Seit wann seid ihr zwei denn …? Ich meine, er ist doch erst seit ein paar Tagen hier, oder?«

»Wir sind überhaupt nichts, Carmen.« Christina packte alles, was sie zu brauchen glaubte, in einen kleinen Korb. »Zumindest noch nicht.«

»Dann kann es aber nicht mehr lange dauern.« Kichernd kehrte Carmen zurück hinter die Rezeption. »Küsst er so gut, wie er aussieht?«

Christina lächelte versonnen. »Besser.«

10. Kapitel

Nach etwas mehr als einer Woche fragte sich Christina, ob Ben es sich womöglich anders überlegt hatte. Zwar kam er regelmäßig zum Training, doch ansonsten hielt er sich sehr zurück und war meistens schnell wieder verschwunden. Sie nahm an, dass er sich in einer ernsthaften Schaffensphase befand und sich nur aus Pflichtgefühl zu den verabredeten Zeiten sehen ließ. Sie musste ihm allerdings zugutehalten, dass er seine Hausaufgaben stets erfüllte. Zumindest, soweit Boss es zuließ. Die beiden wollten nach wie vor nicht recht zu einem Team zusammenwachsen, was hauptsächlich daran lag, dass Boss sich strikt weigerte, Vertrauen zu Ben aufzubauen. Wenn sie gemeinsam auf der Wiese übten, machte Boss meist schon recht passabel mit. Eine Mischung aus Bestechung mittels Leckerlis sowie Spielzeug funktionierte dabei am besten.

Christina hatte noch nie einen Hund kennengelernt, der so wenig über das Spielen wusste wie Boss. Nachdem sie ihn allerdings mit diversen Spielzeugen bekannt gemacht hatte, war er davon kaum noch wegzukriegen. Sobald Hund und Herr aber allein miteinander waren, zog Boss sich wieder in sein Schneckenhaus zurück und stellte die Ohren auf Durchzug.

Christina konnte gut verstehen, dass Ben allmählich frustriert reagierte, doch sie ermutigte ihn, weiterhin am Ball zu bleiben – im wahrsten Sinne des Wortes. Denn der ovale Spielball mit den Grifflöchern hatte es Boss ganz besonders angetan. Ben hatte sich bereits selbst einen zugelegt, damit er auch allein mit Boss spielen konnte.

Nachdem sie die Kurse am Mittwochvormittag beendet hatte, beschloss Christina, endlich einmal wieder einen kleinen Blogartikel zu schreiben und auch ihre Facebook-Seite auf den neuesten Stand zu bringen. Eine Aufgabe, die sie leider immer wieder sträflich vernachlässigte. Als sie die Seite aufrief, staunte sie nicht schlecht, denn die Zahl der Likes hatte sich in den vergangenen Tagen mehr als verdoppelt. Grund war, wie sie feststellte, dass Ben tatsächlich das Foto von den Schlittenhunden auf seiner Seite gepostet und eine regelrechte Lobeshymne auf ihre Hundeschule verfasst und sie direkt darin verlinkt hatte. Der Beitrag war schon ein paar Tage alt, schien sich aber viral verbreitet zu haben. Auch Privatnachrichten hatte sie einige erhalten, teilweise mit Anfragen zu ihrem Trainingsprogramm. Also war sie zunächst einmal eine Weile damit beschäftigt, Antworten zu verfassen. Dafür würde sie sich bei der nächsten Übungsstunde wohl bei Ben bedanken müssen. Am späten Nachmittag hatte er wieder eine Stunde gebucht, bis dahin allerdings hatte sie noch zwei andere Termine.

Da sie nun so viel Zeit mit dem Beantworten der Nachrichten verbracht hatte, musste sie den Blogartikel erneut auf später verschieben. Sie schrieb lediglich ein kurzes Update mit den nächsten freien Kursterminen auf die Facebook-Seite und verlinkte zum Anmeldeformular auf ihrer Homepage.

»Na, Schwesterherz, bist du fleißig?« Luisas vergnügte Stimme drang vom Vorraum zu ihr herein. Im nächsten Moment stand ihre Schwester auch schon im Türrahmen.

Christina hob nur kurz den Kopf. »Muss ich ja. Ich hinke elendig hinterher, was die sozialen Netzwerke angeht. Ben hat die Werbetrommel für mich gerührt, und jetzt quillt mein Nachrichtenspeicher über.«

»Ist doch toll!« Luisa kam näher und setzte sich auf den Rand des Schreibtischs.

»Ja, ist es wohl.«

»Das klingt aber nicht allzu begeistert.« Luisa beugte sich neugierig vor. »Stimmt etwas nicht?«

»Nein, alles okay.« Christina klickte das Browserfenster weg und warf einen kurzen Blick in ihr Mailpostfach. »Ach du grüne Neune, hier auch!« Zwölf neue Nachrichten hatten sich angesammelt. »Tut mir leid, Luisa, aber ich habe jetzt wirklich keine Zeit für dich. Ich muss diese Mails hier alle beantworten, und in einer knappen Dreiviertelstunde kommt schon mein nächster Schüler. Danach habe ich gleich ein ADHS-Familientraining, und gegessen habe ich auch noch nichts.«

»Oh, das hatte ich ganz vergessen.« Luisa blieb, wo sie war, und grinste. »Frau Cornelsen hat für heute abgesagt, und die ADHS-Gruppe fällt heute auch flach, weil Familie Bergquist kurzfristig irgendwohin gefahren ist. Entschuldige, ich hatte mir alles aufgeschrieben, als sie heute früh anriefen, aber dann total vergessen, dir Bescheid zu sagen. Du hast heute Nachmittag frei. Na ja, bis auf den Kurs mit Ben und Boss, aber der ist ja erst um fünf, oder?«

Konsterniert hob Christina den Kopf. »Ich habe frei?«

»Absolut. Ist das nicht schön?«

Stöhnend fasste Christina sich an den Kopf. »Es wäre schön gewesen, wenn du es mir rechtzeitig gesagt hättest. Dann hätte ich mir etwas überlegen können, was ich stattdessen anderes Sinnvolles hätte machen können.«

»Vielleicht gehst du auch einfach mal ein bisschen an den Strand oder so. Das Wetter ist einmalig schön und warm wie im Hochsommer.« Luisa strich sich, wie um ihren Worten Gewicht zu verleihen, bedeutsam über ihr buntes Sommerkleid. »Ich muss hier die Stellung halten, weil noch Sachen geliefert werden. Das Röntgengerät zum Beispiel soll nachher kommen.

Aber wenn ich die Möglichkeit hätte, würde ich sofort freimachen und den Sommer genießen.«

Den Sommer genießen. Das klang verlockend, doch Christina schüttelte den Kopf. »Was soll ich denn allein am Strand?«

»Keine Ahnung, vielleicht einen netten Mann aufreißen?« Ihre Schwester blinzelte vergnügt.

»Kein Bedarf.«

»Ach nein? Da hat Carmen mir aber ganz was anderes erzählt. Laut ihren Angaben hat ein gewisser Ben Brungsdahl dich neulich ziemlich heiß geküsst. Und ich möchte hinzufügen, dass ich es ziemlich gemein finde, dass du mir solche Neuigkeiten einfach verschweigst.«

»Das sind keine Neuigkeiten, es ist kalter Kaffee. Der Kuss war vor über einer Woche.«

Verblüfft sprang Luisa auf. »Was, willst du damit sagen, dass er dich seitdem nicht mehr …? Ihr wart doch dauernd zusammen!«

»Nicht dauernd, sondern jeden zweiten Tag für eine Stunde.« Christina starrte missmutig auf den Bildschirm. »Zum Training.«

»Und er hat dich wirklich nicht noch einmal geküsst?«

»*Nope.*«

»Dann wird es Zeit, dass du die Sache selbst in die Hand nimmst.« Luisa setzte eine kämpferische Miene auf.

»Vielleicht hat er auch nur das Interesse verloren.«

»Quatsch.« Luisa hielt inne. »Bist du deshalb so seltsam gelaunt? Ich an deiner Stelle würde mich sofort umziehen, irgendwas Hübsches, was viel Haut zeigt, und dann zu ihm rübergehen und herausfinden, warum er dich erst küsst und dann im Regen stehen lässt. Oder momentan eher in der Sonne.«

»Du würdest das tun?« Skeptisch musterte Christina ihre Schwester.

Luisa hob die Schultern. »Na ja, vielleicht doch nicht, weil ich mich wahrscheinlich nicht trauen würde. Aber du bist ganz anders als ich, deshalb solltest du meinen Rat umgehend beherzigen. Was kann denn schlimmstenfalls passieren? Wenn er wirklich keine Lust mehr auf einen Flirt hat, weißt du wenigstens, woran du bist.«

»Das mag sein, aber wenn er ausgerechnet gerade mal wieder in einer seiner Visionen feststeckt, kann ich mir auch schnell eine blutige Nase holen. Im übertragenen Sinne zwar nur, aber das reicht mir auch schon.«

»Du hast ganz schön Respekt vor ihm, was?«

Christina zuckte die Achseln. »Als Künstler meinst du? Selbstverständlich. Er ist genial.«

»Und deshalb glaubst du, dass du darauf warten musst, bis sich das Genie herablässt, sich dir zu widmen?«

Verlegen verzog Christina die Lippen. »Wenn du es so ausdrückst, klingt es ziemlich albern.«

»Ist es auch. Er mag ja ein begnadeter Bildhauer sein, aber ansonsten ist er doch bloß ein ganz normaler Mann.« Luisa seufzte theatralisch. »Wenn auch einer mit überdurchschnittlich viel Sex-Appeal.« Sie wedelte auffordernd mit der Hand. »Los jetzt, Schwesterchen, ab mit dir nach oben. Zieh dir was Heißes an, und dann machst du einen Spaziergang, der dich rein zufällig an seinem Atelier vorbeiführt.«

»Aber meine Mails ...«

»Können warten.« Luisa ging um den Schreibtisch herum, warf einen Blick auf den Bildschirm und betätigte dann einfach zwei Tasten auf der Tastatur, sodass der PC in den Ruhezustand versetzt wurde.

»Hey!« Verärgert hob Christina den Kopf. »Was machst du denn da?«

»Siehst du doch. Ich läute deinen Feierabend ein.«

»Ich habe noch nicht Feierabend.«

»Dann eben eine ausgedehnte Pause. Husch, husch, ab mit dir.« Diesmal wedelte Luisa mit beiden Händen. »Und denk dran: Viel Haut zeigen! Vor allem Beine. Die deinen sind nämlich ausgesprochen ansehnlich.«

»Aber auch ziemlich weiß.«

»Das ändert sich nicht, wenn du sie ständig nur in Jeans verpackst und vor der Sonne versteckst.« Luisa grinste breit, als Christina zögernd aufstand. »Na also, geht doch.«

»Warum höre ich überhaupt auf dich?« Maulend verließ Christina das Büro und ging zu der Treppe, die ins Obergeschoss führte.

»Weil ich recht habe und weil wenigstens eine von uns endlich mal wieder Sex haben sollte«, rief ihre kleine Schwester ihr hinterher.

Abrupt blieb Christina auf der untersten Stufe stehen. »Von Sex war nie die Rede.«

»Oh doch, und wie!« Lachend schlenderte Luisa an ihr vorbei zu den Praxisräumen. »Und hinterher will ich einen detaillierten Bericht.«

Erst als die Tür hinter Luisa zugefallen war und das Radio wieder laut herüberschallte, stieg Christina die Stufen weiter hinauf. Dass ausgerechnet der Song *I Wanna Sex You Up* von Color Me Badd gespielt wurde und ihre Schwester prompt besonders laut mitsang, ließ Christina das Blut in die Wangen steigen.

***

Wenn sie ehrlich war, gefiel ihr die Aussicht auf einen freien Nachmittag ausgesprochen gut. Nicht zwangsläufig, weil sie nun tatsächlich den Weg Richtung Hafen eingeschlagen hatte, sondern weil sie den Sommer in Lichterhaven liebte. Anfang Juni nahm der Strom der Touristen erst ganz allmählich Fahrt auf. Die Sommerferien hatten noch nirgendwo begonnen, und so traf man hauptsächlich auf Rentner oder Familien mit ganz kleinen Kindern oder Babys, die in dem kleinen Küstenstädtchen Erholung suchten. Wenn die Sonne wie heute von einem strahlend blauen Himmel herabschien, nur ein laues Lüftchen wehte und man Lust bekam, zumindest mit den Füßen in das salzige Wasser der Nordsee zu tauchen, war Christinas Welt in Ordnung.

Sie hatte sich für kurze Jeans, leichte Sneakers und ein hautenges, leuchtend rotes T-Shirt entschieden, dessen V-Ausschnitt gerade tief genug war, dass er sexy, aber nicht billig wirkte. Um den Hals trug sie ein silbernes Kettchen mit einem kleinen verschließbaren Medaillon, in dem sie schon seit vielen Jahren ein Foto von Polly aufbewahrte.

Auf ihrem Weg durch den Ort begegnete sie vielen Bekannten, grüßte hier im Vorbeigehen, blieb dort für ein kurzes Schwätzchen stehen. Sie konnte sich nicht einmal im Traum vorstellen, jemals woanders als in Lichterhaven zu wohnen. Hier war ihr Zuhause, hier fühlte sie sich geborgen, hier war sie fest verwurzelt.

Als sie in der Hauptstraße an der Eisdiele *Eisträume* vorbeikam, warf sie einen kurzen sehnsüchtigen Blick auf das offene Verkaufsfenster, durch das man Sicht auf mindestens zwanzig himmlische Eiskreationen hatte, die allesamt von der Inhaberin Gabriella hergestellt wurden. Gabriellas Mann Johnny, ein großer schwarzhaariger Amerikaner mit strahlend blauen Augen und schickem, kurz gehaltenem Vollbart, winkte ihr freundlich zu, während er einem kleinen Mädchen eine Eiswaffel hinausreichte.

Christina winkte zurück, widerstand jedoch der Versuchung, denn sie wollte verhindern, dass sie sich vor Nervosität womöglich mit Eis bekleckerte.

Sie war tatsächlich ein bisschen angespannt, obwohl sie sich eine dumme Gans schalt. Luisa hatte recht, was war schon dabei, wenn sie wie zufällig bei Ben vorbeischaute?

Dass er gar nicht da sein könnte, kam ihr erst in den Sinn, als sie vor dem Eingang des Lagerhauses stand. Sein Auto war nirgends zu entdecken, und aus dem Inneren schallte diesmal auch keine Musik. Nicht das geringste Geräusch war zu hören. Als sie probehalber anklopfte und wartete, tat sich nichts, und als sie die Türklinke drückte, stellte sie fest, dass abgeschlossen war.

»Wunderbar, jetzt mache ich mich auch noch lächerlich«, murmelte sie vor sich hin, sah sich vorsichtig um und konstatierte erleichtert, dass niemand sie gesehen hatte. Entschlossen, sich nicht von ihrem kleinen Misserfolg beeindrucken zu lassen, kehrte sie um und erklomm an der nächsten Treppe den Deich, um sich auf dem darauf verlaufenden Weg die laue Brise um die Nase wehen zu lassen.

»Christina?« Die dunkle Männerstimme ließ sie innehalten, und als sie sich umdrehte, sah sie Lars Verhoigen auf sich zukommen. Als er zu ihr aufgeschlossen hatte, musterte er sie mit beifälligem Blick. »*Oh, là, là, chérie!* Wir sind aber heute sexy unterwegs.«

»Wir?« Belustigt musterte sie seine leicht verstaubten und an einigen Stellen eingerissenen Jeans und das verschossene graue Flanellhemd, dessen Ärmel er bis zu den Ellenbogen hochgekrempelt hatte.

Er grinste breit. »Du auf jeden Fall. Ich bin gerade bei der Arbeit, da ist sexy nicht so gefragt.«

»Ich habe gehört, dass dein Vater dir die Werft überschrieben hat.« Neugierig musterte sie ihn von der Seite, während sie in stiller Übereinkunft in Richtung Nordosten gingen.

»Hat er.« Lars fuhr sich mit gespreizten Fingern durchs Haar. »Nach einigem Kampf.«

»War er nicht froh, dass du der alten Werft neues Leben einhauchen willst?«

»Du meinst, weil sie ansonsten immer mehr zu einem Schandfleck im sonst so beschaulichen Lichterhaven verkommen wäre?« Er ließ den Blick über das Hafengebiet schweifen. »Ja, vielleicht. Aber da das nun nicht mehr sein Verdienst sein wird, sondern meiner, stinkt es ihm vermutlich gewaltig.«

»Dabei geht es doch nicht um einen Wettkampf.«

Lars stieß einen höhnischen Laut aus. »Für meinen Vater ist das gesamte Leben ein Wettkampf, hauptsächlich um Besitz und Geld. Was nicht ihm gehört oder nach seiner Pfeife tanzt, ist nichts wert, ganz gleich, ob es sich um Immobilien oder Menschen handelt.«

»Aber ist er denn gar nicht stolz auf dich, dass du trotz deiner Vergangenheit etwas aus dir gemacht hast?«

»Noch habe ich nicht viel erreicht. Die Firma, die ich gegründet habe, steckt noch in den Kinderschuhen. Bis wir die erste Jacht hier in Lichterhaven bauen können, werden noch Monate ins Land ziehen. Vielleicht sogar ein Jahr oder mehr.«

»Aber trotzdem. Ich meine, niemand hätte je damit gerechnet, dass du jemals …« Verlegen hielt sie inne.

»Dass ich zurückkomme in die Höhle des Löwen?« Lars schmunzelte. »Glaub mir, das hätte ich vor ein paar Jahren auch nicht für möglich gehalten.«

»Und warum hast du deine Meinung geändert?«

Er zögerte. »Gefühlsduselei?« Als er ihren skeptischen Blick sah, hob er die Schultern. »Nein, im Ernst. Mir hat Lichterhaven gefehlt. Immerhin bin ich hier aufgewachsen und habe fast dreißig Jahre lang hier gelebt. Vielleicht nicht immer zum

Vergnügen meiner Mitmenschen, aber deshalb ist diese Stadt trotzdem meine Heimat.«

»Da hast du wohl recht.« Christina blickte geradeaus, während sie weitergingen. »Gerade vorhin habe ich noch überlegt, dass ich niemals irgendwo anders leben möchte als hier.«

»Der Tapetenwechsel war heilsam für mich.« Auch Lars richtete seinen Blick nach vorn. »Er hat mir die Augen über so einige Dinge geöffnet, speziell über mich selbst und die Fehler, die ich gemacht habe.« Er zögerte kurz. »Wie geht es deinen Eltern?«

»Sehr gut.«

»Dein Vater sitzt jetzt im Stadtrat, habe ich gehört.«

»Daher meine Insider-Informationen.« Sie nickte lächelnd.

»Und deine Großeltern sind auch noch beide da?«

»Ja, glücklicherweise. Sie sind beide ziemlich rüstig.«

»Da hast du großes Glück.« Sein Blick umwölkte sich eine Spur, und Christina erinnerte sich daran, dass er schon als Kind und Jugendlicher darunter gelitten hatte, kaum Familie zu besitzen, abgesehen von seinem herrschsüchtigen Vater, seiner kranken Mutter und einer etwas skurrilen Tante.

»Ich weiß. Wir sind alle für jeden Tag dankbar, den Oma und Opa bei uns sind. Bestimmt würden sie sich freuen, wenn du sie mal besuchst.«

»Deine Großeltern und *sich freuen*?« Er prustete. »Deine Oma wird mir eins mit dem Nudelholz überbraten, und dein Opa hat garantiert noch irgendwo die Rechnung für den Kotflügel des alten Opel Kadetts, den ich damals mit dem Motorrad gerammt habe.«

»Vielleicht solltest du die endlich mal begleichen.« Christina gluckste. »Nein, wirklich, sie sind nicht so nachtragend. Oma hat dich immer gerngehabt. Wenn sie dir mit dem Nudelholz gedroht hat, dann nur, weil sie es gut mit dir gemeint hat. Alex kann davon ein Lied singen – von dem Nudelholz. Sie mochten dich wirklich, auch wenn du noch so viel Mist angestellt hast.«

»Wahrscheinlich hast du recht.« Lars neigte zustimmend den Kopf, dann grinste er schief. »Ich wundere mich übrigens, dass Alex noch nicht bei mir war, um mich eigenhändig aus der Stadt zu werfen.«

Christina runzelte die Stirn. »Weshalb sollte er das tun?«

»Ich weiß nicht ... Als ich damals fortging, war er ziemlich sauer auf mich.«

»Wohl hauptsächlich deswegen, weil du ihm nie gesagt hast, dass du wegwillst, und ihm einfach eine Ansichtskarte aus dem Ausland geschickt hast.«

»Damit könnte es etwas zu tun gehabt haben, stimmt.«

»Vielleicht wartet er jetzt einfach darauf, dass du dich bei ihm meldest.«

»Meinst du wirklich? Hmm, vielleicht sollte ich das wirklich tun.«

Erstaunt über seinen gedämpften Tonfall musterte sie ihn erneut von der Seite, dann lachte sie leise. »Sag bloß, du hast Angst.«

Er hüstelte empört. »Angst vor Alex Messner? Ich? Niemals.« Er grinste wieder verhalten. »Ja, vielleicht ein bisschen Schiss.«

»Wie die Zeiten sich ändern!«

»Das tun sie allerdings.« Er entspannte sich wieder etwas. »Wie geht es Alex denn so? Hat er die Kanzlei inzwischen ganz übernommen?«

»Ja. Papa fand, es sei an der Zeit. Alex ist jetzt seit fast vier Jahren sein eigener Herr in der Kanzlei. Und er hat geheiratet.«

»Ach was?« In Lars Augen glitzerte es amüsiert. »Welche der Lichterhavener Töchter hat es denn geschafft, ihn sesshaft zu machen?«

»Gar keine.« Nun musste Christina herzlich lachen. »Mel stammt nicht von hier. Sie hat in Köln gewohnt, bevor sie hierhergezogen ist. Vielleich erinnerst du dich sogar noch an sie. Melanie Brenner. Als ich neun oder höchstens zehn war, hat sie zwei Sommer lang hier mit ihrer Mutter Ferien gemacht. Du und Alex, ihr habt uns immer geärgert, wenn wir draußen gespielt haben.«

»Melanie Brenner?« Er runzelte leicht die Stirn. »Etwa die kleine verhuschte Blonde? Die, die so schüchtern war, dass sie kaum ein Wort rausbekommen hat?«

»Sie war sehr nett. Ist sie immer noch. Aber ihr habt ihr ja damals gar keine Chance gelassen, mit euch warm zu werden. Wie auch, wenn ihr sie und mich mit Erbsen aus euren Steinschleudern beschossen habt oder abends hinter Sträuchern hervorgesprungen seid, um uns zu erschrecken!«

Lars lachte ebenfalls. »Stimmt, wir waren nicht sehr nett zu euch. Aber was sollten wir auch tun? Uns war langweilig.«

»Zum Glück seid ihr später dazu übergegangen, Mädels abzuschleppen, sodass wenigstens ich meine Ruhe hatte.« Christina schmunzelte bei der Erinnerung.

»Und wie kam es dazu, dass Alex diese Melanie geheiratet hat? Nie im Leben wäre ich auf den Gedanken gekommen, dass so ein Mauerblümchen ihn reizen könnte.«

»Du kennst sie nur als Kind.« Christina machte eine bedeutungsvolle Pause. »Sie hat sich ziemlich gemausert. Schüchtern ist sie immer noch, obwohl sie jetzt schon ganz anders ist als noch vor zwei Jahren, als sie hier ankam. Sie hat Sybillas Haus und ihre Kunsthandlung geerbt. Das Geschäft führt sie jetzt mit Deana weiter, das Haus vermieten sie und Alex an Feriengäste.«

»Warum wohnen sie nicht dort? Wäre doch groß genug für zwei Personen.«

»Alex hat den alten Hof unserer Großeltern von den Nachbesitzern zurückgekauft und umgebaut.«

»Ich sehe schon, hier hat sich noch weit mehr verändert, als ich dachte. Vielleicht sollte ich doch mal bei Alex vorbeischauen. Schon um mir die gemauserte Melanie mal näher anzuschauen.«

»Das solltest du wirklich tun«, stimmte Christina zu. Eine Weile schwiegen sie und gingen nebeneinander weiter den Deichweg entlang. Insgeheim wartete sie darauf, dass Lars sich auch nach Luisa erkundigen würde, doch er schien nichts dergleichen vorzuhaben. Schließlich hielt sie es nicht mehr aus.

»Luisa ist übrigens frisch gebackene Tierärztin.«

»Wirklich?« Lars wandte ihr das Gesicht zu, doch an seiner Miene war nichts als mildes Interesse abzulesen.

»Ja, sie hat das Studium in Rekordzeit absolviert und sogar schon ihre Approbation. In Kürze wird sie zusammen mit Dr. Weisenau eine Gemeinschaftspraxis eröffnen. Nebenher arbeitet sie an ihrer Doktorarbeit.«

»Gut, gut.« Anerkennend nickte Lars und lächelte neutral. »Sie hatte immer schon einen extrem hellen Kopf. Wundert mich nicht, dass sie ihr Studium so schnell durchgezogen hat. Sie wollte bereits als Kind Tierärztin werden.«

Christina wartete auf irgendeine weitere Reaktion, doch es kam keine. »Stimmt, sie ist ziemlich klug ... und zielstrebig.«

»Genau wie du.« Lars nickte ihr zu. »Und Alex. Was das angeht, liegt diese Eigenschaft wohl im Messner-Blut.«

»In deinem offenbar auch, denn sonst könntest du nicht bereits mit fünfunddreißig deine eigene Werft aufmachen.«

Lars wiegte den Kopf von einer Seite zur anderen. »Ich habe mein Ziel erst ziemlich spät entdeckt, und es hat mich einiges gekostet, an diesen Punkt zu gelangen.«

Der merkwürdige Unterton in seiner Stimme ließ Christina

aufmerken, doch an seiner Miene war weiterhin nicht abzulesen, was in ihm vorging. »Besser spät als nie«, antwortete sie etwas lahm.

»Kann sein.« Er stockte. »Sag mal, der Hund da, kennst du den, oder warum rast der wie wild auf uns zu?«

»Welcher Hund?« Christina richtete den Blick wieder nach vorn und stieß einen überraschten Laut aus, als sie Boss mit fliegenden Ohren auf sich zustürmen sah. Seine Leine schleifte auf dem Boden hinter ihm her.

Christina, hallo! Hab ich doch richtig gewittert, dass du das bist! Wie schön, dich zu sehen. Ist zwar etwas seltsam, dieses Gefühl, aber ich freue mich wirklich total, dass du hier bist!

Sie konnte gerade noch einen Ausfallschritt machen, bevor Boss schlitternd vor ihr zum Stehen kam und sie im nächsten Moment wild ansprang.

Hm, ja, sehr schön, dass du hier bist. Und du riechst so gut. Hast du Leckerchen dabei? Wenn nicht, schlecke ich einfach dich ab. Schnaufend versuchte Boss, mit der Zunge ihr Gesicht zu erreichen.

»Hey, halt, Boss, was machst du denn da?« Lachend versuchte sie, den überschwänglichen Hund abzuwehren. Aus den Augenwinkeln sah sie, wie Ben in etwa dreißig Metern Entfernung die Stufen auf der Seeseite heraufgelaufen kam. Sie konnte sich jedoch nicht konzentrieren, denn kaum hatte sie Boss zurück auf seine vier Pfoten verfrachtet, als er sie erneut ansprang. Sie taumelte und wäre gestürzt, wenn Lars sie nicht geistesgegenwärtig aufgefangen hätte.

»Hoppla, da scheint aber jemand in dich verliebt zu sein.« Seiner Stimme war das Lachen anzuhören.

Verliebt? Was soll das denn sein? Nee, so was bin ich nicht. Aber freuen werde ich mich doch wohl dürfen. Schwanzwedelnd umtänzelte Boss die beiden. *Allmählich müsste Christina sich doch wohl daran gewöhnt haben, dass ich kein Leichtgewicht bin.*

Christina lachte herzlich und rappelte sich aus Lars' Armen auf. »Danke. Das hat Boss noch nie gemacht. Er gehört sonst eher zur zurückhaltenden Sorte.«

Na ja, jetzt mach mich nicht verlegen. Ein bisschen peinlich ist es mir sowieso schon, aber als ich plötzlich deinen Geruch in der Nase hatte, musste ich unbedingt losrennen. Ben hat zwar hinter mir hergeschimpft, aber was soll's! Ich bin eben schneller als er. Sein Pech.

»Boss, verdammt noch eins. Was soll denn das?« Ben blieb in einigen Schritten Entfernung stehen und musterte erst seinen Hund verärgert, dann Christina neugierig und zum Schluss Lars mit argwöhnischem Interesse. »Hallo, Christina. Tut mir leid, aber Boss hat sich plötzlich einfach losgerissen.« Sein Blick wanderte über ihren Körper, dann erneut zu Lars.

»Schon gut, er hat mich vermutlich gewittert und ist einfach losgesaust. Das ist zwar nicht die feine englische Art, aber zumindest ein Fortschritt.«

»Ach ja? Inwiefern das denn?« Lars sah aufmerksam auf den Hund hinab und dann zwischen Christina und Ben hin und her.

»Weil Boss ein ganz schwieriger Fall ist«, erklärte Christina. »Er hat große Vertrauensprobleme, und dass er so offen Wiedersehensfreude zeigt, ist bis jetzt noch nicht vorgekommen.«

Hör auf! Das ist jetzt wirklich peinlich!

»Aha. Du bist also seine Hundetrainerin.« Lars nickte verständnisvoll und wandte sich dann Ben zu und streckte ihm die Hand entgegen. »Ich bin übrigens Lars Verhoigen. Ein alter Bekannter von Chris.«

Ben trat näher und ergriff die Hand. »Ben Brungsdahl.« Er lächelte, jedoch mit nach wie vor wachsamer Miene. »Ein neuer Bekannter von Chris.«

»Etwa der Ben Brungsdahl?« Lars' Lächeln fiel deutlich entspannter, aber auch amüsierter aus. »Der Bildhauer, der das Lagerhaus neben der Werft gemietet hat? Ich habe schon einiges über Sie gelesen und war vor Monaten mal in einer Ausstellung Ihrer Werke in Chicago. Sehr beeindruckend.«

»Danke.« Ben blieb noch immer merkwürdig einsilbig.

Lars lachte auf. »Moment mal, Chris, hast du dich neulich seinetwegen so aufgeregt, als wir uns vor dem Lagerhaus trafen?« Er wandte sich an Ben. »Sie müssen ihr ganz schön blöd gekommen sein, so sauer, wie sie ausgesehen hat.«

»Äh, ja, das war ein ... Missverständnis«, beeilte Christina sich zu erklären.

»Du hast mich bei der Arbeit gestört«, korrigierte Ben.

Sie nickte. »Darauf reagiert er nicht besonders angenehm.«

»Aha.« Lars schmunzelte. »Ich glaube, ich mache mich mal besser auf den Rückweg.«

»Nein, nein, ich wollte Ihren gemeinsamen Spaziergang nicht unterbrechen.« Ben hatte die Leine vom Boden aufgehoben und fasste sie nun kürzer.

»Das war eigentlich gar kein ...«, begann Christina, doch Lars unterbrach sie.

»Nein, schon gut. Ich hab ja bloß eine kurze Pause gemacht und dich zufällig auf dem Deich gehen sehen. Ich muss wirklich zurück.« Er wandte sich an Ben. »Sie dürfen von hier an gerne den gemeinsamen Spaziergang übernehmen. Ich habe keinerlei Anrechte auf Chris, weder alte noch aktuelle.« Mit einem vielsagenden Grinsen in Christinas Richtung hob er die Hand und wandte sich zum Gehen.

Christina sah ihm einen Moment irritiert nach. Erst als er schon gut zwanzig Meter entfernt war, begriff sie, was er mit seinen Worten gemeint hatte. Auf ihrer Stirn bildete sich eine steile Falte. »Männer!«

»Was?« Verblüfft sah Ben sie an.

Sie stieß ihn unsanft gegen die Brust. »Dass ihr immer gleich eure Territorien abstecken müsst.«

»Ich habe gar nichts abgesteckt.«

»Aber sofort gedacht, dass ich was mit Lars habe, als du mich mit ihm gesehen hast.«

»Hätte doch sein können. Ich will mich nirgendwo hineindrängen.«

»Glaubst du vielleicht, ich lasse mich von dir küssen, während ich mit einem anderen Mann liiert bin?«

»Das habe ich nicht gesagt.« Ben hob abwehrend die Hände.

»So? Was denn sonst?« Herausfordernd funkelte sie ihn an.

»Nur dass ich mich in nichts einmischen will. Ich kenne doch die Verhältnisse hier im Ort nicht ...«

»Jetzt habe ich also schon Verhältnisse?«

»Nein, aber anscheinend Lust, mir die Worte im Mund umzudrehen.« Verärgert starrte er sie an.

Moment mal, warum seid ihr denn jetzt so böse? Vor allem Christina? Das kann ich aber gar nicht gut vertragen.

»Shit.« Als Christina Boss' leises Winseln wahrnahm, ging sie rasch in die Hocke und streichelte ihn. »Du magst keine lauten Stimmen und Streit, was?«

Überhaupt nicht.

»Du brauchst aber nicht zu jaulen. Es ist alles gut. Niemand ist böse mit dir.«

Ich habe überhaupt nicht gejault. Das ist ja lächerlich. Außerdem weiß ich genau, dass du nicht auf mich, sondern auf Ben böse bist. Ich kapiere bloß nicht, warum, und ich mag es auch nicht. Wieso das so ist, weiß ich nicht. Aber er hat nichts Böses getan, das steht fest.

»Tut mir leid.« Ben ging ebenfalls in die Hocke, den Blick auf Boss gerichtet, doch Christina nahm an, dass sie mit der Entschuldigung ebenfalls gemeint war. Er streichelte dem Hund sanft übers Fell. »Vielleicht habe ich ein ganz kleines bisschen mein Territorium abgesteckt.«

Christina schnaubte. »Das solltest du lieber bleiben lassen, vor allen Dingen, weil ich nach dem letzten Stand der Dinge überhaupt nicht zu deinem Territorium gehöre.«

Bens Hand hielt mitten auf dem Hunderücken inne. Langsam erhob er sich wieder und zog Christina mit sich. »Warum genau bist du eigentlich sauer auf mich?«

»Ich bin überhaupt nicht sauer. Zumindest war ich es nicht, bis ...« Sie winkte ab. »Vergiss es. Die Idee war sowieso bescheuert.«

»Welche Idee?« Er trat näher an sie heran und suchte ihren Blick.

Oh, gut, ihr vertragt euch wieder. Dann kann ich ja ein bisschen hier sitzen und die Leute beobachten. Und die Möwen, die hier herumsausen. Die sind lustig.

»Ich sag doch, vergiss es.« Christina spürte, wie sich ihre Wangen erwärmten, und ärgerte sich, dass man ihr jedes Gefühl immer gleich am Gesicht ablesen konnte.

»Auf gar keinen Fall! Das interessiert mich nämlich jetzt. Was machst du um diese Zeit überhaupt hier? Ich dachte, du musst arbeiten.« Forschend glitt sein Blick über ihr Gesicht, dann erneut und mit sichtbarem Wohlgefallen über ihren Körper.

»Zwei Kurse wurden heute überraschend gecancelt.« Verlegen zupfte Christina an ihrem Shirt herum. »Luisa fand, ich solle die Gelegenheit nutzen und ...«

»Und?« Er trat noch einen Schritt näher.

»Spazieren gehen.«

»Ah.« Auf seinen Lippen erschien ein kleines Lächeln. »Und da bist du rein zufällig hier vorbeigekommen?«

»Ja.« Sie nickte, schüttelte dann aber gleich darauf den Kopf. »Nein, eigentlich ... Ach, was soll's! Ich bin mehr oder weniger zufällig beim Lagerhaus vorbeigegangen. Dort war aber niemand, also dachte ich, ich mache mir halt allein einen netten Nachmittag am Wasser. Lars bin ich wirklich nur zufällig begegnet. Er ist – oder vielmehr war er es früher – der beste Freund meines Bruders. Ich kenne ihn praktisch schon, seit ich auf der Welt bin. Er war ein paar Jahre im Ausland und ist jetzt zurückgekehrt, um die alte Werft neu aufzubauen.«

»Er will Schiffe bauen?«

»Jachten. Vielleicht auch Segelboote. Keine Ahnung. So genau hat er mir seine Pläne nicht dargelegt.«

»Interessanter Beruf, wäre aber nichts für mich.«

»Warum?« Neugierig musterte sie ihn. »Ich meine, mal abgesehen davon, dass du ja bereits einen Beruf ausübst.«

»Das ist für mich kein Beruf ... eher eine Berufung.« Er grinste schief. »Bootsbauer wäre das Letzte, was ich mir als Arbeit aussuchen würde. Ich werde furchtbar schnell seekrank.«

»Nein!« Sie kicherte.

»Doch. Ganz grässlich.« Er schauderte übertrieben.

»Wie schade.«

»Warum?«

Sie zuckte die Achseln. »Weil unsere Familie ein wunderschönes Segelboot besitzt. Wir Messners haben das Segeln im Blut. Und so ein Segeltörn kann sehr romantisch sein.«

»Nicht, wenn einer der Beteiligten die meiste Zeit über der Reling hängt und seinen Mageninhalt von sich gibt.«

Sie lachte. »Stimmt, das könnte der Sache einen Dämpfer verpassen.«

»Aber wo wir gerade von Romantik sprechen ...« Unversehens zog er sie in seine Arme. »Weshalb genau bist du denn so rein zufällig beim Lagerhaus vorbeigegangen? Ich meine, es beweist ja immerhin ziemlichen Mut, wenn man bedenkt, wie ich beim letzten Mal auf deinen unangekündigten Besuch reagiert habe.«

Sie versuchte, die erneute Hitze in ihren Wangen zu ignorieren, und lehnte sich leicht gegen ihn. Das Gefühl seines straffen, von angenehm harten Muskeln durchzogenen Körpers an ihrem ließ ihren Pulsschlag deutlich ansteigen. »Ich bin eben risikofreudig.«

»Und wolltest was genau mit dem eingegangenen Risiko erreichen?«

Obwohl sie einen Schritt beiseitegehen mussten, um nicht den Deichweg zu blockieren, schlang sie die Arme locker um seine Hüften. »Na ja, das hier stand auf jeden Fall ziemlich weit oben auf der Liste.«

»Du hast eine ganze Liste mit Plänen?« In seinen Augen glitzerte es schalkhaft.

»Vielleicht ...«

Er näherte sein Gesicht ganz langsam dem ihren. »Soso. Das erklärt aber immer noch nicht, warum du eben so wütend reagiert hast.« Kurz bevor seine Lippen ihre berührten, hielt er inne und wartete auf ihre Antwort.

Ihr Herzklopfen hatte sich mittlerweile fast verdreifacht, sodass es ihr schwerfiel, weiterhin gelassen zu lächeln. »Ich sagte doch schon, ich mag es nicht, wenn ein Mann glaubt, sein Revier markieren zu müssen.«

»Du hast eindeutig zu viel mit Hunden zu tun.« Er lachte leise. »Aber um mal bei dieser Metapher zu bleiben: Was wäre so schlimm daran, wenn ich mein Revier um dich herum markieren würde?«

»Du meinst, abgesehen davon, dass es schrecklich machohaftes Verhalten ist?« Sie hob leicht die Schultern. »Wenn du schon den Höhlenmenschen heraushängen lassen willst, wäre es ratsam, die betreffende Frau erst einmal zu fragen, ob sie Teil deines Reviers sein will.«

Sein Lächeln vertiefte sich. »Seltsam, ich hatte durchaus nicht den Eindruck, dass du in dieser Hinsicht abgeneigt bist.«

»Das habe ich auch nicht behauptet.« Sie hatte mittlerweile Mühe, einen klaren Gedanken zu fassen, weil Bens warmer Atem, der bei jedem Wort und Atemzug über ihre Haut strich, seltsame Dinge mit ihr anstellte. »Ich war mir nur nicht sicher, ob du überhaupt noch Interesse daran hast ... Du weißt schon. Ein Kuss oder auch zwei bedeuten ja noch lange nicht, dass du mehr willst. Woher soll ich wissen, ob du den Kuss vielleicht gar nicht so gut fandest? Versteh mich nicht falsch, ich fand es durchaus nett, dich zu küssen, aber ...«

»Nur nett?«, unterbrach er sie stirnrunzelnd.

»Ja, nun, vielleicht ein bisschen mehr als nur nett ...«

»Und dabei hatte ich mir alles so schlau zurechtgelegt.« In seinen Augen blitzte es amüsiert. »Aber das lasse ich so nicht auf mir sitzen. Ich glaube, es braucht noch ein bisschen mehr Höhlenmensch.« Ehe sie reagieren konnte, presste er seine Lippen besitzergreifend auf ihre.

Die leichten Schockwellen, die der Kuss in ihr auslöste, verwandelten sich rasch in ein wildes Kribbeln und Ziehen in ihrer Magengrube. Sein Mund war diesmal nicht sanft und forschend, sondern fordernd und leidenschaftlich. Christina fragte sich für einen kurzen Moment, was wohl die Passanten über sie denken mochten, vergaß jedoch im nächsten Augenblick alles um sich herum. Weder spürte sie die warme Sonne, die ihre gleißenden Strahlen auf sie herabsandte, noch hörte sie das Kreischen der Möwen oder das Lachen der Kinder, die in einiger Entfernung auf der Liegewiese beim Wasser Ball spielten. Sie nahm nichts als das pulsierende Rauschen des Blutes in ihren

Ohren wahr, ihren eigenen rasenden Herzschlag und die erregende Hitze, die sich zwischen ihr und Ben aufbaute, je länger der Kuss andauerte.

Als sie kurz nach Atem rang, nutzte Ben die Gelegenheit sofort und strich mit der Zungenspitze über die Innenseite ihrer Unterlippe. Obgleich das alles eigentlich viel zu schnell ging, konnte sie nicht widerstehen und ließ es zu, dass er den Kuss vertiefte.

Die erste Berührung ihrer Zungen sandte weitere Schockwellen durch ihren Körper. Sie drängte sich unwillkürlich fester an ihn und spürte, wie seine Hände von ihren Schultern fest über ihren Rücken nach unten glitten. Er zupfte leicht an ihrem Shirt, bis er einen schmalen Streifen Haut freigelegt hatte, den er begehrlich zu streicheln begann.

Sie unterdrückte den erregten Laut, der in ihrer Kehle aufstieg. Nur ganz zart berührte er sie, und trotzdem konnte sie spüren, wie rau seine Finger von der Arbeit mit diversen Werkzeugen waren. Die Mischung aus widersprüchlichen Empfindungen führte dazu, dass sich ihr Verstand vollständig abzuschalten drohte.

Bevor sie noch völlig vergaß, wo sie sich befand, löste sie widerwillig ihre Lippen von seinen.

Bens Blick war dunkel und so ausschließlich auf sie gerichtet, dass kein Zweifel daran bestand, wie es um ihn stand. Er atmete schwer ein und wieder aus, dann lächelte er. »Wäre die Angelegenheit hiermit hinreichend geklärt?«

Sie musste zweimal schlucken, bevor sie ein Wort herausbekam. »Ich denke schon.« Dann kicherte sie. »So hinreichend, dass wir uns besser nicht vom Fleck rühren, bevor wir uns nicht beide etwas beruhigt haben. Es sei denn, wir wollen ein öffentliches Ärgernis verursachen.« Um ihre Worte zu unterstreichen, drängte sie ihren Unterleib wieder etwas fester gegen seinen. Sie spürte sehr deutlich seine Erregung, was wiederum dazu führte, dass ihr Inneres leicht zu pulsieren begann.

Ben grinste schief. »Da könntest du recht haben. Aber wenn du nicht achtgibst, erreichst du womöglich genau das Gegenteil.« Seine Finger streichelten noch immer leicht über die Haut direkt über ihrem Hosenbund, doch er lockerte seinen Griff ein wenig. »Ich wollte übrigens nicht den Eindruck erwecken, kein Interesse mehr an dir – oder uns – zu haben, sondern lediglich nicht mit der Tür ins Haus fallen.«

»Bist du das nicht schon mit deinem ersten Kuss?«

»Kann sein. Allerdings hatte ich den Eindruck, dass du ein bisschen mehr Zeit brauchst, um dich mit dem Gedanken anzufreunden ... Offenbar habe ich mich geirrt.« Er hob die Hand und strich ihr eine Haarsträhne aus der Stirn. »Zu meiner Ehrenrettung möchte ich aber hinzufügen, dass ich mir für heute etwas ausgedacht hatte. Du bist mir nur zuvorgekommen.«

»Ach ja? Was hast du dir denn ausgedacht?«

»Ein Picknick.« Als sie überrascht den Kopf hob, erklärte er: »Du hattest doch für die heutige Trainingsstunde eine Runde durch den Wald vorgeschlagen, um Boss' Leinenführigkeit in der wahren Welt zu üben. Da dachte ich, wir schlagen zwei Fliegen mit einer Klappe. Bei einem meiner Erkundungsgänge habe ich nämlich einen hübschen kleinen See mitten auf einer Lichtung entdeckt.«

»Den Seerosenteich?« Christina lachte. »Die Idee gefällt mir.«

»Das freut mich.« Ben küsste sie kurz auf den Mundwinkel, dann ließ er sie los, jedoch nur, um neben sie zu treten und ihre Hand zu nehmen. Langsam setzten sie sich in Bewegung – in Richtung Lagerhaus. »Dummerweise habe ich das Essen erst für in ...«, er warf einen kurzen Blick auf seine Armbanduhr, »... etwas mehr als zwei Stunden bestellt.«

»Du hast Essen bestellt?«

Huch, wohin geht ihr denn jetzt? Und was redet ihr da gerade von Essen? Gibt es für mich auch etwas? Boss beeilte sich, aufzustehen und neben Ben und Christina herzutraben.

»Aber sicher doch. Meine Kochkünste sind zwar recht passabel, aber in diesem Fall wollte ich dich mit etwas Besonderem überraschen ...« Er zuckte die Achseln. »Jetzt muss ich mir wohl schnell etwas einfallen lassen, wie wir uns die zusätzliche Zeit vertreiben können.«

Christina blickte mit noch immer leicht klopfendem Herzen auf ihre miteinander verschränkten Hände hinab. »Na ja, ich hätte da schon die eine oder andere Idee ...«

Prompt drückte er ihre Hand sanft. »Das ist das verlockendste Angebot, das ich seit langer Zeit erhalten habe.«

»Du klingst aber, als wolltest du ablehnen.« Fragend sah sie ihn von der Seite an.

»Nicht ablehnen, aber schweren Herzens aufschieben. Weißt du, ich war nämlich aus einem bestimmten Grund hier unterwegs.« Vage deutete er auf den Weg unterhalb des Deichs, direkt am Wasser. »Boss und ich waren auf dem Weg zum Lagerhaus, weil ich heute noch eine wichtige Lieferung erwarte.«

»Aha.« Leicht ratlos blickte sie wieder geradeaus.

»Was mich aber auf die Lösung unseres Problems bringt.« Er beschleunigte seinen Schritt etwas und zog sie mit sich. »Komm mit!«

»Wohin?« Rasch passte sie ihren Schritt dem seinen an.

»Ich möchte dir mein Atelier zeigen und woran ich gerade arbeite.«

Also wird es doch nichts mit dem Essen? Wie schade. Na gut, dann verkrümele ich mich halt gleich auf mein Schlafkissen, bis es endlich was zu mampfen gibt. Drinnen ist es wenigstens kühler als hier in der Sonne. Boss lief ein paar Schritte voraus, bis sich die Leine straffte. Prompt blieb Ben stehen, sodass auch Boss gezwungen war anzuhalten. Eine neue Angewohnheit, die Boss überhaupt nicht lustig fand. *Mist, was ist denn jetzt? Ich dachte, ihr hättet es eilig. Also gut, dann eben nicht. Setze ich mich halt wieder hin.*

Ben wartete, bis Boss einen halben Schritt rückwärts machte, und sich setzte, bevor er weiterging. Als Boss daraufhin wieder lospreschen wollte, blieb er sofort wieder stehen.

Boss sah sich etwas ungehalten um. *Was denn nun? Gehen oder stehen? Das wird echt lästig. Immer wenn ich es eilig habe, nervt Ben mich mit ständigem Stehenbleiben. Oder ... Moment mal, war ich ihm zu schnell? Ich fand es zwar immer ziemlich korrekt, dass er hingegangen ist, wohin ich wollte, aber ein bisschen unangenehm ist es mir schon, wenn die Leine dauernd so straff gespannt ist. Anstrengend ist es auch. Vielleicht geht er ja normal weiter, wenn ich nicht ganz so schnell loslaufe.*

Als Boss sich erneut in Bewegung setzte, diesmal jedoch, ohne die Leine auf Spannung zu ziehen, ging auch Ben wieder weiter. Boss blickte erneut über die Schulter zu ihm auf. *Ist das jetzt okay so?*

»Fein, Boss, suuuper. So ist es brav!« Ben schien sich mittlerweile daran gewöhnt zu haben, den Hund so überschwänglich zu loben. Mit echter Begeisterung tätschelte er den Rücken seines Vierbeiners, der daraufhin tatsächlich kurz mit der Rute wedelte.

Echt jetzt, das findest du toll? Na, also gut, von mir aus. Ziehe ich halt nicht mehr an der Leine. Wenigstens geht es jetzt wieder richtig flott voran. Hätte ich das früher kapiert, wäre mir viel nerviges Stehenbleiben erspart geblieben. Na ja, ehrlicherweise muss ich wohl zugeben, dass ich nicht immer so richtig hingehört habe. Kann sein, dass Ben mich vorher schon fürs Nichtziehen gelobt hat. Vielleicht sollte ich doch ab und zu besser darauf achten, was er sagt und tut. Das könnte mir eine Menge Energie und Ärger ersparen.

Da Boss nun zwar zwei Schritte vor ihnen, jedoch ganz ruhig und mit durchhängender Leine ging, hob Christina mit einem anerkennenden Lächeln den Daumen der rechten Hand. »Gut gemacht!«

Ben lachte. »Kriege ich jetzt eins von deinen Leckerlis oder was?«

»Nein, einen gehorsamen Hund.« Sie kicherte. »Aber vielleicht lasse ich mir ja später noch etwas einfallen.«

»So, was denn zum Beispiel?«

Die Bilder, die bei seinem leicht rauen Unterton vor ihrem inneren Auge aufstiegen, ließen erneut die Wärme in ihre Wangen steigen. »Mal sehen …«

»Ich könnte glatt auf das Leckerli verzichten, wenn ich stattdessen ein bisschen an dir knabbern dürfte.« Mit dem Daumen streichelte er sachte über ihren Handrücken. »Du siehst nämlich zum Anbeißen aus.«

Ein wohliger Schauer rieselte Christinas Rückgrat hinab. Sie genoss den heiteren Flirt und das Knistern, das sich zwischen ihnen aufbaute. »Da könnte ich unter Umständen mit mir reden lassen.«

11. Kapitel

Nachdem Ben aufgeschlossen und Boss von der Leine losgemacht hatte, hielt er Christina die Tür auf. Sie betrat das Lagerhaus jedoch nur zögernd, sodass er ihr sanft eine Hand auf den Rücken legte. »Was ist? Sorgst du dich, dass ich es mir anders überlegen und dich wieder hinauswerfen könnte?«

Schmunzelnd sah sie sich zu ihm um. »Läge so etwas etwa im Bereich des Möglichen?«

»Nur, wenn du meine neuen Werke beleidigst.« Er zwinkerte ihr zu. »Komm mit, ich will dir etwas zeigen.« Ohne Zögern nahm er sie wieder bei der Hand und zog sie mit sich in den hinteren Bereich der Halle, vorbei an der halb fertigen Steinskulptur, an der er zuletzt gearbeitet hatte, sowie an einem riesigen Flipboard, auf dem mehrere Skizzen befestigt waren.

»Was ist das denn?« Überrascht wollte sie stehen bleiben, doch er zog sie weiter mit sich.

»Erst das hier.« Rasch schob er eine Holzkiste beiseite, damit sie nicht darüberzuklettern brauchte, und deutete auf sein erstes vollendetes Werk.

Christina blieb wie angewurzelt stehen und starrte es an. »Wow!«, war das Einzige, was sie zunächst herausbrachte. Er sah, wie ihr Blick jeden Bogen, jeden Winkel, jede Neigung der komplizierten Skulptur abtastete.

»Warte. Die Lichtverhältnisse sind hier nicht ganz optimal. In einer Galerie würde ich genaue Anweisungen geben, wie das Ding ausgeleuchtet werden soll.« Er trat an einen mobilen Scheinwerfer, den er testweise bereits mehrmals neu platziert hatte, bis er halbwegs zufrieden gewesen war. Als er ihn einschaltete, hörte er Christina scharf einatmen.

»Das ist … Es sieht aus, wie …«

»Wie was?« Neugierig trat er näher.

»Sybillas Fliederbusch.« Sie trat einen Schritt auf das Kunstwerk zu, legte den Kopf etwas schräg. »Aber düsterer, so als würde eine Unwetterwolke direkt darüberstehen und der Wind die Äste zerzausen.«

»Du hast ein gutes Auge.« Er stellte sich neben sie. »Ich nenne es *Wolkenbruch*. Erst dachte ich, ich könnte den alten Flieder malen«, er deutete auf eine ungerahmte Leinwand, die verdeckt an der Wand lehnte, »aber das hat mir nicht gereicht. Das Ding musste dreidimensional sein.«

»Das Ding?« Ihr Kopf hob sich ruckartig. »Wie kannst du es bloß so nennen? Das ist ein echtes Kunstwerk … absolut unglaublich! Ich hätte erwartet, dass du eine persönlichere Beziehung zu deinen Werken hast.«

»Danke.« Er lächelte geschmeichelt. »Es ist ganz gut geworden, schätze ich.«

»Ganz gut? Ich habe noch nie etwas Ähnliches gesehen.« Sie war noch einen Schritt näher getreten und drehte sich nun zu ihm um. »Du hast daran gearbeitet, als ich dich gestört habe, nicht wahr?« In ihren Augen stand ein Ausdruck höchster Bewunderung. »Ganz ehrlich, wenn ich mir das hier ansehe … Ich hätte mich wahrscheinlich auch rausgeschmissen. Wie hast du es bloß hingekriegt, dass ein Haufen Eisenstangen und -plättchen so luftig und filigran wirken? Und gleichzeitig so …«

»Düster?«, half er nach.

»Ja. Nein.« Sie umrundete das Kunstwerk und betrachtete es von allen Seiten. »Ich finde, es ist nur auf den ersten Blick düster. Das kommt, glaube ich, von den seltsamen Schatten, die es wirft, wenn du es so mit Licht anstrahlst. Auf den zweiten Blick sieht es eher«, sie zögerte, »stoisch aus. Und zeitlos.«

Er nickte überrascht. »Ein stoischer altersloser Zeitzeuge, der selbst dem schlimmsten Sturm standhält«, bestätigte er.

»Du sagst, du hast den Flieder auch gemalt? Darf ich?« Sie trat auf die Leinwand zu, berührte sie aber nicht, bis er zustimmend nickte.

Vorsichtig zog sie das Bild etwas von der Wand und warf einen neugierigen Blick darauf, dann stieß sie einen verblüfften Laut aus und drehte die Leinwand ganz zu sich um. »Das ist ja unglaublich!«

»Nicht annähernd das, was ich in meinem Kopf hatte«, schränkte er ein.

Christina lehnte das Gemälde, das er nur als farbige Skizze bezeichnet hätte, gegen die Wand und trat mehrere Schritte zurück, um es zu bewundern. Mit kühnen, jedoch deshalb nicht weniger akkuraten Strichen hatte er sowohl Form als auch Farben des alten Flieders eingefangen, die durch die Düsternis der heranrollenden Wolken noch betont wurden.

»Es ist wunderschön!«

»Eine Kritzelei.«

Empört drehte sie sich zu ihm um. »Sag so etwas nicht. Ich wusste nicht, dass du auch so gut malen kannst.«

»Ich tue es nicht oft, und nur wenige meiner Werke waren bisher gut genug, dass ich sie hätte ausstellen lassen. Zwei oder drei wurden nur verkauft.«

»Bist du verrückt? Das hier ist wunderbar. Wenn deine anderen Bilder nur halb so gut sind wie das hier, müsstest du damit ein Vermögen verdienen können. Schau doch nur ...« Sie holte tief Luft und deutete auf den zartlila Farbenwirbel. »Es ist irgendwie abstrakt, aber gleichzeitig so realistisch, dass man meint, man könnte die einzelnen Blätter von den Zweigen zupfen. Das ist ... genial!«

Ihre Begeisterung war so echt und geradeheraus, dass er hinter sie trat und ihr die Hände auf die Schultern legte. Einen Moment betrachtete er das Bild aus einer neuen Perspektive – durch ihre Augen. »Möchtest du es haben?«

»Was?« Entgeistert fuhr sie zu ihm herum.

»Ich schenke es dir.«

»Bist du wahnsinnig?« Ihre Augen hatten sich geweitet. »Das kann ich nicht annehmen. Es ist viel zu wertvoll.«

»Für mich ist es eine Skizze. Ein Versuch. Wenn dir das Bild so gut gefällt, möchte ich, dass du es annimmst. Es gefällt dir doch?«

»Das habe ich doch gerade gesagt. *Gefallen* ist gar kein Ausdruck. Es ist ...«

»Deins.« Lächelnd beugte er sich vor und küsste sie. »Keine Widerrede. Ich bringe es dir bei nächster Gelegenheit vorbei.«

»Aber ...« Vollkommen perplex sah sie zu ihm auf, dann erneut zu dem Bild hin. »Danke. Das ist verrückt, ich weiß gar nicht ... Ich lasse es rahmen und ... Du liebe Zeit, ich weiß nicht einmal, wo ich es aufhängen soll! Es ist viel zu groß für meine Wohnung.«

»Du wirst schon einen passenden Platz finden.«

Äh, Leute, ich will ja nicht stören, aber da kommt jemand. Klingt wie ein ziemlich großes Auto oder ein Lastwagen. Geht mich zwar nichts an, wollte ich aber trotzdem gesagt haben. Wuff.

Ben und Christina wandten sich beide um, als Boss kurz und dunkel bellte. Er hatte sich nach ihrem Eintreffen im Lagerhaus schnurstracks auf sein Schlafkissen verzogen und sich dort zusammengerollt, doch nun war er aufgesprungen und blickte wachsam zur Tür.

»Das wird meine Lieferung sein.« Ben ließ Christina widerstrebend los. »Wartest du einen Moment, bis ich das geklärt habe?«

»Klar, klein Problem.«

»Würdest du bitte auf Boss aufpassen, damit er nicht abhaut? Aber setz dich ruhig. Im Kühlschrank stehen verschiedene Getränke.« Er deutete erst auf eine kleine, von einer hauchdünnen Steinstaubschicht bedeckte Sitzecke und dann auf den mannshohen Kühlschrank daneben. »Bin gleich wieder zurück.«

Er hatte gerade die Tür erreicht, als die quäkende und absolut unmelodische Klingel am Rolltor durchs Gebäude schallte. Ben zuckte zusammen; hinter ihm bellte Boss empört.

Aua, was ist das denn? Das klingt ja grau-en-voll! Meine armen Ohren.

Christina lachte leise und redete dann beruhigend auf Boss ein.

Ben betätigte den Öffner, und das Rolltor hob sich mit Knarren und Quietschen. Er musste unbedingt daran denken, etwas gegen die Geräuschentwicklung zu tun. Vermutlich würde es schon reichen, wenn er die richtigen Stellen ölte und die Motortechnik einmal überholte. Andererseits war er nur drei Monate hier, sollte sich über solche Kleinigkeiten also eigentlich gar keine Gedanken machen.

Er begrüßte den Fahrer des Lkws, der ihm einen Lieferschein unter die Nase hielt und um eine Empfangsbestätigung bat. Ben unterschrieb und half dann mit geübten Handgriffen, das schwere Frachtgut abzuladen und mithilfe eines großen Hubwagens an seinen vorläufigen Platz zu bringen. Das Ganze dauerte nicht mehr als zehn Minuten, und nachdem er das Tor wieder geschlossen hatte, ging er erst einmal um das riesige Paket herum, schnitt Folie und Transportpappe auf und legte das wertvolle Gut frei. Als der übermannshohe schneeweiße Stein nackt und kühl vor ihm stand, strich er beinahe zärtlich darüber und nickte anerkennend. Erstklassige Ware. Auf seinen Lieferanten war immer Verlass.

»Was ist denn das?« Christina trat, eine kleine Flasche Limo in der Hand, neben ihn.

»Thassos-Marmor.« Liebevoll gab Ben dem massigen Stein einen Klaps. »Direkt aus meinem Lieblings-Steinbruch auf der griechischen Insel Thassos.«

Christina sah ihn erstaunt an. »Du hast einen Lieblings-Steinbruch?«

»Aber ja, ich war vor fünf Jahren persönlich dort und habe mir alle Abbaugebiete genau angesehen. Das hier ist die allerbeste Qualität, reinweiß, samtig weich ...«

»Weich, ein Stein?«

Er nahm ihre linke Hand und legte sie leicht auf die kalte Oberfläche des Steinblocks. Ganz sachte führte er ihre Fingerspitzen hin und her. »Spürst du das? Der Stein lebt.« Ihre Hand noch immer in seiner, trat er ein paar Schritte zurück. »Ich kann die Skulptur bereits in ihm sehen. Sie lebt in diesem Stein. Ich hatte gehofft, dass es so sein würde.« Regelrecht verliebt betrachtete er das steinerne Ungetüm.

Skeptisch runzelte Christina die Stirn und trank einen Schluck. »Soll ich mich vielleicht lieber aus dem Staub machen?«

»Was?« Leicht irritiert wandte er sich ihr zu, dann lachte er. »Nein, auf gar keinen Fall! Das ist keine Vision, jedenfalls keine im herkömmlichen Sinn. Was ich hieraus erschaffen will, weiß ich schon länger. Dazu habe ich den Stein ja extra kommen lassen.«

»Aber was es werden soll, wirst du mir wohl nicht verraten, oder?«

Ben überlegte einen Moment, dann schüttelte er den Kopf. »Noch nicht. Erst muss ich mir sicher sein, dass ich der Vorlage gerecht werde.«

»Der Vorlage?« Neugierig blickte sie ihn an, doch er ging nicht weiter darauf ein, sondern zog sie erneut mit sich zu dem großen Flipboard.

»Wie findest du die Idee?«

Er hatte mehrere Bleistiftskizzen einer abstrakten Form angefertigt, die von den Eindrücken in der kleinen Piratenbucht inspiriert war. Ganz besonders von den verrotteten Bootsüberresten in der Höhle.

»Ist das unser altes Schiff?« Christina ging näher an die Skizzen heran. »Es sieht aus, als wüchse es aus einer Welle heraus. Wie willst du das denn hinkriegen? Doch nicht mit Eisenstangen.«

»Ich dachte an Holz. Dahinten habe ich mehrere fast meterdicke Holzstämme gelagert.« Er deutete auf eine Ecke des Lagerhauses, in der sich unter großen Planen unförmige Gegenstände aneinanderdrängten. »Die Grundform könnte ich mit einer Kettensäge herausarbeiten und dann mit kleineren Geräten weiterarbeiten.«

Schweigend sah Christina sich in dem Lagerhaus um, betrachtete noch einmal die Skizzen, dann stellte sie die Limonadenflasche auf der Werkbank ab. »Ich sollte dich lieber arbeiten lassen. Das hier ...« Sie machte eine vage ausholende Geste. »Das alles ist viel wichtiger ...«

»Als was?«

»Als ein dummes Picknick.«

Sanft zog er sie zu sich heran, bis sich ihre Körper leicht berührten, und legte seine Arme um sie. »Ein Picknick ist niemals dumm, schon gar nicht, wenn du dabei bist.«

»Aber ich halte dich von der Arbeit ab.«

»Kann sein. Na und?«

»Das kommt mir irgendwie nicht richtig vor. Du bist ein Künstler, und ich habe kein Recht, mich hier hineinzudrängen.«

»Wenn ich es recht bedenke, habe ich dich doch wohl eher hier hineingezogen, oder?« Er strich ihr mit den Fingerspitzen über den Wangenbogen und spürte, wie sie ganz leicht erschauerte. »Außerdem bin ich zwar ein Künstler, das mag sein, aber ich bin auch ein Mann. Und zwar einer, der ziemlich von einer gewissen hübschen Hundetrainerin eingenommen ist. So sehr übrigens, dass er durchaus gerne mal eine Pause von seiner Kunst einlegt, um sich etwas anderem zu widmen, was ihm gerade sehr erstrebenswert erscheint.«

»Und was wäre das?« Ihre Stimme klang ein ganz klein wenig gepresst.

Lächelnd senkte er seine Lippen auf ihre. »Das hier zum Beispiel.« Er genoss das warme prickelnde Gefühl, dass ihn durchrieselte, als er den Kuss intensivierte. Christina kam ihm – ohne zu zögern – entgegen, öffnete sogar einladend die Lippen. Dieser Aufforderung konnte er unmöglich widerstehen. Sein Pulsschlag nahm rasant an Geschwindigkeit auf, als sich ihre Zungen zu einem neckenden Tanz fanden. Ohne darüber nachzudenken ließ er seine Hände unter ihr enges Shirt wandern, schob es ein wenig nach oben, strich erst sachte, dann zunehmend begehrlicher über die warme glatte Haut ihres Rückens. Er spürte den leise gurrenden Ton in ihrer Kehle mehr, als er ihn hörte. »Meine Hände sind ein bisschen rau«, flüsterte er gegen ihren Mund. »Tut mir leid.«

»Muss es nicht.« Ihre Stimme war nur ein Hauch auf seinen Lippen. »Es fühlt sich gut an«, fügte sie noch hinzu, ehe sie sie wieder mit den ihren verschloss. Sie nestelte ebenfalls an seinem schwarzen T-Shirt, zog es aus dem Bund seiner Jeans und schob ihre Hände darunter.

Ben erschauerte wohlig und spürte, wie sich seine Erregung allmählich steigerte. Instinktiv zog er Christina fester an sich, genoss ihre weichen Rundungen an seinen Muskeln und ihren blumigen weiblichen Duft, der ihm intensiv in die Nase stieg und seine Sinne herrlich benebelte.

Er konnte sich nicht entsinnen, dass eine Frau ihn schon einmal vom ersten Moment an so voll und ganz in ihren Bann gezogen hatte. Die Lust auf ein erotisches Abenteuer mit ihr war bereits in ihm aufgestiegen, als er sie an jenem Tag auf dem Hundeplatz gesehen hatte. Christina entsprach so genau seinen Vorstellungen von einer schönen, eigenwilligen und vor allen Dingen eigenständigen Frau, wie es überhaupt nur möglich war. Sie wusste genau, was sie wollte und was sie anstellen musste, um es zu bekommen. Dabei schien sie jedoch in keiner Weise von sich selbst eingenommen zu sein, sondern im Gegenteil erfrischend bodenständig und zurückhaltend genug, um ihm das Gefühl zu geben, die Dinge zu lenken, auch wenn er sich nicht sicher war, ob das tatsächlich zutraf. Vielmehr fühlte er sich gerade jetzt von seinen Empfindungen und einem berauschenden Hormoncocktail in seinem freien Willen stark eingeschränkt.

Es störte ihn jedoch kein bisschen. Im Gegenteil, Christina schien genau das zu sein, was ihm in seinem selbst verordneten Arbeitsexil zur Vollendung seiner Zufriedenheit und seiner Kreativität noch gefehlt hatte. Sie forderte nichts – zumindest bisher nicht –, was er nicht bereitwillig zu geben bereit war, und wenn er das, was sie über sich selbst erzählt hatte, richtig einschätzte, würde es auch so bleiben. Ja, wirklich, Christina war genau das, was er im Moment brauchte, und wenn er das umgekehrt auch für sie sein konnte, wollte er verdammt sein, wenn er die Gelegenheit nicht ergriff.

Widerstrebend löste er seine Lippen von Christinas und lächelte schelmisch, wenn auch etwas atemlos. »Grundsätzlich habe ich zwar nichts gegen einen Quickie auf der Couch, aber dazu ist mir unser erstes Mal ehrlich gesagt zu schade. Wir sollten uns also gut überlegen, ob wir an dieser Stelle weitermachen oder lieber noch ein klein wenig die Vorfreude genießen.« Sein Körper protestierte vehement gegen diesen Vorschlag, doch seine romantische Ader befahl ihm, Christina wenigstens ein klein wenig aus seiner festen Umarmung zu entlassen.

Sie seufzte, und es klang gleichzeitig frustriert und erheitert. »Wahrscheinlich hast du recht.« In ihre Augen trat ebenfalls ein schalkhafter Ausdruck. »Wehe, wenn sich das Warten nicht lohnt!«

Ein wohlig heißer Stich durchfuhr ihn. »Das wird es, ich verspreche es dir.« Rasch hauchte er ihr noch einen kurzen Kuss auf die Lippen, bevor er sie ganz freigab. »Ich habe nämlich auch eine Liste.«

»Ach ja?«

»Oh ja, eine mit lauter Dingen, die ich gerne mit dir anstellen möchte. Ich bin fest entschlossen, sie Punkt für Punkt abzuarbeiten.«

Sie schmunzelte und zog dabei die Augenbrauen nach oben. »Das klingt anstrengend.«

»Aber nur im angenehmsten Sinne des Wortes. Warte es ab.«

»Mir wird wohl nichts anderes übrig bleiben.« Sie trat erneut an die Werkbank und nahm einen weiteren tiefen Zug aus der Limoflasche. »Warst du eigentlich schon mal oben?«

Er zog leicht die Stirn in Falten. »Wo oben?«

Sie deutete auf die hohe Decke der Lagerhalle. »Im Obergeschoss.«

»Kurz.« Er hob die Schultern. »Leere Büroräume, eine riesige Freifläche und jede Menge Staub. Für mich reicht das Erdgeschoss vollkommen aus.«

»Wir haben da oben mal eine Party gefeiert.« Christina stellte die Flasche wieder ab und ging zu der breiten Treppe, die neben der Eingangstür nach oben führte. »Genauer gesagt hat Lars dort seinen fünfundzwanzigsten Geburtstag gefeiert. Das war vielleicht ein Happening, sage ich dir! Mit Liveband und Cocktailbar ... Gott, war mir am nächsten Tag schlecht!« Kichernd stieg sie die Stufen hinauf.

Solche Geschichten waren interessant, da wollte Ben nichts verpassen. Also folgte er ihr.

Oben angekommen sah sie sich überall neugierig um. »Seitdem war ich nicht mehr hier. Lars' Vater hat eine Weile später das Lagerhaus an den Branstätter vermietet. Das ist der Bauer, der bis vor Kurzem seine Maschinen hier untergestellt hatte.« Sie hielt inne, dann rannte sie zu einem der riesigen Fenster, die zur Seeseite hinausführten. »Sieh dir das an!« Lachend hielt sie eine bunte Lichterkette hoch, die unterhalb des Fensterbretts an einem Nagel hing. »Die ist wohl noch von damals übrig geblieben.«

»Die hier anscheinend auch.« Ben war ihr gefolgt und tippte mit der Fußspitze gegen eine leere Chipstüte am Boden.

»Entweder das – oder einer von Branstätters Söhnen hat sich hier oben ein Liebesnest eingerichtet. Lachend bückte Christina sich und hob mit spitzen Fingern eine leere Kondomschachtel an, warf sie aber gleich wieder auf den Boden zurück.

»Hier oben?« Ben drehte sich einmal um die eigene Achse. »Wenig romantisch, oder? Und kein bisschen bequem.«

»Stimmt, ein bisschen kahl ist es schon.« Sie lachte. »Aber dafür hat man eine atemberaubende Aussicht.« Mit dem Kinn deutete sie auf die Fenster. Das Gebäude war hoch genug, dass man problemlos über den Rand des Deiches hinwegsehen konnte, und für einen langen Moment bewunderten sie beide den Blick auf die sonnenbeschienene Nordsee.

Das Wasser glitzerte hellgrau und schwappte in ruhigen, gleichmäßigen Wellen ans Ufer. Möwen sausten in fröhlichen Kapriolen vor den Fenstern hin und her, und die Spaziergänger auf dem Deich, die Touristengrüppchen und die Sonnenanbeter auf den sattgrünen Liegewiesen verbreiteten heiteres Urlaubsflair.

»Wäre es nicht wunderbar, so einen Ausblick von seinem Wohnzimmer aus zu haben? Der Blick von der gegenüberliegenden Fensterfront ist auch nicht zu verachten. Man kann über Lichterhaven hinwegsehen und sogar beobachten, was sich am Hafen tut.« Lachend wandte Christina sich ab. »Auf dem Dach haben wir übrigens damals auch gefeiert. Mal sehen, ob die Tür noch aufgeht.«

Ein wenig seitlich versetzt von der Treppe, die aus dem Erdgeschoss heraufführte, gab es einen weiteren Aufgang, der oben an einer einfachen Stahltür mit Riegel endete.

»Verrostet«, stellte Christina fest, ging einen Schritt zurück und trat beherzt mit dem Fuß gegen den Riegel, bis er sich knirschend löste.

Eine angenehm warme Brise empfing sie, als sie das Dach betraten, auf dem es nichts gab außer einem klobigen alten Schornstein und einer brusthohen massiven Brüstungsmauer, die das Dach von allen vier Seiten umgab.

»Hier oben hat die Band gespielt, und wir haben uns die Füße wund getanzt.« Langsam überquerte Christina die große Freifläche und bewunderte dann von der Brüstung aus die Aussicht. »Komisch, ich hatte das alles gar nicht mehr so toll in Erinnerung. Vielleicht, weil die Party abends stattfand und es dunkel war.«

»Oder weil du im Suff nichts wahrgenommen hast«, witzelte Ben.

»Kann auch sein.« Sie lachte. »Hey, ich war gerade mal neunzehn, da darf man sich auf einer Party ruhig mal die Kante geben.«

»Stimmt, habe ich auch öfters getan.« Er grinste. »Bis ich gemerkt habe, dass man halbwegs nüchtern mehr Erfolg bei den Mädels hat.«

»Klar, wer will schon mit einem Besoffski das Bett teilen? Da muss man ja Angst haben, dass er einem das Schlafzimmer vollkotzt.« Immer noch kichernd drehte sie ihr Gesicht der Sonne entgegen und schloss für einen Moment die Augen.

Ben nutzte die Gelegenheit, trat hinter sie und legte seine Arme um sie. Auch wenn er wirklich vorhatte, den Sex auf später zu verschieben, hatte er doch das dringende Bedürfnis, diese wunderbare sexy Frau nah bei sich zu spüren. Als sie sich ohne zu zögern mit dem Rücken gegen seine Brust lehnte, küsste er sie aufs Ohr, dann auf die Wange und ließ seine Lippen bis hinunter in ihre Halsbeuge wandern.

Christina seufzte leise und legte ihre Hände auf seine Arme, dann blickten sie erneut für eine Weile gemeinsam auf die Nordsee hinaus. Der Himmel war so gleißend blau, dass es beinahe in den Augen wehtat. Lediglich weit hinten am Horizont waren ein paar winzige weiße Wölkchen zu sehen.

»Es wird Regen geben«, murmelte Christina. »Vielleicht sogar Gewitter.«

»Unsinn, das Wetter ist perfekt, und im Wetterbericht sagen sie, dass es noch ein paar Tage so bleiben wird.«

»Glaub mir, ich lebe hier seit meiner Geburt. Es wird regnen. Vielleicht noch nicht heute, aber lange dauert es nicht mehr. Die Luft ist viel zu klar, alles wirkt so nah und greifbar.«

»Wenn du es sagst.« Er konnte das Lachen in seiner Stimme nicht ganz verbergen. Ganz überzeugt war er nicht.

Mit gespielter Empörung drehte Christina den Kopf, bis sie ihm ins Gesicht sehen konnte. »Du glaubst mir nicht? Dann wart nur ab, bis das Unwetter dich eiskalt erwischt. Aber behaupte hinterher nicht, ich hätte dich nicht gewarnt.«

Schmunzelnd küsste er sie. »Von mir aus kann es stürmen und schneien. Ich mag Unwetter.«

»Hast du schon mal eines mit Sturmflut an der Küste erlebt?«

»Nein, aber ich bin schon sehr gespannt darauf.«

»So kann auch nur ein unwissender Tourist reden.« Sie kuschelte sich wieder an ihn. »Du müsstest mal mit meinem Bruder Alex sprechen. Der ist bei der freiwilligen Feuerwehr und bei Unwettern schon häufig im Einsatz gewesen. Das ist kein Zuckerschlecken, sag ich dir.«

»Das glaube ich gerne. Aber solange so ein Unwetter keine Schäden anrichtet, finde ich es faszinierend … ganz besonders, wenn man einen heimeligen Platz hat, an dem man es beobachten kann. Bist du auch bei der freiwilligen Feuerwehr?«

Überrascht drehte sie ihm erneut den Kopf zu. »Wie kommst du darauf?«

»Weil du der Typ Frau bist, dem ich so etwas zutraue.«

»Ich habe tatsächlich mal den Grundkurs gemacht, als ich sechzehn war. Danach war ich gut drei Jahre aktiv bei der Truppe, aber dann habe ich meine Ausbildung angefangen und war drei Jahre lang mehr in Cuxhaven als hier. Also habe ich mich als inaktives Mitglied eintragen lassen. Inzwischen kümmere ich mich oft um Leute, deren Hunde bei Gewittern Angst haben, mache spezielle Kurse mit ihnen oder Hausbesuche, wenn ich weiß, dass sie Unterstützung brauchen.«

»Das ist aber ein hoher Einsatz.«

»Ich sehe es als Service, und die Tiere sind mir wichtig. Es ist nicht einfach, mit einem ängstlichen Hund umzugehen, zumal er merkt, wenn sein Herrchen sich auch nicht ganz wohlfühlt. Dadurch fehlt mir aber die Zeit für den Feuerwehrdienst, der sich hier nämlich wirklich hauptsächlich auf die Hilfe bei Unwettern beschränkt, deshalb habe ich meinen inaktiven Status nie wieder geändert. Zum Glück ist unsere Truppe groß genug, und an Nachwuchs mangelt es auch nicht, sodass sie gut auf mich verzichten können.«

Er nickte verständnisvoll und merkte gleichzeitig, wie seine Bewunderung für Christina noch wuchs. »Ich war immer zu unzuverlässig für solche Jobs. In Köln gibt es sowieso eine Berufsfeuerwehr, aber selbst wenn dem nicht so wäre ... Wie du weißt, vergesse ich einfach alles andere, wenn ich in einer Schaffensphase bin. Das wäre bei so etwas wie der Feuerwehr wohl fatal.«

»Allerdings.«

»Aber ich tue mein Mindestes und spende immerhin regelmäßig für diverse soziale Einrichtungen, Hilfsprojekte und so.«

Sie lächelte ihn an. »Sehr löblich. Darüber freuen sich die betreffenden Einrichtungen ganz sicher. Finanzielle Unterstützung ist nicht zu unterschätzen.«

»Ich hoffe es.«

Ihre Miene wurde wieder ernst. »Hat Boss eigentlich Angst vor Gewitter oder generell lauten Geräuschen? Schüssen zum Beispiel oder Silvesterknallern?«

Überrascht hielt er inne. »Keine Ahnung. Wir waren bisher noch in keiner brenzlichen Situation.«

»Dann solltest du ihn, wenn es so weit ist, unbedingt genau beobachten. Er wirkt zwar eher wie der große Macker, der vor nichts Angst hat, aber genau solche Hunde sind oft die sensibelsten.«

»Und was mache ich, wenn er Angst bekommt?«

Christina drehte sich in seinem Armen um. »Tu, als wäre alles ganz normal. Komm auf keinen Fall auf die Idee, ihn zu trösten oder zu verhätscheln. Das verstärkt seine Furcht nur, weil du ihm damit Aufmerksamkeit und Bestätigung lieferst. Stattdessen könntest du versuchen, ihn abzulenken, zum Beispiel mit einem Spiel. Falls das nicht funktioniert, gib mir Bescheid, dann überlegen wir uns gemeinsam etwas. Es gibt ein paar gute Wege, Hunden ihre Angst vor lauten Geräuschen wenigstens teilweise, manchmal sogar ganz, abzugewöhnen. Das braucht aber Zeit und Ausdauer ... und viel Geduld.«

»Ich werde daran denken.«

»Aber du glaubst mir noch immer nicht, dass das Wetter umschlagen wird.«

»Doch, absolut«, versuchte er zu versichern, doch er merkte selbst, dass er die Ironie in seiner Stimme nicht verbergen konnte. Spielerisch zupfte er an einer ihrer Haarsträhnen. »Apropos Boss – wir sollten unbedingt nach ihm sehen, bevor er unten noch die Halle zerlegt. Und außerdem wäre es vielleicht besser, wenn wir uns allmählich auf den Weg zum See machen, findest du nicht auch? Andernfalls komme ich in Versuchung, doch noch die Couch unten einzuweihen.«

***

Zum ersten Mal, seit Christina die Hundeschule eröffnet hatte, verfluchte sie ihren vollgepackten Arbeitsplan aus tiefstem Herzen. Ben hatte Kai Sörensen, den jungen Besitzer des Restaurants *Seemöwe* und des Bistros *Möwennest*, dazu überredet, ihnen höchstpersönlich ein regelrechtes Gourmet-Picknick an den Seerosenteich zu liefern. Mit festlich gedecktem Tisch, Leinenservietten und den feinsten Spezialitäten aus seiner Küche.

Im ersten Moment hatte sie Ben für verrückt erklärt, sich jedoch der Romantik dieser Geste dann doch nicht entziehen können. Sogar weiße und rote Rosen hatten in einer schlanken Vase auf dem Tisch gestanden!

Damit Boss sich nicht vernachlässigt fühlte, hatte er einen Napf mit Futter, einen zweiten mit Wasser und einen besonders großen Kauknochen bekommen.

Fast anderthalb Stunden lang hatten sie geschlemmt, sich unterhalten, gelacht, geflirtet und einfach Spaß miteinander gehabt. Wenn die Pflicht sie nicht zur Arbeit zurückgerufen hätte, würden sie vielleicht jetzt noch dort sitzen, überlegte Christina, während sie die Trainingsutensilien des letzten Kurses aus der großen Kiste am Zaun klaubte und in den Schuppen trug.

Das Geschicklichkeitstraining mit ihrer Fortgeschrittenengruppe um neunzehn Uhr hatte sie nicht einfach absagen können, also war dem Date notgedrungen ein frühzeitiges Ende gesetzt worden. Ben hatte sie, ganz Gentleman, zurückbegleitet und den Vorschlag gemacht, entweder auf sie zu warten oder später noch einmal wiederzukommen. Allerdings war ihre winzige Wohnung irgendwie nicht der richtige Ort für das, was beide für den Abend im Kopf hatten. Da außerdem Christinas Aushilfen Carmen und Mario sich noch mit mehreren Freunden und ihren Hunden auf der großen Wiese treffen wollten, um den Vierbeinern Gelegenheit zum Spielen zu geben, was erfahrungsgemäß nicht gerade leise vor sich ging, hatte sie abgelehnt. Stattdessen hatte sie versprochen, ihn in Sybillas Haus zu besuchen, sobald die letzten Kursteilnehmer gegangen waren.

Vorher musste sie sich allerdings erst noch einmal umziehen. Für das Training war sie natürlich wieder in ihre Arbeitskleidung geschlüpft. Da sie dafür ohnehin noch einmal nach oben in ihre Wohnung musste, beschloss sie, noch rasch zu duschen. Als sie schließlich in frische Jeans und ihr rotes Shirt schlüpfte, fragte sie sich, ob es normal war, derart nervös zu sein, nur weil sie sich mit einem Mann treffen wollte.

Nun gut, genauer gesagt mit einen Mann, mit dem sie vorhatte, ins Bett zu gehen. Aber Himmel, sie war doch erwachsen und kein unerfahrenes Mädchen mehr! Es gab weder einen Grund für ihr heftiges Herzklopfen noch für das ständige Ziehen und Kribbeln in ihrer Magengrube. Wenn überhaupt, so versuchte sie sich ihre teenagerhafte Reaktion zu erklären, lag es daran, dass sie einfach schon zu lange abstinent gelebt hatte.

Kam man eigentlich in Sachen Sex aus der Übung, wenn man über drei Jahre keine Gelegenheit mehr dazu gehabt hatte? Ach was, sie machte sich bloß verrückt – für nichts und wieder nichts. Sex war eine angenehme Nebenbeschäftigung, wenn ein netter, attraktiver Mann zur Verfügung stand, und ganz bestimmt nicht verlernbar, genau wie Fahrradfahren.

Verliebt war sie in ihrem Leben noch nicht oft gewesen. Zuletzt während ihrer Ausbildung in einen Kollegen, mit dem sie auch ein gutes halbes Jahr zusammen gewesen war, bis er beschlossen hatte, dass sie ihm zu ehrgeizig war, und das, obwohl er selbst nicht weniger zielstrebig darauf hingearbeitet hatte, sich eine eigene Hundeschule aufzubauen. Allerdings am anderen Ende von Deutschland, und da weder er noch sie bereit gewesen waren, von ihren Plänen oder ihrem Heimatort Abschied zu nehmen, war die Beziehung gescheitert.

Im Nachhinein sah Christina ein, dass die Liebe wohl doch nicht allzu groß gewesen sein konnte, denn sonst hätten sie eine Lösung oder einen Kompromiss gefunden. Doch genau da lag vermutlich das Problem: Sie war nicht bereit, Kompromisse einzugehen, wenn es um ihren Lebenstraum ging. Auch nicht für die Liebe. Nicht dass dieses Gefühl im Moment auch nur annähernd im Raum stand. Zwar erinnerte sie das Flattern in ihrer Magengrube gerade ziemlich eindringlich an die Zeit ihrer allerersten großen Liebe, damals, als sie gerade sechzehn gewesen war, aber das hatte überhaupt nichts zu bedeuten.

Sie schob diese nervöse Reaktion voll und ganz auf ihre lange Phase des Alleinseins. Es gab überhaupt keinen Grund, aufgeregt zu sein. Sie würden Spaß miteinander haben, das bezweifelte sie nicht, denn die körperliche Anziehung, die sie schon seit ihrer ersten Begegnung verspürt hatte und die stetig gewachsen war, sprach ja bereits eine eindeutige Sprache.

Sie sollte also aufhören, sich von dummen Gedanken irritieren zu lassen, und sich stattdessen auf den Weg machen. Noch war es hell, auch wenn die Sonne schon bald untergehen würde. Sie tupfte sich ein wenig von ihrem Lieblingsparfüm hinter die Ohrläppchen, stopfte rasch noch das Päckchen Kondome, das sie neulich in weiser Voraussicht gekauft hatte, in ihre kleine, bunt bestickte Umhängetasche, schnappte sich ihre blaue Windjacke und schloss die Haustür hinter sich ab. Carmen und Mario winkten ihr von der Hundewiese aus zu, und sie hob ebenfalls kurz die Hand.

Bis zum Kastanienweg war es nicht weit, dennoch brauchte sie länger als gedacht, denn das warme Sommerwetter hatte die Lichterhavener aus ihren Häusern gelockt. Die meisten hielten sich in ihren Gärten oder Vorgärten auf oder machten noch einen späten Spaziergang. Sie traf unzählige Bekannte, die offenbar alle nichts Besseres zu tun hatten, als mit ihr ein Gespräch anzufangen. Mehrmals musste sie sich mit einer Ausrede loseisen, und ein Blick auf ihr Handy verriet, dass es bereits kurz nach neun war. Viel später, als sie vorgehabt hatte.

Auf Höhe des Bauernhofs der Familie Dennersen machte sie einen weiteren Stopp, weil die vierzehnjährige Lynn dort mit ihrer achtjährigen Schwester Celeste Federball spielte und sie beinahe von einem scharf fliegenden Matchball getroffen worden wäre. Lachend fing sie ihn gerade noch ab, bevor er auf Tuchfühlung mit ihrer Brust gehen konnte.

»Hey, ihr schießt aber scharf!«

»Sorry, Chris.« Die blonde Vierzehnjährige ließ ihren Schläger fallen und rannte auf sie zu. »*Mea culpa.*«

Chris reichte ihr grinsend den Federball. »Du sprichst Latein? Wie vornehm.«

»Cool, was? Ich hab ab nächstes Jahr Latein in der Schule und schon mal ein bisschen geübt.«

»Wie vorbildlich.«

»Das macht sie nur, weil der Andreas auch in der Lateinklasse ist und weil der schon Latein kann und sie verliebt in ihn ist.« Celeste, ebenso blond und hübsch wie ihre ältere Schwester, kicherte, als sie ebenfalls näher kam. »Hallo Chris!«

»Hallo Celeste.« Christina nickte dem kleinen Mädchen zu, dann wandte sie sich wieder an Lynn. »Stimmt das? Du lernst Latein wegen eines Jungen?«

»Nö, gar nicht.« Lynn wurde rot bis an den Haaransatz. »Na ja, vielleicht schon ein bisschen. Aber schon auch für mich selbst. Ich will doch mal Ärztin werden, und da muss man total gut Latein können.«

»Vielleicht kann Luisa dir ja helfen, falls du mal Probleme hast.«

»Würde sie das machen?«

»Bestimmt. Frag sie einfach. Aber vielleicht bist du ja auch ein Naturtalent.«

»Englisch kann ich jedenfalls total gut – und Französisch auch. Mama sagt, ich hätte das Talent für Sprachen von ihr geerbt. Sie war ja mal Flugbegleiterin und hat ganz viele Länder besucht und musste deswegen ganz viele Sprachen können, als sie noch jünger war.«

»Stimmt, sie erzählt oft, wie viel sie in der Welt herumgekommen ist.«

»Und dann hat sie Papa geheiratet und ist hier in Lichterhaven geblieben.« Celeste lächelte breit. »Hier ist es auch viel schöner als überall auf der Welt.«

»Das weißt du doch gar nicht.« Lynn sah kopfschüttelnd

auf ihre kleine Schwester hinab. »Du warst doch noch nirgendwo.«

»Doch, war ich wohl. Ich war schon in Cuxhaven und in Hamburg, und einmal sind wir mit der Fähre nach Dänemark gefahren. Das weißt du doch noch!«

Lynn lächelte das herablassende Lächeln der älteren Schwester. »Das ist doch noch gar nichts. Die Welt ist viel größer, und es gibt sooo viel zu sehen. Ich will mal viel reisen, wenn ich erwachsen bin, und alles sehen, was man nur sehen kann.«

»Ich nicht. Mir gefällt es hier«, beharrte Celeste.

»Du bist ja auch noch viel zu klein, um das beurteilen zu können.«

»Bin ich gar nicht!« Celeste funkelte Lynn an, wandte sich dann aber erstaunlich friedfertig wieder an Christina. »Kommst du uns besuchen? Mama ist noch im Stall, weil heute irgendwann noch ein Kälbchen geboren wird.«

»Nein, ich komme hier nur zufällig vorbei.«

»Zufällig?« Lynn musterte sie mit dem Kennerblick eines modebewussten Teenagers, dann trat sie einen Schritt näher und schnüffelte leicht. »Du hast ein total hübsches Shirt an und saubere Jeans, und du hast Parfüm drauf. Und die Tasche hast du sonst auch nicht dabei. Gehst du zu einem Date?« Ihre Miene hellte sich auf. »Vielleicht zu Herrn Brungsdahl?«

Christina räusperte sich. »Zufällig ... ja.«

»Der ist total nett und sieht sooo was von gut aus!« Schwärmerisch verdrehte Lynn die Augen.

»Biste in den auch verliebt?« Celeste kicherte wieder. »Lynnie ist verliehiebt, Lynnie ist verliehiebt. Das erzähle ich Andreas, dann wird der aber tierisch eifersüchtig.«

»Halt die Klappe, du Hühnchen!« Lynn knuffte ihre Schwester gegen den Arm. »Ich bin überhaupt nicht in Herrn Brungsdahl verliebt. Der ist doch viel zu alt für mich. Aber geil ... ähm, toll sieht er schon aus.« Sie errötete wieder leicht und warf den Federball in die Luft, fing ihn aber nicht auf, sodass er auf dem Boden landete. »Hast du echt ein Date mit ihm, Chris? Ist ja cool. Bist du schon aufgeregt?«

Christina schmunzelte. »Ein bisschen.«

»Warum holt er dich denn nicht zu Hause ab?«, mischte Celeste sich wieder ein. »Mama sagt, dass ein Mann die Frau ruhig immer abholen und ihr die Tür aufhalten sollte und so, weil das alte Schule ist und total romantisch.«

Christina lachte. »Alte Schule? Ja, kann sein, aber die Frau von heute darf auch mal selbst die Initiative ergreifen. Außerdem wären wir ja sowieso hierhergekommen, also kann er sich den Weg doch auch sparen, findest du nicht?«

»Ja, kann sein.« Celeste zuckte mit den Achseln. »Sein Hund ist toll. Total groß, aber ganz lieb. Ich durfte ihn gestern mal streicheln, das hat ihm gefallen. Aber er gehorcht noch nicht so richtig gut. Bringst du ihm das bei?«

»Ich tue mein Bestes.«

»Celeste, Lynn, kommt mal langsam rein.« Lieselotte Dennersen, Elkes Schwiegermutter, war aus dem Haus getreten und winkte fröhlich. »Lynn, deine Mutter hat gebeten, dass du ihr im Stall hilfst. Und Celeste, du musst allmählich ins Bett.«

»Menno.« Celeste zog einen Flunsch. »Aber nur, wenn Mirko auch ins Bett muss. Der ist nämlich jünger als ich.« Sie wandte sich an Christina. »Sechs Minuten!«

»Mirko liegt schon in den Federn. Und du hoffentlich auch, bevor ich bis drei zähle.« Liselotte kam langsam näher. »Hallo Christina, dich habe ich ja schon eine Weile nicht mehr gesehen. Wie geht es dir?«

»Sie ist aufgeregt, weil sie ein Date mit Herrn Brungsdahl hat.« Lynn kicherte und zwinkerte Christina zu. »Viel Spaß!«

Verlegen räusperte sich Christina, denn die Miene, die das

Mädchen zog, bevor sie mitsamt den Federballschlägern von dannen zog, war für eine Vierzehnjährige schon eindeutig sehr wissend.

Celeste nahm den Federball vom Boden und trollte sich ebenfalls. Lieselotte blickte den Mädchen schmunzelnd nach, dann musterte sie Christina neugierig. »Du bist mit dem großen Künstler zusammen?«

Christina seufzte. »›Zusammen‹ ist zu viel gesagt. Wir treffen uns hin und wieder ... Eigentlich heute zum ersten Mal offiziell.«

»Na, das ist doch mal eine nette Neuigkeit. Da hat er ja gleich Familienanschluss. Ich dachte schon, wie einsam er sich fühlen muss, so ganz allein in Sybillas Haus, kennt niemanden in Lichterhaven, und eine Frau oder Freundin scheint er ja auch nicht zu haben.« Sie lächelte vielsagend. »Bis jetzt jedenfalls. Da hast du dir ja einen hübschen Fisch geangelt.«

»Also davon kann überhaupt keine Rede sein«, wehrte Christina entschieden ab. »Wie gesagt, wir sind kein Paar oder so was, sondern einfach nur ...«

»Ein Urlaubsflirt?«

»Ja, so was in der Art. Nur dass Ben hier nicht im Urlaub ist, sondern um zu arbeiten.«

»Und du hältst ihn jetzt ein bisschen davon ab.« Lieselotte schmunzelte verständnisvoll. »Dann wünsche ich dir viel Vergnügen dabei. Grüß ihn von uns, und erinnere ihn daran, dass er uns Bescheid geben soll, wenn er etwas von der ersten frischen Erdbeermarmelade haben möchte. In zwei Wochen ungefähr geht es los, und wir nehmen schon Vorbestellungen entgegen.«

»Ich sag's ihm.« Unauffällig schielte Christina erneut auf die Uhr ihres Handys.

»Ich sehe, du hast es eilig. Ich muss auch wieder rein und nachsehen, ob die Zwillinge wirklich im Bett liegen. Die bringen es fertig und stellen das Haus auf den Kopf, wenn man nicht aufpasst wie ein Luchs.« Lieselotte ging über den Hof zurück zur offen stehenden Haustür und winkte Christina noch einmal zu, bevor sie darin verschwand.

Christina atmete erleichtert auf, verspürte aber prompt erneut das Kribbeln und Ziehen in der Magengrube, von dem sie gehofft hatte, es hätte sich verdünnisiert. Also schimpfte sie die letzten knapp einhundert Meter innerlich mit sich selbst und war dadurch so abgelenkt, dass sie regelrecht erschrak, als Boss sie mit den Vorderpfoten auf dem Gartentörchen und weit heraushängender Zunge begrüßte.

Hallo Christina, das ist ja eine Überraschung. Kommst du uns besuchen? Wie schön. Ja, wirklich, ich freue mich, dich zu sehen. Komischerweise jedes Mal mehr. Ob das gefährlich ist? Ich meine, ich will mich ja eigentlich nicht mit einem Menschen anfreunden, aber bei dir könnte ich echt eine Ausnahme machen, und das sogar, obwohl du Ben lauter Tricks beibringst, mit denen er mich dazu bringt, auf seine Kommandos zu hören. Schon irgendwie irritierend, aber nicht so übel, wie ich ursprünglich dachte. Immerhin freut er sich immer total, wenn ich etwas richtig mache. Und so schlimm, wie ich anfangs dachte, ist er auch nicht. Man kann ganz gut mit ihm auskommen. Mit dir natürlich auch, also komm schnell herein und streichle mich ein bisschen. Das mag ich nämlich sehr. Und dann muss ich dir unbedingt etwas zeigen. Ben ist nämlich irgendwie ein bisschen seltsam. Er liegt auf einer Decke auf dem Boden mitten im Garten! Ja, genau, komm mal mit, und schau dir das an. Bis eben habe ich sogar mit ihm dort gelegen. Na ja, nicht auf der Decke, das war mir dann doch ein bisschen zu unheimlich. Ich meine, ich kann ja nicht einfach so neben ihm ... Das ist sein Territorium, und ich will schließlich auch nicht, dass er meins belagert. Er meinte zwar, es wäre okay, wenn ich mich zu ihm lege, aber ich bin doch lieber in sicherer Entfernung auf dem Gras geblieben. Obwohl, wenn ich näher bei ihm gewesen wäre, hätte er mich vielleicht noch mal so gestreichelt wie neulich. So wie du jetzt. Haaach, ich bin ja so ein schwaches Geschöpf, aber das tut einfach soooo guuut! Jiff!

Christina lachte über die wohligen Geräusche, die Boss von sich gab. Fast klang es, als rede er mit ihr. »Na, mein Großer, was machst du denn hier? Gehst du auf Wachpatrouille?«

Wenn du es so nennen möchtest. Einer muss es ja tun.

»Was erzählst du mir denn da alles?« Grinsend ließ sie es zu, dass Boss ihr über die Wange leckte. »Du bist ja mindestens genauso charmant wie dein Herrchen.« Sie betrat das Grundstück und schloss das Törchen wieder sorgfältig.

Super, du bist endlich drin, jetzt komm mal mit. Du musst Ben unbedingt sehen!

»Nanu, was ist denn los, willst du mir etwas zeigen?« Überrascht folgte Christina dem Hund, nachdem er sie zweimal eifrig umkreiste und anstupste und dann ein paar Schritte vorauslief, erneut stehen blieb und über die Schulter auffordernd zu ihr hochblickte.

»Ich komme ja schon.« Grinsend folgte sie Boss, der zielstrebig um das Haus herum in den Garten trabte. Abrupt blieb er mitten auf dem gemulchten Weg stehen und bellte einmal kurz und dunkel. Christina blieb ebenfalls stehen und lachte. »Na, das ist mal ein Anblick.«

»Hallo Christina.« Ben lächelte ihr zu. Er lag bequem auf einer Wolldecke ausgestreckt mitten auf dem frisch gemähten Rasen, die Arme hinter dem Kopf verschränkt. »Ich habe schon befürchtet, du würdest dich drücken.«

»Wovor?« Ihr wildes Herzklopfen und das immer heftigere Ziehen in ihrer Magengrube ignorierend, trat sie auf ihn zu und ließ sich neben ihm auf der Decke nieder.

Spontan zog er sie zu sich herab und küsste sie. »Davor zum Beispiel«, murmelte er gegen ihre Lippen.

»Dann wäre ich ja wohl schön blöd, oder?« Lächelnd streckte sie sich neben ihm aus.

Was jetzt, du auch? Und ich dachte, ihr Menschen sitzt lieber auf Stühlen oder auf der Couch. Na ja, mir soll es recht sein. Ich mache es mir vor der Terrassentür bequem. Von da aus habe ich einen guten Überblick, und außerdem kann dann niemand ins Haus, der da nicht hingehört. Meine Güte, hör sich das mal einer an. Ich klinge schon, als ob das hier mein Zuhause wäre. Ist es doch gar nicht. Aber egal, Fremde haben hier trotzdem keinen Zutritt, wenn sie mir nicht gefallen.

Mit einem leisen Schnaufen ließ sich Boss mitten in der Terrassentür nieder, legte den Kopf auf die Pfoten und blinzelte ein paarmal. Dann schloss er die Augen für ein kleines Nickerchen.

»Was machst du denn hier draußen? Sterne gucken?« Christina sah sich im bereits üppig blühenden Garten um.

Ben zog sie näher zu sich heran und schob seinen Arm unter ihren Nacken, sodass sie bequemer liegen konnte. »Lach nicht, genau das habe ich getan. Na ja, zumindest habe ich es versucht. Es ist noch nicht ganz dunkel genug, um wirklich etwas zu sehen. Aber der Abendstern funkelt schon ganz fleißig.« Er hob den freien Arm und deutete auf einen hell blinkenden Stern am allmählich dunkler werdenden Abendhimmel.

»Ich hätte dich gar nicht als jemanden eingeschätzt, der sich gerne den Sternenhimmel ansieht.« Mit einer Mischung aus Überraschung und Neugier sah sie Ben von der Seite an.

»Warum nicht? Ich tue das sehr oft und zu jeder Jahreszeit. Der Blick zu den Sternen erdet mich irgendwie. Er macht mir bewusst, wie klein und unbedeutend ich im Grunde bin. Wir alle.«

Christina schwieg verblüfft, ungefähr so fühlte sie sich auch meistens, wenn sie in den Himmel sah. Schließlich lächelte sie wieder. »Ich habe früher immer versucht, Sternbilder zu bestimmen. Aber ich kann mich anstrengen, wie ich will, mehr als den Großen Wagen und die Kassiopeia erkenne ich nie.«

»Mir geht es ähnlich.« Er drehte ihr das Gesicht zu, sodass sie seinen warmen Atem auf der Wange spüren konnte. Eine wohlige Gänsehaut breitete sich auf ihrem Körper aus. Nach einem langen Moment blickte er wieder nach oben. »Ich betrachte deshalb lieber die Milchstraße als Ganzes. Leider ist es jetzt noch zu früh, um sie erkennen zu können.«

»Wenn du so lange warten willst, sollten wir Jacken anziehen. Heute Nacht wird es bestimmt ziemlich kühl. Es ist noch zu früh im Jahr für richtig laue Sommernächte.«

Ben stemmte sich ein wenig hoch und stützte sich, ihr zugewandt, auf dem Ellenbogen ab. »Wenn ich ehrlich sein soll, schwebte mir eigentlich eher das Gegenteil vor.« Spielerisch zupfte er am Saum von Christinas Shirt und schob es ein Stückchen hoch, sodass er einen Streifen nackter Haut streicheln konnte. »Ich bin froh, dass du noch hergekommen bist.«

Unter der sanften Berührung seiner rauen Finger flatterte Christinas Bauchdecke ein wenig, ohne dass sie etwas dagegen tun konnte. »Dumm nur, dass spätestens morgen jeder Einwohner von Lichterhaven wissen wird, dass wir etwas miteinander haben.«

»Ist das so?« Seine Hand strich ganz allmählich höher.

Beinahe hätte Christina den Atem angehalten. »Ja, leider. Das sind die Freuden des Kleinstadtlebens. Jeder weiß alles von jedem, ob man will oder nicht. Ich bin eben Lynn und Celeste begegnet. Lynn schwärmt übrigens ein bisschen für dich.«

»Die große Blonde von Dennersens? Wie alt ist sie? Dreizehn?«

»Vierzehn.«

»Ein nettes Mädchen. Alle vier Kinder sind toll, finde ich. Die Zwillinge haben mir neulich frische Eier herübergebracht.«

»Lieselotte kam dann auch noch dazu«, erzählte Christina weiter. »Sie hat eine Antenne für den neuesten Tratsch, genau wie Elke. Dass ich auf dem Weg zu dir war, hätte sie vermutlich gewittert, wenn Lynn es ihr nicht erzählt hätte.«

»Und woher wusste die Kleine es?«

Sie lachte. »Weil ich so unvorsichtig war, ehrlich auf ihre Frage zu antworten.«

»Also bist du an dem Klatsch über uns selbst schuld.«

»Gewissermaßen. Stört dich das?«

Ben sah einen Moment schweigend auf sie herab. »Nein, kein bisschen. Wenn man sich fürs Arbeitsexil in eine Kleinstadt wie Lichterhaven flüchtet und sich dann auch noch entschließt, die hübscheste Hundetrainerin im Ort zu vernaschen, muss man wohl mit so etwas rechnen.«

Christina kicherte. »Du willst mich vernaschen?«

Grinsend hielt er ganz kurz vor ihrer Brust mit dem Streicheln inne. »Ich dachte, das wäre offensichtlich.« Seine Miene wurde wieder eine Spur ernster, als seine Finger am Bügel ihres BHs entlangfuhren.

Ihr Herzschlag war schnell und kräftig, und sie wusste, dass er ihn spüren konnte, als er sehr vorsichtig, fast schon zögernd, die Fingerspitzen über den dünnen Stoff des BHs wandern ließ. Eilig schien er es nicht zu haben, denn seine Hand verharrte dort, streichelte wie beiläufig, während sein Blick auf ihrem Gesicht ruhte.

Christinas Brustwarze zog sich unter der zärtlichen Berührung zusammen, und eine erneute Gänsehaut rann ihr Rückgrat hinab. »Und das willst du hier draußen tun?«

Er lachte leise. »Ursprünglich wollte ich mir hier nur die Zeit vertreiben, bis du da bist. Ich habe versucht, Boss dazu zu bewegen, sich zu mir auf die Decke zu legen, aber er war nicht ganz so entgegenkommend wie du. Er hat sich da vorn, etwa zwei Meter entfernt, ins Gras gelegt. Näher konnte ich ihn nicht locken.«

»Schade, das wäre gut für euch gewesen. Kontaktliegen stärkt die Bindung.«

»Ah ja? Dann sollte ich das mit dir definitiv noch viel intensiver tun.« Er rückte noch näher an sie heran, sodass sich ihre Körper auf ganzer Länge berührten.

»Zwischen Hund und Herrchen, wollte ich sagen.« Seine so unmittelbare Nähe und sein weiterhin ununterbrochenes zärtliches Streicheln machten es ihr zunehmend schwerer, ruhig und gleichmäßig zu atmen. Sie wusste für einen Moment nicht recht, wohin mit ihren eigenen Händen. Schließlich ließ sie ihre Rechte über seinen linken Arm hinaufgleiten, erspürte die weichen Härchen, die warme Haut und die harten Muskeln, die sich darunter wölbten. Ein wenig unwirklich kam ihr die ganze Situation vor, aber nur gerade so viel, dass sie es als reizvoll empfand. »Du solltest das häufiger machen.«

»Was, das hier?« Er umfasste sanft ihre Brust.

Sie lächelte. »Kontaktliegen mit Boss. Das ist ein wichtiges Mittel, um euch einander näherzubringen, eure Beziehung zu festigen.«

»Im Augenblick möchte ich lieber dir näherkommen und unsere Beziehung vertiefen«, raunte er, beugte sich zu ihr herab und berührte ihren Mund beinahe vorsichtig mit seinen Lippen. Die federleichte Berührung ließ ihr Herz stolpern. Beinahe automatisch schloss sie ihre Hand fester um seinen Arm. Sie kam ihm etwas entgegen, als der Kuss intensiver, leidenschaftlicher wurde. Ihre Zungen fanden einander und begannen einen erotischen Tanz, während seine Finger sich unter den Stoff ihres BHs schoben, um die weiche Haut darunter zu liebkosen.

Christina fuhr mit der Hand weiter nach oben bis unter den

Ärmel von Bens T-Shirt, ertastete seine muskulösen Schultern. Sie spürte, wie sich ihre Erregung immer weiter steigerte. Sie sehnte sich nach mehr, doch Ben machte keinerlei Anstalten, die Dinge zu beschleunigen. Im Gegenteil, er schien jeden Augenblick so lange wie möglich hinauszögern zu wollen. Nach einer Weile löste er sich wieder von ihr und lächelte leicht auf sie hinab. Im abnehmenden Licht des Abends wirkte sein Blick dunkel und geheimnisvoll. »Ich wette, die Sterne würden sich in deinen Augen spiegeln, wenn wir lange genug warten würden, bis sie richtig strahlen.«

Verblüfft und ein klein wenig amüsiert sah sie ihn an. »Verbirgt sich da in dir auch noch ein kleiner Poet?«

Sein Lächeln vertiefte sich. »Kann sein. Aber im Ernst, ich mag das Braun deiner Augen. Es ist so dunkel, dass es jetzt schon fast schwarz wirkt. Ein Stern könnte sich problemlos darin spiegeln.«

Ihr Herz holperte ein wenig. »Was für ein Unsinn!«, versuchte sie abzuwiegeln, denn seine Miene verriet, dass es ihm vollkommen ernst war. Es machte sie verlegen. »In meinen Augen hat sich noch nie ein Stern gespiegelt.«

»Vielleicht hat bloß noch nie jemand genau genug hingesehen, um es zu bemerken.«

Sie schluckte. Jetzt, wo sie wieder klar denken konnte, war sie plötzlich wieder nervös. »Warst du mit solchen Sprüchen schon mal bei einer Frau erfolgreich?«

»Nein.« Seine Lippen näherten sich ihr wieder. Er hauchte einen Kuss auf ihren Mundwinkel. »Was vielleicht damit zu tun hat, dass mir zuvor noch keine Frau begegnet ist, die solche wunderschönen Augen hat.«

»Der war gut.« Sie legte ihre Hand in seinen Nacken und zog seinen Kopf zu sich herab. »Hast du davon noch mehr auf Lager?«

»Mal sehen.« Mit einem schalkhaften Grinsen zog er seine Hand von ihrer Brust fort und streckte sich erneut neben ihr aus. »Wenn der Wind richtig steht und man ganz leise ist, kann man von hier aus die Wellen hören.«

Der Themenwechsel brachte Christina kurz aus dem Konzept, vor allen Dingen, weil sie seine Erregung deutlich spüren konnte. Dennoch lachte sie. »Das wird das Rauschen deines eigenen Blutes sein, was du da hörst. Wir haben jetzt Ebbe, da gibt es meilenweit keine Wellen.«

»Ich meinte ja auch nur allgemein. Ich habe ihm schon ein paar Mal gelauscht. Es stellt seltsame Dinge mit mir an. Ich frage mich jetzt schon, wie ich jemals ohne dieses Geräusch leben konnte.«

»Es hat etwas von Urlaubsfeeling«, stimmte Christina zu und wünschte sich, er würde mit dem Streicheln fortfahren. Doch anscheinend hatte er beschlossen, die Dinge noch länger hinauszuzögern. Eine seltsame Mischung aus Frustration und Vorfreude breitete sich in ihr aus.

Unvermittelt nahm er ihre Hand und begann, mit ihren Fingern zu spielen. »Ich dachte immer, ich sei durch und durch ein Stadtmensch, aber jetzt habe ich festgestellt, dass so eine Auszeit im Nirgendwo ziemlich viele angenehme Seiten hat. Mehr noch, als ich mir hätte träumen lassen.«

»Im Nirgendwo?« Empört hob sie den Kopf. »So fernab von aller Zivilisation ist Lichterhaven nun auch wieder nicht.«

»Doch, verglichen mit den Orten, an denen ich die letzten zehn Jahre verbracht habe, ist es das schon.« Er hob ihre Hand an seinen Mund und strich mit den Lippen leicht darüber. »Berlin, London, Mailand, Florenz, Rom, Paris, New York und dann das Ganze wieder von vorn. Zwischendurch immer wieder längere Phasen in Köln, aber dort verschanze ich mich die meiste Zeit in meinem Atelier, es sei denn, mein Manager schleppt mich zu seinen geliebten Partys, und das leider meistens auch noch in Serie.«

»Bist du deshalb hierhergekommen? Um den Partys zu entfliehen?«

»Hauptsächlich. Und weil mir Lichterhaven schon bei meinem ersten Besuch so gut gefallen hat. Ich hatte irgendwie das Gefühl, hier für eine Weile gut arbeiten zu können. Und ich hatte recht.«

»Wo arbeitest du denn, wenn du andauernd durch die Weltgeschichte reist?«

»Gar nicht oder in angemieteten Ateliers.« Er seufzte unterdrückt. »Das ist ziemlich anstrengend und noch dazu ein teurer Spaß. Lieber ist es mir, wenn ich über einen längeren Zeitraum an einem Ort leben und arbeiten kann. Was das angeht, habe ich vor allem in meiner Anfangszeit, als ich gerade begann, in dem Metier Fuß zu fassen, ein gewisses Nomadenleben geführt und bin von Ort zu Ort, Land zu Land gezogen. Immer für drei bis sechs Monate woanders. Dadurch habe ich einerseits viel von der Welt gesehen, hatte andererseits aber auch Gelegenheit, mich inspirieren zu lassen, und dann ausreichend Zeit, die Visionen vor Ort umzusetzen. Für den kommenden Herbst und Winter habe ich eine Reise nach Nordamerika geplant. Ursprünglich wollte ich die gesamte Zeit in einer Hütte in Nebraska verbringen, aber es kann auch sein, dass eine gute Freundin von mir ein Blockhaus in Kanada für mich bekommen kann. Es liegt in so einer Künstlerkolonie in Quebec. Weiter entfernt von der Zivilisation geht es, glaube ich, kaum, es sei denn, man möchte in den afrikanischen Busch oder an den Nordpol.«

»Das ist ja ziemlich weit weg«, stellte Christina fest und fragte sich, warum dieser Gedanke sie überhaupt beschäftigte. Wahrscheinlich, weil Ben und seine Arbeit sie so faszinierten und es sie interessierte, wie er sein Leben verbrachte.

»Entfernungen sind relativ, wenn man einen Plan hat. Ich schätze, ich bin immer noch auf der Suche nach dem idealen Arbeitsort, an dem mich die Inspiration nicht bereits nach kurzer Zeit wieder verlässt.« Er ließ ihre Hand los, legte sie stattdessen auf ihre Hüfte und zog sie enger in seine Arme. Sie bettete ihren Kopf an seiner Schulter, und erneut blickten sie zum nun fast ganz dunklen Himmel empor. Inzwischen waren deutlich mehr Sterne zu erkennen. Ben drehte ein wenig den Kopf. »Da ist der Große Wagen.«

Christina folgte seinem Blick und nickte leicht. »Und da drüben die Kassiopeia.« Sie zögerte einen Moment. »Wo hast du all deine Fertigkeiten überhaupt gelernt? Ich meine, du arbeitest mit Stein, Metall, Holz …«

»Manchmal auch mit Kunststoff oder Ton.«

»Und du malst. Andere Leute brauchen viele Jahre, um nur eines dieser Handwerke zu erlernen.«

»Ich habe schon früh viele Dinge ausprobiert und neben diversen Praktika eine abgeschlossene Steinmetzausbildung. Den Umgang mit Holz habe ich danach auf diversen Stationen bei Künstlern und Kunsthandwerkern erlernt.« Er lachte trocken. »Am schlimmsten waren die Kantenhocker.«

»Die was?« Stirnrunzelnd hob Christina den Kopf.

»Kantenhocker. Du weißt schon, diese kitschigen Figuren aus Holz, die man auf die Kanten von Regalen oder Fensterbrettern setzen kann und deren Beine dann meistens noch irgendwie herunterbaumeln.«

»Natürlich weiß ich, was Kantenhocker sind. Ich habe selbst welche in meiner Wohnung und im Büro auf der Fensterbank.«

»Ich weiß, ich habe sie gesehen.« Ben verzog das Gesicht. »Porzellanengelchen.«

»Meine Oma hat sie mir geschenkt, und ich liebe sie heiß und innig.«

»Deine Oma, hoffe ich.«

Sie kicherte. »Die Kantenhocker schon auch. Ein bisschen Kitsch muss ab und zu auch mal sein.«

»Nicht für mich. Ich kann diese Dinger nicht mehr sehen, seit ich sie ein halbes Jahr lang in Serie schnitzen musste. Damals machte ich ein Praktikum bei einem Holz verarbeitenden Betrieb, der auf Andenken und saisonalen Holzschmuck spezialisiert war. Zu deren Ehrenrettung muss man vielleicht sagen, dass die Dinger wirklich aufwendig hergestellt wurden. Anfangs musste ich die einfachen Ausführungen nur mit der Stichsäge ausschneiden, später durfte ich die hochwertigeren Figuren nach Vorlage schnitzen. Hundert-, nein, tausendfach! Damals habe ich mir geschworen, dass kein Mensch und nicht einmal eine Vision mich jemals wieder dazu verleiten werden, einen Kantenhocker zu schnitzen.« Er schüttelte sich übertrieben.

Christina lachte. »Na, zum Glück bist du inzwischen dein eigener Herr und kannst auf solche Folter verzichten.«

»Allerdings.«

»Trotzdem mag ich meine Kantenhocker.« Sie grinste breit. »Auch wenn ich damit Gefahr laufe, deine Achtung zu verlieren.«

»Haarscharf.« Er erwiderte ihr Grinsen. »Aber man sagt ja, dass Gegensätze sich anziehen, also …«

»Also?«

Unerwartet schwungvoll erhob er sich und zog sie mit sich auf die Füße. »Also würde ich vorschlagen, wir finden heraus, welche gegensätzlichen Eigenschaften wir noch haben, die sich möglicherweise ganz ausgezeichnet ergänzen.« Mit den Händen fuhr er ihre Arme hinab. »Du fühlst dich kühl an, vielleicht sollten wir lieber nach drinnen gehen.« Ohne auf ihre Antwort zu warten, nahm er sie bei der Hand und zog sie mit sich. Vor der Terrassentür blieb er stehen und blickte auf Boss hinab, der gähnend den Kopf hob. »He, du Schlafmütze, mach mal Platz.«

Hä? Wieso denn? Ihr könnt doch mit euren langen Beinen genauso gut über mich drübersteigen.

Christina schmunzelte. »Typisch Hund. Sie legen sich immer genau dorthin, wo man lang gehen will, damit man auf jeden Fall über sie drüberkraxeln muss.« Sie klatschte in die Hände. »Hopp, hopp, aufgestanden, Boss! Ab auf dein Kissen, da schläfst du doch viel bequemer.«

Das glaubst auch nur du. Aber gut, wenn es sein muss, stehe ich halt auf. Mit einem weiteren demonstrativen Gähnen, gefolgt von ausgiebigem Strecken sämtlicher Gliedmaßen, erhob Boss sich und ging hinüber zu seinem Kissen.

Und was habt ihr jetzt vor? Geht ihr schlafen? Moment mal, du auch, Christina? Du wohnst doch gar nicht hier. Das ist ja interessant. In dem Fall muss ich heute Nacht wohl doch ein bisschen genauer aufpassen. Ich mag dich ja, und das bedeutet, ich gebe auf dich acht. Wuff.

»Hat er dir gerade eine gute Nacht gewünscht?« Belustigt sah Ben seinem Hund zu, der sich, nachdem er ein kurzes Bellen in Christinas Richtung ausgestoßen hatte, mehrmals auf seinem Schlafkissen um sich selbst drehte und sich dann prustend fallen ließ.

Na, sicher habe ich das. Und jetzt lasst mich mal in Ruhe, ich muss mein Nickerchen von eben wieder aufnehmen. Aber keine Sorge, ich halte mit einem Ohr und einem Auge ständig Wache. Das geht hervorragend, auch wenn ich gerade ziemlich müde bin ... Boss gähnte noch einmal und schloss die Augen.

12. Kapitel

Nachdem Ben die Terrassentür verschlossen hatte, standen sie sich für einen Augenblick nur schweigend gegenüber. Christina war unschlüssig, wie sie sich verhalten sollte. Der emotionale Aufruhr in ihrem Inneren machte es ihr nicht leichter, einen klaren Gedanken zu fassen. Sie hatte sich bisher immer als selbstbewusste Frau gesehen, die genau wusste, was oder wen sie wollte. Nun aber fühlte sie sich erneut wie ein unerfahrener Teenager mit wildem Herzklopfen und ohne die geringste Ahnung, was sie erwarten würde.

Bevor die Stille allzu seltsam wurde, trat Ben auf sie zu und umfasste behutsam mit beiden Händen ihr Gesicht. Als er seinen Kopf zu ihr hinabneigte, war sein Blick noch dunkler und geheimnisvoller als zuvor. Sein Kuss war fast nur ein Hauch, ein neckendes Versprechen. Doch als sie ihm sofort entgegenkam, sich in seine Berührung hineinlehnte, wurde er rasch leidenschaftlicher, drängender. Das war es, was sie wollte. Damit konnte sie besser umgehen als mit der lockenden, fast zögernden Zärtlichkeit. Sie schlang ihre Arme um seinen Hals und stellte sich auf die Zehenspitzen, wollte ihm so nah wie möglich sein. Sogleich zog er sie fester an sich, und sie konnte spüren, dass er genauso erregt wie sie war.

»Nach oben?« Seine Stimme war nur ein heiseres Raunen, als sein Mund über ihr Kinn und ihren Hals bis zu ihrem Schlüsselbein hinab wanderte. Auf ihr Nicken hin nahm er sie erneut bei der Hand und führte sie die Holztreppe hinauf ins Obergeschoss.

Hier oben war sie schon länger nicht mehr gewesen. Als Melanie nach Lichterhaven gezogen war und sich in Sybillas Haus eingerichtet hatte, war Christina häufig hier zu Besuch gewesen. Dann hatten Alex und Melanie das Haus für Feriengäste hergerichtet, und seitdem hatte Christina nur noch selten hereingeschaut. Als sie dicht vor Ben das größere der beiden Schlafzimmer betrat, fiel ihr Blick auf das große Muschelbild, das über dem Kopfende des Doppelbetts hing.

Ben löste sich kurz von ihr, um eine der Nachttischlampen einzuschalten und die helle Deckenbeleuchtung zu löschen. Dann trat er von hinten dicht an Christina heran. »Ein interessantes Kunstwerk.«

Das war es wirklich. Aberhundert Muscheln waren auf einem großen Brett so festgeklebt, dass sich mehr oder weniger gewollt eine Herzform ergeben hatte. »Melanie hat es gebastelt, als sie neun oder zehn Jahre alt war.«

»Melanie Messner?« Ben stieß einen anerkennenden Pfiff aus. »Nicht schlecht. Es passt gut hierher.« Sanft drehte er Christina zu sich herum. »Allerdings gilt das für dich im Augenblick noch mehr.« Ohne Vorwarnung verschloss er erneut ihre Lippen mit seinen, fuhr mit der Zungenspitze über ihre Unterlippe, bis sie ihn bereitwillig einließ. Seine vorherige Zurückhaltung schien dahin. Er schob ihr Shirt nach oben, unterbrach kurz ihren Kuss und zog es ihr über den Kopf. Im nächsten Augenblick landete es bereits auf dem Boden, dicht gefolgt von ihrem BH.

Seine Hände schlossen sich fest um ihre Brüste. Die Schwielen an seinen Handflächen auf ihrer empfindlichen Haut verursachten ihr eine erregende Gänsehaut. Unzählige Empfindungen durchrieselten sie gleichzeitig.

Ihr Herz hämmerte gegen ihren Brustkorb, und als sich seine Lippen um ihre linke Brustwarze schlossen, schoss ein heißer

Strahl der Lust durch sie hindurch. Sie zerrte sein T-Shirt aus dem Bund seiner Jeans und fuhr mit beiden Händen darunter, begierig, seine warme glatte Haut zu berühren. Sie spürte, wie er erregt erschauderte und dann scharf einatmete. Mit einem hastigen Handgriff zog er sich das Kleidungsstück über den Kopf. Als sie jedoch gleich darauf nach dem Knopf seiner Jeans tastete, hielt er sie auf.

»Noch nicht.« Mit einer flinken Bewegung, die sie kaum voraussehen konnte, hob er sie hoch und legte sie auf der bunt gemusterten Tagesdecke ab, die über dem Bett ausgebreitet war. Lächelnd schob er sich neben sie. »Ich habe es nicht eilig.«

Christina hatte Mühe, ihre Ungeduld zu zügeln. Doch sie genoss es, mit welcher Ruhe und Zärtlichkeit Ben jeden Zentimeter ihres Gesichts und ihres Oberkörpers erforschte und mit Küssen bedeckte. Ihre Erregung und Anspannung schienen kaum noch zu ertragen, als er sanft mit den Lippen die Haut unterhalb ihrer Brüste berührte. »Hast du das auch auf deinen Reisen gelernt?«, stieß sie hervor und wunderte sich, dass ihre Stimme nicht noch viel mehr schwankte.

Überrascht hielt er für einen Moment inne und sah ihr in die Augen. »Wenn ich ehrlich sein soll, probiere ich gerade etwas vollkommen Neues aus.« Seine dunkle raue Stimme brachte sie erneut zum Erschauern. »Eigentlich hatte ich vorgehabt, dich so schnell wie möglich und ohne zu zögern mit Haut und Haaren zu verspeisen.« In seine Augen trat neben seine Erregung ein schalkhaftes Funkeln. »Aber das erscheint mir heute nicht richtig zu sein. Ich habe mehr mit dir vor.«

»So, hast du das?« Sie war sich nicht sicher, ob sie diese süße Tortur allzu lange durchhalten würde, ohne den Verstand zu verlieren. Plötzlich fiel ihr siedend heiß ein, dass sie ihre Umhängetasche unten vergessen hatte. »Mist.«

Grinsend hielt er erneut in seinen Liebkosungen inne. »Das war nicht ganz die Reaktion, die ich mir von dir erhofft hatte.«

Sie musste unwillkürlich lachen. »So war es nicht gemeint. Ich habe nur meine Tasche unten liegen gelassen.«

»Na und? Die brauchst du in den nächsten Stunden ganz bestimmt nicht.«

Obwohl seine Worte eine erneute Welle der Erregung in ihr auslösten, versuchte sie sich aufzurichten. »Doch. Es sei denn, du hast an die Verhütung gedacht.«

»Wie es der Zufall will, habe ich das tatsächlich.« Er drehte sich ein wenig zur Seite, gerade weit genug, um die oberste Schublade des Nachtschränkchens öffnen zu können. Mit einem Zwinkern entnahm er ihr eine kleine Papiertüte mit dem Aufdruck der örtlichen Drogerie. »Du darfst dich also wieder entspannen.«

Das versuchte sie, doch nun reizte sie der Anblick der Tüte, die er auf dem Kopfkissen abgelegt hatte, erneut zum Lachen. »Jetzt dürfen wir gespannt sein, wer von uns beiden zuerst auf unsere heiße Affäre angesprochen wird. Vermutlich ich, denn Fremden gegenüber lassen die meisten Leute eine gewisse Höflichkeit walten.«

»Warum sollten sie uns ansprechen?«

»Weil in der Drogerie eine ehemalige Klassenkameradin von mir an der Kasse sitzt. Ihre Mutter ist die Filialleiterin. Beide sind eng mit Lieselotte und Elke befreundet. Letztere wissen ja bereits, dass ich auf dem Weg zu einem Date mit dir war, und Erstere haben sowohl dich als auch mich beim Kauf von Kondomen gesehen. Das reicht für ein heißes Süppchen aus der Gerüchteküche.«

»Ist das ein Problem für dich?« Ben schloss seine Lippen um ihre linke Brustwarze, umkreiste sie mit der Zunge, bis sie sich zusammenzog und hart wurde.

Christina sog hörbar die Luft ein; lustvolle Stiche fuhren durch ihren Körper. »Nein, aber ich dachte ... Vielleicht ...«

»Sie werden es wohl kaum an die Klatschpresse weitergeben, oder?« Zärtlich und gewissenhaft widmete er sich nun ihrer anderen Brustwarze.

»Ich nehme es nicht an, nein.« Sie strich begehrlich mit den Händen über seine Arme und seine nur von wenigen weichen blonden Härchen bedeckte Brust.

»Dann ist doch alles gut. Und selbst wenn sie es täten, wäre es angesichts unzähliger interessanterer Leute, die noch dazu viel prominenter sind als ich, wahrscheinlich nicht einmal einen Zweizeiler in der Yellow Press wert.«

So weit hatte sie überhaupt nicht gedacht. Dass er bekannt genug war, um sein Privatleben für Klatschblätter interessant werden zu lassen, wurde ihr erst jetzt bewusst. Sie selbst hatte ja hin und wieder Artikel über ihn in der Presse gelesen, wenn auch fast ausschließlich in Magazinen, die sich mit Kunst beschäftigten.

»Ich hatte eigentlich eher daran gedacht, dass es dir unangenehm sein könnte, wenn die Leute hier dich oder mich über unsere Privatangelegenheiten auszuquetschen versuchen. Wie gesagt, dich behelligen sie vielleicht weniger, aber ich darf mich ganz sicher auf etwas gefasst machen, spätestens, wenn ich das nächste Mal zum Bäcker gehe oder im *Möwennest* was zu essen hole.«

»Es macht mir nichts aus. Es sei denn, es würde dich davon abhalten, das hier fortzusetzen.« Er ließ von ihren Brüsten ab und zog mit den Lippen eine Spur aus Küssen bis hinab zu ihrem Bauchnabel.

Wieder spürte sie ein innerliches Flattern. »Auf gar keinen Fall.«

»Gut.«

Er öffnete den Knopf ihrer Jeans, gleich darauf den Reißverschluss. Rasch streifte sie die Sneakers von ihren Füßen, in die sie zu Hause mit nackten Füßen hineingeschlüpft war. Ben hatte es aber nicht eilig, ihr die Hose auszuziehen. Vielmehr tastete und küsste er sich fast schon millimeterweise am Bund der Jeans entlang, zog ihn ein wenig auseinander, bis der zarte Stoff ihres Slips zur weiteren Barriere wurde.

Zu dem erregenden Kribbeln und Ziehen in ihrem Inneren gesellte sich ein sehnsüchtiges Pochen in ihrer Körpermitte, das sie aus ihrer bisherigen Passivität herauszwang.

Ehe Ben ihr die Jeans abstreifen konnte, drehte sie sich und presste dabei beide Hände gegen seine Schultern, sodass er mit einem überraschten Laut auf dem Rücken landete. Zufrieden, die Oberhand gewonnen zu haben, begann sie nun ihrerseits, ihn zu streicheln und mit den Lippen zu erkunden. Von seinem Mund über sein Kinn hinab zu seiner Brust. Auch seine Brustwarzen zogen sich zusammen, als sie sie neckend mit der Zunge umkreiste. Sie hatte sich rittlings auf ihn gesetzt und konnte deutlich seine Erektion spüren, die gegen den Stoff seiner Jeans drückte. Ihre eigene Erregung steigerte sich noch mehr, sodass sie sich dazu zwingen musste, das Tempo nicht zu steigern. Sie wollte ihn spüren, jetzt sofort, doch der dunkle verhangene Blick, mit dem er jede ihrer Bewegungen verfolgte, war zu aufregend, um ihn jetzt schon gegen etwas Neues, Wilderes einzutauschen.

Nach einer gefühlten Ewigkeit erreichte sie ihrerseits den Bund seiner Jeans, öffnete die Knöpfe und hauchte mehrere Küsse auf die Haut, die sie freilegte.

***

Bens ganzer Körper spannte sich an, als er Christinas Lippen und ihre Zungenspitze auf seiner Haut direkt oberhalb seiner

Boxershorts spürte. Seine Erregung war überwältigend, und in seinem Unterleib pochte das Blut heiß und drängend. Er wusste nicht, warum er dennoch nicht einfach dem Drang nachgab. Bei früheren Affären hatte er nie Wert auf ein langes Vorspiel gelegt. Es wäre einfach gewesen, Christina zu erobern, sich zu nehmen, wonach ihn beinahe schmerzhaft verlangte, und die Sache in einem wilden Feuerwerk enden zu lassen. Doch er wollte jeden Augenblick auskosten, so lange und intensiv es nur ging.

Vielleicht lag es daran, dass sie keine seiner früheren Zufallsbekanntschaften war, von denen er wusste, dass sie nur für die Dauer einer Nacht halten würden, weil er nicht bereit war, mehr daraus entstehen zu lassen. Christina und er hatten mehr oder weniger gemeinsam, wenn auch ohne viele Worte, beschlossen, sich für die Zeit seines Aufenthalts hier in Lichterhaven auf- und miteinander einzulassen. Für einen begrenzten und genau abgesteckten Zeitraum. Das war mehr, als er normalerweise zu geben bereit war, aber dennoch unverbindlich genug, um ihnen beiden ausreichend Luft zum Atmen zu lassen.

Es war ein grenzenloser Glücksfall gewesen, dass er hier eine Frau wie Christina getroffen hatte, die im Hinblick auf Beziehungen und Sex ziemlich exakt seine Ansichten und Bedürfnisse teilte. Dass ihm so etwas im Leben nicht allzu oft passieren würde, bestärkte ihn in seinem Vorhaben, aus dieser perfekten Situation das Allerbeste herauszuholen, was möglich war. Dazu gehörte auch, jede kostbare Minute zu genießen, insbesondere dieses erste Zusammensein, das sich so niemals wiederholen würde.

Als Christina seine Jeans mitsamt der Boxershorts über seine Hüften hinunterziehen wollte, hielt er sie auf, zog sie zu sich herauf und küsste sie hungrig und ausgiebig. Ihre Körper drängten sich fest aneinander – harte Muskeln gegen weiche Rundungen. Jetzt übernahm er wieder die Führung, drängte

Christina erneut sanft auf das Bett und befreite sie von ihren Jeans. Für einen Moment bewunderte er den Anblick der zarten Spitze ihres Slips auf ihrer weißen Haut, bevor er sie auch davon befreite und ihn auf die übrigen Kleidern auf dem Boden fallen ließ.

Begehrlich ließ er eine Hand über die helle weiche Haut gleiten. Gleichzeitig küsste er ihre Schulter und suchte sich mit dem Mund erneut seinen Weg zu ihrer Brust. »Du bist schön«, raunte er, ehe er die verführerisch aufgerichtete Spitze zwischen die Lippen sog.

Sie stieß einen erregten Laut aus und bäumte sich ein wenig auf. »Findest du?« Ihre Stimme klang atemlos und auch ein wenig überrascht.

Einen Moment lang hielt er inne und suchte ihren Blick. »Wenn dir das zuvor noch niemand gesagt hat, sind die Männer hier in Lichterhaven alle blind.«

Mit einem heiseren Lachen strich sie über seinen Oberarm hinauf bis zu seiner Schulter. »Die wenigsten Männer in Lichterhaven wissen, wie ich nackt aussehe.«

Ganz allmählich, die Vorfreude voll auskostend, zog Ben mit den Fingerspitzen verschlungene Bahnen über Christinas Bauch, bis er kurz vor dem mit kurzem gekräuseltem Haar bedeckten Dreieck innehielt.

»Du brauchst nicht nackt zu sein, damit man deine Schönheit sieht. Obwohl ich zugeben muss, dass ich nichts dagegen habe, einer der wenigen Männer zu sein, denen du dieses besondere Privileg zugestehst.«

Sie lächelte geschmeichelt. »Du kannst dich aber auch durchaus sehen lassen.«

Anstelle einer Antwort gab er seinem mittlerweile kaum mehr bezwingbaren Verlagen nach und strich über ihre Mitte, tauchte mit einem Finger forschend in sie ein. Sie war heiß und feucht. Sein Puls beschleunigte sich schlagartig, und das Ziehen in seiner Lendengegend war nun schon fast schmerzhaft.

Christina sog scharf die Luft ein und öffnete sich ihm noch weiter. Er reizte ihre empfindlichste Stelle nur sehr vorsichtig, um ihr mit seinen rauen Fingern nicht wehzutun. Nicht jede Frau mochte die Rauheit an ihrer zarten Haut. Als Christina sich jedoch nicht zurückzog, sondern ihm mit einem nur halbherzig unterdrückten Stöhnen ihr Becken entgegenwölbte und gleichzeitig die Hände in die Tagesdecke krallte, wurde er mutiger, ließ den Zeigefinger mit etwas mehr Druck kreisen.

Christinas Atem ging immer flacher und schneller, ihr Becken hob und senkte sich in dem Rhythmus, den er ihr vorgab, bis er sich selbst kaum mehr beherrschen konnte. Der Anblick ihrer unverhüllten Lust steigerte die seine so sehr, dass er für einen Moment innehalten musste, um sich wieder etwas zu beruhigen.

Christina nahm diese winzige Pause zum Anlass, nach seinem Hosenbund zu greifen. Ihre flinken Finger stahlen sich unter seine Boxershorts, und ihm wurde für einen winzigen Moment fast schwarz vor Augen, als sie ihn umfasste. Der kehlige Laut, den er ausstieß, ermutigte sie. Sie zerrte an seiner Hose, bis er ihr half, sie zusammen mit den Boxershorts abzustreifen, nachdem er Schuhe und Socken hastig von sich geworfen hatte.

Wieder umfasste sie ihn, streichelte erst sanft, dann fordernder. Als sie ihn schließlich sogar mit den Lippen umschloss, musste er die Augen schließen, so heftig waren die Gefühle, die sie auslöste. Doch er war noch nicht so weit. Er wollte noch nicht kommen – jetzt noch nicht. Energisch entzog er sich ihr und drückte sie wieder rücklings auf die Tagesdecke.

Sie spreizte einladend die Schenkel, und beinahe hätte er die Beherrschung verloren und sie endlich genommen. Doch das Spiel mit der süßen Qual der Vorfreude begann ihm immer besser zu gefallen. Also schob er sich ein wenig an ihr hinab, küsste die zarten Innenseiten ihrer Schenkel, ließ seine Lippen eine verschlungene Spur ziehen, bis er es kaum noch aushielt und sie endlich kostete.

Christina bäumte sich auf und stieß ein Stöhnen aus, das gleichermaßen lustvoll und frustriert klang und sein Blut zum Sieden brachte. Wild brauste es durch seine Adern und rauschte in seinen Ohren, als er sie beharrlich weiter mit der Zunge erregte.

※※※

Wie berauscht ließ Christina sich in die heißen leidenschaftlichen Empfindungen fallen, die Bens kundige Hände, seine Lippen und seine Zunge in ihr auslösten. Sie hatte gehofft, sie würde ihn endlich in sich spüren können, doch selbst ihrer eindeutigen Einladung hatte er widerstanden. Was er nun mit ihr tat, war wundervoll und Folter zugleich. Sie wand sich, glaubte, die Lustwellen, die sie durchbrandeten, nicht aushalten zu können, drängte sich ihm aber im nächsten Moment schon wieder entgegen, aus Sorge, er könnte aufhören.

Christina wusste nicht, was sie erwartet hatte, als sie die Entscheidung gefällt hatte, mit ihm zu schlafen. Ein nettes Beisammensein, neckische Spielchen, jede Menge Spaß, aber keinesfalls diese brennende Leidenschaft und das tief in ihrem Inneren glühende Sehnen danach, endlich eins mit ihm zu werden. Woher kam dieses Verlangen plötzlich? Sie war sich absolut sicher, es niemals zuvor verspürt zu haben.

Ben schien genau zu wissen oder zu erahnen, wie er sie in eine Art wundervollen Wahnsinn treiben konnte. Seine Zunge umkreiste so federleicht, aber doch beharrlich ihr Lustzentrum, das ihr heiß und kalt zugleich wurde. Sternchen schienen vor ihren Augen zu tanzen, die zu einem bunten Regen aus Lichtpunkten wurden, als er auch noch seine Hand zu Hilfe nahm. Diese köstlichen Finger, die unglaublich zärtlich streicheln konnten, gleichzeitig jedoch eine spröde Rauheit besaßen, die sie beinahe um den Verstand brachte.

Heiße wohlige Schauer rannen wieder und wieder über ihren gesamten Körper, steigerten sich von Atemzug zu Atemzug, bis sie sich nur noch verzweifelt in die Decke, auf der sie lag, krallen und jeden einzelnen Muskel in ihrem Körper anspannen konnte, um der unausweichlichen Konsequenz gewappnet begegnen zu können.

Den Schrei, als der erste harte Höhepunkt sie durchtoste, konnte sie nicht unterdrücken. Sie riss die Augen weit auf und staunte für einen Moment, denn Ben hatte sich an ihr hochgeschoben und blickte ihr erregt und forschend ins Gesicht. Als ihre Blicke sich trafen, dehnte sich etwas in ihrer Brust und ließ ihr Herz noch heftiger gegen ihre Rippen trommeln. Im nächsten Moment spürte sie erneut seinen Finger an ihrer Knospe. Mit sanftem kreisendem Druck verstärkte und verlängerte er noch die Lustwellen und ließ erst nach, als ihr Körper erschlaffte.

Vollkommen außer Atem blickte sie zu ihm auf. Sein Blick verhakte sich sofort mit ihrem. Er streckte sich dicht neben ihr aus und küsste sie zärtlich, neckend, so als wolle er sie tatsächlich ganz langsam und genüsslich vernaschen. Das Wort ließ sie amüsiert lächeln, jedoch nur für einen Moment, denn als sie die Veränderung in seinem Blick bemerkte, stockte ihr der Atem. Aus der Erregung war innerhalb eines Lidschlags Begierde geworden.

Ehe sie sich fragen konnte, was als Nächstes geschehen würde, spürte sie erneut seine Hand zwischen ihren Schenkeln, diesmal weniger zärtlich, sondern fordernd und unnachgiebig. Wieder küsste er sie, seine Zunge suchte und fand die ihre, rang mit ihr, bis sie beide kaum noch Luft zum Atmen hatten.

Ihr Unterleib pochte in einer Mischung aus leichtem Unbehagen, weil sie fast schon überreizt war, und neuerlich aufflammender Lust. Ihr Becken begann ohne ihr bewusstes Zutun zu zucken und zu kreisen. Sie konnte sich nicht entscheiden, ob sie sich zurückziehen oder mehr wollte.

»Soll ich aufhören? Wenn es dir unangenehm ist, musst du es mir sagen.« Seine Stimme war wie ein tiefes dunkles Raunen an ihrem Ohr, atemlos und voller Begehren. Für einen winzigen Moment lockerte er den Griff, mit dem er ihre Mitte umfasst hatte, und dieser Moment reichte aus, um sie verzweifelt nach seinem Arm greifen zu lassen.

»Nicht ...« Sie konnte vor Erregung kaum sprechen. »Nicht aufhören.«

Seine Augen wirkten fast vollkommen schwarz. Das Blau seiner Iris war fast nicht mehr zu erkennen, als er ihre Lippen mit seinen verschloss und sie weiter antrieb, diesmal unbarmherzig – und als würde er ihren Körper schon seit Jahren in- und auswendig kennen.

Sie konnte nur noch stoßweise atmen, Empfindungen von nie da gewesener Intensität glühten in ihr, flossen wie Lava durch ihre Adern und benebelten auch noch den letzten Rest zusammenhängender Gedanken in ihrem Kopf.

Sie tastete nach ihm, er war hart. Er stöhnte auf, als sie ihre Finger fest um ihn schloss. Sie wollte verdammt sein, wenn er es jetzt noch einmal hinauszögerte.

Zwar entzog er sich ihr erneut, diesmal jedoch, wie sie erleichtert feststellte, um nach der Schachtel mit den Kondomen zu greifen. Allein die Tatsache, dass er, um sich eines davon überzustreifen, beide Hände brauchte, ließ sie mit aufwallendem Frust zurück, jedoch nur für einen kurzen Moment. Sie wartete nicht darauf, dass er sich erneut neben sie gleiten ließ, sondern richtete sich stattdessen auf, stieß ihn mit aller Kraft zurück, sodass er auf dem Rücken landete, und schwang sich über ihn. Als er sie an den Hüften packte und zu sich herabzog, senkte sie sich über ihn und nahm ihn mit einem Stöhnen schnell und tief in sich auf.

Für einen Augenblick verharrten sie so. Ihr Innerstes vibrierte und pulsierte. Schließlich bewegte er sich ein wenig, vorsichtig, gab ihr die Möglichkeit, sich an ihn zu gewöhnen. Doch das reichte ihr nicht. Entschlossen übernahm sie die Führung, ließ erst langsam, dann immer schneller ihre Hüften kreisen, hob sich immer wieder von seinem Schoß und sank dann wieder auf ihn hinab, nahm ihn mit jedem Mal tiefer in sich auf und genoss das ursprüngliche Gefühl der Vereinigung.

Sein Griff um ihre Hüften wurde fester, sein Keuchen mischte sich mit ihrem, ihre Blicke trafen sich und lösten sich nicht wieder voneinander. Ehe sie sich's versah, hatte er beinahe verzweifelt in ihre Haare gegriffen und sie zu sich herabgezogen, um sie zu küssen. Obwohl er damit ihre Bewegungen unterbrach, spürte sie, wie der Kuss ihre Empfindungen noch intensivierte. Mit einer schnellen Bewegung, die Christina nicht erwartet hatte, drehte er sie beide auf dem Bett herum, bis er auf ihr lag.

Sie wölbte sich ihm entgegen, als er sich zurückzog und dann erneut tief in sie eindrang, die Augen noch immer auf ihre gerichtet. Als diesmal ihre Lippen und Zungen aufeinandertrafen, war ihr, als würden sie von einem Stromstoß durchzuckt. Wieder spürte sie, dass etwas zwischen ihnen geschah, was über die pure ungezügelte Lust hinausging, die sie einander schenkten. Etwas in ihrer Brust weitete sich und machte Platz für neue Empfindungen und Gefühle, die sie beunruhigten, gleichzeitig jedoch derart berauschten, dass sie lächelte, ohne es zu bemerken. Erst als sich seine Lippen ebenfalls zu einem Lächeln verzogen, wurde ihr bewusst, wie schnell und hart ihr Herz schlug, wie sich all ihre Wahrnehmung ausschließlich auf ihn richtete.

Ehe sie ihre Schlüsse aus diesen seltsamen, beängstigenden und gleichzeitig beglückenden Gefühlen ziehen konnte, legte Ben ihr seine Hand an die Wange, zog ihren Kopf zu sich herauf und küsste sie tief und leidenschaftlich. Gleichzeitig stieß er immer schneller und ungezügelter zu, sodass sich sämtliche Gedanken erneut aus ihrem Kopf verabschiedeten und einzig die Lust zurückblieb, die sich mit jedem Stoß, jedem Entgegenkommen steigerte, bis sie ein zweites Mal auf den Höhepunkt zuraste.

Sie wusste, sie konnte ihn nicht aufhalten, deshalb ergab sie sich ganz dem wunderbaren Rausch, bis sie sich schließlich in das wilde Tosen fallen ließ.

Ben folgte ihr nur wenige Augenblicke später.

13. Kapitel

Es dauerte eine Weile, bis Ben seine Sinne und seinen Atem wieder so weit unter Kontrolle hatte, dass er zu mehr fähig war, als wie ein Stein auf Christina zu liegen und ihr vermutlich die Luft abzudrücken. Als er jedoch versuchte, sich etwas zur Seite zu rollen, schlang sie Arme und Beine um ihn und hielt ihn eisern fest.

»Wag es ja nicht, dich zu bewegen.« Ihre Stimme klang an seinem Ohr wie das zufriedene Schnurren einer Katze.

»Ich bin dir zu schwer.«

»Bis eben warst du es auch nicht, weshalb also jetzt plötzlich?« Zu dem Schnurren gesellte sich ein leises Lachen.

»Weil ich mindestens eine Tonne wiege, wenn ich so auf dir draufliege.«

»Ich bin nicht zerbrechlich, und ich will nicht, dass du dich bewegst, weil ich sonst einfach wegschweben könnte.«

Nun musste auch er lachen. »Das wäre in der Tat schade. Ich hatte gehofft, dass du die ganze Nacht hier verbringst.«

»Siehst du, und das geht nur, wenn du mich mit deinem Gewicht an die Matratze tackerst.« Sie seufzte wohlig. »Ich habe mich noch nie so schwerelos gefühlt.«

»Und ich mich noch nie so bleischwer. Ich glaube, ich bin am ganzen Körper gelähmt.« Er schmunzelte und küsste sie in ihre Halsbeuge. »Noch etwas, worin wir gegensätzlich sind, uns aber anscheinend perfekt ergänzen.«

»Da könntest du recht haben.«

Versuchsweise hob er den Kopf und begegnete ihrem Blick.

Sie stöhnte widerwillig, als er schließlich doch ein wenig zur Seite rückte, jedoch nur so weit, dass sie besser Luft bekam. Ihr Bein blieb beharrlich um seine Hüfte geschlungen, und er konnte noch immer das Pochen ihres Herzens an seiner Brust spüren.

Etwas Seltsames war während des Liebesspiels mit ihm geschehen. Er konnte noch nicht genau einordnen, was es war, aber er wusste, dass etwas in ihm sich verändert hatte, möglicherweise für immer. Da ihm der Gedanke Unbehagen bereitete, weil er so fremd und überraschend war, beschloss er, vorerst nicht daran zu rühren. Seiner Erfahrung nach ordneten sich die Dinge irgendwann von selbst, wenn man ihnen ausreichend Zeit gab. Fest stand jedoch, dass das, was sie gerade miteinander erlebt hatten, weit mehr als eine einfache Affäre war. Dafür waren sie einander viel zu nahe gekommen, nicht nur körperlich, sondern auch emotional.

Für einen Moment wartete er, ob bei dieser Einsicht irgendwelche Alarmglocken in seinem Kopf zu läuten begannen. Da aber nichts dergleichen geschah, ließ er die Sache auf sich beruhen. Entweder war er von zu vielen Hormonen überschwemmt, um Signale seines Unterbewusstseins wahrzunehmen, oder er würde sich irgendwann später Gedanken darüber machen müssen, was es bedeuten könnte, dass ihm genau diese Nähe, die er bisher so sehr vermieden hatte, mit Christina überhaupt nichts auszumachen schien.

»Du bist eine höchst erstaunliche Frau.« Die Worte hatte er ausgesprochen, noch bevor er sich bewusst werden konnte, dass er überhaupt etwas sagte.

Lächelnd hob sie die Hand und strich mit der Fingerspitze über seinen sehr kurz gestutzten Bart. »Und du bist ein ebenso erstaunlicher Mann.«

Er grinste, wurde aber gleich wieder ernst, als er die leichte

Rötung um ihren Mund wahrnahm, wo sein Bart ihre weiche Haut gereizt hatte. Sehr vorsichtig berührte er sie dort. »Vielleicht sollte ich mir den Bart abrasieren.«

»Untersteh dich.« Ihre Augen blitzten vergnügt. »Ich habe gerade erst festgestellt, dass so ein leichtes Kratzen sich besser anfühlt als alles, was ich mir je hätte vorstellen können.«

Er begriff, worauf sie anspielte, und betrachtete für einen Moment zweifelnd seine Hand. »Ich will dir auf keinen Fall wehtun.«

»Das hast du nicht.« Sie fing seine Hand auf, betrachtete die Schrunden und Schwielen auf der Handfläche und den Fingern und hauchte einen Kuss darauf. »Und du wirst es auch nicht.«

Erleichterung mischte sich mit einem letzten Rest Zweifel. »Bist du sicher?«

»So sicher, wie man nur sein kann.« Sie verschränkte ihre Finger mit seinen, und ein seltsamer Schauer durchfloss ihn, als seine raue Hand sich gegen die weichen Innenflächen der ihren legte.

»Was hältst du davon, wenn wir später noch einen kleinen Mitternachtsspaziergang machen würden? Ich will zu gern meine These bestätigt wissen, dass sich die Sterne in deinen Augen spiegeln.«

Verblüfft hob sie den Kopf. »Im Ernst?«

»Boss muss sowieso noch mal kurz raus.«

Sie überlegte einen Moment, dann lächelte sie wieder. »Also gut, aber nur, wenn du mir danach noch mal zu einem ähnlichen Schwebezustand verhilfst wie eben.«

Er erwiderte ihr Lächeln. »Abgemacht. Wobei, einen kleinen Nachschlag könnte ich dir auch jetzt schon bieten.«

Sie stieß einen überraschten Laut aus, als er ihre Hand losließ, mit den Fingerspitzen über ihren Bauch nach unten fuhr und schließlich sanft, aber bestimmt ihre noch immer feuchte

Mitte umfasste. Aus ihrer Verblüffung wurde rasch neue Erregung, als er sie mit sanft kreisenden Bewegungen zu streicheln begann. »Immerhin habe ich ja diese Liste, die ich abzuarbeiten gedenke.«

Sie sog hörbar die Luft ein. »Und was genau steht da als Nächstes drauf?«

Unvermittelt drang er mit dem Finger in sie ein. »Lass dich überraschen.«

✳✳✳

Drei Tage später saß Christina an ihrem Schreibtisch und klopfte unruhig mit ihrem Kugelschreiber auf die Tischplatte, anstatt damit Eintragungen in ihre Trainingskladde zu machen. Draußen regnete es in Strömen, und das schon seit dem Tag nach ihrem Sex-Date mit Ben. Sie nannte es insgeheim so, denn viel mehr als immer wieder miteinander zu schlafen hatten sie in jener Nacht nicht getan, sah man einmal von der Stunde ab, die sie draußen auf dem Deich verbracht hatten. Die Milchstraße war klar und deutlich zu sehen gewesen, und für eine Weile hatten sie zu den blinkenden Sternen hinaufgeblickt, irgendwelchen Unsinn geredet und damit Boss vermutlich zu Tode gelangweilt. Wenn der Hund nicht gewesen wäre, hätten sie vermutlich sogar Sex auf der Bank auf dem Deich gehabt.

Am folgenden Morgen war es mit dem klaren Wetter allerdings schon vorbei gewesen, und gegen Mittag hatte der von Christina prophezeite Regen eingesetzt.

Sie hatte noch bei Ben gefrühstückt – Rührei mit Speck und frische Melone. Ungewöhnlich für sie an einem Wochentag, da sie sonst lieber Müsli mit Joghurt aß, doch angesichts der Tonnen von Kalorien, die sie in der Nacht verbrannt hatten, genau das Richtige. Danach hatten sie sich für die nächste Trainingsstunde am folgenden Tag, dem Samstag, verabredet. Ben war jedoch nicht aufgetaucht und hatte sich auch bis zum heutigen Sonntag nicht gemeldet.

Sie weigerte sich strikt, enttäuscht oder verärgert zu sein, und wenn, dann nur über sich selbst, weil sie sich überhaupt Gedanken darüber machte. Als Ben nicht zum Training gekommen war, hatte sie, trotz aller Vorsätze, die sie gefasst hatte, das Lagerhaus aufgesucht und eine Weile der lauten Rockmusik gelauscht, die von drinnen auf das Werftgelände schallte. Ben arbeitete also. Entgegen ihrem Drang, wenigstens für einen kurzen Moment die Tür zu öffnen und hineinzuspähen, sich wenigstens einen flüchtigen Kuss von Ben zu stehlen, war sie nach einigen Minuten wieder zur Hundeschule zurückgekehrt.

Sie weigerte sich, sich vernachlässigt zu fühlen. Immerhin hatte er sie von Anfang an gewarnt, dass so etwas passieren konnte. Außerdem waren sie ja gar nicht so richtig zusammen. Oder doch? Wenn, dann war es nur ein Zusammensein auf Zeit, und sie hatte nicht vor, ihn in irgendeiner Form einzuengen. Vielleicht sollte sie sich sogar geschmeichelt fühlen, dass ihre gemeinsam verbrachte Nacht ihm offenbar zu einem Kreativitätsschub verholfen hatte.

Was sie aber nicht einkalkuliert hatte, war die Tatsache, dass sie ihn vermisste. Sie war ihm in jener Nacht so nahegekommen wie keinem Mann je zuvor. Das, was sie eigentlich hatte vermeiden wollen, war passiert – sie hatte ihr Herz ins Spiel gebracht. Nicht absichtlich, wenn das überhaupt möglich war, sondern vollkommen überraschend. Selbstverständlich würde sie diese Tatsache strikt für sich behalten, denn alles, was über eine lockere Affäre hinausging, war gegen die Abmachung, die sie – gewissermaßen – mit Ben getroffen hatte. Spätestens Ende August würde er aus Lichterhaven und ihrem Leben wieder verschwinden, und noch dazu unerreichbar weit fort, denn er hatte ja selbst gesagt, dass er nach Nebraska oder Kanada gehen wollte.

Kurz dachte sie an Boss, für den eine solch lange Reise ganz sicher beschwerlich werden würde, besonders der anstrengende Flug. Vielleicht sollten sie ein entsprechendes Training mit in ihr Programm aufnehmen, denn auch wenn Boss seine Hundetransportbox aus dem Auto kannte, war doch ein mehrstündiger Flug in solch einer eng abgegrenzten Umgebung noch etwas ganz anderes. Speziell, wenn Ben nicht in unmittelbarer Nähe bleiben konnte.

Sobald er wieder zum Training kam, würde sie ihm diesen Vorschlag machen. Damit zeigte sie ihm außerdem, dass sie nicht vergessen hatte, dass ihre gemeinsame Zeit endlich war. Ob das überhaupt notwendig war, wusste sie nicht, aber da er in der Vergangenheit offenbar Probleme mit Frauen gehabt hatte, die nach einer Weile mehr von ihm verlangt hatten, als er zu geben bereit war, konnte es nicht schaden, ihm in dieser Hinsicht eine gewisse Sicherheit zu geben. Schließlich wollte sie die Zeit, die sie miteinander hatten, möglichst genießen und nicht mit irgendwelchen Streitereien über Dinge beschweren, die sie ohnehin nicht ändern konnte.

Zufrieden, diese Sache mit sich geklärt zu haben, ließ sie den Kugelschreiber mehrmals klicken und setzte gerade an, ihre Notizen zu vervollständigen, als die Eingangstür klappte.

»Chris, bist du hier? Oh, klar, was für eine Frage! Wir haben Sonntagnachmittag, wo solltest du wohl sonst sein?« Lachend, jedoch zugleich mit einem leicht missbilligenden Gesichtsausdruck, betrat Luisa das Büro und schüttelte sich demonstrativ. »Zumindest ist es hier schön trocken. Sag mal, bei dem Schietwetter fallen doch wohl deine Spielkurse draußen alle aus, oder? Was machst du denn dann noch hier?« Sie warf ihre feuchte Windjacke über den linken Besucherstuhl und ließ sich auf den rechten fallen. Mit Argusaugen musterte sie Christina. »Hat er sich etwa noch immer nicht gemeldet?«

»Ben arbeitet.«

»Schieß ihn auf den Mond. Es kann doch wohl nicht sein, dass ein Mann mit einer Frau eine – ich zitiere dich – phänomenale Nacht verbringt und danach auf Nimmerwiedersehen verschwindet.«

»Von Nimmerwiedersehen kann keine Rede sein, Luisa. Wie gesagt, er arbeitet. Ich werde ihn nicht stören, denn, wie das ausgeht, habe ich einmal erlebt. Er taucht schon wieder auf, wenn seine Schaffensphase vorbei ist.«

»Oder auch nicht.«

»Dann ist es auch in Ordnung. Wir sind nicht verheiratet, verlobt oder auch nur sonst wie fest miteinander liiert.«

»Es macht dir also überhaupt nichts aus?«

»Nein.« Demonstrativ setzte Christina erneut zum Schreiben an, doch Luisa hielt sie davon ab, indem sie sich blitzartig vorbeugte und nach Christinas Schreibhand griff.

Mit zusammengezogenen Brauen studierte Luisa das Gesicht ihrer Schwester. »Bist du dir da ganz sicher?«

Christina zögerte nur den Bruchteil einer Sekunde. »Ja.«

»Du lügst.« Luisa hatte schon immer eine entsetzlich gute Antenne für Zwischenmenschliches gehabt. Sie neigte den Kopf ein wenig zur Seite. »Du willst nicht, dass es dir etwas ausmacht.«

»Wir haben eine Übereinkunft getroffen, zumindest gewissermaßen. Kann sein, dass ich ihn ein bisschen vermisse, aber das ist allein mein Problem. Ich wusste von vornherein, worauf ich mich einlasse.«

»Etwas zu wissen und etwas zu leben sind zwei verschiedene Paar Schuhe.« Bevor Luisa Christinas Hand losließ, drückte sie sie kurz, dann lehnte sie sich in ihrem Stuhl zurück. »Du sitzt also hier nicht herum und wartest, dass er anruft oder auftaucht.«

»Ich arbeite.« Zum Beweis hob Christina die Kladde und drehte sie so, dass ihre Schwester lesen konnte, was darauf stand.

»Na gut. Würdest du denn deine Arbeit für eine Weile unterbrechen und mit zu Mama und Papa kommen? Mama dreht ein bisschen am Rad wegen der Gästeliste.«

»Was gibt es denn da schon wieder für Probleme?«

»Zu wenig Essen und Getränke oder so. Jetzt will sie auf einmal doch wieder selbst kochen und backen. Bitte hilf mir, sie davon zu überzeugen, dass die *Foodsisters* alles vollkommen im Griff haben.«

Christina seufzte und legte Stift und Kladde zur Seite. »Okay, dann mal los. Später habe ich noch ein Beratungsgespräch.«

»Du solltest dir abgewöhnen, ganze Sonntage zu arbeiten.« Rasch stand Luisa wieder auf und warf sich ihre Jacke über. »Ein bisschen Freizeit braucht der Mensch schließlich auch.«

Christina wusste, dass ihre Schwester recht hatte, doch im Augenblick kam ihr die viele Beschäftigung gerade recht. »Lass uns gehen. Ich hole nur rasch meine Regenjacke.«

***

Ob Ben bemerkt hat, dass er die Tür nicht richtig verschlossen hat, nachdem wir von unserem Spaziergang zurückgekommen sind? Also wenn man das überhaupt Spaziergang nennen kann, dieses eilige Rennen zum Deich und wieder zurück. Besonders spaßig ist das nicht gerade. Etwas mehr Bewegung darf es ruhig sein. Was das angeht, vermisse ich inzwischen sogar die Zeit auf dem Hundeplatz.

Ich weiß gar nicht, warum wir schon seit Tagen nicht mehr dorthin gehen. Vielleicht aus demselben Grund, aus dem wir neuerdings immer nur so unregelmäßig und kurz rausgehen. Ben ist schwer beschäftigt mit so einem seltsamen schwarzen Stein. Anfangs war es nur ein riesiger Klotz, der drüben in der Ecke bei den anderen Steinen stand. Jetzt hat er eine ganz andere Form, weil Ben daran herumhämmert und meißelt und schleift.

Überall liegen Bröckchen, Splitter und Steinstaub. Sogar auf meinem Schlafkissen, was ich ziemlich rücksichtslos finde. Er hat es erst einmal ausgeschüttelt, dabei hätte es diese Behandlung durchaus schon wieder nötig.

Allmählich wird mir hier ganz schön langweilig. Wenigstens ist es nicht so laut. Das Schleifgerät geht gerade so, und die Musik hat Ben jetzt auch wieder heruntergedreht, deshalb habe ich mir diese blöden Ohrschützer abgestreift. Manchmal sind sie schon recht lästig. Solange es hier drinnen nicht laut ist, will ich sie nicht dauernd auf den Ohren haben.

Ich glaube, er hat wirklich nicht bemerkt, dass der Wind die Tür aufgedrückt hat. Mal sehen, ob es draußen immer noch regnet ...

Ja, leider, tut es. Eigentlich könnte ich ja jetzt ganz gut abhauen. Die Gelegenheit war noch nie so günstig. Ben ist mit seiner Arbeit beschäftigt und merkt bestimmt nicht mal, dass ich weg bin. Vielleicht interessiert es ihn ja auch gar nicht.

Er schaut wirklich überhaupt nicht herüber und beachtet mich auch gar nicht. Na gut, dann werde ich die Gelegenheit mal beim Schopf packen und mich verdünnisieren.

Wenn es bloß nicht dauernd regnen würde, das gefällt mir so gar nicht! Aber was soll's! Alles kann man ja vermutlich nicht gleichzeitig haben. Ich bin dann also mal weg.

***

»So, wir können los.« Während sie durch die Tür trat, zog Christina die Kapuze ihrer Regenjacke über den Kopf, dann griff sie nach dem Schlüssel in ihrer Hosentasche und schloss die Haustür ab.

»Okay, beeilen wir uns. Ich bin mit dem Fahrrad da. Wenn du willst, kann ich dich auf dem Gepäckträger ...« Luisa brach ab und berührte Christina an der Schulter. »Du, Chris, schau mal da. Ist das nicht Boss?«

Gegen das Hüpfen ihres Herzens konnte Christina nicht viel mehr tun, als es zu ignorieren. »Wo?« Sie drehte sich um und erblickte den großen American Bulldog, der neben dem Gatter zum Hundeplatz saß und aufmerksam zu ihnen herüberschaute.

»Boss, was machst du denn hier?« Automatisch sah Christina sich nach Ben um, doch der war nirgends zu sehen. Dann fiel ihr auf, dass der Hund weder sein Geschirr trug noch am Halsband angeleint war. »Bist du etwa ausgebüxt?«

Könnte man so sagen.

Boss erhob sich und wedelte freundlich mit der Rute, als Christina auf ihn zukam. Dicht vor ihm ging sie in die Hocke und streichelte ihm über den Kopf. »Was machst du denn für Sachen? Ben wird sich Sorgen machen.«

Der weiß doch gar nicht, dass ich weg bin. Und wenn, wäre ich mir auch nicht sicher, ob es ihn interessiert. Was nur komisch ist ... Ich bin hierher zu dir gelaufen, obwohl ich doch eigentlich ganz weit weg wollte. Aber weit weg ist eben genau das – weit. Bei diesem ständigen Regen nicht gerade toll, und außerdem hat mich auf einmal gar nichts mehr fortgezogen, als ich einmal draußen war. Ich wollte eigentlich nur zu dir und mal sehen, wie es dir geht. Ich habe dich ja schon ein paar Tage nicht mehr gesehen, seit du bei uns übernachtet hast. Ehrlich gesagt hast du mir sogar richtig gefehlt. Sag es bitte nicht weiter.

Luisa kicherte, als Boss mit den Vorderpfoten auf Christinas Knie stieg und ihr durchs Gesicht leckte.

Christina lachte ebenfalls und versuchte angestrengt, das Gleichgewicht zu halten.

»Was machst du denn da, Boss? Wenn du so weitermachst, wirfst du mich schon wieder um. Und sieh dir jetzt bloß mal meine Hose an.« Energisch schob sie den schweren Hund von sich, bis er wieder auf allen vieren stand. Auf ihren Oberschenkeln prangten zwei große, schlammige Pfotenabdrücke.

Tut mir leid, es ist halt überall nass und matschig. Aber du riechst so gut und überhaupt. Komm, kraul mich noch mal so wie neulich.

Christina lachte erneut, verstummte dann aber, als Boss sich vertrauensvoll in ihre Arme drückte, den Kopf an ihrer Brust, und eindeutig um Streicheleinheiten bettelte. Sie schluckte krampfhaft und vergrub ihr Gesicht für einen Moment in seinem weichen Fell. Dabei streichelte sie ihn liebevoll und versuchte vergeblich zu verhindern, dass ihr Herz sich erneut weitete und für diesen wunderbaren sturen Hund öffnete.

Erst als Luisa sich vernehmlich räusperte, erhob sie sich wieder und blinzelte ein paarmal, um das Brennen in den Augen loszuwerden.

»Soso.« Ihre Schwester musterte sie mit wissender Miene. »Da brat mir doch einer einen Storch! Meine Schwester ist verliebt.«

Christina zuckte zusammen. »Bin ich nicht. Ich habe doch gesagt, das mit Ben und mir ist nur ein ganz harmloser ...«

»Ich rede nicht von Ben, sondern von diesem schönen Kerl hier.« Luisa deutete auf Boss.

Was bin ich? Ein schöner Kerl? Danke für das Kompliment! Boss wedelte freundlich. *Aber verliebt ist doch wohl trotzdem niemand in mich. Auch Christina nicht. Obwohl ... der Ge-*

danke an sich ist schon irgendwie angenehm, weil ... nun ja, ich mag sie auch ziemlich gern.

Christina spürte, wie sie errötete. »Ich kann nichts dafür. Er ist einfach so ... Ich weiß auch nicht.«

»Sollten wir ihn nicht zurück zu seinem Herrchen bringen? Bestimmt sucht Ben ihn schon.« Luisa lächelte ihr zu, schien aber nicht weiter in sie dringen zu wollen, wofür Christina ihr sehr dankbar war. Sie konnte sich unmöglich auch noch mit ihren Gefühlen für Boss auseinandersetzen, solange sie noch keinen Weg gefunden hatte, mit denen für Ben umzugehen.

»Ja, du hast recht. Hier«, sie reichte ihrer Schwester den Hausschlüssel, »hol bitte eine Leine. Ich bleibe so lange bei Boss, damit er nicht auf die Idee kommt abzuhauen.«

Die Idee ist mir zwar schon gekommen, aber sie hat irgendwie überhaupt keinen Reiz mehr, jetzt, wo ich hier bei dir bin. Boss setzte sich brav hin und blickte mit treuem Blick zu Christina auf. *Du darfst mich sogar gerne zurück zu Ben bringen. Am besten wäre es, wenn du dann gleich bei uns bleiben würdest. Dann wäre es wenigstens nicht so langweilig, solange Ben an diesem komischen Stein herumwerkelt und nicht mal merkt, dass die Tür sperrangelweit aufsteht. Wahrscheinlich ist es ihm total egal, dass ich einfach hinausspaziert bin.*

»Hier ist die Leine.« Luisa hatte sich beeilt und hielt Christina eine kurze Lederleine hin. »Ich hole nur schnell mein Fahrrad, dann können wir losgehen.«

***

Ben hustete trotz des Mundschutzes, den er bei seinen Schleifarbeiten aufgesetzt hatte, riss ihn sich vom Gesicht und ging zum Kühlschrank, um sich eine Cola herauszunehmen. Er hatte die kleine Flasche bereits mit einem Zug bis zur Hälfte geleert, als sein Blick auf das verlassene Hundekissen und den Wassernapf daneben fiel. Das Kissen war mit einer feinen Schicht Steinstaub bedeckt. Auf dem Wasser hatten die feinen Staubpartikeln einen hässlichen und unappetitlichen Film gebildet. Obwohl er in Gedanken noch immer mehr bei seinem Kunstwerk als im Hier und Jetzt war, griff er nach dem Kissen und schüttelte es kräftig, fluchte aber, weil er damit alles nur noch schlimmer machte. Etwas vorsichtiger klopfte er den Staub heraus, sodass er zu Boden rieselte, und machte sich eine mentale Notiz, so bald wie möglich den großen Industriestaubsauger anzuwerfen. Das Wasser im Napf schüttete er in den Ausguss und füllte frisches nach. Erst dann wurde ihm bewusst, dass er seinen Hund nirgends sehen konnte.

»Boss? Komm her, ich habe frisches Wasser für dich.« Er wartete kurz, doch nichts rührte sich. »Boss?« Stirnrunzelnd sah er sich um. »Komm schon, spiel nicht die beleidigte Leberwurst. Das Wasser ist jetzt wieder ganz sauber.« Noch während er sprach, sah er Boss' Ohrenschützer mitten in der Halle auf dem Boden liegen. Im nächsten Moment nahm er einen leichten Luftzug wahr und sah, dass die Eingangstür weit offen stand.

»Scheiße!« Mit wenigen Schritten war er an der Tür. »Boss? Boss, komm her! Wo steckst du denn?« Obwohl ihm klar war, dass es sinnlos sein würde, durchquerte Ben noch einmal die Lagerhalle und blickte in jeden Winkel. »Verdammter Mist!« Sein Herzschlag hatte sich unangenehm beschleunigt, und ihm wurde schlagartig bewusst, wie sehr er mittlerweile an dem sturen Vierbeiner hing. In Panik zu verfallen würde aber nicht helfen, also trat er erneut nach draußen und tastete mit den Blicken die Umgebung ab.

Wohin könnte Boss gelaufen sein? Vielleicht runter ans Watt? Ein Blick auf seine Armbanduhr, deren Ziffernblatt er erst einmal ebenfalls von einer dünnen Schicht Steinstaub befreien musste, sagte ihm, dass es früher Nachmittag war. Um diese Zeit zog sich das Wasser gerade zurück, und Boss hatte Gefallen an schlammigen Spaziergängen gefunden.

Im Laufschritt steuerte Ben auf den Hafen zu und erklomm von dort aus den Deich. Hoffentlich jagte Boss niemandem Angst ein. Er war zwar harmlos, aber allein durch seine Größe und seinen schweren Körperbau konnte er bedrohlich wirken. Während Ben rannte, wollte er nach seinem Handy greifen, doch es befand sich nicht wie üblich in seiner Gesäßtasche. Irritiert runzelte er die Stirn, bis ihm einfiel, dass er das Mobiltelefon am Morgen an die Ladestation in der kleinen Küchenecke des Lagerhauses gehängt hatte. Fluchend sah er sich um, ließ seine Blicke noch einmal schweifen. Weder auf den Liegewiesen noch auf dem erst schmalen Streifen Watt war weit und breit eine Spur von Boss zu sehen.

Ben hatte inzwischen eine leichte Verzweiflung ergriffen. Er raufte sich die Haare, dann machte er kehrt und eilte zurück zum Lagerhaus. Er musste Christina anrufen. Vielleicht hatte sie eine Idee, wohin Boss gelaufen sein könnte. Dass ihn sein innerer Schaffensdrang beständig aufforderte, zurück an die Arbeit zu gehen, ignorierte er zum ersten Mal seit langer Zeit. Er fühlte sich unwohl dabei, wie gehetzt und von einer merkwürdigen Übelkeit erfasst. Ben konnte nicht recht einordnen, ob sie von seiner Sorge um Boss herrührte oder von der Tatsache, dass dessen Ausreißen ihn selbst von seiner Bestimmung abhielt, dieses verdammte Kunstwerk fertigzustellen.

Die Vision hatte sich ihm mit Macht aufgedrängt und ließ ihn seit Tagen nicht mehr los. Er konnte an kaum etwas anderes denken als an sein Werk – und an die Frau, die die Idee dazu in ihm ausgelöst hatte. Während das Bild der Skulptur sich in seinem Kopf festgesetzt hatte, nahm Christina fast vollständig seine Empfindungen ein. Er befand sich in einem ständigen Zwiespalt, denn er wusste genau, dass er sie mies behandelte.

Mit einer Frau zu schlafen und sich danach nicht mehr bei ihr zu melden war unterste Schublade. Mit einer Frau wie Christina zu erleben, was sie miteinander erlebt hatten – und danach kein Lebenszeichen mehr von sich zu geben, degradierte ihn in menschlicher Hinsicht so weit, dass er kaum noch tiefer sinken konnte.

Doch er konnte nicht anders. Das Verlangen, diese Skulptur zu erschaffen, vereinnahmte ihn auf eine besondere Weise, die eng mit seinem ganzen Sein verstrickt war. Er musste diesem Bedürfnis nachgeben. Dass gerade dieses Werk noch dazu so eng mit dem, was er gerade erlebt hatte, verbunden war, ja, die Idee dazu direkt durch das Zusammensein mit Christina ausgelöst worden war, beruhigte zwar sein Gewissen nicht im Geringsten, ließ ihn jedoch mit einer merkwürdigen, neuartigen Form von Energie zurück. Der Drang, diesem verdammten Stein die Form zu geben, die er vor sich sah, ließ ihm keine ruhige Minute mehr.

Dass Boss weggelaufen war, riss ihn nun so unsanft aus diesem Energiefeld, dass Ben kaum noch wusste, wo ihm der Kopf stand. Sorge vermischte sich mit Zorn, Zorn mit Hilflosigkeit, Hilflosigkeit wurde zu schlechtem Gewissen, was wiederum dazu führte, dass er sich ärgerte, denn ein schlechtes Gewissen hatte er bisher niemals gehabt. Jedenfalls nicht wegen seiner Arbeit und in solch einem Ausmaß.

Was das zu bedeuten hatte, darüber würde er später ausführlich nachdenken müssen, sobald die Skulptur vollendet war. Das hingegen würde nur passieren, wenn er Boss fand. Hoffentlich war dem sturen Hund nichts passiert! Schon stiegen vor Bens innerem Auge Bilder von Autounfällen auf, und er fluchte erneut. Als er das Lagerhaus erreichte, umrundete er es zunächst einmal und rief dabei immer wieder nach Boss – vergeblich. Gerade, als er hineingehen und sein Handy holen wollte, vernahm er ein vertrautes tiefes Bellen.

Er fuhr um seine eigene Achse und starrte Boss an, der von Christina an der Leine geführt auf den Hof kam. Ein Fahrrad neben sich herschiebend, vollendete Christinas Schwester Luisa das Gespann. Die Erleichterung, die ihn durchflutete, nahm ihm für einen kurzen Moment die Luft.

»Boss!« Der Ärger, den er eben noch gespürt hatte, mischte sich mit Freude, und letztere überwog eindeutig. Mit wenigen Schritten war er bei seinem Hund, ging vor ihm in die Knie und zog ihn einfach an sich. »Wo warst du denn bloß? Ich bin fast gestorben vor Sorge.«

Huch, wirklich? Das kann ich gar nicht ... Du liebe Zeit, so fest hast du mich aber noch nie umarmt. Und gekrault werde ich auch? Hm, das fühlt sich toll an.

Boss stieß ein Brummeln aus, gefolgt von wohligen Knurrlauten.

»Er ist zur Hundeschule gelaufen«, erklärte Christina. »Anscheinend wollte er mich besuchen.«

Ben sah nur kurz zu ihr hoch, konzentrierte sich aber gleich wieder auf den Hund, den er noch immer an sich drückte. »Wie kannst du denn bloß einfach abhauen? Mir ist fast das Herz stehen geblieben. Ich dachte, wir wären inzwischen so was wie Kumpel.«

Kumpel? Also ich weiß nicht. Aber, nun gut, ich gebe zu, dass ich nicht damit gerechnet hätte, dass du so besorgt sein würdest. Du freust dich ja wirklich, dass ich zurück bin. Na ja, ich ehrlich gesagt auch, wenn ich so überschwänglich begrüßt werde. Tut mir leid, dass ich dich erschreckt habe. Das war so gar nicht meine Absicht. Ich wusste ja nicht, dass ich dir so wichtig bin.

Boss drückte seinen schweren Kopf gegen Bens Brust, hob ihn aber gleich darauf und fuhr mit der Zunge über Bens Kinn.

Hoffentlich bist du jetzt nicht böse mit mir. Das wollte ich nämlich irgendwie gar nicht. Ich war nur so neugierig, und mir war langweilig und … Ich dachte, ich wollte weg, aber anscheinend ist dem doch nicht so. Christina zu besuchen ist ganz toll, aber vielleicht warte ich damit beim nächsten Mal, bis wir zusammen gehen. Was meinst du?

»Vielleicht war ihm langweilig.« Luisa warf einen kurzen Blick durch die offene Tür des Lagerhauses. »Wie ist er denn überhaupt da rausgekommen?«

Ben erhob sich wieder und nahm von Christina die Leine entgegen. »Ich hatte wohl die Tür nicht richtig hinter mir zugezogen. Keine Ahnung.« Jetzt, da die Sorge um Boss wie ein Stein von ihm abfiel, drängte sich der Energieschub wieder in sein Bewusstsein. Die Vision. Etwas hilflos blickte er von Boss zu Christina, dann schob er den Hund nach drinnen. »Danke.«

Rasch schloss er die Tür hinter sich und blickte zu dem halb fertigen Kunstwerk. Die Energie schwand wieder, und er schloss kurz die Augen. »Verdammt!«

***

Christina blickte konsterniert auf die geschlossene Tür. *Danke?* Das war alles, was er ihr zu sagen hatte? Sie wehrte sich gegen den Ärger, der in ihr aufstieg. Sie hatte kein Recht, wütend zu sein. Es war kindisch. Er war nun einmal, wie er war. Ein exzentrischer Künstler durch und durch. Sie würde sich davon auf keinen Fall beeindrucken und schon gar nicht runterziehen lassen. Sie besaß ein eigenes erfülltes Leben, das sie unter keinen Umständen von einem Mann vereinnahmen lassen wollte. Auch nicht von ihm.

Betont gelassen, weil Luisa sie fassungslos anstarrte, drehte sie sich um und ging, ebenfalls betont langsam und gelassen, davon.

»Chris, warte mal. Willst du dir das einfach gefallen lassen?« Luisa schloss zu ihr auf und fasste sie bei der Hand. »So kann er dich doch nicht behandeln! Das ist ...« Sie stockte und wich zurück, als die Tür des Lagerhauses aufflog und Ben mit erboster Miene auf sie zugestürmt kam.

»Christina!« Dicht vor ihnen blieb er stehen, fasste Christina bei den Schultern und drehte sie unsanft zu sich herum. Für einen langen Moment blickten sie einander stumm in die Augen, dann zog er sie fest an sich und presste seine Lippen auf ihre.

Verblüfft rang Christina nach Atem, was dazu führte, dass er den Kuss sofort vertiefte. Wild und leidenschaftlich küsste er sie, schob ihre Kapuze zurück und vergrub seine Hände in ihren Haaren. Feurige Blitze zuckten zwischen ihnen auf, oder zumindest fühlte es sich für Christina so an. Im nächsten Augenblick löste er sich jedoch schon wieder von ihr. Sein Blick suchte sofort den ihren und ließ ihn nicht mehr los.

»Danke«, wiederholte er dieses eine Wort, und es klang beinahe wie ein erleichtertes Seufzen, als er es ausstieß. Für einen kurzen Moment lehnte er seine Stirn gegen ihre. Dann ließ er sie los. »Geh jetzt.« Ohne sie noch weiter zu beachten, kehrte er ins Lagerhaus zurück. Das Letzte, was Christina sah, war Boss, der neben einer schwarzen Steinskulptur saß, bevor sich die Tür hinter Ben mit einem vernehmlichen Krachen schloss.

Ihr Herz vollführte einen wilden Tanz in ihrer Brust, ihre Wangen glühten, und ein seltsam leichtes Gefühl erfasste sie von Kopf bis Fuß. In ihrer Magengrube flatterten tausend Schmetterlinge um die Wette.

»Wow.« Luisa stieß neben ihr hörbar die Luft aus. »Das war ...«

»Ich weiß.« Christina legte kurz ihre Hände an die Wangen.

Luisa sah sie forschend von der Seite an. »Bist du dir da wirklich sicher?«

Verwundert sah Christina ihre Schwester an. »Was meinst du?«

»Dieser Kuss eben ... der war geradezu episch.«

»Episch?« Irritiert und mit einem Anflug von Spott musterte sie Luisa. »Was soll das denn heißen?«

Ihre Schwester knabberte nachdenklich an ihrer Unterlippe. »Ich weiß auch nicht. Bist du ganz sicher, dass er und du ... dass ihr nur eine Affäre habt? Für mich sah das eben nämlich nach einer ganzen Menge mehr aus.«

Das Flattern in Christinas Magengrube verstärkte sich noch. »Du irrst dich. Er ist einfach so. Leidenschaftlich.«

»Mhm, deshalb strahlst du auch wie ein Honigkuchenpferd.« Auf Luisas Lippen erschien ein Lächeln. »Was auch immer es ist, es scheint dich glücklich zu machen. Und er ist anscheinend doch kein so großes Arschloch, wie ich dachte.«

»Ich habe dir doch gesagt, dass er arbeitet.«

»Und wie er das tut!« Luisa wurde wieder ernst. »Hast du den Stein gesehen? Er sah aus wie ein Auge, aus dem ein Stern herausgebrochen ist.«

»Ja.« Christinas Herzschlag beschleunigte sich erneut, und eine Welle undefinierbarer Gefühle überrollte sie. »Genauso sah er aus.«

14. Kapitel

Bis zum Mittwochvormittag hatte sich das Wetter wieder in einen wunderbaren Frühsommer zurückverwandelt. Die Temperaturen lagen für die Küste ungewöhnlich hoch. Schon um kurz vor zehn zeigte die Funkanzeige des Außenthermometers an der Wand in Christinas Büro fünfundzwanzig Grad an, und für den Nachmittag war noch eine deutliche Steigerung zu erwarten. Allerdings hatten die Wetterfrösche prophezeit, dass die heftigen Temperaturschwankungen der letzten Tage ab dem Abend zu schweren Gewittern führen könnten.

Das Welpentraining war gerade zu Ende, und Christina notierte sich rasch noch ein paar Details zu den einzelnen Hunden, dann hastete sie in ihre Wohnung hinauf und zog sich ein frisches T-Shirt an. Kritisch musterte sie sich im Spiegel über ihrer antiken Schminkkommode, die sie zu ihrem zwölften Geburtstag geschenkt bekommen hatte. Ihr Haar hatte sie wegen des warmen Wetters locker mit einer Spange hochgesteckt, ihre Haut war leicht gerötet, vor allem im Gesicht, weil sie vergessen hatte, sich mit Sonnencreme einzureiben. Das hellgelbe T-Shirt mit dem dunkelblauen Blumenmuster stand ihr gut. Es betonte ihre Figur, war aber trotz des tiefen V-Ausschnitts noch seriös genug für ein Vorstellungsgespräch. Um zehn Uhr erwartete sie das Ehepaar Staller. Weshalb sie deswegen nervös war, konnte sie sich nicht ganz erklären. Vielleicht lag es daran, dass sie zum ersten Mal daran dachte, jemand Fremdes fest einzustellen und damit Teil ihres Traums werden zu lassen. Außerdem hatte sie zwar früher schon in Teams gearbeitet, war aber selbst noch nie Chefin gewesen. Sie beschloss, das gute Wetter als entsprechendes Omen anzusehen, verteilte rasch ein wenig Creme auf ihrem Gesicht – gerade genug, dass sie nicht speckig glänzte – und eilte dann wieder die Treppe hinab.

Sie traf im Empfangsraum ein, als gerade die Tür geöffnet wurde und ein sympathisch wirkendes Paar durch die Tür trat. Beide waren etwa Ende dreißig oder Anfang vierzig, blond und schlank und trugen Jeans und schwarze T-Shirts. Die Frau hatte ihr Haar zum Pferdeschwanz gebunden, und in ihren Ohren baumelten kleine silberne Kreolen. Sie trat als Erste auf Christina zu und streckte ihr die rechte Hand entgegen.

»Guten Morgen. Sie müssen Frau Messner sein. Sie sehen genauso aus wie auf den Fotos auf Ihrer Homepage. Ich bin Leah Staller, und das ist mein Mann Ralf.«

Christina ergriff die Hand der Frau, schüttelte sie kurz und wandte sich dann ebenso Ralf Staller zu. »Herzlich willkommen in meiner Hundeschule. Nennen Sie mich doch bitte Christina, wir sind hier nicht so förmlich.«

»Also gut.« Ralf Staller nickte ihr zu. »Aber nur, wenn wir für Sie Leah und Ralf sind.«

»Gerne. Kommen Sie doch hierhinüber in mein Büro, und setzen Sie sich.« Einladend deutete Christina auf die beiden Besucherstühle. »Möchten Sie etwas trinken?«

»Ein Wasser wäre toll.« Leah lächelte erfreut. »Bei dem Wetter genau das Richtige.«

»Für mich bitte auch.« Ralf setzte sich, nachdem seine Frau Platz genommen hatte.

Christina holte rasch drei Gläser aus ihrer Kaffeeküche sowie eine Flasche kühlschrankkaltes Mineralwasser und goss ihnen allen ein. Dann nahm sie hinter ihrem Schreibtisch Platz und musterte das Ehepaar kurz, aber eingehend. »Sie beide haben ausgezeichnete Referenzen vorzuweisen und Ihren Angaben zufolge auch schon einmal selbst eine Hundeschule geführt.«

»Das ist richtig.« Ralf nippte an seinem Wasser. »Allerdings war es eher ein kleiner Ausbildungs- und Übungsplatz. Nicht zu vergleichen mit dem Betrieb, den Sie sich hier aufgebaut haben. Wie wir in Ihrem Blog gelesen haben, wird es hier in Kürze sogar eine Tierarztpraxis geben.«

»Ja, das stimmt. Meine Schwester wird sie zusammen mit unserem alteingesessenen Tierarzt eröffnen.«

»Ich finde das wunderbar, weil auf diese Weise beide Seiten voneinander profitieren können.« Leah sah sich neugierig um. »Sie haben hier ein ziemlich großes Gebäude zur Verfügung.«

»Ich plane, es noch auszubauen. Es gibt bereits einen kleinen Seminarraum, aber weitere Räume sollen mittelfristig folgen. Mein Traum ist es, hier ein Kompetenzzentrum rund um das Thema ›Hund‹ zu etablieren.«

Leah strahlte sie an. »Von so etwas habe ich früher auch mal geträumt, aber leider ließ sich das für uns finanziell nicht umsetzen. Wie Sie ja schon aus unserer Bewerbung wissen, kommen wir ursprünglich aus dem Münchener Raum, und da sind Mieten und Pachten dermaßen hoch, dass es ganz unmöglich war, in dieser Hinsicht tätig zu werden. Ich hätte auch so gerne eine kleine Hundepension ins Leben gerufen, aber leider ging auch das bisher nicht. Und seit wir bei Nürnberg leben, mussten wir noch mehr Abstriche machen.«

Christina merkte auf. »Eine Hundepension schwebt mir ebenfalls vor, wenn ich den richtigen Partner dazu finde. Falls wir uns heute einig werden, wäre das vielleicht ein Punkt, über den wir uns noch näher unterhalten sollten.«

Leah und Ralf sahen einander kurz an, und es schien, als zeichne sich auf ihrer beider Gesichter ein kleiner Hoffnungsschimmer ab. Ralf ergriff einen Moment später das Wort. »Wir haben uns eingehend mit Ihrer Philosophie auseinandergesetzt und auch mit unserer gemeinsamen Bekannten Brigitte gesprochen.«

»Sie war meine Ausbilderin.« Christina lächelte. »Eine tolle Lehrerin. Eine bessere hätte ich mir nicht wünschen können.«

»Aber streng und sehr detailverliebt«, ergänzte Leah. »Ich weiß, ich habe ja meine Ausbildung auch bei ihr gemacht. Ralf hingegen bei Amir Nafri, Sie werden ihn vielleicht kennen.«

»Selbstverständlich. Er ist eine Koryphäe auf dem Gebiet der Hundeerziehung und -dressur. Vor Jahren habe ich einmal ein Seminar bei ihm besucht.« Christina faltete die Hände auf dem Tisch. »Gibt es einen bestimmten Grund dafür, dass Sie beide mit solchen Referenzen bis an die Nordseeküste reisen, um sich eine neue Stellung zu suchen? Ich könnte mir vorstellen, dass die Hundeschulen in Bayern und Baden-Württemberg Sie beide mit Kusshand einstellen würden.«

Wieder sahen die beiden einander an, diesmal sah es für Christina so aus, als würden sie sich wortlos über etwas austauschen. Diesmal war es Leah, die zuerst das Wort ergriff: »Dafür gibt es tatsächlich einen guten Grund, und ein bisschen bin ich froh, dass Sie ihn noch nicht selbst herausgefunden haben. Das bedeutet nämlich, dass wir mit unserer Strategie, uns unterhalb des Radars aufzuhalten, den richtigen Weg eingeschlagen haben.« Sie zögerte, warf ihrem Mann noch einmal einen kurzen Blick zu, und als dieser nickte, fuhr sie fort: »Der Name Nina Staller sagt Ihnen nichts?«

Christina dachte kurz nach. »Sollte er?«

Leahs Miene war sehr ernst geworden. »Es ist der Name unserer Tochter, und er ging vor rund zwei Jahren deutschlandweit durch die Presse.«

Auf Christinas Stirn bildeten sich kleine Furchen. »In welchem Zusammenhang?«

Es entstand eine kurze Pause, in der Leahs tiefes Ein- und wieder Ausatmen deutlich zu hören war. »Wir sprechen nicht gerne darüber, aber gerade in einer Situation wie dieser hier ist es unvermeidlich, damit Sie uns besser verstehen. Nina wurde vor zwei Jahren entführt.«

Erschrocken hob Christina den Kopf und versuchte noch einmal, sich an irgendwelche Presseberichte zu erinnern. Nach einer Weile dämmerte es ihr. »Oh Gott, natürlich! Ein vierzehnjähriges Mädchen, das auf dem Weg von einer Geburtstagsparty nach Hause entführt und …« Entsetzt hielt sie inne.

Leah nickte traurig. »Sprechen Sie es ruhig aus. Sie wurde vergewaltigt. Mehrfach sogar. Entführt auf der Strecke vom Haus ihrer besten Freundin nach Hause. Das sind vielleicht zweihundert Meter gewesen, eher weniger.«

Christina kramte in ihrem Gedächtnis nach weiteren Details. »Der Täter wurde aber gefasst, soweit ich mich entsinne, nicht wahr?«

Ralf nickte. Seine Miene wirkte ruhig, doch unter der Oberfläche war zu erkennen, dass er dem Mann liebend gerne höchstpersönlich den Hals umgedreht hätte. »Nina konnte sich nach fast drei Tagen Tortur selbst befreien. Sie hat ihren Peiniger mit einem Kantholz niedergeschlagen.« Aus seiner Stimme war deutlich Stolz herauszuhören, auch wenn sein Ton gequält klang.

Leah nickte bekräftigend. »Der Kerl starb kurz darauf an der Schädelfraktur, die er dadurch erlitten hatte.«

»Das ist eine entsetzliche Geschichte.« Christina wusste nicht recht, wie sie reagieren sollte.

»Wir sind kurz nach dieser Sache aus unserem Heimatort weggezogen«, erzählte Leah weiter. »Es war einfach nicht mehr auszuhalten. Die Presse … Sie können sich nicht vorstellen, wie die sich auf unser Mädchen gestürzt hat! Es war geradezu ekelhaft. Auf Schritt und Tritt wurde Nina verfolgt. Und natürlich auch wir und sogar unser Sohn Tino, der damals erst elf gewesen ist. Schlimmer waren aber noch die Leute in unserem Umfeld. Die einen meinten es gut und haben uns – wie sagt man hier oben an der Küste? – betüddelt. Das ging ja noch, aber da gab es auch noch die, die behaupteten, wir seien selbst schuld, weil wir Nina erlaubt hatten, die kurze Strecke zu Fuß nach Hause zu laufen. Meine Güte, weniger als zweihundert Meter in einem Ort, in dem sie aufgewachsen ist! Auf offener Straße und um halb elf Uhr abends mitten im Sommer. Es war sogar noch hell. Ich bitte Sie, da denkt man doch nicht drüber nach, oder? Wir lebten ja nicht in irgendeinem kriminellen Sperrbezirk oder so oder in einem Getto. Noch unmöglicher aber waren die Leute, die Nina die Schuld gaben, weil sie ein Kleid trug. Ein kurzes Kleid, wie es Mädchen mit vierzehn Jahren nun mal schon sehr gerne tragen, und nur eine dünne Strickjacke darüber. In welcher Welt leben wir denn? Als man anfing, Nina als Flittchen zu beschimpfen und sogar ihr Facebook-Profil mit Gemeinheiten überschwemmt wurde, wussten wir, dass wir wegmussten. Wir sind in die Nähe von Nürnberg gezogen, haben einfache Jobs angenommen und uns aus der Öffentlichkeit weitgehend zurückgezogen. Natürlich ist das schwierig, gerade für Kinder, wenn sie sich nicht mehr in den sozialen Netzwerken tummeln dürfen und all so was. Wir leben jetzt ein ziemliches Außenseiterleben, und vermutlich glauben manche, wir seien irgendwelche verkrachten Existenzen.«

»Deshalb haben wir beschlossen, noch einmal ganz neu anzufangen«, übernahm Ralf das Wort, »und zwar so weit weg von unserem alten Leben, wie es nur möglich ist, ohne auszuwandern.« Er hielt kurz inne und bemühte sich sichtlich um ein Lächeln. »Wir möchten auf keinen Fall den Eindruck erwecken, mit dieser Geschichte Mitleid erregen zu wollen. Wenn Sie uns einstellen, dann bitte ausschließlich aufgrund unserer Referenzen. Wir sind auch bereit, eine Probezeit auszumachen oder unter Ihrer Aufsicht Kurse abzuhalten, damit Sie unsere Fähigkeiten vorab beurteilen können und wir sehen, ob wir miteinander auskommen. Dennoch ist es uns wichtig, dass Sie wissen, worauf Sie sich mit der Familie Staller einlassen. Wir versuchen, ein möglichst normales Leben zu führen, werden aber sicherlich noch eine Weile sehr öffentlichkeitsscheu sein. Nina ist seit der Sache in Therapie, und wir müssten hier natürlich auch erst eine neue Psychologin finden, die sich ihrer annimmt ...«

»Da könnte ich Ihnen vielleicht sogar weiterhelfen«, unterbrach Christina ihn. »Eine Bekannte von mir hat sich kürzlich als Psychotherapeutin selbstständig gemacht. Ihr Name ist Dr. Nasira Scholz. Sie hat nach ihrem Studium einige Jahre in diversen Therapiezentren gearbeitet und will sich jetzt eine eigene Praxis aufbauen. Soweit ich weiß, hat sie bereits Erfahrungen mit ... nun ja ... Vergewaltigungsopfern gemacht.«

Wieder wechselte das Ehepaar einen eingehenden Blick. Leah beugte sich ein wenig vor. »Dann könnten Sie sich also vorstellen, es mit uns zu versuchen?«

Christina ließ sich die Sache kurz durch den Kopf gehen und lauschte auch auf irgendwelche alarmierenden Empfindungen, die ihr Bauchgefühl möglicherweise aussenden könnte. Es gab keine.

»Wissen Sie was?« Sie erhob sich. »Lassen Sie uns einen Rundgang über das Gelände machen, dann können Sie sich mit den Gegebenheiten vertraut machen. In einer halben Stunde beginnt unser Fortgeschrittenenkurs in familientauglicher Hundeerziehung, und danach geht es gleich weiter mit meiner Schutzhundetruppe. Wenn Sie ausreichend Zeit mitgebracht haben, machen Sie doch einfach mit, lernen Sie meine Arbeitsweise kennen, und ich sehe mir die Ihre an, und danach reden wir weiter.«

***

Ben fühlte sich zerknautscht, verschwitzt und erschöpft, aber gleichzeitig auch zufrieden wie schon lange nicht mehr, als er das Gartentörchen vor dem Ferienhaus öffnete und Boss von der Leine ließ.

Endlich sind wir wieder mal an einem Ort, wo es nicht so schrecklich staubt. Also gegen ein bisschen Schmutz habe ich ja nichts, aber dieses Steinzeug, das sich überall festsetzt, nervt schon ziemlich. Ich geh jetzt erst mal ein Nickerchen machen. Konnte ich ja bis eben nicht, weil du dauernd im Lagerhaus herumgerannt bist, als hätte dich was gestochen. Hier ein bisschen schleifen, da polieren, das hat mich ganz hibbelig gemacht. Anscheinend ist aber jetzt dieses Steinding fertig, also hoffe ich, mir ist jetzt etwas Ruhe vergönnt.

Boss gähnte herzhaft und geradezu demonstrativ, wie Ben schmunzelnd feststellte, und tappte bis zur Haustür. Dort stand ein Korb, den wahrscheinlich Elke Dennersen vorbeigebracht hatte.

Warte mal, ist das Schinken, was ich da rieche? Und das da sind Eier. Kann ich die haben? Also den Schinken noch lieber als die Eier, aber ich nehme gerne auch beides. Schmatz!

»Halt, halt, das ist nicht für dich!« Bevor Boss seine Nase allzu tief in den Korb stecken konnte, schnappte Ben ihn sich und hielt ihn außer Reichweite des Hundes.

Schade. Das riecht aber so gut, und ich hab Hunger. Na gut, dann suche ich halt nach meinem Kauknochen.

Grummelnd trollte Boss sich ins Wohnzimmer.

»Nun mecker nicht«, rief Ben ihm hinterher. »Elke hat mir mein Abendessen vorbeigebracht, und wenn du dich benimmst, kriegst du vielleicht sogar was davon ab.« Er hielt inne und betrachtete den Korb erneut. »So ein Service hat schon was, das muss ich zugeben.«

Neugierig zog er den zusammengefalteten Zettel heraus, auf dem der Geldbetrag vermerkt war, den er den Dennersens schuldete, und eine kurze Nachricht, in der Elke ihn freundlich grüßte und eine schöne Zeit wünschte. Auch ein Flyer mit den aktuellen Wochenangeboten aus ihrem Hofladen klemmte zwischen den Lebensmitteln sowie ein weiterer mit einer Einladung zum historischen Stadtfest am dritten Juliwochenende.

Bis dahin war es noch eine ganze Weile hin, also befestigte er den Zettel mit einem Magneten an der kleinen Pinnwand in der Küche. Auch der Angebotsflyer erhielt dort einen Platz, während der veraltete von vergangener Woche in die Kiste mit dem Altpapier wanderte.

Kurz überlegte Ben, ob er gleich etwas essen sollte, entschied sich aber dagegen. Eigentlich war er noch gar nicht hungrig. Stattdessen beschloss er, erst einmal ausgiebig zu duschen und sich den Schmutz und Arbeitseifer der vergangenen Tage abzuwaschen. Schon auf dem Weg nach oben riss er sich die Kleider vom Leib und warf sie auf einen Haufen vor der Badezimmertür.

Das heiße Wasser ließ er mindestens zehn Minuten über seinen Körper perlen, das Gesicht mitten in den Strahl gerichtet.

Dreimal hatte er neu beginnen müssen, bis er die zweiteilige Skulptur so hinbekommen hatte, wie er sie vor seinem inneren Auge sah. Obwohl er ein gutes räumliches Empfinden besaß und ein Faible für Geometrie, war die Sache kniffliger gewesen, als er zunächst gedacht hatte. Nun aber stand das Kunstwerk fertig in der Lagerhalle und wartete darauf, sicher verpackt und zu einer Galerie seiner Wahl geschickt zu werden. Allerdings wollte er es vorher unbedingt Christina zeigen. Immerhin war sie die Inspiration gewesen.

Christina. Er verspürte das drängende Bedürfnis, sie sofort zu sehen und bis zur Besinnungslosigkeit zu küssen – von all den wunderbaren Fantasien, die seine Libido in seinem Kopf formte, einmal ganz zu schweigen. Er wusste jedoch mittlerweile, dass sie mittwochs einen vollen Terminplan hatte und sogar abends noch einen Kurs gab – Schutzhundeausbildung, wenn er sich richtig erinnerte. Sie hatte seine Isolation während seiner kritischen Phase akzeptiert und in Kauf genommen, da konnte er jetzt nicht einfach vor ihrer Tür stehen und sie bei der Arbeit stören. Sie nahm ihre Verantwortung den Tieren und ihren Haltern gegenüber ernst, und die Hundeschule war gewissermaßen ihre Vision, die sie unbedingt verwirklichen musste. Also widerstand er seiner Sehnsucht und beschloss, sich erst einmal ein wenig auszuruhen.

Es war früher Nachmittag, und die Sonne schien wieder von einem wolkenlosen Himmel. Die Wetterwechsel der vergangenen Tage hatte er nur am Rande wahrgenommen, doch nun reizte ihn das schöne Wetter sehr. Da er jedoch auf einen ausgewachsenen Sonnenbrand verzichten konnte – und den würde er bekommen, falls er draußen im Garten einschlief –, riss er lediglich alle Fenster und die Terrassentür auf und legte sich auf die Couch.

Boss beobachtete ihn mit einem Auge, rührte sich aber nicht von seinem Schlafkissen weg. Einen kurzen Moment überlegte Ben, ob es genügte, dass das Gartentor verschlossen war, doch immerhin hatte Boss seit seinem Ausflug am Sonntag keinerlei Anstalten gemacht, noch einmal Reißaus zu nehmen. Es war sein letzter Gedanke, bevor ihm die Augen zufielen.

***

Als Ben aufwachte, vernahm er als Erstes ein lautes Schnarchen. Boss lag auf dem Rücken, hatte alle vier Pfoten weit von sich gestreckt und schien im Schlaf einen ganzen Wald absägen zu wollen. Ben rieb sich leicht benommen die Augen und grinste in sich hinein. Hin und wieder zuckte einer der Hinterläufe, oder Boss gab im Tiefschlaf einen Laut von sich, der halb Bellen, halb Jaulen war. Wovon er wohl träumen mochte?

Bens Blick wanderte zur Uhr an der Wand. Sie zeigte bereits kurz nach sechs Uhr. Er hatte gut vier Stunden geschlafen! Kaum war der Gedanke zu Ende gedacht, als er von draußen ein Rascheln vernahm und im nächsten Moment einen Windhauch spürte, der zum Fenster hereinwehte und die Vorhänge blähte. Er drehte den Kopf ein wenig und stellte überrascht fest, dass es draußen gar nicht mehr so sonnig war wie noch vorhin. Im Gegenteil, es war sogar deutlich dunkler, als es um diese Tageszeit üblich gewesen wäre.

Leise schwang er die Beine auf den Boden, erhob sich und trat an die Terrassentür. Hinter ihm hörte das Schnarchen auf.

Ach, bist du endlich wach? Ich auch. Aber ich bin viel zu faul, um jetzt aufzustehen. Was machst du denn da an der Tür? Ach, egal, ich bleibe einfach hier so liegen. Wenn etwas Wichtiges sein sollte, kannst du mir ja Bescheid sagen.

Ben sah sich zu Boss um, der nach wie vor platt auf dem Rücken lag und mit ganz kleinen Augen zu ihm hochblinzelte. Der Anblick reizte ihn zum Lachen. »Na, du Faulpelz? Sieh dir bloß mal das Wetter an. Woher kommen denn schon wieder diese finsteren Wolken? Das sieht ganz schön bedrohlich aus.« Er ging zurück zum Couchtisch und nahm sein Handy in die Hand, das er dort abgelegt hatte. Die Wetter-App zeigte eine Unwetterwarnung für die Küstengegend von Cuxhaven bis Büsum an. Schwere Sturmböen und Gewitter waren möglich, örtlich sogar Orkanböen. »Na, Prost Mahlzeit«, murmelte Ben vor sich hin. »Da dürften wir ja heute Zeugen unseres ersten Nordsee-Unwetters werden, was?«

Wenn du es sagst. Keine Ahnung, was du in dem Kästchen da gesehen hast. Aber wenn ich so nach draußen schiele, schätze ich ebenfalls, dass das Wetter wieder ungemütlich wird. Und nass. Regen nervt. Halbherzig wedelte Boss mit dem Schwanz, der dadurch leicht über das Hundekissen wischte und ein raschelndes Geräusch verursachte.

»Hoffentlich hast du keine Angst vor Gewitter.«
Warum sollte ich?
»Christina hat gesagt, dass ich darauf achten soll, ob plötzliche laute Geräusche dich erschrecken.«
Ach ja? Ist ja komisch. Na, meinetwegen.

Ben blickte zu den Wolken hinauf. Sie kamen von der See herangezogen und brachten einen böigen Wind mit sich. »Vielleicht sollten wir vorsichtshalber jetzt noch mal eine Runde laufen, was meinst du? Nicht dass es nachher stürmt und regnet, wenn du mal musst.«

Hm, da sagst du was. Boss strampelte kurz mit den Beinen und drehte sich umständlich auf den Bauch, erhob sich und schüttelte sich heftig. *Oops, ja, jetzt merke ich es. Wir sollten tatsächlich mal nach draußen gehen. Ich muss nämlich nicht nur Pinkeln, sondern auch mein großes Geschäft erledigen. Und das soll ich ja wohl nicht hier im Garten tun, oder? Wuff.*

»Na so was, du bist mal meiner Meinung?« Ben hob erfreut die Augenbrauen.

In solchen Dingen ist schwerlich zu widersprechen, wenn die Natur ihren Tribut fordert. Vielleicht beeilst du dich mal ein bisschen.

Da Boss plötzlich nervös hin und her trippelte und leise Ungeduldslaute ausstieß, ging Ben rasch in den Flur, um Geschirr und Leine zu holen, machte aber noch einen kurzen Umweg über die kleine Gästetoilette.

Boss winselte ungeduldig. *Das gibt es doch wohl nicht. Erst macht er mir die Nase lang, dann schließt er sich in dem blöden Gästebad ein. Nun mach schon. Hättest du mich nicht aufgescheucht, würde es jetzt nicht so doll drücken.*

»Ist ja gut, bin ja schon fertig.« Ben schloss die Tür zum Gästebad hinter sich und legte dem unruhigen Hund eilig das Geschirr an. »Dann mal los.« Er verließ das Haus durch die Terrassentür, ging mit Boss zur Straße und wandte sich dann in Richtung Deich.

»Herr Brungsdahl?« Hinter ihm wurden eilige Schritte laut. Elke Dennersen kam im Laufschritt die Straße heraufgelaufen. »Gut, dass ich Sie antreffe. Es ist ein schwerer Gewittersturm gemeldet. Wenn Sie Ihr Auto unterstellen möchten, können Sie das gerne bei uns im großen Schuppen tun. Der kleine Carport neben Sybillas Haus ist kein besonders guter Schutz bei Hagel, vor allem, wenn der Wind ihn seitlich hereinpeitscht. Für Melanies Feriengäste haben wir immer einen Stellplatz bei uns frei.«

»Das ist ein sehr freundliches Angebot, danke. Ich komme darauf zurück, sobald wir wieder hier sind.« Er deutete vage mit dem Kinn auf Boss, der ungeduldig um ihn herumtrippelte.

»In Ordnung, dann sage ich Bruno Bescheid, dass er das Tor schon mal aufmachen und den kleinen Trecker nach hinten fahren soll.« Elke lächelte ihm zu, blickte gleich darauf aber besorgt zum Himmel. »An Ihrer Stelle würde ich mich beeilen. Der Regen kann jeden Moment losbrechen, und so wie es aussieht, wird das nicht mal eben ein kleiner Schauer. Auf den Deich sollten Sie vielleicht besser auch nicht gehen, denn hier kann der Sturm sehr plötzlich einsetzen. Nicht dass Sie von da oben heruntergeweht werden.«

»Ich bin eigentlich ziemlich standfest, aber ich werde mich

vorsehen.« Er nickte der freundlichen Bäuerin zu. »Vielen Dank übrigens für den Proviant.«

»Ach, das ist doch selbstverständlich. Sie haben ja offenbar die letzten Tage sehr fleißig gearbeitet und bestimmt keine Zeit zum Einkaufen gehabt. Lassen Sie sich alles gut schmecken. Bis später dann!« Winkend machte Elke kehrt und eilte zurück zu ihrem Hof.

»Na komm, Boss, beeilen wir uns.«

Musik in meinen Ohren!

Im Laufschritt strebten sie dem Deich zu, bogen kurz vorher jedoch in einen Feldweg ab, der auf eine größere Baumgruppe zuführte. Der Regen brach los, noch während Boss sein Geschäft verrichtete. Ben zog fluchend den Kopf ein, wartete aber geduldig, bis der Hund auch noch seine Blase entleert hatte, dann rannten sie quer über die Wiese zurück.

Also weißt du, ich mag Regen zwar eigentlich nicht, aber das hier ist irgendwie lustig. Das prasselt ja richtig und quatscht im Gras. Ich wüsste ja zu gern, wie sich das anfühlt, wenn ich mich hier wälze.

Boss blieb so abrupt stehen, dass Ben beinahe gestolpert wäre, weil er die Leine so kurz gehalten hatte. »Hey, was ist denn jetzt los? Willst du nicht ins Trockene?« Erstaunt blickte Ben auf seinen Hund, der am Boden schnüffelte. In der Ferne grollte der erste Donner. »Komm schon!«

Nö. Das probiere ich jetzt erst aus. Mit einem Grunzen warf Boss sich auf die Seite. *Ha, das tut ja richtig gut. Solltest du auch mal ausprobieren. Da geht der ganze blöde, komisch klebrige Staub ab.*

»Oh Mann, was soll das denn?« Ben starrte irritiert auf den sich wild im nassen Gras wälzenden Hund. Er musste sogar die Leine loslassen, weil Boss sich immer mehr darin verhedderte. »Bist du verrückt geworden?«

Kann schon sein. Das macht echt Spaß. Komm, mach mal mit! Überraschend sprang Boss zurück auf die Füße und sauste bellend zweimal um Ben herum, bevor er sich erneut zu wälzen begann.

Kopfschüttelnd sah Ben dem Hund zu, konnte sich ein Grinsen und schließlich ein lautes Lachen aber nicht verkneifen. »Du hast sie ja nicht mehr alle!«

Mir doch egal. Halt mich doch auf! Mit einem mutwilligen Blick sah Boss zu ihm auf, kam erneut auf die Füße und sauste wie ein Wirbelwind um Bens Beine herum.

Fang mich, wenn du kannst!

»Was denn jetzt? Hey, halt, hiergeblieben!« Als Boss sich mit großen Sätzen von ihm entfernte, rannte Ben ihm erschrocken hinterher.

Keine Chance. Das hier ist das Witzigste, was ich seit Langem erlebt habe. Boss wurde nur so viel langsamer, dass Ben aufschließen konnte, dann rannte er wieder los, im Halbkreis über die Wiese.

Wegen des heftigen Regengusses musste Ben sich mehrmals das Wasser aus dem Gesicht reiben, während er versuchte, das Ende der Leine zu erhaschen. Dann fiel ihm ein, was Christina ihm für solch einen Fall geraten hatte, und er blieb stehen.

»Ich bin jedenfalls nicht verrückt«, rief er Boss hinterher. »Ich renne dir doch nicht nach wie ein Depp.«

Boss blieb beim Klang seiner Stimme stehen und sah ihn fragend an. *Warum denn nicht? War doch gerade so lustig. Äh, he, was machst du denn jetzt? Das geht doch nicht. Warte!*

Ben hatte sich abrupt umgedreht und rannte in die entgegengesetzte Richtung davon.

Das ist unfair, die Verfolgungsjagd war meine Idee! Aber warte nur, ich bin viel schneller als du. Schließlich habe ich vier Beine, und du hast nur zwei!

Mit hellem Gebell raste Boss hinter Ben her und holte ihn schnell ein. Ben hatte eigentlich vorgehabt, sich, falls seine Taktik aufging, sofort die Leine zu greifen, doch das freudige Gebell seines Hundes veranlasste ihn, spontan ein paar Haken zu schlagen und Boss dazu zu verleiten, ihm weiter nachzulaufen. Auf diese Weise durchquerten sie die Wiese zweimal, bis Ben schwer atmend anhalten musste. Boss hatte gerade einen Bogen um ihn geschlagen und sauste ungebremst auf ihn zu.

Oh, oh, warum bleibst du denn jetzt auf einmal stehen? Ich kann doch jetzt nicht aaaanhaaaalten! Wau!

Boss versuchte noch abzubremsen, überlegte es sich dann aber anders und sprang Ben so heftig an, dass dieser rücklings im Gras landete.

Für einen Moment blieb Ben die Luft weg. »Boss! Was machst du Untier denn?«

'tschuldigung, aber du bist selbst schuld. Einfach mitten im Schwung anzuhalten, also wirklich! Aber viel Spaß gemacht hat das jetzt. Boss stand hechelnd über Ben, und es sah tatsächlich so aus, als lache er. Im nächsten Moment beugte er sich vor und schlabberte Ben mit der Zunge übers Gesicht.

Verblüfft sah Ben zu seinem kräftigen und sonst so zurückhaltenden Hund hoch. »Wofür war das denn?«

Ach, ähm, einfach so. Mir war gerade danach. Boss wirkte plötzlich verlegen, wich einen Schritt zurück und setzte sich auf sein Hinterteil. *Das ist mir jetzt ein bisschen peinlich, aber was soll's! Du sagst es doch nicht weiter, oder?*

Ben setzte sich auf, musterte den Hund kurz, dann beugte er sich vor und umarmte ihn einfach. »Du bist schon eine Marke!«

Hm, tja, ich weiß zwar nicht, was du damit meinst, aber wahrscheinlich hast du recht. Und jetzt werde ich auch noch gekrault? Wie angenehm. Hach! Obwohl, so langsam wird es mir doch ein bisschen zu nass. Der Regen scheint zwar nachzulassen, aber trotzdem triefe ich jetzt überall.

Auf Boss' Schnauben hin lachte Ben. »Ja, du hast recht, wir sollten jetzt wirklich zurück ins Haus gehen. Ich bin bis auf die Haut nass, und dabei habe ich doch vorhin schon geduscht.« Rasch erhob er sich und griff dabei nach der Leine, die ebenfalls ganz nass und schmutzig geworden war. Einträchtig trabten die beiden durch den nur noch leichten Sprühregen zurück zum Ferienhaus.

Als Ben das Gartentörchen öffnete, grollte ein weiterer Donner, diesmal deutlich näher als noch zuvor. »Ich schätze, das war nur der Anfang.«

Anfang wovon? Fragend sah Boss zu ihm hoch und wedelte leicht mit der Rute. *Unserer Freundschaft? Das könnte schon sein. Weißt du, so langsam gewöhne ich mich nämlich an dich, und so lästig, wie ich dachte, bist du auch gar nicht. Das eben war ein toller Spaß. So etwas können wir ruhig häufiger machen. Ich hätte jedenfalls nichts dagegen.*

»Komm, ich trockne dich erst mal ab, bevor wir zurück ins Haus gehen, sonst saust du noch alles ein.«

Du aber auch, so wie du aussiehst. Wuff.

Lachend, weil Boss' Bellen wie eine Zustimmung klang, eilte er zu dem Stapel alter Handtücher, den er neben der Terrassentür deponiert hatte, und rubbelte das Fell seines Hundes so trocken, wie es ging. »Besser wäre es fast, ich würde dich föhnen!«

Was? Nee, also das geht gar nicht. Untersteh dich! Mit dem komischen Ding will ich nichts zu tun haben. Das hast du neulich mal versucht, und ich fand es grässlich! Eindeutig ablehnend brummelte Boss vor sich hin und sauste ins Haus, warf sich auf sein Hundekissen und legte den Kopf auf seinen Pfoten ab. *Siehst du, hier kann ich genauso gut weiter trocknen. Kein lautes Föhnding notwendig.*

Grinsend trug Ben die nassen Handtücher zum Wäschekorb in dem kleinen Hauswirtschaftsräumchen neben der Küche. »Ist ja schon gut, dann eben nicht. Aber wehe, du stinkst gleich nach nassem Hund!«

Das wird sich wohl kaum vermeiden lassen.

Ben zog seine durchnässten Sachen aus und schlüpfte in frische Jeans und ein schwarzes T-Shirt. »Ich muss mal schnell mein Auto nach nebenan fahren. Halt so lange hier die Stellung, okay?«

Von mir aus. Aber bleib nicht so lange weg. Allmählich kriege ich nämlich ordentlich Hunger.

Erneut staunte Ben, wie sehr Boss' Gebrummel einer Zustimmung ähnelte, schnappte sich den Autoschlüssel und brachte seinen Wagen in Dennersens Scheune vor dem aufziehenden Unwetter in Sicherheit. Die freundliche Einladung Bruno Dennersens auf einen Tee und Streuselkuchen lehnte er allerdings dankend ab. Stattdessen eilte er im Nieselregen zurück und machte sich zu Hause sofort daran, sich ein deftiges Abendessen aus geröstetem Brot, angewärmtem Schinken und mehreren Spiegeleiern zuzubereiten.

Bevor er sich mit seinem wohlgefüllten Teller und dem Körbchen voller Brotscheiben auf die Couch setzte, verschloss er rasch alle Fenster und auch die Terrassentür. Inzwischen rollte das Gewitter immer näher, und ein fast unwirkliches Pfeifen lag in der Luft, das wohl von dem immer stärker werdenden Wind kam.

Kaum hatte er sich aufs Sofa fallen lassen, als Boss neben ihm auftauchte. *Also ich will mich ja nicht beschweren, aber ... Okay, doch ich will mich massiv beschweren. Du kannst doch jetzt wohl nicht einfach hier vor meiner Nase essen und mir nichts abgeben, oder? Mein Magen knurrt!*

Grinsend reichte Ben seinem Hund zwei von dessen Lieblingskaurollen. »Du hast wohl gedacht, ich hätte dich vergessen, was?«

Der Gedanke ist mir gekommen, ja. Boss schnupperte an den Kaurollen und nahm sie vorsichtig entgegen. *Aber offenbar bist du doch aufmerksamer, als ich dachte. Bloß ... Das da auf deinem Teller riecht tausendmal besser als die Leckerchen hier.* Brav trug Boss die Kaurollen zu seinem Kissen, legte sie ab und kehrte gleich wieder um. Demonstrativ setzte er sich neben Ben und reckte die Nase in Richtung des Schinkens und der Eier.

Komm schon, nun sei nicht so!

Lachend schüttelte Ben den Kopf. »Du hast da etwas missverstanden. Das hier ist mein Abendessen. Das da auf deinem Kissen deins.«

Aber ich liebe Schinken und Eier! Boss wedelte freundlich mit der Rute und ließ dabei den Teller nicht aus den Augen. *Aber ist schon klar, Betteln ist nicht so elegant. Ich versuche also, mich zusammenzureißen.* Boss drehte den Kopf leicht zur Seite und tat, als blicke er zum Fenster hinaus.

»Immerhin etwas, du scheinst ja lernfähig zu sein.«

Wie du meinst. Aber eigentlich verfolge ich nur eine neue Taktik.

Ben schob sich eine Gabel voll Schinken und Eier in den Mund und kaute genüsslich. Dabei blickte er ebenfalls aus dem Fenster, hinter dem es inzwischen fast nachtschwarz geworden war, obwohl die Uhr gerade einmal kurz vor halb acht anzeigte. Aus den Augenwinkeln bemerkte er, dass Boss' Blick wieder auf den Teller gerichtet war. Als er sich dem Hund zuwandte, drehte dieser den Kopf rasch wieder weg, so als hätte er nie etwas anderes getan, als aus dem Fenster zu schauen.

Ben runzelte die Stirn, folgte dem Beispiel des Hundes, konnte aber genau beobachten, wie dessen Blick sich gleich wieder auf den Teller richtete.

Kaum sah Ben seinen Hund erneut an, als dieser, ganz die personifizierte Unschuld, wieder zur Seite blickte. Es fiel Ben schwer, ernst zu bleiben, aber er wiederholte das Spiel noch mehrmals, bis er schließlich laut lachte. »Du bist echt eine Marke, anders kann man es nicht ausdrücken.«

Kann ja sein, aber deshalb vermisse ich trotzdem immer noch den Geschmack dieses herrlich duftenden Schinkens auf meiner Zunge!

Seufzend stand Ben auf. »Komm mal mit.«

Wohin denn? In die Küche? Oh, gut.

»Hier.« Ben nahm Boss' Napf, füllte aus der Pfanne Schinken und Eier hinein und stellte ihn zurück an seinen Platz. »Bitte sehr.«

Wau! Danke, endlich hast du es kapiert. Mampf, das ist vielleicht lecker! Als wäre er ausgehungert, stürzte Boss sich auf die Leckerei.

Ben kehrte schmunzelnd zur Couch zurück. Er hatte gerade zwei weitere Gabeln mit Schinken und eine halbe Scheibe Brot vertilgt, als Boss erneut auftauchte und sich neben ihn setzte. »Jetzt ist es aber gut. Du hast deine Portion gehabt.«

Kann schon sein, aber es war so lecker, dass du mir ruhig noch einen Nachschlag geben könntest. Guck mal, du hast noch sooo viel auf deinem Teller, und mein Napf ist gaaanz leer. Regelrecht sauber geleckt, um genau zu sein. Den brauchst du nicht einmal mehr zu spülen.

»Kann es sein, dass du ein Vielfraß bist?«

Koch halt nicht so leckere Sachen, dann halte ich mich auch brav an mein Futter. Aber so was hier ... Da kann doch wirklich kein Hund widerstehen.

»Na, also gut, dann will ich mal nicht so sein.« Ben legte die angebissene Brotscheibe vor Boss auf den Boden. Im selben

Moment krachte über ihnen ein ohrenbetäubender Donnerschlag, sodass Ben erschrocken zusammenzuckte.

Boss schüttelte sich leicht. *Meine Güte, das ist aber laut da draußen. Und was sind das für grelle Dinger vor dem Fenster? Macht da einer das Licht an und wieder aus? Es gibt doch gar keine Schalter im Freien, oder etwa doch? Ach, mir doch egal. Ich nehm mal lieber schnell das Brot, ehe du es dir noch anders überlegst.* Mit einem Happs verschlang der Hund das Brot. *Lecker! Mehr, bitte!*

Stirnrunzelnd musterte Ben seinen Hund. »Also gewitterfest bist du offenbar. Du scheinst ja nicht die Spur von Angst zu haben.«

Gewitter? Heißt der Lärm da draußen etwa so? Na ja, solange du ganz ruhig bleibst, kann es ja nichts Schlimmes sein. Weshalb sollte ich mich also aufregen?

»Hier, weil du es bist.« Ben tunkte ein Stückchen Schinken in ein Eigelb und hielt es Boss hin. »Aber ganz vorsichtig, nicht dass du meine Finger gleich mitfrisst.«

Ja, ja, ich pass schon auf. Behutsam nahm Boss ihm die Leckerei aus den Fingern, kaute einmal kurz und schluckte. Mit der Zunge fuhr er genießerisch über seine Schnauze. *Das ist so was von lecker!*

»Du weißt, was gut ist, wie?« Lächelnd widmete Ben sich nun selbst wieder seinem Essen, steckte Boss aber hin und wieder ein Bröckchen Schinken oder einen Kanten Brot zu.

Als der Teller leer gegessen war, stellte Ben ihn in der Küche auf die Anrichte und streckte sich dann wieder der Länge nach auf der Couch aus. Das Gewitter hatte nachgelassen, dafür setzte erneut heftiger Regen ein, der diesmal von kleinen Hagelkörnern durchsetzt war. Sie prasselten gegen die Fensterscheiben, weil der Wind sich mittlerweile zum Sturm gesteigert hatte und um die Hausecken heulte.

Satt und zufrieden lauschte Ben auf die beinahe wütenden Geräusche des Unwetters und beobachtete die Bäume und Büsche, die sich in diesem Zwielicht hinter den Scheiben schemenhaft im Regen bogen und durchgeschüttelt wurden. Er wünschte, Christina wäre jetzt bei ihm. Ganz sicher hielt sie bei diesem Wetter keinen Kurs ab – zumindest nicht im Freien. Vielleicht war sie stattdessen auf den Seminarraum ausgewichen und gab ihren Schülern eine Theoriestunde. Während ihres gemeinsamen Picknicks am Seerosenteich hatte sie ihm erzählt, dass sie das manchmal machte, wenn die reguläre Trainingseinheit ausfallen musste.

Es faszinierte ihn, wie sehr sie in ihrer Arbeit mit den Hunden – aber auch mit den Menschen – aufging. Das war eine ganz eigene Art von Kunst, fand er, und in vielerlei Hinsicht mit seiner Hingabe für das, was er tat, zu vergleichen. Trotzdem hätte er sich gewünscht, sie hier und jetzt in den Armen halten zu können. Wenn es nicht so warm gewesen wäre, hätten sie sogar ein schönes Kaminfeuer anzünden können. Das hätte die romantische Atmosphäre deutlich gesteigert.

Noch während er diesen Gedanken zu Ende dachte, zischte draußen etwas, ein greller Blitz zuckte auf, und nur eine Sekunde später krachte ein Donnerschlag so laut, dass das Haus geradezu erzitterte.

Boss, der sich auf sein Kissen zurückgezogen hatte, hob wachsam den Kopf. *Das war aber echt laut jetzt. Meine Güte, was ist das denn? Da kann man ja nicht mal in Ruhe schlafen!*

»Der Blitz scheint irgendwo in der Nähe eingeschlagen zu haben.« Ben erhob sich, trat näher ans Fenster und versuchte, draußen etwas zu erkennen. Ein weiterer Blitz, noch ein krachender Donner, und gleich darauf fiel das Licht aus.

»Na bitte, das volle Programm.«

Boss brummelte etwas, rührte sich aber nicht von seinem Kissen weg. Erst als Ben sich in die Küche begab, folgte der Hund ihm neugierig.

Was machst du denn jetzt? So ganz im Dunkeln ist es ja seltsam hier. Mach doch mal wieder das Licht an!

Ben erinnerte sich, dass im Vorratsschrank ein Kasten mit Kerzen und Streichhölzern lag. Er entzündete zwei dicke Stumpen, fand passende Kerzenständer im untersten Schrankfach und stellte ein Licht auf den Küchentisch und ein weiteres auf den Couchtisch. Dann holte er seine Taschenlampe aus der Schublade in dem kleinen Flurschrank.

Wie jetzt, mehr Licht ist nicht? Was sind denn das für flackernde Dinger? Boss tappte zum Couchtisch und reckte neugierig die Nase Richtung Kerzenflamme, zuckte aber zurück, als er spürte, wie heiß sie war. *Huch, das ist ja Feuer! Warum sagst du mir das denn nicht gleich? Wuff!*

»Pass auf, Boss, nicht an die Kerze gehen. Du verbrennst dich!« Hastig nahm Ben den Kerzenständer wieder vom Tisch weg und stellte ihn stattdessen auf das Sideboard unter dem Fenster.

Haha, jetzt habe ich es auch schon bemerkt. Und was jetzt? Sitzen wir in der Finsternis?

»Ich sehe mal nach, ob es nur die Hauptsicherung herausgehauen hat.« In dem kleinen Hauswirtschaftsräumchen war neben der Wasseruhr auch der Sicherungskasten installiert. Ben öffnete ihn und leuchtete mit der Taschenlampe alle Sicherungen ab. »Nein, alles in Ordnung. Dann hat es wohl irgendwo die Stromversorgung erwischt. Da bleibt uns wohl nichts anderes übrig, als abzuwarten.« Er kehrte in die Küche zurück, von der aus er einen guten Blick auf die Straße hatte. Rechter Hand blinkte in einiger Entfernung etwas, was aussah wie ein Warnlicht.

Alarmiert versuchte er, mehr zu erkennen, doch da sich das Blinken in der lang gezogenen Kurve befand, in der die Straße Richtung Lichterhaven führte, war nichts weiter zu erkennen.

Ob bei Dennersens etwas passiert war? Der Sturm rüttelte mit zunehmender Kraft am Haus und an allem, was sich draußen befand. Immer wieder zuckten Blitze auf, die meisten begleitet von lautem Donner. Nach draußen zu gehen wäre ausgesprochen unvernünftig, dennoch zog Ben sich seinen gelben Regenparka über.

Willst du jetzt etwa weggehen? Das passt mir aber gar nicht. Bei dem Wetter scheucht man doch keinen Hund vor die Tür.

»Ich gehe mal rasch rüber zu Dennersens und sehe nach, was dort los ist. Du bleibst schön hier und hältst die Stellung.«

Okay, wenn ich nicht mitgehen muss, soll es mir recht sein. Schnaubend kehrte Boss zurück auf sein Kissen und legte sich hin.

Ben musterte ihn eingehend. »Hoffentlich kriegst du allein nicht doch noch Angst.«

Quatsch. Warum denn? Nur weil es da draußen total laut ist? Das nervt vielleicht, ist aber kein Grund, sich zu fürchten.

Da Boss vollkommen entspannt zu sein schien, griff Ben nach den Hausschlüsseln und schob sie sich zusammen mit seinem Handy in die Hosentasche. Bevor er das Haus verließ, stellte er die beiden Kerzen rasch noch in hochwandige Porzellanschüsseln, die wohl eigentlich für Schwimmkerzen oder sonstigen Dekokram gedacht waren. Auf diese Weise konnten die Flammen nicht versehentlich das Haus in Brand setzen. Er vergewisserte sich, dass die Schüsseln vollkommen frei und weit entfernt von Vorhängen oder sonstigen Einrichtungsgegenständen standen und auch nicht einfach von Boss umgestoßen werden konnten, und verließ dann eilig das Haus.

Der Wind packte ihn in dem Moment, als er vom Haus

wegtrat, und das mit solcher Wucht, dass Ben unwillkürlich wieder einen Schritt rückwärts machte. Heulend und pfeifend zerrte die Naturgewalt an Kleidern und Haaren und gebärdete sich wie ein wildes Tier. Ben zog den Kopf ein, und lief eiligen Schrittes die Straße hinunter. In der Biegung fand er tatsächlich ein mit Eisenstangen fest im Boden verankertes Warnlicht, etwa zwanzig Meter vom Hof der Dennersens entfernt. Von hier aus konnte er erkennen, dass der Blitz in eine von drei hohen Tannen auf der gegenüberliegenden Straßenseite eingeschlagen hatte. Sie war im oberen Drittel geborsten, und trotz des strömenden Regens roch es nach verkohltem Holz. Die Tanne hing gefährlich schräg zwischen den beiden anderen, und der Sturm drohte sie weiter umzuwehen.

Vorsichtig ging Ben näher an die Unglücksstelle heran. Bruno Dennersen kam ihm hastig und mit erhobenen Händen entgegen. »Warten Sie, kommen Sie nicht näher. Der Baum kann jeden Moment kippen. Ausgerechnet zu uns herüber. Wenn der unser Dach erwischt, sehen wir alt aus.«

»Ich hab dir schon zigmal gesagt, dass die Bäume wegmüssen.« Hinter Bruno tauchte Elke auf. In der Haustür stand Lieselotte, neben sich die erschrocken dreinblickenden Zwillinge. »So ein Mist aber auch. Lynn und Tim sind im Stall und beruhigen die Tiere, aber ich müsste auch unbedingt wieder zu ihnen. Zwei Kühe sollen heute oder morgen kalben …« Sie raufte sich das kurze, vom Sturm zerzauste blonde Haar.

»Ich hab Jörn angerufen.« Sie wandte sich kurz an Ben. »Das ist der Wehrführer unserer Feuerwehr. Er meinte, wir sollen einen offiziellen Notruf absetzen, aber er ist mit seiner Truppe noch an mehreren anderen Orten beschäftigt. Zwar sind vier Gruppen eingeteilt, aber sie können eben nicht überall zugleich sein. Drüben am Campingplatz muss der Sturm schon übel gewütet haben, dabei hat das Unwetter gerade erst angefangen.«

Argwöhnisch blickte sie auf den zerborstenen Baum. »Was machen wir denn jetzt? Wirklich den Notruf absetzen?«

»Es wird uns nichts anderes übrig bleiben.« Bruno zog ein Handy aus der Jackentasche.

Ben räusperte sich. »Haben Sie zufällig eine Kettensäge hier? Ich könnte den Baum absägen.«

»Sie?« Ungläubig und ausgesprochen skeptisch musterte Bruno ihn. »Sie sind doch Künstler.«

»Ja, aber einer, der gelernt hat, mit einer Kettensäge umzugehen.« Ben lächelte leicht. »Das habe ich sogar schriftlich. Außerdem habe ich während meiner Ausbildung mehrmals geholfen, Bäume zu fällen. Ich weiß, was ich tue.«

»Sind Sie wirklich sicher?« Elkes Miene hellte sich auf. »Wir haben eine Kettensäge. Bruno benutzt sie aber nur für das Holz, das wir für unseren Ofen geliefert bekommen. Das sind manchmal ziemlich große Stämme.«

»Ich kann mit dem Ding auch umgehen«, beeilte Bruno sich hinzuzufügen. »Aber allein würde ich die Tanne da nicht anrühren, dazu fehlt mir dann doch die Erfahrung.«

»Dann lassen Sie es uns gemeinsam versuchen.«

»Ich hole die Säge.« Noch immer skeptisch, aber aus Angst um das Haus und sein Vieh bereit Ben zu vertrauen, rannte Bruno auf den Hof zurück.

»Das ist unglaublich nett von Ihnen, Herr Brungsdahl.« Elke lächelte in einer Mischung aus Erleichterung und Sorge. »Eigentlich dürften wir Ihnen das nicht erlauben. Bei dem Sturm ist es viel zu gefährlich. Ich sollte Sie gleich wieder zurück ins Haus scheuchen …«

»Machen Sie sich keine Sorgen, ich bin ausgezeichnet versichert.« Ein lautes Knirschen, gefolgt von einem weiteren Blitz und Donner verriet, dass die Tanne nicht mehr lange so schief stehen würde. Bruno schlug bewaffnet mit der Säge und einer

Klappleiter einen großen Bogen außen um die drei Bäume herum.

»Und was jetzt? Wo fangen wir an?« Unsicher betrachtete er erst Ben, dann den Baum. »Ich habe Ihnen Handschuhe mitgebracht.« Er zog ein Paar Arbeitshandschuhe aus der Jackentasche.

Ben streifte sie sich über und machte sich dann mit der Kettensäge vertraut. »Wir müssen dafür sorgen, dass der Baum fällt, aber nicht auf Ihr Dach, sondern möglichst schräg auf die Straße.«

»Ihr Wort in Gottes Gehörgang! Der Wind kommt genau aus der falschen Richtung.« Bruno rieb sich sorgenvoll das Kinn.

»Das kriegen wir schon hin. Wenn wir mehr Zeit hätten, würde ich vorschlagen, den Baum stückweise zu kappen, aber das geht unter den gegebenen Umständen wohl nicht. Elke, ich denke, es ist besser, wenn Sie mit den Zwillingen zurück ins Haus gehen. Es kann trotzdem sein, das Äste oder Holzteile durch die Gegend fliegen. Ich möchte nicht, dass jemand getroffen wird.«

Ben ging vorsichtig näher an den Baum heran. Der Sturm zerrte an ihm, Regen peitschte aus allen Richtungen gleichzeitig auf ihn ein. Er ließ sich jedoch nicht beirren und besah sich den Baumstamm und die geborstene Krone sehr genau. Glücklicherweise hatte Bruno zuvor schon einen großen Strahler aufgestellt, der von einem Stromgenerator angetrieben wurde, sodass alles gut zu erkennen war.

»Wenn wir den hinteren Teil der Krone zuerst kappen, wird es einfacher, den späteren Fall zu lenken«, erklärte er. »Dazu muss ich auf die Leiter. Können Sie sie festhalten, Bruno?«

»Muss ich wohl. Obwohl mir das ziemlich lebensmüde vorkommt.«

Ben schüttelte den Kopf. »Das Gewitter ist ein Stück weitergezogen und nicht mehr direkt über uns. Nur der Sturm ist ein Problem, aber wenn wir uns hinter den Bäumen platzieren, kann eigentlich nicht viel passieren.«

»Eigentlich?« Bruno runzelte die Stirn, folgte ihm jedoch mit der Leiter, stellte sie auf und hielt sie fest, während Ben hinaufkletterte. Das Knirschen und Knacken des Stammes klang bedrohlich, doch Ben erkannte mit einem Blick, dass er recht gehabt hatte. Er riss die Kettensäge an und führte beherzt einen ersten Schnitt aus, woraufhin die Hälfte der Krone raschelnd zu Boden fiel und dort mit einem dumpfen Geräusch aufprallte.

Dadurch war der Windschatten verschwunden, der Ben zuvor geschützt hatte. Er schwankte kurz, fing sich aber gleich wieder und begutachtete den Schaden, den der Baum genommen hatte. Jetzt konnte er gut sehen, in welchem Winkel der Baum gefällt werden musste, damit er richtig fiel. Erneut setzte er die Säge an und schnitt nach und nach an strategischen Stellen mehrere Äste ab. Dann stieg er von der Leiter herunter und während Bruno sie zum Haus hinübertrug, sah Ben sich alles noch einmal von unten an.

»Bleiben Sie jetzt besser auch zurück«, rief er Bruno zu und versicherte sich mit wiederholten Blicken, dass er an der richtigen Stelle stand. Dann begann er fachmännisch den hohen Stamm anzusägen. Kurz bevor die Tanne kippte, rief Ben noch einmal eine Warnung aus, doch es hatten sich bereits alle bis an die Haustür geflüchtet. Elke hatte ihre beiden jüngeren Kinder in den Arm genommen. Mit offenen Mündern beobachteten die Zwillinge, wie der Stamm sich zu neigen begann und schließlich genau so der Länge nach auf der Straße landete, wie Ben es geplant hatte. Spontan klatschten die Kinder jubelnd in die Hände, und auch Elke tat es ihnen gleich. Dann eilte sie auf ihn zu und umarmte ihn stürmisch. »Das war ja unglaublich! Man könnte meinen, Sie tun so etwas täglich. Wo haben Sie das nur gelernt?«

»In meiner Ausbildung, wie ich schon sagte.« Er lächelte ihr zu und reichte Bruno die Kettensäge.

Der breitschultrige Bauer nahm sie und streckte ihm gleichzeitig die Hand entgegen. »Danke, Herr Brungsdahl. Ich hätte nicht gedacht, dass Sie so was können. Sie waren wirklich unsere Rettung. Ich weiß gar nicht, was ich sagen soll. So etwas ist ja nun wirklich alles andere als selbstverständlich.«

»Doch, doch. Wenn ich helfen kann, tue ich es gerne.« Ben schüttelte die Pranke des Mannes. »Aber nenne Sie mich bitte Ben.«

»In Ordnung.« Dennersen schüttelte seine Hand kräftig. »Jetzt müssen Sie aber unbedingt mit hereinkommen und einen Schnaps mit uns trinken. Oder lieber einen Tee? Elke, hol mal den frischen Kuchen heraus.«

»Bin schon unterwegs.« Elke verschwand im Haus, und die Männer folgten ihr bis in die gemütliche Wohnküche. Dort hatte Lieselotte bereits den Tisch gedeckt und Teewasser aufgesetzt. Die nassen Parkas wurden zum Trocknen aufgehängt, und Ben ließ sich von Lieselotte mit einem großen Stück Puddingstreuselkuchen versorgen.

»Lange kann ich nicht bleiben, Boss ist gerade ganz allein im Haus.«

»Hat er Angst vor dem Gewitter?«, wollte der achtjährige Mirko wissen. »Unsere Hunde haben keine Angst, aber die Katzen verstecken sich immer im Stall, und die Kühe mögen auch kein Gewitter. Den Schweinen macht das Wetter aber gar nichts aus und den Hühnern auch nicht.«

»Die Kühe!« Elke schlug sich gegen die Stirn. »Entschuldigt mich, ich muss raus zu Tim und Lynn. Die beiden sind ja ganz allein im Stall mit den Tieren beschäftigt. Und ihr beiden«, sie musterte die Zwillinge scharf, »geht jetzt ins Bett.«

»Ich kümmere mich um die beiden«, beruhigte Liselotte sie lächelnd. »Geh du nur zu deinen Rindviechern.«

Elke nickte ihr dankbar zu und war im nächsten Moment schon zur Tür hinaus. Bruno sah ihr mit einem liebevollen Blick nach. »Ich wüsste nicht, was ich ohne Elke machen sollte«, gab er bedächtig zu. »Als sie damals hier ankam, ganz Dame von Welt – sie war Flugbegleiterin, wissen Sie? – da hätte ich im Leben nicht geglaubt, was für eine patente Frau in der hübschen Hülle steckt. Was für ein Glück, dass ich sie mir geschnappt habe!«

»Lange genug gezögert hast du ja, du mit deinem Holzkopf.« Lieselotte knuffte ihn im Vorbeigehen sanft gegen den Oberarm. »Ich wusste gleich, dass mehr in ihr steckt.«

»Ach was? Du hast doch dauernd über sie oder mit ihr geschimpft!«

»Ach was – geschimpft! Ich habe ihr nur ein bisschen die Augen geöffnet, sonst gar nichts. Aber gemocht habe ich sie von Anfang an.«

Bruno grinste. »Wenn du es sagst.«

»Das sage ich!« Sie wandte sich an Ben. »Mögen Sie Pfefferminztee? Ich hab die Blätter selbst getrocknet. Viel besser als alles, was man zu kaufen kriegt.«

»Gerne.«

»Wie hast du das gemacht, dass der Baum genau da auf die Straße gefallen ist?«, wollte Mirko wissen.

Ben versuchte dem Jungen genau zu erklären, worauf man achten musste, wenn man wollte, dass ein Baum in eine bestimmte Richtung fiel. Als er schließlich über eine halbe Stunde später auf dem Rückweg zum Ferienhaus war, hatte er sich sehr angeregt mit Bruno über diverse Arbeitsgeräte ausgetauscht und war mit den Dennersens per Du.

Schon von Weitem vernahm er ein verdächtiges Heulen, das ganz und gar nicht wie das Geräusch klang, was der Sturm produzierte. Erschrocken legte er die letzten Meter im Laufschritt zurück, stürmte durch das Gartentörchen und den Plattenweg hinauf und hatte im nächsten Moment schon die Haustür aufgeschlossen.

Sofort verstummte das Geheul, und er hörte nur noch ein leises Kratzen auf dem Hundekissen. Als er das Wohnzimmer betrat, lag Boss dort ganz ruhig und blickte ihm regelrecht gelangweilt entgegen.

Da bist du ja wieder. Mir war schon ganz langweilig.

Ben kniff argwöhnisch die Augen zusammen. »Sag mal, hast du eben nicht laut geheult?«

Was, ich? Neeeeiiin, nie im Leben. Wie kommst du denn darauf? Boss brummelte und legte den Kopf auf den Pfoten ab.

»Seltsam, ich hätte schwören können, dass du eben gejault hast.«

Ich doch nicht! Oder ... na ja, vielleicht ein ganz kleines bisschen. Aber nur, weil mir so langweilig war. So ganz allein hier im Haus bei dem Sturm, das ist schon blöd. Vor allem, wenn ich nicht weiß, wo du bist und wann du zurückkommst. Hätte ja sein können, dass der Sturm dich wegweht. Und was soll dann aus mir werden?

Ben schmunzelte, als Boss mit traurig-unschuldigen Blick zu ihm aufsah und leicht mit der Rute wedelte. »Ich sage es auch nicht weiter, versprochen.«

Dafür wäre ich dir ausgesprochen dankbar.

Ben hängte seinen Regenparka auf, ging dann vor Boss' Kissen in die Hocke, nahm seinen wuchtigen Kopf zwischen seine Hände und kraulte den Hund hinter den Ohren. »Weißt du, ich habe Bruno und Elke geholfen. Eine der drei Tannen vor ihrem Haus ist vom Blitz getroffen worden und musste gefällt werden.«

Ach ja? Keine Ahnung, was das bedeutet, aber ... mmmmh, das tut guuuut. Und du redest mit mir. Das vertreibt die Langeweile.

»Ich habe den Baum mit der Kettensäge gefällt, sonst wäre er auf das Dach des Wohnhauses gestürzt.«

Na, so was! Bedeutet das, es gibt jetzt einen Baum weniger, an dem ich mein Bein heben kann? Wie ärgerlich!

Versonnen stand Ben auf und blickte zum Fenster hinaus, hinter dem der Sturm unvermindert wütete. Ein neuer Hagelschauer prasselte gegen die Scheiben, und aus der Ferne drang bereits das nächste Donnergrollen an sein Ohr. »Ich glaube, das wird eine ziemlich unruhige Nacht, Boss«, stellte er fest und machte es sich schließlich wieder auf der Couch gemütlich.

Ja kann sein. Prustend drehte Boss sich auf die Seite und blickte ebenfalls aus dem Fenster. *Aber solange es hier drinnen warm und trocken ist und du mich vielleicht eventuell noch mal so kraulen könntest, macht mir das nichts aus.*

Einen langen Moment betrachtete Ben seinen Hund, der jetzt leider zu weit entfernt lag, um ihn zu streicheln. »Boss?«

Hm? Boss hob ein wenig den Kopf und sah ihn fragend an.

»Hier auf der Couch ist eigentlich Platz für zwei.«

Ach ja? Du bist aber doch nur ein Mensch.

»Was meinst du, soll ich uns die große Decke ausbreiten?«

Und was dann?

Ben stand auf und holte aus dem Flurschrank eine große braune Decke und legte sie über die Couch. Dann ließ er sich wieder in die Polster fallen. »Komm mal her, Boss.«

Wozu? Boss drehte sich wieder auf den Bauch, machte aber keinerlei Anstalten zu gehorchen.

»Nun komm schon her.« Ben machte die entsprechende Handbewegung, so wie er es sich bei Christina abgeschaut hatte.

Wenn sich das nicht mindestens in Form eines Leckerchens lohnt, bin ich genervt! Ächzend erhob Boss sich und tappte bis an die Couch heran. *Was nun?*

»Feiner Hund!« Ben streichelte und kraulte Boss hinter den Ohren. »Und jetzt hopp!«

Hopp was? Fragend blickte Boss ihn an.

Ben klopfte auf den Platz auf der Decke neben sich. »Hopp, hierherauf. Leg dich zu mir auf die Couch.«

Was? Wie jetzt, da rauf, zu dir? Im Ernst?

»Na komm, hoch mit dir. Aber trampel möglichst nicht auf meinen lebenswichtigen Organen herum.« Erneut klopfte Ben auf die Couch.

Ich soll wirklich zu dir auf die Couch kommen? Zögernd hob Boss die rechte Vorderpfote und legte sie auf den Rand der Sitzfläche. Gleichzeitig sah er so aus, als wolle er jeden Moment einen Satz rückwärts machen.

»Na los, rauf mit dir. Ich beiße nicht.«

Das hatte ich auch nicht angenommen, aber bisher durfte ich noch nie auf die Couch. Weder mit dir noch ohne dich. Ein bisschen überraschend kommt das also schon.

»Na komm.« Ein drittes Mal klopfte Ben neben sich.

Also gut, wenn du unbedingt willst. Boss trat einen halben Schritt zurück und sprang dann mit einem Satz auf die Couch und trat dabei mit einer Vorderpfote auf Bens Oberschenkel.

»Heiliger Klabautermann, bist du schwer! Pass auf, wohin du trittst!«

Das war doch deine Idee! Und was jetzt?

Ben nahm sein rechtes Bein ein wenig zur Seite. »Leg dich hin, Boss, sonst trittst du mich noch kaputt.«

Etwas umständlich gehorchte Boss, drehte sich dreimal im Kreis um sich selbst und ließ sich dann fallen, den Kopf und eine Pfote auf Bens Bein.

So in etwa? Hm, das ist recht bequem so, muss ich zugeben.
»So ist's brav.« Lächelnd kraulte Ben den Hund mit beiden Händen hinter den Ohren und am Hals.
Haaach, fühlt sich das gut an. So ist das ja noch viel besser. Das ist ja eine völlig neue Erfahrung! Ich habe mich zwar noch nie für den Kuscheltyp gehalten, aber an das hier könnte ich mich glatt gewöhnen. Weißt du was? Ich bleibe jetzt einfach hier bei dir liegen und mache ein Nickerchen. Ist das okay? Boss gähnte, legte seinen Kopf aber gleich wieder ab und blinzelte zu Ben hoch.
»Christina hatte mal wieder recht.« Ben ließ seine Hände auf dem kurzen weichen Fell des Hundes liegen. »Das sollten wir öfter machen, findest du nicht auch?«
Mhm, sag ich doch. Boss' Augen schlossen sich, und er stieß ein zufriedenes Schnaufen aus.
Ein eigentümliches Glücksgefühl stieg in Ben auf, als er sich bewusst wurde, wie vertrauensvoll der große, sonst so auf Abstand bedachte Hund sich an ihn kuschelte.
»Schlaf gut, Kumpel!«
Du auch … Herrchen. Mh, ja, klingt gar nicht so übel, das Wort. Jedenfalls, wenn ich dabei an dich denke. Boss öffnete die Augen nur kurz, stupste Bens Arm mit der Nase an. Gleich darauf schlossen sich seine Augenlider wieder.
Mit einem Lächeln schloss auch Ben die Augen und ließ den Kopf auf die Rückenlehne zurückfallen. Er fühlte sich allerdings nicht wirklich müde. Also richtete er seinen Blick einfach wieder auf die schemenhaften Umrisse vor dem Fenster und lauschte dem wütenden Unwetter, während Boss rasch einschlief und im Schlaf vor sich hin bellte und grunzte.

15. Kapitel

Betrübt blickte Christina auf die Überreste ihrer geliebten Kantenhocker-Engelchen, dann trug sie die Scherben auf dem Kehrblech nach draußen zu den Mülltonnen, hielt dort aber noch einmal inne und strich mit den Fingerspitzen über das nur halb zerstörte Gesichtchen des einen lachenden Engels.

Sie hatte die Scherben schon am vergangenen Abend zusammengekehrt, brachte es aber erst heute über sich, sie zu entsorgen. Oder zumindest versuchte sie es. Die beiden Engelchen hatten sie begleitet, seit sie die Hundeschule besaß; es fiel ihr schwer, sich davon zu trennen.

»Ich habe noch niemals jemanden so lange vor einer Mülltonne ausharren sehen.«

Bens amüsierte Stimme ließ sie zusammenschrecken. Rasch legte sie das Kehrblech auf dem Deckel der Tonne ab und drehte sich zu ihm um. Er stand nur wenige Schritte von ihr entfernt in Jeans und Regenparka, neben sich den brav sitzenden, jedoch heftig mit der Rute wedelnden Boss. Ihr Herz machte einen Satz beim Anblick der beiden.

Hallo Christina, wie schön, dich wiederzusehen! Nur blöd, dass Ben unbedingt will, dass ich hier herumsitze. Viel lieber würde ich dich anspringen oder so was. Hey, könntest du mich nicht stattdessen ein bisschen streicheln?

»Hallo Ben.« Im ersten Moment fiel ihr nichts anderes ein, weil ihr Herzschlag sich viel zu sehr beschleunigt hatte und ihr den Atem nahm. Um ihre Reaktion zu überspielen, ging sie rasch vor Boss in die Hocke. »Na, du. Du bist ja heute ein ganz braver Hund. Richtig wohlerzogen.«

Na ja, ich will halt nicht so sein. Hab mit Ben gestern einen tollen Abend erlebt und so, und überhaupt ist es irgendwie gar nicht so schlimm, auf die paar Kommandos zu hören. Vor allen Dingen, wenn du mich dafür so schön streichelst. Hach, schleck!

»Iih, du immer mit deiner nassen Zunge!« Kichernd wischte sich Christina über die nasse Wange und erhob sich wieder. Ehe sie noch etwas anderes sagen konnte, hatte Ben sie an sich gezogen.

»Hallo Christina.« Seine Stimme klang immer noch amüsiert, doch nun hatte sich ein rauer Unterton mit hineingeschlichen. Seine Lippen näherten sich ihren. »Was der Hund kann, kann ich schon lange.« In seinen Augen glitzerte es. »Nur besser.« Im nächsten Moment lag sein Mund auch schon auf ihrem, und ihr Puls schoss in noch schwindelerregendere Höhen. Seine linke Hand schob sich hinten unter ihr T-Shirt und hinterließ auf ihrer Haut eine brennende Spur.

Heftig atmend löste sie sich ein wenig von ihm, bis sie ihm ins Gesicht blicken konnte. »Ich bin im Dienst!«

Grinsend schüttelte Ben den Kopf. »Bist du nicht. Normalerweise würde zwar gleich unsere Trainingsstunde beginnen, aber ich gebe dir frei. Allerdings nur unter der Bedingung, dass du die gewonnene Freizeit mit mir verbringst.«

Sie lächelte zurück. »Ich schätze, so ein verlockendes Angebot sollte ich nicht ausschlagen. Was hast du denn vor, mit der freien Stunde anzufangen?«

»Komm mit mir nach oben in deine Wohnung, und ich zeige es dir.«

Ein aufregendes Kribbeln breitete sich in ihr aus. »Das ließe sich einrichten.« Ihr fiel das Kehrblech ein. »Erst muss ich aber noch etwas erledigen.«

Als sie sich zu den Mülltonnen umdrehte, um die für den Restmüll zu öffnen, trat Ben hinter sie und blickte neugierig über ihre Schulter. »Was ist das denn? Das sieht ja aus wie deine Kitschkantenhocker.«

»Das sind sie auch. Oder waren es vielmehr, aber sie waren nicht kitschig!« Seufzend rang sie sich endlich dazu durch, die Scherben in die Tonne rieseln zu lassen. »Na gut, vielleicht ein bisschen, aber ich habe sie geliebt.«

»Was ist denn damit passiert?«

»Der Sturm.« Betrübt ließ sie den Deckel der Mülltonne zurück an seinen Platz fallen. »Ich habe gestern meinen Schutzhundekurs nach drinnen verlegt und ein bisschen Theorie mit den Leuten gepaukt. Der Wind wurde so heftig, dass ich zwischendurch los bin, um alle Fenster zu schließen. Als ich gerade in meinem Büro angekommen war, ist Carmen zur Eingangstür hereingekommen und hat damit für Durchzug gesorgt. Frag mich nicht, wie, aber es hat die armen Engelchen mit einer Bö vom Fensterbrett gehauen. Und jetzt sind sie dahin, die beiden Süßen.«

»Hey, kein Grund, den Kopf hängen zu lassen.« Auf ihren traurigen Gesichtsausdruck hin legte Ben ihr eine Hand an die Wange. »Es waren doch nur zwei Kantenhocker.«

»Sie haben mich aber begleitet, seit ich die Hundeschule eröffnet habe.« Sie versuchte zu lächeln, aber es gelang ihr nicht ganz. »Sie waren so etwas wie meine Maskottchen. Glücksbringer. Meine Oma wird auch traurig sein, dass sie kaputtgegangen sind.«

»Wenn du weiter so traurig dreinschaust, muss ich ganz massiv zur Tat schreiten, um dich auf andere Gedanken zu bringen.« Impulsiv griff Ben nach ihrer Hand und zog sie mit sich ins Haus.

»Warte mal, ich muss doch zumindest abschließen!«, protestierte Christina lachend. »Ich bin heute Vormittag ganz allein hier. Carmen kommt erst um zwei ...« Mit fliegenden Fingern drehte sie den Schlüssel im Schloss.

Ben machte Boss von der Leine los und blickte ihn streng an. »Du, mein Freund, bleibst besser hier unten. Oben ist nur für Erwachsene.«

Hä? Was soll das denn bedeuten? Fragend blickte Boss zu ihm auf, setzte sich aber erneut brav hin. *Ich soll also hier unten warten?*

»Pass schön auf, dass niemand hier einbricht!« Kichernd ließ Christina sich von Ben weiter in Richtung Treppe ziehen. »Entschuldige, Boss, aber dein Herrchen scheint es ziemlich eilig zu haben.«

Aufpassen soll ich? Okay, das kann ich machen. Hier kommt niemand rein, den ich nicht mag! Wuff! Boss ging hinüber zur Eingangstür und legte sich demonstrativ quer davor.

»Und wie ich es eilig habe!« Kaum waren sie am oberen Treppenabsatz angekommen, begann Ben bereits damit, Christinas T-Shirt hochzuschieben. Er drehte den Schlüssel zur Wohnungstür um, der immer im Schloss steckte, wenn Christina unten in der Hundeschule beschäftigt war, und als sie über die Schwelle traten, landete auch schon das erste Kleidungsstück auf dem Fußboden. Sein Parka gesellte sich nur Augenblicke später dazu, ebenso wie sein Hemd und das Shirt, das er darunter trug.

Mit dem Fuß schob Christina die Wohnungstür ins Schloss und stieß gleich darauf einen überraschten Laut aus, als Ben sie mit seinem ganzen Gewicht gegen die Wand drängte und leidenschaftlich küsste. Seine Hände schienen überall gleichzeitig zu sein. Ihr BH flog zu den anderen Kleidern am Boden, gleich darauf umschloss Ben ihre linke Brustwarze mit den Lippen, umkreiste sie mit der Zunge, bis sie sich hart aufrichtete. Ein köstliches Ziehen breitete sich bis hinab in Christinas Schoß aus.

Ausgehungert, dachte sie zusammenhanglos, während sie am Knopf seiner Jeans zerrte. *Er wirkt wie ausgehungert.*

»Wohin?« Ben hatte ebenfalls begonnen, sich an den Knöpfen ihrer Jeans zu schaffen zu machen.

Christina übernahm die Führung und zog ihn mit sich in ihr winziges Schlafzimmer. Beim Anblick des gerade mal einen Meter zwanzig breiten Bettes hielt Ben für einen Moment inne. »Das ist nicht dein Ernst, oder?«

Sie kicherte. »Ich bin eben schon lange Single.«

»Das bin ich auch, aber dieses Bett ist doch wohl nur etwas für Zwerge, oder?«

»Es muss reichen, ein anderes habe ich nicht.«

Ben küsste sie erneut, und im nächsten Moment fand sie sich bereits auf dem Rücken liegend wieder, während Ben ihr Schuhe, Socken und Jeans abstreifte. Die rauen Schwielen an seinen Händen riefen in ihr wie schon beim ersten Mal köstliche Empfindungen hervor. Sie zog und zerrte an seiner Hose, bis er diese endlich ebenfalls losgeworden war, dann rollte sie sich zur Seite und streckte die Hand nach dem Griff der Nachttischschublade aus, in der sie ein Päckchen Kondome verstaut hatte. Er riss es ihr aus der Hand, und nur wenige Augenblicke später stieß er bereits schnell und kraftvoll in sie hinein.

Christina rang nach Atem, als sie sich so unvermittelt von ihm erobert fühlte. Seine Lippen legten sich fest auf ihre, seine Zunge strich über ihre Unterlippe und drang, als sie sie einließ, gierig weiter vor.

In einem raschen tiefen Rhythmus bewegte Ben sich in ihr, bis sie das Gefühl hatte, als fließe glühende Lava durch sie hindurch und pulsiere in ihrer Körpermitte. Dann hielt er plötzlich inne, seine Bewegungen wurden langsam, beinahe träge, und raubten ihr beinahe noch mehr den Verstand.

»Christina?«

Überrascht von seinem ruhigen, von undefinierbaren Empfindungen unterlegten Tonfall öffnete sie die Augen und sah zu ihm hoch. Seine Augen waren unverwandt auf sie gerichtet, die Pupillen so stark erweitert, dass die blaugraue Iris nur noch einen ganz schmalen Kranz bildete. »Es tut mir leid, dass mein Abtauchen diesmal so lange gedauert hat. Ich musste das Sternenauge unbedingt fertig bekommen.«

Instinktiv hatte sie sich seinem berauschend trägen Rhythmus angepasst. »Ist schon in Ordnung. Sternenauge? Nennst du die Skulptur so?«

»Mir ist noch kein passenderer Name eingefallen.«

»Sie ist ziemlich groß, oder?«

Überrascht runzelte er die Stirn. »Woher weißt du das?«

»Ich hab sie kurz gesehen, als ich dir Boss zurückgebracht habe.«

Auf seinen Lippen erschien ein fast schon verlegenes Lächeln. »Dafür habe ich dir noch gar nicht gedankt.«

»Doch, hast du.«

Die Falten auf seiner Stirn erschienen erneut. »Habe ich?«

»Mit einem Kuss, wegen dem ich meiner Schwester hinterher Luft zufächeln musste, weil sie ihn so heiß fand.«

Bens Stirn glättete sich. »An den Kuss erinnere ich mich natürlich. Ich wollte dich gar nicht so überfallen, aber irgendwie ... Dass ich auch Danke gesagt habe, ist mir allerdings vollkommen entfallen.«

In Christina regte sich ein seltsam leichtes warmes Gefühl. »Doch, ich bin ganz sicher, dass du Danke gesagt hast.«

»Vielleicht sollte ich es sicherheitshalber wiederholen und mit Taten beweisen.« Ben näherte sich wieder Christinas Mund. »Danke«, flüsterte er, küsste sie und wechselte gleichzeitig wieder in einen wilderen Rhythmus zurück.

Christina schlang die Beine um seine Hüften und kam ihm bei jedem Stoß fordernd und willig zugleich entgegen.

Ben zog eine Spur aus heißen Küssen von ihrem Mund über ihr Kinn bis in ihre Halsbeuge. Er saugte die weiche Haut ein, ließ seine Zunge kreisen.

Stöhnend bäumte Christina sich auf, weil er genau eine ihrer empfindlichsten Stellen mit der Zunge reizte. Alles in ihr begann zu vibrieren. Lust brandete durch sie hindurch und steigerte sich noch, als er gleichzeitig seinen Rhythmus erneut veränderte, sie immer schneller und fordernder antrieb, bis sie den heranrasenden Höhepunkt nicht mehr aufhalten konnte.

Ben folgte ihr, ihren Namen auf den Lippen.

Christina erschauderte heftig, hinweggerissen von den Lustwellen, die ihren Körper durchtosten, und überwältigt von dem Gefühl, wie ein Mann in diesem Moment und mit so viel tief empfundener Leidenschaft ihren Namen aussprach. Noch nie hatte sie das spüren dürfen. Ein beinahe schmerzliches Ziehen und Pochen breitete sich von ihrem Herzen bis tief in ihre Magengrube aus.

Als der erste wilde Wirbelsturm allmählich abebbte, rückte Ben ein wenig zur Seite, hielt sie jedoch weiterhin fest umschlungen. »Dieses Bett ist lebensgefährlich«, murmelte er in ihre Halsbeuge.

Christina lachte. »Unsinn, du bist nur nicht daran gewöhnt.«

»Wir sind mehrmals fast abgestürzt, das ist dir hoffentlich aufgefallen!« Empört, jedoch mit einem Lachen in der Stimme, sah er sie an.

»Sind wir nicht!« Immer noch erheitert kuschelte sie sich eng an ihn und sog seinen Geruch tief ein. »Hier ist einfach kein Platz für ein größeres Bett.«

Eingehend blickte er sich in dem kleinen Schlafzimmer um.

»Du hast recht. Also sollten wir weitere Aktivitäten wie die von eben tunlichst in mein Bett verlegen.«

»Dagegen habe ich nichts einzuwenden. Ich mag Sybillas Haus.«

»Es erinnert mich an sie.« Er nickte leicht. »Sie war eine interessante Frau. Schade, dass ich keine Gelegenheit mehr hatte, sie vor ihrem Tod noch einmal zu besuchen.«

»Sie mochte dich sehr. Nachdem du damals hier warst, hat sie wochenlang von dir geschwärmt. Wie nett und charmant du wärst und was für ein außerordentlicher Künstler. Sie war so begeistert, dass du ihr ein paar vor deinen Werken für ihre *Schatztruhe* zur Verfügung gestellt hast. Das war mein Glück, andernfalls hätte ich die Schlittenhunde niemals in die Finger bekommen.« Sie hielt kurz inne und dachte nach, dann lachte sie wieder. »Und dich auch nicht, wenn man es genau betrachtet.«

»Wie kommst du darauf?«

Sie zuckte mit den Achseln. »Wenn du damals nicht mit Sybilla in Kontakt gekommen wärst, dann hättest du Lichterhaven nicht besucht und ...«

»Und ich hätte mich später nicht daran erinnern können, wie schön es hier ist«, führte er ihren Satz fort. »Du hast recht. Vielleicht wäre ich zum Arbeiten stattdessen gleich nach Kanada gegangen. Oder ganz woandershin.« Zärtlich strich er mit dem Zeigefinger ihre Wangenlinie entlang, dann ihren Hals hinab und umkreiste zuletzt spielerisch ihre Brust. »Das wäre ausgesprochen schade gewesen. Nein, mehr als schade. Ich bin sehr froh, dass wir uns begegnet sind, Christina.«

»Darüber bin ich auch sehr froh.« Etwas atemlos sah sie ihm in die Augen, und es schien, als schlösse sich ein Kreis zwischen ihnen. Für einen langen Moment blickten sie einander schweigend an, dann beugte sich Ben ein wenig vor und küsste sie so liebevoll, dass es sie bis tief in ihr Innerstes traf.

Als sie gerade ihre Arme um seinen Hals schlingen wollte, hörte sie vor der Wohnung Schritte, dann ein Klopfen, und im nächsten Moment drehte sich der Schlüssel im Schloss.

»Chris, bist du hier oben? Ich wollte nur ... Oh, oh.« Luisas Stimme verlor sich. »Chris? Entschuldige, ich wollte dich, äh, euch nicht stören.«

»Mist, wir haben den Schlüssel stecken lassen?«, sagte Ben leise und grinste breit. »Wie unbedacht.«

»Oh ja, das haben wir wohl. Sei froh, dass es nicht Alex ist. Der wäre längst hier hereingestürmt, ohne nachzudenken. Luisa war wenigstens so klug, die herumliegenden Kleider im Flur richtig zu deuten.« Kichernd erhob Christina sich und warf sich schnell ihren blauen Morgenmantel über. »Bin gleich wieder da.«

»Das will ich hoffen.« Ben zwinkerte ihr zu.

Christina stolperte beinahe über einen ihrer Schuhe, als sie sich beeilte, hinaus in den Flur zu kommen. »Hi Luisa. Was machst du denn um diese Zeit hier?«

Ihre Schwester musterte sie mit einem schalkhaften Glitzern in den Augen. »Was du gerade machst – oder gemacht hast –, ist jedenfalls eindeutig. Ich hätte es mir ja denken können, weil Boss unten ganz allein vor der Tür liegt und Wache hält. Tut mir echt leid, dass ich störe, aber ich bin auf der Suche nach Mel. Hast du sie heute schon gesehen?«

»Melanie? Nein.« Christina fuhr sich mit den Fingern durch ihr verwuscheltes Haar und versuchte es ein wenig zu ordnen.

Aus dem Schlafzimmer war leises Rumoren zu vernehmen, im nächsten Moment erschien Ben in der Tür. Er trug nur seine Boxershorts, sodass Luisa zunächst große Augen machte, dann stieß sie einen Pfiff aus. »Okay, jetzt ist es amtlich: Ich brauche dringend einen Mann. Ben, du hast nicht zufällig noch einen Bruder, der Single ist?«

Ben lachte. »Nein, mein einziger Bruder ist glücklich verheiratet und hat drei tolle Kinder.«

Luisa seufzte theatralisch. »Das wäre wohl auch zu einfach gewesen.«

»Warum suchst du Mel denn? Ist sie nicht im Geschäft?«, nahm Christina das Thema wieder auf.

»Eben nicht. Deana rief mich vorhin an und fragte, ob ich wüsste, wo Mel steckt. Sie hatte wohl heute Morgen einen Zahnarzttermin und wollte danach ins Geschäft. Dort ist sie aber nicht aufgetaucht. Zumindest bis jetzt nicht, und es ist fast schon Mittag.«

»Vielleicht geht es ihr nicht gut, und sie ist nach Hause gegangen«, schlug Christina vor. »Sie hasst Besuche beim Zahnarzt. Vielleicht hat er gebohrt oder noch Schlimmeres, und sie muss sich erst erholen.«

»Zu Hause ist sie nicht, da habe ich als Erstes nachgesehen.« In Luisas Stimme schwang leichte Ungeduld neben der Besorgnis mit.

»Sie taucht schon wieder auf.« Christina legte ihrer Schwester beruhigend eine Hand auf den Arm.

»Sie geht auch nicht ans Handy, es springt sofort die Mailbox an.« Luisa knabberte an ihrer Unterlippe. »Soll ich Alex Bescheid sagen?«

»Nein.« Entschieden schüttelte Christina den Kopf, dann lachte sie. »Am Ende ist sie bei ihm, um ihm seine Mittagspause zu versüßen.«

Luisas Miene hellte sich auf. »Das könnte natürlich sein – wäre allerdings äußerst skandalös. Mein Bruder und meine Schwester haben ein tolles Sexleben, während ich dahindarbe und allmählich vertrockne.«

Ben schmunzelte. »Luisa, du siehst viel zu gut aus, als dass du Angst haben müsstest, zu vertrocknen. Ich wette, allein hier in

Lichterhaven liegen dir mindestens fünfzig Männer zu Füßen. Du musst dir nur einen aussuchen.«

»Hm, ja, kann sein.« Luisa grinste schief. »Das Problem mit den Männern, die einem zu Füßen liegen, ist, dass man so leicht über sie stolpert. Ganz abgesehen davon, dass einer von ihnen mich erst einmal reizen müsste, was leider nicht der Fall ist.«

»Und außerhalb von Lichterhaven?« Er legte den Kopf ein wenig schräg.

»Ich komme hier nicht oft weg, dazu bin ich zu beschäftigt.«

Christina nickte. »Das Elend der Messner-Schwestern. Zu viel Arbeit und zu wenig Spaß.«

»Du musst dich gerade beklagen!« Luisa stieß sie spielerisch an. »Wenn du bis eben keinen Spaß hattest, weiß ich es auch nicht. Dein zufriedenes Gesicht spricht Bände!«

»Zu diesem Vergnügen bin ich aber auch erst kürzlich gekommen.«

»Ich will es dir auch keinen Augenblick länger mehr vorenthalten. Du meinst also, ich soll einfach abwarten und niemanden weiter nach Mel fragen?«

Christina nickte. »Sie wird noch Besorgungen machen und vergessen haben, ihr Handy nach dem Zahnarztbesuch wieder einzuschalten. Du weißt doch, dass in der Praxis von Dr. Weilher absolutes Handyverbot herrscht. Vielleicht ist sie auch inzwischen wieder im Laden, und falls nicht, wird es nicht mehr lange dauern.«

»Okay, dann mache ich mich mal wieder vom Acker. Nochmals sorry für die Störung, ihr zwei. Macht's gut!«

»Mach's besser«, konterte Christina zwinkernd.

Luisa gluckste. »Wenn mir nicht innerhalb der nächsten Viertelstunde mein Traummann begegnet, dürfte das schwierig werden. Ich muss nämlich gleich zu einer Besprechung mit Dr. Weisenau wegen der Versicherungen für die neue Praxis.« Sie wandte sich zur Tür. »Tschüss, ihr zwei. Treibt es nicht zu bunt!«, rief sie noch lachend, und schon war sie draußen und hatte die Wohnungstür mit einem lauten Knall ins Schloss fallen lassen. Christina vernahm noch von Ferne ihre Stimme, als sie mit Boss redete, dann klappte die Haustür etwas leiser als die obere.

Nach einem kurzen Blick auf die Wanduhr in der Küche seufzte sie. »Runde zwei müssen wir, fürchte ich, ebenfalls vertagen. Mein nächster Kurs fängt in zwanzig Minuten an.«

»Ich könnte mir etwas einfallen lassen, das nur fünf Minuten braucht.« Ben zog sie an sich und streifte ihr den Morgenmantel ab.

Amüsiert küsste sie ihn. »Ob das aber so ein wirklicher Spaß wäre?«

»Zehn Minuten.«

»Immer noch arg knapp bemessen für das, was mir alles im Kopf herumschwirrt.« Sie lachte, als er sie ins Hinterteil zwickte. »So verlockend es auch klingen mag, aber ich fürchte, diesmal muss ich dich hinauswerfen. Eine nette Abwechslung, nachdem du das Gleiche schon zweimal mit mir getan hast.«

»Touché. Wie wäre es stattdessen mit einem romantischen Dinner heute Abend in der *Seemöwe*?« Ben ließ sie nur widerstrebend los, wie sie glücklich konstatierte.

»Hört sich für mich perfekt an.«

»Ich hole dich um halb acht ab.«

»Lieber um acht, ich muss nach dem letzten Kurs noch mit Ralf und Leah telefonieren.«

»Wer sind Ralf und Leah?«

»Meine neuen Angestellten. Ich erzähle dir heute Abend von ihnen, okay?«

»Sehr okay.« Ben küsste sie zärtlich auf die Lippen und folgte dann ihrem Beispiel und sammelte seine Klamotten im Flur auf, um sich anzuziehen.

16. Kapitel

Christina drehte sich prüfend vor dem Spiegel und überlegte, ob sie statt des dunkelroten nicht doch lieber das blaue Kleid anziehen sollte. Sie hatte ihre braunen Locken hochgesteckt, sodass die silbernen Kreolen an ihren Ohrläppchen hübsch zur Geltung kamen, und ausnahmsweise die halbhohen Pumps aus dem Schrank geholt. Wenn Ben sie schon ins beste Restaurant am Ort ausführte, wollte sie sich auch passend in Schale werfen. Gerade als sie nach dem blauen Kleid greifen wollte, das bereits auf dem Bett bereitlag, klopfte es an ihrer Wohnungstür.

Erschrocken warf sie einen Blick auf die Uhr. Es war erst kurz vor halb acht. Ben würde doch nicht einfach viel zu früh hier aufschlagen?

Christina hörte, wie sich der Schlüssel im Schloss drehte und vorsichtig die Tür geöffnet wurde. »Chris, bist du zu Hause? Darf ich reinkommen?«

Als sie Melanies Stimme erkannte und den gehetzten Tonfall, in dem sie sprach, ließ Christina das Kleid liegen und rannte in den Flur, wo Melanie schon in der offenen Wohnungstür stand, sich aber offenbar nicht weiter hereintraute. Das passte überhaupt nicht zu ihr.

»Mel, hallo! Was ist denn los? Du klingst so ...« Weiter kam sie nicht, denn jetzt lief Melanie an ihr vorbei bis ins Wohnzimmer. Dort blieb sie kurz am Fenster stehen, drehte sich um, durchmaß den Raum bis zur Tür, dann mit wenigen Schritten erneut zurück zum Fenster. Christina folgte ihr verblüfft und blieb in der Wohnzimmertür stehen.

»Was ist passiert?«

Melanie atmete hörbar ein und wieder aus, fuhr sich mit beiden Händen durch ihr weiches honigblondes Haar, das ihr in sanften Wellen bis auf die Schultern fiel. »Ich bin schwanger.«

Christina hielt für eine Sekunde inne, dann lachte sie. »Aber das ist doch toll!« Als sie Melanies Gesichtsausdruck sah, runzelte sie verunsichert die Stirn. »Das ist nicht toll?«

»Natürlich ist das wunderbar.« Melanies Stimme klang, als würde sie eine Grabrede halten. Im nächsten Moment trat blankes Entsetzen in ihre Augen. »Nein, es ist entsetzlich! Ich kann nicht ... Ich will nicht ...« Diesmal raufte sie ihre Haare regelrecht. »Ich kann nicht schwanger sein! Ich meine, natürlich kann ich, weil Alex und ich in letzter Zeit ziemlich oft ... Aber ... Das geht nicht. Ich bin doch gar nicht ... Ich werde noch verrückt, Chris!« Aus dem Entsetzen wurde Verzweiflung.

Christina eilte zu ihrer Freundin und nahm sie in den Arm. »Hey, hey, ganz ruhig. Du bist also schwanger. Ungeplant.«

»Nein, schon irgendwie geplant. Also nicht wirklich abgesprochen oder so. Das funktioniert ja eh nicht. Aber wir haben es ...« Melanie zögerte.

»Drauf ankommen lassen?«, half Christina nach.

»Irgendwie so, ja.« Melanie drückte ihr Gesicht an Christinas Schulter. »Ich fand die Idee auch gut und richtig, aber jetzt ist es passiert – und ich ... ich ...«

»Du hast Angst?« Sanft schob Christina ihre Freundin so weit von sich, dass sie ihr ins Gesicht sehen konnte.

»Angst? Ja, verdammt, ich hab eine Scheißangst! Ich bin doch gar nicht ... Du weißt selbst, wie ich aufgewachsen bin. Nie länger als ein halbes Jahr oder ein Jahr am selben Ort. Ich habe das gehasst, obwohl ich damit umgehen konnte, und ich

habe mir geschworen ... Und jetzt bin ich schwanger und ...«
In Melanies Augen glitzerte es verdächtig. Fahrig wischte sie sich mit dem Handrücken eine Träne fort. »Sieh mich nur an, ich bin ein Wrack, und dabei weiß ich es erst seit heute Vormittag sicher. Ich wollte nie Kinder. Nicht mal einen Mann. Überhaupt niemanden. Jetzt soll ich auf einmal Mutter sein? Das geht nicht.«

Liebevoll legte Christina ihr einen Arm um die Schultern und führte sie zum Sofa. »Komm, setz dich erst mal. Du zitterst ja.«

»Ich kann mich nicht setzen.« Noch während sie sprach, setzte Melanie sich auf die Sofakante. »Ich bin keine Mutter. Ich kann das nicht!«

Christina ließ sich dicht neben ihr nieder. »Natürlich kannst du das. Oder willst du es überhaupt gar nicht? Willst du es wegmachen lassen?«

Melanies Kopf flog ruckartig zu ihr herum. Erneut sprach blankes Entsetzen aus ihren Augen. »Bist du verrückt geworden? Das würde ich niemals tun! Es ist mein Kind und das von Alex ... unser Kind.« Sie atmete erneut hörbar ein und aus. »Ich glaube, mir wird schlecht. Chris, ich bin keine gute Mutter. Auf gar keinen Fall. Bestimmt mache ich alles falsch, und dann wird das Kind so verkorkst wie ich. Und überhaupt! Ich will nicht schwanger sein.«

Obwohl sie Mel weiter sanft und tröstend an sich drückte, schmunzelte Christina. »Wenn du es behalten willst, musst du wohl oder übel das Risiko eingehen, ein paar Fehler zu machen. Aber ich glaube, du irrst dich. Du wirst eine wunderbare Mutter sein. Allein, dass du dir all diese Gedanken machst, zeigt das doch schon.«

»Nein, werde ich nicht. Ich bin ja nicht mal eine wunderbare Ehefrau.«

»Ich glaube, da ist Alex aber ganz anderer Ansicht.«

»Wenn er hört, dass ich schwanger bin ...«

»Wird er vor Freude im Dreieck springen.«

»Nein, wenn er hört, dass ich schwanger bin und mich derart anstelle, wird er erkennen, was ich für ein dämliches Huhn bin – und dass ich seiner überhaupt nicht wert ...«

»Nun halt aber mal die Luft an!« Empörter, als sie war, rüttelte Christina die Freundin an den Schultern. »Das ist doch vollkommener Quatsch!«

»Ist es nicht. Ich hatte nicht mal ansatzweise ein gutes Vorbild in meiner Kindheit. Woher soll ich denn bitte etwas darüber wissen, was gut für ein Kind ist? Chris, mir ist wirklich schlecht. Ich kann das nicht.«

»Also weiß Alex noch nichts von seinem Glück?«

»Natürlich nicht. Ich war heute Morgen beim Arzt.« Unglücklich starrte Melanie auf den Boden.

»Beim Gynäkologen, nehme ich an. Weil Luisa dich nämlich gesucht hat und meinte, du hättest behauptet, einen Zahnarzttermin zu haben.

»Ich habe Alex und Deana erzählt, ich müsste zum Zahnarzt. Zwar war ich mir schon fast sicher, weil der Test aus der Apotheke positiv war, aber ich wollte ganz sichergehen. Es sollte eine Überraschung sein, aber jetzt ...«

»Warst du überhaupt schon zu Hause?«

»Nein. Nach dem Arzttermin war ich spazieren, um den Kopf frei zu bekommen.«

»Das hat ja ausgezeichnet funktioniert.« Christina lächelte leicht.

»Dann habe ich Deana angerufen und gesagt, dass ich heute Besorgungen machen muss. Und Alex habe ich eine WhatsApp geschrieben, dass ich erst später nach Hause komme.« Langsam hob Melanie den Kopf. »Was soll ich denn jetzt machen?

Was soll ich ihm sagen? Wenn er sieht, was mit mir los ist, wird er mich hassen.«

»So ein Unsinn. Alex könnte dich nie hassen. Dazu liebt er dich viel zu sehr.«

Abrupt stand Melanie auf und tigerte im Zimmer auf und ab. »Das sagst du so leicht. Sieh mich doch nur mal an. Ich bin total durch den Wind und weiß nicht mehr, wo mir der Kopf steht.«

»Du hast bloß eine kleine Panikattacke.« Auch Christina erhob sich wieder und trat auf Melanie zu. »Weißt du was? Ich habe die perfekte Idee.« Sie nahm ihr Handy vom Couchtisch und wählte eine Nummer.

Erschrocken fiel Melanie ihr in den Arm. »Was tust du da?«

»Ich rufe meine Mutter an.«

»Nein!«

»Und danach Deana.«

»Bist du verrückt? Hör auf damit. Du kannst doch nicht einfach ...«

»Pst.« Sie warf Melanie einen strengen Blick zu. »Mama?«

»Christina? Guten Abend!«

»Hallo, Mama, hör mal, hast du heute Abend ein bisschen Zeit?«

»Aber sicher doch. Dein Vater muss gleich los zu einer Sitzung des Stadtrates, und deine Großeltern haben heute ihren Kegelabend. Ich wollte eigentlich mit einem guten Buch auf die Couch, aber wenn du eine bessere Idee hast, immer her damit.«

»Super.« Christina wandte sich an die entgeisterte Melanie. »Papa ist heute auf einer Gemeinderatssitzung, und Oma und Opa gehen gleich zum Kegeln.« Dann sprach sie wieder in ihr Telefon. »Ja, weißt du, Melanie ist gerade bei mir. Sie ist schwanger.«

»Chris, nicht!« Verzweifelt schlug Melanie die Hände vors Gesicht.

»*Waaas? Oh du meine Güte, wie schön!*« Ankes Stimme überschlug sich beinahe. »*Bist du sicher, und ich habe mich nicht verhört?*«

Christina lachte. »Du hast richtig gehört, Mama. Aber wir haben ein kleines Problem. Melanie ist ganz schlecht «

»*Das ist in dem Zustand normal. Als ich mit Alex schwanger war …*«

»Nein, Mama, du verstehst nicht. Mel ist schlecht vor Angst.«

»*Oh.*« Am anderen Ende der Leitung wurde es still. »*Bring sie sofort zu mir. Das kriegen wir schon wieder hin.*«

»Genau das war mein Plan, Mama. Danke. Wir sind schon unterwegs. Kannst du bitte Deana auch noch Bescheid sagen?«

»*Selbstverständlich. Christina?*«

»Ja, Mama?«

»*Drück Melanie bitte ganz fest von mir. Und beeilt euch! Ich sehe gleich mal nach, was wir noch an Seelenfutter im Schrank haben.*« Es knackte in der Leitung, als Anke die Verbindung unterbrach.

Christina legte zufrieden das Handy auf den Couchtisch. »Komm, Mama erwartet uns.«

»Wie konntest du das tun?« Melanies Stimme klang dumpf, weil sie noch immer die Hände vors Gesicht geschlagen hatte. »Jetzt wird mich nicht nur Alex hassen, sondern gleich deine gesamte Familie.«

»Blödsinn. Komm her.« Christina umarmte ihre Freundin. »Niemand hasst dich.«

»Noch nicht.«

»Wir haben dich alle sehr lieb. Und auch, wenn du das gerade noch nicht so richtig kannst, wir freuen uns riesig über diese Nachricht. Nun komm, wir werden das Kind schon schaukeln.« Kichernd nahm Christina Melanie an die Hand und zog sie zur Wohnungstür. »Im wahrsten Sinne des Wortes.«

»Nein, Chris ... Du bist doch so chic. Bestimmt hast du gleich ein Date.«

Erschrocken blieb Christina stehen. »Sch... Stimmt. Mist. Warte einen Moment.« Sie holte ihr Handy und schrieb mit fliegenden Fingern eine Kurznachricht an Ben. Noch während sie auf *Senden* klickte, zog sie Melanie erneut mit sich.

***

Ben strich die dunkelgraue Anzugjacke glatt und warf einen letzten prüfenden Blick in den Spiegel. Er hatte bewusst auf eine Krawatte verzichtet, denn ganz so förmlich sollte der Abend nun auch nicht werden. Deshalb hatte er sich auch für das dunkelrote Hemd entschieden und nicht für das weiße. Es war jetzt zwanzig vor acht, also gerade noch ausreichend Zeit, um Boss nach draußen zu lassen.

Das romantische Dinner hätte eigentlich am Anfang ihrer gemeinsamen Zeit stehen sollen, überlegte Ben bei sich, während er die Terrassentür öffnete und hinter Boss in den Garten trat.

»Beeil dich ein bisschen, Kumpel. Ich muss gleich los. Hoffentlich jaulst du nicht wieder, wenn ich weg bin. Wir bleiben auch höchstens zwei Stunden oder so. Danach habe ich vor, Christina für den Rest des Abends und der Nacht hier zu beschäftigen.« Der Gedanke allein bescherte ihm ein angenehmes Ziehen in der Magengrube.

Ja, ja, ich beeile mich. Dass du mich hier allein lässt, ist aber nicht so toll. Na ja, solange ihr nicht lange wegbleibt, werde ich es wohl aushalten.

Ben ging ein wenig ungeduldig auf der Terrasse auf und ab. Als sein Handy piepte, zog er es aus der Innentasche seines Jacketts und warf einen eher flüchtigen Blick auf die Kurznachricht, die er erhalten hatte. Dann aber runzelte er überrascht die

Stirn und las erneut: *Hi Ben. Leider kann ich heute Abend nicht. Notfall in der Familie. Melde mich, wenn ich Zeit habe. Chris*

Bei diesen wenigen Worten überkam ihn unvermittelt eine Mischung aus Enttäuschung und Besorgnis. Ein Notfall in der Familie? Hoffentlich war niemand krank geworden oder hatte einen Unfall gehabt. Vielleicht sollte er zu ihr fahren und nachfragen? Oder bei ihren Eltern vorbeischauen? Aber sie waren nicht in einer Beziehung. Sie hatten eine Affäre, und wenn sie ihm nicht mehr mitteilte, dann hatte sie dafür vermutlich ihre Gründe und er kein Recht sich einzumischen. Das würde also bedeuten, dass er heute Abend Zeit für sich hatte. Zeit, die er viel lieber mit Christina verbracht hätte. Aber was, wenn sie ihn doch brauchte, es nur aus den gleichen Gründen nicht einfordern wollte? Was für ein Mann wäre er, wenn er die Frau, mit der er schlief, nach der er sich sehnte, einfach sich selbst überließ? Rasch wählte er Christinas Nummer, doch auf ihrem Handy sprang nur die Mailbox an. Auch auf ihrem Festnetzanschluss meldete sich lediglich der Anrufbeantworter. Unsicher, was er davon halten sollte, starrte Ben auf sein Mobiltelefon.

Nanu, du hast es ja auf einmal gar nicht mehr eilig. Boss kam zurück zur Terrasse getrabt und blickte Ben fragend an.

»Tja, ich schätze, es sind heute Abend doch bloß wir zwei, Kumpel.« Ben fuhr sich mit gespreizten Fingern durchs Haar und wählte die Nummer der *Seemöwe*, um die Tischreservierung rückgängig zu machen. Dann winkte er Boss, mit ihm zurück ins Haus zu kommen. Dort griff er sich seine Windjacke und das Hundegeschirr. »Was hältst du von einem kleinen Spaziergang? Ich muss mich nur rasch umziehen.«

Jetzt? Sehr viel. Wohin gehen wir denn?

Er würde einfach rein zufällig mit Boss bei der Hundeschule vorbeischauen. Vielleicht war ja diese Carmen dort oder jemand anders, der wusste, was bei Christina los war.

✳︎✳︎✳︎

»Da wären wir. Nun komm schon, Mel, mach nicht so ein Gesicht. Alles wird gut.« Christina parkte ihren Wagen in der Auffahrt ihrer Eltern.

Melanie seufzte nur abgrundtief. »Nichts wird gut. Ich weiß nicht, warum du mir das antust. Ich schäme mich so schon in Grund und Boden. Lass mich doch einfach irgendwo in einem tiefen Erdloch versinken.«

»Nix da, Schwägerin, das kommt gar nicht infrage. Raus mit dir aus dem Auto, und du wirst sehen, wir haben dich in null Komma nichts aufgeheitert.«

»Ich will nicht aufgeheitert werden, sondern … Ich weiß auch nicht. Ich kriege irgendwie nicht richtig Luft.« Mit elender Miene stieg Melanie aus dem Auto und ließ sich widerstrebend zur Haustür ziehen. Diese wurde bereits im nächsten Moment geöffnet, und Anke rannte mit weit ausgebreiteten Armen auf Melanie zu.

»Melli, meine Süße, da bist du ja. Komm her, lass dich mal ganz fest drücken!«

Melanie leistete keinen Widerstand, als ihre Schwiegermutter sie resolut an sich zog und ihr einen Kuss auf die Wange drückte, dann aber rasch einen Schritt zurücktrat und sie eingehend musterte. »Lass mal sehen, was haben wir denn da?«

Melanie senkte verlegen den Blick. »Es ist gar nichts, bloß …« Ihre Stimme klang verdächtig erstickt.

»Bloß eine ausgewachsene Panikattacke?« Anke zog sie erneut in ihre Arme. »Du arme Maus. Na, komm mal mit rein, wir kriegen dich schon wieder hin.«

»Sag ich doch.« Grinsend folgte Christina den beiden Frauen ins Haus. In der Küche erwartete sie eine Überraschung, denn nicht nur Deana hatte sich bereits eingefunden, sondern auch ihre Großmutter. »Oma, was machst du denn hier? Ich dachte, heute sei euer Kegelabend.«

»Ist es auch, aber ich habe deinen Opa allein losgeschickt, nachdem Anke mir die frohe Botschaft mitgeteilt hat.« Evelyne Messner war mit ihren zweiundachtzig immer noch ähnlich herzlich und resolut wie ihre Schwiegertochter. Deshalb ging auch sie sofort auf Melanie zu und umarmte sie liebevoll. »Na, meine Lütte, das ist aber eine tolle Überraschung, die du uns heute beschert hast. Und was ist das? Du bist ja ganz blass. Sind das etwa Tränchen, die ich da sehe? Anke, komme her, die arme Kleine weint. Das geht so nicht. Hast du irgendetwas mit viel Schokolade drin im Haus? Das hilft normalerweise sofort. Ich würde ihr ja von meinem Schokolikör anbieten, aber das verbietet sich nun ja erst mal.«

»Ich habe Schokoladeneis da, mit Keksstückchen drin.« Anke riss die Tür des Gefrierschranks auf und entnahm ihm mehrere Packungen Eiscreme, die sie, zusammen mit fünf Löffeln, auf dem Tisch abstellte.

»Das ist doch alles nicht nötig«, wehrte Melanie sichtlich verlegen ab. »Macht doch nicht so ein Aufheben um mich. Ich bin bloß …«

»Du bist bloß total panisch bei mir aufgekreuzt«, unterbrach Christina sie. »Und Mama und Oma und Deana sind am besten dazu geeignet, dich wieder auf den Teppich zu holen.«

»Ich bin nicht panisch!« Kraftlos ließ Melanie sich auf einen Küchenstuhl sinken. »Oh Gott, ich bin panisch, oder? Hysterisch – wie meine Mutter.«

»Na, na, es gibt Schlimmeres.« Deana setzte sich neben sie und nahm ihre Hand. »Deine Mutter ist doch eine ganz liebe Person und überhaupt nicht hysterisch.«

»Stimmt«, mischte Evelyne sich ein und setzte sich auf Melanies andere Seite. »Seit sie mit Marcos verheiratet ist, hat sie sich sehr positiv verändert. Sie ist zwar nach wie vor ein verrücktes Huhn, wenn ich das mal so sagen darf, aber viel ruhiger und ausgeglichener. Dieser Mann tut ihr eindeutig gut.«

»Aber ich war noch nie hysterisch!« Zum wiederholten Mal raufte Melanie sich die Haare und fuhr sich mit den Händen über die leicht geröteten Wangen. »Und jetzt bin ich schwanger und … Ach, ich weiß auch nicht.«

»Hier, iss Eis.« Anke drückte ihr einen Löffel in die Hand und setzte sich auf die Eckbank neben Christina. »Und dann erzählst du uns, was überhaupt los ist. Ich meine, mal abgesehen davon, dass du schwanger bist, was ich ganz wunderbar finde.«

Melanie hatte zögernd den Löffel in die Eiscreme getaucht, ließ ihn nun aber beinahe fallen. »Nichts ist wunderbar!«

»Aber warum denn nicht, Schätzchen?« Evelyne tätschelte Melanies Arm. »Ist das Kind nicht von Alex?«

Christina, die sich eben einen Löffel Eis in den Mund geschoben hatte, hustete. »Oma!«

»Was denn?« Ihre Großmutter sah sie mit hochgezogenen Augenbrauen an. »Hätte doch sein können.«

»Hast du die beiden mal zusammen gesehen? Das kann überhaupt gar nicht sein!«, konterte Christina.

»Natürlich ist es von Alex!« Empört starrte Melanie die ältere Frau an.

Evelyne lachte gutmütig. »Das hab ich auch nicht wirklich anders erwartet, Liebes. Ich wollte dich nur ein bisschen aufziehen, aber vielleicht ist das in der Tat gerade nicht der richtige Augenblick für blöde Scherze. Also wenn das Kind von Alex ist, was ist dann das Problem? Hattet ihr es nicht geplant?«

»Nein. Doch. Nicht direkt.«

»Sie haben es drauf ankommen lassen«, erklärte Christina. »Und jetzt dreht sie durch.«

»Ich drehe nicht durch!« Melanie zog die Packung mit dem

Schokoeis näher zu sich heran. »Doch, tue ich. Aber du hast ja keine Ahnung! Ich will nicht schwanger sein!«

»Dazu ist es, fürchte ich, jetzt zu spät«, wandte Anke vorsichtig ein.

»Was soll ich denn machen? Ich bin eine schreckliche Person. Hysterisch wie meine Mutter und total verkorkst. Ich kann unmöglich eine gute Mutter sein.«

»Du bist überhaupt nicht schrecklich, Melanie.« Evelyne rückte näher und legte Melanie einen Arm um die Schultern. »Du bist eine liebenswerte, intelligente und noch dazu bildschöne junge Frau.«

»Alex findet dich sogar ausgesprochen heiß«, fügte Christina grinsend hinzu. »So hat er dich von Anfang an bezeichnet.«

»Oh nein, ich werde fett und hässlich. Das auch noch!« Melanie stöhnte.

Anke lachte herzlich. »Du kannst gar nicht hässlich werden. Und du wirst auch nicht fett, nur ein bisschen runder in den nächsten Monaten. Wie weit bist du denn eigentlich?«

»Neunte Woche«, murmelte Melanie in ihr Eis.

»Dann wird es ein Januarkindchen«, freute Evelyne sich. »Aber Anke hat recht, du bist gar nicht der Typ Frau, der fett wird, auch nicht nach der Geburt. Dazu bist du viel zu sportlich und fit. Mach dir darüber also keine Gedanken. Und was das andere angeht ... Ich weiß gar nicht, warum du glaubst, keine gute Mutter sein zu können.«

»Ich bin total verkorkst, das habe ich doch gesagt.«

»Also ich kann nichts Verkorkstes an dir feststellen«, befand Deana. »Im Gegenteil, ich kenne kaum eine Frau, die so ein Glück mehr verdient hätte als du.«

»Was?« Erstaunt hob Melanie den Kopf.

»Natürlich.« Deana nickte bekräftigend. »Du warst so einsam und in deinem Schneckenhaus gefangen, als du vor zwei

Jahren hierherkamst, und sieh dich jetzt an. Du bist glücklich verheiratet, führst ein gut laufendes Geschäft, und bald bist du auch noch Mutter eines süßen Sohnes oder einer süßen Tochter. Du warst viel zu lange allein. Mag sein, dass dir eine solche Veränderung im ersten Moment Angst einjagt, aber überleg doch mal, wie wunderbar alles werden kann. Ihr seid bald eine richtige kleine Familie, und du kannst alles so viel besser machen, als du es in deiner Kindheit erlebt hast. Schoki wird sich riesig freuen, auf das Baby aufpassen zu dürfen. Das Kind wird mit dem besten Familienhund aller Zeiten aufwachsen und mit den allerbesten Eltern, die man sich denken kann.«

»Das glaubst du?« In Melanies Augen traten erneut Tränen. »Ich weiß doch gar nicht, wie eine richtige Familie funktioniert.«

»Aber, aber!« Anke lachte wieder. »Du hattest jetzt zwei Jahre lang Zeit, mit uns zu üben. Keine Sorge, wir sind alle für dich da, und glaub uns, wir wissen ganz genau, wie eine richtige und wahnsinnig chaotische Familie funktioniert. Du bist nicht mehr allein. Wenn wir heute Abend mit dir fertig sind, wirst du nicht mehr wissen, warum du jemals auch nur ansatzweise wegen deines Babys in Panik verfallen konntest, du wirst schon sehen.«

»Na ja, so ein bisschen Panik ist doch eigentlich ganz normal, oder etwa nicht?«, fiel Evelyne ihr mit einem verschmitzten Schmunzeln ins Wort. »Wenn ich mich recht entsinne, ging es dir ganz ähnlich, als du mit Alexander schwanger warst.«

Anke stutzte, dann kicherte sie. »Oh ja, das hatte ich erfolgreich verdrängt. Mir war eine ganze Woche lang hundeelend, weil ich nicht wusste, wie ich es Arno sagen sollte. Wir waren damals zwar schon ein Weilchen zusammen, aber von Heirat oder gar Kindern hatten wir noch nicht ein Wort geredet ...«

»Mama, davon hast du ja noch nie was erzählt!« Christina blickte ihre Mutter erstaunt an.

»Na, du kannst doch selbst rechnen, oder etwa nicht? Alex ist knapp vier Monate nach unserer Hochzeit zur Welt gekommen.«

»Ja schon, aber ich wusste nicht, dass du dich nicht getraut hast, Papa zu sagen, dass du schwanger bist.«

»Er steckte damals gerade mitten in den Prüfungen, sollte in Opas Kanzlei einsteigen ... Ich hatte Sorge, er würde glauben, dass ich ihn irgendwie festnageln wollte oder nur auf einen gut situierten Anwalt und Notar als Ehemann aus sein könnte.« Anke hob die Schultern. »Wie gesagt, mir war eine ganze Woche lang schrecklich schlecht.«

»Ich dachte damals, ich sehe nicht recht, als ich sie eines Tages so elend in unserer Küche antraf«, erzählte Evelyne. »Als sie mich sah, wurde sie kreidebleich und rannte aufs Klo, um sich zu übergeben. Da wusste ich gleich Bescheid.«

»Du warst sehr nett zu mir, wenn man bedenkt, dass Arno euer einziger Sohn ist.« Anke lächelte ihrer Schwiegermutter zu. »Ihr hättet mich auch hassen können.«

»Du liebe Zeit, dich hassen?« Evelyne schüttelte den Kopf. »Das wäre ja verrückt gewesen. Ich konnte doch vom ersten Tag an sehen, wie sehr Arno dich liebt. Das tue ich im Übrigen auch, denn immerhin hatte ich durch dich plötzlich auch eine Tochter.«

Als Melanie leise schniefte, wandte Evelyne sich ihr wieder zu.

»Na, na, komm her, Lütte. Weine ein bisschen, danach ist alles wieder gut. Anke, kannst du nicht doch was von dem Schokolikör aus dem Keller holen? Den könnten wir jetzt alle gut gebrauchen. Melanie kriegt eine warme Milch mit Honig oder einen Kakao.«

Deana sprang eilfertig auf. »Ich gehe schon, kenne mich ja bei euch aus. Bin gleich wieder da.«

Während sie hinauseilte, ging Anke rasch ins Wohnzimmer und kam nur Augenblicke später mit einem Stapel Fotoalben zurück. »Schaut mal, was ich hier habe. Alles Fotos von Alex, Christina und Luisa, als sie noch klein waren. Melanie, ich glaube, von dir sind auch ein paar Schnappschüsse dabei aus den beiden Sommern, die du damals hier verbracht hast.«

»Wirklich, da sind auch Fotos von mir drin?« Melanie beugte sich neugierig vor.

»Na klar.« Christina griff sich eines der Alben. »Auf einem bist du sogar zusammen mit Alex drauf. Hast du das etwa noch nie gesehen? Ich wette, an den Bildern kann man erkennen, wie euer Kind mal aussehen wird.«

»Stimmt, ich sehe auf Kinderfotos auch fast immer aus wie meine Mutter, als sie klein war«, stimmte Anke zu und blätterte bereits eifrig in einem anderen Album.

Christina lehnte sich zufrieden auf der Eckbank zurück und ließ den Dingen ihren Lauf.

∗∗∗

Lächelnd schob Alex Messner sein Smartphone zurück in die Innentasche seiner blau-weißen Windjacke und stützte sich entspannt mit den Unterarmen auf dem Tor ab, das zu der großen Hundespielwiese führte. Seine schokoladenbraune Labradorhündin Schoki tobte gerade mit einer bunt gemischten Gruppe von insgesamt sechs Hunden darauf herum. Er kam hin und wieder mit ihr hierher, manchmal auch zusammen mit Melanie, um Schoki die Gelegenheit zu geben, sich mit ihren Artgenossen zu amüsieren. Zwar spielte sie auch regelmäßig mit Benni und Zora, aber ein bisschen Abwechslung tat auch Hunden gut.

Später würde er noch einen Schlenker zum *Alibaba* machen

und sich eine Pizza holen. Christina hatte ihm gerade eine WhatsApp geschickt mit der Ankündigung, dass er heute nicht auf Melanie zu warten bräuchte, weil sie sich spontan einem Frauenabend mit seiner Mutter, Chris und Deana angeschlossen habe. So etwas kam hin und wieder vor, und er freute sich, dass Melanie inzwischen so ein fester Bestandteil dieser Frauenclique geworden war. Es hatte eine Zeit gegeben, da wäre sie lieber in ihrem Schneckenhaus verschwunden, als sich anderen Menschen zu öffnen, und sie davon zu überzeugen, dass sie bei ihm und seiner Familie ein richtiges Zuhause gefunden hatte – und ihr ihre Ängste vor dem Verlassenwerden zu nehmen, hatte ihn einige Anstrengung gekostet.

Mit einem Grinsen im Gesicht sah er zu, wie Schoki fröhlich bellend mit einem schwarzen Schäferhund Nachlaufen spielte. Mario betreute die späte Spielgruppe heute, lehnte aber im Augenblick nur als stiller Beobachter am Zaun auf der gegenüberliegenden Seite der Wiese und unterhielt sich mit den anderen Hundebesitzern. Alex überlegte gerade, sich ihnen anzuschließen, als er hinter sich Schritte hörte.

»Alex, bist du das? Hab ich doch richtig gesehen!« Lars Verhoigen kam grinsend näher, blieb dann aber in angemessenem Abstand stehen. »Gut siehst du aus. Die Ehe scheint dir ausgezeichnet zu bekommen. Ich hab neulich einen heimlichen Blick durch das Schaufenster von *Sybillas Schatztruhe* geworfen, nachdem Chris mir erzählt hatte, dass du die neue Besitzerin des Ladens geehelicht hast. Hut ab, alter Freund, du hast verdammt guten Geschmack bewiesen.«

Für einen langen Moment musterte Alex seinen ehemals besten Freund nur schweigend. Innerlich wartete er darauf, den alten Ärger in sich aufsteigen zu spüren, doch nichts dergleichen geschah. Stattdessen fühlte er ehrliche Freude, Lars nach all der Zeit wiederzusehen.

Lars' Miene wurde ernst. »Entschuldige, ich kann auch wieder verschwinden, falls du sauer auf mich bist. Ich wollte nicht so mit der Tür ins Haus fallen und so tun, als sei nichts gewesen. Aber mir ist nichts anderes eingefallen, wie ich anfangen soll. Ich weiß, es war nicht okay, einfach ohne eine Nachricht aus der Stadt zu verschwinden, aber ich musste hier raus. Mein eigenes Ding drehen. Nachdenken und … erwachsen werden, schätze ich.« Er zögerte. »Soll ich gehen?«

Alex schüttelte den Kopf und trat lächelnd auf ihn zu. »Red keinen Unsinn. Meine Güte, wie lange ist das jetzt her? Sieben Jahre?«

»Das kommt in etwa hin, ja.«

»Hast dich ganz schön rargemacht. Hätte eine Weihnachtskarte hier und da oder eine E-Mail vielleicht wehgetan?« Umstandslos umarmte Alex seinen Freund, und sie klopften einander herzlich auf die Schultern.

Schließlich trat Lars wieder einen Schritt zurück. »Anfangs wollte ich erst mal nur alles, was mit Lichterhaven zu tun hatte, weit von mir schieben, und später habe ich es dann immer wieder aufgeschoben, mich zu melden, weil ich das Gefühl hatte, irgendwie den richtigen Zeitpunkt verpasst zu haben.«

»Und jetzt bist du wieder da.« Erneut musterte Alex ihn. »Siehst ebenfalls gut aus. Hast du Familie?«

»Bist du wahnsinnig?« Lars hob abwehrend beide Hände. »Mir ist noch keine Frau begegnet, die mich verkrachte Existenz auf Dauer ausgehalten hätte. Ist auch besser so, das hat nämlich auch keine Frau verdient.« Er lachte erheitert. »Aber du scheinst ja jetzt sesshaft geworden zu sein mit Frau, Haus und Hund. Herzlichen Glückwunsch übrigens.«

»Danke. Wie man hört, willst du die alte Werft wiederbeleben.«

»So ist der Plan. Vater hat sich wie immer ziemlich angestellt, aber ich hatte die besseren Argumente, also hat er mir das Areal überlassen.« Kurz zeigte sich ein grimmiger und fast schon verbitterter Zug um Lars' Lippen, den Alex von früher nur allzu gut kannte. Er erschien meistens, wenn sein Freund über seinen Vater sprach. Doch der Eindruck verflog gleich wieder, als Lars erneut lächelte.

»Ich habe übrigens Verstärkung mitgebracht, denn allein dieses Vorhaben zu stemmen, wäre doch ein bisschen leichtsinnig. Auch wenn ich mir in den vergangenen Jahren eine Menge Wissen angeeignet habe, bin ich doch, was die betriebswirtschaftliche Seite angeht, nicht gerade ein Experte.«

»Du ziehst das Ganze also mit einem Partner auf?«

Lars nickte. »Mit meinem Bruder.«

»Was?« Perplex starrte Alex ihn an. »Seit wann hast du einen Bruder?«

»Halbbruder, um genau zu sein. Er ist knapp fünf Jahre jünger als ich.«

»Scheiße.« Alex zuckte zusammen. »Entschuldige.«

Lars zuckte mit den Achseln. »Wir wussten doch beide, dass mein Vater kein Heiliger ist.«

»Es ist etwas anderes, wenn man die Konsequenzen live und in Farbe vor sich hat. Glaubst du, deine Mutter wusste von deinem Bruder?«

»Ja, sie wusste es, da bin ich mir sicher. Ein Sargnagel mehr, mit dem Vater sie malträtiert hat. Nur ich musste erst dreißig werden, bevor ich davon erfuhr. Thorsten ist ein Banker, oder vielmehr hat er lange Zeit in einer Bank gearbeitet und ist dann ins Management einer großen Bootsbaugesellschaft in den Staaten gewechselt. Darüber sind wir uns überhaupt erst begegnet.«

»Und wie habt ihr festgestellt, dass ihr Brüder seid?«

Lars zog seine Geldbörse aus der Gesäßtasche seiner Jeans und zog ein Foto daraus hervor, auf dem er und ein zweiter Mann zu sehen waren. »Reicht das?«

Alex starrte fassungslos auf das Bild. »Er ist deinem oder vielmehr eurem Vater wie aus dem Gesicht geschnitten.«

Lars nickte mit lakonischer Miene. »Mit anderen Worten, er sieht aus wie ich. Zumindest fast. Seine Haare sind etwas heller, aber das ist auch schon alles.«

»Das ist ja ein Ding.« Kopfschüttelnd rieb Alex sich über die Mundwinkel. »Ihr versteht euch also gut, du und dein neu gefundener Bruder?«

»Interessanterweise ja. Wir haben anfangs wirklich versucht, einander nicht zu mögen, aber Blut scheint doch dicker als Wasser zu sein.« Lachend steckte Lars das Foto zurück in seine Brieftasche. »Thorsten ist ein klasse Typ, und er kann ja ebenso wenig für seinen Erzeuger wie ich. Vater wird vermutlich platzen, wenn er erfährt, dass sein Fehltritt demnächst hier in Lichterhaven leben wird.«

»Du hast ihm noch nichts davon gesagt?«

»Das hätte die Verhandlungen um die Werft nur unnötig verkompliziert. Abgesehen davon hielt er es ja auch nie für nötig, mir mitzuteilen, dass es Thorsten gibt. Weshalb sollte ich ihm jetzt auf die Nase binden, dass ich ihn auch allein gefunden habe?«

»Wer ist denn die Mutter?«

Sofort wurde Lars wieder ernst. »Eine sehr sympathische Frau. Sie muss noch ziemlich jung gewesen sein, als sie mit Thorsten schwanger wurde. Ich glaube, sie ist noch keine fünfzig. Ich habe sie inzwischen mehrmals getroffen. Sie ist eigentlich viel zu nett, um sich mit jemandem wie Vater einzulassen. Es war wohl eine kurze Affäre, das Übliche – seine Sekretärin –, und als sie merkte, dass sie schwanger war, hat Vater sie rausgeschmissen und jeglichen Kontakt unterbunden. Zur Geburt hat er ihr damals hunderttausend Mark für das Kind überwiesen mit der Auflage, ihn niemals wieder zu behelligen.«

»Ach du Scheiße.« Ungläubig starrte Alex ihn an.

»Sie hat sich daran gehalten und das Geld vollständig für Thorsten angelegt. Deshalb konnte er sich eine gute Ausbildung und ein Studium im Ausland leisten. Wenn du die ganze Geschichte hören willst, sollten wir es uns irgendwo gemütlich machen, meinst du nicht auch?«

»Ich habe nichts dagegen. Wenn du Zeit und Lust hast, komm doch einfach nach der Hundespielstunde mit zu mir. Es dauert auch nur noch«, Alex warf einen Blick auf seine Armbanduhr, »zehn Minuten.«

»Warum nicht? Dann lerne ich deine Angetraute auch gleich persönlich kennen.«

»Da hast du heute leider Pech. Sie ist mit Chris, Mama und Deana unterwegs.«

»Schade. Aber aufgeschoben ist ja nicht aufgehoben. Ich hoffe doch …« Lars hielt inne und grinste plötzlich. »Wow, das ist mal ein Hund! Wenn das nicht der große Künstler samt vierbeinigem Anhang ist.«

»Was meinst du?« Alex drehte sich um und folgte dem Blick seines Freundes, dann lachte er. »Das sind Ben Brungsdahl und Boss. Bist du ihnen schon mal begegnet?«

»Und wie!« Lars feixte. »Neulich bin ich Brungsdahl bei einem Spaziergang mit Chris begegnet.«

»Du bist mit meiner Schwester spazieren gegangen?«

»Mehr zufällig als geplant, ja. Und plötzlich ist erst der Hund aufgetaucht und gleich darauf dieser Brungsdahl. Also ich muss schon sagen, da hat sich Chris aber einen ganz schön berühmten Liebhaber angelacht. Berühmt und steinreich, um genau zu sein.«

»Liebhaber?« Stirnrunzelnd blickte Alex Ben entgegen, der langsam auf sie zukam und dabei immer wieder Boss mit Worten und Handzeichen zu verstehen gab, dass dieser ruhig an seiner Seite bleiben sollte. »Die beiden haben sich angefreundet, aber …«

»Aber was? Komm schon.« Scherzhaft stieß Lars ihn an. »Wenn die beiden nicht miteinander ins Bett gehen, weiß ich es auch nicht. Ein bisschen eifersüchtig auf mich schien er auch zu sein, obwohl das natürlich Quatsch ist. Chris ist wie eine kleine Schwester für mich.«

»Mhm.« Die Furchen auf Alex' Stirn vertieften sich noch eine Spur, doch er beherrschte sich. Hier und jetzt war weder Ort noch Zeit, alte Geschichten aufzuwärmen. »Liebhaber, bist du sicher?«

»Wie das Amen in der Kirche.«

»Dann muss ich ihn mir wohl mal deutlich näher ansehen.«

»Wir können ihn uns gerne gemeinsam zur Brust nehmen«, schlug Lars vor, verstummte aber, als Ben in Hörweite kam.

Alex brummelte vor sich hin. »Christina ist meine Schwester, das schaffe ich schon noch allein.« Dann setzte er ein, wie er hoffte, ungezwungenes Lächeln auf. »Guten Abend, Herr Brungsdahl. Kleiner Abendspaziergang? Wie ich sehe, haben Sie Ihren Boss mittlerweile schon ganz gut im Griff. Christina hat mir erzählt, dass sie anfangs echte Schwierigkeiten hatte, Sie und Ihren Hund aneinander zu gewöhnen.«

Ben musterte ihn überrascht, aber freundlich und lächelte schließlich. »Sie hat Wunder gewirkt und kann anscheinend auch Gedanken lesen. Zumindest die von Boss. Alles, was sie über sein Verhalten gesagt hat, stimmte bis ins Detail. Ohne sie wäre ich aufgeschmissen gewesen.«

»Das freut mich zu hören.«

Ben blieb beim Gatter stehen; Boss setzte sich neben ihn und beobachtete mit aufgestellten Ohren die anderen Hunde auf der Wiese.

Da würde ich ja zu gerne mitmachen!

»Hallo Ben, wollen Sie Boss nicht noch für ein paar Minuten mitspielen lassen?« Mario kam im Laufschritt auf das Tor zu. »Das würde ihm bestimmt guttun.«

Und wie es das würde! Das da vorn ist Schoki, die habe ich neulich schon mal kennengelernt, und Cisco, den Schäferhund, auch. Die sind klasse. Und die anderen würde ich auch gerne kennenlernen. Denn mal ehrlich, so freundlich die Menschen jetzt zu mir sind, ein paar Kontakte zu meinen Artgenossen hätte ich schon ganz gerne. Boss sprang auf und wedelte erwartungsvoll mit der Rute.

Ben blickte von Mario auf seinen Hund. »Ja, wenn das in Ordnung geht. Eigentlich wollte ich mich gar nicht lange hier aufhalten …«

»Kein Problem, es sind ja nur noch zehn Minuten. Aber ziehen Sie Boss das Geschirr aus, damit er nirgends hängen bleiben kann oder einer der anderen Hunde sich verletzt.«

»Klar, Moment.« Ben bückte sich und nahm Boss das Geschirr ab.

Was, wirklich? Ich darf? Wuff, dann mal los. Achtung, hier komme ich! Mit freudigem Gebell sauste Boss zu den anderen Hunden auf die Wiese und wurde sofort von neugierigen Fellnasen umringt.

»Ich gehe mal zurück und passe auf, dass alles ruhig bleibt. Behalten Sie Boss bitte auch im Auge. Er hat ja noch nicht oft bei solchen Spielgruppen mitgemacht.«

»Klar.« Ben nickte und sah seinem Hund mit einer Mischung aus Belustigung und Erstaunen zu, wie er mit den anderen Hunden herumtollte. »Er hat sich wirklich verändert.«

Auch Alex und Lars wandten sich der Wiese zu. »Er scheint doch ganz verträglich zu sein«, befand Alex nach einer kurzen Weile.

»Das ist er auch, aber er hätte noch vor Kurzem eher beleidigt kehrtgemacht, als sich den anderen Hunden anzuschließen.«

»Sie haben ihn aus einer miserablen Haltung herausgeholt, nicht wahr?« Alex sah Ben eingehend von der Seite an und beschloss, ihn sympathisch zu finden.

»Miserabel ist gar kein Ausdruck. Den Tieren ging es hundeelend, im wahrsten Sinne des Wortes.« Ben seufzte. »Boss hat lange gebraucht, um Vertrauen zu mir zu fassen. Bei Christina wurde er deutlich schneller zutraulich.«

»Sie ist ja auch eine regelrechte Hundeflüsterin.« Alex lächelte stolz. »Das war sie schon immer, auch wenn sie es nicht mag, dass man das sagt. Hat sie Ihnen schon mal von Polly erzählt?«

»Der Collie-Hündin?« Ben nickte. »Sie scheint sehr an ihr gehangen zu haben.«

»Die zwei waren unzertrennlich. Seit Polly tot ist, hat Chris keinen Hund mehr haben wollen. Was die beiden verbunden hat, ist weit mehr als nur eine Hund-Halterin-Beziehung gewesen. Die zwei waren Seelenverwandte.«

»Ich weiß, das habe ich gesehen.«

»Gesehen?« Lars merkte auf. »Wie denn das?«

»Ich habe auf Christinas Schreibtisch ein Foto von ihr und Polly gesehen. Darauf kann man die innige Verbundenheit der beiden genau erspüren.«

»Erspüren?« Interessiert hob Lars die Augenbrauen.

»Erkennen.« Ben hob die Schultern. »Ich bin Künstler und sehe die Dinge nicht nur mit den Augen, sondern auch …«

»Mit dem Herzen.« Lars nickte langsam. »Ich verstehe.«

»Du verstehst das?« Alex lachte. »Seit wann bist du denn Mister Sensibel?«

»Bin ich doch gar nicht. Aber dass ein Künstler die Welt mit anderen Augen sieht als wir Kulturbanausen, ist doch sonnenklar.« Lars grinste breit.

Alex schüttelte amüsiert den Kopf, wandte sich dann aber wieder an Ben. »Wie ich hörte, sind Sie und Chris jetzt ... enger befreundet.«

Ben, der kurz zu Boss und den anderen Hunden geblickt hatte, drehte ihm langsam den Kopf zu. »Ist das ein Problem?«

»Nicht, solange Sie meine Schwester gut behandeln.«

»Das hatte ich vor.« Ben zögerte. »Ich hoffe, in Ihrer Familie geht es allen gut.«

Erstaunt runzelte Alex die Stirn. »Ja, sicher, warum auch nicht?«

»Christina schrieb mir vorhin eine Nachricht, es gäbe so etwas wie einen Notfall. Seitdem kann ich sie nirgends erreichen. Ihr Handy ist ausgeschaltet.«

»Ach so.« Erheitert lachte Alex auf. »Die Mädels immer! Notfall ist gut. Nein, also Chris ist mit Melanie, Deana und meiner Mutter zusammen. Frauenabend. Das machen sie manchmal, wenn sie über uns Kerle schnattern und dabei literweise Eis in sich hineinschaufeln wollen. Der einzige Notfall wird dabei sein, wenn Omas Schokolikör zur Neige geht.«

Ben stieß hörbar die Luft aus. »Also ist nichts Schlimmes passiert?«

»Nicht, soweit mir bekannt ist, und ich hätte schon davon gehört, da können Sie sicher sein.«

»Dann ist also alles gut.«

»Bestens, würde ich sagen. Wahrscheinlich hat sie einfach ihr Handy ausgeschaltet.« Interessiert beobachtete Alex, wie Ben die Hände kurz zu Fäusten ballte. In seiner Wange zuckte ein Muskel, weil er die Zähne fest zusammenzubeißen schien. Doch der seltsame Eindruck schwand gleich darauf wieder, und Ben schien sich zu entspannen. Dennoch war Alex' Wachsamkeit geweckt. »Alles in Ordnung, Herr Brungsdahl?«

»Ja, sicher, warum nicht?« Ben sog hörbar die Luft ein, dann lächelte er. »Ich heiße Ben.«

Alex erwiderte das Lächeln verhalten. »Alex.«

»Lars«, fügte Lars hinzu. »Es scheint, als sei die Spielstunde vorbei. Was haltet ihr von einem Bier?«

»Viel, wenn es dazu eine Pizza von Akbay gibt.« Alex klatschte in die Hände und ging in die Hocke, als Schoki mit fliegenden Ohren auf ihn zugerannt kam.

Lars lachte. »Akbay hat schon immer die beste Pizza gemacht. Sag bloß, er hat sich noch immer nicht zur Ruhe gesetzt.«

»Er ist gerade mal fünfundsechzig.« Mit geübten Handgriffen legte Alex der Hündin ihr Geschirr an. »Zur Ruhe setzt er sich erst, wenn er hundertdrei ist. Seine Worte, nicht meine.«

»Dann mal los zum *Alibaba*. Was ist, Ben, kommst du mit?«

Ben musterte Lars, dann Alex – und schien zu zögern, doch dann nickte er. »Gegen Pizza und Bier ist nichts einzuwenden. Hey, Boss, komm her, ich muss dich wieder an die Leine legen!«

Ja, ja, komme doch schon. Du, das war echt spaßig hier. Können wir öfter herkommen, wenn die anderen Hunde hier sind? Wedelnd schoss Boss auf Ben zu und warf ihn beinahe vor Begeisterung um.

Lars hüstelte und lachte schließlich. »So was kann man nicht häufig zu seinem Boss sagen, was?«

Ben hob den Kopf und grinste schief. »Stimmt wohl. Vermutlich würde sich das manch einer wünschen. Aber dieser Boss hier«, er klopfte dem Hund leicht auf den Rücken, »und ich sind inzwischen ganz gute Freunde geworden.«

Und wie wir das sind! Sag mal, hab ich da eben etwas von Pizza gehört? Das wäre jetzt genau das Richtige. Wuff.

»Er scheint deiner Meinung zu sein.« Lars stieß sich vom Zaun ab. »Dann mal los. Ich lade euch ein. Pizza für drei.« Als Boss und Schoki gleichzeitig empört bellten, zuckte er zusammen. »Schon gut, schon gut, Pizza für fünf.«

17. Kapitel

»Bitte sehr, Haustür-zu-Haustür-Service.« Luisa hielt ihren Wagen vor der Zufahrt zur Hundeschule.

Christina öffnete die Tür, lehnte sich aber noch einmal zu ihrer Schwester hinüber und küsste sie auf die Wange. »Danke, dass du mich gefahren hast. Das war wirklich lieb von dir. Andernfalls hätte ich den ganzen Weg zu Fuß gehen müssen. Oder mit Mamas Fahrrad fahren.«

»Mhm, und ein Knöllchen riskiert, weil du betrunken Fahrrad fährst.«

»Ich bin nicht betrunken. Nur ein bisschen betütert.«

Luisa kicherte. »Was für ein Glück, dass Mama mir Bescheid gesagt hat, was ihr vorhabt! Ich war zwar ein bisschen spät dran, aber dafür war es am Ende umso lustiger.«

»Das war es.« Christina grinste breit, wurde aber gleich wieder ernst. »Glaubst du, es hat funktioniert?«

Luisa nickte. »Ich bin zu einhundert Prozent sicher. Melanie wird Alex noch heute sagen, dass sie schwanger ist, und morgen wird er vermutlich durch die Gegend laufen und die ganze Welt abknutschen. Es war wirklich die beste Idee, die du haben konntest, sie zu Mama und Oma zu bringen.«

»Und Deana.«

»Und mir.« Luisa lachte. »Und dir. Sie hatte sich ja ziemlich in etwas hineingesteigert.«

»So ist sie eben.« Christina schwang erst ein Bein aus dem Auto, dann das andere.

»Soll ich dich bis zur Haustür bringen?« Besorgt sah Luisa ihr zu.

»Hey, ich sagte doch, mir geht es gut. Ich hab bloß 'nen winzigen Schwips. Omas Schokolikör sei Dank.« Lässig winkte Christina ab und kletterte aus dem Auto.

»Nimm gleich zwei Aspirin – und trink, so viel du kannst, damit du das Likörgelage morgen früh nicht bereust.«

»Aye, aye, Sir, äh, Ma'am.« Christina salutierte zackig, warf die Autotür ins Schloss und ging dann auf das Haus zu. Es war bereits weit nach Mitternacht, und die Lichter der Außenanlagen waren ausgeschaltet. Erst als sie in Reichweite des Bewegungsmelders kam, ging eine Lampe über der Eingangstür an. Hinter sich hörte sie, wie Luisas Wagen davonfuhr.

Sie nestelte ihren Hausschlüssel aus der Handtasche und steckte ihn ins Schloss, warf dann aber noch einmal gewohnheitsmäßig einen Blick über die Schulter auf die im Dunkeln liegenden Trainings- und Spielwiesen. Ein lauer Wind wehte von der See her, der aber in den oberen Luftschichten deutlich stärker zu sein schien, denn er trieb einzelne Wolkenfelder zügig vor sich her, sodass das Licht des zu drei Vierteln gerundeten Mondes hin und wieder kurz gedämpft wurde.

Als sie zur vorderen Spielwiese blickte, gaben die Wolken das Mondlicht wieder frei, und Christina kniff überrascht die Augen zusammen. Am Zaun stand ein hochgewachsener Mann. Er hatte die Unterarme auf der obersten Zaunlatte abgestützt und starrte in die Dunkelheit. Seine Gestalt kam ihr allzu bekannt vor, deshalb ließ sie den Schlüssel einfach im Schloss stecken, legte die Handtasche auf der Stufe vor der Tür ab und ging neugierig auf den schweigsamen Mann zu. Ein paar Schritte von ihm entfernt blieb sie stehen. »Ben?«

Erst rührte er sich nicht, doch dann drehte er sich sehr langsam zu ihr um. Im hellen Mondlicht konnte sie sein Gesicht erkennen. Es war ernst, sehr ernst. »Ein Notfall, ja?«

»Was?« Verwundert trat sie noch einen Schritt näher, hielt aber inne, als sie erkannte, dass er sie nicht ernst, sondern wütend ansah.

»Du musstest leider absagen? Wegen eines Notfalls?«

Endlich begriff sie. »Entschuldige, ich wollte nicht ... Ich musste mich dringend um Melanie kümmern.«

Diesmal trat er auf sie zu und musterte sie mit zusammengekniffenen Augen. »Bist du betrunken?«

»Nein. Nur ein bisschen ...«, sie hob verlegen die Schultern, »angeheitert.«

»Schokolikör?«

»Ja, meine Oma macht den schon seit ...« Sie stockte. »Woher weißt du das?«

»Ich habe deinen Bruder getroffen – und Lars. Wir waren zusammen Pizza essen und ein Bier trinken.«

»Oh, gut, dann hattest du ja wenigstens Gesellschaft heute Abend. Ich dachte schon ...«

»Was dachtest du? Warum hast du mich angelogen?«

Erschrocken hob sie den Kopf. »Ich habe dich nicht angelogen.«

»Ein Notfall, bei dem der Schokoladenlikör in Strömen fließt? Mach dich nicht lächerlich.«

Oh ja, Ben schien tatsächlich wütend zu sein. Doch Christina ließ sich davon nicht beeindrucken. »Solche Notfälle gibt es tatsächlich, auch wenn du es nicht glaubst.«

»Es fällt mir ausgesprochen schwer, da hast du recht. Wenn du dich nicht mit mir treffen willst, sag es zukünftig geradeheraus.«

»Aber ...« Der Alkohol in ihrem Blut machte es Christina schwer, sich vollkommen zu sammeln und zu konzentrieren.

»Ich wollte doch mit dir ausgehen. Aber dann kam Melanie plötzlich zu mir und war total durch den Wind. Ich musste sie erst mal beruhigen und habe ihr einen Frauenabend vorgeschlagen, damit sie sich wieder einkriegt. Allein hätte ich sie niemals auf eine gerade Schiene gebracht.«

»Das war also keine Retourkutsche?«

»Keine was?« Verständnislos starrte sie Ben an.

»Ich weiß, dass ich mich zuletzt sehr rargemacht habe und dass das sehr abrupt kam. Ich habe dir aber auch von Anfang an gesagt, dass so etwas passieren kann und wird.«

»Ja, sicher, aber ...«

»Entweder kommst du damit klar, oder wir lassen es. Billige Retourkutschen werden weder an der Situation noch an mir etwas ändern.«

»Sag mal, spinnst du?« Allmählich begriff Christina, weshalb Ben so sauer war – oder zumindest glaubte sie, die Zusammenhänge zu begreifen, und wurde ebenfalls wütend. »Glaubst du, ich hätte nichts Besseres zu tun, als ein Date in der *Seemöwe* mit leckerem Essen und wünschenswerterweise gutem Sex hinterher abzusagen, nur um dir eins auszuwischen? Für wen hältst du mich eigentlich?«

»Das weiß ich im Augenblick, ehrlich gesagt, nicht. Du warst mit unserem«, er zögerte kurz, »Arrangement einverstanden.«

»Das bin ich immer noch. Es sei denn, du verhältst dich weiterhin so idiotisch, dann überlege ich es mir noch mal.« Sie stemmte die Hände in die Hüften. »Ich muss schon sagen, Ben Brungsdahl, du nimmst dich selbst ganz schön wichtig. Nicht alles dreht sich nur um dich. Ich hatte einen Notfall in der Familie und ...«

»Mit Schokolikör!«

»Herrgott noch mal, ja. Hör endlich mit diesem verdammten Likör auf, sonst wird mir noch speiübel.«

»Was soll an einem Frauenabend bitte ein Notfall sein?« Seine Stimme zitterte vor unterdrücktem Zorn.

Christina trat doch noch einen Schritt auf ihn zu, jedoch nur, um ihm besser ins Gesicht sehen zu können. Auch ihre Stimme schwankte, weil sie sich nur mühsam beherrschen konnte. »Melanie ist schwanger.«

Er hielt kurz inne und runzelte die Stirn. »Ich hoffe, sie hat nichts von dem Likör getrunken.«

»Nein, hat sie nicht, sie hat literweise Kakao und Milch mit Honig von uns eingetrichtert bekommen, bis sich ihre Nerven beruhigt hatten.«

»Ihre Nerven?«

»Ja, weil sie nämlich, als sie bei mir aufschlug, eine schreckliche Panikattacke hatte.«

»Weil sie schwanger ist?«

»Nun sieh mich nicht so ungläubig an. Ja, weil sie schwanger ist. Du kennst sie nicht. Sie hat eine ziemlich … schwierige Vergangenheit und ist emotional ein bisschen verkorkst, wie sie es selbst immer nennt. Sie war heute Morgen beim Arzt und danach total verängstigt, weil sie glaubt … Weißt du was, das geht dich überhaupt nichts an, Ben!« Sie funkelte ihn an. »Fest steht jedenfalls, dass ich sie in dem Zustand nicht allein lassen konnte. Also hab ich sie zu meiner Mutter gebracht, und zusammen mit Oma und Deana und später auch noch Luisa haben wir sie beruhigt und sie dazu gebracht, das zu tun, was sie eigentlich tun wollte.«

»Und zwar?« Seine Stimme klang eine Spur ruhiger.

»Sich freuen, verdammt noch mal! Sie wird Mutter, mein Bruder wird Vater. Das ist ein Grund zum Feiern. Aber sie konnte sich vor lauter Panik gar nicht freuen. Zum Glück ist jetzt alles wieder gut. Das hoffe ich zumindest. Wir werden es morgen früh wissen, wenn Alex durch Lichterhaven rennt und alle Leute knutscht.« Sie holte kurz Luft, sprach aber weiter, bevor Ben etwas sagen konnte. »Das war also sehr wohl ein Notfall, und zwar ein schwerwiegender. Meine Familie und meine Freunde sind mir verdammt wichtig. Wenn du das nicht verstehen und akzeptieren kannst, habe ich mich sehr in dir getäuscht. Meine Familie und meine Arbeit sind die wichtigsten Fixpunkte in meinem Leben. Komm damit klar – oder lass es. Ich bin nicht auf dich angewiesen, Ben Brungsdahl.«

Schon wollte sie sich abwenden und davongehen, doch Ben hielt sie an der Schulter fest. »Ich will mich nicht zwischen dich und deine Familie stellen, Christina. Ich dachte bloß ...«

»Dass ich aus irgendwelchen verqueren Motiven heraus das Date abgesagt habe, um dir heimzuzahlen, dass du dich deiner Arbeit wegen tage- oder wochenlang in deinem Schneckenhaus oder vielmehr deinem Atelier verbarrikadiert hast und für niemanden ansprechbar warst. Das ist totaler Schwachsinn, Ben, weißt du das eigentlich? Wer käme denn auf so eine Idee?«

»Du würdest dich wundern ...«

»Ich habe ein Leben gehabt, bevor es dich gab, und es wird weitergehen, wenn du im Herbst Lichterhaven wieder verlässt.« Sie ignorierte den feinen Stich, den sie bei ihren eigenen Worten verspürte. »Dass du mit ganzer Seele Künstler bist, habe ich von Anfang an akzeptiert, aber ich verlange auch von dir, meine Lebensart zu akzeptieren, denn andernfalls wird das mit uns nicht funktionieren.« Sie stockte und zog die Stirn in Falten. »Was meinst du damit, ich würde mich wundern?«

In einer frustrierten Geste fuhr Ben sich mit den gespreizten Fingern durchs Haar. »Es gab schon Frauen, die versucht haben, mir mein unhöfliches Verhalten ihnen gegenüber aufs Brot zu schmieren, indem sie mir, wie sie es nannten, ein Quantum meiner eigenen Medizin zu verabreichen versuchten.«

»Das ist doch Irrsinn.«

»Ich kann nicht ändern, wer und wie ich bin. Ich habe es dir von Anfang an gesagt, damit genau so etwas nicht passiert.«

»Ist es ja auch nicht.« Sie nahm die Hände von den Hüften und verschränkte stattdessen die Arme vor der Brust. »Wenn ich gewusst hätte, dass meine Nachricht zu so was hier führt, dann ...«

»Was dann?« Er sah sie unverwandt an.

Sie zuckte mit den Achseln. »Nichts. Ich kann nicht versprechen, dass ich beim nächsten familiären Notfall einen ausführlichen psychologischen Hintergrund mitliefere. Ich war in Eile und Melanie in dem Moment wichtiger. Ich habe nicht darüber nachgedacht, wie die Nachricht auf dich wirken könnte. Wie sollte ich auch wissen, dass du gleich das Schlimmste annimmst?« Sie ließ die Arme wieder sinken. »Warum hast du das Schlimmste angenommen? Vertraust du mir so wenig? Und warum bist du überhaupt jetzt hier? Es ist fast ein Uhr nachts. Hätte die Standpauke nicht auch bis morgen warten können?«

»Das sollte keine Standpauke sein, verdammt noch mal. Ich war nur ...«

»Auf dem völlig falschen Dampfer.«

Er stieß hörbar die Luft aus. »Ich habe mir Sorgen gemacht.«

»Weshalb? Du wusstest doch inzwischen, dass es mir gut geht.«

»Ich habe mir Sorgen gemacht, als ich deine Nachricht erhielt, und versucht, dich telefonisch zu erreichen, aber du hattest dein Handy ausgeschaltet. Was sollte ich denn davon bitte halten?«

»Nichts.« Sie atmete tief durch und entspannte sich etwas. »Bei solchen Abenden schalten wir alle unsere Handys aus, es sei denn, wir wollen Fotos machen. Diesmal war es besonders wichtig, ungestört zu sein, weil wir Melanie betüddeln mussten.«

»Betüddeln?«

»Uns um sie kümmern.«

»Das habe ich schon verstanden.« Diesmal ging er auf sie zu, bis er dicht vor ihr stand. »Ich bin ein Idiot.«

»Hört, hört.« Sie ließ es widerstandslos zu, dass er sie an sich zog. »Ben?«

»Hm?«

»Ich war dir nie böse, dass du abgetaucht bist. Wie du schon sagtest, du hattest mich vorgewarnt. Kann sein, dass ich dich vermisst habe, aber warum sollte ich wegen etwas sauer sein, was untrennbar mit deinem Wesen verknüpft ist? Damit würde ich mich so irrational verhalten wie die Männer, die mich für beziehungsunfähig erklärt haben, weil mir mein Beruf so wichtig ist, und die irgendwann so eifersüchtig geworden sind, dass ich es nicht mehr ausgehalten habe.« Sie sah ihm forschend in die Augen und spürte, wie ihr warm wurde, als er ihren Blick ruhig und unverwandt erwiderte. »Bei dir hatte ich zum ersten Mal seit langer Zeit nicht das Gefühl, eingeengt zu sein oder deinen Erwartungen nicht gerecht zu werden. Weshalb sollte ich nun genau das tun? Dich einengen, meine ich, und Erwartungen in dich setzen, die du nicht erfüllen kannst? Das ist wirklich idiotisch.«

»Tut mir leid.« Ben lehnte seine Stirn sachte gegen ihre. »Anscheinend muss ich mich erst daran gewöhnen, dass es Frauen wie dich gibt. Nein, halt, ich muss mich korrigieren: dass es dich gibt. Ich fürchte …«

Als er einfach nicht weitersprach, stellte sie sich auf die Zehenspitzen, um ihm noch eindringlicher in die Augen blicken zu können. »Was fürchtest du?«

»Nichts.« Er presste kurz die Lippen zusammen, richtete seinen Blick auf einen Punkt irgendwo hinter ihr. Als er sie nach einem langen Moment erneut ansah, war ein neuer Ausdruck in seine Augen getreten, der ihr eine Gänsehaut bescherte. »Wenn ich nicht sehr gut aufpasse, könnte ich mich in dich verlieben.«

Aus dem Ziehen in ihrem Inneren wurde ein heftiger Stich. Ihr Herz begann unnatürlich schnell zu schlagen. »Und was, wenn es mir genauso geht?«

Seine Arme, die locker um ihre Schultern gelegen hatten, schlossen sich etwas fester um sie. »Dann haben wir ein Problem.«

»Warum? Ein kleines bisschen verlieben ist doch nicht so schlimm. Das geht irgendwann auch wieder weg.«

»Bist du sicher?«

Ihr Herz pochte mittlerweile bis hinauf in ihren Hals. »Na klar. Soll ich es dir vorsichtshalber schriftlich geben?«

»Nein.« Er streifte mit dem Mund ganz leicht ihre Lippen. »Sag mal, hast du heute Nacht noch etwas vor?«

Sie schob ihre Hände unter seine Jacke und streichelte über seinen warmen starken Rücken. »Das kommt drauf an.«

»Worauf?«

»Ob du bereit bist, es noch mal mit meinem lebensgefährlichen Bett aufzunehmen.«

Ganz dicht vor ihrem Mund verharrte er und lächelte. »Im Leben nicht. Außerdem wartet Boss auf mich. Ich habe ihm versprochen, bald wieder zurück zu sein, und fürchte, das ist schon fast zwei Stunden her.«

»Der Ärmste.«

»Wenn ich ihn allein lasse, heult er manchmal.«

»Er hat Verlustängste.« Sie löste sich von Ben. »Lass mich nur rasch meine Handtasche und den Schlüssel holen – und dann …«

»Dann?«

Sie antwortete nicht darauf, sondern lief zur Haustür, schnappte sich Tasche und Schlüssel und kehrte zu ihm zurück.

Schweigend streckte er seine Hand aus, und sie ergriff sie und verflocht ihre Finger mit seinen.

Ben hob ihre Hand an seine Lippen und küsste sie flüchtig. »Also gut, versuchen wir es.«

»Was meinst du?« Sie passte sich mühelos seinem Schritt an, den er nicht allzu zügig in Richtung des Kastanienwegs gerichtet hatte.

»Ein bisschen verliebt zu sein.« Er warf ihr einen raschen Seitenblick zu. »Wenn das allerdings nicht funktioniert …«

»Warum sollte das nicht funktionieren? Ben, du bist doch nur noch rund zwei Monate hier. Zu mehr als ein bisschen Verliebtsein haben wir doch gar keine Zeit.«

Um seine Mundwinkel zuckte es, dann lachte er leise. »Wahrscheinlich hast du recht.«

***

»Eine gute Idee, den ganzen Weg bis zum Lagerhaus zu Fuß zu gehen.« Christina reckte ihr Gesicht der warmen Morgensonne entgegen. »Nach dem üppigen Frühstück tut mir die Bewegung gut.«

»Hast du heute Nacht noch nicht genug Kalorien verbrannt?« Ben knuffte sie zärtlich in die Seite, dann legte er den Arm um sie und zog sie sanft an sich.

Sie schlang ihren um seine Hüfte und passte sich seinem Schritt an. »Kann schon sein, aber woher sollte ich denn wissen, dass du derartig sündhaft gute Omeletts machen kannst? Ich habe viel zu viel gegessen!«

»Eine meiner verborgenen Qualitäten.« Sie blieben gleichzeitig stehen, als Boss, den Ben an der Leine führte, an einem Busch anhielt, um sein Bein zu heben.

Wisst ihr was, so gefällt mir das richtig gut. Ich mit euch hier.

Ich finde es schön, dass ihr euch mögt und mich auch und ich euch und ... einfach alles. Von mir aus könnte es so jetzt immer weitergehen.

Schweigend setzten sie ihren Weg fort, bis schließlich das alte Lagerhaus in Sicht kam.

»Allzu lange kann ich allerdings nicht bleiben«, ergriff Christina erneut das Wort. »Ich muss unbedingt meine Mutter anrufen und hören, ob Alex sich schon gemeldet hat, und dann warten meine Kurse auf mich. Zwar übernehmen Ralf und Leah heute Morgen die ersten beiden Trainings, aber ich möchte in der ersten Zeit doch gerne mit anwesend sein, falls es Probleme gibt.«

»Was sollte es für Probleme geben? Die beiden sind gut ausgebildete Hundetrainer, sonst hättest du sie bestimmt nicht eingestellt.« Ben drückte leicht ihre Schulter. »Ich will dir unbedingt die Skulptur zeigen und deine Meinung dazu hören.«

»Meine Meinung?« Überrascht sah sie ihn an. »Ich habe nicht allzu viel Ahnung von Kunst.«

»Aber du kennst meine bisherigen Arbeiten. Zumindest aus den Katalogen.« Ben zog seinen Schlüsselbund aus der Jackentasche und schloss die Tür auf.

»Und diesem Bildband. Erwischt.« Sie lachte. »Trotzdem kann ich mir nicht vorstellen, dass meine Meinung für dich maßgeblich sein sollte. Dazu habe ich wirklich nicht genüg... Oh mein Gott!« Mit weit aufgerissenen Augen starrte sie auf den riesigen dunklen Stein, der ihr fast bis zur Schulter reichte und die absolut lebensechte Form eines Auges hatte. Aus der Iris war ein tiefes, sternförmig gezacktes Stück herausgemeißelt worden. Der dreidimensionale, vielfach gezackte Stern, der direkt vor dem Auge lag, war das passgenaue Gegenstück, sodass es aussah, als sei der Stern aus dem Auge herausgebrochen.

Ungläubig ging Christina auf das riesige steinerne Kunstwerk zu. »Das ist einfach unglaublich. Wie hast du …? Nein, ich will es gar nicht wissen. Das ist das Sternenauge? Ich hatte nicht gesehen, dass es aus zwei Teilen besteht.«

»Konntest du auch nicht. Der Stern ist mir bei den ersten beiden Versuchen gründlich misslungen. Es hat lange gedauert, bis ich den hier so hinbekommen habe, dass er exakt passt.«

»Darf ich?« Zaghaft streckte sie eine Hand aus.

Ben nickte. »Nur zu, der Stein beißt nicht.«

Sehr sachte ließ sie die Fingerspitzen über die samtig glänzende Oberfläche des Auges gleiten. »Du bist ein Genie.«

»Bei Weitem nicht. Vieles davon ist reine Geometrie.«

»Aber etwas so Ungewöhnliches und … Wunderschönes zu erschaffen ist genial. Ich bin total …« Sie verstummte. »Das hast du erschaffen, nachdem wir über meine Augen gesprochen hatten. Deshalb wolltest du unbedingt sehen, wie sich die Sterne in meinen Augen spiegeln.«

»Eher war es umgekehrt. Als ich deine Augen sah, an jenem Abend, hat sich die Vision in meinem Kopf manifestiert.« Lächelnd ergriff er Christinas Hand. »Es gefällt dir also?«

»Gefallen? Bist du verrückt? Ich habe gar keine Worte dafür.«

»Ich will es auf die große Tour schicken.«

»Was bedeutet das?« Neugierig hob sie den Blick von dem sagenhaften Kunstwerk.

»London, Mailand, Paris, Berlin, dann New York.«

»Wow.«

»Mein Manager schickt in den nächsten Tagen einen Lkw und eine Crew, um das Ding zu verladen.«

»Das Ding?« Empört verzog sie die Lippen.

Er lachte. »Pardon, es sind ja zwei Dinge. Und noch ein paar andere, die ich vorher fertiggestellt habe.«

»Dass du immer so despektierlich und emotionslos von deinen Werken sprechen kannst, schockiert mich irgendwie. Das sind doch keine Dinge!«

»Doch, im Grunde schon. Ich distanziere mich damit bis zu einem gewissen Grad von ihnen, denn sonst könnte ich sie niemals aus der Hand geben, geschweige denn verkaufen.«

»Wer würde denn so ein riesiges Auge kaufen?« Ratlos strich sie erneut mit den Fingern über die glatte Oberfläche der Skulptur.

»Jemand mit sehr tiefen Taschen. Jennifer wird dafür einen hohen fünfstelligen Betrag fordern wollen. Vielleicht sogar sechsstellig.«

»Wer ist Jennifer?«

»Eine Galeristin aus London, mit der ich schon viele Jahre zusammenarbeite. Sie hat damals die Verbindungen nach New York angebahnt und besitzt auf jedes meiner Werke das Vorkaufsrecht – sofern ich eines zum Verkauf freigebe.«

»So viel Geld!«

»Ich erschaffe diese Skulpturen nicht wegen des Geldes, Christina. Es ist ein schöner und manchmal auch für mich unglaublicher Nebeneffekt, dass meine Kunst die Leute veranlasst, derartige Summen zu bezahlen. Aber auch wenn ich keinen Cent dafür erhalten würde, könnte ich doch nicht aufhören, meine Kunst auszuüben. Meine Visionen würden mich in den Wahnsinn treiben, wenn ich ihnen nicht Gestalt verleihen könnte.«

»Du bist wirklich außergewöhnlich.« Aufmerksam sah sie sich in der Lagerhalle um. »Sieh mal, Boss hat es sich schon bequem gemacht.« Sie deutete auf das Hundekissen, auf dem Boss sich zusammengerollt hatte. Die Augen des Hundes waren fest geschlossen, und er schnarchte leise.

»Sein Vormittagsschläfchen.« Ben schmunzelte. »Anscheinend hat er heute Nacht nicht genug Schlaf bekommen, weil ich so lange weggeblieben bin.«

»Dann sollten wir ihn heute Abend unbedingt mit in die *Seemöwe* nehmen, damit er keinen Grund hat, dich zu vermissen«, schlug Christina lächelnd vor.

»In die *Seemöwe*? Geht das denn?«

»Na sicher, solange sie sich benehmen, sind Hunde dort erlaubt.«

»Also gut.« Ben zog Christina in seine Arme. »Dann nehmen wir ihn mit. Aber nicht, dass ich am Ende allein mit ihm am Tisch sitzen muss, weil noch eine Schwägerin von dir beschlossen hat, schwanger zu werden und in Panik zu verfallen.«

Christina schlang ihre Arme um seinen Hals. »Ich habe doch nur diese eine Schwägerin und glaube kaum, dass so etwas zweimal hintereinander passiert. Obwohl … In meiner Familie muss man schlichtweg mit allem rechnen.«

»Noch mal möchte ich die Reservierung nicht stornieren.«

»Ich auch nicht.« Sie küsste ihn und kicherte gleichzeitig. »Was tust du da?«

»Wonach fühlt es sich denn an?« Er hatte seine Hände unter die kurzärmelige Bluse geschoben, die sie auf dem Umweg über ihre Wohnung vorhin zusammen mit einfachen Jeans angezogen hatte, weil das Kleid von gestern nicht gerade passend für einen Arbeitstag in der Hundeschule war. Seine warmen schwieligen Hände glitten sanft, aber zielstrebig über ihre Haut, und er küsste sie verlangend in die Halsbeuge.

Christina spürte Hunderte Schmetterlinge in ihrem Bauch auffliegen. Als Ben begann, die Druckknöpfe an ihrer Bluse zu öffnen, lachte sie. »Du weißt schon, dass wir hier in deinem Atelier sind?«

»Na und?« Schon hatte er ihr die Bluse halb über die Schulter geschoben und den zarten Stoff ihres Spitzen-BHs heruntergezogen.

Sie sog erregt die Luft ein, als sich seine Lippen um ihre Brustwarze schlossen. »Hier ist es überall staubig.«

»Ich wiederhole – na und?« Seine Stimme hatte einen tiefen rauen Klang angenommen. Als er sie wieder fest an sich zog, spürte sie deutlich seine Erektion.

»Das war eigentlich so nicht geplant.« Sie begann, sein Hemd aufzuknöpfen. »Aber was soll's!«

Sie hielten beide inne, als es vernehmlich an der Stahltür klopfte.

»Herr Brungsdahl? Sind Sie da?«

Die fröhliche weibliche Stimme ließ Christina zusammenzucken. »Verdammt! Das ist meine Oma!«

※※※

Was, wie wo? Wer ist das denn? Du liebe Zeit, da schlafe ich einmal kurz ein, und schon kommt jemand! Wau! Wie elektrisiert sprang Boss auf die Füße und raste bellend zur Tür.

Ben ließ Christina widerstrebend los. »Schon gut, ruhig, Boss, das ist nur harmloser Besuch.«

Harmlos? Woher willst du das wissen? Na, okay, du bleibst ganz ruhig, dann werde ich mal nicht so sein. Gehorsam setzte Boss sich hin und hörte auf zu bellen.

»Wow, das ist ja toll. So ein braver Hund!« Während Christina mit fliegenden Fingern ihre Bluse zuknöpfte, eilte sie zu dem Hund, um ihn zu loben.

Derweil ordnete auch Ben seine Kleidung, und da Evelyne erneut klopfte, öffnete er rasch die Tür. Dabei hörte er Christina hinter sich einen leisen Protestlaut ausstoßen. Als sie neben ihn trat, nestelte sie gerade den letzten Knopf zu und fuhr sich ordnend durch die Haare. »Hallo Oma ... und Opa!« Ihre Stimme kippte leicht. »Was macht ihr denn hier?«

»Das könnten wir dich ebenso gut fragen.« Ihr Großvater musterte sie mit einem vielsagenden Blick, dem Ben entnahm, dass dem alten Herrn das hastige Glattstreichen ihrer Kleidung sehr wohl aufgefallen war.

»Ich bin nur ... Wir waren ...« Christina verhaspelte sich.

»Guten Tag«, unterbrach Ben sie. »Sie müssen Christinas Großeltern sein. Die Ähnlichkeit ist deutlich zu erkennen, vor allem zwischen Ihnen, Frau Messner, und Christina. Ich hatte Chris hierher eingeladen, um ihr meine neueste Skulptur zu zeigen.«

»Ah ja, nennt man das jetzt so?« Norbert Messner hüstelte, woraufhin seine Frau ihm den Ellenbogen unsanft in die Rippen stieß.

»Norbert, ich bitte dich. Bring die jungen Leute doch nicht in Verlegenheit, und tu gefälligst auch nicht so moralinsauer. Oder muss ich dich daran erinnern, was wir früher so alles heimlich getrieben ...?«

»Ja, ja, schon gut. Meine Güte, man wird doch wohl eine Bemerkung machen dürfen.«

»Nicht, wenn sie für Christina und ihren jungen Mann derart unangenehm ist. Die zwei sind erwachsen und können tun und lassen, was sie wollen.« Neugierig sah sie an Christina vorbei ins Innere des Lagerhauses und hüstelte ebenfalls. »Und wo sie wollen.«

»Oma!« Christina hob die Hände, ließ sie aber gleich wieder hilflos fallen. Es wirkte, als ob sie nicht wüsste, ob sie lachen oder sich die Haare raufen sollte.

Evelyne tätschelte lächelnd ihre Wange. »Schon gut, wir sind ja schon still.« An Ben gewandt fuhr sie fort: »Entschuldigen

Sie, dass wir einfach bei Ihnen hereinplatzen, aber Christina hat so nett von Ihnen gesprochen …«

»Hast du das?« Amüsiert sah Ben Christina an.

Sie hob die Schultern. »Wenn man mal davon absieht, dass ich dich anfangs als Kotzbrocken bezeichnet habe, ja, kann schon sein, dass ich ein paar vorteilhafte Dinge über dich erzählt habe.«

»Wie schmeichelhaft.«

Evelyne lachte. »Sie hat besonders gestern sehr von Ihnen geschwärmt, müssen Sie wissen.«

»Ach?«

»Habe ich nicht!« Verwirrt rieb Christina sich über die Stirn. »Oder etwa doch? Wie viel von deinem Likör habe ich eigentlich getrunken, Oma?«

»Genug, um mich mit deiner Schwärmerei auf eine zauberhafte Idee zu bringen. Nicht wahr, Norbert, die Idee ist zauberhaft?«

»Das ist ein Wort, das ich normalerweise nicht benutze.« Norbert lächelte leicht. »Aber die Idee halte ich dennoch für ausgezeichnet. Allerdings bezweifle ich, dass sie sich so einfach umsetzen lässt. Herr Brungsdahl ist ein freischaffender Künstler, kein Auftragshandwerker.«

»Dann wäre die Sache ja auch nur halb so spannend.« Evelyne legte nun Ben vertraulich eine Hand auf den Arm und führte ihn ein Stückchen ins Lagerhaus hinein. »Wissen Sie, meine Schwiegertochter, Christinas Mutter, hat bald Geburtstag.«

»Ich habe davon gehört. Ein runder Geburtstag, nicht wahr?« Ben ahnte bereits, worauf die Frau hinauswollte, und wappnete sich.

»Ja, genau.« Evelyne nickte. »Sehen Sie, und da dachten wir uns, Norbert und ich, wir fragen Sie einfach …«

»Ich nehme keine Auftragsarbeiten an, Frau Messner.«

»Siehst du, wie ich gesagt habe.« Norbert verzog vielsagend das Gesicht.

Evelyne ließ sich jedoch nicht beirren. »Es soll keine Auftragsarbeit sein. Bitte glauben Sie mir, dass ich Sie auch keinesfalls ausnutzen möchte oder dass ich die Tatsache, dass Sie sich mit Christina ... angefreundet haben, irgendwie in die Waagschale werfen möchte. Obgleich ich selbstverständlich drauf bestehe, dass Sie zur Geburtstagsfeier am vierzehnten Juli eingeladen sind. Christina, ich hoffe, du hast ihn bereits auf die Gästeliste gesetzt.«

»Ich, äh ...«

»Das ist ungeheuer freundlich von Ihnen ...«, setzte Ben an.

»Ach was, das ist selbstverständlich!«, fiel Evelyne ihm ins Wort. »Als Freund meiner Enkelin sind Sie stets herzlich willkommen bei uns, auch wenn Sie meine Bitte gleich abschlagen werden. Doch bitte hören Sie mich erst an, bevor Sie Nein sagen.«

»Also gut.« Er verschränkte locker die Arme vor der Brust und sah die alte Dame erwartungsvoll an.

Evelyne lächelte ihm zu. »Also gut. Wir hatten uns gedacht, dass Sie ein Geschenk für Anke anfertigen könnten. In der Gestaltung wären Sie vollkommen frei. Lediglich der finanzielle Rahmen sollte, nun ja, nicht eine bestimmte Summe übersteigen. Norbert?«

Christinas Großvater räusperte sich mit einem Seitenblick auf seine Enkelin. »Wir dachten an zweitausendfünfhundert Euro.«

»Opa!« Christina starrte ihn verblüfft an. »So viel Geld!«

»Anke ist wie unsere eigene Tochter.« Evelyne wurde wieder ernst. »Sie ist eine wundervolle Person, eine liebevolle Mutter und die beste Frau, die unser Arno finden konnte. Wir möchten ihr gerne etwas ganz Außergewöhnliches schenken.« Bittend sah sie Ben wieder an. »Wie gesagt, wir möchten Ihnen keinerlei Vorgaben machen, abgesehen von dem Geld, das wir auszugeben vorhaben. Ich habe mich über Ihre Kunstwerke im Internet informiert und weiß, dass wir für zweitausendfünfhundert Euro nichts Großes erwarten dürfen. Das soll es auch nicht sein, aber es wäre einfach etwas Einzigartiges, wenn Sie es erschaffen hätten, Herr Brungsdahl.«

»Nennen Sie mich Ben, bitte«, sagte er und schwieg dann wieder. Er ließ sich die Sache durch den Kopf gehen. Normalerweise wies er jegliche Bitten dieser Art rigoros ab, doch bisher hatte noch nie jemand ihm vollkommen freie Hand lassen wollen. Meistens hatte es irgendwelche Vorgaben gegeben, und sei es auch nur die Farbe, in der das Geschenk gewünscht wurde.

»Ben.« Evelyne legte den Kopf ein wenig schräg. »Sie sind schon häufig um so etwas gebeten worden, nicht wahr? Und Sie haben bisher immer Nein gesagt.«

»So ist es.« Er lauschte in sich hinein, konnte aber keinen Widerwillen verspüren. »Sie machen wirklich keinerlei Vorgaben, was Größe, Farbe, Thema angeht?«

»Nein, versprochen.« In Evelynes Augen glomm ein Hoffnungsschimmer.

Norbert trat neben seine Frau. »Wenn Sie möchten, können wir eine schriftliche Vereinbarung aufsetzen. Wir sind mit jedweder Ausführung einverstanden.«

Christina kicherte. »Auch wenn er etwas baut, dass so groß wie ein Walfisch ist und hässlich wie die Nacht?«

»Ich bitte dich!« Evelyne schmunzelte.

Ben runzelte empört die Stirn. »Hässlich wie die Nacht?«

»Entschuldige. Keines deiner Kunstwerke ist hässlich.« Christina grinste. »Bis auf diese grauschwarze Stahlkonstruktion mit den hundert Propellern. Wie heißt sie noch gleich? Die, die dauerhaft in London ausgestellt wird.«

»*Wind*. Sie heißt schlicht und ergreifend *Wind*.« Ben kräuselte die Lippen. »Du findest sie hässlich?«

»Scheußlich. Aber irgendwie muss sie das auch sein, sonst wäre sie langweilig.«

»Aha.« Zweifelnd sah er sie an, wandte sich dann aber wieder an die Großeltern. »Ich möchte Sie darauf aufmerksam machen, dass Sie das von mir geschaffene Werk abzunehmen verpflichtet sind, ganz gleich, ob es Ihnen gefällt oder nicht.«

Norbert musterte ihn eingehend, dann nickte er. »Ich werde gleich zu Alex in die Kanzlei gehen und einen Vertrag aufsetzen lassen. Wäre das in Ihrem Sinne?«

»Sehr.«

»Ben?« Fragend sah Christina ihn an. »Ist das wirklich nötig?«

»Ja.« Unverwandt erwiderte er ihren Blick. Dann sah er ihre Großeltern wieder an, die einander gerade einen zufriedenen und sehr glücklichen Blick zuwarfen und innig zulächelten.

Evelyne wandte sich ihm gleich darauf wieder zu. »Ich danke Ihnen vielmals, dass Sie unserer Bitte nachgeben. Mir ist bewusst, dass das nicht selbstverständlich ist. Aber wissen Sie, ich dachte ... Sie waren mit Sybilla bekannt und haben ihr – und jetzt auch Melanie – schon so manch schönes Stück für die *Schatztruhe* überlassen. Sie haben ein großes Herz. Nun ja, und nachdem Christina so begeistert von Ihnen ist und wir sie schon lange nicht mehr so glücklich gesehen haben ...«

»Linchen!« Norbert hüstelte warnend, doch seine Frau winkte nur ab.

»Nein, lass mich ausreden. Was wahr ist, ist schließlich wahr. Sieh dir die beiden doch an. Sie tun einander gut, das kann man doch auf den ersten Blick erkennen!«

Verlegen hob Christina den Kopf und sah Ben von der Seite an. Er hatte sich unbewusst während des Gesprächs dicht neben sie geschoben und ihr eine Hand auf die Schulter gelegt. Mit den Fingerspitzen strich er immer wieder sachte über ihr Schlüsselbein. Erst jetzt wurde er sich dieser Geste bewusst, und etwas in ihm zuckte zusammen. Dennoch zog er die Hand nicht zurück.

Christina zupfte an einer ihrer Locken. »Oma, wir sind nicht … Du hast vielleicht einen falschen Eindruck von uns gewonnen.«

»Ich glaube nicht.« Norbert schüttelte den Kopf. »Deine Großmutter weiß, wovon sie redet. Wir freuen uns schon darauf, Sie bei der Geburtstagsfeier begrüßen zu dürfen, Ben. Den Vertrag lasse ich Ihnen unterzeichnet vorbeibringen, sobald er aufgesetzt ist. Geben Sie ihn einfach bei nächster Gelegenheit Christina wieder mit, sobald Sie ihn gegengezeichnet haben. Aber nun möchten wir uns gerne verabschieden.« Er warf einen Blick auf das Sternenauge. »Imposante Skulptur. Sehr romantisch.« Er wandte sich zum Gehen und zog Evelyne sanft mit sich. »Also dann … weitermachen.« Mit einem scherzhaften Salutieren verließ der alte Herr das Lagerhaus, gleich darauf fiel hinter seiner Frau die Tür ins Schloss.

»Autsch.« Christina zog den Kopf ein, musste aber gleichzeitig lachen. »Tut mir leid.«

»Warum?« Ben grinste. »Sie sind doch sehr nett.«

»Aber schrecklich aufdringlich.«

»Das ist wahr.«

»Du hättest nicht Ja sagen müssen. Sie haben unsere … Beziehung eiskalt ausgenutzt.«

»Das haben sie. Aber ich hätte nicht Ja gesagt, wenn ich nicht gewollt hätte.«

»Wirklich?« Zweifelnd sah sie ihn an. »Ich will nicht, dass du dich unter Druck gesetzt fühlst.«

»Keine Sorge, Christina. So schnell lasse ich mich nicht unter Druck setzen. Und zu deiner Frage: Mit dem Vertrag möchte ich nicht sagen, dass ich dir und deiner Familie nicht vertraue. Aber es ist wichtig für mich, dass ich abgesichert bin. Wenn ich so etwas anfange, ohne es genau zu planen, weiß ich irgendwann nicht mehr, wo ich die Grenze ziehen soll.« Er blickte lächelnd auf sie hinab. »Übrigens würde ich die Aufforderung deines Großvaters gerne in die Tat umsetzen und an der Stelle weitermachen, an der wir eben unterbrochen wurden.« Mit einem Ruck zog er sie an sich und küsste sie hungrig.

Als er ihren weichen Körper an seinem spürte, erhitzte sich sein Blut umgehend und pulsierte mit einem angenehmen Rauschen durch seinen Körper. Schon öffnete er erneut die Druckknöpfe an ihrer Bluse, fuhr mit dem Mund über ihren Hals hinab bis zu ihrem Schlüsselbein und fand dort eine der besonders empfindsamen Stellen. Er hörte, wie Christina erregt seufzte; sie drängte sich fester an ihn und vergrub ihre Finger in seinem Haar.

In diesem Moment klingelte sein Handy mit der Melodie *Stairways to Heaven*.

»Mist.« Widerwillig ließ er Christina los. »Da muss ich rangehen. Das ist mein Manager.«

»Okay.« Etwas atemlos sah Christina ihm zu, wie er sein Handy aus der Tasche zog und den Anruf annahm.

»Hallo Jochen, schlechtes Timing, wie immer. Was gibt's?«

»*Schlechtes Timing um halb zehn Uhr morgens? In einem Arbeitsrausch kannst du dich gerade nicht befinden, sonst wärst du nicht ans Telefon gegangen. Hast du eine Frau im Bett?*«

Ben zögerte den Bruchteil einer Sekunde und verfluchte sich sogleich dafür.

»*Aha, wie heißt das Mäuschen denn? Hast ja lange keine mehr abgeschleppt. Und ausgerechnet in diesem Küstenkaff reißt du eine auf? Ist ja witzig.*« Jochen lachte erheitert.

In Ben regte sich leichter Widerwille, wie immer, wenn

Jochen es mal wieder übertrieb. »Christina ist kein Mäuschen«, zischte er und drehte sich dabei ein wenig zur Seite. »Also hör gefälligst auf damit.«

»Womit denn? Du meine Güte, da ist aber jemand empfindlich. Scheint ja was Ernstes zu sein. Soll ich eine Pressemeldung absetzen?«

»Halt die Klappe, das würde schon reichen.« Ben verdrehte die Augen. »Und dann sag mir endlich, weshalb du anrufst.«

»Mit geschlossener Klappe wird das aber nicht so einfach.« Jochen Briske ließ sich nicht im Geringsten beeindrucken. *»Na gut, wie du meinst. Deine Bettgeschichten interessieren eh niemanden, dazu sind sie zu wenig spektakulär. Ich rufe an, weil ich dich in News York brauche.«*

»Jochen … ich arbeite hier und will eigentlich nicht gestört werden.«

»Weiß ich, aber wenn du hörst, wer dein Sternenauge kaufen will, machst du von selbst Pause, weil du nämlich deine Schnappatmung unter Kontrolle bringen musst.«

Irritiert hielt Ben inne. »Das Sternenauge steht doch noch gar nicht zum Verkauf. Du solltest es doch Jennifer erst mal nur für die große Tour anbieten.«

»Habe ich ja auch, aber die Fotos, die du uns geschickt hast, sind genial. Jennifer hat sie bei einer Vernissage herumgezeigt und prompt den größten Fisch an Land gezogen, der derzeit im Teich seine Runden zieht.« Nach einer bedeutungsvollen Pause sprach Jochen weiter. *»Byron O'Connelly.«*

»Der Milliardär?«

»Und Kunstmäzen. Er war total von den Socken und will das Auge für seine Frau. Natürlich kommt es auf diese Weise in eines ihrer Museen für zeitgenössische Kunst in New York, aber nicht, bevor sie es als Leihgabe einmal rund um den Globus geschickt haben.« Jochens Stimme überschlug sich beinahe vor Begeiste-

rung. *»Er hat im ersten Gang schon zweihundertfünfzigtausend geboten. Jennifer meint, wir könnten ihn spielend auf dreihundertdreißig oder sogar dreihundertfünfzig hochpushen. Von der dauerhaften Presseberichterstattung ganz zu schweigen. Die Sache hat nur einen Haken. Du musst nächste Woche nach New York kommen. O'Connelly ist, wie du weißt, ziemlich eigen, wenn es um Kunstwerke und deren Erschaffer geht. Er wird den Deal nur in deiner Gegenwart abschließen wollen. Dafür darfst du hinterher vermutlich in einer Wanne voller russischem Kaviar und Champagner baden.«*

Ben schwieg. Er wusste genau, was für ein fantastisches Angebot sein Manager ihm gerade unterbreitet hatte. Der amerikanische Geschäftsmann Byron O'Connelly hatte nicht nur unerschöpfliche finanzielle Quellen, sondern darüber hinaus auch einen weltweit hervorragenden Ruf, was seine Kunstförderung anging. Ihm gehörten mehrere private Museen, nicht nur in Amerika, und wer es auf seine Liste der förderungswürdigen Künstler schaffte, hatte das große Los gezogen. Dieses Angebot auszuschlagen war unmöglich.

»Ich arbeite hier, Jochen.« Ben seufzte. »Eine Unterbrechung kommt mir nicht gerade gelegen.«

»Nur ein paar Tage, eine Woche höchstens. Du wirst doch wohl nicht Nein sagen wollen?« Erneut überschlug sich Jochens Stimme fast, diesmal aber vor Entsetzen.

»Das habe ich nicht gesagt, aber ich muss hier erst ein paar Dinge organisieren.«

»Was gibt es da zu organisieren? Ich lasse dir das Flugticket zukommen und reserviere ein Zimmer im Ritz.«

»Ich kann hier nicht einfach alles stehen und liegen lassen. Außerdem ist da noch Boss ...«

»Der Hund? Meine Güte, such eine gute Hundepension, und sieh zu, dass du deinen Koffer packst.«

Verärgert schüttelte Ben den Kopf. »Du scheinst diesen Deal nötiger zu haben als ich.«

»*Also hör mal, du wirst doch wohl nicht behaupten wollen, dass du dir der Ehre und dieser Chance nicht bewusst bist. O'Connelly kann dir Tür und Tor zu ewigem Ruhm öffnen.*«

»Das ist mir bewusst, Jochen, aber deshalb werde ich nichts übers Knie brechen. Warum ist es überhaupt so eilig?«

»*Weil er das Auge noch auf seine diesjährige Ausstellungstour setzen will, und die beginnt, wie du sehr wohl weißt, im Oktober. Also muss die Sache innerhalb der nächsten zwei Wochen über die Bühne gehen, ansonsten rutschst du ein Jahr nach hinten.*«

»Davon geht die Welt auch nicht unter.«

Jochen hustete empört. »*Einen Byron O'Connelly lässt man nicht warten, Ben. Was ist eigentlich los mit dir?*«

Ben atmete tief durch. Sein Puls hatte sich selbstverständlich bei dieser unglaublichen Nachricht erhöht. Er wäre kein Mensch gewesen, wenn das Angebot ihn nicht stolz gemacht hätte. Doch er hatte noch nie zu überschäumenden Reaktionen geneigt, ganz im Gegensatz zu seinem Manager, der sicherlich im Moment kaum still sitzen konnte vor Aufregung. »Ich gehe nicht mit auf Museumstour.«

»*Schon klar, das verlangt er ja auch gar nicht. Bloß deine Anwesenheit bei der Vertragsunterzeichnung.*«

»Kann ich dich zurückrufen, wenn ich hier alles geregelt habe?«

»Ich kann mich um Boss kümmern, solange du weg bist«, warf Christina überraschend ein. Sie hatte dem Telefonat, von dem sie ja nur seine Seite hatte hören können, mit sichtlicher Neugier gelauscht. »Das ist gar kein Problem. Eine Hundepension gibt es in der Nähe nicht, zumindest keine, die ich für geeignet halte. Und selbst wenn, wäre das für Boss derzeit nicht wirklich empfehlenswert. Mich kennt er, und er vertraut mir, also werden wir gut miteinander auskommen.«

Moment mal. Boss erhob sich und tappte langsam auf Ben zu. *Warum sagt Christina, ich soll zu ihr? Willst du etwa weg? Das gefällt mir aber gar nicht.*

»Das würdest du tun?« Ben musterte Christina halb überrascht, halb dankbar.

»Wenn du mich so lange hier im Haus wohnen lässt. In meiner kleinen Wohnung ist kein Platz für so einen großen Hund. Tagsüber werden wir sowieso hauptsächlich auf dem Hundeplatz sein, aber ich will Boss nicht in eine fünfundvierzig Quadratmeterwohnung zwängen.«

»Selbstverständlich.«

»*Dein Mäuschen scheint ja von der hilfsbereiten Sorte zu sein.*« Aus Jochens Stimme klang das triumphierende Grinsen deutlich heraus. »*Ich buche dich auf einen Flug für heute Abend.*«

»Nein, das wirst du nicht tun.« Verärgert runzelte Ben die Stirn. »Montag reicht vollkommen aus. Am Wochenende wird O'Connelly sowieso nicht in seinem Büro sein, also brauchen wir uns nicht zu überschlagen. Außerdem habe ich heute Abend schon etwas vor.« Ben lächelte Christina zu. »Das Date sage ich unter keinen Umständen ab.« Er sah, wie sie leicht errötete, jedoch ebenfalls lächelte. »Und Jochen? Wenn du Christina noch einmal Mäuschen nennst, kriegen wir zwei ein Problem.«

»*Schon gut, schon gut. Deine neue Freundin scheint ja wirklich wichtig zu sein. Sicherheitshalber setze ich doch mal eine Pressemeldung auf.*«

»Wenn du das tust, kannst du sie schon mal dreifach ausdrucken und bereitlegen, damit ich sie dir in den Rachen stopfen kann, sobald wir uns sehen.« Kopfschüttelnd unterbrach Ben die Verbindung.

»Mäuschen?« Christina schmunzelte. »So schlimm ist das Wort doch nun auch wieder nicht.«

»Aus Jochens Mund schon. Du kennst ihn nicht.«

»Warum lässt du dich von jemandem vertreten, den du nicht leiden kannst?«

Ben rieb sich über die Stirn. »Er ist ein guter Kerl und ein noch besserer Manager. Leider hat er einen extrem schrägen Sinn für Humor und das Talent, mir gehörig auf die Nerven zu gehen. Er ist ein guter Freund.«

»Dann redet ihr immer so miteinander?« Sie hob erstaunt die Augenbrauen.

»Meistens, außer bei offiziellen Anlässen. Irgendwo tief drinnen hat er eine höfliche und nette Ader, aber er holt sie nur im äußersten Notfall ans Tageslicht.« Mit vielsagendem Blick trat er auf sie zu und zog sie in seine Arme. »Reden wir von etwas anderem, oder noch besser, reden wir für eine Weile gar nicht.«

Schon wollte er sie küssen, doch im selben Moment gab Christinas Handy einen durchdringenden Piepton von sich. Sie zog es aus ihrer Gesäßtasche und seufzte im nächsten Moment. »Neue Kunden, die gerne mit mir persönlich sprechen wollen. Ich fürchte, ich muss los.«

Enttäuscht ließ er sie wieder los. »Versprichst du mir eins?«

»Was denn?« Sie zupfte ihre Bluse erneut ordentlich zurecht.

»Heute Abend schalten wir beide unsere Handys aus.«

Ein strahlendes Lächeln erschien auf ihren Lippen. »Abgemacht.«

18. Kapitel

Ich bin trau-au-au-auriüig! Ihr Menschen seid so was von gemein. Aber wartet nur ab, ich mag keinen von euch mehr leiden. Ich dachte, Ben wäre mein Kumpel und mein Herrchen, aber das stimmt nicht. Er ist einfach weggefahren und kommt nie-ie-ie wieder zurück. Bei Christina hat er mich gelassen, als ob mich das trösten würde. Tut es aber nicht. Ich mag sie wirklich gern, genauso wie mein Herrchen. Nein, mein Nicht-Herrchen. Aber sie ist nicht Ben, und deshalb bin ich jetzt wütend und kann nie-ie-ie-manden mehr leiden.

***

Christina zuckte zusammen, als sie den Motor ihres Wagens abstellte und im selben Moment das klägliche Heulen aus Sybillas Haus dringen hörte. Sie war nur für eine knappe Stunde losgezogen, um Lebensmittel einzukaufen, denn Ben hatte ihr vom Flughafen in New York aus eine WhatsApp geschickt, dass er in wenigen Stunden zurück in Lichterhaven sein würde. Die vergangenen fünf Tage hatte sie hier verbracht und war mit Boss ausgezeichnet zurechtgekommen, sah man einmal davon ab, dass der Hund von Tag zu Tag brummiger geworden und weniger bereit gewesen war, ihren Anweisungen zu folgen. Auch lief er meistens mit hängendem Kopf und ebensolcher Rute herum, deutliche Anzeichen dafür, dass er trauerte und sein Herrchen vermisste. Dass er nun erstmals so laut jaulte, tat ihr regelrecht im Herzen weh.

Sie schnappte sich die Tüten auf dem Rücksitz und eilte zur Haustür. Kaum hatte sie den Schlüssel ins Schloss gesteckt, hörte das Heulen auf. Noch während sie die Tür schloss, vernahm sie Pfotentapsen und dann ein tiefes Schnaufen, als Boss sich auf sein Kissen fallen ließ. Bedachtsam stellte sie die Tüten zuerst neben dem Küchentisch ab und ging dann weiter ins Wohnzimmer. »Hallo Boss, begrüßt du mich gar nicht?«

Nö.

Boss hatte den Kopf auf die Pfoten gelegt und die Augen halb geschlossen.

Langsam trat sie auf ihn zu. »Du hast eben gejault, nicht wahr? Fühlst du dich so einsam, wenn niemand hier ist?«

Wie in Zeitlupe hob Boss den Kopf, und sie hätte schwören können, dass sein Blick verächtlich auf sie gerichtet war.

Ich und jaulen? Im Leben nicht. So etwas tue ich nicht, und falls doch, dann höchstens, weil mir langweilig ist oder weil ich meine eigene Stimme so gerne höre. Aber nicht, weil ich traurig bin – und schon gar nicht, weil ich Ben vermisse. Tue ich nämlich nicht. Na gut, tue ich doch, aber was versteht ihr Menschen schon davon? Erst seid ihr nett zu mir, und dann lasst ihr mich im Stich.

Christina ging vor dem Hund in die Hocke und streichelte ihm sanft über den Kopf und den Rücken. »Ben kommt bald wieder. Nur noch ein paar Stunden, dann ist er wieder da. Versprochen.«

Ach, du kannst mir viel versprechen. Seit Tagen behauptest du, Ben würde wiederkommen, aber das hat er nicht getan, oder? Ich habe ihm vertraut, und jetzt ist er weg. Und ich bin wieder einsam. Bestimmt gehst du auch bald fort, und dann bin ich ganz allein. Ich dachte eben schon, dass du nicht mehr wiederkommst, aber anscheinend warst du nur einkaufen. Jedenfalls, wenn meine Nase mich nicht trügt. Aber glaub bloß nicht, dass du mich mit einem Stück Wurst oder einer Kaurolle beste-

chen kannst. Ich falle nicht mehr darauf herein. Weißt du was, ich werde gar nichts mehr essen!

Demonstrativ legte Boss seinen Kopf wieder auf den Pfoten ab und wich Christinas Blick aus.

Seufzend erhob sie sich wieder. »Du kannst ganz schön stur sein, wenn dir etwas nicht passt. Ben kommt wirklich bald wieder, und ich muss die restlichen Lebensmittel aus dem Kofferraum holen. Ich habe dir eine Extrawurst mitgebracht.« Sie wusste, dass es unsinnig war, den Hund mit derartigen Leckereien zu verwöhnen, doch sie konnte nicht anders.

Den anderen Hunden in der Hundeschule gegenüber war Boss aufgeschlossen wie immer, und er fügte sich bereits sehr gut in die Spiel- und Trainingsgruppen ein. Doch außerhalb der Hundeplätze wirkte er wie ausgetauscht, in sich selbst zurückgezogen und lustlos, seit Ben nicht mehr hier war.

Nachdem sie die Lebensmittel weggeräumt hatte, schnappte Christina sich kurzerhand das Hundegeschirr und die Leine. »Boss, so geht das nicht weiter. Ich schaue mir dein Trauergehabe nicht mehr mit an. Du brauchst dringend eine Ablenkung und Bewegung. Also los, ab zum Hundestrand!«

Hundestrand? Unschlüssig hob Boss den Kopf. *Klingt gut, aber ich will eigentlich nicht aufstehen. Könnte doch sein, dass… Okay, erwischt. Ich hoffe immer noch, dass Ben bald durch die Tür hereinkommt. Wie soll ich das denn mitkriegen, wenn wir draußen sind? Obwohl er so eine Erwartungshaltung gar nicht verdient hat. Soll er doch bleiben, wo er will. Weißt du was? Hundestrand ist okay, ich bin dabei.*

Christina konnte genau beobachten, wie Boss die Ohren spitzte, dann kurz zögerte und schließlich aufstand und zu ihr getrottet kam, um sich das Geschirr anlegen zu lassen.

Lächelnd kraulte sie ihn hinterm Ohr. »Na siehst du, ein bisschen Lebensfreude steckt noch in dir drin. Wollen doch mal sehen, ob uns ein bisschen Toben am Strand nicht beiden guttut.«

Das Wetter war sommerlich warm, die Sonne wurde nur ab und zu von ein paar kleinen Wolkenfeldern gestört, und da in zwei Bundesländern die Sommerferien begonnen hatten, tummelten sich an den Stränden die ersten Urlauber und genossen die Nordsee. Das Wasser war noch zu kalt zum Schwimmen, doch mit den Füßen konnte man bereits hinein, und genau das hatte Christina vor. Sie trug kurze Jeansshorts und ein figurbetontes, leuchtend orangefarbenes T-Shirt. Ihre leichten Sneakers streifte sie ab, sobald sie mit Boss den Hundestrand erreicht hatte. Jetzt am späten Nachmittag hielten sich hier eine Menge Touristen und Einheimische mit ihren vierbeinigen Freunden auf. Da das Gelände jedoch sehr weitläufig war, kamen sie sich nicht in die Quere, wenn sie es nicht darauf anlegten.

Als sie das Kassenhäuschen mit der Schranke passierte, hielt sie dem jungen Mann, der dort Dienst schob, nur kurz ihre Dauerkarte hin. Er nickte ihr lächelnd zu und vertiefte sich gleich wieder in den Comic, den er sich zum Zeitvertreib mitgebracht hatte.

»Na, dann mal los, Süßer.« Da sie nicht annahm, dass Boss weglaufen würde, löste sie die Leine von seinem Geschirr und schnallte sie sich quer über die Brust, damit sie nicht verloren ging.

Los? Boss blieb erwartungsvoll neben ihr stehen. Wohin denn? Was hast du vor? Ich kann das Wasser sehen. Die Flut ist da. Willst du am Ufer entlang spazieren gehen?

»Na, komm schon, wir planschen ein bisschen im seichten Wasser. Was meinst du? Das wird lustig.« Übermütig gab Christina Boss mit Worten und Handzeichen zu verstehen, dass er ihr folgen sollte.

Boss gehorchte und folgte ihr bis ans Ufer.
Und was jetzt? Hey, Wau!
Christina hatte sich gebückt und mit der Hand einen Schwall Wasser in Richtung des Hundes geschaufelt. Boss machte verblüfft einen Satz rückwärts und bellte.

»Na, komm schon, nicht so müde! Das Wasser ist schön kühl. Komm mit rein!« Sie lief ein paar Schritte ins Wasser, bis es ihr bis an die Waden reichte. Sie liebte das Gefühl des Schlicks zwischen den Zehen, der hier recht fest war, sodass man gut stehen und laufen konnte.

Boss sah ihr misstrauisch zu. *Was jetzt, ins Wasser hinein? Dann geht es mir ja bis zum Bauch, das ist ... Haaach, das ist kalt! Aber irgendwie lustig. Und salzig. Wiff!*

Mit einem seltsamen Bell- und Quietschlaut sprang Boss auf sie zu. Erneut bespritzte sie ihn mit einem Schwall Wasser und lachte, als er empört schnaubte und sich schüttelte. Dann machte er erneut einen Satz und hätte sie beinahe umgeworfen. Kichernd wehrte sie ihn ab und rannte durch das Wasser von ihm fort. Sogleich sauste er bellend hinter ihr her.

Was denn, du willst Nachlaufen spielen? Na warte, ich kriege dich, denn ich bin viel schneller als du.

Christina lachte laut, als Boss sie überholte und mitten im Lauf versuchte kehrtzumachen, sodass sie beinahe über ihn fiel. »Na warte, du freches Untier. Ich kriege dich!«

Nein, kriegst du nicht! Als sie sich auf ihn zu stürzen versuchte, bellte Boss hell auf und sauste durch das spritzende Wasser davon, so schnell er konnte. Irgendwann merkte er jedoch, dass Christina nicht mehr hinter ihm war, und hielt an. Sie stand etwa fünfzig Meter hinter ihm und blickte ihm hinterher.

Unschlüssig blieb Boss stehen. *War es das jetzt etwa schon?*
»Boss!« Sie machte eine Handbewegung, die ihn aufforderte, zu ihr zurückzukehren.

Wuff, warum sagst du das nicht gleich? Sofort setzte er sich in Bewegung und rannte wieder auf sie zu. Als er sie fast erreicht hatte, machte sie kehrt und lief los, so schnell sie konnte.

Bellend und japsend raste Boss hinter ihr her.

***

Ben hatte einen Schlenker über die Hundeschule gemacht, dort aber erfahren, dass Christina die Nachmittagskurse Ralf und Leah überlassen hatte, weil sie Erledigungen machen wollte. Er war ein wenig überrascht, denn noch vor zwei Wochen hätte sie nicht so einfach eine Auszeit genommen. Obwohl es bereits später Nachmittag war, hielt sich die wärmende Sommersonne energisch über Lichterhaven und trieb die Temperaturen in ungewöhnliche Höhen. Nach dem langen Flug und der Fahrt von Hamburg hierher sehnte Ben sich nach einer Dusche und einem ruhigen Platz im Schatten, deshalb fuhr er zu seinem Ferienhäuschen, doch auch dort waren weder Christina noch Boss zu finden.

Nach einigem Zögern verschob er die Dusche und machte sich auf den Weg zum Deich. Vielleicht waren Christina und Boss ja auf einem Rundgang, und er würde sie irgendwo treffen.

Als er oben auf dem Deichweg angekommen war, staunte er nicht schlecht über die Menge an Touristen, die die Liegewiesen und weiter hinten den Strand bevölkerten. In diesem Gewusel würde er ganz sicher niemanden finden, also war es wohl doch besser, im Haus auf die beiden zu warten.

Er wollte gerade kehrtmachen, als er hinter sich das Geräusch von Rollerblades und Mädchengelächter auf sich zukommen hörte. Lynn und einige ihrer Freundinnen skateten auf ihn zu. Als sie ihn erkannte, bremste Lynn ab. »Hallo, Ben, da bist du ja wieder. War es schön in New York?«

Er lächelte dem jungen Mädchen freundlich zu und nickte auch den anderen kurz zu. Zwei von ihnen starrten ihn mit grossen Augen an, eine Dritte mit roten Haaren errötete und blickte verlegen zur Seite. Lynn hingegen lächelte offen und freimütig zurück. Offenbar genoss sie es, ihren Freundinnen zu zeigen, dass sie mit ihm per Du war.

Seit dem Gewitter hatte er sich richtig mit der Familie Dennersen angefreundet. Ihm gefiel der unkomplizierte und herzliche Umgang der Familienmitglieder miteinander sehr gut. In der Beziehung schienen sie der Familie Messner sehr ähnlich zu sein, zumindest, soweit er es beurteilen konnte. Bisher hatte er ja nur Christinas Geschwister und die Grosseltern kennengelernt. Die Konfrontation mit den Eltern stand ihm noch bevor.

»New York war laut und stressig.« Er hob betont lässig die Schultern, weil er Lynn gerne den Gefallen tun wollte, ihre Freundinnen ein wenig zu beeindrucken. Offenbar hatte sie vor ihnen bereits mit dem bekannten Künstler angegeben, der in ihrer Nachbarschaft den Sommer verbrachte. »Ganz normal also. Wart ihr schon mal dort?«

Die Mädchen schüttelten einhellig die Köpfe.

»Ich will aber unbedingt mal hin.« Lynn seufzte sehnsüchtig. »Mama ist früher mal eine Weile auf der Linie Hamburg-New York als Flugbegleiterin geflogen. Sie sagt immer, dass sie am liebsten im Herbst oder im Winter dort war. Manchmal hatte sie einen oder zwei Tage Aufenthalt und ist dann auf eigene Faust zum Sightseeing losgezogen.«

»Als Flugbegleiterin kommt man weit herum«, bestätigte er. »Eine meiner Cousinen macht den Job schon seit fast zehn Jahren.«

»Das würde ich auch so gerne machen! Reisen meine ich, aber nicht als Flugbegleiterin. Ich will mal Ärztin werden.«

»Als Ärztin kannst du ja auch viel herumreisen, zum Beispiel für die Ärzte ohne Grenzen. Meine Cousine hat das ein paar Jahre lang gemacht. Ich kann sie bitten, dir ein bisschen Informationsmaterial zuzuschicken, wenn du möchtest.«

Lynns Augen wurden groß. »Das würdest du machen?«

»Klar, warum nicht? Ich rufe sie gleich morgen an. Jetzt muss ich aber weiter.« Ben zögerte. »Ihr habt nicht zufällig Christina und Boss irgendwo gesehen?«

»Die sind unten am Hundestrand.« Das Mädchen mit den entzückend geröteten Wangen und leuchtend roten Haaren hatte sich von seiner Verlegenheit offenbar etwas erholt. Sie deutete hinter sich in Richtung des Strandabschnitts, der für Hunde freigegeben, von hier aus aber nur aus der Ferne zu erkennen war. »Chris spielt mit Boss im Wasser.«

»Tatsächlich?« Seine Neugier war geweckt. »Dann werde ich wohl mal zu ihnen gehen und fragen, ob ich mitspielen darf.« Er hob zum Abschied kurz die Hand. »Bis dann, ihr Hübschen.« Er ging an den Mädchen vorbei und hörte mit einem Schmunzeln, wie alle gleichzeitig wispernd auf Lynn einzureden begannen.

Schon auf der Treppe, die vom Deich hinab zum Strand führte, sah er Christina und Boss nebeneinander durch das seichte Wasser rennen. Für einen Moment blieb er stehen, um sie zu beobachten, behinderte damit aber andere Leute, die die Stufen hinauf- oder hinabsteigen wollten. Also beeilte er sich, zum Kassenhäuschen zu kommen.

Ein junger Mann, den er schon öfter hier Dienst hatte schieben sehen, nickte ihm freundlich zu. »Hallo, Herr Brungsdahl.«

»Hallo Peter.« Ben tastete nach seiner Brieftasche und stellte fest, dass er sie offenbar im Auto gelassen hatte. »Ich habe meine Dauerkarte nicht dabei.«

»Schon gut, ich weiß ja, dass Sie eine haben. Gehen Sie ruhig durch. Chris ist mit Boss irgendwo dahinten.« Peter deutete lässig hinter sich.

»Ich weiß, ich habe sie schon gesehen. Danke.« Zielstrebig wandte Ben sich in die Richtung, in der er Christina und Boss eben noch gesehen hatte. Tatsächlich erblickte er sie wenig später. Christina klatschte in die Hände und versuchte Boss zu irgendetwas zu animieren. Was genau, konnte Ben nicht erkennen, bis Boss sich kurz auf die Hinterbeine stellte, dann aber einen Satz machte und Christina beinahe rücklings ins Wasser gestoßen hätte. Ihr heiteres Lachen wehte bis zu Ben herüber, ebenso wie das Bellen des Hundes, das so unbeschwert und fröhlich klang, dass Ben geradezu das Herz aufging. Was für ein Unterschied zu dem in sich gekehrten und abweisenden Tier, das er vor Wochen bei sich aufgenommen hatte.

Für eine Weile sah er den beiden bei ihrem Spiel zu. Offenbar versuchte Christina, Boss einen Bewegungsablauf beizubringen, der entfernt an einen Tanz erinnerte. Der Hund war gänzlich auf sie fixiert und bemühte sich sichtlich, ihren Anweisungen zu folgen. Als Christina sich irgendwann mit dem Rücken zu Ben befand und Boss, der ihr immer genau gegenüberstand, in seine Richtung blickte, konnte Ben erkennen, wie der Hund mitten in der Bewegung erstarrte. Für einen langen Moment blickte Boss Ben an, dann stieß er ein Freudengeheul aus, das fast schon an einen Schrei erinnerte, und raste los.

***

»Komm, Boss, versuch es noch mal. Hopp … und …« Christina hielt mitten in ihrer Handbewegung inne, als sie bemerkte, dass Boss erstarrte. »Nanu, was ist denn? Boss?« Erschrocken sprang sie zur Seite, als der Hund mit einem lauten Heulen an ihr vorbeipreschte.

Ben? Ist das wirklich Ben, der da steht? Ja, er ist es, ich habe mich nicht geirrt. Und ich dachte, er wäre für immer weg. Aber er ist zurühühückgekoooommen! Hallo Ben, halloooo! Ich habe mich noch nie so gefreut, einen Menschen zu sehen. Noch nie, echt! Beeeen! Mein Heeeerrrrchen ist wieder daaaa! Waa-auuu!

»Halt, Boss, nicht so schnell! Bleib stehen!« Ben versuchte, sich gegen den auf ihn zustürmenden Hund zu wappnen, doch er hatte keine Chance. Boss wog mittlerweile über fünfzig Kilo und raste ungebremst über den Strand, sodass der Sand nur so zu allen Seiten stob. Im nächsten Moment machte er einen Satz, seine Pfoten trafen Ben an der Brust, und er stürzte hintenüber zu Boden.

Ben, Ben, Ben! Mein Herrchen, schleck, ist wieder, schleck, da! Wo warst du denn so lange? Warum hast du mich nicht, schleck, mitgenommen? Es war so schrecklich ohne dich. Schleck. Bitte geh nie wieder weg, ohne mich mitzunehmen!

Ben keuchte, als er mit dem Rücken hart auf dem Sandstrand aufschlug. Vergeblich versuchte er, die nasse Zunge abzuwehren, mit der Boss ihm ein ums andere Mal übers Gesicht leckte. Der schwere Hund trampelte dabei rücksichtslos auf ihm herum, bellte und jaulte. Ringsum blieben die Leute stehen und lachten.

»Boss, Schluss jetzt, sitz! Lass dein Herrchen am Leben, oder willst du ihn etwa auffressen?«

Am liebsten schon, dann kann er wenigstens nicht mehr weglaufen. Aber na gut, wenn es sein muss. Aber ich bin doch so hibbelig. Bitte, Ben, streichel mich! Jiff!

Widerwillig machte Boss ein paar Schritte rückwärts und ließ sich auf sein Hinterteil sinken. Seine Rute wischte aber weiterhin wie wild über den Boden und wirbelte Sand auf.

Ächzend setzte Ben sich auf. »Das war eine unerwartete Begrüßung.« Lächelnd machte er ein Handzeichen in Richtung seines vor Aufregung vibrierenden Hundes. »Na, komm mal her, Boss, und lass dich begrüßen.« Er lachte, als Boss erneut einen Satz auf ihn zu machte und geradewegs in seinen Armen landete. »Aber nicht wieder die nasse Zunge. Pfui Teufel!« Ausgiebig streichelte und kraulte er den Hund, der sich an ihn drückte, als wolle er nie wieder den Körperkontakt verlieren.

»Boss hat dich vermisst.« Lächelnd trat Christina näher. »Wie sehr, wird mir jetzt erst richtig klar. Er war nicht gut drauf, seit du weggefahren bist.«

Aber jetzt ist alles wieder gut. Ich bin auch gar nicht mehr böse. Komisch, ist aber so. Christina hatte recht, Ben ist wieder zu mir zurückgekommen. Alles andere ist egal. Mein Herrchen ist wieder bei mir! Hach, kraul mich noch ein bisschen. Bitte hier, ja, genau, am Hals und da an der Seite und hinter den Ohren.

Ben zupfte Boss sanft am Ohr. »Ich hab dich auch vermisst, Kumpel.« Dann hob er den Kopf und lächelte Christina zu. »Und was ist mit dir?«

Sie ließ sich auf die Knie nieder und streichelte ebenfalls über Boss' Fell. »Was soll mit mir sein?«

Sein Lächeln wandelte sich in ein Grinsen. »Hast du mich auch vermisst?«

Christina zögerte und tat, als müsse sie genau überlegen. »Ich hatte viel zu tun.«

»Gar keine Zeit, um an mich zu denken?«

»Das habe ich damit nicht sagen wollen.«

Ben meinte, auf ihren Wangen einen rosigen Hauch zu erkennen, war sich wegen ihrer sonnengebräunten Haut aber nicht ganz sicher. »Was denn nun? Hast du mich vermisst oder nicht?«

Wieder zögerte sie einen Moment. »Wenn ich jetzt Ja sage, verstößt das gegen unsere Abmachung?«

Sein Herz machte ein paar unerwartet schnelle Schläge. Anstelle einer Antwort griff er nach ihren Armen und zog sie so nah zu sich herunter, dass er sie küssen konnte. Ihre Lippen schmeckten salzig von der Seeluft. »Falls dem so sein sollte, haben wir beide dagegen verstoßen.«

»Okay.« Ihre Stimme klang ein wenig atemlos. »Dann ist es ja vielleicht nicht so schlimm.«

»Ja, vielleicht.« Er zwinkerte ihr zu.

»Ich habe übrigens eingekauft.« Sie erhob sich wieder und streckte ihre Hand aus. Als er sie ergriff, zog sie ihn mit einem Ruck auf die Füße. »Ich dachte mir, wir könnten heute Abend den Grill anschmeißen, falls du nicht zu erschöpft von der Reise bist.«

Schade, ist die Kuschelstunde schon vorbei? Es war gerade sooo schön! Na gut, machen wir halt zu Hause weiter. Ich weiche meinem Herrchen jedenfalls nicht mehr von der Seite, das steht fest. Boss schnaubte und drängte sich an Bens Beine.

»Was für einen Grill?« Ben wartete, bis Christina seinem Hund die Leine angelegt hatte, und nahm dann ihre Hand. Einträchtig wanderten sie zurück in Richtung Deich.

»Na, der in Sybillas Schuppen. Hast du ihn noch nicht gesehen? Melanie hat ihn für ihre Feriengäste gekauft. Holzkohle habe ich mitgebracht.«

»Den Schuppen habe ich nur kurz und ziemlich oberflächlich inspiziert. Der Junge, der regelmäßig den Rasen im Garten mäht, geht dort ein und aus.«

»Ja, klar, da sind ja auch alle Gartengeräte untergebracht. Ich wundere mich übrigens, dass meine Oma noch nicht da war. Normalerweise kümmert sie sich um die Blumen- und Gemüsebeete.«

»Sie muss zwischendurch da gewesen sein, denn alles sieht nach wie vor gepflegt und fast unkrautfrei aus.« Ben lachte. »Das ist jedenfalls nicht mein Verdienst. Wahrscheinlich kommt sie immer genau dann, wenn ich im Atelier bin. Ich gieße allerdings regelmäßig die Blumen in den Balkonkästen und Kübeln. Deine Schwägerin hat mich darum gebeten, als wir den Mietvertrag besprochen haben.«

»Dann hast du also auch noch einen grünen Daumen?« Neugierig sah Christina ihn von der Seite an.

Er schüttelte den Kopf. »Nicht wirklich. Nur genügend Verantwortungsbewusstsein, dass ich wehrlose Pflanzen nicht verdursten lasse.«

»Da scheinst du gewissenhafter zu sein als ich.« Sie lachte. »Ich bin ganz grässlich zu Pflanzen. Deshalb gibt es in der Hundeschule und meiner Wohnung nur künstliche Gewächse oder Zimmerpflanzen, die so genügsam sind, dass sie es gefahrlos bei mir aushalten.«

»Dabei sollte man doch meinen, dass jemand so Tierliebes wie du auch nett zu Pflanzen ist.«

Christina gluckste. »Leider weit gefehlt. Ich habe immer zu viel anderes im Kopf und vergesse das Grünzeug gerne.«

An der Deichtreppe ließ er ihr den Vortritt, was den Vorteil hatte, dass er ihre attraktive Rückseite ausgiebig bewundern konnte. Erst als sie auf der anderen Seite des Deiches weitergingen, ergriff er erneut das Wort. »Der Flug war zwar anstrengend, aber gegen ein schönes gegrilltes Steak hätte ich nichts einzuwenden.«

»Dann haben wir ein Date.«

Ich bitte auch. Steak klingt lecker! Wuff.

Sie lachten, als Boss ein kurzes, wie zustimmendes Bellen ausstieß.

Auf dem restlichen Rückweg erzählte Ben Christina, wie seine Reise nach New York verlaufen war. Besonders aufregend war sein Besuch in der Metropole nicht gewesen, sah man einmal von der Ehre ab, dass O'Connelly ihn nun offiziell ins Portfolio der förderungswürdigen Künstler aufgenommen hatte. Die viereinhalb Tage waren mit Vertragsverhandlungen, einigen Lunches und Dinners mit reichen Kunstliebhabern und einem Besuch in der New Yorker Galerie, die einige seiner Kunstwerke ausstellte, angefüllt gewesen. Den Jetlag, da war Ben sich sicher, würde er noch allzu rasch zu spüren bekommen.

Gemeinsam trugen sie kurz darauf den Grill aus dem Schuppen auf die Terrasse, und nachdem sie ihn mit der Holzkohle in Gang gebracht hatten, ging Ben erst einmal ins Bad, um zu duschen und sich umzuziehen. Als er danach nur mit einem um die Hüften geschlungenen Handtuch ins Schlafzimmer trat, stand Christina gerade an der Herrenkommode und wühlte in der zweituntersten Schublade. Auf dem Bett lagen die Jeansshorts und das T-Shirt, dass sie bis eben noch getragen hatte. Der Anblick ihres schlanken Körpers in der knappen Unterwäsche trieb einen Stich heißen Begehrens durch ihn hindurch. Mit wenigen Schritten war er hinter ihr und presste seinen Körper gegen ihren Rücken. »Das ist mal ein Anblick, den ein Mann zu schätzen weiß«, raunte er und vergrub sein Gesicht in Christinas Halsbeuge. Ihre Haut roch nach See und Sonnencreme.

Sie erschauerte, als er sanft mit den Zähnen an ihrem Schlüsselbein entlangfuhr. »Ich hoffe, es macht dir nichts aus, dass ich zwei deiner Schubladen belagert habe. Ich wollte meine Sachen nicht dauernd hin- und herschleppen. Meine Sachen waren ganz sandig und nass vom Strand...«

»Wirke ich, als würde es mir etwas ausmachen?« Tatsächlich wunderte er sich insgeheim, dass er bei dem Gedanken, dass Christina sich in seiner Abwesenheit hier häuslich eingerichtet hatte, sogar so etwas wie Freude in sich aufsteigen spürte. Was das zu bedeuten haben könnte, darüber wollte er allerdings im Augenblick nicht nachdenken. Stattdessen öffnete er den Verschluss ihres BHs und streifte ihr das Kleidungsstück ab. Ihre weichen runden Brüste fügten sich passgenau in seine Handflächen, und er spürte, wie sie erneut wohlig erschauderte, als er mit den Daumen sachte über ihre aufgerichteten Brustwarzen streichelte.

»Was genau wird das?« Ihre Stimme klang ein wenig gepresst und rau.

»Kleiner Überfall.« Er drehte sie zu sich herum und küsste sie, streifte ihr den Slip ab und warf sein Handtuch achtlos zur Seite.

»Wenn wir nicht achtgeben, geht das Grillfeuer wieder aus. Hast du keinen Hunger?« Christina schlang ihre Arme um seinen Hals und drängte sich mit ihrem ganzen Körper an ihn, sodass sein Begehren sich noch einmal steigerte. Hitze und Leidenschaft stiegen zwischen ihnen auf.

»Doch.« Seine Stimme schwankte vor Verlangen, und er drängte sie zielstrebig zum Bett. Während er ihren Körper mit Küssen bedeckte, angelte er blind in der Nachttischschublade nach der Kondomschachtel und fischte eines der Päckchen heraus. »Du bist meine Vorspeise.« Mit fliegenden Fingern streifte er sich den Schutz über und drang gleich darauf in sie ein. Sie empfing ihn so bereitwillig, dass ihm beinahe schwarz vor Augen geworden wäre. Die feuchte Hitze, in die er eintauchte, sandte Lustschauer durch ihn hindurch. »Und der Hauptgang«, raunte er in ihr Ohr und küsste sie erneut, ließ seine Zunge gegen die ihre gleiten. Erregende Schockwellen ergriffen ihn, als er das Pulsieren in ihrer Körpermitte spürte. Sie umschloss ihn, zog ihn näher, tiefer zu sich. Ihr flacher schneller Atem und die lustvollen Laute, die sich ihrer Kehle bei jedem seiner gierigen Stöße entrangen, trieben ihn viel zu schnell in einen wilden Rausch, dem er sich nicht mehr entziehen konnte.

Christina schlang ihre Beine um seine Hüften, passte sich seinem schnellen Rhythmus mühelos an, drängte sich ihm entgegen, bis er spüren konnte, wie sich ihr Innerstes anspannte, ihr Atem beinahe aussetzte und sie im nächsten Moment zum Höhepunkt kam. Ihr Stöhnen mischte sich mit seinem, als er seine Beherrschung aufgab und ihr nach wenigen tiefen Stößen folgte.

Für einige Sekunden verging ihm Hören und Sehen. Ausschließlich das wilde Pulsieren der Lust füllte sein Bewusstsein aus. Als sein Blick sich wieder etwas klärte, sah er geradewegs in Christinas weit geöffnete Augen. Für einen langen Moment verhakten sich ihre Blicke ineinander, verschmolzen, und in ihm breitete sich ein warmes sehnsüchtiges Ziehen aus.

Langsam, fast zögernd senkte er seine Lippen auf ihre und spürte auch bei ihr einen kurzen Moment der Unsicherheit, bevor sie den Kuss erwiderte.

Eine neue Welle von Gefühlen durchbrandete ihn und ließ ihn ratlos und mit dem Wunsch zurück, diese wunderbare Frau nicht wieder loszulassen. Der Schrecken, den diese Erkenntnis in ihm auslöste, war ebenso groß wie das Bedürfnis, sie mit Zärtlichkeit zu überschütten. Diese Mischung an widersprüchlichen Empfindungen ließ seine Gedanken in einem wilden Wirbel durch seinen Kopf drehen. Da er nicht recht wusste, wie er mit der Situation umgehen sollte, küsste er sie einfach noch einmal, zog den intimen Moment in die Länge – in der Hoffnung, dass sich das Chaos in seinem Kopf von selbst wieder legen würde.

Als er endlich doch seinen Mund von ihrem löste, lächelte sie ihn mit einem Ausdruck inniger Verbundenheit an, in den sich jedoch auch eine Spur Erheiterung mischte. »Und was wird jetzt aus den Steaks?«

Widerstrebend ließ er sich neben sie gleiten, hielt sie aber weiter fest im Arm. »Der Nachtisch?«

19. Kapitel

Leise vor sich hin summend, öffnete Christina den Kühlschrank und entnahm ihm die Karaffe mit der selbst gemachten Zitronenlimonade. Das Rezept hatte sie von Mel, die es wiederum aus einem der Rezeptbücher ihrer Großtante Sybilla für sie kopiert hatte. Zusammen mit zwei Gläsern trug sie die Karaffe hinaus in den Garten, wo Ben auf einer Gartenliege lag, einen aufgeschlagenen Thriller auf der Brust und die Augen fest geschlossen. Sie hatte den Sonnenschirm gedreht, damit er nicht der prallen Sonne ausgesetzt war.

Ein wenig seltsam, aber sehr glücklich fühlte sie sich, als sie es sich auf ihrer eigenen Liege bequem machte und den Blick über den blühenden Sommergarten schweifen ließ. Bienen und Hummeln summten über den Hortensienstauden, und über den Hundsrosenbüschen flatterten mehrere bunte Schmetterlinge. Sogar eine Libelle sauste in lustigen Kapriolen über der Wassertonne hin und her. Boss lag zusammengerollt dicht neben Bens Liege und schnarchte leise.

Sie waren vor einer Stunde von einem langen Strandspaziergang zurückgekehrt und hatten auf dem Rückweg einen ganzen Stapel Waffeln vom Stand am Hafen mitgebracht. Diese warteten nun unter einer Kuchenhaube darauf, gegessen zu werden, doch da Ben über seiner Lektüre eingeschlafen war, wollte Christina ihn nicht stören. Er hatte in den vergangenen zwei Wochen seit seiner Reise nach New York hart gearbeitet, wenn er diesmal auch nicht vollkommen abgetaucht war.

Es überraschte sie noch immer, wie leicht sie einen Rhythmus und eine angenehme Routine gefunden hatten. Sie trafen sich inzwischen fast täglich, und die Anzahl ihrer Kleider in Bens Kommode hatte noch einmal zugenommen. Ihre Tage waren inzwischen durch die Hilfe der Stallers mit deutlich weniger Terminen angefüllt, sodass sie sich zwischendurch um Boss kümmern konnte.

Leah und Ralf waren ein Glücksgriff gewesen. Sie fügten sich perfekt in die Hundeschule ein, und das, obwohl jeder von beiden nun nur eine Halbtagsstelle erhalten hatte. Mehr Lohn konnte Christina ihnen derzeit noch nicht zahlen, sodass beide sich zusätzlich jeweils noch eine andere Stelle gesucht hatten, Leah an der Kasse des Supermarktes und Ralf im Baumarkt. Sie waren sehr verständnisvoll und bemüht, Christina in allen Bereichen zu unterstützen, damit sie eines Tages beide in Vollzeit als Hundetrainer arbeiten konnten. Die Kinder hatte Christina noch nicht kennengelernt. Sie sollten noch in ihrer Schule bei Nürnberg das Schuljahr beenden und wohnten so lange bei ihrer Großmutter.

Wenn für Christina keine Arbeit anstand, brachte sie oft etwas zu essen mit in den Kastanienweg, und an den Abenden, die ihren späten Kursen vorbehalten waren, kochte Ben meist etwas Einfaches zum Abendessen. Er hatte es sogar geschafft, Christina dazu zu überreden, sonntags nach den frühen Welpenkursen nur noch die frei zugänglichen Übungsplätze geöffnet zu lassen und sich freizunehmen. Sie konnte sich nicht daran erinnern, wann sie zum letzten Mal so viel Freizeit zur Verfügung gehabt hatte.

Vielleicht lag ihre Bereitwilligkeit zum Faulenzen auch einfach nur daran, dass sie Bens Gegenwart mehr genoss als die jedes Mannes zuvor. Er war klug und belesen und interessierte sich für so gut wie alles. Auch wurde er offenbar nicht müde, ihr zuzuhören, wenn sie über ihre Erlebnisse in der Hundeschule berichtete. Sogar streiten konnte sie sich gut mit ihm, obgleich sie nur selten unterschiedlicher Meinung waren. Falls doch, drifteten sie rasch in hitzige Diskussionen, schenkten einander nichts, hatten aber bisher immer einen Weg gefunden, sich wieder auszusöhnen.

Die wenigen Abende, die sie allein verbrachten, weil entweder der eine oder der andere zu viel zu tun hatte, fühlte sie sich inzwischen fast schon einsam. Natürlich versuchte sie immer, nicht zu vergessen, dass der Sommer irgendwann vorbei und Ben dann wieder fort sein würde. Es gelang ihr nicht allzu gut. Ihre Gefühle für ihn gingen viel zu schnell viel zu tief, doch sie konnte sich nicht dagegen wehren. Die einzige Lösung, die ihr einfiel, war, sich nichts anmerken zu lassen.

Sie wollte sich die Zeit, die ihr mit diesem außergewöhnlichen Mann blieb, nicht durch negative Gedanken oder Traurigkeit verderben lassen und hatte sich geschworen, jede Minute voll auszukosten. Wie sie sich fühlen würde, sobald er abgereist war, darüber wollte sie sich vorerst keine Gedanken machen.

Sie angelte nach dem Roman, den sie selbst zu lesen begonnen hatte, kam aber nur wenige Seiten weit. Nach einer kurzen Weile spürte sie Bens Blick auf sich ruhen. Als sie zu ihm hinübersah, geriet ihr Herzschlag kurz aus dem Takt. Er schien so ungewöhnlich ernst. Besorgt runzelte Christina die Stirn. »Stimmt etwas nicht?«

»Nein, alles in Ordnung.« Seine Gesichtszüge entspannten sich wieder. »Ich habe mich nur gerade gefragt, womit ich das Glück verdient habe, diesen Sommer mit so einer wunderbaren Frau wie dir verbringen zu dürfen.«

Sie grinste. »Du wirst vermutlich das letzte Jahr besonders brav gewesen sein.«

»Vielleicht.« Er grinste zurück, wurde dann aber wieder ernst. »Ich muss noch mal wegfahren, diesmal nach Paris.«

»Ach.« Sie wusste nicht recht, was sie darauf erwidern sollte.

»O'Connelly hat seine Pläne über den Haufen geworfen. Das Sternenauge soll nicht erst im Oktober nach New York und von dort aus auf Museumstour gehen, sondern ab der ersten Augustwoche in Paris ausgestellt werden, als Preview zur Welttour sozusagen.«

»Das ist ja toll.« Sie richtete sich ein wenig auf.

»Es ist eine große Ehre«, stimmte er zu. »Allerdings will er mich bei dieser Vorpremiere unbedingt dabeihaben. Er hat sogar meine gesamte Familie eingeladen.«

Sie erhob sich rasch, schwang ein Bein über seine Liege und setzte sich rittlings auf seine Oberschenkel.

»Ich gratuliere dir.« Sie gab ihm einen Kuss auf den Mundwinkel. »Das ist wunderbar.«

»Möchtest du mitkommen?«

Perplex hielt sie inne. »Mitkommen?«

»Nach Paris. Es wären höchstens fünf Tage. Ich weiß, dass dein Terminplan immer sehr voll ist, und im August willst du ja auch ein paar neue Kurse anfangen lassen, aber ich dachte, dass du vielleicht trotzdem Lust hast, dir mit mir gemeinsam die Ausstellung anzusehen.«

»Ich ... weiß nicht.« Ihr Herz geriet erneut aus dem Takt. Mit solch einer Einladung hatte sie überhaupt nicht gerechnet. »Aber was ist mit Boss?«

Ben hob die Schultern. »Wir nehmen ihn mit. Er ist geimpft und gechippt, hat einen internationalen Impfpass. Paris ist auch nicht so schrecklich weit. Wir könnten mit dem Auto fahren und viele Pausen einlegen.«

Wie? Was? Moment mal, sprecht ihr über mich? Boss hob den Kopf und spitzte die Ohren. *Was war das mit ... wegfahren? Darf ich diesmal mit? Aber bitte nicht wieder so lange fahren, dass mir schlecht wird.*

»Das klingt verlockend, nur ...« Sollte sie dazu wirklich Ja sagen? »Ich passe da doch überhaupt nicht rein.«

»Wie kommst du denn darauf?« Seine Miene zeigte ehrliche Verblüffung.

Verlegen zupfte sie an einer Haarsträhne, die sich aus ihrer lockeren Hochsteckfrisur gelöst hatte. »Ich weiß auch nicht. Ich stelle mir nur gerade vor, was die Leute sagen werden, wenn du auf dieser Ausstellung mit deiner Hundetrainerin auftauchst.«

»Christina, du bist nicht nur meine Hundetrainerin.«

»Ich weiß.« Sie zog den Kopf ein wenig zwischen die Schultern. »Du weißt, was ich meine. Ich bin ein Kleinstadtmädchen, das an sechs von sieben Tagen in der Woche schmutzige Jeans und Arbeitsweste trägt. Über solche Ausstellungen weiß ich genug, dass mir klar ist, wie wenig ich dort hingehöre.«

»Das ist vollkommener Unsinn, weißt du das?« Ben ergriff ihre Hand.

»Ich wüsste ja nicht einmal, worüber ich mit den Leuten dort reden kann. Französisch spreche ich auch nicht.«

»Ich kann auch nicht viel mehr, als nach der Uhrzeit zu fragen. Ob ich die Antwort verstehe, sei mal dahingestellt. Aber das ist doch keine Ausrede. Wir kriegen einen Dolmetscher zur Seite gestellt, wenn wir wollen. Und entgegen allen Gerüchten sprechen sogar die Franzosen inzwischen fast alle Englisch.«

»Siehst du, das meine ich. Wenn ich irgendwohin reise, bietet mir niemand einen Dolmetscher an. Entweder verständige ich mich mit Händen und Füßen, oder ich habe Pech gehabt. Bestimmt wirst du auch in einem Nobelschuppen wohnen, oder?«

»Jochen hat ein Faible fürs Ritz.«

»Um Himmels willen!«

»Das ist ein ausgezeichnetes Hotel.«

»Mit fünf Sternen.«

»Und das verdient.« Er drückte ihre Hand. »Warum erschreckt dich das so?«

Sie knabberte an ihrer Unterlippe. »Es erschreckt mich nicht. Ich finde bloß, dass ich dort nichts zu suchen habe. Schon gar nicht an deiner Seite. Als was oder wen willst du mich den Leuten denn dort vorstellen?«

»Als meine Freundin.«

In ihrer Magengrube schien sich ein Knoten zu bilden. »Ich bin nicht deine Freundin.«

»Doch, bist du.«

»Nur temporär.«

Ben lachte leise, dann ergriff er auch noch ihre andere Hand. »Christina, wir sind doch Freunde, so oder so, oder nicht?«

Verlegen blickte sie zur Seite. »Ja schon, irgendwie.«

»Nicht nur irgendwie. Was mich angeht, so kann ich mir keine bessere beste Freundin als dich vorstellen.«

Ruckartig wandte sie sich ihm wieder zu. »Beste Freundin?«

»Mit besonderen Vorzügen.« Er zwinkerte ihr zu.

»Das ist nicht witzig.«

»Sollte es auch nicht sein.« Er richtete sich auf und strich ihr sanft mit den Fingerspitzen über die Wange. »Ich meine das ganz ernst. Mit noch keiner Frau zuvor habe ich mich so wohlgefühlt wie mit dir.« Er blinzelte erneut. »Dass du mich außerdem auch noch in dein Bett lässt, macht die Sache nur umso besser.«

Sie räusperte sich. »Genau genommen ist es dein Bett.«

»Nur weil deins so klein ist, dass ich darin Platzangst bekomme.« Er hob ihre rechte Hand an seine Lippen und küsste sie. »Seit wann stellst du dein Licht so unter den Scheffel? Ich habe dich bisher immer als sehr selbstbewusste Frau kennengelernt. Weshalb solltest du dich vor ein bisschen Pomp und ein paar reichen Leuten fürchten? Die atmen auch nur Luft und kochen mit Wasser.«

»Ich vermute, dass diese reichen Leute überhaupt nicht kochen.« Sie lächelte schwach. »Ich weiß auch nicht. Es kommt mir eben nicht richtig vor.«

»Mir aber. Ich würde mich wirklich freuen, wenn du mitkämst. Warst du noch nie in Paris?«

»Doch, als Teenager einmal mit der Schule. Vier Tage lang Sightseeing.«

»Und was hat dir damals am besten gefallen?«

Sie überlegte kurz. »Der Louvre. Und natürlich der Eiffelturm. Und die Straßenkünstler.«

»Dann sorge ich dafür, dass du alle drei zu sehen bekommst, solange wir dort sind.«

»Soll das eine Bestechung werden?«

»Eine Bitte.« Zärtlich zog er sie an sich und küsste sie auf die Schläfe, auf die Wange, auf den Mundwinkel.

Sie seufzte wohlig. »Du hast eine interessante Art, Menschen zu überreden.«

»Funktioniert sie?«

»Treffe ich dann etwa auch deine Eltern?« Alarmiert versuchte sie, sich ein wenig von ihm zurückzuziehen, doch er hatte seinen Arm fest um ihre Hüfte geschlungen und ließ sie nicht los.

»Ziemlich wahrscheinlich. Ist das ein Problem? Meine Eltern sind sehr nett.«

»Das sind sie bestimmt. Ich frage mich nur, wofür sie mich halten werden.«

»Ich sagte doch, für meine Freundin.«

»Auf Zeit und mit Vorzügen. Was, wenn sie glauben, ich wollte dich ausnutzen oder so?«

»Das werden sie nicht. Mach dir nicht so viele Gedanken. Es wird ein netter Kurzurlaub in eine tolle Stadt. Wir gehen zur Ausstellung, schütteln unzählige Hände, lächeln, bis uns das

Gesicht wehtut, tauschen Nettigkeiten aus und haben danach ein paar Tage Zeit, die Sehenswürdigkeiten zu besichtigen.«

»Wann soll es denn losgehen?«

Er lächelte breit. »So gefällst du mir schon besser. Die Ausstellung ist am elften August. Jochen will vom zehnten bis zum fünfzehnten reservieren.«

»Dann lerne ich ihn also auch mal kennen? Eure Telefonate sind ja immer ziemlich aufschlussreich.«

»Er hat halt ein loses Mundwerk.« Ben zuckte mit den Achseln. »Wenn er sich dir gegenüber nicht benimmt, tritt ihm einfach gegen das Schienbein.«

Wider Willen lachte sie. »Das ist wohl nicht dein Ernst.«

»Doch, ist es.« Er nahm ihr Gesicht in beide Hände und küsste sie mitten auf den Mund. »Ich rufe ihn gleich heute Abend an und sage ihm, dass ich eine Suite haben möchte.«

»Du bist ja wahnsinnig! Weißt du, wie teuer so eine Suite im Ritz ist?«

»Weißt du es?«

»Nein, aber ich kann mir vorstellen, dass man dafür ein Vermögen ausgeben muss.«

Lachend küsste er sie noch einmal. »O'Connelly zahlt. Dem tut das nicht weh.«

»Auch das noch!«

»Stell dich nicht so an.« Er kniff sie spielerisch in die Seite, weil er wusste, dass sie dort kitzelig war. »Ich kann das Hotel auch selbst bezahlen und auf meine Spesenrechnung setzen.«

»Doch nicht, wenn du deine Freundin mitbringst.«

»Freundin und Hundetrainerin. Ich brauche dich dringend dort, um mit Boss das Verhalten in französischen Grandhotels zu üben. Da er zukünftig mein ständiger Begleiter, Wachhund und meine Inspirationsquelle ist, lässt sich alles wunderbar von der Steuer absetzen.«

»Du bist wirklich verrückt.«

»Ja, nach dir.« Er drehte sich mit Christina leicht zur Seite und drückte sie rücklings neben sich auf die Liege. Das Möbelstück gab ein protestierendes Knirschen von sich.

»Wir brechen gleich zusammen«, warnte sie kichernd.

»Tun wir nicht. Diese Liege hält uns wunderbar beide zusammen aus.«

»Aber über mein Bett beschwerst du dich.«

»Das ist etwas anderes. Ich habe ja nicht vor, auf dieser Liege zu übernachten.« Er hielt inne. »Du kommst also mit?«

Sie atmete tief durch. »Also gut, ja, ich komme mit.«

»Wunderbar.« Er küsste sie erneut. »Ich muss morgen früh wieder abtauchen.«

»Morgen früh?«

»Für ein paar Tage. Durch die bevorstehende Reise wird mein Zeitplan ein wenig durcheinandergebracht. Ich muss noch ein Geschenk fertigstellen.«

Sie dachte an den Geburtstag ihrer Mutter, der für kommenden Samstag geplant war, und den Auftrag ihrer Großeltern. »Wir werden noch eine Menge für die Party vorzubereiten haben.«

»Immer noch? Ihr bereitet doch schon seit Wochen vor.«

Sie lachte. »Ja, aber du kennst meine Mutter nicht. In letzter Sekunde werden ihr noch hunderttausend Dinge einfallen, die geändert oder ergänzt werden müssen. Dabei soll es nur eine ganz einfache Familienfeier werden.«

»Meine Mutter kann so was auch gut.« Beiläufig spielte er mit dem Medaillon, das sie um den Hals trug. »Vor jeder Familienfeier verwandelt sie sich zuerst in ein aufgeregtes Huhn und dann in einen Feldwebel, der alle herumkommandiert.«

Christina schmunzelte. »Wie lange wirst du abtauchen? Die ganze Woche?«

»Schwer zu sagen. Ich habe ja auch noch ein paar andere Werke in Arbeit. Ich melde mich bei dir, sobald ich wieder salonfähig bin.«

Ein merkwürdiger Unterton in seiner Stimme ließ sie aufmerken. Forschend sah sie ihm in die Augen. »Du würdest am liebsten sofort zum Lagerhaus rüberfahren.«

Sein kurzes Zögern bestätigte ihren Verdacht, doch er schüttelte den Kopf. »Das kann auch gut noch bis morgen warten.«

»Bist du sicher?«

»Ja.«

Sie richtete sich wieder auf und zog ihn mit sich. »Geh.«

Verblüfft sah er sie an. »Chris, ich …«

»Geh. Deine Arbeit ist wichtig. Ich mache es mir hier noch ein bisschen mit meinem Buch gemütlich und räume später auf, bevor ich nach Hause fahre. Den Schlüssel gebe ich bei Elke ab, wenn du willst.«

»Nein … Schon gut, ich habe ja zwei Schlüssel. Du kannst ihn behalten.« Er zögerte noch immer. »Bist du wirklich sicher?«

Sie lächelte betont fröhlich. »Nun hau schon ab. Siehst du, Boss ist auch schon startklar.« Sie deutete auf den Hund, der sich erhoben hatte und Ben aufmerksam ansah.

Natürlich bin ich startklar. Wohin soll es denn gehen?

Langsam stand Ben auf, und es war ihm anzusehen, dass er bereits mit den Gedanken bei seinen Skulpturen war. »Also gut, dann mache ich mich mal auf den Weg.« Er wandte sich zum Gehen, drehte sich aber noch einmal um. »Danke, Christina.«

»Wofür?« Erstaunt sah sie ihn an.

»Für dein Verständnis.«

»Wenn es um meine Arbeit ginge, würdest du mir doch auch keine Steine in den Weg legen, oder?«

Er lächelte. »Nein, würde ich nicht. Dazu ist dir deine Arbeit zu wichtig.«

»Eben. Also mach dich vom Acker. Wir sehen uns in ein paar Tagen.«

»Ja, in ein paar Tagen.« Er lächelte ihr noch einmal zu, dann verschwand er im Haus, dicht gefolgt von Boss. Nur wenig später klappte die Haustür, und gleich darauf sprang der Motor des SUV an.

Christina ging zu ihrer Liege zurück, machte es sich darauf bequem, angelte nach dem Teller mit den Waffeln und ihrem Limonadenglas und stellte beides in Reichweite. Während sie ihr Buch aufschlug und gleichzeitig in eine Waffel biss, schweifte ihr Blick über den Garten, der friedlich in der Sommersonne dalag. Eine angenehm leichte Brise rauschte in den weißen Blüten des Knöterichs, der über das Schuppendach rankte.

Mit einem merkwürdig flauen Gefühl in der Magengrube verfolgte sie den Flug eines Pfauenauges, das erst über den Tisch flatterte und dann eine ganze Weile über dem Blumenbeet neben der Terrasse tanzte, bis sich ein zweiter Schmetterling hinzugesellte. Die beiden umkreisten und verfolgten einander und vermittelten den Eindruck vollkommener Leichtigkeit.

Auch Christina fühlte sich seltsam leicht, geborgen und gleichzeitig aufs Höchste alarmiert. Um sich abzulenken, versuchte sie, sich voll und ganz in ihren Roman zu vertiefen. Dass ihr Blick immer wieder über die Terrasse, die leere Liege mit dem zugeklappten Thriller und den Hundenapf mit den runden und würfelförmigen Leckerlis wanderte, der neben der Terrassentür stand, konnte sie jedoch nicht verhindern.

20. Kapitel

Unschlüssig hielt Christina ihren Wagen vor Bens Lagerhalle an. Sein SUV parkte vor dem Eingang, und als sie die Autotür öffnete, schallte ihr bereits durch Tür und Wände gedämpfte Rockmusik entgegen. Offenbar war Ben nach wie vor in seine Arbeit vertieft. Ein wenig enttäuscht blickte Christina an sich hinab. Sie hatte sich zur Feier des Geburtstags ihrer Mutter ein neues, dunkelrot geblümtes Kleid geleistet, zu dem sie dezenten Silberschmuck angelegt hatte. Ihr Haar war zu einer Hochsteckfrisur aufgesteckt, die Luisa ihr beigebracht hatte.

Die Party würde in weniger als einer halben Stunde beginnen. Christina hatte gemeinsam mit ihrer Schwester, Alex und Melanie schon den ganzen Vormittag herumgewuselt, um allen Wünschen ihrer Mutter gerecht zu werden. Die ganze Zeit über hatte sie gehofft, dass Ben doch noch aus seiner Versenkung auftauchen würde, doch anscheinend hatte er Zeit und Raum vergessen. Schon am Morgen hatte sie versucht, durch die Fenster im Erdgeschoss des Lagerhauses zumindest einen Blick auf seine Arbeit zu erhaschen, doch er hatte alle Fensterflächen mit hellen, lichtdurchlässigen Wachspapierbögen zugeklebt. Als sie versuchsweise die Türklinke heruntergedrückt hatte, hatte sie festgestellt, dass abgeschlossen war. Das Genie wollte offenbar wirklich nicht bei der Arbeit gestört werden. Neben dem Eingang hing eine Notiz für Post und Lieferdienste, dass jegliche Lieferungen hinter der Halle abgeladen werden sollten.

»Dann eben nicht.« Achselzuckend machte sie wieder kehrt und setzte sich hinters Steuer. »Für so was habe ich heute eh keine Zeit.« Sie sprach die Worte absichtlich laut und betont gleichgültig aus. Sie hoffte, damit ihr Herz zu überlisten, das ihr schon seit Tagen weismachen wollte, sie würde Ben vermissen. Wenn sie aber schon mit den vergangenen knapp sechs Tagen Probleme hatte, wie sollte es denn erst werden, wenn er und Boss Lichterhaven wieder verlassen hatten? Also erinnerte sie sich rigoros daran, dass sie keine feste Beziehung mit Ben führte, sondern dass sie nur Freunde waren. Freunde mit besonderen Vorzügen.

Was Boss anging, der würde Ben zukünftig kaum noch Probleme bereiten. Nachdem das Eis einmal gebrochen war, hatte der sture American Bulldog sich in einen wunderbaren vierbeinigen Freund verwandelt, der Ben auf Schritt und Tritt folgte und beinahe jedes seiner Kommandos umgehend ausführte. Nur manchmal, wenn er keine Lust hatte, stellte er sich noch ein bisschen taub, doch daran würden die beiden auch ohne sie arbeiten können.

Auch wenn es erstaunlich war, wie rasch sich Hund und Herrchen unter ihrer Anleitung zu einem tollen Gespann entwickelt hatten, freute Christina sich ehrlich für beide und war nicht wenig stolz darauf, ihren Anteil geleistet zu haben. Das Problem war, dass ihr die gemeinsamen Trainings fehlen würden; sie taten es jetzt schon.

Entschlossen, sich von solchen Gedanken den Tag nicht verderben zu lassen, fuhr Christina auf direktem Weg zum Haus ihrer Eltern. Kaum war sie dort aus dem Wagen gestiegen, als auch schon Luisa auf sie zugerannt kam. Ihre Schwester trug eine ähnliche Hochsteckfrisur wie Christina und ein langes, weit schwingendes Kleid in Altrosa, das ihre zarte Figur geradezu elfenhaft erscheinen ließ. Ein Kettchen mit einer einzelnen weißen Perle und passende Ohrstecker vervollständigten das Bild.

Christina stieß einen anerkennenden Pfiff aus. »Wen willst du denn heute noch verführen?«

Luisa blieb ein wenig atemlos vor ihr stehen. »Ich? Wieso?«

»Na, weil du zum Anbeißen aussiehst.«

»Danke.« Mehr überrascht als geschmeichelt blickte Luisa an sich hinab und lachte. »Ja, kann sein, dass das Kleid ein Glücksgriff war. Aber das ist jetzt erst mal total egal. Du musst mitkommen und mir helfen, Mama von dem Zelt fernzuhalten, in dem die *Foodsisters* das Buffet aufgebaut haben. Ich fürchte, sie macht die drei Mädels sonst vollkommen verrückt.«

»Oje, will sie wieder alles geändert haben?«

»Nein, aber sie glaubt, ständig überall mit anfassen zu müssen.«

»Bin schon unterwegs.«

Gemeinsam eilten sie die Auffahrt hinauf und dann um das Haus herum in den festlich geschmückten Garten. Die Wetterfrösche hatten warmes Sommerwetter gemeldet, deshalb war nur für das Buffet ein kleines Zelt gemietet worden. Daneben stand links ein kleiner Pavillon, in dem Getränke ausgeschenkt wurden. Rechts war ein großer Gasgrill aufgebaut, an dem eine der drei Partnerinnen des Catering-Services hantierte. Die Tische für die Gäste waren in mehreren Grüppchen auf der großen Rasenfläche verteilt und mit hübschen weißen Tischdecken und Blumenarrangements versehen. In den Büschen und Bäumen hingen Laternen, Lampions und Lichterketten und warteten darauf, bei nachlassendem Tageslicht für festliche Stimmung zu sorgen.

Alex und Melanie standen auf der Terrasse neben einer großen Stereoanlage und gaben irgendetwas in den daran angeschlossenen Laptop ein.

Christina blieb für einen Moment stehen und ließ alles auf sich wirken. »Das ist richtig toll geworden.«

»Stimmt, das haben wir gut hingekriegt.« Luisa lächelte ihr zu. »Jetzt müssen nur noch die Gäste kommen. Caro hat schon mehrere wunderschöne Torten ins Zelt getragen. Mir ist das Wasser geradezu im Mund zusammengelaufen. Ich schwöre, nach diesem Tag werden wir alle zwei Kilo mehr auf den Hüften haben.«

»Und wo ist Mama? Ich dachte, sie …« Christina stockte, als sie die Stimme ihrer Mutter aus dem Zelt schallen hörte.

»Doch, doch, das geht bestimmt. Ich brauche doch bloß rasch in die Küche zu gehen und ein bisschen von meiner Spezialcreme aufzuschlagen.«

»Oh, oh.« Christina hastete auf das Zelt zu, dicht gefolgt von Luisa. »Mama? Da bist du ja.« Rasch legte sie ihrer Mutter eine Hand auf den Arm. »Was machst du denn hier? Du sollst doch heute keinen Finger rühren.«

Anke räusperte sich verlegen. »Ja, Kind, ich weiß, aber Caroline hat mir gerade eröffnet, dass sie nur eine vegane Torte und einen veganen Kuchen mitgebracht hat. Du kennst doch Tante Inge und ihre Tochter Linda und deine Cousinen Tanja und Anne. Die essen nur vegan. Nicht dass sie sich zurückgesetzt fühlen, wenn es für sie so wenig Auswahl gibt. Der Kuchen ist doch auch ganz ohne Füllung oder so, deshalb dachte ich, ich schlage rasch noch etwas von meiner veganen Spezialkuchencreme, die passt zu allem, auch zum Obstsalat heute Abend und …«

»Mama.« Betont energisch unterbrach Christina Ankes Redestrom. »Wir haben das alles schon mehrmals besprochen und waren uns doch einig, dass eine vegane Torte und ein Kuchen ausreichen. Inge und Linda essen sowieso wie die Vögelchen, und Tanja und Anne sind gar keine strengen Veganerinnen. Du weißt genau, dass sie das nur zu Diätzwecken machen. Bisher haben sie noch bei jeder Familienfeier von deinem Käsekuchen gegessen, also werden sie sich auch an Caros Torten gütlich tun.« Sie gab ihrer Mutter einen Kuss auf die Wange. »Also atme tief durch, und mach es dir in einem Liegestuhl bequem, bis die ersten Gäste kommen.«

Zweifelnd sah Anke sich um. »Bist du sicher? Es fällt mir schwer, einfach alles aus der Hand zu geben.«

»Aber das ist doch der Punkt des heutigen Tages. Dein Geburtstag ist dazu da, dass du feierst und dich auch mal bedienen lässt.« Mit Nachdruck schob Christina ihre Mutter ins Freie. »Oder weißt du was, geh zu Alex und Mel, und hilf ihnen beim Aussuchen der Musik!« Sie deutete auf ihren Bruder und ihre Schwägerin, die gerade ganz und gar nicht mehr mit der Stereoanlage beschäftigt waren, sondern eng umschlungen auf der Terrasse standen und sich küssten. »Okay, vielleicht wartest du, bis sie aufgehört haben, sich gegenseitig aufzufressen.«

Anke lachte. »Lass sie doch, die beiden sind so glücklich miteinander. Ich gönne ihnen jeden Moment.«

»Ich auch, aber doch nicht gerade jetzt.« Christina kicherte. »Alex, Mel, zu essen gibt es später!«

Sie beobachtete, wie Alex sich nur widerstrebend von seiner Frau löste. »Lass mir doch die Vorspeise. Du weißt gar nicht, was gut ist.«

»Doch, weiß ich, aber gerade jetzt wäre es noch besser, wenn ihr Mama ein bisschen beschäftigen würdet.«

»Chrissi!« Anke schüttelte den Kopf.

»Schon gut.« Mel kam auf Anke zu. »Warst du schon wieder am Buffet? Lass doch die arme Caroline ihre Arbeit machen. Weißt du was, du siehst dir jetzt mal die Playlist für heute Nachmittag an und sagst uns, ob ein Lied fehlt!«

Christina atmete auf und zwinkerte Mel zu. Sie freute sich, dass ihre Schwägerin den Angstanfall von neulich offenbar vollständig überwunden hatte.

Während die beiden sich um Anke kümmerten, zupfte Luisa Christina am Arm. »Sag mal, warum bist du eigentlich allein hier? Kommt Ben erst später nach? Ich dachte, ihr würdet zusammen hier aufschlagen.«

Christina lächelte, obwohl sich ein unangenehmer Anflug von Enttäuschung in ihr breitzumachen drohte. »Das dachte ich auch, aber es sieht so aus, als wäre er noch immer in seine Arbeit versunken.«

»Er hat doch aber versprochen, zur Party zu kommen.« Irritiert runzelte Luisa die Stirn.

Christina schüttelte den Kopf. »Genau genommen hat er nur versprochen, das Geschenk für Mama anzufertigen, aber nicht, dass er auch zur Party kommt.«

»Aber das eine bedingt doch das andere.«

»Nein, tut es nicht.« Seufzend rieb Christina sich über den Nacken. »Wenn er arbeitet, vergisst er manchmal alles um sich herum.«

»Aber diese Party …«

»Er ist nun mal so«, unterbrach Christina ihre Schwester in dem Bedürfnis, Ben zu verteidigen. »Er hat mir erzählt, dass er den sechzigsten Geburtstag seines Vaters auch verpasst hat, weil er ganz von einer Vision gefangen war.«

»Das ist aber nicht die feine englische Art.« Missbilligend verzog Luisa die Lippen.

»Kann schon sein, aber er tut das ja nicht mit Absicht, sondern weil die Kunst einfach ein so großer Teil von ihm ist und ihn manchmal einfach nicht loslässt.«

»Du redest, als würdest du ihn schon ewig kennen.«

»Ich weiß nur, wie es ist, wenn dir etwas so ungeheuer wichtig ist, dass du keine Kompromisse dafür eingehen kannst.«

»Aha.« Luisa neigte den Kopf ein wenig zur Seite. »Interessant.«

»Was meinst du?« Verwirrt hob Christina den Kopf.

»Ach, nur so. Du bist also überhaupt nicht sauer, dass er dich hier versetzt?«

Ein wenig hilflos hob Christina die Schultern. »Ich kann es nicht ändern, nein, ich kann *ihn* nicht ändern … und ich will es auch gar nicht. Ich akzeptiere ihn, wie er ist, weil …«

»Weil?«

»Weil er das auch bei mir tut.«

»Soso.«

»Und selbst, wenn wir es wollten, wir *könnten* es gar nicht ändern. Wenn du versuchen willst, ihn bei der Arbeit zu stören, tu das auf eigene Gefahr. Ich habe einmal erlebt, wie er darauf reagiert, das reicht mir.«

»Ich ebenfalls, wenn du dich erinnern möchtest.« Luisa lachte. »Aber das war gar nicht, was ich meinte. Ihr scheint euch ja ausgezeichnet zu ergänzen.«

»Kann schon sein.«

»Er hat dich zu dieser megawichtigen Ausstellung nach Paris eingeladen.«

»Und?«

Luisa lächelte vieldeutig. »Seine Eltern werden auch dort sein.«

Christina schauderte. »Erinnere mich bloß nicht daran. Ich weiß jetzt schon nicht, was …« Misstrauisch hielt sie inne. »Was willst du damit andeuten?«

»Ich? Nichts. Ganz und gar nichts.« In einer übertriebenen Bewegung hob Luisa beide Hände. »Ich wollte es nur zu bedenken geben.«

»Da gibt es nichts zu bedenken. Wir sind bloß Freunde. Gute Freunde.«

»Mhm, die regelmäßig heißen Sex haben.«

»Na und?«

»Ich sage es ja bloß. Man könnte beinahe neidisch werden.«

»Worauf könnte man neidisch werden?«

Christina und Luisa drehten sich ruckartig um, als sie die dunkle Männerstimme dicht hinter sich vernahmen.

Christina erschrak ein wenig. »Lars! Was machst du denn hier?«

Lars grinste jungenhaft. »Deiner Mutter zum Geburtstag gratulieren. Ich habe sie neulich beim Bäcker getroffen, und sie hat mich für heute eingeladen. Also bin ich hier.« Er musterte erst sie, dann Luisa mit anerkennenden Blicken. »Das war die beste Entscheidung der Woche, wie ich sehe. Eine der Messner-Schwestern schöner als die andere.« Er hielt kurz inne. »Hallo Luisa, lange nicht gesehen. Wie geht es dir?«

»Gut.« Luisa wirkte, wie Christina nach einem kritischen Blick feststellte, zwar überrascht, aber vollkommen gefasst und neutral. »Hallo Lars.« Spontan trat ihre kleine Schwester auf ihn zu und umarmte ihn kurz, zog sich aber zurück, bevor er reagieren konnte. »Du siehst gut aus. Erfolgreich.«

»Du auch.« Er blickte kurz an sich hinab. Zu schwarzen Jeans trug er ein dunkelviolettes Hemd, das auf interessante Weise das strahlende Blau seiner Augen verstärkte. »Wobei das mit dem Erfolg eher auf deiner Karte verzeichnet sein dürfte. Wie ich hörte, hast du deine Approbation als Tierärztin und eröffnest bald deine eigene Praxis.«

»Stimmt, zusammen mit Dr. Weisenau.« Luisa nickte lächelnd. »Aber dir kann es auch nicht allzu schlecht ergangen sein.« Sie streckte die Hand aus und nahm ein Stückchen von seinem Hemdsärmel zwischen Daumen und Zeigefinger. »Das ist ein teures Stöffchen.«

»Ich könnte ja auch geerbt haben.«

»Dein Vater ist noch quicklebendig, also nein.«

»Oder reich geheiratet.«

Luisa lachte hell auf. »Lars Verhoigen und heiraten? Im Leben nicht.«

Lars hob überrascht die Augenbrauen, lächelte dann aber. »Du kennst mich zu gut. Okay, ich gebe es zu, das Hemd habe ich selbst bezahlt, und dort, wo es herkommt, habe ich noch mehr dieser Sorte gebunkert.«

»Die Zeit im Ausland hat dir also gutgetan.«

»Das kann ich nicht leugnen.«

Luisa legte ihm kurz eine Hand auf den Arm. »Das freut mich für dich.« Sie zog die Hand wieder zurück und wandte sich zum Gehen. »Jetzt muss ich mich aber um die Gäste kümmern, die gerade angekommen sind.« Sie deutete auf eine Gruppe von Verwandten, die soeben um die Hausecke bogen. »Wir können ja irgendwann später weiterreden.«

Christina blickte ihr mit einer Mischung aus Argwohn und Erleichterung hinterher. Dafür, dass ihre kleine Schwester am Boden zerstört gewesen war, als Lars damals aus Lichterhaven verschwand, wirkte sie erstaunlich aufgeräumt und ruhig. Vielleicht hatten sie und Alex sich ganz umsonst Sorgen gemacht. Wie es schien, war Luisa voll und ganz über Lars Verhoigen hinweg.

Lars blickte Luisa ebenfalls kurz nach. »Sie ist erwachsen geworden.«

»In sieben Jahren tendieren die Menschen dazu, sich zu verändern.« Lauernd sah sie ihn an.

Lars nickte. »Das ist wahr. Ich vermute, das ist deine Schwägerin, die Alex da gerade mit Haut und Haaren zu verschlingen versucht?«

»Was meinst du?« Christina folgte seinem Blick und kicherte, als sie Alex und Melanie neben dem Grill stehen sah. »Die beiden sind schlimmer als Teenager. Knutschen überall, wo sie nur können.«

»Ich habe noch nie diesen Ausdruck auf Alex' Gesicht gesehen.« Interessiert beobachtete Lars seinen alten Freund. »Er scheint wirklich glücklich zu sein.«

»Das ist er«, stimmte Christina zu. »Das breite Grinsen, das er momentan zur Schau trägt, ist allerdings hauptsächlich der Tatsache geschuldet, dass er im kommenden Winter Vater wird.«

»Ach.« Aus dem Interesse auf Lars' Gesicht wurde Verblüffung. »Na, das sind ja Neuigkeiten. Da werde ich gleich mal gratulieren. Entschuldige mich.«

»Klar.« Amüsiert beobachtete sie, wie Lars sich zu Alex und Melanie gesellte, ihrem Bruder kräftig auf die Schulter klopfte und Melanies Hand schüttelte. Die drei waren rasch in ein Gespräch vertieft, sodass sich Christina auf etwas anderes konzentrierte. Das Gebrumm mehrerer Automotoren verriet, dass weitere Gäste vorfuhren, also gesellte sie sich erneut zu Luisa und half ihr, die Ankömmlinge zu begrüßen, Geschenke entgegenzunehmen, auf dem extra dafür aufgestellten Tisch zu arrangieren und dafür zu sorgen, dass alle sich wohlfühlten.

❋❋❋

»Dein junger Mann ist also nicht zur Party gekommen.« Evelyne Messner setzte sich neben Christina an den Tisch und stellte ihr Wasserglas ab. »Das ist aber sehr schade.«

»Das ist nicht schade«, Norbert Messner setzte sich neben seine Frau, »sondern unhöflich.«

Christina seufzte. In den vergangenen drei Stunden hatte sie schon mehrfach Fragen zu Bens Abwesenheit beantworten müssen, und allmählich war sie leicht genervt. »Er arbeitet.«

Ihr Großvater warf ihr einen lakonischen Blick zu. »Irgendwann hat jeder mal Feierabend.«

»Nicht Ben.« Sie atmete tief durch. »Er hat ja keinen normalen Job mit festen Arbeitszeiten. Wenn er ein Kunstwerk erschafft, steigert er sich voll und ganz in seine Arbeit hinein.«

»Und vergisst sogar die Einladung zu einer Geburtstagsfeier? Immerhin sollte er ein Geschenk für deine Mutter anfertigen.«

»Ich bin sicher, dass er es ihr zukommen lässt, sobald er kann. Schließlich habt ihr sogar einen Vertrag aufgesetzt. Den wird er unter keinen Umständen brechen, da bin ich mir ganz sicher.«

Norberts Miene verriet, wie skeptisch er war. »Trotzdem ist es nicht schön, dass er einfach ohne abzusagen wegbleibt.«

»Du hast recht«, pflichtete Evelyne ihm bei. »Das ist kein netter Zug von ihm. Andererseits scheint Chrissi ihn ja schon recht gut zu verstehen. Wenn sie ihm nicht böse ist, sollten wir es auch nicht sein, Norbert. Immerhin ist er ihr Freund und nicht unserer.«

»Schon gut, schon gut.« Norbert hob beschwichtigend die Hand. »Ich hatte ihn nur anders eingeschätzt, das ist alles. Man kann sich ja mal irren. Hoffentlich kommt er nicht eines Tages zu seiner eigenen Beerdigung zu spät.«

»Opa!« Unsicher, ob sie lachen oder brüskiert sein sollte, starrte Christina ihren Großvater an.

Evelyne wechselte rasch das Thema. »Wie ich sehe, werfen die Mädels vom Catering-Service den Grill an. Du liebe Zeit, dabei haben wir doch gerade erst einen Berg Kuchen verdrückt«. Sie lachte. »Das wird eine Völlerei sondergleichen.«

Christina nickte ihr dankbar zu. »Das befürchte ich auch. Außerdem bin ich gespannt, wie lange Alex sich vom Ort des Geschehens fernhalten kann. Unser Hohepriester des Grills wird nicht so einfach das Zepter an eine Frau übergeben wollen.«

»Es wird ihm nichts anderes übrig bleiben.« Ihre Großmutter schmunzelte. »Das Mädchen – wie heißt sie noch mal? – wird sich wohl kaum in ihre Arbeit pfuschen lassen. Außerdem wird sie ja dafür bezahlt.«

»Hannah Pettersson«, half Christina mit dem Namen aus.

»Ja, genau, Hannah. Sie sieht ganz aus wie ihre verstorbene Großmutter. Wirklich, wie aus dem Gesicht geschnitten. Ilka Pettersson hatte ein Händchen fürs Kochen. Anscheinend hat das Mädchen ihr Talent geerbt.«

»Was machen wir denn jetzt mit dem Geschenk für deine Mutter?«, kam Norbert erneut auf das ursprüngliche Thema zurück. »Die übrigen Geschenke hat Anke ja nun alle schon ausgepackt. Ich komme mir ein wenig trottelig vor, dass ausgerechnet unseres jetzt nicht hier ist.«

»Opa, du bist doch nicht trottelig!«, protestierte Christina.

»Das habe ich auch nicht gesagt, bloß, dass ich mich so fühle. Ist doch wahr, wenn man ... Nanu, was ist denn jetzt los?« Überrascht merkte Norbert auf, als von irgendwoher dunkles Gebell laut wurde. Im nächsten Moment kam wie eine Kanonenkugel Boss um die Hausecke geschossen, blieb, wohl überrascht über die vielen Menschen, mitten zwischen den Tischen stehen, sah sich um und stieß ein freudiges Heulen aus, als er Christina erblickte. Im nächsten Moment raste er bereits auf sie zu und warf sie vor Freude beinahe mitsamt ihrem Stuhl um.

Christinaaa, da bist du ja, endlich sehe ich dich wieder. Meine Güte, warum warst du denn sooo lange weg? Ich habe dich vermisst. Kann gar nicht verstehen, warum Ben mit mir allein in der großen Halle geblieben ist. Wir hätten wirklich zwischendurch mal bei dir vorbeischauen können. Leider warst du auch abends nie bei uns. Na ja, die letzten Abende sind wir immer nur zum Schlafen rüber ins andere Haus gefahren, und Ben war dann nicht so richtig gesprächig, aber trotzdem. Es wäre so viel schöner gewesen, wenn wir alle zusammen gewesen wären. Wie in den letzten Wochen, das war doch sooo toll. Komm, kraul mich noch ein bisschen am Hals und überall! Wiff!

Vollkommen perplex ließ Christina es zu, dass Boss ihr ein ums andere Mal über die Hände leckte und seinen Kopf schließlich in ihren Schoß legte, damit sie ihn streicheln konnte. »Woher kommst du denn, Kumpel? Du bist doch wohl Ben nicht wieder ausgebüxt?«

Was, ich? Nein, überhaupt nicht. Ich war bloß schneller als er. Boss grunzte behaglich, als sie ihn hinter den Ohren kraulte.

»Na, damit wäre Herrn Brungsdahls Ehre wohl gerettet.« Evelyne wies mit dem Kinn in Richtung der Hausecke, um die in diesem Moment gerade Ben trat, in der Hand eine einfache weiße Schachtel mit einer blauen Schleife.

Bei seinem Anblick hatte Christina das Gefühl, als weite sich ihr Herz, ihr Pulsschlag beschleunigte sich.

»Sein Glück«, brummelte Norbert.

»Nein, nicht bloß seins, wie mir scheint«, murmelte Evelyne.

Christina hatte sich bereits erhoben und ging auf ihn zu, andernfalls hätte sie ihrer Großmutter eine Antwort gegeben. Welche, wusste sie allerdings im Augenblick selbst nicht.

»Hallo Ben.« Einen Schritt von ihm entfernt blieb sie stehen. »Ich dachte schon, du hättest die Feier vergessen.«

Ben lächelte leicht und nahm ihre rechte Hand in seine linke. »Ich habe sie nicht vergessen. Es hat nur ein wenig länger gedauert als geplant, bis ich mit meiner Arbeit so weit war, wie ich es vorhatte. Tut mir leid, dass ich Kaffee und Kuchen verpasst habe.«

»Dafür gibt es bald schon die ersten Steaks vom Grill.« Sie musterte ihn. Er trug eine dunkelgraue Stoffhose und ein rotes Hemd, dessen Farbe ausgezeichnet zu dem Blumenmuster ihres Kleides passte. »Du siehst gut aus.«

»Und du noch viel besser.« Er hob ihre Hand an seine Lippen. »Ich war mir nicht sicher, wie euer Dresscode heute lautet, aber da es eine Gartenparty ist, habe ich auf lässig getippt.«

»Und ins Schwarze getroffen.« Sie blickte kurz über ihre Schulter. »Meine Eltern sitzen dahinten am Tisch neben dem Pavillon.« Sie wollte vorausgehen, doch da er weiterhin ihre Hand fest in seiner hielt, blieb ihr nichts anderes übrig, als an seiner Seite zu bleiben.

Anke und Arno hatten sie bereits bemerkt und standen beide auf, als sie sich dem Tisch näherten.

Ben trat ganz unbekümmert auf Anke zu. »Guten Tag, Frau Messner, und herzlichen Glückwunsch zum Geburtstag.« Er schüttelte erst Anke, dann Arno die Hand. »Ich danke Ihnen oder vielmehr Ihnen beiden«, er drehte sich zu Christinas Großeltern um, die ebenfalls näher gekommen waren, »für die Einladung zu dieser Feier.«

»Wir freuen uns sehr, dass Sie es einrichten konnten.« Anke musterte ihn eingehend und mit wohlwollendem Blick. »Ich muss sagen, ich fühle mich sogar regelrecht geehrt, dass ein so berühmter Künstler wie Sie mich an meinem Geburtstag besucht.«

»Die Ehre ist ganz meinerseits, weil ich nun endlich Christinas Eltern kennenlernen darf.« Bens charmantes Lächeln verfehlte seine Wirkung auf Anke nicht. »Leider hat es sich bisher ja noch nicht ergeben, aber besser spät als nie.« Er sah sich kurz um. »Schön haben Sie es hier.«

Anke nickte lächelnd. »Die Kinder haben sich unglaublich viel Mühe gegeben, diesen Tag so schön für mich zu gestalten. Möchten Sie sich nicht setzen und etwas trinken?«

»Gerne, aber zuerst habe ich noch etwas für Sie.« Er reichte Anke die weiße Schachtel. »Es sind zwei Geschenke. Eines, das Ihre Schwiegereltern mich für Sie anzufertigen gebeten haben, und eines von mir.«

»Vielen Dank.« Anke blickte von Ben zu Norbert und Evelyne und öffnete vorsichtig die Schleife. Als sie den Deckel der Schachtel anhob, sog sie hörbar den Atem ein.

»Oh, ist die schön!« Sie entnahm der Schachtel eine glänzende blaue Schale in der Form einer stilisierten aufgeblühten Seerose.«

»Das ist Lapislazuli«, erklärte Ben. »Christina erwähnte mal, dass Blau Ihre Lieblingsfarbe sei. Die Schale ist mein Geschenk.«

»Und was ist das hier?« Neugierig entnahm Anke der Schale ein in Seide gehülltes Bündel, das mit einer ebenfalls blauen Schleife verschlossen war.

Inzwischen waren auch Alex, Melanie und Luisa näher gekommen, und als die übrigen Gäste bemerkten, dass ein neuer Gast mit einem Geschenk eingetroffen war, bildete sich rasch eine dichte Traube um das Geburtstagskind.

Anke zupfte an der Schleife und nestelte die Seite behutsam auseinander. »Oh mein Gott.« Als sie die Kette, die sich darin verbarg, hervorzog, schluckte sie und musste mehrmals blinzeln. »Die ist ja unglaublich schön!«

An einer zweireihigen Silberschnur waren in der untersten Reihe die aus Drähten geflochtenen Namen Alexander, Christina und Luisa miteinander verwoben. Die obere Reihe enthielt nur den Namen Arno. Beide Reihen wurden links und rechts von jeweils zwei ineinander verschlungenen Buchstaben zusammengehalten. Links von einem N und einem E und rechts von einem O und einem H.

Ben lächelte ihr zu. »Ich war so frei, mich zu erkundigen, wie Ihre Eltern mit Vornamen hießen, und habe die Initialen verwendet. Ihre Eltern sind schon lange verstorben, nicht wahr? Aber dennoch sind Sie ja ein Teil von Ihnen. So haben Sie ihre engste Familie immer beisammen.«

»Oh.« Anke schniefte und wischte sich über die Augen. »Oje, entschuldigen Sie bitte, aber das ist ... So ein wunderbares Geschenk habe ich noch nie erhalten. Vielen Dank.«

»Danken Sie Ihren Schwiegereltern. Sie haben mich gebeten, etwas für Sie anzufertigen, ohne zu wissen, was es sein würde. Wenn ich Ihren Geschmack getroffen habe, freut es mich sehr.«

»Meinen Geschmack getroffen?« Anke legte Schale und Kette auf den Tisch und umarmte ihn. »Ich weiß gar nicht, was ich sagen soll. Danke. Vielen, vielen Dank.« Sie trat einen Schritt zurück und zog Evelyne und Norbert gleichzeitig in ihre Arme. »Tausend Dank. Das wäre doch wirklich nicht nötig gewesen.«

»Doch, das war es.« Evelyne küsste ihre Schwiegertochter auf die Wange, dann nickte sie Norbert zu. »Siehst du, ich hatte den richtigen Riecher.« Sie wandte sich an Ben. »Sie haben sich selbst übertroffen, junger Mann. In Ihnen steckt eine sehr feinfühlige Seele.«

Da sich nun alle Gäste neugierig um den Tisch drängten, um einen Blick auf die Kette und die Schale zu erhaschen, trat Christina ein paar Schritte zur Seite, um sich zu sammeln. Ben folgte ihr und hob mit dem Zeigefinger sachte ihr Kinn an. »Kann es sein, dass du weinst?«

»Nur ein bisschen.« Sie rieb sich verlegen eine Träne aus dem Augenwinkel. »Das ist eine wunderschöne Kette. Und die Schale dazu ... Damit hast du nicht nur bei meinen Eltern, sondern bei meiner gesamten Familie auf ewige Zeiten einen riesigen Stein im Brett.«

»Bei dir auch?« Sanft zog er sie zu sich heran.

»Natürlich! Wie hast du es nur geschafft, aus einfachen Drähten so etwas so Zauberhaftes herzustellen?«

»Zauberhafte Dinge müssen nicht immer teuer oder kompliziert sein. Du und deine Familie, ihr seid offen und geradeheraus und fest miteinander verbunden. Der Gedanke allein reichte schon, um mich auf die Idee zu der Kette zu bringen. Der Rest war pures Handwerk.«

»Du siehst die Dinge wirklich mit dem Herzen, nicht wahr?«

»Meistens.« Er lächelte und zog etwas aus der Brusttasche seines Hemdes hervor. »Ich hatte noch einen Rest Draht übrig.«

Überrascht nahm sie den Gegenstand entgegen. Es handelte sich um eine Rosenblüte mit seltsam gebogenem Stiel. »Was ist das?«

»Eine Heftklammer. Während meiner Ausbildung habe ich solche Sachen mal reihenweise angefertigt.«

»Was du nicht sagst!« Sie schloss ihre Finger fest um die Klammer. »Danke.«

»Gern geschehen.« Ehe sie es verhindern konnte, senkte er seinen Mund auf ihren. Hunderte kleine Stromstöße durchzuckten sie, und in ihrer Magengrube begann es zu kribbeln. Sie wollte schon verlegen zurückweichen, weil sie wusste, dass mindestens die Hälfte ihrer Verwandtschaft sie sehen konnte, doch Ben zog sie fest in seine Arme und intensivierte den Kuss sogar noch.

»Soso, aber mit uns wegen wilder Knutscherei schimpfen.« Alex tauchte feixend neben ihnen auf. »Schwesterherz, damit hast du dich als Moralapostel ab sofort disqualifiziert.« Er klopfte Ben auf die Schulter. »Gut gemacht, Ben. Die Geschenke meine ich. Was den Kuss angeht, werde ich mich mal in gönnerhaftem Schweigen üben.« Er zwinkerte Christina vielsagend zu. »Wie sieht es aus, hat jemand Durst? Hunger? Es ist noch Kuchen da, aber in Kürze dürfte es auch etwas Herzhaftes zwischen die Kiemen geben.«

Ben legte Christina wie selbstverständlich einen Arm um die Schultern. »Wenn das so ist, warte ich gerne auf ein Steak.

Aber etwas zu trinken kann sicher nicht schaden.« Er hielt inne. »Wo steckt eigentlich Boss?«

Erschrocken sah Christina sich um, lachte dann aber. »Dahinten bei Zora, Benni und Schoki. Sieht aus, als hätten die vier Spaß miteinander.«

Tatsächlich tollten die vier Hunde im hinteren Teil des Gartens herum, angefeuert von einigen Kindern, die immer wieder Spielbälle in das Getümmel warfen.

Ben sah ihnen einen langen Moment neugierig zu. »Wenn das so ist, steht ja einem schönen Abend nichts mehr im Weg.« Er brachte seine Lippen dicht an ihr Ohr und raunte: »Und hinterher würde ich dich gerne in mein Bett entführen.«

»Das habe ich genau gehört, Freundchen!« Alex drohte ihm lachend mit dem Zeigefinger.

In diesem Moment trat Lars auf die Runde zu. »Was hast du gehört?«

»Er will meine Schwester verführen.«

»Wer, Ben?« Lars musterte erst Ben, dann Christina eingehend. »Können wir ihm das erlauben?«

Christina riss empört die Augen auf. »Hört auf damit!«

»*Nope.*« Alex schüttelte grinsend den Kopf. »Wir fangen doch gerade erst an.«

21. Kapitel

Schweigend stand Christina an einem der hohen Fenster der Deluxe-Junior-Suite des Pariser Ritz und blickte auf den sommerlichen *Grand Jardin* mit seiner Glaskuppel und den üppigen Linden. Selbst nach vierundzwanzig Stunden konnte sie noch immer nicht recht glauben, dass sie tatsächlich hier war. Mit Ben in der Stadt der Liebe – in einer fünfundsechzig Quadratmeter großen Suite, die allen nur erdenklichen Komfort bereithielt, mit einem Dolmetscher und Hotelbediensteten, die bemüht waren, ihr jeden Wunsch von den Augen abzulesen. Sie fühlte sich fürchterlich deplatziert, obwohl sie sich dem Reiz, den der üppige Luxus ausübte, nicht entziehen konnte. Also hatte sie beschlossen, diesen Kurztrip als Abenteuer anzusehen – ein Erlebnis, das sich für sie vermutlich niemals wiederholen würde.

»Bist du fertig?« Ben, der bis eben noch im Badezimmer gewesen war, trat hinter sie und legte ihr die Hände um die Taille. »Unser Wagen fährt gleich vor.«

»Klar.« Kritisch betrachtete sie ihre Fingernägel, die sie ewig mit der Nagelfeile bearbeitet hatte, bis sie wenigstens ansatzweise ansehnlich wirkten. »Ich hätte vielleicht zur Maniküre gehen sollen.«

Ben lachte. »Das hättest du tun können. Aber ich weiß gar nicht, was du hast. Für mich sehen deine Fingernägel vollkommen in Ordnung aus.«

»Vollkommen in Ordnung reicht in einem Etablissement wie diesem hier bei Weitem nicht aus.«

Sanft drehte er sie zu sich herum. »Du siehst wunderschön aus, Christina. Kein Mann, der bei Verstand ist, wird auch nur einen Hauch an dir auszusetzen haben.«

Verlegen strich sie über das silbern glänzende Kleid mit den Spaghettiträgern und dem tiefen Rückenausschnitt, das sie sich für den heutigen Anlass geleistet hatte. »Die Männer sind es eher weniger, um die ich mir Sorgen mache.«

»Die Frauen werden alle vor Neid erblassen, wenn sie dich sehen.«

»Im Leben nicht. Dazu wirke ich selbst in diesem Fummel noch viel zu provinziell.«

Lächelnd schüttelte Ben den Kopf. »Unsere Sicht auf diesen Punkt driftet ausgesprochen weit auseinander. Entspann dich, und genieß einfach den Abend.«

»Du hast leicht reden.« Seufzend ging sie zum Bett und nahm das Abendtäschchen und die zum Kleid passende Stola an sich. »Du stammst aus diesen Kreisen.«

»Das stimmt nicht.« Langsam ging er wieder auf sie zu, blieb aber zwei Schritte vor ihr stehen, sodass sie Gelegenheit hatte, seine elegante Erscheinung zu bewundern. Er trug einen schwarzen Smoking und wirkte mit seinem etwas rauen Aussehen darin einmal mehr wie ein Filmstar. »Ich stamme ganz und gar nicht aus diesen Kreisen, sondern habe nur gelernt, mich in ihnen wohlzufühlen. Das wird dir auch gelingen, da bin ich ganz sicher. Reiche Leute können auch sehr nett sein.« Er zwinkerte ihr zu.

»Das bezweifle ich ja gar nicht. Immerhin bist du auch reich … und nett.«

Er schmunzelte. »Ich bin nicht reich, höchstens wohlhabend, jedenfalls wenn man dieses Wort nur am Kontostand misst. Na komm, lass uns den Abend beginnen.« Er streckte einladend die Hand aus, die sie nach kurzem Zögern ergriff.

Er hauchte einen Kuss darauf und zog sie mit sich zur Tür. »Denk daran, immer lächeln, dann kommt der Spaß ganz von allein.«

***

Nee, also das ist ja echt doof hier. Überall so komisch riechendes Rüschenzeug, und ich soll nicht auf die Möbel klettern. Jetzt sind auch noch Herrchen und Frauchen allein weggegangen und haben mich hier mit so einem komischen Hundesitter allein gelassen.

Merkt ihr was? Ja, genau, Christina ist jetzt mein Frauchen. Das habe ich einfach mal so für mich beschlossen. Sie war die letzte Zeit fast nur bei uns, wenn sie nicht auf dem Hundeplatz gewesen ist. Ben und ich waren natürlich auch oft dort, aber abends sind wir immer alle zusammen in dem gemütlichen Ferienhaus gewesen – und nachts auch. Ich finde das ganz großartig; so kann das von mir aus jetzt immer und immer weitergehen.

Aber warum auch nicht? Ich meine, wo sollte das Problem sein? Nicht wahr? Es gibt keins. Wir sind alle total fröhlich und glücklich, so wie es ist. Ich ganz besonders. Niemals hätte ich mir träumen lassen, dass mein Leben mal so toll sein würde. Mir macht es sogar überhaupt nichts mehr aus, auf Bens und Christinas Kommandos zu hören. Das macht sogar meistens richtig Spaß, weil sie sich immer darüber freuen und mich loben und mit mir spielen oder mir Leckerchen geben.

Meine Hundewelt ist endlich in Ordnung, und ich möchte dieses Glück um nichts in der Welt mehr missen.

Nur dieser komische Typ, der auf mich aufpasst, gefällt mir nicht so ganz. Er scheint zwar nett zu sein, aber er spricht so komisch und manchmal auch in einer Sprache, die ich noch nie gehört habe. Ben hat gesagt, er und Christina wären bald wieder da. Ich glaube ihm das, denn beim letzten Mal hat er ja auch die Wahrheit gesagt. Also bleibe ich ruhig und versuche, den Hundesitter zu ignorieren. Wenn er nicht da wäre, könnte ich vielleicht mal nach der Toilettenpapierrolle im Badezimmer schauen. Die lässt sich bestimmt gut zerpflücken. Aber ich glaube, das ist hier in diesem riesigen Haus nicht so gern gesehen. Also muss ich mich wohl weiter langweilen. Hoffentlich geht die Zeit schnell vorüber, bis Herrchen und Frauchen wieder da sind.

***

Staunend schlenderte Christina durch die Ausstellungsräume des O'Connelly Musée d'Art Paris. Zeitgenössische Kunst aller Stilrichtungen wurde hier ausgestellt; Skulpturen und Plastiken, Gemälde und sogar Klangkunst konnte man bewundern. Ben war zu einem kurzen Gespräch mit dem Kunstmäzen in einen Nebenraum gebeten worden, sodass Christina nichts anderes übrig blieb, als sich zunächst allein auf Entdeckungstour zu begeben.

Sie war beileibe keine Kunstkennerin, dennoch erkannte sie schnell, welche große Ehre es für Ben war, neben den alten Bestandsstücken als neu entdeckter Künstler ausgestellt und gefeiert zu werden. Nachdem sie eine erste Runde durch die drei großen Ausstellungen im Erdgeschoss gedreht hatte, kehrte sie ins Foyer zurück, in dessen Zentrum das Sternenauge aufgestellt und exakt nach Bens Anweisungen ausgeleuchtet worden war. Wie jedes Mal, wenn sie die Skulptur sah, erinnerte sie sich sofort an jenen Abend in Sybillas Garten und die romantische Stimmung, die der Auslöser für dieses außergewöhnliche Kunstwerk gewesen war.

Zu Beginn der Veranstaltung hatte der Gastgeber Ben gebeten, eine kurze Ansprache zu halten, in der er blumig verklausuliert erzählt hatte, wie es zu der Inspiration gekommen war. Er hatte keine Namen genannt und sie auch nicht anderweitig konkret erwähnt, dennoch hatte Christina seither das Gefühl, dass die Leute sie heimlich taxierten und herauszufinden versuchten, wer oder was sie wohl für den großen Künstler sein mochte. Ganz wohl war ihr dabei nicht und auch nicht bei dem Gedanken, wie selbstverständlich sich Ben in diese Ansammlung von reichen und offenbar auch hochgebildeten Menschen einfügte. Sie selbst hatte nach wie vor das Gefühl, der Trampel vom Land zu sein.

»Eins der außergewöhnlichsten Werke, die Ben bisher geschaffen hat.« Ein großer Mann mit eisgrauem Haar und Kinnbart trat neben sie und nippte an seinem Weißwein. Sein Smoking spannte eine Winzigkeit um seine Körpermitte herum.

Christina sah ihn von der Seite an und erschrak ein wenig. »Da haben Sie bestimmt recht, obwohl ich längst nicht alle seine Kunstwerke kenne.« Sie räusperte sich. »Sie sind Bens Vater, nicht wahr?«

»Schuldig im Sinne der Anklage.« Er wandte sich ihr zu und streckte ihr die Hand entgegen. »Peter Brungsdahl senior. Und Sie sind Bens Begleiterin. Ich muss schon sagen, er besitzt einen ausgezeichneten Geschmack, was die holde Weiblichkeit angeht. Das muss er von mir haben.« Brungsdahl lachte leise. »Woher er allerdings die Gabe hat, so was«, er deutete vage auf das Auge, »zu erschaffen, wird mir für immer ein Rätsel bleiben.«

»Sie sind stolz auf ihn.«

»Himmel, ja, wie verrückt!« Brungsdahl nickte energisch. »Sehen Sie sich bloß mal um! Diese Leute sind alle bloß seinetwegen hier.« Er hielt inne und musterte sie wohlwollend. »Sie sind seine Hundetrainerin, nicht wahr?«

Leicht verlegen nickte sie. »Ja, ich ... Mein Name ist Christina Messner. Ben und ich sind, nun ja ...«

»Schon gut, schon gut, ich bin im Bilde. Meine Frau hat mir alles erzählt, was Ben ihr über seine Zeit in Lichterhaven gemailt hat. Erstaunlich«, setzte er nach einem Moment hinzu.

Verwirrt hob sie den Kopf. »Was meinen Sie?«

»Dass er so etwas wie dieses Auge erschafft, während er praktisch nur einen Zwischenstopp in diesem kleinen Nordseeort macht. Sie wissen sicherlich, dass er vorhat, im Herbst nach Kanada zu gehen?«

»Ja, er hat mir davon erzählt.«

»Dort wird er, wenn mich nicht alles täuscht, mindestens ein halbes Jahr bleiben, und wer weiß, ob nicht noch länger und wohin es ihn sonst noch verschlägt! Ich für meinen Teil kann ja nicht verstehen, wie man sein Leben lang wie ein Nomade von Ort zu Ort ziehen kann, aber für ihn scheint es zu funktionieren. Von jedem neuen Aufenthaltsort bringt er neue einzigartige Kunstwerke mit.«

In Christina regte sich ein merkwürdig zehrendes Gefühl. »Vielleicht ist das sein Geheimnis. Immer wenn er neue Eindrücke sammelt, beschert ihm das neue Visionen, aus denen dann solche wunderschönen Skulpturen entstehen.«

Aufmerksam ließ Brungsdahl seinen Blick über ihr Gesicht wandern. »Sie scheinen sich gut in ihn hineinversetzen zu können. Ich hoffe bloß, dass, wenn stimmt, was Sie sagen, er niemals wieder nach Stockholm reisen wird. Dort ist dieses hässliche Sturm-Dingsbums entstanden. Sie wissen schon, das mit den hundert Propellern.«

Christina konnte sich ein Schmunzeln nicht verkneifen. »*Wind,* die Plastik heißt *Wind.*« Sie senkte die Stimme. »Und Sie haben recht, sie ist potthässlich.«

Brungsdahl lachte schallend, was so ansteckend wirkte, dass

sie ebenfalls gluckste. Mit neuem Interesse maß er sie und nickte dabei vor sich hin. »Sie waren die Inspiration für das Auge, nicht wahr?«

Christina konnte nicht verhindern, dass sich ihre Wangen erwärmten. Verlegen senkte sie den Kopf. »Er sagt zumindest, dass es so gewesen ist.«

»Dann können Sie ihm das ruhig glauben.« Brungsdahl nippte erneut an seinem Wein. »Erstaunlich«, wiederholte er.

»Was ist erstaunlich?« Bens Stimme ließ Christinas Herz für einen Moment höherschlagen.

Sein Vater drehte ich zu ihm um und grinste breit. »Na, dass du deine Muse nicht in deiner Ansprache erwähnt hast. Die Leute hätte es bestimmt brennend interessiert, dass du die Inspiration für das Sternenauge mit hierher gebracht hast.«

»Nein, nein.« Christina hob abwehrend die Hände. »Das ist überhaupt nicht nötig.«

Bens Vater legte den Kopf ein wenig schräg. »Stehen Sie nicht gerne im Mittelpunkt?«

»Nein.« Vehement schüttelte sie den Kopf. »Jedenfalls nicht so.«

»Das habe ich mir schon gedacht, deshalb habe ich dich weitgehend aus dem Spiel gelassen.« Ben legte ihr locker einen Arm um die Schulter und küsste sie auf die Schläfe. Im selben Moment zuckten gleich mehrere Fotoblitze auf.

Brungsdahl lachte erneut dröhnend. »Wenn du so weitermachst, werden die Leute es auch von selbst erraten.«

»Was erraten die Leute von selbst?« Eine mittelgroße Frau, etwa Mitte sechzig, mit blonder Hochsteckfrisur und im dunkelgrünen Abendkostüm trat auf sie zu. »Da bist du ja, Ben. Entschuldige, dass ich mich vorhin so schnell aus dem Staub gemacht habe, aber ich musste unbedingt ganz viele Fotos für Peter, Karin und die Kinder machen. Es ist so schade, dass sie nicht kommen konnten, aber mal eben von den Malediven hierherzufliegen wäre dann doch ein bisschen aufwendig gewesen. Außerdem sollen sie ihren Sommerurlaub ruhig so richtig genießen.« Sie strich liebevoll über Bens Smokingärmel. »Gut siehst du aus, richtig gesund und frisch.« Sie wandte sich an Christina. »Und Sie müssen die Hundetrainerin – Schrägstrich Freundin – sein, nicht wahr? Es freut mich aufrichtig, Sie kennenzulernen.« Anstatt ihr die Hand zu geben, zog die Frau Christina einfach in eine Umarmung. »Ich bin Bens Mutter. Bitte nennen Sie mich Henriette. Darf ich Christina zu Ihnen sagen?«

»Ja, selbstverständlich.« Christina fühlte sich von einem Hauch Chanel No 5 eingehüllt, selbst nachdem Bens Mutter sie wieder freigegeben hatte. »Ich freue mich, Ihre Bekanntschaft zu machen.«

»Sie glauben ja nicht, wie stolz wir auf unseren Sohn sind.« Henriette legte ihr eine Hand auf den Arm. »Ben, willst du deiner Begleiterin nicht etwas zu trinken besorgen?« Sie beugte sich etwas zu Christina vor. »Er hat schon als kleines Kind im Sandkasten aus Matsch Figuren geformt. Damals habe ich natürlich nicht geahnt, was einmal aus ihm werden würde.« Unbeschwert plaudernd zog Henriette sie mit sich. Christina warf Ben einen kurzen fragenden Blick zu, auf den hin er nur lächelnd die Schultern hob und sich zur Bar begab.

Es dauerte allerdings eine Weile, bis er mit zwei Weingläsern wieder zu ihnen aufschließen konnte, denn immer wieder wurde er von Leuten aufgehalten, die ein paar Worte mit ihm wechseln wollten.

Henriette beobachtete es mit stolzem Lächeln. »Auf solchen Ausstellungen wirkt er wie ein Fisch im Wasser, nicht wahr? Natürlich muss man sich als seine Begleitung erst daran gewöhnen, dass er kaum Zeit hat, mal Luft zu holen, aber keine Sorge, Ihnen wird das schon noch gelingen.«

Christina räusperte sich verhalten. »Das ist schon okay. Außerdem ist das hier ja nur eine Ausnahme. Wir sind ja nicht … Ich meine, er hat mich zwar zu dieser Ausstellung eingeladen, aber nicht, weil … Wir sind nicht fest befreundet, wenn Sie wissen, was ich meine.«

Henriette musterte sie eingehend. »Seltsam. Ich hätte Ben deutlich mehr Verstand zugetraut. Aber nichts für ungut, liebe Christina. So oder so werden wir jetzt dafür sorgen, dass Ihnen nicht langweilig wird, bis Ben sich durch die Massen der Bewunderer gewühlt hat. Haben Sie schon die Bilder im Ausstellungsraum drei gesehen? Fantastisch, einfach nur fantastisch. Dabei habe ich nicht die geringste Ahnung von moderner Kunst. Aber diese Farben und verwegenen Formen …«

***

Ben ließ Christina nicht aus den Augen. Er ärgerte sich ein wenig, dass die vielen Gäste ihn davon abhielten, an ihrer Seite zu bleiben. Als er endlich die Gelegenheit beim Schopf packte und auf sie zusteuerte, wurde er von einer dunklen Frauenstimme aufgehalten.

»Ben! Na so ein Glück, dass ich dich endlich zu fassen kriege!« Eine große schlanke Frau mit dunkelbraunem Pixiecut, großen Rehaugen und einem gewagten schwarzgoldenen Kleid mit meterhohem Beinausschnitt stöckelte beinahe schon im Laufschritt auf ihn zu und zog ihn in eine herzliche Umarmung. Auf jeder seiner Wangen landete ein schallender Kuss. »Wie geht es dir? Du meldest dich viel zu selten, das ist dir klar, oder?«

»Hallo Jennifer.« Amüsiert schob er sie eine Armlänge von sich. »Zauberhaft wie immer.«

»Aber hallo, das will ich meinen.« Ihr britischer Akzent ließ ihre Aussprache besonders charmant klingen. »Ich hoffe, jetzt hast du auch mal einen oder zwei Augenblicke für mich Zeit. Ich habe nämlich ganz phänomenale Neuigkeiten für dich.«

»Aber sicher doch. Lass mich nur eben den Wein zu Christina bringen, sonst muss sie noch verdursten.«

»Wer ist Christina?« Jennifer drehte sich schwungvoll um die eigene Achse. »Ach, die Hübsche, mit der du heute hier bist? Ich muss schon sagen, dein guter Geschmack hat dich nicht verlassen.« Übermütig hakte sie sich bei ihm unter. »Dann mal los.«

Er führte sie zu Christina, die noch immer mit seinen Eltern beisammenstand und sich mit seiner Mutter gerade über eines der ausgestellten Gemälde unterhielt. »Hier.« Er reichte ihr das Weißweinglas. »Tut mir leid, dass es ein bisschen gedauert hat.«

»Ach, schon gut.« Christina lächelte seltsam nichtssagend. »Es ist doch schließlich dein Abend.«

»Da haben Sie vollkommen recht.« Jennifer musterte sie neugierig und streckte die Hand aus. »Guten Abend. Ich bin Jennifer Jones. Ihr Name ist Christina, nicht wahr? Freut mich sehr. Sie sind die Hundetrainerin aus Lichterhaven?«

»Ja, die bin ich. Freut mich.« Christina erwiderte den Händedruck. »Sie sind die Galeristin aus London, von der Ben mir erzählt hat.«

»Das haben Sie richtig erkannt.« Jennifer lächelte ihr strahlendes Lächeln. »Ben, du redest über mich? Das ist ja nett. Hoffentlich erzählst du nur Gutes.«

»Was sonst?« Lächelnd schob er sich neben Christina und legte ihr sanft eine Hand auf den Rücken. Sie wirkte seltsam angespannt, und er hoffte, dass er sie den restlichen Abend etwas mehr für sich haben konnte.

»Gut für dich.« Jennifer schnappte sich ein Champagnerglas vom Tablett eines vorbeieilenden Kellners. »Da wir nun so traulich zusammen sind, kann ich dir endlich meine gute Botschaft übermitteln.« Ihr Lächeln strahlte noch mehr als sonst. »Ich habe das Chalet in der Quebecer Künstlerkolonie für dich ergattert. Jochen weiß schon Bescheid. Und was das Beste ist: Du kannst praktisch sofort dort einziehen. Erst hieß es ja, es würde nicht vor September gehen, aber ich konnte ein paar Strippen ziehen, und wenn du willst, kannst du kommende Woche schon rüberfliegen. Der Transport deiner Sachen wird wohl nicht viele Probleme bereiten, damit kennt Jochen sich aus. Mr. O'Connelly wäre übrigens bestimmt davon angetan, wenn du ihm dann einen kurzen Besuch gestattest. Vielleicht mit der kanadischen Presse, das kann nie schaden. Sobald du vom eisigen kanadischen Winter genug hast, kannst du dann im März oder April das Haus meiner Cousine in Kalifornien beziehen. Ich hatte dir ja versprochen, sie danach zu fragen. Sie wird von März bis September mit ihrem Mann in Südafrika sein, also wäre das kein Problem. Einen Atelierraum finden wir dort bestimmt auch. Es gibt ein paar strategisch günstig gelegene Lagerhäuser in der Nähe, aber weit genug weg, dass du keine Angst zu haben brauchst, du würdest in einem Gewerbegebiet wohnen. Eins davon lässt sich ganz bestimmt für ein paar Monate mieten. Du musst mir aber versprechen, dass du mich und meinen Mann für ein paar Wochen zu dir einlädst. Kalifornien im Frühling hört sich einfach fantastisch an.«

»Das sind ja wirklich ganz besondere Neuigkeiten.« Seine Mutter trat neben ihn. »Ich hätte nicht gedacht, dass du so schnell abreisen würdest. Meine Güte, dann werden wir uns aber eine lange Zeit nicht sehen. Ich hoffe, wir dürfen dich um Weihnachten herum besuchen kommen und natürlich unbedingt auch im Frühling.« Ihre Stimme schwankte ein wenig, wie immer, wenn sie erfuhr, dass er plante, für längere Zeit ins Ausland zu reisen.

Etwas irritiert lächelte er ihr zu. »Na sicher dürft ihr das, Mama.« Nach einem kurzen Seitenblick auf Christina wandte er sich wieder an Jennifer. »Weißt du, ich habe noch Arbeit in Lichterhaven und eigentlich nicht vorgehabt, so schnell abzureisen. Auf Anfang September hatte ich mich jetzt eingerichtet, und dabei würde ich auch ganz gerne bleiben.«

Jennifer sah ihn überrascht an. »Na gut, wie du meinst, aber ich habe mich wirklich krummgelegt, um dir das Chalet zu sichern. Auf zwei oder drei Wochen wird es doch wohl nicht ankommen. Lichterhaven war doch sowieso nur ein Zwischenstopp für dich. Du weißt genau, dass Jochen deinen Kram in null Komma nichts über den Großen Teich transportieren kann. Du wirst höchstens eine Woche Arbeitsausfall haben, eher weniger. Drüben ist ja schon alles fertig eingerichtet. Du musst nur dein Werkzeug auspacken und kannst gleich wieder loslegen. Sogar für deinen Hund haben wir eine Eins-a-Unterbringung für den Flug gefunden. Das arme Tier soll ja nicht zu sehr gestresst werden, nicht wahr? Mein Dalmatiner Lucky findet Fliegen ja toll, aber so geht es nicht allen Hunden, deshalb habe ich mich darum gleich als Erstes gekümmert. In Quebec gibt es übrigens eine wunderbare Galerie, die von Antoine Devereux geführt wird. Ich würde mich sehr freuen, wenn du ihn bald mal besuchst. Er hat großes Interesse an einer Zusammenarbeit mit dir.«

»Das werde ich bestimmt tun.« Ben spürte einen eigenartigen Widerwillen in sich aufsteigen. »Aber wie gesagt, ich möchte nichts überstürzen.«

»Das tust du doch aber gar nicht. Die Reise war ja geplant, nun wird sie eben ein paar Wochen vorgezogen. Komm schon.« Jennifer stieß ihn lachend an. »Du bist doch sonst immer so spontan. Diese Künstlerkolonie soll ganz wunderbar sein. Du wirst vielleicht gar nicht mehr von dort wegwollen, wenn du dich erst einmal eingewöhnt hast. Ich hatte schon Kontakt zu einigen Leuten, die dort dauerhaft wohnen. Sie sind alle begeistert von der kreativen Atmosphäre. Das ist bestimmt absolut perfekt für dich.«

Erneut warf er Christina einen kurzen Blick zu. Ihr Lächeln hatte sich wieder etwas gelockert, und er atmete auf. »Ich lasse es mir durch den Kopf gehen, Jennifer.«

»Das will ich hoffen.« Sie zwinkerte vergnügt. »Ah, da sehe ich Lydia und Carlton, entschuldigt mich. Ich muss ein bisschen *networken*.« Mit einem liebenswürdigen Nicken in die Runde wirbelte sie davon.

»Diese Frau hat die Energie von drei Umspannwerken«, befand Peter Brungsdahl mit einem amüsierten Kopfschütteln. »Ich frage mich, wie ihr Mann das aushält.«

Ben lachte. »Mit einer Engelsgeduld. Steve wusste vom ersten Tag an, wie er mit ihr umgehen muss. Die zwei ergänzen sich perfekt.«

»Was in einer Ehe immer von Vorteil ist.« Henriette lächelte leicht. »Da hat sie dir ja ein tolles Paket für die Zukunft geschnürt, Junge.«

»Mag sein.« Momentan wollte er darüber nicht weiter nachdenken. »Aber es reicht wirklich, wenn ich mich nächste Woche damit befasse.« Er legte Christina einen Arm um die Taille und zog sie ein wenig näher zu sich heran. »Jetzt möchte ich eigentlich nur den Abend genießen.«

»Das sollst du auch. Oder vielmehr ihr beide.« Henriette hakte sich bei ihrem Mann unter. »Komm, lassen wir die jungen Leute ein bisschen allein.« Sie lächelte Christina warm zu. »Bis später dann. Ich wünsche Ihnen noch einen netten Abend. Vielleicht schaffen wir es morgen noch, alle gemeinsam zu Mittag zu essen, bevor Peter und ich wieder nach Hause aufbrechen müssen.«

»Ganz bestimmt.« Ben küsste seine Mutter auf die Wange und schüttelte seinem Vater herzlich die Hand. »Ich melde mich bei euch.« Dann wandte er sich Christina zu, die merkwürdig still geworden war. »Alles in Ordnung?«

»Hm?« Es schien, als tauche sie aus tiefen Gedanken auf. »Ja, sicher, alles okay.« Auf ihren Lippen erschien wieder ein Lächeln. »Deine Eltern sind wirklich nett.«

»Na, klar sind sie das.« Er ließ seinen Blick langsam über ihr Gesicht und ihren Körper wandern und beugte sich schließlich zu ihrem Ohr hinab. »Was hältst du davon, wenn wir noch ein halbes Stündchen Small Talk machen und uns danach von hier verdrücken? Ich möchte zu gern herausfinden, wie es ist, dir dieses Kleid vom Körper zu schälen.«

Auf ihren Wangen erschien ein entzückender rosa Hauch. »Wir können hier doch nicht einfach so früh weg. Du bist der Ehrengast.«

»Wenn der exzentrische Künstler sich früh verdrückt, wird man ihn nur umso mehr zu schätzen wissen.« Er küsste sie aufs Ohr und spürte zufrieden, wie sie leicht erschauerte. »Höchstens noch fünfunddreißig Minuten«, raunte er ihr zu.

22. Kapitel

Eingekuschelt in einen Berg aus weichen duftigen Kissen und Decken lag Christina in dem opulenten Hotelbett und blickte schweigend zur Decke. Da das Zimmer klimatisiert war, spürte man die Sommerhitze überhaupt nicht. Um die zugezogenen Vorhänge herum drangen Sonnenstrahlen herein und tauchten den Raum in ein angenehmes Zwielicht. Ben lag dicht bei ihr, einen Arm fest um ihre Taille geschlungen. Sie versuchte, sich jeden einzelnen Atemzug genau einzuprägen, jede Empfindung, jede Erinnerung. Eine wundervolle, zärtliche und leidenschaftliche Nacht lag hinter ihnen, und für den heutigen Tag stand der Besuch des Eiffelturms und des Künstlerviertels auf dem Programm, unterbrochen vom gemeinsamen Lunch mit Bens Eltern.

Als sie den Kopf zur Seite drehte, konnte sie auf dem Wecker die Uhrzeit ablesen. In Kürze würde der Zimmerservice ihnen Frühstück bringen. Ben hatte darauf bestanden, dass sie gemütlich im Bett frühstückten, und sie hatte nichts dagegen einzuwenden.

Sie musste schmunzeln, als sie ein leises Rascheln vernahm, gefolgt von einem tiefen, zufriedenen Schnarchen. Boss lag auf seinem Kissen vor dem Fußende des Bettes und schien sich ausgesprochen wohlzufühlen. Als sich das Schnarchen wiederholte, rührte Ben sich und stöhnte leise. »Dieser Hund hat einfach keinen Anstand.«

Sie lachte unterdrückt. »Lass ihn, er ist doch ganz brav und scheint sich hier wohlzufühlen.«

»Apropos wohlfühlen.« Ben hob den Kopf ein wenig und lächelte ihr zu. »Vergangene Nacht war einfach unglaublich.« Zärtlich strich er ihr eine Haarsträhne aus der Stirn. »Du bist unglaublich.«

Sie schluckte. »Ich habe nachgedacht.«

»Heute Nacht?« Er schmunzelte. »Entschuldige, wenn ich das bezweifle.«

»Nein, gerade eben.« Entschlossen holte sie Luft und setzte sich ein wenig auf. »Ich finde, du solltest Jennifers Angebot annehmen.«

»Ihr Angebot?«

»Ja. Ich denke, du solltest wirklich schon früher nach Kanada gehen. Es ist so eine tolle Gelegenheit für dich, dort zu leben und zu arbeiten. Sie hat recht, auf zwei oder drei Wochen mehr oder weniger kommt es doch nicht an.«

»Kommt es nicht?« Auch Ben setzte sich auf, nun mit ernster, leicht verwirrter Miene.

Christina nickte nachdrücklich, obgleich es sich anfühlte, als würde ihr Herz wie mit einer Faust zusammengedrückt. »Deiner Miene entnehme ich, dass du möglicherweise meinetwegen erst im September reisen willst.«

Er schwieg einen langen Moment. »Und wenn es so wäre?«

»Dann würde ich mich sehr geschmeichelt fühlen.« Sie schluckte und bemühte sich um einen neutralen Tonfall. »Aber es ist nicht notwendig. Du musst dein Leben so leben, wie du es dir vorgenommen hast, und tun, was für dich und deine Kunst das Richtige ist. Ich will kein Klotz am Bein sein.«

»Christina.« Er schüttelte den Kopf. »Das bist du nicht. Wenn du das glaubst …«

»Ich will einfach nicht, dass du etwas verpasst oder dir so eine Gelegenheit entgehen lässt.«

»Das Chalet läuft nicht weg.«

»Wir hatten eine wunderschöne Zeit miteinander.« Sie spielte an einem Zipfel der Decke herum. »Wird sie schöner, nur weil wir sie noch etwas verlängern?«

Ratlos sah er sie an. »Du willst also, dass ich gehe.«

»Ich will nicht, dass du dich mir gegenüber verpflichtet fühlst. Wir wussten beide von Anfang an, dass du nur auf Zeit in Lichterhaven sein würdest. Wenn diese Zeit jetzt etwas kürzer ausfällt als geplant, ist das doch nicht schlimm.«

»Wirklich nicht?« Seine Stimme klang ein wenig belegt. »Es würde dir nichts ausmachen, wenn ich nächste Woche abreise?«

Sie nahm all ihre Kraft zusammen und sah ihm fest in die Augen. »Nein, würde es nicht. So war es doch abgesprochen, nicht wahr?« Mit Gewalt zwang sie sich zu einem fröhlichen Lächeln. »Und hey, ein paar Tage haben wir ja noch hier in Paris.«

»Okay.« Er ließ sich zurück in die Kissen sinken. »Du meinst wirklich, ich sollte das tun?«

»Habe ich das nicht eben gesagt?« Sie beugte sich zu ihm hinüber und küsste ihn auf die Schläfe. »Abgesehen davon muss ich mich im August um die ganzen neuen Kurse kümmern und kann vielleicht sogar noch einen Platz bei einem Lehrgang ergattern. Ich hätte also sowieso nicht allzu viel Zeit für dich … oder uns.«

Ben wirkte noch immer leicht irritiert, erwiderte ihr Lächeln aber schließlich. »Na gut, dann werde ich nachher Jennifer und Jochen Bescheid geben, dass sie alles arrangieren.«

In diesem Moment sprang Boss mit einem kurzen Bellen auf die Füße. Gleich darauf klopfte es dezent an der Tür.

Christina zog sich die Decke bis zu den Schultern hoch. »Das dürfte unser Frühstück sein.«

***

»Ich glaube, ich laufe gleich mal rüber zur Hundeschule und sehe nach, ob dort alles in Ordnung ist.« Christina streckte sich nach der langen Autofahrt ausgiebig. »Meine Sachen kann ich doch so lange hierlassen, oder? Ich hole sie dann später mit dem Wagen ab.«

»Warte.« Ben, der gerade seine Reisetasche ins Haus getragen hatte, kehrte um und stellte sich ihr in den Weg. »Ich möchte dich gerne hinfahren.«

»Warum?« Überrascht sah sie zu ihm auf und versuchte dabei, das schmerzliche Gefühl in ihrem Herzen zu ignorieren, dass sie seit Tagen nicht mehr verlassen wollte. Sie hatte versucht, eine gewisse Distanz zu ihm aufzubauen, doch das war ihr ziemlich schlecht geglückt. Die vergangenen Tage in Paris waren sehr intensiv gewesen. Vielleicht weil sie beide die verbleibende gemeinsame Zeit voll auskosten wollten.

»Weil …« Er nahm ihre Hände in seine. »Ich habe eine Überraschung für dich.«

»Was denn für eine Überraschung?« Vollkommen verblüfft starrte sie ihn an.

Er lachte. »Wenn ich es dir verraten würde, wäre es ja keine mehr, oder?« Er drehte sich um. »Boss? Komm, Kumpel, wir fahren noch mal los.«

Warum das denn? Ich dachte, wir machen es uns jetzt hier gemütlich. Ich habe gerade eine Runde durch den Garten gedreht und wollte mich jetzt hinten unter den Fliederbusch legen. Na gut, wohin geht es denn?

Boss tappte neugierig näher, und als Ben die Kofferraumklappe öffnete, sprang der Hund mit einem inzwischen geübten Satz in die große Transportbox.

»Er macht das schon richtig professionell.« Christina trat näher und streichelte Boss am Hals. »Guter Junge.«

Danke. Ist doch meine leichteste Übung. Boss leckte ihr über die Hand. *Aber nun sagt mir doch mal, wohin es geht!*

Ben schloss die Haustür ab und setzte sich wieder hinters Steuer. »Dann mal los!« In seiner Stimme schwang ein seltsamer Unterton mit, den Christina nicht einordnen konnte. An seiner Miene war nicht die geringste Regung abzulesen, also setzte sie sich auf den Beifahrersitz und versuchte geduldig zu sein.

»Warte einen Moment hier.« Nachdem er vor der Zufahrt zur Hundeschule geparkt hatte, legte er ihr kurz eine Hand auf den Arm. »Ich bin gleich wieder da. Muss nur rasch überprüfen, ob Jochen alles so organisiert hat, wie ich es ihm aufgetragen habe.«

»Jochen? Der war hier?« Sie hatte den leutseligen und etwas schnodderigen Manager in Paris kurz kennengelernt, war aber davon ausgegangen, dass er nach der Ausstellung zurück nach Köln gefahren war.

»Ja, er hatte hier einen wichtigen Auftrag. Ich bin gleich wieder da. Rühr dich nicht vom Fleck.«

»Okay.« Etwas irritiert und gleichzeitig von einer seltsamen Erregung ergriffen, lehnte Christina sich in ihrem Sitz zurück und folgte Ben, der Boss rasch aus dem Kofferraum ließ, mit dem Blick, bis er zusammen mit dem Hund durch die Eingangstür verschwunden war. Wenig später kamen Carmen und Mario heraus, blickten kurz in ihre Richtung und winkten, gingen dann aber hinüber zur Wiese mit dem Geschicklichkeits-Parcours. Carmen hatte ihre Hündin Pixie dabei, und die beiden bauten für die kleine Französische Bulldogge einen speziellen Minihindernislauf auf. Christina sah ihnen eine Weile dabei zu, begann sich aber allmählich zu wundern, wo Ben so lange blieb.

Schließlich erschien er doch wieder in der Tür und winkte ihr zu.

Zögernd stieg sie aus dem SUV, wobei ihr einfiel, dass ihr Gepäck ja noch auf der Rückbank lag. Rasch holte sie die Reisetasche und das kleine Extraköfferchen heraus und ging damit auf Ben zu. »Willst du mir vielleicht mal sagen, was du hier vorhast?«

»Das wirst du gleich sehen.« Bevor sie auf die Eingangstür zugehen konnte, stellte er sich ihr in den Weg, nahm ihr das Gepäck ab und legte es einfach neben der Tür auf die Steinstufe. Dann ergriff er ihre Hände. »Ich habe ein Geschenk für dich. Es war der Hauptgrund, weshalb ich in der letzten Zeit, vor allem in der Woche vor dem Geburtstag deiner Mutter, so viel gearbeitet habe.«

Perplex blickte sie von ihm zum Haus und wieder zu ihm. »Ein Geschenk? Aber … Das wäre doch überhaupt nicht nötig gewesen.«

»Doch, das war es. Schon als wir uns zum ersten Mal trafen, nein, Pardon, zum zweiten Mal, denn unsere Begegnung im Lagerhaus will ich nicht unterschlagen, auch wenn ich mich kaum noch daran erinnern kann.« Er grinste schief. »Wie gesagt, schon an jenem Tag kam mir die Idee dazu.«

»Was, damals schon? Wie denn und warum?«

Seine Miene wurde ernst, und er drückte ihre Hände zärtlich. »Warte es ab.« Er schluckte. »Ich wollte die Skulptur erst in meine reguläre Ausstellungsreihe einfügen, aber inzwischen weiß ich, dass ich sie niemals an jemanden abgeben könnte – außer an dich«, setzte er nach einem Moment des Zögerns hinzu. »Es ist etwas, was dich immer an unsere gemeinsame Zeit erinnern soll.«

»Jetzt machst du mich aber sehr neugierig.«

»Komm.« Er zog sie mit sich, öffnete die Tür und ließ ihr den Vortritt.

Christina betrat den ihr so vertrauten Empfangsraum und

sah sich neugierig um. Als sie rechter Hand vor der frisch gestrichenen und mit mehreren kleinen LED-Strahlern versehenen Wand die Skulptur erblickte, blieb sie wie angewurzelt stehen.

»Ben.« Ihre Stimme versagte. Ihre Kehle schnürte sich zu, sodass sie für einen Moment das Gefühl hatte, nicht mehr atmen zu können. »Das ist ...« Tränen stiegen in ihre Augen und rannen ungehindert über ihre Wangen. Das schmerzliche Ziehen in ihrem Herzen wurde von ihrem hämmernden Herzschlag noch verstärkt. »Das ist ...« Langsam ging sie auf die schneeweiße Marmorstatue zu, streckte die Hand aus, berührte den samtweich polierten Stein ehrfürchtig und zugleich ungläubig. »Polly!«

Ben hatte sie und ihre geliebte Polly lebensgroß in Stein verewigt, ganz exakt so wie auf dem Foto in ihrem Büro. Sie erkannte sich selbst in der Gestalt des jungen Mädchens, jeden Gesichtszug, jedes Detail. Auch die Hündin war so lebensecht eingefangen, dass es wirkte, als würde sie im nächsten Moment ihr freudiges Bellen ausstoßen. Jenes Bellen, das Christina so geliebt hatte und seit drei Jahren vermisste. Es schien, als wären sie und Polly mitten in einer leichten tänzerischen Bewegung erstarrt, lebendig, als würden sie atmen, glücklich, unbeschwert. Christina mit erhobenen Armen, ein Stück altes Tau in der Hand, Polly auf den Hinterpfoten tänzelnd, mitten im Versuch, das Spielzeug zu erhaschen.

Christina konnte nicht verhindern, dass immer mehr Tränen aus ihren Augen rannen, sie schluchzte unterdrückt.

Ben trat neben sie und sah sie forschend an. »Ich wollte dich nicht zum Weinen bringen, Christina.«

»Du bist verrückt.« Vergeblich wischte sie sich über die Augen. »Total ... verrückt.« Schniefend schlang sie ihre Arme um seinen Hals und presste ihr Gesicht an seine Brust, spürte, wie er sie fest an sich zog. »Das ist das allerschönste Geschenk, das ich jemals bekommen habe. Ich weiß gar nicht ... Es ist viel zu wertvoll. Ich kann das unmöglich annehmen!«

»Es gehört dir. In dem Moment, als ich die ersten Formen aus dem Stein gemeißelt hatte, wusste ich, dass es niemals mir gehören würde. Ich habe es vielleicht erschaffen, aber nur für dich.« Er legte ihr einen Finger unters Kinn und zwang sie sanft, den Kopf zu heben. »Weil du eine ganz besondere Frau bist.«

Sie schluckte hart. So viele Dinge schossen ihr durch den Kopf. Dinge, die sie ihm gerne gesagt hätte, aber das war unmöglich. Deshalb versuchte sie sich an einem Lächeln. »Danke. Du bist ein außergewöhnlicher Mann. Du weißt gar nicht, wie außergewöhnlich.«

Er küsste sie sanft auf die Lippen und lächelte dann schalkhaft. »Die Statue ist auch ein ausgezeichnetes Werbemittel für dich. Sie zeigt jedem, der hereinkommt, gleich, was ihn hier erwartet: liebe- und hingebungsvolle Arbeit mit Tier und Mensch.« Er fuhr mit den Fingerspitzen zärtlich ihre Schläfe und Wange entlang. »Ich bin stolz, dein Schüler gewesen sein zu dürfen. Wenn du erlaubst, werde ich noch ein paar Fotos von der Skulptur machen und sie auf Instagram und Facebook posten.«

»Ja, natürlich.« Sie trat einen halben Schritt zurück und betrachtete das Kunstwerk erneut. »Das ist der weiße Marmor aus Thasos, nicht wahr?«

»Ja. Etwas anderes hätte ich dafür nicht verwenden können.«

Hm, also irgendwie seid ihr gerade etwas merkwürdig. Warum weint Christina denn? Ihr strahlt eine etwas unheimliche Stimmung auf mich aus. Könnt ihr mal bitte beide wieder lachen? Wuff?

Christina lachte unterdrückt, als Boss neben sie trat und sie mit seiner feuchten Nase anstupste. »Schon gut, Boss, es ist alles in Ordnung. Ich glaube, er macht sich Sorgen, weil ich heule.«

»Das war so ja auch nicht geplant.« Ben trat einen Schritt zurück und hüstelte. »Hör zu … Ich reise morgen früh ab.«

Christina schluckte gegen den Kloß in ihrem Hals an, der ihr erneut die Luft abzuschnüren drohte. »Ja … ich weiß.«

»Ich halte es für sinnvoll, dass wir kein großes Abschiedsbrimborium machen.«

»Stimmt, ja, du hast vermutlich recht.« Sie nickte und versuchte sich gegen das heiße Ziehen zu wappnen, dass von ihrem Herzen bis in ihre Magengrube ausstrahlte.

Ben schob seine Hände in die Taschen seiner Jeans. »Ich überweise dir den noch offenen Betrag für die Trainingskurse. Selbstverständlich auch für die Stunden, die jetzt ausfallen, weil wir vorzeitig abbrechen.«

»Das musst du nicht.«

»Doch. Bei jedem anderen würdest du sie auch berechnen, oder etwa nicht?«

»Ja.«

»Siehst du. Ich bin wie jeder andere.«

Das war er ganz und gar nicht, doch sie sah keinen Sinn darin, ihn zu korrigieren. »Dann war das also dein Abschiedsgeschenk.«

Er nickte schweigend.

»Okay.« Sie ging in die Knie und breitete die Arme aus. »Boss, komm mal her.«

Na klar, gerne. Willst du kuscheln? Da sage ich nicht Nein. Schmusen mit meinem Frauchen ist toll. Boss tappte direkt in ihre Arme und drückte seinen schweren Kopf gegen ihre Brust.

Erneut traten Christina heiße Tränen in die Augen, doch diesmal drängte sie sie mit Macht zurück. Sie umarmte den großen Hund und drückte ihr Gesicht gegen seinen Hals.

»Mach's gut, mein Großer. Vergiss mich nicht.«

Warum sollte ich dich denn vergessen? Du stehst doch direkt vor mir, und wir sind ein Team. Ein Rudel. Ich bleibe immer an deiner und Bens Seite.

Sie kraulte Boss liebevoll hinter den Ohren. »Pass gut auf dein Herrchen auf, verstanden?«

Klar, mach ich doch immer. Na ja, früher nicht so, aber das ist Schnee von gestern. Ich tue alles für Ben und dich.

»Und benimm dich gut, okay? Mach mir keine Schande!«

Käme mir nicht im Traum in den Sinn. Sag mal, was ist denn heute mir dir los? Du siehst aus, als wärst du schrecklich traurig. Sind das schon wieder Tränen in deinen Augen? Es ist doch alles gut. Sieh mal, ich hab dich ganz doll lieb.

Obgleich sie sich fühlte, als würde ihr das Herz herausgerissen, musste Christina lachen, als Boss ihr mehrmals mit der Zunge übers Gesicht fuhr. Rasch erhob sie sich. »Jetzt muss ich mich wenigstens nicht mehr waschen«, versuchte sie, einen Scherz zu machen.

Solange ich dich zum Lachen bringen kann, ist doch alles super. Und was jetzt? Erwartungsvoll blickte Boss zu Christina auf.

Sie zupfte an ihrem T-Shirt herum und trat schließlich entschlossen auf Ben zu, der sie schweigend beobachtet hatte. Mit aller Willenskraft, derer sie fähig war, umarmte sie ihn und küsste ihn auf die Wange. »Ich wünsche dir alles Gute, Ben Brungsdahl. Schick mir mal eine Ansichtskarte aus Kanada, okay? So eine richtig kitschige, am besten zu Weihnachten.«

Er lächelte verhalten. »Das werde ich.« Er nahm ihr Gesicht in beide Hände und gab ihr einen Kuss auf die Stirn. »Mach's gut, Christina Messner.« Rasch ließ er sie los und trat einen Schritt zurück. »Komm, Boss, wir müssen los. Ich habe noch einiges einzupacken.«

Äh, ja, klar. Aber warum einpacken? Hab ich was verpasst? Ach, egal, das erfahre ich schon noch. Und was ist mit dir,

Christina? Boss warf einen Blick über die Schulter. *Bleibst du jetzt erst mal hier? Na gut, dann sehen wir uns bestimmt heute Abend. Bis dann!*

Christina biss sich auf die Zunge, als Boss ein kurzes freundliches Bellen ausstieß. Ben öffnete die Tür und ging vor dem Hund hinaus. Er drehte sich nicht noch einmal um, bis er beim Auto angekommen war und Boss in die Hundebox verfrachtet hatte. Erst als er hinter dem Steuer saß, warf er der Hundeschule noch einen Blick zu. Christina stand in der offenen Tür und beobachtete die beiden. Sie wollte die Hand zum Abschied heben, brachte es aber nicht fertig. Auch Ben winkte nicht, sondern ließ einfach den Motor an und fuhr langsam davon.

Für einen Moment fühlte Christina überhaupt nichts außer einer gellenden Leere. Ihr Herz pochte viel zu schnell und zu hart in ihrer Brust. Sie atmete mehrmals ein und wieder aus, wandte sich dann ab und ging zielstrebig in ihr Büro. Dabei vermied sie tunlichst, die Skulptur anzusehen. Entschlossen schaltete sie ihren Computer ein und blätterte durch die Notizen, die Carmen, Mario, Leah und Ralf ihr in den letzten Tagen zusammengestellt hatten. Als sie die Tür gehen hörte, beschleunigte sich ihr Herzschlag erneut.

»Ist Ben weg?« Carmen kam dicht gefolgt von Pixie ins Büro. »Ich dachte, er würde noch ein bisschen bleiben. Die Statue ist der Wahnsinn, oder? Ich dachte, ich sehe nicht richtig, als dieser komische Typ, sein Manager, sie mit einem Lkw hier anliefern ließ. Der absolute Hammer, sage ich dir. Ich bin fast umgekippt. So was Schönes habe ich noch nie gesehen.«

Christina nickte. »Stimmt, ich auch nicht. Sie ist außergewöhnlich.«

»Sie sieht einhundert Prozent so aus wie dein Foto.« Carmen nahm das gerahmte Bild vom Schreibtisch und betrachtete es eingehend. »Wie hat er das bloß hingekriegt? Und dass er sie dir schenkt! Die ist bestimmt ein Vermögen wert.« Sie seufzte laut. »Er muss dich schon ganz gernhaben.«

»Wir sind nur gute Freunde.«

»Ja klar.« Carmen wackelte vielsagend mit den Augenbrauen.

»Nein, wirklich.« Das Rascheln des Papiers beruhigte ihre Nerven ein wenig. »Außerdem reist er morgen ab.«

»Er tut was?« Entgeistert starrte Carmen sie an.

»Er reist morgen ab und wird dann für ein halbes Jahr nach Kanada gehen und danach wahrscheinlich nach Kalifornien.«

»*No way!*« Carmen schüttelte den Kopf. »Das kann doch wohl nicht sein.«

»Warum denn nicht?«

»Weil … er und du, ihr …«

»Du irrst dich. Es war immer nur eine Sache auf Zeit, das wussten wir beide.«

Die Achtzehnjährige runzelte verständnislos die Stirn. »Macht es dir überhaupt nichts aus, dass er weggeht?«

»Es ist mir nicht gleichgültig«, gab Christina zu. »Aber er muss sein Leben leben und ich das meine. Dafür habe ich Verständnis. Und nun lass mich bitte diese Notizen durchsehen. Ich war immerhin ein paar Tage weg und muss mich auf den neuesten Stand bringen.«

»Okay, wie du meinst.« Mit skeptischer Miene zog Carmen sich zurück.

Christina atmete auf, als sie endlich allein in ihrem Büro war, und vertiefte sich in die Aufzeichnungen ihrer Mitarbeiter. Dass ihr Gepäck nach wie vor auf der Stufe neben der Eingangstür lag, vergaß sie vollkommen.

23. Kapitel

Eine Woche später hatte Christina sich wieder vollkommen im Griff. Eigentlich schon seit mehreren Tagen. Anfangs war es ihr noch schwergefallen, ohne Herzklopfen an der Statue vorbeizugehen, doch mit viel gutem Zureden hatte sie ihren Verstand dazu gebracht zu akzeptieren, dass ihr Leben nun wieder in den alten Bahnen weiterlaufen würde. So wie vor dem Sommer mit Ben. Überhaupt kein Problem, denn immerhin hatte sie ja von Anfang an gewusst, auf was sie sich einließ. Sie funktionierte, aß regelmäßig, schlief jede Nacht, oder versuchte es zumindest, und stürzte sich mit Feuereifer in ihre Arbeit. Woher die dunklen Ringe unter ihren Augen kamen, konnte sie sich nicht recht erklären, aber auch die würden bald vergehen, da war sie sicher.

Sie hatte Melanie und Alex versprochen, ihnen ein wenig bei den Vorbereitungen für das historische Stadtfest zu helfen, das am dritten Augustwochenende stattfinden sollte, also in kaum mehr als einer Woche. Die beiden engagierten sich sowohl im Heimat- als auch im Gewerbeverein der Stadt, und sie freute sich auf die zusätzliche Abwechslung. Dieses Jahr stand das siebzehnte Jahrhundert im Mittelpunkt des Festes, und es mussten eine Menge Dekorationen und Kostüme organisiert werden. Melanie hatte versprochen, Christina am späten Nachmittag abzuholen, damit sie gemeinsam zu einem Treffen des Festkomitees gehen konnten.

Ein Blick auf die Wanduhr erinnerte Christina daran, dass sie rasch noch ein paar E-Mails beantworten wollte, bevor sie für heute Feierabend machte und die Abendkurse Ralf überließ.

Sie öffnete ihr E-Mail-Programm und staunte nicht schlecht, als sie die zahlreichen neuen Anfragen in ihrem Postfach erblickte. Die konnte sie unmöglich alle heute noch bearbeiten. Dennoch klickte sie die unterste Nachricht an und überflog sie. Ihre Kehle schnürte sich zu. Offenbar hatte Ben sein Versprechen gehalten und ein Bild ihrer Statue auf Instagram gepostet, zusammen mit einem kurzen Artikel über ihre Hundeschule.

Wahllos klickte sie weitere E-Mails an. Alle Absender waren über dieses Posting oder ein anderes auf Facebook auf sie aufmerksam geworden. Christina hatte sich mehr oder weniger unbewusst in den vergangenen Tagen von den sozialen Netzwerken ferngehalten. Nun öffnete sie jedoch ihre Facebook-Seite und fand nicht nur weitere Nachrichten vor, sondern auch den Beitrag, den Ben gepostet und in dem er ihre Seite markiert hatte.

Als sie den Artikel las, wurde ihr gleichzeitig heiß und kalt. Ihre Kehle schmerzte immer mehr, und ihr Herz hämmerte wie wild in ihrer Brust.

※※※

»Chris? Arbeitest du etwa noch? Ich dachte, du wärst schon startbereit. Alex wartet im Auto. Die Sitzung beginnt in zwanzig …« Melanie blieb wie angewurzelt in der Bürotür stehen. »Chris? Was ist mit dir? Stimmt etwas nicht?« Mit wenigen Schritten war sie bei Christina und fasste sie an der Schulter. Ihr Blick fiel auf den geöffneten Facebook-Post. »Schiet. Chris, bist du okay?«

Christina nickte stumm, brachte aber kein Wort heraus. Ihre Atmung hatte sich hörbar beschleunigt.

»Verdammt.« Melanie blickte sich fahrig um. »Luisa. Ist Luisa hier?«

Christina zuckte nur kraftlos mit den Achseln.

Melanie stürzte aus dem Büro, riss die Verbindungstür zu den hinteren Räumen auf. »Luisa? Luisa, bist du hier?«

»Mel? Hallo. Was ist denn los?« Luisa kam aus einem der beiden zukünftigen Behandlungsräume, in der Hand ein feuchtes Tuch und eine Sprühflasche mit Reinigungsmittel. »Ich dachte, ihr wolltet zur Sitzung des Festkomitees. Fängt die nicht gleich an?«

»Komm mit, Chris braucht uns.« Melanie packte Luisa am Arm und zog sie einfach mit sich.

»Hey, was ist denn los? Ist etwas pass... Scheiße, was ist los?« Als Luisa Christinas bleiches Gesicht sah, stellte sie die Sprühflasche achtlos auf dem Tisch ab, warf das Tuch daneben und ging vor ihrer Schwester in die Hocke. Sanft umfasste sie ihre Hände. »Chris, sag doch was!« Sie drehte sich zu Melanie um. »Was ist mit ihr?«

»Das da.« Melanie deutete mit grimmiger Miene auf den Computerbildschirm.

Verwundert warf Luisa einen Blick auf die geöffnete Seite, dann biss sie sich auf die Unterlippe. »Oje.«

»Ich ... kann nicht ... atmen.« Christinas Stimme klang gepresst und so kläglich, dass auch Melanie neben ihr in die Hocke ging.

»Ganz ruhig, Schatz. Ein- und ausatmen, ein und aus«, befahl sie ihrer Schwägerin leise. Diese Übung kannte sie selbst nur zu gut.

»Ich kann nicht.« Christina schluckte krampfhaft.

»Wir bringen sie nach oben in ihre Wohnung«, entschied Luisa. »Sag Alex Bescheid. Aus eurer Sitzung wird heute nichts.«

»Ja, gut. Kommst du allein mit ihr klar?« Melanie war bereits auf dem Weg nach draußen.

»Ich hoffe es. Beeil dich.«

So schnell sie konnte, rannte Melanie zum Auto. »Alex, tut mir leid, du musst allein fahren. Luisa und ich müssen uns um Chris kümmern. Sie ist in einem ganz furchtbaren Zustand.«

»Chris? Was ist mit ihr?« Erschrocken starrte Alex sie an.

»Es ist wegen Ben …«

»Ich dachte, da sei alles okay.« Besorgt runzelte er die Stirn. »Das hat sie doch gesagt.«

»Sie hat gelogen. Es geht ihr hundsmiserabel. Ich muss sofort wieder zu ihr. Entschuldige uns bitte bei der Sitzung.« Ohne ein weiteres Wort machte Melanie kehrt und rannte zurück ins Haus. Schon von Weitem hörte sie Luisas Stimme auf der Treppe ins Obergeschoss. Sie nahm die Verfolgung auf und kam gerade rechtzeitig, als Luisa die Wohnungstür aufschloss. Gemeinsam verfrachteten sie Christina auf die Couch und setzten sich rechts und links von ihr. Jede von ihnen nahm eine von Christinas Händen.

»Nun rede, Süße.« Luisa streichelte mit der freien Hand über Melanies Oberarm.

»Kann nicht.« Christinas Stimme klang dumpf.

»Doch, du kannst. Warum hast du uns allen vorgemacht, dass es dir gut geht, wenn das doch überhaupt nicht stimmt?«

Christina schüttelte stur den Kopf. »Es geht mir gut. Ich habe … es ihm … versprochen.«

»Was, dass es dir gut geht?« Melanie runzelte die Stirn.

»Nein, dass ich nicht … Das wir nicht … Und jetzt ist er weg und Boss auch, und ich sehe beide nie wieder.« Christinas Stimme erstarb.

Melanie und Luisa sahen einander besorgt an.

»Das war so nicht geplant«, fuhr Christina überraschend fort. »Wir waren uns einig. Nichts Festes, nichts Ernstes. Nur ein bisschen … Spaß.«

In dem Versuch, Trost zu spenden, streichelte Melanie über

den Rücken ihrer Freundin und Schwägerin. »Und jetzt liebst du ihn und willst ihn zurück.«

»Ja. Nein!« Zittrig stieß Christina den Atem aus. »Ich ... kann nichts dafür. Es ist einfach so gekommen. Ich habe ihm versprochen, dass so etwas nicht passieren wird. Ich will nicht eine dieser Frauen sein.«

»Was meinst du?« Luisa legte fragend den Kopf schräg.

»Eine dieser Frauen, die versucht, ihm Fesseln anzulegen, oder die nicht begreift, was für ein Mensch er ist. Ich konnte ihn nicht zurückhalten. Das wäre gegen die Abmachung gewesen.«

»Diese Abmachung ist total bescheuert.« Luisa schüttelte den Kopf. »Hast du nicht mal versucht herauszufinden, ob er vielleicht doch hiergeblieben wäre?«

»Nein.«

»Was, wenn er Ja gesagt hätte?«

»Hätte er nicht.«

Luisa kräuselte die Lippen. »Okay. Wenn er solch ein Arschloch ist, kannst du froh sein, dass er weg ist.«

»Er ist kein Arschloch.«

»Doch, wenn er dir gedankenlos derart wehtut, ist er es.« Melanie verzog grimmig den Mund.

»Ihr versteht das nicht. Es war alles so ausgemacht. Wir wollten beide keine feste Bindung. Ihr wisst, wie ich darüber denke, und er hat die gleiche Einstellung ... aus guten Gründen.« Christinas Stimme wankte immer mehr.

Melanie legte ihr den Arm fest um die Schultern. »Idiotische Gründe, wenn du mich fragst, und du sprichst hier mit einer Expertin auf diesem Gebiet.«

»Ich komme schon darüber hinweg.« Christina schluckte erneut krampfhaft. »Wenn er bloß nicht ... Wenn er mir nicht diese Statue ... Und er hat Wort gehalten und Werbung für mich gemacht. Ich bin so bescheuert. Ich sollte lachen und mich freuen, dass er so aufmerksam ist ...« Ihre Stimme erstarb und wurde zu einem gequälten Schluchzen.

»Da haben wir's.« Luisa rückte ebenfalls näher an ihre Schwester heran.

»Ich will, dass das aufhört.« Das krampfhafte Weinen, mit dem Christina die Worte hervorstieß, tat Melanie in der Seele weh. »Ich kann es doch sowieso nicht ändern. Wahrscheinlich ist er schon in Kanada ... mit Boss ...«

Melanie sah Luisa besorgt an. »Sie liebt nicht nur Ben.«

Luisa nickte. »Ich wusste es schon, als ich sie zum ersten Mal mit dem Hund sah.« Liebevoll strich sie der heftig schluchzenden Christina übers Haar. »Schon gut, Schatz, alles wird wieder gut. Wir sind für dich da. Alles wird gut.«

Als Melanie an der Tür eine Bewegung wahrnahm, hob sie den Kopf. Dort stand Alex und starrte erschrocken auf seine Schwester. Still schüttelte sie den Kopf und konzentrierte sich gleich wieder auf Christina.

***

Alex hatte mit allem gerechnet, nur nicht damit, dass seine sonst so starke und stets fröhliche Schwester derart zusammenbrechen könnte. Minutenlang starrte er sprachlos auf das Häufchen Elend, um das Melanie und Luisa sich kümmerten, so gut sie konnten. In ihm stieg eine fast unbeherrschbare Wut auf. Irgendwann verließ er seinen Posten an der Wohnzimmertür und ging hinunter in Christinas Büro. Als er an der Statue vorbeikam, blieb er kurz stehen und betrachtete sie eine Weile still. Wie konnte ein Mann, der solche Schönheit zu erschaffen imstande war, derart blind sein?

Entschlossen setzte Alex sich an den Schreibtisch seiner Schwester und studierte den Artikel auf Christinas Facebook-

Seite. Er klickte Bens Seite an und suchte nach dem Impressum. Dort stand eine Kölner Festnetznummer, doch als er sie wählte, sprang der Anrufbeantworter von Bens Manager an. Verärgert unterbrach er die Verbindung und sah sich suchend um. Christinas Handy lag unter einem Stapel Papiere verborgen. Er klickte sich durch die Kontakte, bis er Bens Handynummer fand. Er programmierte sie in sein eigenes Handy ein und machte sich danach auf den Weg zur Sitzung des Festkomitees.

***

»Komm schon, Kumpel, du musst allmählich mal etwas fressen.« Halb verärgert, halb verzweifelt rückte Ben den vollen Futternapf näher an Boss' Nase heran.

Nö, muss ich gar nicht. Boss drehte den Kopf demonstrativ zur Seite.

»Dann eben nicht. Sturer Hund.« Seufzend erhob Ben sich und ging zur Couch, einem der wenigen Möbelstücke, die noch nicht mit weißen Laken abgedeckt waren.

Daran bist du schuld. Warum nimmst du mich auch mit in diese blöde Wohnung. Hier haben wir früher schon mal gewohnt, als ich gerade zu dir gekommen bin. Aber ich will hier nicht sein, weil mein Frauchen nämlich nicht hier ist. Ich vermisse sie schrecklich. Warum ist sie nicht mit uns hier? Oder wir bei ihr? Ich verstehe dich nicht. Aber wenn ich so traurig bin, habe ich einfach keinen Hunger, also lass mich mit dem Futter in Ruhe.

Ringsum türmten sich Umzugskartons, im Flur standen mehrere gepackte Koffer. Der Gedanke, dass in zwei Tagen sein Flug nach Kanada ging, drehte Ben den Magen um, und der Anblick seines trauernden Hundes machte es ihm nicht gerade leichter.

Seufzend stützte er den Kopf in beide Hände, die Ellenbogen auf den Knien abgestützt. »Ich weiß, wie du dich fühlst, Kumpel. Aber sie hat uns weggeschickt. Sie will, dass ich mein Leben lebe.« Wie irrsinnig die Worte in seinen Ohren klangen. Seit er zurück in Köln war, spürte er nur allzu genau, wie und vor allem wo er sein Leben leben wollte. Und mit wem. Noch bis zu dem Tag, als er ihr die Statue geschenkt hatte, war er sich sicher gewesen, dass er sie bedenkenlos in Lichterhaven zurücklassen können würde. Sicher, er hatte gewusst, dass er ihre Gesellschaft vermissen würde, ihren Humor, alles an ihr. Er hatte sich in sie verliebt. Und sie sich in ihn, zumindest ein kleines bisschen, das hatte sie ja sogar zugegeben. Aber ein bisschen reichte nun einmal nicht. Nicht mehr. Nicht, wenn jede Faser seines Seins nach ihr schrie.

»Ich bin so ein Idiot!«

Da gebe ich dir recht. Weil du nämlich von Christina weggegangen bist und ich jetzt nicht bei ihr sein kann. Und du auch nicht. Ich kann sehen, dass du traurig bist. Warum tust du nichts? Können wir nicht zu ihr zurück?

Das leise Winseln, das Boss ausstieß, zerrte an Bens Nerven. »Sie wollte, dass ich gehe. Sie wollte sogar, dass ich früher abreise. Sie hat gesagt ...« Er hielt inne. War er eigentlich vollkommen verblödet? Er rieb sich übers Gesicht und rekapitulierte noch einmal, was sie zu ihm gesagt hatte – und wann. Die Erkenntnis, die sich ihm aufdrängte, machte ihn schwindelig. Doch so ganz traute er sich selbst noch nicht. War er wirklich so blind und dumm gewesen und hatte nicht erkannt, dass hinter Christinas Verhalten möglicherweise purer Selbstschutz steckte? Weil er sich selbst hatte schützen wollen und nicht in Betracht gezogen hatte, dass es ihr ähnlich erging?

Seine Gedanken wurden unterbrochen, als sein Handy klingelte. Das Display zeigte eine ihm unbekannte Nummer an.

Zögernd, weil er gerade keine Störung vertragen konnte, meldete er sich mit abweisender Stimme. »Brungsdahl?«

»Ben, du bist ein mieses Arschloch.«

»Wie bitte?« Irritiert runzelte er die Stirn.

»Du hast mich schon richtig verstanden.«

Bens Irritation verstärkte sich noch. »Alex?«

»Darauf kannst du Gift nehmen. Du hast gesagt, du würdest ihr nicht wehtun.«

Alarmiert hob Ben den Kopf. »Was meinst du damit? Stimmt etwas nicht mit Christina?«

»Aha, du erinnerst dich also noch an sie. Hör mir gut zu! Ich habe schon einmal erlebt, wie ein Kerl einer meiner Schwestern das Herz gebrochen hat. Von dir hätte ich wirklich mehr erwartet. Entweder du setzt deinen Arsch in Bewegung und bringst das in Ordnung, oder du kannst was erleben.« Es knackte in der Leitung.

Einige Sekunden lang starrte Ben sprachlos sein Handy an, dann sprang er auf die Füße. »Boss, komm, wir müssen los.«

Los? Boss erhob sich hastig. Wohin denn? Zu Christina? Bitte sag, dass wir zu Christina fahren!

»Wir müssen in mein Atelier.«

Ach. Nö. Dann lass mich in Ruhe. Mit einem Winseln setzte sich Boss auf sein Hinterteil und ließ Kopf und Ohren hängen.

»Na, los, ich habe es eilig.« Ben griff nach dem Hundegeschirr und legte es seinem störrischen Hund an. »Ich muss etwas Wichtiges erledigen. Also hopp, hopp.«

Ich will aber nicht. Stur stemmte Boss sich gegen die Leine.

»Boss, komm schon. Je schneller ich im Atelier fertig bin, desto schneller können wir nach Lichterhaven fahren.«

Ich habe aber wirklich keine Lust. Halt, stopp, nach Lichterhaven? Da ist doch Christina. Mit einem Satz sprang Boss auf und sauste zur Wohnungstür, sodass Ben die Leine aus den

Fingern glitt. *Dann habe ich selbstverständlich Lust. Na los, wo bleibst du denn jetzt?*

»Ja, ja, jetzt auf einmal.« Ben schüttelte halb lachend, halb frustriert den Kopf. Auf dem Weg zum Aufzug klickte er sich durch die Kontaktliste seines Handys, bis er Carl Verhoigens Nummer gefunden hatte.

24. Kapitel

»Ich mache dann mal Feierabend.« Leah streckte den Kopf zur Bürotür herein und lächelte Christina zu. »Sehen wir uns morgen auf dem Stadtfest? Ich bin ja schon ganz neugierig. Tino und Nina haben mit ihren Schulklassen so viel dafür vorbereitet – ich bin so was von gespannt. Vor allem auf den Umzug.«

Christina nickte lächelnd. »Selbstverständlich komme ich, das größte Fest der Saison darf man sich nicht entgehen lassen.«

»Okay, dann bis morgen. Mach nicht mehr so lange.« Leah zwinkerte ihr zu und verließ das Büro wieder. Augenblicke später klappte die Eingangstür hinter ihr ins Schloss.

Christina wandte sich gleich wieder dem Blogartikel zu, den sie gerade verfasste. *Zehn einfache Tipps zur Leinenführigkeit.* Simpel, aber effektiv. Leider hing sie schon seit zehn Minuten an Tipp vier fest. Als ihr Handy klingelte, war sie froh über die Ablenkung. Der Blick aufs Display ließ sie verwundert die Augen zusammenkneifen. »Hallo? Lars?«

»Hallo Chris. Sag mal, hast du einen Augenblick Zeit, runter zur Werft zu kommen?«

»Zur Werft? Jetzt?«

»Ja, oder vielmehr zu Verhoigens Lagerhaus.«

Christinas Herz machte einen unangemessenen Satz. »Warum?«

»Weil es einem neuen Zweck zugeführt werden soll. Mein Vater hat es verkauft, und ich wüsste gerne, was du über die Veränderungen denkst, die vorgenommen werden sollen.«

»Ich?« Irritiert schüttelte sie den Kopf. »Was habe ich denn damit zu tun, wenn du das Lagerhaus kaufst? Du kannst doch damit machen, was du willst.«

»Ich habe es nicht gekauft. Ich vertrete nur den Käufer. Komm einfach rüber, Chris. Bis gleich.«

»Was …?« Perplex starrte sie ihr Mobiltelefon an. »Geht's noch?« Beinahe hätte sie sich erneut über ihren Blogartikel hergemacht, doch die Neugier überwog schließlich doch. Also schaltete sie den Computer aus, schnappte sich ihre Umhängetasche und schloss die Hundeschule ab.

Schon von Weitem sah sie Lars' Wagen bei der Werft parken und ihn sowie Alex neben der Eingangstür zum Lagerhaus.

Argwöhnisch blieb sie stehen, woraufhin Lars sofort auf sie zusprintete. »Da bist du ja endlich. Ich dachte schon, du würdest deinen Sturkopf aufsetzen und dich weigern herzukommen. In dem Fall hätten wir sanfte Gewalt anwenden müssen.« Er nahm sie einfach am Arm und zog sie mit sich.

»Sag mal, spinnst du?« Sie wehrte sich gegen ihn und schaffte es schließlich, sich loszureißen. »Was soll das denn?«

Alex trat rasch neben sie und legte ihr beschwichtigend eine Hand auf den Arm. »Schwierige Situationen verlangen manchmal nach drastischen Mitteln. Geh da jetzt rein.« Er deutete auf die Tür zum Lagerhaus.

»Warum? Was für einen Quatsch habt ihr schon wieder vor? Wir sind keine Kinder mehr!« Verärgert wollte Christina sich abwenden.

»Hiergeblieben.« Diesmal hielt Alex sie am Arm fest. »Gerade weil wir keine Kinder mehr sind, wirst du da jetzt reingehen.« Diesmal riss Lars die Tür weit auf und machte eine einladende Handbewegung. »Nach dir.«

Misstrauisch trat Christina durch die Tür. »Ich schwöre, wenn das irgendein blöder Scherz sein soll …«

»Geh einfach.« Grinsend schloss Lars die Tür hinter ihr.

Nicht sicher, was sie von dem seltsamen Gebaren ihres Bruders und seines Freundes halten sollte, sah sie sich in der großen Halle um. Alles sah noch genauso aus wie an dem Tag, als sie Ben zum letzten Mal hier besucht hatte. In der Mitte des riesigen Raumes stand ein großer Stein, aus dem erst sehr rudimentär eine Form herausgehauen war, auf der Werkbank lagen diverse Werkzeuge herum, die übrigen waren ordentlich an den Wandhaken darüber aufgehängt. Holz-, Stein- und Metallvorräte lagerten im rückwärtigen Teil der Halle. Neben der Tür standen mehrere neue Holzkisten, die noch nicht geöffnet worden waren.

Verwirrt trat sie ein paar Schritte vor. Warum waren Bens Sachen noch immer hier? Er war doch nun schon seit fast zwei Wochen abgereist. Während sie noch versuchte zu begreifen, was hier vor sich ging, klappte irgendwo eine Tür, vermutlich die Hintertür, und gleich darauf ertönte ein lang gezogenes Freudengeheul. Boss stürmte auf sie zu, und sie konnte gerade noch einen Ausfallschritt machen, um sich zu wappnen, bevor er sie ansprang und wie wild bellend und winselnd begrüßte.

Christina, Christina! Mein Frauchen ist wieder da. Nein, ich bin wieder da. Egal, mein Frauchen, Frauchen, Frauchen! Bitte kuscheln und streicheln. Ich habe dich vermisst. Haaach, mein Frauchen!

»Boss.« Ihr Herz holperte und begann zu rasen. »Was machst du denn hier? Woher kommst du?« Sie ging in die Knie und schlang beide Arme um den aufgeregten Hund, der ihr daraufhin wild übers Kinn und die Schläfe leckte.

Na, sag ich doch, ich bin wieder da. Und du auch. Alles ist so toll!

»Weißt du, was das Problem mit unserem Arrangement gewesen ist?«

Christina erstarrte, als sie Bens Stimme dicht vor sich vernahm. Er lächelte auf sie herab, als sie den Kopf hob. Vorsichtig erhob sie sich und versuchte, wieder Luft zu bekommen. Doch ihr wilder Herzschlag und der Knoten in ihrer Kehle machten es ihr nicht gerade leicht zu atmen.

Ben sah sie mit unverwandtem Blick an. »Du hast dich geirrt. Die kurze Zeit, die wir miteinander verbracht haben, hat sehr wohl ausgereicht, um deutlich mehr zu sein, als nur ein bisschen verliebt. Für mich zumindest.« Christina wurde beinahe schwindelig, als Ben ihre Hand ergriff und sie nah zu sich heranzog, bis sich ihre Körper leicht berührten. »Und wenn ich mich nicht vollkommen irre, geht es dir ganz ähnlich«, fuhr er mit deutlich tieferer, rauerer Stimme fort.

Ungläubig blickte sie in seine blaugrauen Augen und versuchte zu begreifen. »Du ... bist wieder zurückgekommen.«

»Selbstverständlich bin ich das. Unter anderem, weil dein Bruder mir körperliche Züchtigung angedroht hat, wenn ich meinen Fehler nicht wieder in Ordnung bringe.«

»Alex?«

Ben lächelte. »Er hat mich genau auf dem richtigen Fuß erwischt. Ich hatte gerade begriffen, was für ein vollkommener Idiot ich gewesen bin. Ich hätte dir von Anfang an nicht erlauben dürfen, mich wegzuschicken.«

»Ich habe dich nicht weggeschickt.«

»Doch, das hast du. Weil du genauso dumm warst wie ich. Diese Abmachung, die wir damals mehr oder weniger stillschweigend getroffen haben ...« Er näherte sich langsam ihrem Gesicht. »Die gilt nicht mehr.«

Atemlos blickte sie in seine Augen. »Und was jetzt?«

»Komm mit.« Grinsend zog er sich wieder zurück, nahm sie bei der Hand und zog sie mit sich zur Treppe.

Das Erste, was Christina sah, als sie das weitläufige Obergeschoss betrat, war ein klappriger rechteckiger Tisch, auf dem eine einfache weiße Schachtel lag. »Was ist das?«

»Später.« Ben zog sie weiter mit sich in den Raum. »Erst will ich deine Meinung hören.«

»Meine Meinung worüber?«

Er machte eine ausholende Armbewegung. »Über unsere neue Wohnung.«

Erschrocken riss sie die Augen auf. »Was?«

»Ich weiß, es wird eine Menge Zeit und Geld brauchen, bis alles so ist, wie wir uns das vorstellen, aber mal ehrlich, eine bessere Immobilie für unsere Zwecke gibt es in ganz Lichterhaven nicht.«

»Bist du wahnsinnig geworden?« Argwöhnisch musterte sie ihn.

»Kann sein, vielleicht aber auch nicht. Sieh her. Dieser Bereich hier könnte das Wohnzimmer werden. Mit Blick aufs Meer, so wie du bei unserem ersten Besuch hier oben vorgeschlagen hast. Natürlich werden andere Fenster eingebaut. Bodentief und dreifach verglast. Hier«, er trat ein paar Schritte beiseite, »könnte man eine Wand einziehen, etwa bis hier. Dahinter ist dann genügend Platz für eine offene Küche und einen Vorrats- und Wirtschaftsraum, alle drei mit Blick über Lichterhaven.« Er zog sie erneut mit sich, diesmal in die entgegengesetzte Richtung. »Hier drüben, wieder mit Meerblick, hätte ich gerne das Schlafzimmer mit einem ausreichend großen Bett. Verabschiede dich also schon mal von dem Miniding in deiner Wohnung.« Er zwinkerte vergnügt. »Die Büroräume hier können zu zwei Bädern und drei weiteren Zimmern ausgebaut werden. Vier sogar, wenn wir den vorhandenen Platz intelligent nutzen.« Christina schluckte. »Was willst du mit so vielen Zimmern?«

»Keine Ahnung.« Er nahm sie wieder in den Arm. »Man kann doch nie wissen …«

Ihr Pulsschlag erhöhte sich drastisch. »Du hast also das Lagerhaus gekauft.«

»Und wie ich das habe! Der alte Verhoigen wollte es erst nicht hergeben, aber ich hatte am Ende die besseren Argumente.« Vielsagend rieb er die Spitzen von Daumen und Zeigefinger aneinander. »Auf dem Dach legen wir einen schönen Dachgarten an. Ich muss nur Lars dazu bewegen, die alten Werftgebäude in einer ansehnlichen Farbe zu streichen, damit sie unsere Aussicht nicht trüben.«

»Du bist wirklich wahnsinnig geworden.« Sie fuhr sich ratlos durchs Haar. »Was ist denn mit deinen Plänen?«

»Ich dachte, die hätte ich dir soeben dargelegt?« Grinsend küsste er sie auf die Nasenspitze.

»Nein, ich meine, was ist mit Kanada?«

»Kanada«, er wurde wieder ernst, »kann auch ganz gut ohne mich auskommen. Ich hatte schon keine Lust mehr, dorthin zu gehen, als Jennifer uns auf der Ausstellung mit ihren tollen Plänen für das Chalet überrascht hat. Es war idiotisch, ihr nicht sofort abzusagen.«

»Aber diese Reise hattest du doch schon so lange vor.«

»Kann sein. Aber was ich jetzt vorhabe, ist mir unendlich viel wichtiger.« Er stockte. »Aber nur, wenn du mit an Bord bist, wie man hier wohl zu sagen pflegt.«

»Ich ...« Ein warmes Flattern breitete sich in ihr aus. »Du willst das wirklich?«

»Wenn du auch willst.« Er schloss sie so fest in seine Arme, dass sie seinen Herzschlag an ihrem spüren konnte, schnell und stetig. »Ich habe mich nicht nur ein bisschen in dich verliebt, Christina. Ich liebe dich. Bei dir kann ich«, er zögerte und überlegte, »*ich* sein. Das möchte ich um keinen Preis der Welt wieder hergeben. Ich kann dir nicht versprechen, dass ich an jeden Geburtstag und jeden Jahrestag denken und dann auch verfügbar sein werde. Die Wahrscheinlichkeit, dass ich mindestens die Hälfte davon verpasse, weil ich unten im Atelier in meinem eigenen Sud köchele, ist denkbar groß. Ich will aber, dass du weißt, dass ich dennoch immer an deiner Seite sein werde. Hier.« Er berührte die Stelle über seinem Herzen. »Er neigte den Kopf ein wenig zur Seite und seufzte. »Und schon wieder habe ich dich zum Weinen gebracht.«

»Nein, schon gut. Ich kann nur nicht fassen, dass das alles wirklich passiert.« Sie zwinkerte mehrmals, um die Tränen zurückzudrängen, doch ganz konnte sie sie nicht aufhalten.

Ben streichelte ihr sachte über die Wange. »Ich möchte gerne eine neue Abmachung mit dir treffen.«

»Ja?« Neugierig erwiderte sie es einen liebevollen Blick, woraufhin er nickte. »Das nächste Mal, wenn du glaubst, nicht in meine Welt zu passen, denk bitte daran, dass du meine Welt bist.«

Als er sie küsste, durchfuhr sie ein so überwältigendes Glücksgefühl, dass es beinahe schmerzte. Sie schlang ihre Arme um seinen Hals und erwiderte den Kuss mit all der Liebe und Leidenschaft, die sie bisher so krampfhaft zu unterdrücken versucht hatte.

»War das ein Ja?« Er löste seine Lippen nur so weit von ihren, dass er sprechen konnte.

Christina lächelte. »Zu der neuen Abmachung? Ja.«

Seine Augen leuchteten auf. »Dann vielleicht auch hierzu?« Er griff in seine Hosentasche und förderte einen Gegenstand zutage.

Christina blickte verwundert darauf. »Die Heftklammer?«

»Ich habe Melanie gebeten, sie von deinem Schreibtisch zu stibitzen.« Er lachte leise. »Aber entschuldige, zu der Heftklammer sollst du natürlich nicht Ja sagen. Warte einen Moment.« Er bog den Bügel der Klammer auf und gab ihm mit wenigen Handgriffen eine neue Form.

Sprachlos starrte Christina den improvisierten Ring an. »Machst du mir etwa einen Antrag?« Vor Überraschung konnte sie keinen klaren Gedanken mehr fassen.

»Ja, Christina, das möchte ich. Halt mich für verrückt, weil wir uns erst so kurze Zeit kennen, aber ich bin der felsenfesten Überzeugung, dass ich keine andere Frau auf der Welt mehr lieben könnte als dich.« Er nahm ihre Hand und schob den Drahtring über ihren Ringfinger. »Was meinst du?«

»Ich …« Sie lauschte in sich hinein und spürte nur Wellen vollendeten Glücks.

»Wir könnten den sechzigsten Hochzeitstag deiner Großeltern als Termin wählen. Nächstes Jahr im Juni, nicht wahr?«

»Woher weißt du das?«

Er hob grinsend die Schultern. »Ich habe meine Quellen.«

»Oma hat recht, du hast eine unglaublich feinfühlige Seele. Du weißt genau, dass die beiden diesen Termin wunderbar finden werden.« Sie seufzte. »Ich weiß gar nicht, womit ich dich verdient habe.«

»Doch, das weißt du. Du bist die einzige Frau, die mich je wirklich verstanden hat und von der ich glaube, dass sie es auf Dauer mit mir aushalten kann, ohne wahnsinnig zu werden.« Er küsste sie auf die Stirn. Also?«

»Also was?«

»Sagst du Ja?«

Auf ihren Lippen erschien ein strahlendes Lächeln. »Ich dachte, das hätte ich gerade getan.«

»Nein, hast du nicht.«

»Also gut. Ja, ich heirate dich. Auch wenn alle mich für übergeschnappt erklären werden.«

»Werden sie nicht. Du angelst dir schließlich einen berühmten Künstler.«

»Der die Menschen achtkantig aus seinem Atelier wirft,

wenn ihn eine Vision ereilt ... Und der mich akzeptiert, wie ich bin. Mich und meinen Lebenstraum.« Sie lachte glücklich.

»Apropos Lebenstraum. Ich habe noch etwas für dich – oder vielmehr für dein Büro in der Hundeschule.« Er führte sie zu der Schachtel auf dem Holztisch.

»Was ist das?« Argwöhnisch, weil sie sich nicht vorstellen konnte, was er nun noch für sie in petto haben mochte, beäugte sie die Schachtel.

»Na los, mach sie auf.« Er grinste breit.

Vorsichtig hob sie den Deckel der Schachtel; ihre Augen weiteten sich. »Nein!« Entzückt nahm sie die beiden geschnitzten Engelsfiguren aus ihrem Bett aus Seidenpapier. Das sind ja ...«

»Kantenhocker.« Er seufzte lakonisch. »Diese hier werden dir nicht so leicht zerbrechen.«

Gerührt streichelte sie über das samtweiche Holz der detailreich ausgeschmückten Figuren, dann legte sie sie in die Schachtel zurück und schlang ihre Arme um Bens Hals.

»Ich liebe dich, Ben Brungsdahl.«

Während sie einander innig küssten, hörten sie auf der Treppe Pfotentapsen.

※※※

Du liebe Güte, ist das eine lange Treppe. Die gefällt mir aber überhaupt nicht. Da bin ich ja k. o., bis ich oben bin. Zum Glück hat Ben mir erzählt, dass er vorhat, den alten Lastenaufzug draußen an der Außenseite der Halle erneuern zu lassen. Extra für mich. Na ja, nicht nur für mich, sondern auch für wenn er und Christina eingekauft haben oder für andere Leute, die nicht so gut die Treppe raufgehen können. Oder, aber das hat er mir nur ins Ohr geflüstert, möglicherweise auch mal eines Tages für einen Kinderwagen. Was auch immer das sein mag. Ich meine, was Kinder sind, weiß ich ja, aber was sie in einem Wagen zu suchen haben, kann ich mir nicht vorstellen. Vielleicht ein Kinderauto? Egal. Hach, hier stehen Herrchen und Frauchen und schmusen. Da muss ich doch gleich mal mitmachen. Meine Welt ist jetzt endlich sooo schön. Wiff!

– ENDE –

Informationen zu unserem Verlagsprogramm, Anmeldung zum Newsletter und vieles mehr finden Sie unter:

www.harpercollins.de

Petra Schier
Körbchen mit Meerblick

Überrascht starrt Melanie auf den Brief von Nachlassverwalter Alex Messner. Sie hat den gesamten Besitz ihrer Tante geerbt. Aber nach Lichterhaven ziehen? Auf keinen Fall. Trotzdem muss sie es sich wenigstens einmal ansehen, das ist sie ihrer Tante schuldig – und der jungen Hündin Schoki, deren Frauchen sie ab jetzt sein soll. Einen Sommer will Melanie in Lichterhaven verbringen. Und plötzlich beginnt sie sich dort richtig wohlzufühlen mit Schoki – und in der Gesellschaft von Alex.

ISBN: 978-3-95649-576-2
9,99 € (D)

Genau das Richtige für einen Tag am Strand!

Anne Barns
Drei Schwestern am Meer

Eine Insel, drei Frauen, ein altes Familiengeheimnis

Das Weiß der Kreidefelsen und das Grün der Bäume spiegeln sich türkis im Meer – Rügen! Viel zu selten fährt Rina ihre Oma auf der Insel besuchen. Jetzt endlich liegen wieder einmal zwei ruhige Wochen voller Sonne, Strand und Karamellbonbons vor ihr. Doch dann bricht Oma bewusstlos zusammen und Rina muss sie ins Krankenhaus begleiten. Plötzlich scheint nichts mehr, wie es war, und Rinas ganzes Leben steht auf dem Kopf.

ISBN: 978-3-95649-792-6
9,99 € (D)

Deutsche Erstveröffentlichung

Tanja Janz
Mit dir auf Düne sieben

Originalausgabe

Jette ist die Hochzeitsplanerin in St. Peter-Ording. Mit Begeisterung organisiert sie den perfekten schönsten Tag im Leben – für andere. Nachdem sie kurz vor ihrem eigenen Jawort sitzengelassen wurde, hat sie für sich den Traum von einer Hochzeit in Weiß an den Nagel gehängt. Plötzlich taucht ihr Exverlobter Klaas wieder auf. Zur gleichen Zeit bekommt Jette den Auftrag, eine große Hochzeit zu planen. Doch die Braut in spe ist ausgerechnet Klaas' Verlobte.

ISBN: 978-3-95649-711-7
9,99 € (D)

Tania Schlie
Der Duft von Rosmarin und Schokolade

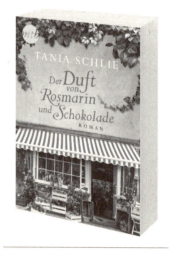

Belgische Schokolade, französischer Käse und frische Feigen. Gutes Essen ist ihr Leben. Täglich steht Maylis hinter der Theke des traditionsreichen Hamburger Feinkostladens Radke. Sie genießt es, ihre Kunden zu beraten, nicht nur in kulinarischen, sondern auch in romantischen Angelegenheiten. Doch wenn sie nach Hause kommt, fühlt sie sich so leer wie ihr Kühlschrank. Seit der Trennung von ihrem Mann fällt es Maylis schwer, ihr Herz zu öffnen. Bis eines Tages Paul in ihrem Laden steht und Maylis sich fragt, ob sie nicht doch noch einmal vom Leben kosten möchte.

ISBN: 978-3-95649-781-0
9,99 € (D)